658, 우연히

Think of a Number

658, 우연히

Think of a Number

이진 옮김

존 버든 장편소설

비채

658, 우연히

1판 1쇄 발행 2011년 8월 24일 **1판 5쇄 발행** 2020년 9월 26일

지은이 존 버든
옮긴이 이진
펴낸이 고세규
편집 이승희 **디자인** 이경희
발행처 김영사
주소 경기도 파주시 문발로 197(문발동) 우편번호10881
등록 1979년 5월 17일(제406-2003-036호)
구입 문의 전화 031)955-3200 **팩스** 031)955-3111
편집부 전화 02)3668-3292 **팩스** 02)745-4827 **전자우편** literature@gimmyoung.com
비채 카페 cafe.naver.com/vichebooks **인스타그램** @drviche **카카오톡** @비채책
트위터 @vichebook **페이스북** facebook.com/vichebook
ISBN 978-89-94343-36-5 03840 책값은 뒤표지에 있습니다.

비채는 김영사의 문학 브랜드입니다.

나오미에게…

차례

3
다시 원점으로

prologue

• • •

"어디 갔다가 이제 와? 오줌 마려웠는데 누가 있어야지."

침대에 누운 나이 든 여자가 말했다.

여자의 짜증 섞인 투정에도 젊은 남자는 문간에 서서 환한 미소를 지었다.

"오줌 마려웠어."

정말 오줌이 마려웠는지 확실치 않다는 듯, 이번에는 조금 누그러든 말투로 여자가 다시 한번 말했다.

"어머니, 기쁜 소식이 있어요. 조만간 다 잘될 거예요. 다 해결될 거라고요."

남자가 말했다.

"나 혼자 두고 어딜 돌아다니는 거야?"

이번에는 날카롭고 짜증 섞인 목소리였다.

"근처에 있었어요. 절대 멀리 안 가요. 잘 아시잖아요."

"혼자 있는 거 싫어."

남자의 미소가 더욱 커졌다. 행복에 겨운 미소였다.

"곧 다 해결될 거예요. 모든 게 제자리를 찾을 거예요. 믿어도 돼요, 어머니. 드디어 방법을 찾았거든요. '뿌린 대로 거두고, 빼앗은 것을 내놓게 되리라!'"

"아주 멋진 시를 썼구나!"

방에는 창문이 없었다. 침대 맡 램프에서 흐릿한 불빛이 새어나왔다. 방 안의 유일한 조명이었다. 여자의 목에 난 커다란 흉터와 아들의 눈빛에 드리워진 그늘이 불빛에 더욱 두드러져 보였다.

"우리 춤추러 가는 거지?"

여자가 남자의 뒤쪽, 어두운 벽 너머에 있을 밝은 무언가를 응시하며 물었다.

"그럼요, 어머니. 다 잘될 거예요."

"우리 꼬마 오리 어디 있니?"

"여기 있어요."

"우리 아가, 이제 코 자야지?"

"자장, 자장, 자장, 자장!"

"오줌 마려워."

여자가 마치 아양을 떨듯 말했다.

치명적인 기억들

1

1
범죄 미술

제이슨 스트렁크는 어느 모로 보나 평범했다. 수수한 인상의 30대 남자였고 이웃들에게는 거의 보이지도 들리지도 않는 존재였다. 그가 했던 말 한마디조차 제대로 기억하는 사람이 없었다. 말을 한 적이 있었는지도 분명치 않았다. 가끔 고개를 끄덕이긴 했는지, 인사말 정도는 건넸는지, 아니면 어쩌다 한두 마디쯤 웅얼거린 적이 있었는지도.

그가 콧수염 기른 중년 남자를 살해하는 데 광적으로 집착했고 시체를 독특한 방식으로 유기했다는 사실이 밝혀지자 모두가 놀랍다는 반응을 보였다. 심지어는 못 믿겠다는 사람도 있었다. 그는 시체를 적당한 크기로 토막 내어서 화려하게 포장한 다음, 그 지역 경찰들에게 크리스마스 선물로 보냈다.

데이브 거니는 컴퓨터 화면에서 자신을 응시하고 있는 제이슨 스트렁크의 무심하고 평온한 얼굴을 바라보았다. 경찰 본부에 보관되어 있는 머그샷* 원본이었다. 머그샷은 실제 크기로 확대되어 있었고 화면 가장자리에는 거니가 이제 막 배우기 시작한 사진 보정 프로그램의 도구 아이콘들이 정렬되어 있었다.

거니는 밝기 조절 도구를 움직여 커서를 스트렁크의 오른쪽 눈동자 홍채에 올려놓고 클릭한 뒤, 자신이 만든 작은 하이라이트를 감상했다. 나아지긴 했지만 아직 완전하진 않았다.

눈이 가장 힘들었다. 눈과 입. 힘들긴 해도 그 두 가지가 관건이었다. 작은 하이라이트의 위치와 강도를 놓고 몇 시간 씨름한 적도 있었다. 그러고 나서도 뭔가 부족하단 느낌을 떨쳐버릴 수가 없었다. 소냐에게 보여줄 만큼 훌륭하지도 않았고 아내 매들린에게 보여주기에도 부족했다.

사람의 눈이란 참으로 오묘해서 다른 어떤 부위보다도 긴장과 모순 같은 것들을 가득 품고 있다. 말없는 고요한 눈동자에도 때로는 냉혹함이 서려 있다. 오랜 세월에 걸쳐 쫓아다닌 살인범들의 얼굴에서 그가 읽어내곤 했던 냉혹함이었다.

그는 조지 쿤츠만의 머그샷도 적절하게 손을 보았다. 조지 쿤츠만은 마지막으로 데이트한 여자의 머리를, 새 여자를 찾을 때까지 냉장고에 보관해두었던 월마트 직원이었다. 그 작품은 그런대로 만족스러웠다. 그는 쿤츠만의 따분해 보이는 표정 위에 깊고 음산하고 공허한 눈빛을 보기 거북할 정도로 사실적으로 되살려냈다. 소냐의 흥분과 찬사가 그에게 확신을 주었다. 소냐의 찬사도 그렇거니와 뜻밖에도 소냐의 수집가 친구가 그의 작품을 구매한 덕분에 아타카에 위치한 소냐의 아담하고 고급스러운 갤러리에서 열

* 경찰이 체포한 사람의 정면과 측면 얼굴을 찍은 사진

릴 '살인자들의 초상 – 그들을 체포한 형사 作' 이라는 제목의 전시회를 준비하기에 이르렀다.

뉴욕 경찰 강력계 형사 출신으로 미술에 관해서라면, 특히 현대 미술에 관해서라면 문외한이던 거니가, 더구나 유명세라면 경멸해 마지않던 거니가 어쩌다가 어느 대학 도시에서 기획한 미술 전시회에서 지역 비평가들로부터 '냉혹할 정도로 사실적인 뛰어난 사진 예술, 집요하게 파고드는 심리학적 통찰, 위대한 그래픽 조작!' 이라는 찬사를 받기에 이르렀을까? 질문의 대답은 두 가지로 요약될 수 있었다. 하나는 그 자신의 대답이고 또 하나는 아내의 대답이었다.

그의 관점에서 보면 이 모든 것은 아내 매들린이 쿠퍼스타운 박물관의 미술 감상 강좌를 같이 듣자고 그를 부추기면서 시작되었다. 매들린은 늘 그를 밖으로 끌어내지 못해 안달이었다. 서재 밖으로, 집 밖으로 그리고 그 자신 밖으로. 거니는 자신의 시간에 대한 약간의 통제권이나마 쥐려면 때때로 항복하는 작전이 필요하다는 것을 알게 되었다. 미술 감상 강좌는 그러한 전략적 선택 중 하나였다. 가만히 앉아서 강의를 듣고 있어야 한다니 생각만 해도 끔찍했지만 그렇게만 하면 적어도 한두 달 동안은 매들린이 그를 내버려두겠거니 생각했다.

사실 그는 소파에서 뒹구는 타입은 아니었다. 그것과는 거리가 멀었다. 마흔일곱의 나이에도 여전히 쉰 개의 팔굽혀펴기와 쉰 개의 턱걸이, 쉰 개의 윗몸일으키기를 할 수 있는 그였다. 단지 밖으로 돌아다니는 것을 즐기지 않을 뿐이었다.

그런데 그 미술 강좌는 놀라웠다. 놀라운 점이 무려 세 가지나

되었다. 졸지 않고 앉아만 있기도 힘들 거라는 예상과 달리 강사인 소냐 레이놀즈는 아주 매혹적인 여자였다. 그녀는 자신의 갤러리를 소유하고 있었고 꽤 이름이 알려진 화가였다. 전형적인 미인이라고는 말할 수 없었다. 카트린느 드뇌브 스타일의 북유럽 미인은 아니었다. 입술은 지나치게 두툼했고 광대뼈는 너무 두드러졌으며 코도 너무 높았다. 그러나 왠지 그러한 불완전함이 짙고 깊고 커다란 초록색 눈동자, 편안하고 자연스러우면서도 관능적인 그녀의 태도와 묘한 조화를 이루었다. 수강생 중에 남자는 많지 않았다. 스무 명 가운데 고작 여섯뿐이었다. 그러나 소냐는 그 여섯 명의 주의를 완벽하게 집중시켰다.

두 번째 놀라운 점은 강좌 내용에 대한 그의 호감이었다. 사진 예술에 특별히 관심이 있었던 소냐는 그 분야에 많은 시간을 할애했다. 사진 예술이란 하나의 이미지를 창조하기 위해 사진을 다듬어서 원본보다 훨씬 더 강력하고 호소력 있는 작품을 만드는 것이었다.

세 번째 놀라운 점은 12주짜리 강의가 3주째에 접어들었을 때 일어났다. 그날 밤, 소냐는 반전 기법으로 가공한 인물 사진을 실크 스크린으로 인쇄한 현대 미술 작품에 대해 열정적으로 설명하고 있었다. 그 작품들을 바라보면서 거니는 그가 접근권을 갖고 있는 특별한 사진들을 새롭게 해석해보면 어떨까 하는 생각이 들었다. 생각만 해도 흥분되는 일이었다. 미술 강좌를 들으면서 그런 흥분을 맛보리라고 전혀 기대하지 않았는데 말이다.

범죄자들의 머그샷, 특히 살인범들의 머그샷을 보다 선명하고 강렬하게 다듬어서 그가 그토록 오랜 세월 동안 연구하고 추적하고 허를 찔렀던 그 짐승들의 내면을 표출시켜보고 싶다는 생각이 그를 완전히 사로잡았다. 어느덧 스스로 인정하기 거북할 정도로 그 생각을 자주 하게 되었다. 그러나 거니는 워낙 신중한 타입이었다. 그는 모든 질문의 양면을, 모든 확신의 허점을, 모든 열정의 무모함을 생각하는 사람이었다.

화창한 10월의 어느 날 아침, 거니는 서재 책상 앞에 앉아 제이슨 스트렁크의 머그샷을 손보고 있었다. 그의 뒤쪽 바닥에 무언가 떨어지는 소리가 그 유쾌한 도전을 훼방 놓았다.

"여기 둘게."

매들린이 말했다. 다른 사람이라면 그저 무심히 들었겠지만 남편에게만큼은 남다른 의미가 있는 목소리였다.

거니는 눈살을 찌푸리며 어깨 너머로 매들린이 문에 기대어 세워놓은 삼베 자루를 바라보았다.

"뭘?"

그는 대답을 알면서도 물었다.

"튤립."

매들린이 똑같이 무심하게 대답했다.

"튤립 구근?"

굳이 매들린의 말을 정정하는 것이 한심한 노릇이라는 사실을 두 사람 모두 알고 있었다. 그러나 그것은 거니가 내켜 하지 않는 일을 굳이 시키려는 매들린에 대한 짜증을 표현하는 그만의 방식이었다.

"그걸 어쩌라고?"

"정원으로 가지고 나가서 심는 걸 도와달라고."

자루를 서재까지 들고 와서 다시 정원으로 들고 나가라니. 매들린의 모순적 논리를 지적할까 생각했지만 거니는 그렇게 어리석지는 않았다.

"이거 끝내고 나서."

그가 조금 화난 듯 말했다.

이렇게 화창한 가을날, 자줏빛으로 물결치는 가을 숲과 코발트빛 하늘 아래 펼쳐진 에메랄드빛 초원을 바라보면서 튤립 구근을 심는 것은 그다지 끔찍한 일이 아니었다. 거니 자신도 알고 있었다. 그러나 그는 이런 식으로 방해받는 것이 싫었다. 방해받는 것을 끔찍이 싫어하는 성향은 자신이 지닌 장점의 부산물이라고 거니는 스스로 말했다. 그가 그토록 훌륭한 형사가 될 수 있었던 것은 직선적이고 논리적인 이성 때문이었다. 그 이성 덕분에 그는 용의자의 진술에서 아주 미세한 결함, 대부분의 사람들 눈에는 보이지 않는 아주 작은 균열들을 감지할 수 있었다.

매들린이 그의 어깨 너머로 컴퓨터 화면을 바라보았다.

"당신은 이렇게 화창한 날에 어쩜 그렇게 흉측한 사진을 보고 있어?"

2
완벽한 희생자

데이브 거니와 매들린 거니 부부는 델라웨어 카운티 산자락 끝에 펼쳐진 초원의 19세기 농장 주택에 살고 있었다. 월넛 크로싱 시내에서도 8킬로미터쯤 떨어진 곳으로 1만 2000평에 달하는 초원은 체리나무, 단풍나무, 참나무로 둘러싸여 있었다.

집은 지어진 당시의 소박함을 그대로 지니고 있었다. 두 사람은 이 집을 사들인 후 옛 주인이 어설프게 보수한 것들을 본래의 모습으로 복원했다. 이를테면 차가운 느낌의 알루미늄 창틀을 19세기 초 채광 분할 방식의 나무 창틀로 교체하는 식이었다. 역사적 고증에 대한 집착이라기보다는 본래의 아름다움이 어딘가 더 옳은 것 같아서였다. 매들린과 데이브는 사람 사는 집이 어떤 모습이어야 하고 어떤 느낌이어야 하는지에 대해서만큼은 완벽하게 의견이 일치했다. 그러나 최근 들어 두 사람이 완벽한 일치감을 느끼는 것들의 목록이 점점 줄어들고 있다는 게 거니의 생각이었다.

그런 생각은 마치 산성 물질처럼 그의 기분을 갉아먹었다. 매들린이 그가 작업하는 사진이 흉측하다고 한 말도 기폭제가 되었다.

거니가 튤립을 심고 나서 그가 가장 좋아하는 애디론댁 의자*에서 의식의 가장자리에 머물며 졸고 있을 때였다. 무릎까지 자란 풀숲을 걸어오는 매들린의 발자국 소리가 들렸다. 발자국 소리가 의자 앞에서 멈추어 서는 순간, 그는 한쪽 눈을 떴다.

"당신 생각은 어때? 카누를 꺼내기엔 좀 늦었나?"

매들린이 특유의 차분하고도 경쾌한 목소리로 물었다. 교묘하게도 질문과 도전의 중간쯤에 해당되는 말투였다.

날씬하고 탄력 있는 몸매의 매들린은 서른다섯으로 오해받는 마흔다섯이었다. 그녀의 눈빛은 솔직하고 침착하면서도 그의 표정을 살피고 있었다. 긴 갈색 머리카락은 몇 가닥을 제외하고 모자 밑으로 틀어 올린 채였다.

거니는 자신이 생각하고 있던 질문으로 대답을 대신했다.

"당신 정말 그게 흉측하다고 생각해?"

"흉측하고말고. 누가 봐도 흉측하지 않을까?"

매들린이 주저 없이 말했다.

그 대답에 거니는 얼굴을 찌푸렸다.

"그러니까 그 소재가?"

"그럼 뭐겠어?"

"글쎄. 왠지 당신이 내가 하는 일을 좀 못마땅해하는 것 같아서. 소재뿐 아니라 그 일 자체를."

"미안."

그다지 미안한 표정이 아니었다. 그 점을 지적할까 망설이고 있

* 나무로 만든 단순한 디자인의 옥외용 안락의자

을 때 그녀가 화제를 바꾸었다.

"옛날 동창 만나는 거 기대돼?"

"별로."

그가 의자를 조금 더 뒤로 젖히며 말을 이었다.

"옛날 얘기나 하는 거 별로 취미 없어."

"당신한테 살인범을 잡아달라고 부탁하려나 보지."

거니는 아내를 바라보았다. 그녀의 그 애매한 표정을.

"그래서 전화한 걸까?"

그가 덤덤하게 물었다.

"당신 그걸로 유명한 사람 아니야?"

분노가 그녀의 목소리를 거칠게 만들었다.

최근 몇 달 동안 거니는 아내의 목소리에서 그러한 분노를 꽤 자주 감지했다. 그것이 어떤 의미인지 그 자신도 알고 있었다. 그의 은퇴가 그들의 삶에서 어떤 의미여야 하는지에 대해 두 사람은 생각이 달랐다. 은퇴 이후 두 사람의 삶이 어떻게 달라져야 하는지, 좀 더 구체적으로 말하자면 그 자신이 어떻게 달라져야 하는지에 대한 생각이 달랐다. 매들린은 최근에 남편이 새로 시작한 일, 그의 시간을 빨아들이고 있는 살인범들의 사진 보정 작업을 좋게 생각하지 않았다. 매들린의 부정적인 생각은 부분적으로는 소냐의 열정과도 관련이 있으리라.

"그 사람도 유명인이란 거 알아?"

"누구?"

"당신 동창."

"몰랐어. 통화할 때 얼핏 자기가 책을 썼다고 해서 좀 찾아보긴 했지. 유명한 작가인 줄은 몰랐는데."

"책을 두 권 냈더라고. 피어니에 있는 어떤 수련원 원장이고 텔레비전에서 강의도 여러 차례 했던데. 인터넷에서 그 사람 책 표지 찾아서 출력해놨어. 당신이 궁금해할 거 같아서."

"보나마나 자기가 얼마나 대단한 인간인지, 자기가 쓴 책이 어떤 내용인지 주저리주저리 떠들겠군. 겸손한 친구 같진 않았어."

"좋을 대로 생각해. 그래도 궁금하면 책상 위에 출력해놓은 거 보고. 참, 아까 카일이 전화했어."

거니는 말없이 그녀를 쳐다보았다.

"당신이 전화할 거라고 했어."

"왜 날 안 불렀어?"

그가 물었다. 목소리가 의도했던 것보다 조금 더 짜증스럽게 나왔다. 아들 카일은 그에게 전화를 자주 하지 않았다.

"바꿔줄까 물었더니 급한 일 아니라면서 당신 방해하기 싫대."

"다른 얘긴 없었고?"

"없었어."

매들린은 돌아서서 굵고 촉촉한 잔디를 가로질러 집으로 향했다. 그러다 현관 앞에 서서 손잡이에 손을 올려놓고는 뭔가 생각난 듯이 그를 돌아보며 조금 과장스럽게 말했다.

"책 표지에 적힌 내용이 사실이라면 당신 동창, 한마디로 성자던데. 모든 면에서 완벽해. 착하게 사는 사람의 전형이고. 그런 사람이 왜 강력계 형사를 만나려고 하는지 모르겠네."

"전직 강력계 형사지."

거니가 그녀의 말을 정정했다.

그러나 매들린은 이미 집 안으로 들어갔고 문이 쾅 소리를 내며 닫히는 것도 아랑곳하지 않았다.

3

천국의 골칫거리

다음 날은 전날보다 더 화창했다. 뉴잉글랜드 달력 10월에 나오는 사진 그대로였다. 거니는 7시에 일어나서 샤워를 하고 면도를 한 뒤 청바지에 가벼운 면 스웨터를 입었다. 그리고 1층 침실 앞, 청회색 사암이 깔린 베란다에서 캔버스 의자에 앉아 커피를 마셨다. 베란다와 베란다로 이어지는 프렌치도어*는 매들린이 고집을 부려서 새로 설치한 것이었다.

매들린은 그런 쪽으로 감각이 뛰어났다. 뭐가 가능하고 뭐가 적합한지 짚어내는 심미안이 있었다. 사실 매들린은 장점이 많은 여자였다. 뛰어난 직관, 현실적인 상상력, 미적인 감각. 그러나 막상 말다툼의 소용돌이에 휘말릴 때면 서로에 대한 어긋난 기대의 가시덤불 속에서 그녀의 장점들이 잘 떠오르지 않았다.

카일에게 전화하는 거 잊지 말아야지. 월넛 크로싱과 시애틀의

* 좌우로 열리는 유리문

시차를 고려해서 세 시간 정도 기다려야 하리라. 그는 의자에 편안히 기대어 앉아서 따스한 커피 잔을 감쌌다.

그는 커피와 함께 들고 나온 얇은 파일을 흘끗 바라보면서 25년 만에 만날 대학 동창의 모습을 상상해보았다. 매들린이 인터넷 서점에서 출력한 책 표지 사진은 친구의 얼굴은 물론 성격에 관한 기억까지 되살려주었다. 아일랜드 출신 테너를 연상시키는 목소리, 지나치게 매혹적인 미소와 함께.

브롱크스의 포드햄 대학 로즈힐 캠퍼스 시절, 마크 멜러리는 유머와 진실, 에너지와 야망이 무언가 더 어두운 것으로 채색되어 있는 듯한 거친 청년이었다. 그는 늘 경계를 걸었다. 위태로운 천재였고, 무모하면서도 계산적이었으며, 언제라도 바닥으로 추락할 준비가 되어 있는 것 같았다.

인터넷 사이트에 실린 약력에 따르면 그의 추락은 20대에 급격하게 진행되다가 30대에 일련의 정신적 체험을 통해 극적으로 반전되었다고 했다.

커피 잔을 의자의 좁은 팔걸이 위에 가까스로 균형을 잡아 올려놓은 뒤 거니는 무릎 위에 두었던 파일에서 일주일 전 멜러리로부터 받았던 이메일을 꺼내 다시 한번 꼼꼼히 읽어보았다.

잘 있었나, 데이브.

오랜 세월 동안 소식 한 번 없던 동창이 느닷없이 연락하는 것을 불쾌하게 생각하지 말아주었으면 하네. 어느 날 문득 과거의 소리를 듣고 자네에게 이렇게 연락을 하게 될 줄 나 역시 꿈에도 몰랐거든. 그동안 나는 동창회와 연결되어 있어서 동창회 소식지를 재미있게 읽어왔지. 자네가 거둔 엄청난 성공과 유명세에 대해서도 몇 번인가 읽었어

(언젠가 동창회 소식지에서 자네가 뉴욕에서 가장 훌륭한 경찰이라고 칭송하던데, 사실 나로선 별로 놀라운 소식도 아니었다네. 대학 시절의 데이브 거니를 알고 있는 나로서는!).

그런데 1년 전쯤 자네가 형사 일을 그만두고 델라웨어 카운티로 이사했다는 소식을 들었지. 나는 바로 그곳에서 엎어지면 코 닿을 거리인 피어니에 살고 있기 때문에 관심이 가더군. 소식을 들었는지 모르겠지만 난 이곳에서 수련원을 운영하고 있어. 일종의 정신 수련원이지. 좀 공허하게 들린다는 거 인정해. 하지만 실제로 우리 수련원은 아주 현실적인 곳이라네.

그동안 자네를 만나고 싶다는 생각을 여러 번 했지만 이렇게 곤란한 상황에 처하고 나서야 그만 망설이고 이제 연락할 때가 됐다는 생각이 들더군. 지금 난 그 어느 때보다도 자네의 조언이 필요한 상황이야. 잠깐이라도 들러서 얘기를 할 수 있으면 좋겠어. 30분 정도만 짬을 내줄 수 있다면 내가 월넛 크로싱의 자네 집으로 찾아가겠네. 아니면 자네가 편한 장소를 알려주어도 좋고.

자네가 쌓은 직업적 성취는 물론이고 캠퍼스에서 혹은 술집에서 우리가 나누었던 이야기들을 떠올려보아도 내 앞에 놓인 이 혼란스러운 상황을 의논할 사람은 자네뿐이라는 생각이 들어. 너무도 이상한 퍼즐이라 아마 자네도 흥미를 느낄 거야. 자넨 다른 사람이 간과하는 것을 정확히 짚어내는 뛰어난 능력을 지니고 있는 친구니까. 자넬 생각할 때마다 나는 그 완벽한 논리와 투명성을 떠올린다네. 그 두 가지야말로 어느 때보다도 지금 나의 상황에서 가장 절실하게 필요한 것이거든. 며칠 내로 동창회 명부에 나와 있는 번호로 전화하겠네. 맞는 번호이기를 기대하면서.

좋은 추억을 담아, 마크 멜러리가.

추신) 내가 처한 상황에 대해 자네 역시 나만큼이나 혼란스러워하고 그 어떤 조언도 할 수 없다고 해도 자넬 다시 만나는 것만으로도 나에겐 큰 기쁨일세.

그로부터 이틀 뒤 전화가 왔다. 확연한 불안감이 느껴지는 것을 제외하고는 조금도 달라지지 않은 멜러리의 목소리를 거니는 곧바로 알아들었다. 멜러리는 그동안 연락하지 못해 미안하다는 자책의 말에 이어 곧바로 본론으로 들어갔다. 며칠 내로 만날 수 있느냐고, 급박한 상황이라 빠를수록 좋다고, '사건'이 있었다고 했다. 그런데 전화로 이야기하는 것은 불가능하다고, 만나서 들어야 이해할 거라고 했다. 보여줄 게 있다고, 경찰에 신고할 사안은 아니라고, 그 이유도 와서 설명하겠다고, 법적인 문제도 아니라고 했다. 적어도 아직은. 범죄 행위가 있었던 것도 아니고 딱히 협박을 받았다고 말할 수도 없다고 했다. 적어도 당장 증명할 수 있는 방법은 없다고, 어쨌든 이런 식으로는 도저히 이야기할 수가 없다고, 직접 만나서 얘기하면 훨씬 쉬울 거라고 했다. 거니가 사립탐정 일을 하고 있지 않다는 건 자기도 알고 있다고, 하지만 30분만, 단 30분만 시간을 내줄 수 있겠느냐고 물었다.

처음부터 왠지 석연치가 않았지만 거니는 멜러리의 제안에 동의했다. 그의 호기심은 종종 신중함을 이겼다. 이번 경우에는 멜러리의 화려한 언변에 깃든 히스테리가 거니의 호기심을 자극했다. 게다가 인정하고 싶지는 않지만 맞추어야 할 퍼즐이 있다는 것이 그의 관심을 끌었다.

거니는 마크 멜러리의 편지를 세 번이나 읽은 뒤 파일에 넣어두고 잠시 옛 추억 속을 거닐었다. 숙취가 풀리지 않은 듯 무료한 표정으로 아침 강의 시간에 앉아 있던 마크 멜러리. 오후가 되면 서서히 활기를 되찾던 모습. 알코올로 극대화되곤 했던 그의 아일랜드식 위트와 통찰력. 그는 타고난 배우였고 대학 캠퍼스에서 펼쳐지는 드라마의 주인공이었다. 술집에서도 활기가 넘쳤지만 삶의 무대에서는 두 배로 활기가 넘쳤다. 그는 관객이 있어야 사는 사람이었고 사람들의 찬사 속에서만 당당할 수 있는 사람이었다.

거니는 다시 파일을 펼치고 편지를 읽어보았다. 자신과 멜러리의 관계에 대한 묘사가 왠지 거슬렸다. 실제로 두 사람의 관계는 그 묘사만큼 친밀하지도, 의미심장하지도, 유쾌하지도 않았다.

멜러리의 편지는 아주 조심스럽게 단어를 선택한 것 같은 인상을 주었다. 간결한 편지였지만 고치고 또 고치고, 다시 생각하고 다듬은 글이었다. 그러나 그러한 아첨의 말들은 편지 속의 다른 모든 내용들처럼 어떤 목적이 있었다. 그 목적이 과연 무얼까. 가장 확실한 목적은 거니를 직접 만나서 자신의 미스터리를 해결하도록 부추기려는 것이리라. 그 외에 또 어떤 목적이 있는지는 파악하기 어려웠다. 어쨌든 이것이 멜러리에게 아주 중요한 문제인 것만은 분명했다. 문장의 흐름과 느낌에 신경 쓰며 친근하면서도 한편으로는 자신의 고통이 배어나도록 문장을 다듬는 데 많은 시간과 노력을 들인 것만 보아도 알 수 있었다.

미미한 부분이긴 하지만 추신의 내용만 해도 그랬다. 거니가 퍼즐을 풀지 못할 수도 있다는 묘한 도전과 함께, 사립탐정 일을 하지 않는다며 거절할 가능성마저 미리 차단하고 있었다. 거니가 그를 돕지 않는 것은 오랜 친구의 부탁을 무례하게 거절하는 것이라는 암시가 담겨 있었다.

참으로 치밀한 글이었다.

치밀함.

거니로서는 의외의 발견이었다. 상대가 옛 친구 마크 멜러리라면 더더욱 그랬다.

노골적인 도전에 구미가 당겼다.

때마침 매들린이 뒷문으로 나와 거니가 앉아 있는 곳으로 다가왔다.

"왔어."

매들린이 덤덤하게 말했다.

"지금 어디 있어?"

"집 안에."

거니는 고개를 숙였다. 개미 한 마리가 의자 팔걸이를 따라 지그재그로 지나가고 있었다. 그는 손톱 끝으로 개미를 튕겨 날려보냈다.

"이리 오라고 해. 집 안에 들어가기엔 날씨가 너무 좋네."

"정말 그렇지?"

매들린이 말했다. 날카로우면서도 왠지 비꼬는 것처럼 들렸다.

"그런데 책 표지에 실린 사진하고 똑같던데? 어쩌면 실물이 표지보다 더 심해."

"더 심하다고? 뭐가 더 심하단 거야?"

매들린은 이미 돌아서서 집 안으로 들어갔고 결국 대답은 들을 수 없었다.

4
네가 무슨 생각을 하는지 나는 훤히 알고 있다

마크 멜러리는 보드라운 풀숲을 큰 보폭으로 가로질렀다. 거니를 얼싸안을 것 같은 기세였지만 마지막 순간 멜러리의 생각이 바뀌었다.

"데이비!"

데이비?

거니는 의아했다.

"세상에! 자네 하나도 안 변했군! 정말 반갑네. 신수가 아주 훤한걸! 데이비 거니! 포드햄 대학 시절에 사람들이 자네가 〈대통령의 음모〉에 나오는 로버트 레드포드를 닮았다고들 했는데 정말 그래! 하나도 안 변했어! 나하고 동갑이란 걸 몰랐다면 서른 살이라고 생각했겠는걸!"

멜러리가 소중한 물건이라도 된다는 듯 양손으로 거니의 손을 꼭 잡았다.

"피어니에서 월넛 크로싱까지 운전하고 오는 동안 자네가 늘 얼마나 침착하고 냉정했는지 생각했지. 자넨 정말 오아시스 같은 존재였어. 그래, 바로 그거야. 감성의 오아시스! 그런데 아직도 그 모습을 그대로 간직하고 있군. 침착하고 이성적이고 냉정한 그 모습! 게다가 이 근방에서 가장 뛰어난 형사였다면서? 그동안 어떻게 지냈나?"

"운이 좋은 편이었지. 뭐 딱히 불만은 없었네."

거니가 멜러리에게서 손을 거두며 말했다. 멜러리의 목소리에 담긴 것과 같은 열정은 없는 침착한 목소리로.

"운이 좋은 편이었다……."

마치 외국어의 의미를 되새겨보듯 거니의 말을 되풀이한 뒤 멜러리가 말을 이었다.

"집이 아주 근사한데?"

"아내가 안목이 있어서. 좀 앉을까?"

거니가 사과나무와 새 욕조* 사이에 마주 놓인 낡은 애디론댁 의자들을 가리켰다.

멜러리는 그가 가리킨 방향을 바라보다가 잠시 멈칫했다.

"아차, 내가 가져온 게 있는데……."

"이거 말씀하시는 건가요?"

매들린이 고급스러운 서류가방 하나를 들고 그들 쪽으로 다가오며 물었다. 멜러리가 지닌 다른 모든 것들과 마찬가지로 절제된 디자인의 값비싼 가방이었다. 적당히 낡고 지나치게 광을 내지 않은 영국제 수제화. 세련된 재단에 자연스럽게 주름이 잡힌 캐시미어 재킷. 그 모든 것이 여기 이 사람은 결코 돈의 노예가 아니며,

* 새들이 목욕할 수 있도록 인공적으로 만들어놓은 물 쟁반

돈을 쓸 줄을 아는 사람이며, 악착같이 성공을 쫓지 않았는데도 성공했고, 그러다 보니 자연스럽게 재물이 따라왔다는 인상을 풍기기 위해 준비된 것들 같았다. 그러나 그의 눈빛에 담긴 불안감은 정반대의 메시지를 전하고 있었다.

멜러리가 안도하며 매들린에게서 가방을 받아들었다.

"아, 고맙습니다! 제가 어디 두었던가요?"

"커피테이블 위에 두셨어요."

"아, 그랬군요. 오늘 제가 좀 정신이 없네요. 고맙습니다."

"마실 것 좀 가져다드릴까요?"

"마실 거요?"

"아이스티 준비해놓았는데요. 아니면 혹시 다른 거라도……."

"아뇨. 아이스 티 좋습니다. 고맙습니다."

옛 친구를 바라보면서 문득 거니는 책 표지에 실린 사진보다 더 심하다는 매들린의 표현이 어떤 의미인지 알 것 같았다.

그 사진에서 가장 눈에 뜨이는 점은 일종의 자연스러운 완벽함이었다. 아마추어가 무심하게 찍은 것 같지만 실제로는 아마추어의 사진에서 나타나는 노골적인 음영이나 이상한 구도 같은 것이 없었다. 세심하게 조작된 자연스러움이랄까. 아무런 욕심도 없는 듯이 보이려는 욕심이랄까. 바로 그것이 멜러리 자신의 모습이었다. 언제나처럼 매들린의 관찰은 너무도 정확했다.

"이메일에서 무슨 문제가 있다고 했지?"

거니가 거의 무례하게 느껴질 정도로 곧장 본론으로 들어갔다.

"그랬지."

멜러리가 대답했다.

그러나 멜러리는 곧바로 고민을 털어놓는 대신, 옛 친구로서의 의리를 저버려선 안 된다는 결론을 도출하기 위해 준비한 것 같은 회고담을 늘어놓았다. 그들의 동기 중 한 명이 철학과 교수와 한심한 논쟁에 휘말렸던 이야기였다. 그 이야기를 하면서 멜러리는 그 자신과 거니, 그리고 그 친구 세 사람을 로즈힐 캠퍼스의 삼총사라고 불렀다. 그들의 관계를 애써 대단한 것으로 만들려고 애쓰는 것 같았다. 거니는 멜러리의 노력이 낯간지러워서 그저 본론을 독촉하는 눈빛으로 쳐다보았다.

"그런데 말이야, 도대체 어디서부터 시작해야 할지 모르겠어."

멜러리가 영 내키지 않는다는 표정으로 마침내 말을 꺼냈다.

어디서부터 시작해야 할지도 모르면서 대체 왜 날 찾아왔느냐고 거니는 묻고 싶었다.

마침내 멜러리가 가방에서 두 권의 얇은 책을 꺼내서 마치 깨어지는 물건이라는 듯 조심스럽게 거니에게 건넸다. 인터넷에서 본 책들이었다. 한 권은《소중한 단 한 가지》라는 제목에 '삶의 변화를 이루는 의식의 힘'이라는 부제였고 또 한 권은《정직한 삶》이라는 제목에 '행복에 이르는 유일한 길'이라는 부제였다.

"이 책에 대해선 못 들어봤지? 대박까지는 아니더라도 꽤 성공적이었다네."

멜러리는 연습한 것 같은 겸손한 표정으로 미소를 지었다.

"지금 당장 이 책을 읽어보라는 건 아니고."

그는 그 말이 아주 재미있는 얘기라도 된다는 듯이 또다시 미소를 지었다.

"하지만 자네가 내 고민을 듣고 나면 지금 나한테 어떤 일이 일어나고 있고 왜 이런 일이 일어나고 있는지 이해하는 데 이 책이 도움이 될 수 있을지도 몰라. 나한텐 아주 심각한 고민이 있어. 난

이 모든 상황이 아주 혼란스럽다네."

그리고 또 두려운 거겠지. 거니는 짐작했다.

멜러리는 크게 한숨을 내쉰 뒤 잠시 멈추었다가 애써 마음을 다잡고 파도에 맞서려는 사람처럼 이야기를 시작했다.

"먼저 내가 받은 편지에 대해 얘기해야 할 것 같군."

그가 가방에서 두 개의 봉투를 꺼낸 뒤 그중 한 개에서 손으로 쓴 편지 한 장과 초대장이 들어 있을 법한 작은 봉투 하나를 꺼냈다. 그는 편지를 거니에게 건넸다.

"이게 한 3주 전에 내가 처음으로 받은 편지야."

거니는 편지를 받아들고 의자에서 몸을 뒤로 젖혔다. 깔끔한 글씨체가 한눈에 들어왔다. 정확하고도 우아했다. 문법 시간에 칠판을 뒤덮었던 마리 조세프 수녀의 정갈한 글씨체가 떠올랐다. 그러나 공들여 쓴 필기체보다도 더 시선을 끈 것은 그 글씨가 만년필로, 그것도 빨간 잉크로 쓰였다는 사실이었다. 빨간 잉크? 거니의 할아버지도 빨간 잉크를 썼다. 파란색, 초록색, 그리고 빨간색의 조그만 잉크병을 갖고 있었다. 할아버지에 대한 기억은 거의 없었지만 그 잉크만은 똑똑히 기억하고 있었다. 요즘도 빨간 잉크를 구할 수 있나? 거니는 얼굴을 잔뜩 찌푸리고 편지를 읽었다. 그리고 다시 한번 읽었다. 맺는 인사도, 서명도 없었다.

운명을 믿나? 난 믿어. 다시는 널 보지 못할 거라 생각했는데 어느 날 우연히 널 봤거든. 한순간 모든 기억이 되살아나더군. 네가 무슨 말을 하고 무슨 행동을 하는지, 네가 무슨 생각을 하는지 나는 알아. 숫자를 하나 생각하라고 말하면 네가 무슨 숫자를 생각할지도. 못 믿겠다고? 내가 증명해볼까? 1000 미만의 숫자를 하나 생각해봐. 가장 먼

...

저 떠오르는 숫자를 머릿속에 그려봐. 이제 내가 너의 비밀들을 얼마나 잘 알고 있는지 한번 확인해볼까? 작은 봉투를 열어봐.

거니가 애매한 소리를 내며 추궁하는 것 같은 표정으로 멜러리를 바라보았다. 거니가 편지를 읽는 동안 멜러리는 그를 줄곧 쳐다보고 있었다.

"누가 보냈는지는 모르고?"

"전혀."

"짐작 가는 사람이라도?"

"없어."

"이 게임에 응했나?"

"게임?"

멜러리는 그런 식으로는 생각해보지 않은 모양이었다.

"숫자를 생각해봤느냐고 묻는 거라면 생각해봤지. 이런 편지를 받으면 숫자를 생각하게 되지 않겠어?"

"그래서 숫자를 생각했다고?"

"생각했지."

"그런데?"

멜러리가 헛기침을 했다.

"내가 생각한 숫자는 658이었어."

멜러리는 다시 한번 또박또박 숫자들을 발음했다. 마치 그 숫자들이 거니에게도 어떤 의미가 있을 거라는 듯이. 아무 의미도 없음이 분명해지자 그는 한숨을 쉬고 말을 이었다.

"658이라는 숫자는 나한테 아무런 의미도 없어. 그저 그 순간 내 머릿속에 처음으로 떠오른 숫자일 뿐이야. 내가 그 숫자들을 선택한 데 어떤 이유가 있었는지 생각하고 또 생각해보았지만 그 어떤 의미도 찾아낼 수 없었네. 그저 내 머릿속에 처음으로 떠오른 숫자일 뿐이었어."

멜러리가 두려움이 깃든 정직한 태도로 말했다.

거니는 슬슬 구미가 당기는 것을 느끼며 그를 바라보았다.

"그리고 이 조그만 봉투에는?"

멜러리는 또 다른 조그만 봉투에서 처음 편지지의 반 정도 크기의 종이를 꺼내 똑같이 섬세한 필체로, 똑같은 빨간 잉크로 쓴 편지를 읽었다.

네가 658이란 숫자를 생각할 거라는 걸 내가 알고 있었다는 사실이 놀라운가?

그렇게 널 훤히 알고 있는 사람이 과연 누굴까? 그 답을 알고 싶으면 먼저 289.87달러를 입금해. 그게 내가 너를 찾는 데 필요한 금액이니까.

정확한 액수를 이곳으로 보내. 현금이나 개인 수표로.

수취인은 X.아리브디스.

(물론 이건 평상시 내가 쓰는 이름은 아니야.)

편지를 읽으면서 거니는 멜러리에게 답을 했느냐고 물었다.

"물론 정확한 액수를 입금했지."

"왜?"

"왜냐니?"

"꽤 큰 액수야. 왜 그 돈을 입금했지?"

"미칠 것 같더라고. 그 숫자. 도대체 어떻게 알았을까?"

"수표는 인출이 됐나?"

"아니, 아직 인출이 안 됐어. 매일 계좌를 체크해보거든. 그래서 현금 대신 수표를 보낸 거야. 이 작자가 누군지, 적어도 그놈의 계좌가 어디 있는지라도 알아야 할 것 같아서. 이 모든 게 왠지 오싹하잖아."

"자네가 불안해하는 게 정확히 뭔가?"

"그야 당연히 그 숫자들이지! 도대체 그걸 어떻게 알아맞혔을까?"

멜러리가 언성을 높였다.

"좋은 질문이야. 그런데 왜 남자일 거라고 가정하지?"

거니가 물었다.

"뭐? 아, 무슨 말인지 알겠어. 그야…… 글쎄, 사실 잘 모르겠네. 그냥 그렇게 생각이 들더군. 'X. 아리브디스'라는 이름이 어쩐지 남자 이름 같았어."

"X. 아리브디스. 이상한 이름이군. 혹시 그 이름을 들었을 때 생각나는 건 없었고?"

"전혀."

거니도 처음 들어보는 이름이었지만 왠지 낯설지 않았다. 마치 무의식 깊은 곳 캐비닛 안에 감추어진 무언가 같았다.

"수표 보내고 나서 다시 연락이 있었나?"

"있었지."

멜러리가 다시 한번 가방에서 편지 두 장을 꺼냈다.

"이 편지는 한 열흘 전에 받은 거라네. 그리고 이건 내가 자네한테 한번 만날 수 있느냐고 메일을 보낸 다음 날 받은 거고."

마치 아버지에게 새로 생긴 멍 자국을 보여주는 소년 같은 표정으로 그가 편지들을 내밀었다.

앞서 보았던 것과 똑같은 펜, 똑같은 글씨체로 쓴 편지였지만 어조가 달라져 있었다.

첫 번째 편지는 8행으로 이루어져 있었다.

바늘 끝에서 얼마나 많은 천사들이
춤출 수 있을까?
한 병의 술에 얼마나 많은 희망이
잠길 수 있을까?
너의 술잔이 총이었다는 걸
너는 알았을까?
그래서 언젠가 너는 묻게 될까?
도대체 내가 무슨 짓을 한 거냐고.

두 번째 8행시 역시 똑같이 은밀하고도 위협적이었다.

뿌린 대로 거두고,
빼앗은 것을 내놓게 되리라.
네가 무슨 생각을 하는지,
나는 훤히 알고 있다.
네가 언제 눈을 깜빡이는지,
네가 어디 있었으며,
앞으로 어디 있을 건지도.
너는 나를 만나야 한다.
미스터 658.

그로부터 10여 분 동안 그 편지를 대여섯 차례 반복해 읽으면서 거니의 표정은 점점 더 어두워졌고 멜러리의 불안감은 점점 더 커졌다.

"어떻게 생각해?"

마침내 멜러리가 물었다.

"아주 똑똑한 적수를 만났군."

"그러니까 내 말은, 그 숫자 말이야."

"숫자라니?"

"내가 어떤 숫자를 생각할지 놈이 어떻게 알았을까?"

"내가 보기엔 있을 수 없는 일이야."

"물론 있을 수 없는 일이지. 하지만 이자는 알아냈잖아! 내가 생각하는 숫자가 658이라는 걸 다른 사람이 정확히 맞힌다는 건 불가능해. 하지만 이자는 알고 있었어. 그것도 내가 그 숫자를 생각해내기 이틀 전부터! 그러니까 편지를 우편함에 넣기 전부터 말이야!"

멜러리가 의자에서 벌떡 일어나더니 집이 있는 쪽으로 잔디밭을 걸어갔다가 다시 되돌아오면서 머리를 긁적였다.

"그건 과학적으로 불가능한 일이야. 그걸 알아맞힐 방법은 도저히 없어. 도저히 말이 안 되는 얘기란 거 모르겠나?"

거니는 손끝으로 턱을 문지르며 말을 이었다.

"내가 100퍼센트 신뢰하는 철학적 원칙이 있어. 어떤 일이 일어나면 반드시 그 일이 일어나는 방법이 있단 거야. 분명히 아주 단순한 방법일 거야."

"하지만……."

거니는 손을 들었다. 처음 뉴욕 경찰이 되고 교통경찰로 일했던 여섯 달, 젊고 진지했던 그때의 모습처럼.

"진정하고 앉게. 분명히 밝혀낼 수 있어."

5
불쾌한 가능성들

매들린이 두 사람에게 아이스티 두 잔을 가져다주고 실내로 돌아갔다. 따스한 잔디 향기가 바람에 실려왔다. 기온은 20도에 가까웠다. 붉은 양지니 한 떼가 새 모이통에 내려앉았다. 햇살과 빛깔과 냄새 모두 강렬했지만 멜러리는 전혀 감흥이 없었다. 엄습하는 불안감에 완전히 잠식당한 것 같았다.

아이스티를 마시면서 거니는 자신을 찾아온 손님의 동기와 정직성에 대해 곰곰이 생각해보았다. 사람을 섣불리 판단하는 것은 종종 실수를 유발하지만 때로는 그런 판단 욕구를 억누르기가 쉽지 않았다. 중요한 것은 언제든 자신의 선입견이 틀렸음을 인정할 수 있고 그 판단을 뒤집을 수도 있는 유연함이었다.

거니의 직관에 따르면 마크 멜러리는 전형적인 사기꾼이었고 위선자였으며 자신의 위선을 어느 정도는 실제로 믿고 있는 사람이었다. 그의 억양만 들어도 알 수 있었다. 대학 시절에도 특유의 억양이 있었지만 그 기원은 분명치 않았다. 교양과 세련미를 상징

하는 가상의 지역에서 연유한 것이었다. 이제 그것은 더 이상 연기가 아니었고 그 자신의 온전한 일부였지만 그 뿌리는 가상의 세계에 박혀 있었다. 기품 있는 헤어스타일, 촉촉한 피부, 완벽한 치아, 운동으로 단련된 몸, 유명한 텔레비전 전도사처럼 매니큐어를 바른 손톱. 이 세상에서 평안해 보이고 싶어 안달하는 사람의 모습이었고, 보통 사람들이 누리지 못하는 것들을 모두 누리고 싶어 하는 사람의 모습이었다. 26년 전에도 불완전하게나마 그러한 성향이 그에게 있었음을 거니는 알고 있었다. 마크 멜러리는 단지 그때보다 더 자신의 본래 모습에 가까워진 것뿐이었다.

"경찰에 신고할 생각은 안 해봤나?"

거니가 물었다.

"그럴 일이 아니라고 생각했지. 경찰에서 할 일이 없잖아. 뭘 할 수 있겠나? 구체적인 협박을 받은 적도 없고, 실제로 잃은 것도 없고, 범죄 행위도 없었어. 경찰에 신고할 만큼 확고한 증거도 없고. 고작 유치한 시 몇 편 때문에? 정신 나간 고등학생이 쓴 것일 수도 있잖아. 남다른 유머 감각을 가진 사람이 쓴 것일 수도 있고. 경찰에 신고해봐야 막상 할 수 있는 일도 없고 최악의 경우 그저 장난으로 치부해버릴 텐데, 왜 그런 데 시간을 낭비하겠나?"

거니는 고개를 끄덕였지만 딱히 수긍이 가는 것은 아니었다.

멜러리가 말을 이었다.

"게다가 경찰이 이 사건을 맡아서 본격적인 수사에 들어가고 사람들을 심문하고 우리 수련원에 드나들고 현재 고객들, 과거 고객들을 찾아다닌다면……. 우리 고객들 중에는 아주 예민한 사람들이 있거든. 경찰이 돌아다니면서 자기들하고 아무 상관도 없는 일에 대해 캐묻고 다니고 그러다가 행여 언론에까지 알려지는 날엔……. 젠장, 신문 머리기사들이야 뻔하지. '유명 작가 살해 위협받다.' 얼마나 신나서 떠들어대겠나?"

멜러리는 채 말을 잇지 못하고 고개를 저었다. 마치 경찰이 일으킬 폐해를 말로는 다 설명할 수 없다는 듯이.

거니가 당혹스러운 표정으로 대답을 대신했다.

"왜?"

멜러리가 물었다.

"경찰에 신고할 수 없는 두 가지 이유가 서로 상충하잖아."

"어떻게?"

"경찰이 아무 조치도 취하지 않을까 봐 신고를 안 했다면서 또 경찰이 너무 많은 일을 할까 봐 신고를 안 했다고 하니까."

"그렇군. 하지만 그 두 가지 모두 사실이라네. 이 일이 어설프게 처리될지도 모른다는 두려움이 그 두 가지 생각의 공통분모야. 경찰의 무능함은 미온적인 대처로 나타날 수도 있고 벌집을 쑤셔놓는 형태로 나타날 수도 있어. 서툰 안일함 혹은 서툰 적극성. 내 말 알아듣겠나?"

거니는 마치 자기 발가락을 잘라 빙글빙글 돌리고 있는 사람을 보는 것 같은 기분이었다. 거니는 멜러리의 말을 믿지 않았다. 그의 경험에 의하면 어떤 문제에 대해 두 가지 상반되는 이유를 대는 사람에게는 세 번째 이유, 말하지 않은 이유가 있을 확률이 높았다.

거니의 생각을 읽었다는 듯 멜러리가 이야기를 시작했다.

"내가 걱정하는 게 뭔지 자네한테 더 솔직해야 할 것 같군. 상황을 전부 다 털어놓지 않고서는 자네 도움을 기대할 수 없을 테니까. 47년이라는 세월을 살아오면서 나는 전혀 다른 두 개의 삶을 살았네. 인생의 3분의 2는 길을 잘못 들었지. 바른 길이 아니었지만 빨리 달렸어. 처음 그 길로 접어든 건 대학 때였고 대학을 졸업한 뒤에는 더 나빠졌어. 술의 양이 늘어나면서 혼란도 커졌지. 어쩌다가 상류층 사람들한테 마약을 파는 일에 연루되었는데 그러다가 내 고객들과 친구가 되었어. 그중 한 명이 나의 언변에 감동받아 내게 월스트리트의 일자리를 소개해주었어. 탐욕스럽고 멍청해서 3개월 안에 돈을 두 배로 튀길 수 있다고 믿는 사람들을 상대로 주식을 파는 일이었지. 거기서 난 꽤 잘했어. 돈도 많이 벌었고. 그 돈은 내 광기의 연료가 되어주었지. 그 돈으로 내가 하고 싶은 일은 뭐든 할 수 있었어. 그런데 내가 하고 싶은 일이 정확히 뭐였는지는 잘 기억이 나지 않네. 대부분의 시간에 난 취해 있었으니까. 장장 10년 동안 나는 교활한 인간쓰레기들을 위해 일했어. 그러다가 아내가 죽었어. 자넨 몰랐겠지만 난 졸업 이듬해에 결혼했거든."

멜러리가 잔을 들고 음미하듯 천천히 아이스티를 마셨다. 마치 아이스티의 맛이 그의 생각의 원천이라는 듯이. 잔을 반쯤 비우고 나서 그는 잔을 의자 팔걸이에 올려놓고 잠시 바라보다가 다시 이야기를 시작했다.

"아내의 죽음은 나에게 엄청난 사건이었다네. 15년간의 결혼 생활 동안 일어난 모든 일들을 합친 것보다도 더. 인정하기 싫지만 아내의 삶이 나에게 조금이라도 영향을 미친 때가 있었다면 그건 아내가 죽고 난 뒤였어."

거니는 멜러리가 깔끔하게 정리한 그 역설이, 비록 방금 떠오른 것처럼 말을 하고는 있지만 이미 100번쯤 했던 이야기일 거라는 느낌이 들었다.

"어떻게 죽었는데?"

"그 얘긴 내가 쓴 책에 전부 다 나와 있지만 우선 짧고 섬뜩하게 요약하자면 이래. 그때 우린 워싱턴 올림픽 반도에서 휴가 중이었어. 어느 저녁 해 질 무렵, 우린 인적 없는 해변에 앉아 있었지. 에린이 수영을 하겠다고 하더군. 에린은 매일 해안을 따라 30미터 정도를 왕복했거든. 수영장에서처럼. 에린은 스포츠광이었어."

멜러리가 말을 멈추고 눈을 지그시 감았다.

"그날 저녁에도 수영을 했나?"

"응?"

"매일 수영을 했다면서."

"그랬지. 그러니까 내 말은, 그날 저녁에도 그랬을 거라는 거야. 사실 나도 잘 몰라. 취해 있었으니까. 에린이 물속에 들어갔고 난 바닷가에서 마티니 잔을 들고 있었어."

멜러리의 왼쪽 눈에서 잠깐 경련이 일었다.

"에린은 익사했어. 해안에서 15미터 떨어진 지점에서 에린의 시신이 발견됐지. 해변에 술 취해 널브러져 있는 나와 함께."

그는 잠시 멈추었다가 다소 경직된 목소리로 말을 이었다.

"아마 쥐가 났거나……. 나도 모르겠네. 하지만 내 생각엔…… 아마 날 불렀을 거야."

멜러리는 말을 잇지 못하고 눈을 감은 뒤 손으로 눈가를 어루만졌다. 다시 눈을 떴을 때 그는 마치 처음 본다는 듯 주위를 둘러보았다.

"자네 집, 정말 근사해!"

그가 서글픈 미소를 머금고 말했다.

"아내의 죽음이 자네의 삶에 엄청난 영향을 미쳤다고?"

"그래, 그건 정말 엄청난 충격이었어."

"직후에? 아니면 한참 뒤에?"

"직후에. 상투적인 얘기지만 나에겐 일종의 깨달음의 순간이었네. 그 이전에 혹은 그 이후에 겪은 어떤 일보다도 고통스러운 깨달음의 순간이었어. 난생처음으로 내가 걷고 있는 길이 얼마나 파괴적인 길인지 깨달았으니까. 다마스쿠스가 바울을 말에서 끌어내리던 순간에 비교할 생각은 없어. 하지만 그 순간부터 나는 내가 가던 길을 더는 한 발도 가고 싶지 않았어."

이야기를 하는 도중에 그는 어느새 다시 자신감으로 충만해 있었다. '자신감' 이라는 제목으로 강의를 해도 되겠다고 거니는 생각했다.

"난 알코올 해독 프로그램에 등록했어. 그래야 할 것 같더라고. 해독 프로그램을 마치고 나서는 심리치료도 받았지. 내가 과연 진실을 찾은 것인지 혹시 정신이 나간 건 아닌지 확인받고 싶었지. 치료사도 용기를 북돋워주더군. 결국 난 다시 공부를 시작했고 두 개의 학위를 땄어. 심리학과 카운슬링으로. 동기 중에 유니테리언교 목사가 있었는데 나의 갱생에 대해 연설해달라고 하더군. 갱생은 그 친구 표현일세. 내가 한 말이 아니고. 내 연설은 성공적이었어. 그 뒤로 난 유니테리언 교회를 열 군데 정도 돌아다니면서 연설을 했고 그 강의에 담긴 내용을 바탕으로 내 첫 번째 책이 출간되었네. 그 책은 다시 텔레비전 강연 시리즈의 밑거름이 되었고. 그러고 나서 내 강연이 비디오테이프로 보급되었지.

그 뒤로 많은 일들이 그런 식으로 일어났네. 여러 우연들이 겹치면서 한 가지 좋은 일이 일어나고 그게 또 다른 좋은 일로 이어지더군. 특권층의 인사들이 세미나를 해달라는 부탁을 해왔고 그게 멜러리 정신 수련원의 근간이 되었네. 나를 찾아오는 사람들은 내가 하는 일을 좋아했어. 내 멋대로 떠드는 것같이 들리겠지만 다 사실이라네. 사람들은 기본적으로 똑같은 내용의 강의를 듣고 똑같은 정신 수련 프로그램을 체험하기 위해 우리 수련원을 찾고 있어. 이렇게 말하면 어떻게 생각할지 모르겠지만, 그리고 이런 내 말이 무척 가식적으로 들리겠지만 결국 에린의 죽음 덕분에 난 새롭고 놀라운 삶으로 다시 태어난 거야."

그는 눈동자를 불안하게 움직였고 혼자만의 생각에 빠져드는 것 같았다. 매들린이 나와서 빈 잔을 거두어가며 한 잔 더 하겠느냐고 물었다. 두 사람 모두 거절했다. 멜러리는 다시 한번 집이 멋지다고 말했다.

"나한테 좀 더 솔직해지고 싶다고 했지?"

거니가 독촉했다.

"그래. 내가 술에 취해 살던 시절 얘긴데 그때 난 정신을 잃을 정도로 술을 퍼마셨어. 술에 취하면 완전히 필름이 끊겼지. 한두 시간, 때로는 그보다 더 오래. 마지막 몇 년간은 술을 마실 때마다 그런 식이었어. 시간으로 따지면 꽤 많은 시간이었고 그 시간에 아마도 나쁜 짓을 많이 했을 거야. 내가 기억조차 못 하는 짓들을. 술에 취하면 누구하고든 무슨 짓이든 할 수 있었으니까. 바로 그것 때문에, 그 짧은 편지에 적힌 술에 대한 언급에 내가 이렇게 불안해하는 거라네. 내 과거를 생각할 때마다 나의 감정은 늘 분노와 두려움 사이를 오가게 되거든."

냉소적인 거니마저도 그 순간만큼은 멜러리의 목소리에서 느껴지는 진실함을 감지할 수 있었다.

"더 얘기해보게."

그로부터 30여 분. 더 이상 하고 싶은 얘기도, 할 수 있는 얘기도 없다는 것이 분명해지자 멜러리는 다시 그가 집착했던 문제로 돌아갔다.

"도대체 어떻게 내가 생각한 번호를 알아맞혔을까? 내가 알았던 사람들, 주소, 우편번호, 전화번호, 날짜, 생일, 자동차 번호판, 심지어는 물건의 가격까지 숫자에 관련된 것들이라면 모조리 되짚어보았어. 그런데 658과 연결시킬 수 있는 것은 하나도 없었다고. 정말 미치겠단 말이야."

"좀 더 단순한 질문에 초점을 맞추는 게 좋겠어. 예를 들면 말이지……."

그러나 멜러리는 귀를 기울이지 않았다.

"658이 무슨 의미가 있는지 도저히 모르겠다고. 분명히 뭔가 있을 텐데 말이야. 그게 어떤 의미이건 누군가 그 사실을 알고 있어. 누군가 그 숫자가 내게 어떤 특별한 의미가 있다는 것도, 그래서 내가 처음으로 떠올리는 숫자가 바로 그 숫자일 거라는 것도 알고 있었어. 그 생각을 한시도 떨쳐버릴 수가 없다네. 이건 정말 악몽이야!"

거니는 조용히 앉아 멜러리의 두려움이 스스로 잦아들기를 기다렸다.

"술에 대해 언급한 걸 보면 놈은 내가 술독에 빠져 있던 끔찍한 시절에 날 알았던 사람일 거야. 만약 나한테 원한을 품었다면, 말투로 보아서 분명히 그런 것 같은데, 아마 오랫동안 생각했겠지. 어쩌면 날 찾고 있던 중이었는데, 내가 어디 사는지 몰랐다가 우연히 내 책을 보고, 내 사진을 보고, 내 약력을 읽고 나서…… 뭔가 결심을…… 도대체 어떤 결심을 했을까? 도대체 뭘 어쩌겠다는 건지도 모르겠어."

거니는 여전히 아무 말도 하지 않았다.

"자네 인생에서 100일 정도, 어쩌면 한 200일 정도가 기억이 없으면 어떨지 상상해봤나?"

멜러리는 자신이 처한 상황이 기가 막힌다는 듯 고개를 저었다.

"그 숱한 밤들에 대해 내가 분명히 말할 수 있는 건 일단 술에 취하기만 하면 난 어떤 미친 짓이든 할 수 있었단 거야. 알코올이 그래서 무서운 거지. 일단 퍼마시고 나면 어떤 일이 초래할 결과에 대한 두려움이 사라져버리거든. 인지 능력이 완전히 마비되고 자제력이 사라지지. 기억이 닫히고 충동에 따라 행동해. 제어할 수 없는 충동에 따라서."

멜러리가 잠시 침묵하며 또 고개를 저었다.

"내가 기억하지 못하는 그런 밤마다 내가 무슨 짓을 했을 것 같은가?"

멜러리가 거니를 쳐다보았다.

"무슨 짓이든 할 수 있었어. 바로 그게 문제라네. 무슨 짓이든 할 수 있었다는 거."

거니는 문득 멜러리가 온 재산을 탕진하며 찾아 헤매던 열대의 천국을 마침내 발견했는데 그 천국에 전갈들이 우글거린다는 사실을 뒤늦게 깨달은 사람 같다고 생각했다.

"내가 자넬 위해서 무얼 해주었으면 좋겠나?"

"잘 모르겠어. 아마 셜록 홈스식으로 이 미스터리를 해결하고 편지를 쓴 사람이 누군지 알아내서 더 이상 그런 짓을 못하게 막는 것 정도?"

"이 사람이 누군지 알아내는 거라면 나보다 자네가 하는 게 나을 거 같은데."

멜러리는 고개를 저었다. 그 순간 막연한 희망 같은 것이 그의 눈동자에 깃들었다.

"혹시 그저 단순한 장난일 수도 있을까?"

"만약 그렇다면 좀 짓궂은 장난이지. 다른 가능성은?"

거니가 말했다.

"협박일까? 내가 기억하지 못하는 무언가를 알고 있는 걸까? 289.87달러는 그자의 첫 번째 요구일까?"

거니가 애매하게 고개를 끄덕였다.

"다른 가능성은?"

"복수일 수도 있을까? 내가 뭔가 끔찍한 짓을 저질렀고 그자가 원하는 건 돈이 아니라……."

멜러리의 목소리가 애처롭게 잦아들었다.

"이런 일을 일으킬 만한 일은 생각나는 게 전혀 없다는 거지?"

"말하지 않았나. 아무것도 생각나지 않는다고."

"좋아, 자네 말을 믿지. 하지만 이런 상황이라면 몇 가지 단순한 질문들에 대해 생각해볼 필요가 있어. 내가 묻는 질문을 받아적어서 집으로 가져가 스물네 시간 동안 생각해보고 뭐가 떠오르는지 보자고."

멜러리가 우아한 서류가방을 열고 조그만 가죽 제본 노트와 몽블랑 펜을 꺼냈다.

"몇 가지 목록을 작성해보게. 최대한 성심껏. 알겠지? 첫째, 사업이나 직업과 관련해서 원한을 품을 만한 사람들을 적어보게. 돈이나 계약, 약속, 지위, 명성과 관련해서 언제든 자네와 갈등을 일으킬 소지가 있는 사람들 말이야. 둘째, 해결되지 않은 사적인 문제들을 생각해보게. 옛 친구, 옛 연인, 좋지 않게 끝난 동업자들 등등. 셋째, 자네한테 직접적으로 위협을 가하는 사람들, 자네를 비난하거나 협박했던 사람들을 적어봐. 넷째, 정서적으로 불안정한 사람들, 어딘가 안정적이지 못하고 자네를 불편하게 대했던 사람들. 다섯째, 과거에 알고 지낸 사람들 중에서 최근에 우연히 만났던 사람들. 만난 방식이 얼마나 우연이었는지에 상관없이. 여섯째, 자네가 아는 사람들 중에서 위철리에 살고 있거나 그 인근에 살고 있는 사람들을 적어봐. 'X. 아리브디스' 우편함이 그곳에 있으니까. 편지의 직인이 전부 다 거기 걸로 찍혀 있었지?"

거니의 질문을 받아적으면서 멜러리는 계속 고개를 저었다. 단 한 사람도 생각나지 않는다는 듯이.

"어려운 일이란 거 알아. 하지만 필요한 일이야. 편지들은 일단 나한테 두고 가게. 내가 좀 더 자세히 읽어볼 테니까. 하지만 명심해. 난 사립탐정도 아니고 아마 내가 할 수 있는 일은 별로 없을 거야."

멜러리가 공허한 표정으로 자신의 손을 바라보았다.

"목록을 작성하는 것 말고 내가 할 수 있는 일이 있을까?"

"좋은 질문이야. 자네 생각은 어떤가?"

"글쎄. 자네 말대로 코네티컷 위철리의 아리브디스를 추적해보면 뭘 좀 알아낼 수 있지 않을까?"

"자네가 말하는 추적으로 사서함이 아닌 집 주소를 찾아낼 생각이라면 우체국에선 알려주지 않을걸. 그렇게 하려면 경찰의 도움을 받아야 하는데 그건 자네가 원치 않는 일이고. 인터넷 주소록에서 찾아볼 수는 있겠지만 실명이 아니면 아무 소용이 없어. 내가 보기엔 실명이 아닐 확률이 높아. 편지에서도 그 이름이 자기가 평상시에 쓰는 이름이 아니라고 말했잖아."

"하지만 수표 문제는 좀 이상해. 그렇지 않은가?"

"액수 말인가?"

"인출되지 않았다는 거. 액수를 정확히 말했고, 그 돈으로 무얼 할지도 밝혔고, 어디로 보내야 하는지도 알려주었는데 왜 인출하지 않았을까?"

"만약 아리브디스가 가명이라면 그 이름으로는 돈을 인출할 때 본인 확인을 할 수 없겠지."

"그렇다면 왜 수표를 요구했을까? 현금이 아니고?"

멜러리가 마치 지뢰밭을 바라보는 것 같은 눈빛으로 바닥을 이리저리 살펴보면서 물었다.

"어쩌면 그저 내 서명이 있는 무언가를 원했을 수도 있지."

"그 생각도 해봤지만 두 가지 문제가 있네. 첫째, 그자는 현금을 받을 생각도 있었다는 것. 둘째, 만약 서명된 수표를 받는 게 목적이었다면 왜 좀 더 적은 액수가 아니었을까? 말하자면 왜 20달러 혹은 50달러가 아니었을까? 그랬다면 대답을 얻기가 훨씬 쉬웠을 텐데?"

"아마 아리브디스라는 자는 그렇게 똑똑하지 않은가보지."

"왠지 그게 이유는 아닌 것 같아."

멜러리의 몸속 모든 세포 속에서 피로감과 불안감이 싸우고 있는 것 같았고 그 싸움은 치열해 보였다.

"내가 아주 심각한 위험에 처한 걸까?"

거니는 어깨를 으쓱했다.

"대부분의 이상한 편지는 그저 이상한 편지로 끝난다네. 불쾌한 메시지는 그 자체만으로도 하나의 무기일 수 있으니까. 하지만 이 편지는……."

"다르다고?"

"다를지도 몰라."

멜러리의 눈이 휘둥그레졌다.

"알겠네. 자네가 한 번 더 읽어주겠나?"

"그럴게. 자넨 목록을 작성해봐."

"별 소득은 없겠지만 한번 노력해볼게."

6

그림 속의 장미처럼 빨간 피를 위하여

점심 식사를 하자고 붙잡는 사람이 없었기 때문에 멜러리는 마지못해 거니의 집을 나섰다. 그는 섬세하게 복원된 하늘색 오스틴 할리*를 몰았다. 고풍스러운 오픈카를 몰기에 더없이 좋은 날씨였지만 정작 멜러리 자신은 날씨 따위에는 관심조차 없어 보였다.

거니는 다시 애디론댁 의자로 돌아와 한참을 앉아 있었다. 거의 한 시간 가까이 의자에 앉아서 엉망으로 뒤엉킨 사실들이 질서 있게, 반듯하게 정리되기를 기다렸다. 그러나 유일하게 분명해진 사실은 배가 고프다는 것뿐이었다.

그는 자리에서 일어나 집 안으로 돌아가서 하바티**와 익힌 고추를 넣은 샌드위치를 혼자 만들어 먹었다. 매들린은 어디 갔는지 보이지 않았다. 혹시 매들린이 일러준 오늘 일정을 그가 잊은 것은 아닌지. 접시를 닦고 나서 별 생각 없이 창밖을 바라보다가 문

* 1950년대에 제작된 스포츠카

** 부드러운 덴마크산 치즈

득 과수원에서 사과가 가득 담긴 삼베 자루를 들고 돌아다니는 매들린을 보았다. 평온함이 깃든 모습이었다. 집 밖에 있을 때면 매들린은 항상 그런 모습이었다.

매들린이 행복한 한숨을 크게 내쉬며 사과 자루를 싱크대 옆에 내려놓았다.

"날씨가 기가 막히네! 이런 날 1분이라도 집 안에 있는 건 죄악이야!"

거니 자신도 그 말에 동의하지 않는 것은 아니었다. 적어도 심미적인 관점에서는 전적으로 동의했다. 그러나 거니 자신도 어쩔 수 없는 것이 있었다. 그의 타고난 성향은 다양한 방식으로 그를 집 안으로 유인했다. 결과적으로 그는 혼자만의 생각에 파묻혔고, 행동을 하기보다는 행동을 생각하면서 더 많은 시간을 보냈고, 세상 속에서보다는 그 자신의 생각 속에서 더 많은 시간을 보냈다. 그런 성향은 직업적으로는 전혀 문제가 되지 않았고 오히려 그 덕분에 그토록 뛰어날 수 있었다.

어떤 상황에서도 밖으로 나가고 싶다는 생각이 들지 않았다. 그러나 그 사실에 대해 얘기하고 싶지도, 논쟁을 벌이고 싶지도 않았고, 죄책감을 느끼고 싶지도 않았다. 그는 화제를 돌렸다.

"마크 멜러리 인상이 어때?"

매들린은 자루에서 싱크대 위로 과일을 옮겨놓으면서 고개를 들지도, 그 질문을 생각하려고 동작을 멈추지도 않았다.

"자부심이 대단하고, 잔뜩 겁에 질려 있고, 열등감에 시달리면서도 병적으로 자기중심적이고. 악마가 잡으러 올까 봐 두려워하고 있고, 자기를 지켜줄 삼촌을 찾고 있고. 일부러 엿들은 건 아니야. 그 사람 목소리가 워낙 멀리서도 잘 들리더라고. 연설할 땐 대단하겠어."

매들린이 살짝 비꼬듯 말했다.

"그 숫자 문제는 어떻게 생각해?"

"아, 그 독심술 사건!"

그녀가 연기를 하듯 과장스러운 말투로 말했다.

거니는 짜증이 치미는 것을 억눌렀다.

"어떻게 그럴 수 있었는지 짐작이 가? 어떻게 멜러리가 선택할 번호를 알고 있었을까?"

"전혀."

"당신은 별로 놀라는 것 같지 않네."

"당신은 놀란 모양이네."

이번에도 매들린은 사과에 시선을 고정한 채 말했다. 최근 들어서 자주 그녀의 입가에 번지는 그 작고도 묘한 미소.

"꽤 어려운 퍼즐인 건 사실이잖아."

그가 우겼다.

"그렇긴 하지."

"누군가 편지를 보냈고 머릿속으로 숫자를 생각해보라고 했어. 그래서 658이라는 숫자를 생각했지. 봉투를 열어보라고 해서 봉투를 열었더니 그 안에는 658이라는 숫자가 적혀 있었어."

그는 이해받지 못하는 남자 특유의 날카로움으로 상황을 다시 한번 설명했다.

매들린에게는 그 얘기가 놀랍지 않은 것이 너무도 분명했다. 그는 말을 이었다.

"놀라운 일이야. 거의 불가능에 가깝지. 그런데 실제로 일어난 일이고 어떻게 그런 일이 일어났는지 알아내야 해."

"난 당신이 결국은 알아낼 거라고 확신해."

거니는 프렌치도어 밖을, 첫서리를 맞고 힘없이 늘어진 고추와 토마토 밭 뒤쪽 어딘가를 바라보았다.

첫 서리가 언제 내렸더라? 기억이 나지 않았다. 시간에 대한 개념이 없었다. 시간 가는 줄을 모르고 지냈다. 그의 시선은 텃밭 뒤, 초원 건너편에 있는 빨간색 헛간에 머물렀다. 오래된 사과나무가 헛간 뒤로 가까스로 모습을 드러냈다. 인상주의 화가의 그림처럼 겹겹이 포개어진 잎사귀 사이사이에 빨간 점들이 박혀 있었다. 그 그림 속에서 뭔가 성가신 할 일이 있다는 생각이 들었다. 뭐였더라? 아, 그거! 사다리를 꺼내서 매들린의 손이 닿지 않는 높은 곳에 열린 사과를 따주겠다고 약속했지. 대수롭지 않은 일이었다. 그에게는 쉬운 일이었고 기껏해야 30여 분 걸리는 일이었다. 뭔가 좋은 일을 해보자는 생각에 기운을 내며 의자에서 일어서는데 전화벨이 울렸다. 매들린이 전화를 받았다. 언뜻 보기에는 전화기가 놓인 테이블에서 매들린이 더 가까이 있어서인 것 같았지만 그게 진짜 이유는 아니었다. 누가 더 가까이에 있건 전화는 주로 매들린이 받았다. 논리적인 설명이 있다기보다는 사람들과의 접촉에 대한 두 사람의 상반된 태도 때문이었다. 매들린에게 사람들이란, 물론 소냐 레이놀즈처럼 예외가 있긴 하지만, 긍정적인 자극의 원천이고 전반적으로 도움이 되는 존재들이었다. 반면 거니에게 사람들은, 물론 소냐 레이놀즈처럼 예외가 있긴 하지만, 그의 에너지를 갉아먹으며 대체로 도움이 안 되는 존재들이었다.

"여보세요."

언제나처럼 기분 좋은 기대감이 깃든 목소리로 매들린이 전화를 받았다. 상대가 무슨 이야기를 하든 즐겁게 들어줄 용의가 있다는 듯이. 그러나 불과 몇 초 후 매들린의 목소리는 한결 풀이 죽었다.

"네, 있어요. 잠깐만요."

그녀가 수화기를 테이블 위에 올려놓고 거니에게 손짓을 한 뒤 돌아서서 밖으로 나갔다.

마크 멜러리였다. 한층 더 불안해진 목소리였다.

"자네가 집에 있어서 다행이네. 지금 막 돌아왔는데 편지가 또 한 통 와 있더라고."

"오늘?"

멜러리가 그렇다고 대답했다. 그러나 거니의 질문에는 나름의 목적이 있었다. 오랜 세월을 사건 현장이나 응급실, 그 밖의 다양한 혼란 상황에서 보낸 그는 신경이 날카로운 사람들을 심문할 때 그들을 진정시키는 가장 간단한 방법은 그들이 '그렇다.' 라고 대답할 수 있는 단순한 질문을 던지는 것이라는 사실을 터득했다.

"똑같은 필체였나?"

"그래."

"똑같은 빨간 잉크?"

"응, 내용만 빼고는 다 똑같아. 읽어볼까?"

"읽어봐. 천천히 읽어. 어디서 행이 바뀌는지도 알려주고."

명확한 질문, 명확한 지시, 침착한 목소리는 예상대로 효력이 있었다. 다시 평정을 되찾은 멜러리는 이상하고 어딘가 사람을 불안하게 만드는 시를, 한 줄이 끝나는 것을 알리기 위해 중간중간 쉬어가며 읽었다.

내가 해온 이 일의 목적은

돈도 재미도 아니야.
빚을 갚기 위해서이고
잘못을 바로잡기 위해서이고
그림 속의 장미처럼
빨간 피를 위해서야.
그래야 모두가 알겠지.
뿌린 대로 거둔다는 걸.

수화기를 들고 멜러리가 읽는 대로 받아적은 뒤 거니는 다시 한 번 그 시를 찬찬히 읽어보면서 어떤 작자가 이런 글을 쓸지 생각해보았다. 도대체 어떤 정신 나간 놈이 복수심에 불타오를 때 그것을 시로 표현한단 말인가.

멜러리가 먼저 침묵을 깼다.

"무슨 생각 하나?"

"이제 경찰에 신고하는 게 좋겠다는 생각."

"그러고 싶지 않아. 자네한테도 설명하지 않았나."

그는 다시 흥분하고 있었다.

"그랬지. 하지만 내 조언을 원한다면 그게 내 조언이야."

"무슨 말인지 알겠네. 하지만 내가 대안을 찾아달라고 부탁하고 있잖아."

"가장 훌륭한 대안은 형편이 허락한다면 24시간 보디가드를 고용하란 거야."

"지금 날 보고 고릴라 두 마리를 대동하고 수련원을 돌아다니라는 건가? 그걸 우리 고객들한테 어떻게 설명하지?"

"고릴라라는 표현은 좀 지나친 것 같군."

"이것 보게. 난 고객들한테 거짓말을 하지 않아. 만약 고객들 중 한 명이 나에게 저 못 보던 사람들이 도대체 누구냐고 물으면 난 사실대로 대답할 수밖에 없어. 그러면 또 다른 질문으로 이어지겠지. 무척 어수선해질 거야. 내가 만들려고 애쓰는 분위기에 아주 해로운 거라고. 다른 조언은 없나?"

"그야 자네가 원하는 게 뭐냐에 달렸지."

멜러리가 허탈한 웃음을 지었다.

"도대체 누가 날 쫓고 있는지, 도대체 그 사람이 나한테 원하는 게 뭔지 자네가 알아내서 앞으로는 그러지 못하게 해줄 수 있지 않을까? 그래줄 수 있겠나?"

"내가 그렇게 할 수 있을지 모르겠어."라고 대답하려는 찰나, 멜러리가 갑자기 진지하게 덧붙였다.

"데이비, 젠장, 난 무서워서 미치겠어. 대체 뭐가 어떻게 돌아가는 건지 모르겠다고. 자넨 내가 만난 사람들 중에 가장 똑똑한 친구야. 이 상황이 악화되는 걸 막을 수 있는 사람은 자네밖에 없어."

그때 매들린이 뜨개질거리를 들고 부엌을 가로질렀다. 매들린은 〈마더 어스 뉴스Mother Earth News〉 최신호와 밀짚모자를 들고 화창한 하늘이 만들어준 것 같은 미소를 살짝 지어 보인 뒤 프렌치도어를 열고 밖으로 나갔다.

"내가 자네를 얼마나 돕느냐는 전적으로 자네가 나를 얼마나 돕느냐에 달렸어."

"내가 어떻게 하면 좋겠나?"

"말했잖아."

"뭐? 아, 그 목록!"

"목록이 작성되면 다시 전화하게. 어디서 시작할지 그때 생각해보세."

"데이브."

"응?"

"고마워."

"아직 아무것도 한 게 없는데."

"그래도 희망을 주었잖아. 그건 그렇고 오늘 편지 봉투는 아주 조심해서 열었다네. 텔레비전에서 본 것처럼 혹시 지문이 남아 있을까 봐 라텍스 장갑하고 족집게를 사용했어. 편지는 비닐봉지에 넣었고."

7

블랙홀

거니는 마크 멜러리의 문제에 연루된 것이 영 찜찜했다. 그 미스터리와, 미스터리를 해결해보라는 도전에 마음이 끌린 것만은 분명했다. 그렇다면 왜 이렇게 마음이 불편할까?

헛간에서 사다리를 꺼내 약속했던 대로 사과를 따야 한다는 생각이 들었지만 그보다는 소냐 레이놀즈를 위해 다음 작품을 준비하고 싶었다. 악명 높은 피터 피거트의 머그샷을 컴퓨터 사진보정 프로그램에 옮겨놓기라도 해야 할 것 같았다. 그는 이글 스카우트* 출신인 피터 피거트의 내면세계를 포착해낼 도전의 시간을 기다려왔다. 피터 피거트는 아버지를 살해하고 나서 15년 뒤에 어머니마저 살해했다. 살해 자체보다는 살해 동기가 섹스였다는 사실이 더 섬뜩했다.

거니는 사진 작업을 위해 꾸며놓은 방으로 갔다. 한때는 식료품

* 21개 이상의 공훈 배지를 받은 보이 스카우트 단원

저장실이었지만 지금은 그가 작업실로 사용하고 있었다. 확장한 북쪽 창문으로 그림자를 만들지 않는 서늘한 햇살이 스며 들어와 방 안을 가득 채웠다. 그는 전원의 풍경을 내다보았다. 초원 뒤로 이어진 단풍나무 숲의 공터가 그 뒤로 펼쳐진 푸른 언덕을 액자처럼 둘렀다. 그 풍경이 사과를 따야 한다는 생각으로 다시 그를 이끌었고 거니는 부엌으로 돌아갔다.

선뜻 결정을 내리지 못한 채 머뭇거리고 있는데 매들린이 뜨개질을 하다 말고 다가왔다.

"멜러리 일은 어떻게 할 건데?"

"아직 결정 못 했어."

"왜?"

"글쎄. 이런 일에 연루되어봐야 별로 좋을 게 없잖아."

"그게 문제가 아니잖아."

매들린의 명쾌함은 언제나 그를 놀라게 했다.

"하긴 그래. 문제는 도무지 내가 갈피를 잡을 수 없다는 거지."

그녀가 이제야 알겠다는 듯 미소를 지었다.

용기를 얻은 그가 말을 이었다.

"난 더 이상 강력계 형사가 아니야. 그 친구도 살인 사건의 희생자가 아니고. 도대체 내가 그 친구한테 뭔지, 그 친구가 나한테 뭔지 잘 모르겠어."

"대학 시절 단짝 친구?"

"그것도 좀 그래. 멜러리는 우리가 꽤 가까운 친구였던 척하는데 사실 난 별로 그런 기분이 안 들거든. 게다가 그 친구한테 필요한 건 친구가 아니라 보디가드야."

"데이브 삼촌도 필요하지."

"난 데이브 삼촌이 되어줄 수 없어."

"정말?"

거니가 한숨을 쉬었다.

"당신은 내가 이 친구 일에 연루되는 걸 원해?"

"당신은 벌써 이 일에 연루되었어. 아직 갈피를 잡지 못하고 있는 것뿐이지. 당신은 경찰이 아니고 그 사람도 아직 범죄 희생자라고 말할 순 없어. 하지만 맞춰야 할 퍼즐이 있고 당신은 조만간 그 퍼즐을 맞춰낼 거야. 중요한 건 바로 그거잖아. 안 그래?"

"날 비난하는 거야? 당신은 형사하고 결혼했어. 내가 다른 사람인 척하기를 원해?"

"형사하고 전직 형사는 좀 다를 거라고 생각했거든."

"은퇴한 지 1년도 넘었어. 내가 하는 일 중에 형사 일처럼 보이는 게 한 가지라도 있어?"

너무도 분명한 사실을 거니가 모르고 있다는 듯 매들린이 고개를 저었다.

"당신이 하는 일 중에 형사 일처럼 보이지 않는 게 한 가지라도 있나?"

"도대체 무슨 소릴 하는 건지 모르겠군."

"누구나 살인범 사진으로 작품 활동을 하진 않아."

"나한테 익숙한 주제일 뿐이야. 그럼 나보고 데이지 꽃 그림이라도 그리라는 거야?"

"살인마들보다는 데이지 꽃이 훨씬 낫지."

"이 일에 날 끌어들인 사람은 당신이야."

"그러니까 이 아름다운 가을날 아침에 당신이 연쇄살인범의 눈동자를 뚫어져라 바라보고 있는 게 바로 내 탓이라는 거네."

머리를 틀어 올려 고정했던 핀이 헐거워졌는지 몇 가닥 짙은 색 머리카락이 눈을 덮었지만 매들린은 깨닫지 못하는 것 같았다. 그래서인지 그녀가 안쓰러워 보였고 거니는 마음이 약해졌다.

그는 심호흡을 했다.

"지금 우리가 뭐 때문에 다투는 거지?"

"당신이 말해봐. 당신은 형사니까."

거니는 그녀를 바라보며 일어섰다. 더 이상은 이 논쟁의 무게를 감당할 수 없었다.

"보여줄 게 있어. 잠깐만."

거니는 방을 나갔다가 멜러리가 전화로 읽어준 시를 받아적은 종이를 들고 돌아왔다.

"이 시 어떻게 생각해?"

매들린은 단숨에 시를 읽었다. 매들린을 모르는 사람이었다면 그녀가 아예 시를 읽지 않았다고 생각했을 것이다.

"심각하네."

그녀가 종이를 그에게 내밀며 말했다.

"내 생각도 그래."

"도대체 무슨 짓을 했단 걸까?"

"좋은 질문이야. 당신도 알아차렸어?"

그녀가 바로 그 구절을 암송했다.

"내가 해온 이 일의 목적은 돈도 재미도 아니야."

매들린은 사진을 찍는 것처럼은 아니더라도 거의 그와 비슷한 수준의 기억력을 갖고 있다고 거니는 생각했다.

"도대체 이 사람이 한 짓이라는 게 뭘까? 또 무슨 짓을 하려는 거지?"

그녀가 대답을 원한다기보다는 혼잣말을 하듯 말했다.

"당신은 분명히 알아낼 거야. 이 글로 봐서는 살인 사건일 수도 있겠네. 당신은 증거를 수집하고 단서를 쫓고 살인범을 잡고 결국 그자의 초상화를 그려서 소냐의 갤러리에 전시하겠지. 레몬을 레모네이드로 만들라는 속담도 있잖아*."

그녀의 미소는 의미심장했다.

이럴 때 거니의 머릿속에 떠오르는 질문은 그가 가장 생각하고 싶지 않은 질문이었다. 델라웨어 카운티로 이사한 것이 큰 실수였을까?

형사의 아내로 살면서 매들린이 감수해야 했던 모든 것들을 보상하고 싶었다. 언제나 일에 치여 뒷전이었던 그녀의 삶을 보상하고 싶었다. 그녀는 숲과 산과 초원과 탁 트인 들판을 사랑했고 거니는 그녀에게 새로운 환경, 새로운 삶을 선물해야 한다고 생각했다. 그 자신은 어디서든 적응할 수 있을 거라고 생각했다. 일종의 오만이었다. 아니면 자기기만이었다. 이러한 대범한 결단을 통해 그간의 죄책감을 떨쳐버리고 싶었던 것일 수도 있었다. 한심한 생각이었다. 사실 그는 새로운 환경에 잘 적응하지 못했다. 그가 순진하게 믿었던 것처럼 유연한 사람도 아니었다. 그 자신에게 맞는 새로운 일을 찾으려고 아무리 애써도 결국에는 언제나 가장 잘할 수 있는 일, 어쩌면 너무도 잘할 수 있는 일, 집착에 가까울 정도로 잘할 수 있는 일로 본능적으로 돌아와버리곤 했다. 자연을 즐기려고 그토록 노력했건만. 빌어먹을 새들만 해도 그렇다. 거니는 새들을 관찰했다. 그런데 어느 순간부터 새들을 관찰하면서 분류

* '운명이 너에게 레몬을 주거든 레모네이드로 만들어라.' 어려운 상황을 좋은 상황으로 변화시키라는 의미

하는 작업이 일종의 잠복근무가 되어버렸다. 그는 새들의 움직임, 습관, 먹이를 먹는 모습, 날아다닐 때의 특징을 기록했다. 다른 사람들이 보기에는 그것이 하나님의 피조물에 대해 새로 움튼 사랑처럼 보였을지도 모른다. 그러나 실상은 그렇지 않았다. 그것은 사랑이 아닌 분석이었고 탐사였다.

또한 암호의 해독이었다.

젠장. 그가 정말 그렇게 편협한 인간이었던가?

너무도 편협하고 경직된 인간이라 그의 직업 때문에 아내가 잃어야 했던 것을 보상할 수조차 없는 것일까? 내키지는 않지만 다른 가능성들도 생각해야 하는 것일까? 업무에 지나치게 몰입한 것 말고도 또 다른 보상할 것들이 있는 것은 아닐까?

어쩌면 그것 말고 딱 한 가지가 더 있는 것일까?

말을 꺼내기조차 너무도 힘든 그것.

그 추락한 별.

엄청난 중력으로 그들의 관계를 일그러뜨려버렸던 바로 그 블랙홀.

8

바위와 험한 곳

눈부신 가을 날씨는 오후에 접어들면서 찌푸리기 시작했다. 오전에는 산뜻한 솜뭉치 같았던 구름들이 차츰 어두워졌다. 어디서 시작된 것인지는 알 수 없지만 멀리 어딘가에서 우르릉거리는 천둥소리가 비를 예고했다. 천둥소리는 폭풍의 부산물이라기보다는 이미 공기 중에 만져질 듯 선명하게 존재하는 것 같았다. 벌써 몇 시간째 물러설 기미도, 그렇다고 완전히 멈출 기미도 보이지 않으면서 집요하게 강해지는 존재감이었다.

그날 저녁 매들린은 월넛 크로싱에서 사귄 친구들과 함께 콘서트에 갔다. 거니가 같이 가주리라고 기대한 행사가 아니었기 때문에 그는 집에 남아서 작업을 하는 것에 대해 그다지 방어적인 태도를 취할 필요가 없었다.

매들린이 집을 나선 뒤 거니는 곧바로 컴퓨터 앞에 앉아 피터 포섬 피거트의 머그샷을 바라보았다. 지금까지 한 일이라고는 사진의 그래픽 파일을 받아서 새로운 프로젝트를 시작할 준비를 한 것뿐이었다. 이 사진에 그는 '오이디푸스의 파멸'이라는 섬뜩할 정도로 근사한 제목을 붙여놓았다.

소포클레스의 그리스 신화에서 오이디푸스는 아버지를 죽이고 어머니와 결혼하여 두 딸을 낳으면서 모두에게 끔찍한 비극을 초래한다. 프로이트 심리학에 의하면 이 이야기는 남자아이의 발달 과정에서 아버지가 실종이나 죽음으로 사라져버려서 어머니의 사랑을 독차지하기를 갈망하는 시기를 상징한다. 그러나 피터 포섬 피거트의 경우에는 결백을 주장할 만한 여지도 없었고 그러한 상징이 끼어들 여지도 없었다. 그는 자신이 누구에게 무슨 짓을 하는지 정확히 알고 있었다. 그는 열다섯 나이에 아버지를 죽였고 어머니와 새로운 관계를 시작했으며 어머니와의 사이에서 두 딸을 낳았다. 비극은 거기서 끝나지 않았다. 15년이 지난 뒤 당시 나이 열셋, 열넷이었던 두 딸과 관계를 맺기 시작하면서 갈등이 불거지자 이번에는 어머니를 살해했다.

거니가 이 사건에 연루된 시점은 아이리스 피거트 부인의 시체 반 토막이 맨해튼 선착장에 정박해 있던 허드슨 강 증기선 키에 걸려들었을 때였다. 결국 유타 주의 정통 모르몬교 공동 부락에서 두 딸과 함께 살고 있던 피터 피거트를 체포하면서 사건은 종결되었다.

피와 가족 간의 공포로 얼룩진 잔혹한 범죄였지만 피터 피거트는 모든 심문 과정에서 침착했으며 말수가 적었다. 조사가 진행되는 동안 그는 하이드 씨의 모습을 제법 잘 감추었다. 존속 살해범이나 일부 다처주의자라기보다는 음울한 자동차 수리공의 모습이었다.

거니는 컴퓨터 화면에 나타난 피터 피거트의 모습을 바라보았다. 피거트도 거니를 바라보고 있었다. 처음 조사를 시작했을 때부터 거니는 사건의 핵심이, 비록 괴상하게 표출되긴 했지만, 자신의 환경을 지배하고 싶은 욕구라고 생각했다. 그 생각은 더욱 확고해졌다. 주변 사람들, 심지어는 가족까지도 피거트에게는 환경의 일부였고 그들을 자기가 원하는 대로 통제하고 싶어 했다. 그 통제력을 유지하기 위해 누군가를 죽여야 한다면 주저하지 않고 죽였다. 얼핏 보기에는 사건의 핵심이 섹스인 것 같지만 섹스 역시 그에게는 욕망이라기보다는 권력이었다.

어수룩한 표정에서 악마의 징후를 찾으려 애쓰는 동안 한 줄기 바람이 메마른 나뭇잎들을 흔들었다. 깃털 빗자루로 쓸어내는 것 같은 소리를 내며 나뭇잎들이 안뜰에서 뒹굴었다. 그중 몇 개는 유리문에 부딪혔다. 불안한 나뭇잎들, 그리고 간헐적으로 들려오는 천둥소리 때문에 집중을 할 수가 없었다. 혼자서 몇 시간 동안 살인범의 사진 작업에 몰두할 수 있다는 것, 추켜세운 눈썹이나 불쾌한 질문의 방해 없이 그럴 수 있다는 것은 사뭇 구미가 당기는 일이었지만 거니는 왠지 불안했다. 그는 피거트의 눈동자를, 그 무겁고 어두운 눈동자를 뚫어져라 바라보았다. 희대의 섹스광이자 살인마였던 찰리 맨슨의 눈동자에서 번득이던 광기를 피거트에게서는 찾아볼 수 없었다. 바람에 흔들리는 나뭇잎이 또 한 번 그의 주의를 분산시켰다. 언덕 너머로 음울한 하늘을 가르는 번개가 스쳤다. 멜러리의 위협적인 시 한 구절이 그의 머릿속을 드나들다가 어느 순간 아예 들어와서 자리를 잡았다.

뿌린 대로 거두고,
빼앗은 것을 내놓게 되리라.

처음에는 도저히 풀 수 없는 수수께끼 같았다. 너무 막연한 글이었다. 너무 막연해서 의미가 없을 정도로. 그런데도 그는 그 시를 머릿속에서 떨쳐낼 수가 없었다.

거니는 서랍을 열고 멜러리가 준 편지를 꺼냈다. 그는 컴퓨터를 끄고 키보드를 옆으로 밀어놓은 다음 편지들을 반듯하게 펴놓고 첫 번째 편지부터 읽기 시작했다.

운명을 믿나? 난 믿어. 다시는 널 보지 못할 거라 생각했는데, 어느 날 우연히 널 봤거든. 한순간 모든 기억이 되살아나더군. 네가 무슨 말을 하고 무슨 행동을 하는지, 네가 무슨 생각을 하는지 나는 알아. 숫자를 하나 생각하라고 말하면 네가 무슨 숫자를 생각할지도. 못 믿겠다고? 내가 증명해볼까? 1000 미만의 숫자를 하나 생각해봐. 가장 먼저 떠오르는 숫자를 머릿속에 그려봐. 이제 내가 너의 비밀들을 얼마나 잘 알고 있는지 한번 확인해볼까? 작은 봉투를 열어봐.

이미 해보았지만 그는 편지지의 앞과 뒤는 물론 봉투의 안팎을 다시 한번 살폈다. 658이라는 숫자의 흐릿한 흔적이 있는 것은 아닌지, 그래서 멜러리의 머릿속에 자동적으로 그 숫자가 떠오른 것은 아닌지 궁금해서였다. 나중에 보다 확실한 검사를 해보겠지만 일단은 편지를 쓴 사람이 멜러리가 생각한 숫자를 알아맞힌 것이 교묘하게 편지에 감추어진 숫자 때문은 아닌 것 같았다. 거니는 편지의 내용으로 파악할 수 있는 몇 가지 단서를 줄이 그어진 노란 노트에 적어보았다.

1. 나는 과거에 너를 알았지만 연락이 끊겼다.

2. 그런데 최근에 너를 다시 만났다.

3. 나는 너에 대해 많은 것을 기억하고 있다.

4. 잠시 후 네 머릿속에 떠오르는 숫자들을 맞히는 것으로 내가 네 비밀들을 알고 있다는 사실을 증명할 수 있다.

그자의 말투는 음산하면서도 짓궂었고 멜러리의 비밀을 알고 있다는 말은 작은 봉투에 담긴 돈의 요구로 협박의 느낌이 한층 더해졌다.

네가 658이란 숫자를 생각할 거라는 걸 내가 알고 있었다는 사실이 놀라운가?

그렇게 널 훤히 알고 있는 사람이 과연 누굴까? 그 답을 알고 싶으면 먼저 289.87달러를 입금해. 그게 내가 너를 찾는 데 필요한 금액이니까.

정확한 액수를 이곳으로 보내. 현금이나 개인 수표로.

수취인은 X.아리브디스.

(물론 이건 평상시 내가 쓰는 이름은 아니야.)

도저히 설명이 불가능하지만 숫자를 알아맞혔고 상대를 훤히 꿰뚫고 있음을 암시하는 짧은 글이었다. 편지의 앞부분에서는 그들의 만남이 우연한 것이었다는 느낌을 주었음에도 멜러리를 찾아내는 데 드는 정확한 금액을 명시했고 그 돈을 입금하는 것이 마치 자신의 신분을 노출하는 데 필요한 전제 조건이라는 듯이 말하고 있었다. 그자는 돈을 입금하는 두 가지 방법을 제시했다. 수표 혹은 현금으로. 수표를 위해서 X. 아리브디스라는 이름을 알려주고 멜러리가 그 이름을 알아보지 못하리라는 설명과 함께 돈을 송금할 위철리 사서함 주소를 알려주었다.

거니는 노란색 줄 노트에 그 세 가지 사실을 기록하면서 생각을 정리했다.

생각들은 네 가지 질문으로 귀결되었다. 최면이나 초능력 없이 멜러리의 숫자를 알아맞힌 것을 어떻게 설명할 수 있을까? 편지에 적힌 다른 숫자 289.87달러 역시 '너를 찾는 데 필요한 금액' 외의 어떤 의미가 있을까? 홈쇼핑 광고를 패러디한 것처럼 현금이나 수표 중 선택하게 한 이유는 무엇일까? 게다가 거니의 기억 어두운 저편에서 딸깍거리는 '아리브디스'라는 이름은 또 뭔가? 거니는 그 질문들을 또 다른 노트에 적어내려갔다.

그러고 나서 그는 우체국 소인의 날짜 순서대로 세 편의 시를 늘어놓았다.

바늘 끝에서 얼마나 많은 천사들이
춤출 수 있을까?
한 병의 술에 얼마나 많은 희망이
잠길 수 있을까?
너의 술잔이 종이었다는 걸
너는 알았을까?
그래서 언젠가 너는 묻게 될까?
도대체 내가 무슨 짓을 한 거냐고?

뿌린 대로 거두고,
빼앗은 것을 내놓게 되리라.

네가 무슨 생각을 하는지,
나는 훤히 알고 있다.
네가 언제 눈을 깜빡이는지,
네가 어디 있었으며,
앞으로 어디 있을 건지도.
너는 나를 만나야 한다.
미스터 658.

내가 해온 이 일의 목적은
돈도 재미도 아니야.
빚을 갚기 위해서이고
잘못을 바로잡기 위해서이고
그림 속의 장미처럼
빨간 피를 위해서야.
그래야 모두가 알겠지.
뿌린 대로 거둔다는 걸.

거니의 머릿속에 처음으로 떠오른 생각은 '태도의 변화' 였다. 처음 두 편지에서는 그저 좀 짓궂게 느껴졌던 어조가 첫 번째 시에서는 취조하는 투로, 두 번째 시에서는 노골적으로 위협적인 투로, 세 번째 시에서는 복수심에 불타는 투로 바뀌었다. 이 편지를 얼마나 심각하게 받아들여야 하는지의 문제는 제쳐두고라도 전하려는 메시지는 분명했다. 이 글을 쓴 사람, X. 아리브디스는 그자가 과거에 멜러리가 술김에 저지른 잘못에 대해 어쩌면 살인으로 죄과를 치르게 할 작정이었다. '살인' 이라는 단어를 노트에 적는 순간, 거니의 관심은 맨 처음의 2행시로 되돌아갔다.

뿌린 대로 거두고,
빼앗은 것을 내놓게 되리라.

이제야 그 말이 정확히 무슨 뜻인지 알 것 같았다. 너무도 간단했다. 네가 누군가의 생명을 빼앗았으니 이제 네 생명을 내놓아라. 네가 저지른 일을 너도 당할 것이다.

그 순간 그가 느낀 전율이 그에게 확신을 주었는지, 아니면 그의 확신이 전율을 일으킨 것인지 알 수 없었지만 어느 쪽이건 의심의 여지가 없었다. 그러나 그 사실이 또 다른 질문의 대답까지 알려주지는 않았다. 오히려 그 질문을 더욱 절박하게 만들었고 또 다른 질문들을 제기했다.

이 살해 협박은 단순히 그 협박을 인식하면서 고통을 느끼도록 하기 위한 것인가? 아니면 실제 의도가 담긴 선전포고인가? 게다가 세 번째 시 첫 번째 줄에서 그자가 말한 '내가 해온 이 일'이라는 말은 어떤 의미인가? 지금부터 그가 멜러리에게 하려는 일을 다른 사람에게도 이미 했다는 뜻인가? 멜러리가 누군가와 함께 이 일에 연루되었고 그 사람은 이미 일을 당했다는 의미인가? 거니는 멜러리에게 그의 친구나 지인 중에 최근에 살해되었거나 공격을 당했거나 협박을 당한 사람이 있는지 물어보아야겠다고 메모해두었다.

어두워진 산기슭 저편에서 번쩍이는 번개의 섬광과 낮고도 집요하게 으르렁거리는 음산한 천둥소리가 만들어낸 분위기 때문인지 아니면 거니 자신의 노력 때문인지, 편지 뒤에 숨어 있는 사람의 윤곽이 서서히 드러났다. 시에서 배어나는 초연함. 섬뜩할 정도로 분명한 목적의식. 섬세하게 다듬어진 문장. 증오와 치밀함. 이 모든 것들이 끔찍한 결과로 이어지는 것을 거니는 전에도 본 적이 있었다. 다가오는 폭풍을 예감하며 불안에 떨고 있는 모든 것들을 창밖으로 바라보면서 거니 자신도 편지에 담긴 사이코패스의 냉혹함을 감지했다. 스스로를 'X. 아리브디스'라고 부르는 사이코패스.

물론 거니가 과민반응하는 것일 수도 있었다. 기분에 따라, 특히 저녁 시간에 혼자 있을 때는 사실에 근거하지 않은 확신이 드는 경우가 있는 것도 사실이었다.

하지만…… 그 이름 때문일까? 그의 기억 속 먼지 묻은 상자 안에서 무언가 꿈틀거리는 것 같은 이 기분은?

그날 밤 거니는 일찌감치 잠자리에 들었다. 매들린이 콘서트에서 돌아오기 훨씬 전이었다. 다음날 멜러리에게 편지를 돌려주고 경찰에 신고하라고 말할 생각이었다. 지나친 모험이었고 위험부담이 너무 컸다. 그러나 침대에 누워도 잠이 오지 않았다. 그의 마음이 출구도, 결승점도 없는 경주 코스를 달리는 것 같았다. 익숙한 기분이었다. 이 도전에 지나치게 몰입한 대가였다. 집착을 떨쳐버리지 못한 그의 마음이 똑같은 회로를 맴돌기 시작하면 오직 두 가지 선택이 남아 있었다. 서너 시간을 그렇게 맴돌도록 내버려두든가, 아니면 일어나서 옷을 입든가.

몇 분 뒤 그는 청바지에 면 스웨터를 입고 현관 앞에 서 있었다. 흐린 하늘 뒤로 떠오른 보름달의 어스름한 빛 덕분에 헛간까지 선명하게 보였다. 풀밭에 난 길을 따라 그쪽으로 걸을 생각이었다.

헛간 뒤쪽으로 연못이 하나 있었다. 풀밭 길을 반쯤 걸었을 때

시내 방향에서 차 한 대가 들어오는 소리가 들렸다. 약 800미터 정도 거리임을 가늠할 수 있었다. 캐츠킬은 한밤중에 들려오는 가장 큰 소리가 코요테 울음소리인 고요한 동네였다. 그렇기에 자동차 소리는 멀리서도 잘 들렸다.

매들린의 차 헤드라이트가 풀밭 가장자리의 시들어가는 국화 덤불을 스치고 지나갔다. 그녀는 헛간 쪽으로 방향을 틀어 자갈밭에 차를 세운 다음 헤드라이트를 껐다. 매들린이 차에서 내려 그에게 다가왔다. 반쯤 내린 어둠에 적응하려 애쓰며 조심스럽게.

"여기서 뭐 해?"

부드럽고도 다정한 목소리였다.

"잠도 안 오고 머릿속도 복잡해서 연못가로 산책이나 좀 갈까 하고."

"비 오려나 봐."

우르르하는 소리가 그녀의 말에 마침표를 찍었다.

거니가 고개를 끄덕였다.

매들린이 그의 곁에 서서 숨을 깊이 들이켰다.

"음, 향긋해라! 같이 걷자."

그녀가 팔짱을 끼며 말했다.

연못에 가까워지면서 길이 넓어졌고 바로 잔디를 밀어낸 평지로 이어졌다. 숲 속 어디에서 부엉이가 울었다. 보다 정확히 말하자면 올 여름 처음 들었을 때 아마도 부엉이 울음소리일 거라 짐작했고, 그 후로 매번 그 소리를 들을 때마다 부엉이 울음소리라고 확신하게 된 바로 그 소리가 들려왔다. 거니는 시간이 흐를수록 강해진 확신이 전혀 논리적인 근거가 없다는 점을 지적하고 싶었다. 그런 이성의 장난이 그에겐 참으로 흥미로웠다. 그러나 그런 지적을 그녀가 지루해하고 짜증스러워한다는 점 또한 알고 있었고 그래서 아무 말도 하지 않았다. 언제 입을 다물어야 할지 알 정도로 그녀를 잘 알아서 얼마나 다행인지. 그들은 편안한 침묵 속에서 연못을 빙 돌아 천천히 걸었다. 메들린의 말은 옳았다. 바람 속에는 기분 좋은 향긋함이 있었다.

두 사람은 가끔 이런 시간을 갖곤 했다. 편안한 애정이 깃든 조용한 친밀감의 시간들. 결혼 초기, 그러니까 사고가 나기 전에 그들의 결혼 생활이 어땠는지 상기시켜주는 시간들이었다. 사고. 거니는 극단적이면서도 포괄적인 제목으로 그날 일을 뭉뚱그려놓고 그 날카로운 면도날에 심장이 베이지 않게 조심했다. 그 사고, 그 죽음은 태양을 가렸고 두 사람의 결혼 생활을 습관, 의무, 예민한 동반자 관계, 드문 희망의 순간들로 바꾸어놓았다. 그러나 그 드문 희망의 순간, 다이아몬드처럼 맑고 투명한 무언가 두 사람 사이를 오갈 때면 한때 그들이 어땠는지, 또 어쩌면 앞으로 그들이 어떻게 될 수 있을지 깨닫게 되곤 했다.

"당신은 항상 뭔가와 씨름하는 사람 같아."

그녀가 그의 팔꿈치 바로 위쪽에서 손가락에 힘을 주며 말했다.

이번에도 맞는 말이었다.

"콘서트는 어땠어?"

마침내 그가 물었다.

"처음 반은 바로크 음악이었어. 거기까진 아주 좋았는데 나머지 반은 20세기 음악이라 별로였어."

그는 현대 음악에 대한 자신의 비판적인 생각을 덧붙일까 하다가 그만두었다.

"왜 잠을 못 잤어?"

"모르겠어."

매들린이 그의 대답을 믿지 않는 것을 거니 자신도 느꼈다. 그녀가 팔에서 손을 빼었다. 그들 앞쪽에서 무언가 연못으로 뛰어들었다.

"솔직히 말하면 멜러리 일을 머리에서 떨쳐버릴 수가 없어."

매들린은 대답하지 않았다.

"이런저런 생각이 머릿속에서 돌아다녀. 딱히 결론도 없이. 괜히 마음이 어수선하고…… 작정하고 생각하자니 너무 피곤하고."

이번에도 그녀는 그저 사려 깊은 침묵 외에는 아무것도 건네지 않았다.

"계속 그 이름을 생각했어."

"X. 아리브디스?"

"그걸 어떻게…… 들었어?"

"내가 워낙 귀가 밝잖아."

"참, 그렇지. 알면서도 매번 놀라네."

"어쩌면 X. 아리브디스가 아닐지도 몰라."

매들린이 무심하게 말했다. 그녀가 그런 식으로 말할 때는 정말 무심하게 하는 말이라는 것을 거니는 알고 있었다.

"음?"

"어쩌면 X. 아리브디스가 아닐지도 모른다고."

"무슨 뜻이야?"

"콘서트 후반에 끔찍한 소음을 견디면서 현대 작곡가들이 첼로를 무지하게 싫어하나 보다 생각했어. 그 아름다운 악기로 왜 그렇게 듣기 힘든 소음을 만들어내는지…… 정말 끔찍한 마찰음이었어."

"그런데?"

거니는 호기심 때문에 목소리가 날카로워지지 않도록 애쓰며 조심스럽게 물었다.

"사실 그때 그냥 나와버리고 싶었는데 그럴 수가 없었어. 엘리를 태우고 갔거든."

"엘리를?"

"언덕 아랫동네에 사는 엘리. 차 두 대로 가는 것보다는 그 편이 낫잖아. 그런데 엘리는 즐기는 것 같더라고. 왠지는 모르겠지만."

"그런데?"

"그래서 생각해봤지. 연주자들을 죽이지 않고 시간을 보낼 방법이 없을까……."

연못에서 또 한 번 첨벙 소리가 났고 매들린은 그 소리에 잠시 말을 멈추었다. 얼핏 그녀의 미소를 본 것 같기도 했다. 매들린은 개구리를 좋아했다.

"그런데?"

"그래서 크리스마스카드 목록을 작성해보면 어떨까 생각했어. 벌써 11월이잖아. 그래서 펜을 들고 팸플릿 뒤에 'X-마스 카드'라고 썼지. 크리스마스가 아니라 약자로 'XMAS'라고."

매들린이 철자로 설명했다.

어둠속에서 그에게 무언가를 묻는 듯한, 지금 하려는 말의 요점을 알겠느냐고 묻는 듯한 매들린의 표정이 보였다. 아니, 보았다기보다는 느꼈다고 해야 옳을 것이다.

"계속해."

"약자를 볼 때마다 난 토미 밀라코스가 생각나."

"누구?"

"토미 밀라코스. 순결의 성모 학교Our Lady of Chastity 9학년 때 날 좋아했던 애."

"슬픔의 성모 학교* 아니었나?"

조금 짜증 섞인 목소리로 거니가 물었다.

매들린은 자신의 작은 농담을 그가 이해하도록 잠시 기다렸다가 말을 이었다.

"어쨌든 어느 날 이마쿨라타 수녀님이 가톨릭 축일에 관한 쪽지 시험에서 내가 크리스마스를 'X-마스' 라고 쓴 걸 보고 야단을 쳤어. 엄청 뚱뚱한 수녀님이었는데 그 수녀님 말씀이 'X-마스' 라고 쓰는 사람은 크리스마스에서 크라이스트(그리스도) 대신 X 표를 치는 사람이라면서 노발대발하더라고. 날 때릴 기세였어. 그런데 그때 토미가, 그 조그만 갈색 눈동자의 토미가 자리에서 벌떡 일어나더니 "X 표가 아니잖아요!" 하고 소리를 질렀어. 수녀님은 깜짝 놀랐지. 수녀님의 말에 학생이 끼어든 건 그때가 처음이었거든. 수녀님은 그 앨 노려봤지만 그 애도 기죽지 않고 노려봤어. 그리고 나의 영웅 토미는 이렇게 말했어. '그건 영어가 아니에요. 그리스 문자라고요. X는 영어의 Ch랑 같은 거예요. 그리스어로 '크라이스트' 의 첫 글자라고요.' 물론 토미 밀라코스는 그리스 출신이고 그 애 말이 옳다는 건 누구나 다 알았지."

어두웠지만 그날을 떠올리며 엷은 미소를 짓는 그녀의 모습이 보이는 것만 같았다. 여린 한숨 소리를 들은 것 같기도 했다. 한숨 소리는 그의 착각이었을까? 그러기를 바랐다. 또 한 가지 그의 머릿속에 떠오른 생각은 '매들린은 갈색 눈동자를 좋아했다면서 왜

* Our Lady of Sorrows 슬픔의 성모. 가톨릭에서 성모 마리아를 칭하는 일종의 관용 어구

푸른 눈동자와 결혼을 했을까.'였다. 정신 차려, 거니. 9학년 때 얘기라잖아.

매들린이 말을 이었다.

"그러니까 X. 아리브디스는 Ch. 아리브디스일 수도 있지 않을까? 어쩌면 결국 카리브디스 아닐까? 그리스 신화에 나오는?"

"나오지. 스킬라와 카리브디스*."

"바위와 험한 곳."

그가 고개를 끄덕였다.

"뭐 비슷해."

"어느 게 어느 거지?"

거니는 매들린의 질문을 듣지 못하는 듯했다. 그의 마음은 이미 카리브디스의 상징들 속을 내달리면서 이런저런 가능성들을 점쳐 보고 있었다.

"음?"

그제야 거니는 그녀가 무언가 물었음을 깨달았다.

"스킬라하고 카리브디스 말이야. 바위와 험한 곳…… 어느 쪽이 어느 쪽이냐고."

"각자 직접적인 의미가 있는 게 아니고 대략적인 의미가 그렇단 거지. 스킬라와 카리브디스는 메시나 해협에 실제로 존재하는 항해 위험 지역이야. 배들이 그곳을 통과해야 하는데 툭하면 좌초가 된대. 신화에서는 그곳이 파멸의 신으로 형상화됐고."

"항해 위험 지역?"

"스킬라는 뾰족하게 튀어나온 바위를 가리키는 말인데 배들이

* 진퇴양난의 어려운 상황을 나타내는 관용어구

거기 부딪혀서 침몰한대."

그가 곧바로 말을 잇지 않자 매들린이 독촉했다.

"카리브디스는?"

그가 헛기침을 했다. 카리브디스라는 단어의 무언가 그의 마음을 불편하게 했다.

"카리브디스는 소용돌이였어. 아주 강력한 소용돌이. 사람이 한 번 거기 휩쓸리면 결코 빠져나올 수 없대. 사람을 완전히 집어삼켜서 갈기갈기 찢어놓으니까."

그는 아주 오래전에 보았던 오디세이의 삽화를 불편할 정도로 선명하게 기억해냈다. 무자비한 소용돌이에 휘말린 선원의 얼굴은 두려움으로 일그러져 있었다.

숲 속에서 다시 울음소리가 들려왔다.

"여보, 그만 집으로 들어가자. 비 오겠어."

거니는 여전히 생각에 사로잡힌 채 조용히 일어섰다.

"빨리. 이러다가 홀딱 젖어."

거니는 매들린을 따라 차에 올라탔고 두 사람은 풀밭을 가로질러 집으로 향했다.

차에서 내리기 직전, 거니가 아내를 바라보며 물었다.

"X를 볼 때마다 매번 Ch로 바꾸어 생각하는 건 아니지?"

"물론 아니지."

"그런데 이번엔 왜?"

"아리브디스라는 이름이 왠지 그리스어 같잖아."

"그렇지."

매들린이 그를 바라보았다. 구름 낀 저녁이라 그녀의 표정을 읽을 수가 없었다.

"그 생각을 떨쳐버릴 수가 없는 거지?"

그녀가 작은 미소를 머금고 물었다.

잠시 후, 그녀가 예고한 비가 쏟아지기 시작했다.

9

수취인 불명

몇 시간 동안 산에 갇혀 있던 거칠고 차가운 공기가 마을을 덮치면서 거센 비바람을 몰고 왔다. 아침이 밝았을 때 대지는 온통 나뭇잎으로 뒤덮였고 바람에는 진한 가을의 향기가 배어 있었다. 초원의 풀잎마다 맺힌 이슬이 태양의 붉은 조각들처럼 반짝였다.

차를 향해 걸어가는 동안 깨어난 그의 감각이 어린 시절의 기억을 되살려주었다. 향긋한 풀 냄새가 평화와 안락함을 상징했던 시절. 그러나 오늘 해야 할 일에 대한 생각이 그 기억을 지웠다.

거니는 정신 수련원에 가볼 생각이었다. 멜러리가 경찰에 이 사건을 의뢰하지 않겠다고 고집을 부린다면 직접 만나 설득하고 싶었다. 이 일에서 손을 떼고 싶어서가 아니었다. 솔직히 동창의 유명한 정신 수련원이 어떤 곳인지 궁금하기도 했다. 누가, 무엇이 멜러리를 협박하는지 알아낼 단서를 찾을 수도 있을 것 같았다. 사생활 침해 문제에 대해서라면 그 자신도 조심스러운 사람이었지만 거니든 지역 경찰이든 수사할 만한 여지는 있을 것 같았다.

그는 이미 멜러리에게 오늘 가겠다고 전화해두었다. 산길 운전을 하기에는 더없이 좋은 날씨였다. 피어니로 가려면 먼저 월넛 크로싱을 가로질러야 했다. 캐츠킬 산맥의 다른 마을들처럼 월넛 크로싱도 19세기 교차로를 중심으로 발달한 마을이었나. 비록 그 역할은 사라졌지만 교차로만은 여전히 남아 있었다. 마을을 상징했던 커다란 개암나무는 이 마을의 전성기와 함께 사라져버렸다. 침체된 경기는 비록 그 상황이 심각할지언정 회화적인 모습으로 마을에 남았다. 낡은 헛간과 저장고, 녹슨 쟁기들, 건초 수레, 시든 국화들이 우거진 산기슭. 월넛 크로싱에서 피어니로 이어진 길은 낡은 농장들이 듬성듬성 보이는 그림엽서 같은 계곡 사이로 꼬불꼬불하게 나 있었다. 열 개 남짓한 농장들은 생존을 위해 혁신적인 방법을 도입했다. 아벨라드 농장 역시 그중 한 곳이었다. 딜위드 계곡과 강 사이에 자리 잡고 있는 아벨라드 농장은 '무농약 유기농 채소'로 활로를 찾았다. 밭에서 수확한 채소를 신선한 빵, 캐츠킬 치즈, 훌륭한 커피와 함께 아벨라드 상점에서 판매했다. 거니는 문득 그 커피가 너무도 마시고 싶어져서 상점 정문 앞의 조그만 비포장 주차장으로 차를 돌렸다.

그는 문을 열고 천장이 높은 상점 안으로 들어서서 오른쪽 벽에 진열된 김 솟는 커피 주전자들 쪽으로 향했다. 잔에 커피를 따르면서 그윽한 향기에 미소를 지었다. 값은 절반이지만 스타벅스 커피보다 훌륭했다.

'스타벅스' 커피의 이미지가 성공한 젊은이들의 이미지로 연결되면서 곧바로 카일의 모습이 연상되었다. 거니는 순간 움찔했다. 그것이 카일에 대한 그의 원초적인 반응이었다. 카일이 훌륭한 경찰을 숭배하는 아들이기를, 그의 도움을 더 필요로 하는 아들이기를 바라는 그의 욕망 때문일까. 카일은 그가 딱히 가르쳐줄 것도 없고 결코 가까이 다가갈 수도 없는 아들이었다. 스물아홉 살의 나이에 월스트리트에서 고액의 연봉을 받으면서 터무니없이 비싼 차를 모는 아들이었다. 그러나 거니는 카일에게 전화 한 통을 빚지고 있었다. 물론 그 아이가 하려는 얘기가 새로 산 롤렉스 시계나 아스펜 스키 여행에 대한 것뿐일지라도.

거니는 커피 값을 내고 차로 돌아왔다. 전화를 해야 한다는 생각을 하고 있는데 때마침 전화벨이 울렸다. 우연의 일치가 썩 유쾌하지 않았지만 전화를 건 사람은 다행히 카일이 아닌 마크 멜러리였다.

"오늘 또 편지가 왔네. 집으로 전화했더니 자네가 벌써 출발했다더군. 매들린한테서 자네 전화번호를 받았는데 불쾌해하지 말았으면 해."

"무슨 일인데?"

"수표가 되돌아왔어. 내가 289.87달러를 위철리 사서함으로 보내지 않았나? 거기서 그런 사람이 없다고 수표를 반송했어. 주소가 잘못된 모양이라고. 다시 확인해봤는데 나는 정확히 기입했거든. 데이비, 듣고 있나?"

"듣고 있어. 이해하려고 애쓰는 중이야."

"내가 읽어줄게. '제 사서함에 이 편지가 들어 있더군요. 주소가 잘못된 모양입니다. 여기는 X. 아리브디스라는 사람이 없습니다.' 그레고리 더모트라는 이름으로 사인이 되어 있어. 편지 용지 윗부분에는 'GD 보안 시스템'이라고 되어 있고 위철리 주소와 전화번호가 적혀 있네."

거니는 X. 아리브디스가 실존 인물이 아니라 신화에 등장하는 소용돌이, 희생자들을 갈기갈기 찢어놓는 소용돌이라고 말해줄까 하다가 그만두었다. 굳이 그런 이야기까지 하지 않아도 이미 상황은 충분히 복잡하게 돌아가고 있었다. 그 이야기는 그곳에 가서 들려주어도 되리라. 그는 멜러리에게 한 시간 내로 도착할 거라고 말했다.

상황이 어떻게 돌아가는 걸까. 도무지 말이 되지 않았다. 특정 액수의 돈을 요구하고, 신화에 나오는 애매한 이름으로 돈을 보내게 하고, 반송될 줄 알면서도 잘못된 주소로 돈을 보내게 하다니. 음흉한 시들까지 보내고 나서 왜 그렇게 복잡하고 쓸데없는 일을 꾸몄을까. 사건은 점점 더 혼란스러웠고 거니의 호기심도 커졌다.

10

지상 낙원

피어니는 그 마을이 투영하고 싶어 하는 역사의 본거지와는 사뭇 떨어진 마을이었다. 우드스탁에 인접해 있으면서 홀치기염색과 환각제, 록 콘서트의 과거를 공유하는 척하고 있지만 실제로 록 콘서트가 열렸던 곳은 우드스탁에서도 80킬로미터나 떨어진 베델의 한 농장이었다. 그럼에도 우드스탁은 마리화나 연기가 자욱했던 콘서트의 거짓 아우라로 번창했다. 피어니의 이미지는 우드스탁 속임수의 부산물이었다. 그 속임수를 바탕으로 뉴에이지 서점, 타로 카드 점집, 문신 가게, 공연 예술 공간, 채식주의 레스토랑 같은 점포들이 생겨났고 노령기에 접어드는 히피족들, 낡은 폭스바겐 버스를 타고 온 공짜 관광객들, 가죽과 깃털로 치장한 괴짜들을 끌어모았다.

물론 이 마을의 독특한 분위기 속에 관광객들이 돈을 쓸 기회는 널려 있었다. 이름이나 인테리어가 적당히 엉뚱한 상점들이나 식당들은 문화의 변방을 탐험한다고 상상하고 싶어 하는 부유층 고객들의 취향에 맞는 상품들을 팔았다.

피어니 중심가에서 느슨하게 방사선 모양으로 뻗어나간 길은 부촌으로 이어졌다. 9.11 사태 이후 이곳의 부동산 값은 두 배, 세 배로 뛰었다. 삶의 의미를 찾으려는 겁에 질린 뉴요커들이 전원으로의 도피라는 환상에 사로잡혔기 때문이었다. 마을을 빙 두른 언덕 위의 집들은 양적으로도 질적으로도 향상되었고, SUV 차량은 '블레이저' 나 '브롱코' 에서 '허머' 나 '랜드로버' 로 바뀌어갔으며, 주말을 전원에서 보내려는 사람들은 랄프 로렌이 전원에서 입어야 한다고 추천한 옷을 입었다.

사냥꾼, 소방관, 교사는 변호사, 투자 전문가, 혹은 이혼과 함께 문화생활을 재개하고 피부 관리를 받으면서 정신적 스승을 찾아다니며 정신 수련에 관심을 갖게 된 특정 연령대의 여자들로 바뀌었다. 거니는 정신적 스승의 도움을 받아 삶의 문제들을 해결하려는 성향이 강한 이 동네의 분위기 때문에 마크 멜러리가 이곳에 수련원을 개원했을 거라고 짐작했다.

거니는 마을 중심가로 진입하기 직전 고속도로에서 빠져나와 구글 네비게이터의 안내대로 언덕진 숲길을 따라 꼬불꼬불하게 난 플리처스 브룩 가로 진입했다. 길을 따라가니 1.2미터 정도 높이의 슬레이트 벽이 나왔다. 벽은 길과 수평으로 서 있었고 도로 안쪽으로 3미터쯤 들어가 있었으며 길이가 4미터는 되어 보였다. 담벼락에 엷은 푸른색 과꽃이 무성하게 자랐다. 가운데쯤 1.5미터 정도 간격으로 두 개의 문이 있었다. 차가 들고 나는 문이었다. 들어가는 문 위에 '멜러리 정신 수련원' 이라는 번듯한 청동 명패가 보였다.

진입로로 들어서니 수련원의 아름다운 조경이 한눈에 들어왔다. 눈에 보이는 모든 것이 계획되지 않은 완벽함이라는 인상을 주었다. 자갈길 옆으로 마치 아무렇게나 피어난 듯 가을꽃들이 흐드러졌다. 그러나 그 자연스러운 모습마저도 멜러리 자신의 모습처럼 세심한 주의를 기울인 것이라고 거니는 확신했다. 겸손을 가장한 부유함이 언제나 그렇듯이 전반적으로 치밀하게 연출된 자연스러움이었다. 언뜻 자연 상태 그대로인 것 같지만 시들어가는 꽃 하나 방치된 것이 없었다. 진입로를 따라 들어가자 웅장한 조지아풍 건물의 정면이 보였다. 건물도 역시 정원처럼 말쑥한 모습이었다.

건물 앞에 갈색 턱수염을 기른 남자가 호기심 어린 눈빛으로 거니를 바라보았다. 거니는 차창을 내리고 주차장이 어디냐고 물었다. 남자는 듣기 좋은 영국식 악센트로 길을 따라 끝까지 가라고 했다. 그런데 그 길은 거니를 플리처스 브룩 가 쪽으로 난 돌담의 출구로 나가게 만들었다. 거니는 다시 차를 돌려 진입로를 따라 들어갔고 그곳에서는 키 큰 영국 남자가 여전히 그를 호기심 어린 눈빛으로 바라보고 있었다.

"길을 따라 쭉 갔더니 출구던데요. 제가 뭘 놓친 겁니까?"

거니가 물었다.

"이런! 내가 바보 같은 짓을 했군! 우리는 다 알고 있다고 생각하지만 보다시피 사실은 그렇지 않답니다!"

남자가 본래의 표정과 상충하는 것처럼 보이는, 과장스럽게 안타까운 표정을 지으며 말했다.

거니는 문득 자신이 미친 사람을 상대하고 있는 게 아닌가 생각했다. 그리고 그 순간 또 한 남자가 눈에 들어왔다. 키 큰 철쭉 덤불 속에 서서 두 사람을 유심히 바라보고 있던 검은 피부의 땅딸한 남자는 마치 소프라노 오디션을 기다리고 있는 사람 같았다.

영국 남자가 신이 난 표정으로 더 뒤쪽의 누군가를 가리키며 "아, 저기 대답이 있군요. 사라가 당신을 날개 밑에 품어줄 겁니다. 사라는 바로 당신을 위해 존재하니까요!"라고 말했다. 남자는 연극 대사를 읊듯 큰 소리로 말한 뒤 돌아서서 걸었고, 만화에 나오는 깡패 같은 땅딸한 남자가 조금 거리를 두고 그 뒤를 따랐다.

거니는 수심이 가득한 통통한 얼굴의 여자 쪽으로 차를 몰았다. 그녀의 목소리에 연민이 배어났다.

"한 바퀴를 빙 돌게 하다니 손님 맞는 방법이 영 틀렸네요."

그녀의 눈빛에 얼마나 수심이 가득한지 놀라울 정도였다.

"제가 주차해드리죠. 바로 들어가세요."

"그러실 필요 없습니다. 주차장이 어딘지 알려주시겠습니까?"

"그럼요! 일단 절 따라오세요. 이번에는 길을 잃지 않도록 조심하세요."

그녀의 말투 때문에 주차장을 찾는 일이 왠지 더 복잡하게 느껴졌다. 그녀는 손짓을 하며 거니에게 따라오라고 했다. 마치 사막을 가로지르는 행렬에 손짓하듯 큰 동작이었다. 다른 한 손에는 접힌 우산을 들고 있었다. 그녀의 조심스러운 발걸음에서는 거니가 자신을 놓칠지도 모른다는 걱정이 배어났다. 그녀는 덤불숲 앞에서 한 발 옆으로 비켜서면서 수풀 사이로 난 좁은 길을 가리켰다. 거니는 그녀의 안내에 따라 그 길로 들어섰고 그때 여자가 열린 차창으로 들고 있던 우산을 들이밀었다.

"받으세요!"

그녀가 소리쳤다.

당황한 거니는 차를 멈추었다.

"산간 지방 날씨에 대해 들으셨죠?"

그녀가 말했다.

"괜찮을 것 같은데요."

그는 주차장 안으로 차를 몰았다. 이미 주차되어 있는 차의 두 배 정도를 수용할 수 있는 공간이었다. 어림잡아 열여섯 대 정도가 있었다. 반듯한 직사각형의 주차공간은 꽃밭과 관목숲 한복판에 만들어져 있었다. 맞은편의 키 큰 갈색 너도밤나무가 주차장과 3층짜리 빨간색 헛간 건물을 구분했다. 저무는 햇살에 헛간의 빨간빛이 선명하게 반짝였다.

거니는 두 개의 대형 SUV 차량 사이에 자리를 잡았다. 주차를 하는 동안 웬 여자가 달리아 화단 뒤쪽에 서서 그를 지켜보고 있었다. 그는 차에서 내려 그녀에게 상냥한 미소를 지었다. 가냘픈 바이올렛을 연상시키는 여자는 체구가 작고 섬세한 외모를 지녔으며 어딘가 고풍스러운 분위기를 풍겼다. 배우였다면 〈에머스트의 소녀〉*의 에밀리 디킨슨 역이 적역일 거라고 거니는 생각했다.

"저, 마크를 만나려면 어디로 가야 하는지……."

그런데 가냘픈 바이올렛이 자신의 질문으로 그의 말을 잘랐다.

"젠장, 누가 거기다 세워도 좋다고 했어요!"

* 에밀리 디킨슨의 삶을 그린 1인 연극

11

독특한 수련원

거니는 주차장에서 나와 조지아풍의 건물을 돌아 그보다 작은 조지아풍의 저택 쪽으로 난 자갈길을 따라 걸었다. 저택은 건물에서 150미터 정도 안쪽에 자리 잡고 있었다. 건물에는 수련원의 사무실이나 강의실이 있는 모양이었다. 자갈길에는 작은 금색 글씨로 사유지라고 적힌 안내판이 있었다.

거니가 노크를 하기도 전에 마크 멜러리가 문을 열었다. 멜러리는 월넛 크로싱으로 찾아왔을 때와 똑같이 고급스럽고도 편안한 옷차림이었다. 수련원의 건물과 풍경 속에 서 있는 그는 지방의 대지주 같은 인상을 풍겼다.

"반갑네, 데이비!"

거니는 목재로 바닥을 깐 널찍한 홀의 입구로 들어섰다. 홀은 앤티크 가구들로 꾸며져 있었다. 멜러리는 안쪽의 아늑한 서재로 그를 안내했다. 벽난로에서 조용히 타오르는 불길이 방 안을 체리나무 향기로 채웠다.

윙 체어 두 개가 벽난로 양쪽에 마주 보도록 놓여 있어서 벽난로 맞은편의 소파와 전체적으로 U자를 이루었다. 의자에 앉자마자 멜러리가 찾기 힘들지는 않았냐고 물었다. 거니는 그가 나누었던 이상한 세 차례의 대화에 대해 이야기했고 멜러리는 그 세 사람이 이 수련원의 고객이며 그들의 행동이 자아 발견 프로그램의 일부라고 설명해주었다.

"여기 머무는 고객들에게는 열 개의 서로 다른 역할이 주어진다네. 어떤 날에는 '실수를 저지르는 사람' 이 되지. 자네 얘길 들어보니 워스 패트리지였던 것 같은데? 그 영국 친구 말이야. 그 친구가 오늘 그 역할을 맡은 모양이군. 다른 날에는 '도움을 주는 사람' 의 역할을 맡을 거야. 자네 차를 주차시켜주겠다고 했던 사라가 오늘 그 역할을 맡았지. '따지는 사람' 역할도 있네. 자네가 마지막으로 만났던 여자가 그 역할을 신나서 한 것 같군."

"역할극의 요점이 뭐지?"

멜러리가 미소를 지었다.

"사람들은 살아가면서 누구나 이런저런 역할들을 수행하게 되지. 그런데 그 역할들은 비록 사람들이 대체로 의식하지 못하고 선택의 여지가 없는 것처럼 보이지만 실제로는 꽤 일관성이 있고 예측 가능한 것들이거든."

수백 번도 더 했을 설명이겠지만 어느새 멜러리는 자신의 전문 분야에 대해 열변을 토하고 있었다.

"우리 고객들은 이 프로그램이 아주 심오하다고 생각하지만 사실 여기서 우리가 하는 일은 아주 단순해. 사람들이 무의식적으로 수행하는 역할들을 의식하게 해주는 거지. 그 역할의 득과 실이 무엇인지, 그 역할이 다른 사람들에게 어떤 영향을 미치는지 일깨워주는 거야. 우선 자신의 행동 양식을 똑바로 인식하게 되면 그 다음엔 그것이 선택의 문제임을 인식하게 된다네. 그때부턴 취할 수도 있고 버릴 수도 있는 거야. 그다음엔, 이게 가장 중요한 부분인데, 다른 사람에게 피해를 주는 행동을 건전한 행동으로 대체할 수 있는 프로그램을 우리가 제시하는 거야."

이야기를 할 때만큼은 멜러리는 불안해 보이지 않았다. 그의 눈빛에서 복음을 전파하는 신도의 열정이 보였다.

"물론 이런 얘기들이라면 자네도 아주 많이 들어봤겠지? 행동 양식, 선택, 그리고 변화. 그 세 가지야말로 정신 수련 분야에서 가장 남용되고 있는 세 가지 단어니까. 하지만 우리 고객들은 우리 수련원의 프로그램이 좀 다르다고들 한다네. 핵심이 다르다고나 할까. 얼마 전에도 고객 중 한 명이 우리 수련원을 두고 지상낙원이라고 하더군."

"아주 강력한 프로그램인가 봐."

거니는 자신의 목소리에 냉소가 깃들지 않도록 조심하면서 말했다.

"그렇게 생각하는 사람들도 있어."

"정신 수련 프로그램들 중엔 다소 공격적인 것들도 있다던데."

"우리 수련원엔 없어. 우리의 접근법은 온화하고 우호적이라네. 우리가 가장 좋아하는 대명사는 '당신'이 아니라 '우리'야. '우리'는 '우리'의 실패와 두려움, 한계에 대해서 이야기하지. 어떤 사람을 지목하거나 비난하는 일은 절대 없어. 비판은 부정의 벽을 무너뜨리기보다는 그것을 더 강화하는 거라고 믿기 때문이지. 내 책을 읽어보면 내 철학을 좀 더 쉽게 이해할 수 있을 거야."

"하지만 때로는 그 철학과 관계없는 일들이 실제 생활에서 벌어지겠지?"

"우리는 말하는 그대로 행한다네."

"전혀 반발이 없다고?"

"왜 그런 걸 묻나?"

"그러니까 내 말은, 사람을 너무 지나치게 몰아세우다 보면 가끔 반발이 있을 수도 있단 얘기지."

"우리 접근 방식은 결코 사람을 화나게 하지 않아. 내 펜팔 친구가 도대체 누군지 모르겠지만 내가 수련원을 시작하기 훨씬 이전에 알았던 사람일 거야."

"그럴 수도 있고 아닐 수도 있어."

멜러리의 표정에 혼란이 드리워졌다.

"내가 술을 마시던 시절, 술을 마시고 저지른 일들에 대해 얘기하고 있잖아. 수련원을 시작하기 이전에 알던 사람이 분명해."

"최근에 알게 된 사람인데 자네 책을 읽고 예전에 자네가 술을 마셨다는 사실을 알고서 협박하려는 사람일 수도 있어."

멜러리의 눈빛이 몇 가지 가능성을 점쳐보면서 방황하는 동안 젊은 여자가 들어왔다. 지적인 초록색 눈동자에 붉은 머리카락을 뒤로 묶고 있었다.

"방해해서 죄송합니다만, 전화 메시지를 확인하셔야 할 것 같아서요."

그녀가 멜러리에게 조그만 분홍색 메모지들을 건넸다. 멜러리의 표정으로 보아 이런 식으로 방해를 받는 것이 흔치 않은 것 같았다.

"적어도 첫 번째 메시지는 꼭 확인하셔야 할 것 같습니다."

그녀가 심각한 표정으로 한쪽 눈썹을 추켜세우며 말했다.

멜러리는 두 번이나 메시지를 읽은 다음, 메모지를 맞은편에 앉아 있던 거니에게 건넸다. 거니 역시 두 번을 읽었다.

수신자는 '멜러리' 그리고 발신자는 'X. 아리브디스' 라고 적혀 있었다.

메시지의 내용은 다음과 같았다.

> 네가 기억하지 못하는
> 모든 진실들 중에,
> 가장 진실한 것 두 가지가 있다면
> 모든 행동엔 대가가 따른다는 것.
> 그 대가는 반드시 치러져야 한다는 것.
> 약속을 잡기 위해 오늘 밤 전화한다.
> 11월에 너를 찾아가겠다.
> 아니면 12월에라도.

거니는 젊은 여자에게 직접 메시지를 받았느냐고 물었다. 그녀가 멜러리를 쳐다보았다.

"미안, 소개를 했어야 했는데 잊었군. 수잔, 이쪽은 내 오랜 친구, 아주 좋은 친구, 데이브 거니야. 데이브, 이쪽은 내 훌륭한 비서, 수잔 맥닐."

"만나서 반가워요, 수잔."

거니가 말했다.

그녀가 공손하게 미소를 지은 뒤 대답했다.

"네, 제가 그 메시지를 받았어요."

"남자였나요, 여자였나요?"

그녀는 망설였다.

"그게 좀 이상했어요. 처음엔 남자 같았어요. 목소리가 높은 남자. 그런데 나중엔 잘 모르겠더라고요. 목소리가 바뀌었어요."

"어떻게?"

"처음에는 여자 목소리를 흉내 내는 남자 같았어요. 그러다가 또 가만히 들어보니 남자인 척하는 여자 같았어요. 어딘가 부자연스러웠어요. 억지로 꾸미는 것처럼."

"재미있군. 충실하게 받아적었나요?"

그녀가 망설였다.

"무슨 말씀이신지……."

"제가 보기엔……."

거니가 분홍색 메모지를 들어 보이며 말을 이었다.

"아주 충실하게 받아적은 것 같군요. 줄이 바뀌는 부분까지."

"맞아요."

"그러니까 그 사람이 이 행의 배열이 중요하다고 일러준 모양이군요. 불러주는 그대로 정확히 받아적으라고 하던가요?"

"아, 그거요. 네, 그 사람이 행을 바꿔야 할 때를 정확히 알려주었어요."

"그 사람이 한 말 중에 여기 쓰지 않은 말이 있나요?"

"글쎄요……. 네, 그 남자가 다른 말도 했어요. 전화를 끊기 전에 저에게 멜러리 씨가 직속상관이냐고 물었어요. 그렇다고 했죠. 그랬더니 그 사람이 수련원은 사양사업이라면서 새 일자리를 찾아볼 생각은 없느냐고 하더군요. 그러고는 웃었어요. 그 남잔 그 말이 아주 우습다고 생각했나 봐요. 그러고 나서 이 메시지를 곧바로 전하라고 했어요. 그래서 바로 들어온 거예요."

그녀가 걱정스러운 표정으로 멜러리를 쳐다보았다.

"제가 잘못한 게 아니었으면 좋겠어요."

"전혀."

멜러리가 이 모든 상황을 잘 이해하고 있다는 듯한 표정으로 말했다.

"수잔, 지금 계속 '그 남자' 라고 말하고 있군요. 남자인 게 거의 확실하다는 뜻인가요?"

거니가 물었다.

"그런 것 같아요."

"오늘 밤 언제쯤 전화한다고 암시를 주던가요?"

"아뇨."

"혹시 그것 말고 또 기억나는 다른 게 있나요? 아주 사소한 거라도?"

그녀가 이마를 찌푸렸다.

"어쩐지 으스스한 느낌이 들었어요. 착한 사람이 아닌 것 같은……."

"화가 난 것 같던가요? 거칠거나 아니면 위협적이었나요?"

"아뇨, 공손했어요. 하지만……."

거니는 그녀가 적합한 말을 찾는 동안 기다렸다.

"조금 지나치게 공손하다고나 할까요? 어쩌면 이상한 목소리 때문이었을까요? 왜 그런 기분이 들었는지 정확히 말할 수는 없지만 왠지 섬뜩했어요."

비서가 본관 사무실로 돌아간 뒤 멜러리는 땅만 쳐다보았다.

"경찰에 신고하는 게 좋겠어."

기회를 놓치지 않고 거니가 자신의 생각을 말했다.

"피어니 경찰 말인가? 젠장, 피어니 경찰? 꼭 게이 카바레의 쇼 제목 같군."

거니는 멜러리의 위태로운 유머를 무시했다.

"우리는 단지 몇 장의 괴상한 편지와 전화 한 통을 상대하는 게 아니야. 자넬 증오하는 사람, 자네한테 복수를 하려는 사람을 상대하고 있다고. 자넨 그자의 가시권 안에 있고 그자는 언제 방아쇠를 당길지 몰라."

"X. 아리브디스?"

"X. 아리브디스로 통하는 사람이라고 해야겠지."

거니는 매들린의 도움으로 떠올린 이야기를 멜러리에게 들려주었다. 그리스 신화에 나오는 치명적인 소용돌이 '카리브디스'에 대해서. 게다가 'X. 아리브디스'라는 이름은 코네티컷을 비롯한 인근의 그 어느 주의 전화번호부나 검색 엔진에서도 나타나지 않는다는 사실까지.

"소용돌이라고?"

멜러리가 불안한 목소리로 물었다.

거니는 고개를 끄덕였다.

"젠장!"

멜러리가 중얼거렸다.

"왜?"

"내가 가장 두려워하는 게 바로 물에 빠져 죽는 거거든."

12

정직의 중요성

멜러리는 불타는 장작을 부지깽이로 뒤적이며 서 있었다.

"왜 수표가 돌아왔을까?"

마치 아픈 이로 돌아가는 혀처럼 멜러리는 다시 본론으로 돌아갔다.

"아주 치밀한 놈 같던데. 그 손으로 쓴 글씨 좀 봐. 꼭 회계사 같잖아. 주소를 잘못 쓸 사람이 아니라고. 그렇다면 결국 일부러 그랬단 얘긴데 목적이 뭘까?"

멜러리가 벽난로에서 돌아섰다.

"데이비, 도대체 상황이 어떻게 돌아가는 거지?"

"수표하고 같이 돌아왔다는 메모 좀 볼 수 있을까? 전화로 읽어주었던 거."

멜러리는 부지깽이를 들고 맞은편 벽에 놓인 자그마한 셰라턴*

* 영국 가구 브랜드

책상 쪽으로 다가갔다. 멜러리는 책상 앞에 서서야 부지깽이를 들고 있었음을 깨닫고 짜증스럽게 "젠장!" 하고 중얼거렸다. 그는 부지깽이를 벽에 기대어놓은 다음, 책상 서랍에서 봉투를 하나 꺼내 거니에게 건넸다.

멜러리 앞으로 온 커다란 서류 봉투 속에 멜러리가 '위철리 사서함 49449번지 X. 아리브디스' 앞으로 보낸 봉투가 들어 있었고 그 봉투 안에는 289.87달러짜리 수표가 들어 있었다. 봉투에는 GD 보안 시스템이라는 회사 이름과 전화번호, 멜러리가 거니에게 읽어주었던 짧은 글이 고급 편지지에 적혀 있었다. 편지에 사인을 한 사람은 그레고리 더모트였고 직함은 없었다.

"더모트란 사람하고 통화는 해봤고?"

거니가 물었다.

"왜 통화를 해야 하지? 잘못된 주소라면 잘못된 주소인 거지. 그 사람하고 무슨 상관이 있겠어?"

"그야 모르는 거지. 어쨌든 그 사람하고 통화해보는 게 좋겠어. 휴대전화 있나?"

멜러리가 벨트에 장착되어 있던 최신형 휴대전화를 꺼내 그에게 건네주었다. 거니는 편지지에 적힌 번호를 눌렀다. 두 번 신호가 간 뒤에 바로 안내방송이 이어졌다.

"GD 보안 시스템의 그레고리 더모트입니다. 이름과 전화번호, 통화 가능한 시간과 짧은 메시지를 남겨주세요."

거니는 휴대전화를 끄고 멜러리에게 돌려주었다.

"내가 전화하는 이유를 메시지로 남기려면 복잡할 거야. 난 자네 회사 직원도 아니고, 변호사도 아니고, 자격증이 있는 탐정도 아니고, 경찰도 아니니까. 말이 나와서 말인데 자네한테 필요한 건 경찰이야. 지금 당장."

"어쩌면 그게 저자가 원하는 건지도 몰라. 날 혼란에 빠뜨려서 경찰에 신고하게 만들고, 소란을 피우게 만들고, 고객들을 난처하게 만드는 것 말이야. 경찰에 신고해서 한바탕 소란을 피우는 게 바로 이 사이코가 원하는 걸 거라고. 도자기 가게에 황소가 들이닥쳐서 전부 다 산산조각 나는 걸 구경하겠단 거지."

"그자가 원하는 게 그것뿐이라면 다행인 줄 알아."

거니가 말했다.

멜러리는 뺨을 얻어맞은 것 같은 표정을 지었다.

"그럼 자넨…… 이자가…… 정말 심각한 일을 저지를 수도 있단 건가?"

"얼마든지."

멜러리가 천천히 고개를 끄덕였다. 마치 조심스러운 동작이 자신의 두려움을 잠재울 수도 있다는 듯이.

"경찰에 신고할게. 단, 카리브디스인지 뭔지 하는 작자하고 오늘 밤 통화하고 난 후에."

거니의 못마땅한 표정을 보고 그가 말을 이었다.

"전화 통화를 하고 나면 상황이 해결될 수도 있어. 이자가 누군지, 원하는 게 뭔지 알아낼 수도 있잖아? 경찰에 신고하는 건 별로 좋은 생각이 아닌지도 몰라. 설령 그래야 한다고 해도 할 얘기가 많을수록 좋겠지. 어쨌든 기다려서 나쁠 건 없어."

거니는 멜러리가 통화를 할 때 경찰이 있는 편이 낫다고 생각했지만 어떤 얘기를 해도 멜러리의 마음을 움직일 수 없으리라는 것 또한 알고 있었다. 거니는 전략적인 세부 사항으로 옮겨가기로 결심했다.

"카리브디스가 오늘 밤 전화할 때 녹음을 할 수 있으면 도움이 될 거야. 혹시 녹음기 있나? 다른 전화에 연결해서 녹음할 수 있는 카세트 플레이어라도."

"그보다 좋은 게 있지. 우리 수련원의 모든 전화에는 녹음 장치가 달려 있어. 어떤 전화든 버튼 하나만 누르면 바로 녹음을 할 수가 있다네."

거니가 호기심 어린 표정으로 그를 바라보았다.

"왜 그런 시스템을 갖추었느냐고? 몇 년 전 아주 성가신 고객이 있었어. 이런저런 트집을 잡다가 나중에는 전화로 협박을 하기 시작했는데 갈수록 걷잡을 수가 없어졌지. 간단히 말하자면 그래서 전화 내용을 녹음하라는 조언을 받았어."

거니의 표정을 보고 멜러리는 말을 멈추었다.

"자네가 무슨 생각을 하는지 알아. 하지만 내 말 믿게. 이번 일은 그 사람과는 전혀 상관이 없어. 이미 오래전에 끝난 일이야."

"확실해?"

"그 사람 죽었거든. 자살했어."

"내가 작성해달라고 했던 목록이 있었지? 심각한 갈등이나 비난에 연루되었던 인간관계의 목록."

"가슴에 손을 얹고 한 사람도 생각이 나지 않아."

"조금 전에도 얘기하지 않았나? 결국 자살로 끝난 사건이라면 언급하기에 충분할 것 같은데."

"문제가 많은 여자였어. 그 여자의 주장이나 자살은 우리와는 아무 관계가 없어. 다 그 여자가 상상해낸 것들일 뿐이야."

"그걸 어떻게 알아?"

"이보게, 이건 아주 복잡한 얘기야. 우리 수련원의 고객들이 모두 정신적으로 건강한 사람들인 건 아니라네. 나한테 부정적인 감정을 표출했던 사람을 전부 다 적지는 않을 거야. 그건 미친 짓이니까."

거니는 의자에 기대어서 벽난로 때문에 건조해지기 시작한 눈을 부드럽게 문질렀다.

다시 입을 열었을 때 멜러리의 목소리는 어딘가 다른 곳에서 들려오는 것 같았다. 그의 내면, 좀 더 불안정한 어딘가에서.

"자네가 그 목록에 대해 설명할 때 사용한 단어가 있었어. 내가 아직 해결되지 않은 문제가 남아 있는 사람들의 이름을 적으라고 했어. 난 과거의 갈등은 모두 해결됐다고 생각했어. 그런데 아마 그렇지 않은 모양이야. 내가 말하는 해결이라는 건 단지 내가 더 이상 그 일을 생각하지 않는다는 뜻인지도 몰라."

멜러리가 고개를 저었다.

"어쨌든 데이비, 도대체 그런 목록을 작성하는 게 무슨 의미가 있겠나? 불쾌하게 생각하진 말아주게. 아무 생각 없는 경찰들이 이 집, 저 집 문을 두드리고 다니면서 지나간 일들을 들추어내면 어쩌겠나? 젠장, 자네가 이룬 모든 게 한꺼번에 무너지는 것 같은 경험, 해본 적 있나?"

"우린 지금 단지 종이에 이름을 적는 얘기를 하는 것뿐이야. 어쩌면 그게 자네가 이룬 모든 걸 지키는 방법이겠지. 원하지 않으면 아무에게도 보여주지 않아도 돼. 내 말 믿게. 분명히 쓸모가 있을 테니까."

멜러리는 공허한 표정으로 고개를 끄덕였다.

"자네 고객들이 모두 정신적으로 건강한 사람들은 아니라고 말했지?"

"그렇다고 이 수련원이 정신과 병동이라고 말한 건 아닐세."
"무슨 말인지 알겠어."
"정신적으로 문제가 있는 사람들이 많았던 것도 아니고."
"여기 오는 사람들은 주로 어떤 사람들인가?"
"마음의 평화를 얻으려는 부자들."
"부자이고 불안한 것 말고 또 자네 고객들을 설명할 수 있는 말이 어떤 게 있지?"
멜러리는 어깨를 으쓱했다.
"성공한 사람들답게 적극적이면서도 한편으론 정서적으로 불안정해. 자기 자신을 좋아하지 않아. 여기서 주로 다루는 것도 바로 그런 문제고."
"최근 고객들 중에서 자네한테 육체적으로 상해를 입힐 만한 사람이 누가 있지?"
"뭐?"
"여기 머물고 있는 사람들, 아니면 앞으로 이곳에 오려고 등록한 사람들에 대해서 얼마나 자세하게 알고 있나?"
"뒷조사를 말하는 거라면 그런 건 하지 않는다네. 우리가 알고 있는 건 그 사람들이, 혹은 그 사람들을 소개한 사람들이 알려주는 정보뿐이야. 물론 그 정보가 상당히 불완전할 때도 있지만 절대 일부러 캐거나 하진 않아. 우리는 본인이 스스로 밝히는 정보에서 만족하지."
"지금 여기 머물고 있는 사람들은 어떤 사람들인가?"
"롱아일랜드의 부동산 거부, 샌타바버라의 가정주부, 어느 갱단 두목의 아들로 보이는 남자, 매력적인 할리우드 지압 치료사, 신분을 숨기고 있는 록 스타, 은퇴한 30대 투자 전문가, 그리고 열

명 남짓한 다른 사람들."

"그런 사람들이 정신 수련을 하러 이곳에 온다고?"

"어떤 식으로든 성공의 한계를 깨닫게 된 사람들이지. 그 사람들은 두려움, 집착, 죄책감, 수치심에 시달리니까. 포르쉐와 프로작* 같은 것들이 그들이 추구하는 평화를 주지 않는다는 사실을 깨닫게 된 거지."

거니는 카일의 포르쉐를 떠올리면서 움찔했다.

"그러니까 자네가 하는 일이 부유층 인사들에게 마음의 평화를 주는 건가?"

"얼핏 듣기엔 한심하겠지. 하지만 난 돈을 쫓는 게 아니라네. 열린 문들, 열린 마음들이 나를 이곳으로 이끌었어. 우리 고객들이 날 찾은 거야. 내가 그들을 찾은 게 아니고. 피어니의 영적 지도자가 되려고 내가 이 일을 시작한 게 아니었다네."

"그래도 자네 역시 잃을 게 많은 사람인 건 사실이잖아."

멜러리가 고개를 끄덕였다.

"내 생명을 포함해서."

그가 잦아드는 불길을 바라보며 덧붙였다.

"오늘 밤 전화를 어떻게 받아야 할지 조언해줄 수 있나?"

"최대한 길게 시간을 끌어."

"위치를 추적하려고?"

"요즘은 그런 기술이 잘 안 먹혀. 자네 옛날 영화를 너무 많이 봤군. 말을 많이 할수록 더 많은 것이 드러날 테고, 자네가 그자의 목소리를 기억할 확률이 높아지잖아."

* 우울증 치료제

"만약 내가 기억이 난다면 통화를 할 때 네가 누군지 안다고 말하는 게 좋을까?"

"아니. 자네가 알고 있단 걸 그자가 모르게 하는 게 자네한테 유리할 수 있어. 그저 침착하게 대화를 연장해."

"자네 오늘 밤에 집에 있을 건가?"

"그럴 생각이야. 결혼한 남자가 그래야 하지 않겠나? 그런데 그건 왜?"

"방금 생각이 났는데 우리 수련원 전화기에는 우리가 거의 사용하지 않는 또 다른 훌륭한 기능이 있어. 바로 리커셰이 시스템이라는 건데 누군가 나한테 전화를 걸면 내가 제3자를 통화에 연결할 수가 있다네."

"그런데?"

"보통 원격 회의 장치에서는 참가자 모두가 통화를 시작한 사람에게 전화를 걸어야 하거든. 그런데 리커셰이 시스템에서는 그렇지가 않아. 어떤 사람이 나한테 전화를 걸면 전화를 끊지 않은 상태로 내가 또 다른 사람한테 전화를 걸 수가 있어. 상대방이 전혀 알아차리지 못하게. 내가 들은 대로라면 제3자에게 거는 전화는 별도의 통신선으로 걸리고 일단 연결이 되고 나면 기존 통신선하고 통합되는 거야. 내 기술적 설명이 좀 엉성하긴 하지만 어쨌든 중요한 건 카리브디스가 오늘 밤에 전화하면 내가 자네한테 전화해서 자네가 우리 대화를 들을 수도 있단 거지."

"좋아. 오늘 밤 집에 있겠네."

"잘됐군. 고맙네."

마치 심각한 통증이 잠시 잦아들었다는 듯 그가 미소를 지었다.

아래층에서 벨이 몇 번 울렸다. 낡은 배의 시종 소리처럼 요란한 소리였다. 멜러리는 가느다란 금빛 시계로 시간을 확인했다.

"오후 강의 시간이야."

그가 한숨을 쉬며 말했다.

"주제가 뭔가?"

멜러리는 자리에서 일어나 캐시미어 스웨터의 주름을 펴고 겸연쩍은 미소를 지었다.

"정직의 중요성!"

바람은 여전히 거세었고 날씨는 조금도 포근해지지 않았다. 갈색 나뭇잎들이 풀밭에서 뒹굴었다. 거니에게 다시 한번 고맙다고 인사한 뒤 본관으로 향하면서 멜러리는 오늘 밤 전화를 쓰지 말라고 당부하고 자신의 바쁜 일정에 대해 사과했다. 그리고 마지막으로 한 가지 제안을 했다.

"기왕 왔으니 한번 둘러보지 그래? 우리 수련원이 어떤 곳인지도 알아볼 겸."

거니는 우아한 베란다에 서서 잠바의 지퍼를 올렸다. 멜러리 말대로 이곳을 한번 둘러봐야겠다고 생각하면서 정원 사이로 널찍하게 난 산책로를 따라 걸었다. 이끼 낀 산책로는 집 뒤쪽의 에메랄드빛 잔디밭으로 이어졌고 잔디 끝에는 절벽으로 이어진 단풍나무 숲이 있었다. 돌을 쌓아 만든 낮은 벽이 풀밭과 숲을 구분 지었다. 그 벽의 중간쯤에서 여자 하나와 남자 둘이 무언가를 심고 짚을 덮고 있었다.

잔디를 가로질러 그들 쪽으로 다가가면서 바라보니 삽을 들고 있는 남자들은 젊은 라틴계였고, 무릎까지 오는 초록색 부츠에 갈색 재킷 차림의 여자가 남자들에게 일을 시키고 있었다. 정원용

수레에는 제각기 색이 다른 튤립 구근 몇 자루가 입이 벌어진 채로 준비되어 있었고 여자는 인부들을 못마땅한 눈빛으로 바라보고 있었다.

"카를로스! 로자, 블랑카, 아마릴라! 로자, 블랑카, 아마릴라!"

그러고 나서 여자는 특별히 누구에게랄 것도 없이 "빨간색, 흰색, 노란색, 빨간색, 흰색, 노란색! 그게 그렇게 어려운가?"라고 중얼거렸다.

여자는 인부들의 우둔함을 책망하듯 한숨을 쉬다가 거니를 보고 온화한 미소를 지었다.

"활짝 핀 꽃들이야말로 인간의 마음을 가장 잘 치유해주죠. 그렇지 않은가요?"

그녀는 야무진 입매와 롱아일랜드 상류층의 억양을 갖고 있었다. 거니가 미처 대답을 하기도 전에 그녀가 손을 내밀었다.

"캐디예요."

"데이브 거니라고 합니다."

"지상 낙원에 오신 걸 환영합니다. 처음 뵙는 분 같은데요."

"잠깐 들른 거라서요."

"그러세요?"

그녀의 목소리가 설명을 요구하는 것 같았다.

"저는 마크 멜러리의 친구입니다."

그녀가 이마를 조금 찌푸렸다.

"데이브 거니 씨라고 하셨죠?"

"그렇습니다."

"마크한테서 당신 이름을 들은 것도 같은데 지금 떠오르지가 않네요. 마크를 안 지 오래되셨나요?"

"대학 동창입니다. 실례지만 여기서 뭘 하시는지 여쭤봐도 될까요?"

"여기서 뭘 하느냐고요?"

그녀가 재미있다는 듯 눈썹을 추켜세웠다.

"전 여기 살아요. 여기가 제 집이거든요. 전 캐디 멜러리예요. 마크는 제 남편이고요."

13

불필요한 죄책감

정오인데도 짙어지는 구름은 닫힌 계곡 안에 겨울철 황혼의 분위기를 자아냈다. 거니는 손의 한기를 녹이기 위해 자동차 히터 스위치를 올렸다. 해가 갈수록 손가락 관절이 뻣뻣해지면서 그는 아버지의 관절염을 자주 떠올렸다. 거니는 손가락을 핸들 위에 올려놓고 움츠렸다 펴기를 반복했다.

쌍둥이처럼 똑같은 동작.

언제였던가, 늘 말수가 적고 가까이 다가갈 수 없었던 아버지에게 그는 부풀어 오른 손가락 관절이 아프냐고 물었다.

"나이가 들어서 그렇단다. 어쩔 수 없는 거야."

아버지가 그 얘기를 더 하고 싶지 않다는 뜻을 분명히 드러내며 대답했다.

그의 마음은 다시 캐디 멜러리에게 흘러갔다. 멜러리는 왜 그에게 재혼한 아내 이야기를 하지 않았을까? 거니가 그녀와 이야기하는 것을 원치 않았을까? 만약 아내 이야기를 고의로 빠뜨렸다면 그것 말고 또 무엇을 빠뜨렸을까?

그 순간 그는 이상하게도 왜 '그림 속의 장미꽃처럼 빨간 피'라고 표현했는지가 궁금해졌다. 그는 세 번째 시 전체를 기억해내려 애썼다.

내가 해온 이 일의 목적은
돈도 재미도 아니야.
빚을 갚기 위해서이고
잘못을 바로잡기 위해서이고
그림 속의 장미처럼
빨간 피를 위해서야.
그래야 모두가 알겠지.
뿌린 대로 거둔다는 걸.

굳이 '그림 속의 장미'라고 표현함으로써 그가 말하려 했던 것이 무엇일까? 더 짙은 빨간색을 표현하기 위해서일까? 아니면 피를 사실적으로 묘사하기 위해서일까?

시장기 때문에 집에 가고 싶다는 생각이 더 간절해졌다. 한낮이지만 먹은 것이라고는 아벨라드에서 마신 모닝커피가 전부였다.

공복 상태가 되면 매들린은 메스껍다고 했지만 거니는 세상을 비판적으로 보게 되었다. 스스로 그 사실을 깨닫기는 쉽지 않지만 거니는 자신의 상태를 확인하는 몇 가지 지표를 갖고 있었다. 그 중 한 가지는 월넛 크로싱 서쪽 외곽에 위치하고 있는 카멜 험프였다. 카멜 험프는 지역 화가들, 조각가들, 그 외의 다른 예술가들의 작품을 전시하는 아트 갤러리였다. 지표로서 갤러리의 기능은 간단했다. 차창 밖으로 그곳을 바라볼 때, 기분이 좋을 때면 지역 예술가들의 독특한 정신세계를 생각하게 되고, 기분이 나쁠 때면 그 공허함을 생각하게 되었다. 오늘은 공허한 날이었다. 훌륭한 경고였다. 집과 아내가 있는 곳으로 향하는 거니에게, 강한 주장을 내세우기에 앞서 두 번 생각하라는 경고였다.

고속도로와 계곡 저지대에는 사라진 지 오래인 새벽 폭풍의 흔적들이 언덕 사이로 난 흙길에 듬성듬성 남아 있다가 거니의 농장 헛간과 풀밭에서 자취를 감추었다. 회색빛 구름은 풀밭에 음울한 겨울의 정취를 드리웠다. 트랙터가 헛간 밖으로 나와서 트랙터의 부속 장치인 잔디깎기, 말뚝 구멍 파는 기구, 제설기 같은 것들이 보관된 창고 앞에 세워져 있는 것을 확인한 순간, 거니는 짜증이 치밀었다. 창고 문이 열려 있는 것도 거니가 할 일이 있음을 암시했다.

부엌문으로 들어서니 매들린이 거실 벽난로 옆에 앉아 있었다. 커피테이블 위의 쟁반에 남아 있는 사과 씨와 포도 줄기와 씨, 치즈와 빵 부스러기가 훌륭한 점심 식사가 이제 막 끝났음을 알리는 동시에 시장기를 자극하면서 그의 신경 스프링을 조금 더 단단하게 조였다. 그녀는 읽고 있던 책에서 고개를 들고 엷은 미소를 지었다.

그는 싱크대로 가서 수돗물을 틀고 그가 좋아하는 얼음장처럼 차가운 물이 나올 때까지 기다렸다. 그는 차가운 물을 마시는 것이 건강에 좋지 않다는 매들린의 의견을 의식적으로 무시하고 있었다. 그러나 이내 그런 가상의 싸움을 즐기려는 자신이 쩨쩨하고 심술궂고 유치하다는 생각에 문득 창피해졌다. 화제를 바꾸고 싶다는 강렬한 욕구를 느꼈지만 생각해보니 화제 자체가 없었다. 어쨌든 거니는 일단 말문을 열었다.

"트랙터를 창고 앞에 세워뒀더군."

"제설기를 달려고 그랬어."

"문제가 있었나?"

"눈보라가 치기 전에 달아야 할 것 같아서."

"내 말은, 제설기를 부착하는 데 문제가 있었느냐고."

"너무 무겁더라고. 혹시 당신이 도와줄까 해서 기다렸지."

그가 모호하게 고개를 끄덕이면서 생각했다. 또 시작이군. 내가 마무리 짓기를 기대하면서 일 벌이는 거. 자신의 감정 상태를 생각해보건대, 입을 다무는 것이 현명하다고 판단했다. 그는 유리컵에 차가운 물을 받아서 천천히 들이켰다.

"이타카 여자가 전화했어."

매들린이 책에서 고개를 들지 않은 채로 말했다.

"이타카 여자?"

매들린은 그의 질문을 무시했다.

"소냐 레이놀즈 말하는 건가?"

그가 다시 물었다.

"그래."

그녀의 목소리가 거니 자신의 목소리만큼이나 무심하게 들렸다.

"왜 전화했대?"

"좋은 질문이네."

"좋은 질문이라니 무슨 뜻이지?"

"왜 전화했는지는 말하지 않았어. 자정 전에 아무 때나 전화해 달래."

매들린이 덧붙인 말은 조금 날카로웠다.

"전화번호 남겼어?"

"당신이 안다고 생각하는 것 같던데."

그는 유리컵에 다시 차가운 물을 채운 다음, 수시로 멈추어가며 물을 들이켰다. 소냐 문제는 자칫 골치 아픈 일로 발전될 소지가 있었고 그는 감당할 자신이 없었다. 소냐의 갤러리에 빌미를 제공한 머그샷 프로젝트를 아예 포기할까도 생각했지만 아직 그럴 준비도 되지 않았다.

매들린과의 불쾌한 대화를 조금 거리를 두고 생각해보면서 거니는 자신의 불편한 심기와 자신감 부족이 당혹스러웠다. 그토록 이성적인 그가 이토록 감정적으로 얽혀들게 된다는 것이, 이토록 감정적으로 나약해질 수 있다는 것이 놀라웠다. 범죄 용의자들을 수백 차례 심문하면서 그는 감정적 혼란의 바탕에는 항상 죄책감이 자리 잡고 있음을 알게 되었다. 그러나 거니는 죄책감을 느낄 만한 행동을 하지 않았다.

죄책감을 느낄 만한 행동을 하지 않았다. 바로 그게 문제였다. 그러한 주장의 절대성이 문제였다. 정확히 말하면 최근 들어서 죄책감을 느낄 만한 행동을 하지 않았다는 것이리라. 구체적이고 곧바로 떠오르는 행동을 하지 않았다는 것이리라. 그러나 그 말을 15년 정도 뒤로 거슬러 올라가서 적용해보면 그러한 결백의 주장은 철저하게 거짓임이 드러나리라.

그는 유리컵을 싱크대에 내려놓고 손을 말린 뒤 프렌치도어 쪽으로 다가가서 유리를 통해 잿빛 세상을 바라보았다. 가을과 겨울 사이의 세상이었다. 테라스에 고운 눈가루가 마치 모래처럼 흩날렸다. 15년 전으로 거슬러 올라가면 죄책감을 느낄 만한 행동을 하지 않았다고 결코 주장할 수 없으리라. 왜냐하면 15년 전까지 확대된 세상에는 그날의 사고도 포함되어 있기 때문이었다. 감염 정도를 확인하기 위해 잔뜩 성이 난 상처를 눌러보듯 그는 그토록 말하기 어려운 그날의 일을 떠올릴 때 네 살 난 아들의 죽음 대신 애써 '사고'라는 표현을 사용하고 있었다.

네 살 난 아들의 죽음.

그는 혼잣말하듯 거의 속삭임에 가깝게 그 말을 중얼거렸다. 자신의 목소리가 마치 다른 사람의 목소리인 듯, 마치 부식된 듯 공허하게 들렸다. 그 말과 함께 밀려드는 생각과 감정들을 견딜 수가 없어서 그는 가장 가까운 화제를 움켜잡는 것으로 그 생각을 밀어냈다.

그는 헛기침을 하면서 유리문에서 돌아서서 매들린에게 다가갔다. 그리고 조금 지나치게 들뜬 목소리로 "어두워지기 전에 트랙터 들여놔야 하지 않을까?"라고 물었다.

매들린이 책에서 고개를 들었다. 그녀는 남편의 목소리에 담긴 인위적인 활기를 느꼈을지언정 겉으로 드러내진 않았다.

제설기를 장착하는 작업은 한 시간 가까이 들어 올리고 부딪치고 잡아당기고 기름 치고 고정하는 작업이었고 그 일을 끝낸 뒤에도 거니는 한 시간에 걸쳐 장작을 팼다. 그동안 매들린은 호박 수프와 사과즙에 끓인 돼지고기를 준비했다. 그러고 나서 두 사람은 부엌 옆 아늑한 거실의 벽난로 앞에 나란히 앉아 고된 노동과 푸짐한 식사 뒤에 따르는 나른한 고요함을 즐겼다.

두 사람이 누리는 이 조그만 평화의 오아시스들이 지난날 그들이 이룬 관계에 대한 보상이라고, 그래서 최근 몇 년간의 회피와 충돌은 그저 일시적인 거라고 너무도 간절히 믿고 싶었다. 하지만 지속하기 어려운 믿음이었다. 지금 이 순간에도 그 가냘픈 희망은 매 순간 조금씩, 형사로서의 그의 이성이 보다 마음 놓고 매달릴 수 있는 생각들에 의해 밀려나고 있었다. 카리브디스의 전화. 두 사람의 대화를 엿듣는 것을 가능하게 만드는 전화 장치.

"불 피우기 딱 좋은 밤이네."

매들린이 조심스럽게 그에게 기대며 말했다.

거니는 미소를 지으며 다시 오렌지색 불길에, 그리고 그녀의 팔의 단순하고도 보드라운 온기에 집중하려 애썼다. 매들린의 머리에서는 좋은 향이 풍겼다. 그는 문득 그 머리 향기에 취할 수 있을지도 모른다는 짧은 환상에 사로잡혔다.

"그러게. 딱 좋군."

그는 눈을 감고 이 순간의 편안함이, 어서 퍼즐을 풀어보라며 그를 밀어붙이는 에너지를 잠재우기를 바랐다. 거니에게는 아주 작은 만족감을 누리는 것마저도 아이러니하게도 일종의 투쟁이었다. 덧없이 지나가는 순간을 포착하고 그 속에서 행복을 찾는 매들린의 몰입이 부러웠다. 순간을 즐기며 사는 것은 거니에게는 물길을 거슬러 헤엄치는 것처럼 버거웠다. 분석적인 그의 마음은 언제나 확률과 가능성의 영역을 기웃거렸다.

그것은 유전일까? 아니면 일종의 학습된 도피일까? 아마도 둘 다일 것이다. 나아가서 그 둘이 서로를 강화할 것이다. 하지만 어쩌면…….

젠장!

그는 문득 스스로의 이상한 성격마저도 분석의 대상으로 삼고 있는 자신의 모습을 깨달았다. 그는 참담한 심정으로 방 안에 머물기 위해 애썼다. 제발 이 순간에 머물게 도와주세요. 기도를 믿지 않는 그였음에도 혼자 중얼거렸다. 다만 그 말을 너무 크게 소리 내어 하지 않았기를 바랐다.

전화벨이 울렸다. 잠시 휴전을 허락하는 구원의 벨소리처럼.

거니는 소파에서 일어나 전화를 받기 위해 서재로 갔다.

"데이브, 마크야."

"그래."

"조금 전에 캐디랑 얘기했는데 정원에서 캐디가 오늘 자네를 만났다고 하더군."

"맞아."

"실은 좀 민망하더라고. 좀 더 일찍 자네한테 캐디를 소개하지 못했던 게."

마크 멜러리는 마치 대답을 기다리듯 말을 멈추었지만 거니는 아무 말도 하지 않았다.

"데이브?"

"듣고 있네."

"그러니까 내 말은, 어쨌든 집사람을 인사시키지 않은 것에 대해 사과할게. 내가 생각이 짧았어."

"괜찮아."

"정말 괜찮은가?"

"괜찮고말고."

"기분이 안 좋은 것 같은데."

"기분이 안 좋다기보다는…… 아내 얘기를 안 해서 좀 놀라긴 했어."

"그랬겠지. 머릿속이 너무 복잡해서 생각이 나질 않았어. 듣고 있나?"

"듣고 있어."

"자네 말이 맞아. 집사람 얘기를 하지 않은 게 좀 이상하게 보였을 거야. 하지만 그저 생각이 나지 않았어."

멜러리가 잠시 말을 멈추고 어색하게 웃었다.

"아마 심리학자라면 그 대목을 흥미롭게 여기겠지. 내가 결혼했다는 사실을 잊다니……."

"마크, 한 가지 묻겠네. 자넨 나한테 진실을 말하고 있나?"

"뭐? 무슨 질문이 그래?"

"자넨 지금 내 시간을 낭비하고 있어."

잠시 침묵이 흘렀다.

"이보게, 얘기가 길어. 사실 난 이…… 난장판에 캐디를 연루시키고 싶지 않았어."

마크 멜러리가 한숨을 쉬며 말했다.

"어떤 난장판을 말하는 건가?"

"협박들, 암시들."

"그럼 자네 아내는 편지에 대해 전혀 모른단 건가?"

"알릴 이유가 없잖아. 무서워할 거야."

"자네 과거에 대해 알고 있을 텐데. 자네 책에도 있잖아."

"어느 정도는 알고 있지. 하지만 이 협박들은 좀 얘기가 달라. 괜한 걱정을 시키고 싶지 않아."

그의 말은 거의 그럴듯하게 들렸다. 거의.

"자네 과거사에서 특별히 캐디, 경찰, 그리고 나한테 숨기고 싶은 부분이 있나?"

이번에는 멜러리가 "아니."라고 대답하기 직전에 잠시 망설였다. 그 순간이 멜러리의 주장을 무력하게 만들었다. 거니는 웃었다.

"뭐가 그렇게 우스운가?"

"내가 만난 거짓말쟁이들 중에 자네가 가장 형편없는지는 잘 모르겠지만 어쨌든 결승 진출감이야."

또 한 번 긴 침묵이 흘렀고 멜러리도 웃기 시작했다. 마치 억누른 울음소리 같았다. 그는 풀이 죽은 목소리로 말을 이었다.

"다 실패했으니 이제 사실대로 털어놓을 때가 온 것 같군. 사실 캐디와 결혼한 지 얼마 안 됐을 때 이곳에 머물던 고객하고 잠깐 바람을 피웠어. 내가 제정신이 아니었지. 어쨌든 그 일은 정상인 사람이라면 누구나 짐작하듯이 아주 안 좋게 끝났어."

"그런데?"

"그뿐이야. 그 생각만 하면 지금도 어찌할 줄을 모르겠어. 그 일은 나의 이기심, 욕망, 지난날에 대한 부정적인 생각과 연결되어 있어."

"내가 뭔가 놓치고 있는 모양인데 도대체 그 일이 자네가 결혼했단 얘기를 나한테 안 한 것과 무슨 상관이지?"

"이런 말을 하면 자넨 나를 편집증 환자라고 생각하겠지. 난 왠지 그 일이 카리브디스 사건하고 연관이 있는 것 같아. 자네가 캐디에 대해 알게 되면 캐디하고 얘기를 하고 싶어 할 테고…… 내가 가장 원하지 않는 게 있다면 그건 바로 캐디가, 나의 그 한심하고 위선적이었던 사건에 다시 연루되는 거라네."

"알겠네. 그나저나 이 수련원은 누구 소유지?"

"누구 소유냐고? 어떤 의미에서?"

"그 말에 여러 가지 의미가 있었던가?"

"정서적으로는 내 소유야. 이곳 프로그램은 내 저서와 강의 테이프를 바탕으로 하고 있으니까."

"정서적으로는 그렇고?"

"법적으로는 캐디 소유야. 부동산을 포함한 모든 유형 자산은."

"재미있군. 그러니까 자네는 이곳의 스타 곡예사고 서커스단 천막은 캐디 소유군."

"그렇게 말할 수도 있겠지. 이제 그만 전화를 끊어야겠네. 카리브디스의 전화가 언제 올지 모르니까."

멜러리가 차갑게 말했다.

그 전화는 정확히 세 시간 뒤에 왔다.

14
예고

매들린이 뜨개질 가방을 들고 소파로 와서 제각기 다른 정도로 진척되어 있는 세 개의 작품 중 하나에 몰입했다. 거니는 소파 옆에 놓인 팔걸이의자에 앉아서 600페이지짜리 사진 보정 프로그램 매뉴얼을 뒤적였지만 집중하기가 힘들었다. 다 타고 남은 벽난로의 장작 틈에서 이따금 가냘픈 불길이 솟아올라 바르르 떨다가 사라져버렸다.

전화벨이 울리자마자 거니가 달려가 수화기를 들었다.

멜러리의 목소리는 낮고 긴장되어 있었다.

"데이브?"

"그래, 나야."

"지금 통화 중이야. 녹음기를 켰어. 자네도 연결할게. 준비됐나?"

"어서 해."

잠시 후 거니는 이야기 중인 낯선 목소리를 들었다.

"……한동안 떠나 있었지. 하지만 내가 누구인지 네가 알고 있기를 바란다."

목소리 톤은 높고 긴장되어 있었고 말투는 어색하고 부자연스러웠다. 이국적인 억양이 느껴졌지만 어떤 억양인지는 확실치 않았다. 목소리를 감추기 위해 일부러 단어를 잘못 발음하는 것 같기도 했다.

"오늘 아침 내가 널 위해 준비한 건 이미 받았겠지?"

"받았느냐고?"

멜러리의 목소리는 날카로웠다.

"아직 못 받았나? 곧 받게 될 거야. 내가 누구인지 알아?"

"누구지?"

"정말 알고 싶나?"

"물론. 내가 어디서 널 만났지?"

"658이라는 숫자가 말해주지 않던가?"

"나한텐 아무 의미도 없는 숫자야."

"그래? 하지만 네가 선택한 숫자야. 수많은 숫자들 중에서."

"도대체 넌 누구지?"

"숫자가 하나 더 있어."

"뭐?"

멜러리의 목소리가 두려움과 분노에 휩싸였다.

"숫자가 하나 더 있다고 했다."

재미있어하는 것 같은 짓궂은 목소리였다.

"무슨 말인지 모르겠어."

"658 말고 숫자를 하나 더 생각해봐."

"왜?"

"658 말고 숫자를 하나 더 생각해봐."

"좋아. 생각했어."

"잘했어. 이제야 말귀를 알아듣는군. 이제 숫자를 속삭여봐."

"뭐라고?"

"그 숫자를 속삭여보라고."

"숫자를 속삭여보라고?"

"그래."

"19."

멜러리의 속삭임은 크고도 거칠었다. 그의 대답에 길고 차가운 웃음이 뒤따랐다.

"좋아. 아주 좋아."

"도대체 넌 누구지?"

"아직도 모르겠나? 나한테 그런 큰 고통을 주고도 아직도 내가 누군지 모르다니. 난 이런 상황이 올 줄 알고 미리 무언가를 남겨두었다. 작은 쪽지. 아직 못 받은 게 확실한가?"

"무슨 말인지 모르겠군."

"하지만 넌 19라고 말했어."

"네가 숫자를 생각하라고 했잖아."

"똑같은 숫자였다고. 안 그래?"

"무슨 말인지 모르겠어."

"마지막으로 우편함을 확인해본 게 언제였지?"

"우편함? 모르겠어. 아마 오늘 오후?"

"다시 확인해보는 게 좋을 거야. 잊지 마. 11월에, 어쩌면 12월에 널 찾아갈 테니까."

목소리 뒤에 전화가 끊기는 소리가 들렸다.

"여보세요?"

멜러리가 소리쳤다.

"데이브, 아직 거기 있나?"

멜러리가 몹시 피로한 목소리로 물었다.

"데이브?"

"듣고 있어. 일단 전화를 끊고 우편함을 확인해보고 나서 다시 전화를 주게."

거니가 전화를 끊자마자 곧바로 전화벨이 울렸고 거니는 다시 수화기를 들었다.

"여보세요."

"아버지?"

"여보세요."

"아버지 맞아요?"

"카일?"

"네. 괜찮으세요?"

"괜찮고말고. 뭘 좀 하고 있던 중이라……."

"별일 없으세요?"

"별일 없다. 너무 갑작스러워서. 전화를 기다리고 있는데 지금 바로 받아야 해. 다시 걸어도 되겠니?"

"그럼요. 소식이나 전해드리려고 전화했죠. 그동안 있었던 일, 제가 하고 있는 일에 대해서요. 통화한 지가 한참 됐잖아요."

"최대한 빨리 전화하마."

"알겠어요."

"미안하다. 고맙구나. 잠시 후에 통화하자."

거니는 눈을 감고 심호흡을 했다. 항상 이런 식이었다. 물론 이런 식이 되는 것은 그의 잘못이었다. 그와 카일의 관계는 분명히 그의 삶에서 제대로 돌아가지 않는 영역이었고 온통 회피와 합리화로 가득 찬 영역이었다.

카일은 그의 첫 아내였던 카렌과의 짧은 결혼 생활에서 얻은 아들이었다. 그 결혼 생활의 기억은 이혼한 지 22년이 지난 지금까지도 거니를 힘들게 했다. 그들이 서로 맞지 않는다는 것을 그들을 아는 모두가 알았지만 잘못된 오기가 그들을 불행한 결합으로 이끌었다. 밤을 지새우고 맞이하는 새벽녘이면 당시 그가 정서적 불구자였다는 생각이 들 때도 있었다.

카일은 엄마를 빼닮았다. 제 엄마처럼 사람을 휘두르려는 본능과 물질적 욕망을 갖고 있었다. 첫 아내가 그에게 지어준 이름만 보아도 그렇지 않은가? 카일. 거니는 그 이름을 결코 편안하게 받아들일 수 없었다. 아들의 지성과 금융 분야에서의 때 이른 성공에도 카일이라는 이름은 왠지 텔레비전 드라마에 나오는 자기도취에 빠진 꽃미남의 이름처럼 들렸다. 게다가 카일의 존재는 그에게 끊임없이 첫 결혼을 상기시켰다. 그의 인생에서 결코 이해할 수 없었던 시간의 기억을, 그리고 잠시나마 그가 카렌과 결혼하고 싶어 했다는 사실을 일깨워주었다.

그는 눈을 감았다. 자기 자신의 행동을 이해하지 못한다는 사실과 아들에 대한 자신의 부정적인 태도 때문에 기분이 울적했다.

다시 전화벨이 울렸고 거니는 전화를 받았다. 이번에도 카일이 아닐까 두려웠지만 다행히 멜러리였다.

"데이브?"

"그래."

"우편함에 봉투가 하나 있더군. 내 이름과 주소가 적혀 있고 우표도 소인도 없어. 누가 직접 가져다놓은 모양이야. 열어볼까?"

"혹시 종이 말고 다른 게 들어 있는 것 같진 않고?"

"이를테면?"

"어떤 거라도. 종이가 아닌 것."

"아니. 아주 평평해. 수상한 물건이 들어 있는 것 같진 않아. 열어볼까?"

"열어봐. 하지만 종이 말고 다른 게 보이면 멈춰."

"알았어. 열었어. 종이 한 장이야. 글이 인쇄되어 있고 머리글은 없어."

잠시 침묵이 흘렀다.

"젠장! 도대체 어떻게……."

"뭐라고 썼지?"

"이건 불가능한 일이야. 도대체 어떻게……."

"읽어봐."

멜러리는 믿을 수 없다는 듯한 목소리로 편지를 읽었다.

"네가 내 전화를 못 받을 경우를 대비하여 이 쪽지를 남겨놓는다. 아직도 내가 누군지 모르겠으면 숫자 19를 생각해봐. 혹시 생각나는 사람 있나? 기억해라. 11월 혹은 12월에 널 찾아가겠다."

"그게 다야?"

"그게 다야. 그렇게 썼어. 숫자 19를 생각해보라고. 도대체 어떻게 알았지? 이건 불가능해!"

"그런데 그렇게 쓰여 있었다고?"

"그래. 그러니까 내 말은…… 도저히 이해가 안 가. 도대체 어떻게…… 이건 불가능한 일이야. 젠장, 데이비, 도대체 이게 어떻게 된 거지?"

"나도 모르겠네. 적어도 아직은. 하지만 결국은 알아낼 거야."

그의 마음속 무언가 제자리를 찾는 것 같았다. 해답은 아니었다. 해답과는 거리가 멀었다. 그러나 그의 마음속 무언가 움직였다. 그는 이 도전에 100퍼센트 응하고 있었다. 그는 고개를 들고 열린 서재의 문 쪽을 보았다. 매들린이 무서운 집중력으로 그를 바라보고 있었다. 마치 이 사건에 대한 그의 몰입이 한 단계 상승하는 것을 공기를 통해 느낄 수 있다는 듯이. 매들린의 기분을 그는 오직 짐작만 할 뿐이었다. 왠지 두려움과 외로움의 조합 비슷한 무언가일 것 같았다.

새로운 숫자의 미스터리가 제시한 지적인 도전과 그로 인해 분비되기 시작한 아드레날린 때문에 거니는 자정이 훨씬 지나도록 잠을 이루지 못했다. 잠자리에 누운 것은 10시 무렵이었는데도. 그의 두뇌가 미스터리와 씨름하는 동안 거니는 마치 꿈속에서 열쇠를 찾지 못해서 집 안을 돌아다니며 이 문, 저 문을 열어보는 사람처럼 뒤척였다. 그러다가 어느 순간부터 전날 저녁 먹은 육두구* 맛이 느껴지기 시작했고 그 맛이 악몽을 더 끔찍하게 만들었다.

아직도 내가 누군지 모르겠으면 숫자 19를 생각해봐.

그리고 그것이 멜러리가 생각한 숫자였다. 불가능한 일이었다. 그러나 실제로 일어난 일이었다.

육두구 문제는 점점 더 심각해졌다. 물을 마시려고 세 번을 일어났지만 육두구 맛은 사라질 기미가 보이지 않았다. 그런데 이번에는 또 버터가 말썽이었다. 버터와 육두구. 호박 수프를 만들 때

* 나무 열매로 향미료로 쓰임

매들린은 그 두 가지를 많이 넣었다. 거니는 상담을 받을 때도 그 문제를 언급한 적이 있었다. 그들의 상담 치료사. 겨우 두 번 만났을 뿐인 치료사였다. 그들 부부는 거니가 은퇴하는 것이 과연 옳은지를 놓고 실랑이를 하다가 제3자가 그들의 골칫거리를 명쾌하게 해결해줄 수 있을지도 모른다는 생각을 했다. 결국 그 생각은 옳지 않은 것으로 판명되었다. 어떻게 하다가 수프 얘기까지 나왔을까? 어떤 상황이었지? 왜 그렇게 하찮은 이야기까지 들먹이게 되었을까?

그때 매들린은 마치 그가 곁에 없다는 듯이 이야기하고 있었다. 매들린은 먼저 그의 잠버릇 이야기를 꺼냈다. 그가 한번 잠이 들면 아침이 될 때까지 거의 깨는 법이 없다고. 아, 바로 그거였지. 그때 그가 끼어들면서 호박 수프를 먹은 날 밤은 예외라고, 그런 날 밤에는 버터와 육두구 맛이 자꾸 넘어온다고 했다. 그러나 매들린은 거니의 한심하고 어리석은 훼방 작전을 무시하고 자신의 주장을 펼쳤다. 마치 어린아이를 놓고 토론을 벌이는 성인들처럼.

매들린은 데이브가 한번 잠이 들면 아침까지 눈을 뜨지 않는 것이 전혀 놀랍지 않다고 했다. 그의 방식으로 사는 것이 참으로 힘든 일이란 생각이 든다고. 그는 도무지 맘 편히 쉴 줄을 모르는 사람이라고. 좋은 남자이고 착한 사람이지만 인간으로서의 죄책감이 너무 심하다고 했다. 그래서 자신의 실수와 불완전함 때문에 고통을 겪는다고. 눈부신 직업적 성공조차도 몇 가지 사소한 실수로 그의 마음속에서 빛을 잃는다고. 항상 무언가를 생각하고 있고 항상 무자비할 정도로 문제를 파헤친다고. 한 가지가 끝나면 또 한 가지를 파헤친다고. 마치 언덕 위로 바위를 굴려 올리는 시시포스처럼. 그는 인생을 맞추어야 할 퍼즐로 바라보는 것 같다고,

그러나 인생의 모든 것이 퍼즐일 수는 없다고. 마침내 매들린은 상담 치료사가 아닌 그를 쳐다보면서 말했다. 다른 방식으로 포용해야 하는 것들이 있는 거라고. 이 세상은 퍼즐이 아닌 신비로 보아야 한다고. 해독하는 대신 그저 사랑해야 하는 게 있나고.

침대에 누워 그녀의 말을 떠올리자니 묘한 효과가 있었다. 거니는 어느덧 그날의 기억에 완전히 몰입하고 있었다. 그 기억은 불편하기도 했고 그를 지치게 만들기도 했다. 그 기억은 마침내 버터와 육두구 맛과 함께 서서히 사라져갔고 그는 불안한 잠에 빠져들었다.

아침이 밝아왔고 거니는 매들린이 일어나는 기척에 반쯤 잠에서 깨었다. 매들린은 조용하고도 부드럽게 코를 훌쩍였다. 혹시 울고 있었던 걸까? 확실히 알 수 없었다. 그러나 그 생각은 어쩌면 가을철 알레르기일지도 모른다는 생각에 쉽게 자리를 내주었다. 그녀가 옷장 쪽으로 가서 가운을 걸치는 것을 거니는 어렴풋이 의식했다. 그가 정말 소리를 들은 것인지 아니면 상상한 것인지는 확실치 않지만 그녀가 계단을 내려가는 소리가 들렸다. 잠시 후 그녀가 침실 문 앞을 조용히 지나갔다. 아침 햇살이 침실을 가로질러 복도까지 손길을 뻗칠 무렵, 매들린은 마치 유령처럼 상자 같은 무언가를 들고 다시 돌아왔다.

거니는 피로감에 눈이 무거웠고 그로부터 한 시간을 더 졸았다.

15

분열

충분한 수면을 취해서 깬 것은 아니었다. 사실 완전히 잠에서 깨어난 것도 아니었다. 또렷이 기억나지는 않지만 밀실공포증 비슷한 여운을 남긴 꿈속으로 돌아가는 것보다는 일어나는 편이 나을 것 같아서 일어났다.

거니는 내키지 않는 샤워를 했고 샤워 후에는 그나마 기분이 조금 나아졌다. 옷을 입고 부엌으로 갔다. 매들린이 두 사람 분량의 커피를 충분히 만들어놓은 것을 보고 마음이 놓였다. 매들린은 아침 식탁에 앉아 유리문 밖을 유심히 바라보면서 크고 둥근 컵을 들고 있었다. 컵에서 김이 피어올랐다. 매들린은 마치 손을 덥히려는 듯 양손으로 컵을 감싸고 있었다. 그는 커피를 한 잔 따른 다음 그녀의 맞은편에 앉았다.

"잘 잤어?"

그가 물었다.

매들린은 대답 대신 엷은 미소를 지었다.

거니는 매들린의 시선을 따라 풀밭 저편 언덕 위의 숲을 보았다. 성난 바람이 나무를 흔들어서 얼마 남지 않은 나뭇잎을 털어내고 있었다. 거센 바람은 매들린을 긴장하게 만들었다. 월넛 크로싱으로 이사하던 날 커다란 참나무 한 그루가 그녀의 차 앞으로 쓰러진 이후로 그랬다. 그러나 지금 매들린은 그런 것들을 알아차리기에는 너무 깊이 생각에 잠겨 있는 것 같았다.

잠시 후 매들린이 거니를 돌아보았다. 그의 태도나 모습 무언가 거슬린다는 듯 그녀의 표정이 날카로워졌다.

"어디 가?"

매들린이 물었다.

거니는 잠시 망설였다.

"피어니. 수련원에."

"왜?"

"왜냐고?"

그의 목소리에서 짜증이 배어났다.

"마크 멜러리가 내 말을 거부하고 경찰에 신고를 안 하겠다잖아. 이번엔 좀 더 세게 밀어붙여보려고."

"전화로 할 수도 있잖아."

"직접 만나서 하는 게 더 낫지. 어젯밤 통화 녹음 내용도 가져와야 하고."

"그럴 때 쓰라고 페덱스가 있는 거 아닌가?"

거니가 그녀를 쳐다보았다.

"내가 거기 가는 게 무슨 문제라도 있나?"

"문제는 당신이 어딜 가느냐가 아니라 왜 가느냐지."

"경찰에 신고하도록 설득하려고 그런다잖아. 통화 녹음도 가져올 겸."

"당신, 정말 피어니까지 차를 몰고 가는 이유가 그것뿐이라고 생각하는 거야?"

"그것 말고 무슨 이유가 있겠어?"

대답하기 전에 그녀는 한참을 거의 측은해하는 눈빛으로 그를 쳐다보았다.

"당신이 거기 가는 이유는 당신이 온통 그 사건 생각에 사로잡혀서 도저히 떨쳐버릴 수가 없기 때문이야. 도저히 가만히 여기 있을 수가 없으니까 가는 거야."

그러고 나서 그녀는 천천히 눈을 감았다. 마치 서서히 흐릿해지는, 영화의 마지막 장면처럼.

무슨 말을 해야 할까. 매들린은 종종 이런 식으로 논쟁을 끝냈다. 그의 생각의 사슬을 훌쩍 뛰어넘어서 그의 입을 다물게 만드는 방식으로.

이번만큼은 그가 입을 다물게 된 이유를 알 것도 같았다. 그 이유의 일부라도. 매들린의 말투에서 그는 예전에 상담 치료사에게 말할 때의 그 말투를 기억해냈다. 불과 몇 시간 전에 생생하게 되살아났던 기억이었다. 그 우연의 일치가 왠지 불쾌했다. 현재의 매들린과 과거의 매들린이 그의 양쪽 귀를 하나씩 붙잡고 속삭이며 그를 공격하는 것 같았다.

그는 한동안 아무 말도 하지 않았다.

결국 매들린은 커피 잔들을 싱크대로 가져가서 닦았다. 평상시처럼 건조대에 엎어놓지 않고 물기를 닦아 찬장에 넣었다. 그러고 나서 마치 자신이 왜 찬장 앞에 서 있는지 잊어버렸다는 듯 한동안 찬장 안을 들여다보다가 "언제 갈 건데?"라고 물었다.

그는 어깨를 으쓱하고는 마치 그 대답이 벽에 있을 수도 있다는 듯 방 안을 둘러보았다. 그동안 그의 시선이 벽난로 앞 커피테이블 위에 놓인 물건으로 향했다. 주류 가게에서 가져왔음직한 상자 하나가 놓여 있었다. 그러나 그의 시선을 사로잡은 것은 그 상자를 감아서 묶고 있는 흰색 리본이었다.

젠장. 매들린이 아래층에서 가져온 것은 바로 그 상자였다. 그 상자는 오래전에 보았던 것보다 더 작게 느껴졌고 상자의 빛깔도 그는 더 짙은 갈색으로 기억하고 있었다. 하지만 그 리본의 빛깔만큼은 틀림없는, 잊을 수 없는 흰색이었다. 추모의 색은 검은색이 아니라 흰색이라고 믿는 힌두교 사람들의 생각은 옳았다.

마치 중력이 그의 숨결을, 그의 영혼을 흙으로 끌어당기는 듯 폐가 텅 비어 오그라드는 것 같았다. 대니. 대니의 그림. 우리의 사랑스러운 대니 보이. 그는 침을 삼키며 그 엄청난 상실감으로부터 고개를 돌렸다. 움직일 기운조차 없었다. 그는 유리문 밖을 바라보면서 기침을 하고, 또 헛기침을 하면서 헝클어진 기억들을 현재의 감각으로 지우려 애썼다. 그는 아무 말도 하지 않는 것으로, 그 자신의 목소리를 듣는 것으로 이 끔찍한 침묵을 깨뜨리는 것으로 마음을 가다듬으려 애썼다.

"늦을 것 같진 않아."

거니는 모든 힘과 의지를 끌어모아 의자에서 일어났다.

"저녁 식사 때까진 돌아올게."

아무 의미 없이, 자기가 무슨 말을 하는지조차 알지 못하면서 덧붙였다.

매들린은 아무 말도 하지 않은 채, 엷은 미소를 지닌 채, 사실 미소라는 말로 표현하기에는 적절치 않은 표정으로 그를 바라보았다.

"그만 가야겠어. 늦으면 안 되니까."

그는 맹목적으로, 거의 비틀거리다시피 하면서 아내의 뺨에 키스한 뒤 재킷을 챙기는 것도 잊고 차를 세워둔 곳으로 향했다.

그날 아침 풍경은 어딘가 달랐다. 나무에서 가을의 빛깔들이 모두 사라져버려서 겨울에 더 가까워 보였다. 그러나 거니는 그 모든 것을 어렴풋이 인식할 뿐이었다. 그는 아무 생각 없이, 거의 아무것도 보지 못한 채로, 오직 그 상자와 그 상자에 들어 있는 것들의 기억, 테이블 위에 놓인 그 상자의 의미에 사로잡혀 있었다.

왜, 오랜 세월이 지난 지금에 와서 왜? 어떤 목적으로? 도대체 매들린은 무슨 생각을 하고 있는 것일까? 거니는 딜위드를 지나고 아벨라드를 지나치는 것조차 알아차리지 못했다. 속이 뒤집히는 것 같았다. 다른 것에 집중해야 했다. 정신을 차려야 했다.

어디를 가는지, 왜 그곳에 가는지에 집중해.

거니는 편지와 시, 19라는 숫자에 집중하려고 애썼다. 19라는 숫자를 생각하는 멜러리를, 그리고 그 숫자를 편지에서 발견하는 멜러리를. 그게 어떻게 가능했을까? 아리브디스인지 카리브디스인지 하는 자가 그 불가능한 일을 해낸 것이 이번이 두 번째였다. 조금 차이가 있긴 했지만 두 번째도 첫 번째만큼이나 당혹스러웠다.

커피테이블 위에 놓인 상자의 이미지는 여전히 그의 집중력 가장자리를 무자비하게 공격했다. 오래전에 상자에 담아서 치워두었던 그 상자 속의 물건들이 떠올랐다. 대니가 크레용으로 그린 그림들이었다. 젠장. 매들린이 금잔화라고 주장하는 조그만 주황

색 그림이 그려진 종이들. 그리고 어쩌면 초록색 풍선이거나 나무이거나 알사탕일 수도 있는 우스꽝스러운 조그만 그림들. 오, 하나님.

미처 알아차리기도 전에 거니는 수련원의 자갈길로 들어서고 있었다. 주차장이라는 생각이 거의 의식 속에 들어오지 않았다. 그는 주위를 둘러보면서 자신의 몸이 있는 곳에 마음을 가져다놓으려 애썼다.

천천히 마음이 가라앉았다. 강렬한 감정 뒤에 수반되는 공허감에 몸이 나른하게 느껴질 정도였다. 그는 시계를 보았다. 어쩌다 보니 정시에 도착했다. 마치 자동반사 시스템처럼 그 부분만큼은 의식적인 노력 없이도 잘 돌아갔다. 날씨가 추워서 역할극을 하는 고객들이 모두 안으로 들어간 것일까? 그는 차 문을 잠그고 저택 쪽으로 난 꼬불꼬불한 산책로를 따라 걸었다. 첫 방문 때 그랬던 것처럼 그가 노크를 하기도 전에 문이 열렸다.

그는 바람 속을 벗어나 실내로 들어섰다.

"그사이 다른 일은 없었고?"

멜러리가 고개를 저으며 육중한 앤티크 문을 닫았지만 그 틈을 타서 낙엽 대여섯 개가 문지방을 넘어 들어왔다.

"서재로 가세. 커피도 있고 주스도 있고……."

"커피로 하지."

두 사람은 이번에도 벽난로 앞의 윙 체어에 앉았다. 두 사람 사이에 놓인 낮은 테이블 위에 커다란 봉투가 있었다.

"편지 복사한 것하고 전화 녹음한 거야. 자네 주려고 준비해두었네."

멜러리가 봉투를 가리키며 말했다.

거니는 봉투를 받아 무릎 위에 올려놓았다. 멜러리는 기대감에 찬 눈빛으로 그를 바라보았다.

"경찰에 신고해."

거니가 말했다.

"그 얘긴 끝난 걸로 아는데."

"그 얘기를 다시 해야겠어."

멜러리는 눈을 감고 마치 이마가 아프다는 듯 이마를 문질렀다. 다시 눈을 떴을 때 그는 결단을 내린 것 같았다.

"아침 강의를 들어보게. 자넬 이해시킬 방법은 그것뿐이야."

거니의 거절을 막으려는 듯 그가 빠르게 말을 이었다.

"이곳에서 일어나는 일들은 아주 미묘하고 섬세하다네. 우린 이곳을 찾는 고객들에게 양심, 평화, 투명성을 가르쳐. 그들의 신뢰를 얻는 것이 아주 중요하지. 우린 고객들에게 그들의 삶을 바꿀 수도 있는 방법들을 알려주고 있어. 하지만 어떻게 보면 다 하늘에 쓰는 글씨 같은 것들이야. 고요한 하늘에서는 읽을 수 있겠지. 돌풍 속에서는 그저 횡설수설일 뿐이고. 내 말이 무슨 말인지 알겠나?"

"잘 모르겠어."

"일단 강의를 들어보게."

멜러리가 부탁했다.

거니가 본관 1층의 커다란 강의실로 멜러리를 따라 들어간 것은 정확히 오전 10시였다. 강의실은 고급스러운 전원 호텔을 연상시켰다. 열두 개의 팔걸이의자와 여섯 개 남짓한 소파가 커다란 벽난로 쪽을 향하도록 비치되어 있었다. 스무 명 정도의 청중 대부분이 이미 자리에 앉아 있었다. 몇몇은 은색 커피 주전자와 크루아상이 담긴 쟁반이 있는 간이 테이블 옆에서 서성거렸다.

멜러리는 벽난로 앞에 편안하게 서서 청중들을 바라보았다. 테이블 근처에 있던 사람들이 서둘러 자리에 앉았고 기대감에 들뜬 침묵이 흘렀다. 멜러리는 거니에게 벽난로 옆의 팔걸이의자를 가리켰다.

"이분은 데이브라고 합니다. 이곳에서 우리가 하는 일에 대해 궁금해하셔서 제가 아침 강좌에 초대했지요."

멜러리가 미소를 머금고 거니를 바라보며 말했다.

몇 사람이 반갑게 인사를 건넸고 모든 사람들이 미소를 지었다. 모두 진심 어린 표정이었다. 그 전날 그를 안내했던 호리호리한 여자와도 눈이 마주쳤다. 그 여자는 새침해 보였고 조금 얼굴을 붉혔다.

멜러리는 서론도 없이 곧바로 본론으로 들어갔다.

"우리의 삶을 지배하는 역할들을 우리는 의식하지 못하고 있습니다. 우리를 가장 무자비하게 몰아붙이는 욕구들은 우리가 가장 의식하지 않는 것들이지요. 행복하고 자유롭기 위해서는 우리가 우리 자신이기 위해 수행하는 역할들을 똑바로 직시하고 감추어진 욕구를 드러내야만 합니다."

그는 침착하고도 명쾌하게 이야기했고 청중의 주의를 완전히 장악했다.

"그 탐구과정에서 첫 번째 걸림돌은, 우리가 자신을 잘 알고 있고 자신의 동기를 이해하고 있으며 주변 환경이나 사람들에 대해 특정한 감정을 느끼는 이유를 알고 있다고 생각하는 것이죠. 하지만 진실을 깨닫기 위해서는 우리가 이미 알고 있다는 생각을 버려야만 합니다. 길가에 놓인 바위를 똑바로 보지 못하면 결코 그 바위를 치울 수가 없겠지요."

멜러리의 마지막 말이 뉴에이지풍 뜬구름 잡는 이야기들의 연장선상에 있다고 생각하려는 순간, 멜러리의 목소리가 날카로워졌다.

"그 바위가 뭔지 아십니까? 그 바위는 바로 여러분의 이미지이며 여러분이 생각하는 여러분 자신의 모습입니다! 여러분이 생각하는 여러분 자신의 이미지가 실제 여러분의 모습을 빛도, 음식도, 친구도 없는 곳에 가두고 있는 것이죠! 여러분의 이미지는 여러분의 참모습을 살해하려고 평생 노력해왔습니다!"

격한 감정에 휩싸인 듯 멜러리가 말을 멈추었다. 그가 청중을 바라보았고 청중은 숨을 죽였다. 다시 이야기를 시작했을 때 그의 목소리는 평상시 대화의 수준이 되었지만 여전히 감정이 가득 실려 있었다.

"가짜 나는 진짜 나를 두려워합니다. 진짜 나를 다른 사람이 어떻게 생각할지 두려워합니다. 내가 실제로 어떤 사람인지 알게 되면 사람들은 날 어떻게 생각할까요? 안전을 택하는 편이 낫겠지요. 진짜 나를 숨기고, 진짜 나를 굶기고, 진짜 나를 매장시키는 게 속이 편하겠지요."

그는 다시 한번 말을 멈추고 자신의 눈동자 속의 불안정한 열정이 잦아들게 했다.

"이 모든 게 언제부터 시작되었을까요? 우리는 언제부터 이렇게 기능 장애 쌍둥이가 되었을까요? 머릿속에는 새로 만들어진 사람이 있고 진짜 나는 그 속에 갇혀 죽어가게 된 걸까요? 저는 이 문제가 아주 일찍부터 시작되었다고 믿습니다. 제 경우에 그

쌍둥이는 아주 잘 만들어져서 제가 아홉 살이 될 때까지도 각자 불안한 자리를 지키고 있었습니다. 제가 이야기를 하나 해드리지요. 이미 이 얘기를 들으신 분들께는 양해의 말씀 드리겠습니다."

거니는 방 안을 둘러보았다. 그의 말을 열심히 듣고 있던 사람들 중 몇몇의 얼굴에 무슨 얘긴지 알겠다는 의미의 미소가 피어올랐다. 멜러리의 이야기를 두 번째 혹은 세 번째로 듣는 사람들조차도 따분해하거나 짜증스러워 하기는커녕 오히려 기대하는 것 같았다. 마치 가장 좋아하는 이야기를 다시 듣는 어린아이처럼.

"어느 날 학교를 가려고 준비하는데 어머니가 20달러를 주시면서 학교 갔다 오는 길에 슈퍼마켓에 들렀다 오라고 했습니다. 우유 한 팩하고 빵 한 덩이를 사오라는 심부름이었지요. 3시에 학교를 파하고 나서 전 콜라를 사기 위해 학교 운동장 옆에 있는 조그만 매점에 들렀습니다. 학교가 끝나고 아이들이 어울리는 곳이었어요. 콜라 값을 내기 위해 20달러를 계산대에 올려놓았더니 점원이 지폐를 받기 전에 한 녀석이 '멜러리! 20달러 어디서 났어?' 하고 묻는 거예요. 그런데 우연찮게도 그 친구는 4학년에서 가장 힘이 센 아이였어요. 저도 그때 4학년이었고요. 전 아홉 살이고 그 아인 열한 살이었어요. 두 번 유급당한 무서운 녀석이었어요. 저와 친한 아이도 아니었고 제게 말을 거는 아이는 더더욱 아니었어요. 툭하면 싸움을 일으켰고 남의 집에 들어가서 물건을 훔친다는 소문도 돌았지요. 그 아이가 돈이 어디서 났느냐고 물었을 때 엄마가 우유와 빵을 사라면서 주신 돈이라고 말하려고 했지만 혹시 마마보이라고 놀릴까 봐 걱정이 되더군요. 그 아이를 놀래줄 말을 하고 싶었어요. 그래서 훔쳤다고 말했지요. 그 아이는 재미있다는 듯한 표정을 지었고 전 기분이 좋았어요. 그랬더니 그 아이가 어디서 훔쳤느냐고 묻더군요. 엄마 돈을 훔쳤다고 했죠. 그 아이는 고개를 끄덕이면서 어디론가 가버렸어요. 저는 한편으로는 마음이 놓였고 한편으로는 불안했어요. 하지만 그다음 날엔 그 일을 잊어버렸지요. 그런데 일주일이 지나서 그 녀석이 운동장에서 다가오더니 이렇게 묻는 것이었어요. '야 멜러리! 너 혹시 오늘도 엄마 돈 훔쳤어?' 저는 훔치지 않았다고 했죠. 그랬더니? '20달러 한 번 더 훔쳐보지 그래?' 라고 말하는 겁니다. 전 뭐라고 말해야 할지 몰랐어요. 그저 그 아이를 바라보았죠. 그 아인 음흉한 미소를 지어보이면서 '20달러 훔쳐서 나한테 가져와. 안 그러면 네 엄마한테 네가 지난번에 20달러 훔쳤다고 이른다.' 라고 말했어요. 등골이 오싹하더군요."

"저런!"

벽난로 앞 빨간색 팔걸이의자에 앉아 있던, 얼굴이 긴 여자가 말했다. 그 여자의 반응에 공감하는 사람들의 웅성거림이 방 안에 퍼졌다.

"뭐 그런 자식이 다 있어!"

건장한 체격의 남자가 눈빛에 살기를 품고 으르렁거렸다.

"전 겁에 질렸습니다. 그 아이가 엄마한테 가서 제가 20달러를 훔쳤다고 말하는 모습이 그려지더군요. 그 아이가 실제로 그렇게 하기란 어려울 거라는 생각이 그때는 들지 않았습니다. 제 마음은 두려움으로 가득 찼어요. 그 아이가 엄마에게 말하고 엄마가 그 말을 믿을까 봐 두려웠죠. 저는 진실에 대한 믿음이 없었어요. 그 어리석은 두려움 속에서 저는 제가 할 수 있는 최악의 결단을 내렸습니다. 그날 밤 엄마의 지갑에서 20달러를 훔쳐서 다음 날 그 아이에게 가져다주었어요. 물론 그다음 주에도 그 아인 똑같은 요구를 했습니다. 저는 그다음 주에도 훔쳤어요. 그렇게 무려 6주 동안이나 훔쳤습니다. 돈을 훔치고 엄마 화장대 서랍장을 닫다가 20달러 지폐를 손에 든 채 아빠한테 걸릴 때까지 말입니다. 그제야 저는 고백을 했습니다. 그 끔찍하고도 수치스러운 이야기를 처음부터 끝까지 다 했죠. 그런데 상황이 더 악화되었어요. 부모님은 목사님에게 전화를 걸어서 저에게 그 이야기를 처음부터 다시 하게 했어요. 그다음 날 밤에는 저를 협박했던 불량소년과 그 아이의 아빠, 엄마까지 불러서 다시 한번 그 이야기를 하게 만들었죠. 그것으로도 끝나지 않았어요. 부모님은 1년 동안 제게 용돈을 주지 않았어요. 제가 훔친 돈을 보상해야 한다면서. 그 일로 부모님이 저를 보는 시선이 달라졌어요. 그 불량소년은 그 사건을 조작해서 학교에 소문을 퍼뜨렸어요. 자기는 로빈 후드인 양, 그리고 저는 좀도둑인 양……. 그리고 가끔 저에게 싸늘한 조롱의 미소를 보냈죠. 마치 조만간 제가 아파트 옥상으로 쫓겨날 게 빤하다는 듯이……."

멜러리는 잠시 회상을 멈추고 긴장한 근육을 풀어주려는 듯 손바닥으로 얼굴을 문질렀다.

건장한 체격의 남자가 화가 난 듯 고개를 저으면서 다시 한번 "비열한 자식!"이라고 중얼거렸다.

"저도 그렇게 생각했습니다. 사람을 가지고 노는 아주 비열한 자식이라고요. 그 일을 떠올릴 때마다 늘 제 머릿속에 떠오르는 생각은 '비열한 자식!' 이었어요. 그 생각밖엔 나지 않았죠."

"그게 정확한 표현이니까요!"

건장한 남자가 사람들 앞에서 말하는 것에 익숙한 듯한 목소리로 말했다.

"그게 정확한 표현이죠."

멜러리가 한층 더 진지해진 목소리로 동의했다.

"그게 바로 그 친구에 대한 정확한 표현입니다. 하지만 저는 늘 그 친구가 어떤 인간인지만 생각하느라 제 자신이 어떤 인간이었는지는 생각하지 못했어요. 그 녀석이 어떤 인간인지는 너무도 분명했지만 제 자신이 어떤 인간인지는 묻지 않았어요. 도대체 이 아홉 살짜리 아이가 왜 그런 짓을 했을까요? 두려웠다는 말로는 충분치 않아요. 정확히 무엇이 두려웠을까요? 도대체 그 소년은 어떤 아이였을까요?"

놀랍게도 그의 말이 거니를 사로잡았다. 멜러리는 방 안에 있던 다른 사람들의 마음은 물론 그 자신의 마음까지도 휘어잡고 있었다. 거니는 관찰자의 입장에서 벗어나 삶의 의미, 동기, 정체성을 찾는 탐험에 동참하게 되었다. 멜러리가 커다란 벽난로 앞에서 앞뒤로 서성거렸다. 마치 밀려드는 추억들, 질문들 때문에 한시도 가만히 있을 수가 없다는 듯이. 말이 그의 입에서 쏟아져나왔다.

"그 아이를 생각할 때마다, 아홉 살 꼬마였던 그 아이를 떠올릴 때마다 저는 제 자신을 희생자로 만들었지요. 협박의 희생자, 사랑받고 존중받고 받아들여지기를 갈망했던 순수한 바람만을 지닌 희생자로 말입니다. 그 아이가 원한 건 오직 불량소년이 자신을 좋아해주는 것뿐이라고 생각했지요. 그 아이는 이 냉혹한 세상의 희생자라고 생각했습니다. 작고 가엾은 아이, 호랑이에게 물린 가엾은 양 같은 아이!"

멜러리가 서성거리기를 멈추고 청중들을 똑바로 쳐다보았다.

그러고 나서 부드럽게 말했다.

"그러나 그 어린 소년은 결코 순수하지 않았습니다. 그 아인 거짓말쟁이였고 도둑이었습니다."

청중은 그 말에 이의를 제기하고 싶어 하는 사람들과 고개를 끄덕이는 사람들로 나뉘었다.

"그 아이는 20달러가 어디서 났느냐는 물음에 거짓말을 했습니다. 그 아이는 도둑일지도 모르는 아이에게 잘 보이기 위해 자신이 도둑이라고 주장했습니다. 어머니에게 자신이 도둑이라는 사실을 알리겠다는 협박을 받자 진실을 밝히는 대신 실제로 그 자신이 도둑이 되었습니다. 그 아이가 가장 중요하게 생각하는 것은 다른 사람들이 자신을 어떻게 생각하느냐였어요. 다른 사람이 자신을 어떻게 생각하는지에 신경을 쓰는 것에 비해서 자신이 실제로 거짓말쟁이인지, 도둑인지, 자신이 거짓말을 하고 물건을 훔친 사람들에게 자신의 행동이 어떤 영향을 미칠지에 대해서는 신경을 쓰지 않았어요. 이렇게 정리해볼까요? 한마디로 그런 것들은 그 아이의 거짓말이나 도둑질을 막을 만큼 중요하지가 않았던 거예요. 거짓말과 도둑질이 마치 산성처럼 자신의 자긍심을 좀먹었을지언정, 또 스스로를 증오하게 만들고 차라리 죽었으면 좋겠다고 생각했을지언정 말입니다!"

멜러리는 청중들의 뇌리에 자신의 말이 스며들기를 잠시 동안 기다렸다가 말을 이었다.

"이렇게 한번 해보시기 바랍니다. 여러분이 도저히 못 견디는 사람, 여러분을 몹시 화나게 하는 사람, 여러분에게 잘못을 저지른 사람의 목록을 만들어보세요. 그리고 자신에게 물어보세요. 내가 어쩌다 이런 상황에 처하게 되었는가? 어떻게 이런 관계를 시작하게 되었는가? 나의 동기는 무엇인가? 제3자의 눈에는 이 상황이 어떻게 비춰지는가? 절대로, 반복해서 말하건대 절대로, 다른 사람이 한 나쁜 행동에 집중하지 마세요. 우리는 지금 탓할 사람을 찾고 있는 게 아닙니다. 우리는 평생 탓할 사람을 찾으며 살았고 그래 봐야 해결되는 건 아무것도 없었습니다. 결국 우리에게 남는 것은 우리 인생에서 그르친 모든 일들에 대해 책임을 져야 할 사람들의 길고도 쓸모없는 목록뿐일 테니까요. 길고 쓸모없는 목록이란 말입니다. 진짜 중요한 질문, 유일하게 중요한 질문은 바로 이겁니다. 그 모든 일이 일어나는 동안 나는 도대체 어디에 있었는가? 내가 어떻게 그 방으로 들어가는 문을 열었던가? 제가 아홉 살이었을 때 저는 잘 보이기 위해 거짓말을 함으로써 그 문을 열었습니다. 여러분은 어떻게 그 문을 열었습니까?"

거니에게 욕을 내뱉었던 작은 체구의 여자는 점점 더 심기가 불편해지는 것 같았다. 그녀는 머뭇거리며 손을 들고 멜러리에게 질문을 했다.

"때로는 사악한 사람이 아무 죄 없는 사람에게 나쁜 짓을 저지를 수도 있는 거 아닌가요? 이를테면 집으로 침입해 들어와서 강도짓을 한다든가…… 그런 경우에는 당한 사람에게는 잘못이 없는 거잖아요."

멜러리가 미소를 지었다.

"물론 선한 사람들에게 나쁜 일이 일어나기도 합니다. 그러나 선한 사람들은 강도 사건의 비디오테이프를 반복해서 틀면서 평생 이를 갈며 삶을 허비하진 않아요. 우리를 힘들게 하는 인간관계의 갈등들이나 쉽게 떨쳐버릴 수 없는 일들은 우리가 인정하고 싶지 않지만 어느 정도 우리 자신의 역할이 있는 경우입니다. 그래서 고통이 지속되는 것이지요. 우리가 핵심을 인정하기를 거부하기 때문입니다. 그 사건에서 우리 자신을 분리할 수 없는 이유는 정확히 어느 지점에서 그 사건과 자신이 연결되어 있는지 우리가 보려 하지 않기 때문입니다."

강의를 지속할 힘을 얻으려는 듯 멜러리가 눈을 감았다.

"인생에서 가장 끔찍한 고통은 인정하고 싶지 않은 우리 자신의 실수에서 비롯되는 것입니다. 우리 자신의 모습과 어울리지 않는 행동들, 그래서 도저히 똑바로 바라볼 수 없는 행동들이죠. 우리는 한 몸에 사는 두 사람이 되었습니다. 그 두 사람은 서로를 도저히 못 견딥니다. 거짓말쟁이와 거짓말쟁이를 도저히 못 견디는 사람, 도둑과 도둑을 증오하는 사람……. 우리의 의식 밑바닥에서 벌어지는 그 둘의 싸움보다 더 고통스러운 건 없습니다. 우리는 그 싸움으로부터 달아나려 하지만 그 싸움은 우리와 함께 달립니다. 어딜 가든 그 싸움도 쫓아오죠."

멜러리가 벽난로 앞에서 서성거렸다.

"제가 말한 대로 해보십시오. 여러분의 삶에서 일어난 문제에 대해 탓하고 있는 사람들의 목록을 만들어보세요. 미워하는 사람일수록 좋습니다. 그 사람들 이름을 적어보세요. 여러분이 아무 잘못도 저지르지 않았다고 생각하는 상대일수록 더 좋습니다. 그 사람이 무슨 짓을 했는지, 그래서 여러분이 어떤 상처를 입었다고 생각하는지 적으세요. 그러고 나서 여러분이 그 문을 어떻게 열었는지를 물어보세요. 만약 이 일이 한심하다는 생각이 든다면 왜 그토록 이 일을 꺼리는지 스스로에게 물어보세요. 기억하십시오. 이건 다른 사람들의 잘못을 용서하기 위한 게 아닙니다. 여러분에게는 그들을 용서할 권리가 없어요. 용서는 하나님이 하실 일이지 여러분이 할 일이 아닙니다. 여러분이 할 일은 바로 이 한 가지 질문으로 귀결됩니다. 내가 어떻게 그 문을 열었는가?"

멜러리는 말을 멈추고 방 안을 둘러보면서 최대한 많은 사람들과 눈을 맞추었다.

"내가 어떻게 그 문을 열었는가? 남은 인생에서 여러분의 행복은 그 질문에 얼마나 정직하게 대답하느냐에 달려 있습니다."

그가 조금 피로한 듯한 표정으로 연설을 멈추었다.

"차나 커피 좀 드시고, 바깥바람도 쏘이시고, 화장실도 다녀오세요."

몇몇 사람들이 소파와 의자에서 일어나 제각기 다른 볼일을 보러 나갔다. 멜러리는 여전히 의자에 앉아 있는 거니에게 무언가 묻는 것 같은 표정을 지었다.

"좀 도움이 됐나?"

멜러리가 물었다.

"아주 인상적이었어."

"어떤 면에서?"

"자네 아주 훌륭한 연설가더군."

멜러리가 고개를 끄덕였다. 겸손하지도 오만하지도 않게.

"이 모든 게 얼마나 섬세한 건지 알겠나?"

"자네가 고객들과의 관계에서 쌓은 동질감 말인가?"

"동질감, 그것도 적절한 표현이야. 그것이 신뢰, 정체성, 결합, 열린 마음, 믿음, 희망, 사랑 같은 것이 혼합된 의미라면. 그 꽃들이 얼마나 섬세한지 알겠나? 특히 갓 피어나기 시작했을 때?"

거니는 마크 멜러리가 어떤 사람인지 쉽게 판단이 서지 않았다. 만약 멜러리가 돌팔이라면 거니가 지금까지 만난 돌팔이들 중 단연 최고였다.

멜러리가 손을 들어서 커피 주전자 옆에 서 있던 젊은 여자를 손짓으로 불렀다.

"키라, 미안하지만 저스틴을 좀 데려와주겠어?"

"그럴게요."

여자가 조금도 머뭇거리지 않고 돌아서서 나갔다.

"저스틴은 누구지?"

거니가 물었다.

"내가 갈수록 의지하게 되는 젊은 청년이라네. 처음에는 손님으로 이곳에 머물렀어. 그때 그 친구 나이가 스물한 살이었지. 우리가 받은 고객 중 가장 어린 나이였어. 그런데 세 번을 다시 왔어. 세 번째 와서는 아예 이곳에 머물기 시작했지."

"무슨 일을 하지?"

"내가 하는 일을 한다고 보면 돼."

거니는 묘한 표정으로 멜러리를 바라보았다.

"저스틴은 처음 여기 왔을 때부터 나하고 마음이 통했어. 내가 하는 말들을 작은 것 하나 놓치지 않고 정확하게 이해했지. 똑똑한 아이이고 우리가 하고 있는 모든 일에 헌신적이야. 수련원의 모든 메시지가 그 아이를 위해 있고 그 아이가 수련원의 메시지를 위해 있다네. 그 아이가 원한다면 앞으로도 우리와 영원히 함께할 거야."

"마크 주니어로군."

거니가 혼잣말에 가깝게 중얼거렸다.

"뭐라고?"

"아주 이상적인 아들이라고. 자네가 주는 모든 것을 다 흡수하고 이해하는 아이라니."

말쑥하고 똑똑해 보이는 젊은 청년이 두 사람에게 다가왔다.

"저스틴, 내 오랜 친구 데이브 거니한테 인사해라."

젊은 청년은 따스함과 수줍음이 뒤섞인 태도로 손을 내밀었다.

악수를 한 뒤 멜러리는 저스틴을 한쪽 옆으로 데리고 가서 낮은 목소리로 말했다.

"후반 30분은 네가 해주면 좋겠다. 내면 분열의 사례를 몇 가지 들어봐."

"그럴게요."

이렇게 대답하고서 저스틴은 커피를 마시기 위해 테이블 쪽으로 다가갔다.

"시간이 허락하면 내가 가기 전에 자네가 전화 한 통화를 해주었으면 좋겠네."

거니가 멜러리에게 말했다.

"바로 집으로 돌아갈 거야."

멜러리는 자신의 골칫거리와 고객들 사이에 거리를 유지하고 싶은 것이 분명했다. 집으로 돌아가는 길에 거니는 멜러리에게, 그레고리 더모트에게 전화를 해서 그의 사서함의 용도와 보안 상태가 어떤지에 관해 구체적으로 물어보고 카리브디스 앞으로 보냈다가 돌아온 289.87달러짜리 수표에 대해 혹시 아는 게 있는지 물어보라고 했다. 특히 그레고리 더모트의 회사에서 이 사서함을 열어볼 수 있는 사람이 있는지, 사서함 열쇠를 항상 더모트 본인이 지니고 다니는지, 여분의 열쇠가 있는지, 사서함을 사용한 지가 얼마나 되었는지, 전에도 이 사서함 주소로 우편물을 받아본 적이 있는지도 물어보라고 했다. 이유 없이 수표를 받아본 적이 있는지, 아리브디스 혹은 카리브디스 혹은 마크 멜러리라는 이름이 친숙한지, 혹시 그의 수련원에 대해 알고 있는지도.

멜러리가 질문들을 버거워하는 기색이 역력하자 거니는 주머니에서 종이를 한 장 꺼내 내밀었다.

"그 질문들은 다 여기 있네. 더모트가 대답을 꺼릴 수도 있겠지만 그래도 한번 시도해볼만 한 일이야."

이미 죽었거나 죽어가는 꽃밭 한가운데로 난 길을 따라 걷는 동안 멜러리의 수심은 더욱 깊어지는 것 같았다. 우아한 저택의 테라스 앞에서 멜러리는 혹시 엿듣는 사람이 있을까 걱정하며 최대한 목소리를 낮추었다.

"간밤에 한숨도 못 잤어. 19라는 숫자 때문에 미쳐버릴 것만 같더라고."

"전혀 생각나는 게 없어? 아무것도?"

"전혀. 한심한 것들만 떠오르더라고. 예전에 치료사가 내가 알코올 중독인지 알아보려고 문제를 20개 냈는데 19점을 맞았지. 내 첫 번째 아내가 나와 결혼했을 때 아내 나이가 열아홉이었고. 그다지 특별한 의미가 없는 것들뿐이야. 아무리 날 잘 아는 사람이라고 해도 그런 것들까지 알 수는 없잖아."

"하지만 누군가 알았어."

"그래서 미치겠단 거야! 사실만을 생각해보자고. 밀봉된 편지 봉투가 우편함에 있었어. 전화를 받았고 우편함에 편지가 있다는 것을 알려주려고 누군가 전화를 했고, 나보고 숫자를 하나 말해보라고 했어. 그런데 우편함에 있던 봉투 속에 이미 19가 적혀 있었어. 정확히 내가 말한 숫자가. 나는 72951을 생각할 수도 있었어. 하지만 19를 생각했지. 그런데 편지에 19라고 적혀 있었다고. 자넨 초능력 따윈 없다고 생각하겠지만 달리 어떻게 이 일을 설명할 수 있지?"

멜러리의 목소리가 불안한 만큼 거니의 목소리는 침착했다.

"지금 일어난 일에 대한 우리의 인식에 뭔가가 빠져 있어. 우리가 이 상황을 잘못 바라보고 있기 때문에 잘못된 질문을 던지고 있는 거야."

"그렇다면 옳은 질문이라는 게 뭔가?"

"그걸 알아내면 내가 바로 알려주겠네. 하지만 분명히 말하는데 이 일은 초능력과는 관계가 없어."

멜러리는 고개를 저었다. 감정의 표현이라기보다는 전율에 가까운 동작이었다. 그러고 나서 저택 뒤쪽을 바라보다가 다시 자신이 서 있는 테라스의 바닥을 내려다보았다. 그의 공허한 표정이 어쩌다가 여기까지 오게 되었는지 모르겠다고 말하는 것 같았다.

"들어갈까?"

거니가 물었다.

멜러리는 다시 생각에 잠기는 듯했고 문득 무언가 떠오는 것 같았다.

"그러고 보니 내가 잊고 있었군. 오늘 오후엔 캐디가 집에 있어. 그래서 전화를 하긴 좀……. 그러니까 지금 당장 더모트에게 전화하기가 어렵겠어. 상황을 봐가면서 해야겠어."

"오늘 하긴 할 거지?"

"물론 하고말고. 언제 해야 할지 상황 좀 봐서. 통화하자마자 바로 자네한테 알려주겠네."

거니가 고개를 끄덕이면서, 자신의 삶이 무너져 내릴까 봐 두려워하는 친구의 눈동자를 바라보았다.

"가기 전에 한 가지 묻고 싶은 게 있네. 아까 자네가 저스틴과 얘기할 때 '내면 분열'이란 말을 한 것 같은데 그게 뭔지 궁금해서."

"자넨 정말 한 가지도 그냥 넘어가는 게 없군."

멜러리가 얼굴을 조금 찌푸리며 말했다.

"내면 분열이라는 건 내면이 분리되는 현상이지. 말하자면 내면의 이중성 같은 거야. 우리의 내면에서 일어나는 갈등을 묘사할 때 그런 표현을 쓴다네."

"지킬 앤 하이드 같은 걸 말하는 건가?"

"그래. 하지만 그 이상의 의미가 있어. 인간이라는 존재는 온갖 내면의 갈등으로 가득 차 있지. 그것이 우리의 인간관계를 구축하고 우리의 분노를 만들고 우리의 삶을 파괴하지."

"예를 들어보겠나?"

"100가지는 들 수 있네. 가장 단순한 예는 우리가 우리 자신을 바라보는 방식과 다른 사람들을 바라보는 방식의 불일치야. 예를 들면 우리가 말다툼을 하다가 자네가 나한테 소리를 질렀다고 쳐. 난 자네가 소리를 지른 것이 감정을 조절하지 못해서라고 생각하겠지. 하지만 만약 내가 자네한테 소리를 지르면 내가 감정을 조절하지 못해서가 아니라 자네가 날 그렇게 만들어서라고 생각할 거야. 자네가 갖고 있는 어떤 것이 나를 소리 지르게 만들었고 그래서 내가 소리를 지른 건 정당한 반응이라고 생각하는 거지."

"재미있는 얘기군."

"사람들은 저마다 자신들의 문제는 자기가 원인이라고 생각하지 않으면서 다른 사람들의 문제는 그 사람들이 원인이라고 생각해. 바로 거기서 문제가 생기는 거야. 모든 것을 내 방식으로 만들고 싶다는 욕구는 당연하지만 다른 사람들이 모든 걸 자기 방식으로 만들고 싶어 하는 건 유치하다고 생각해. 한마디로 내가 기분이 좋고 다른 사람들이 바르게 행동하면 그게 좋은 날인 거야. 내가 세상을 바라보는 방식은 진리이고, 다른 사람들이 세상을 바라보는 방식은 편견으로 왜곡된 거고."

"무슨 말인지 알겠네."

"이건 시작에 불과해. 빙산의 일각일 뿐이야. 인간의 마음은 그야말로 모순과 갈등의 집합체라네. 우리는 다른 사람이 우리를 신뢰하게 만들기 위해 거짓말을 해. 친밀감을 얻기 위해 진정한 자신의 모습을 감추지. 행복을 쫓아버리는 방식으로 행복을 추구하고, 잘못을 저질렀을 때는 우리가 옳음을 증명하기 위해서 죽어라 싸우지."

자신의 주장에 심취한 멜러리는 열변을 토하고 있었다. 최근의 스트레스 속에서도 그에게선 여전한 집중력이 느껴졌다.

"내가 보기엔 어쩐지 자네가 일반적인 인간의 조건에 대해 얘기한다기보다는 자네 자신의 고통에 대해 얘기하고 있다는 느낌이 들어."

거니가 말했다.

멜러리가 천천히 고개를 끄덕였다.

"한 몸에 사는 두 사람의 고통보다 더 끔찍한 고통은 없다네."

16

시작의 끝

거니는 마음이 불편했다. 멜러리가 처음 월넛 크로싱으로 찾아왔을 때부터 간헐적으로 그런 기분이 들었다. 이제야 거니는 그 불편한 마음이 명확한 실체가 있는 범죄에 대한 동경이라는 것을 찜찜해하며 깨닫게 되었다. 낱낱이 파헤치고 측정하고 도표화 할 수 있는 범죄. 분석하고 규명할 지문과 머리카락과 섬유 조각. 용의자 위치 파악, 알리바이 확인, 인간관계 조사, 무기 추적, 탄도 분석을 위한 탄환 수거 등등. 이토록 짜증스러울 정도로 법적으로 모호하고, 정상적인 조사 절차를 밟기에 장애물이 많은 사건을 수사해본 적은 없었다.

수련원에서 나와 산길을 내려가면서 거니는 멜러리의 두려움에 대해 생각해보았다. 한편으로는 심술궂은 협박범에 대한 두려움이었고 또 한편으로는 고객들을 쫓아내는 경찰의 개입에 대한 두려움이었다. 상처를 치료하는 것이 상처 자체보다 나쁠 거라는 멜러리의 믿음이 상황을 더욱 오리무중으로 만들었다.

혹시 멜러리가 그에게 말한 것보다 더 많은 것을 알고 있지는 않을까? 혹시 멜러리는 이런 협박과 풍자를 유발할 만한 자신의 과거 행적을 기억하고 있을까? 지킬 박사는 하이드 씨가 한 일을 알고 있을까?

'한 몸에 갇힌 두 사람' 이라는 멜러리의 강의 주제는 몇 가지 이유로 거니의 관심을 끌었다. 그것은 지난 몇 년 동안 거니가 생각해왔던 것, 특히 머그샷 프로젝트로 더욱 확고해졌던 개념과 동일 선상에 있었다. 바로 영혼의 분열은 종종 얼굴에서도 나타난다는 것, 특히 눈빛에서 가장 선명하게 나타난다는 것이었다. 그는 실제로 두 개의 얼굴이 공존하는 얼굴들을 여러 차례 보았다. 코를 중심으로 얼굴 한쪽 반을 가리고, 그래서 한 번에 한쪽 눈을 바라보면서 왼쪽 얼굴의 인상을 적어보고, 그다음에는 오른쪽 얼굴의 인상을 적어보면 각각의 느낌이 너무도 달라서 놀라울 정도이다. 한쪽 얼굴은 평화롭고 너그럽고 지혜로운 반면, 다른 얼굴은 분노에 차 있고 냉혹하며 교활하다. 그들의 얼굴에서 무표정함은 살인을 부르는 악랄한 섬광으로 반짝인다. 종종 그 섬광은 한쪽 눈동자에서만 번득이고 다른 눈동자에서는 보이지 않는다. 실제 삶에서 사람들을 만날 때 우리의 뇌는 두 눈동자의 전혀 다른 특성을 조합해서 평균치를 보도록 설계되어 있기 때문에 그 차이를 알아차리기 어렵지만 사진 속에서는 차이가 너무도 분명하다.

거니는 책 표지에 실린 멜러리의 사진을 떠올렸다. 집으로 돌아가면 그의 표정을 좀 더 자세히 보아야겠다고 생각했다. 그리고 소냐 레이놀즈에게 전화를 해야지. 매들린이 얼음장처럼 차가운 목소리로 전해주었던 소냐의 전화. 피어니에서 몇 킬로미터를 빠져나와서 에소프스 호수와 도로를 구분하는 잡초가 우거진 자갈밭에 차를 세운 뒤 거니는 휴대전화를 꺼내 소냐의 갤러리 전화번호를 눌렀다. 네 번 벨이 울린 다음, 그가 바랐던 대로 그녀의 매끄러운 목소리가 메시지를 남겨놓으라고 말했다.

"데이브 거니입니다. 이번 주에 작품을 드리기로 약속했지요. 토요일 날 가져다드리든지, 아니면 샘플을 출력할 수 있도록 이메일로라도 보내드릴게요. 거의 완성이 되긴 했는데 아직 만족스럽지가 않아서요."

그는 말을 멈추었다. 상대가 매력적인 여자여서인지 그의 목소리가 한결 부드러워져 있었다. 언젠가 매들린이 지적했던 사실이었다. 그는 헛기침을 한 뒤 말을 이었다.

"이 작업의 본질은 캐릭터라고 말할 수 있어요. 얼굴이 살인이라는 범죄와 일치해야 합니다. 특히 눈이요. 제가 하는 작업이 바로 그겁니다. 그래서 시간이 걸리는 거고요."

딸깍하는 소리와 함께 숨이 찬 소냐의 목소리가 들려왔다.

"데이브, 저예요. 전화를 받을 수는 없었지만 얘긴 듣고 있었어요. 기왕이면 제대로 하고 싶어 하시는 거 충분히 이해해요. 하지만 토요일까지 가져다주시면 좋을 거예요. 일요일에 행사가 있거든요. 사람들이 많이 올 거예요."

"노력해볼게요. 어쩌면 그날 느지막이 완성될지도 몰라요."

"괜찮아요. 6시에 문을 닫지만 한 시간 더 기다릴게요. 그때 오세요. 얘기도 좀 하고요."

거니는 문득 소냐의 목소리가 무슨 말을 하건 섹스의 전주곡처럼 들린다는 사실을 깨달았다. 물론 그는 자신이 이 상황에 지나친 감수성과 상상력을 부여하고 있다는 것도 알고 있었다. 자신이 너무 한심하게 굴고 있다는 것도.

"6시 정도면 괜찮겠네요."

그 자신의 목소리가 들려왔다.

거니는 소냐의 사무실에 커다란 소파와 푹신한 양탄자가 깔려 있고, 업무를 보는 곳이라기보다는 은밀한 밀실 같은 분위기로 꾸며져 있다는 사실을 알고 있었다. 너무 아늑하게 꾸며진 소냐의 사무실, 매들린의 불안감, 다른 사람이 생각하는 숫자를 미리 알아맞히는 일의 불가능함, 그림 속의 장미처럼 빨간 피, 미스터 658과 카리브디스와의 만남, 잘못된 사서함 번호, 경찰에 대한 멜러리의 두려움, 대량학살을 자행한 개자식 피터 피거트, 매력적인 젊은 청년 저스틴, 멜러리의 부유한 아내 캐디, 지킬 박사와 하이드 씨 같은 것들이 리듬도, 이유도 없이 그의 머릿속을 맴돌았다. 그는 호수 옆에 차를 세우고 조수석 창문을 열었다. 그리고 몸을 뒤로 젖혀 눈을 감고, 호수 밑바닥 바위틈으로 흐르는 물소리에 정신을 집중하려 애썼다.

차창 두드리는 소리에 잠에서 깨어났다. 거니는 고개를 돌려 무표정한 사각형의 얼굴, 반사경 선글라스로 눈을 가리고 빳빳하고 둥근 회색 경찰 모자 때문에 그늘이 드리워진 얼굴을 바라보며 창문을 내렸다.

"선생님, 괜찮으십니까?"

걱정하는 투라기보다는 위협적인 느낌의 질문이었다. 선생님이라는 호칭도 공손하기보다는 형식적으로 들렸다.

"괜찮습니다. 잠시 눈을 좀 붙였을 뿐입니다."

거니는 시계를 흘긋 보며 말했다. 어느덧 15분이 흘러 있었다.

"어디로 가시는 길이시죠?"

"월넛 크로싱이요."

"그러시군요. 혹시 술 드셨습니까?"

"아뇨, 안 마셨어요."

경관은 고개를 끄덕인 뒤 한 발자국 뒤로 물러나 차를 바라보았다. 그의 생각을 드러내줄 유일한 부위인 입가에 경멸의 미소가 번졌다. 마치 거니가 술을 마시지 않았다는 것이 너무도 빤한 거짓말이고 조만간 그가 증거를 들이댈 수 있다는 듯이. 경관은 과장스러운 동작으로 차 뒤쪽으로 갔다가 다시 천천히 조수석을 지나 거니의 자리로 돌아왔다.

그렇게 긴 탐색의 침묵이 흐른 뒤 그는 일상적인 차량 검문에 적합하다기보다는 해럴드 핀터*의 연극에나 어울리 법한 위협적인 목소리로 말했다.

"이곳이 주차 금지 지역이라는 걸 알고 계셨습니까?"

"몰랐습니다. 1, 2분 정도 쉬어갈 생각이었어요."

"면허증이나 등록증 좀 봅시다."

거니가 지갑에서 그 두 가지를 꺼내 내밀었다. 전직 뉴욕 경찰 소속 1급 형사였음을 알리는 경찰 카드를 내놓는 것은 이런 상황에 처할 때마다 거니가 선뜻 하는 행동은 아니었지만 경관의 오만한 태도와 불필요한 실랑이가 거니의 생각을 바꾸었다. 결국 거니는 마지못해 지갑에서 카드를 한 장 꺼냈다.

"잠깐만요. 이것도 도움이 될 것 같군요."

경관이 조심스럽게 카드를 받았다. 경관의 입꼬리에 미묘한 변

* 노벨 문학상을 수상한 영국의 부조리극 작가

화가 있었다. 전혀 호의적인 방향이 아니었다. 오히려 실망과 분노의 조합이었다. 그는 경찰 카드와 면허증, 등록증을 내던지듯 돌려주었다.

"좋은 하루 되십시오."

경관은 말의 내용과는 전혀 다른 느낌으로 말한 뒤 순찰차로 돌아가 빠르게 유턴하면서 왔던 길로 되돌아갔다.

적성 검사가 아무리 섬세해져도, 자격 요건이 아무리 까다로워져도, 훈련 과정이 아무리 엄격해져도 경찰이 되지 말았어야 할 경찰들은 항상 있게 마련이라고 거니는 생각했다. 조금 전의 그 경관만 해도 실제로 어떤 위법 행위를 한 것은 아니었지만 온몸에서 냉혹함과 증오가 배어났다. 거니는 경관의 얼굴 주름 속에서 그것을 느꼈고 또 보았다. 그 냉혹함과 증오가 또 다른 냉혹함과 증오와 충돌하는 것은 시간문제였다. 그렇게 되면 아주 끔찍한 일이 일어나리라. 저 경관으로 인해 아주 많은 사람들이 아무 이유 없이 가는 길이 지체되고 위협을 당하고 결국 불미스러운 일이 벌어질 것이다. 그는 사람들이 경찰을 싫어하게 만드는 경찰이었다.

그러고 보면 멜러리의 말도 일리가 있었다.

그로부터 7일 동안 캐츠킬 산맥 북부에 겨울이 찾아왔다. 거니는 머그샷 프로젝트와 카리브디스와의 통화 내용 사이를 오가면서 대부분의 시간을 서재에서 보냈다. 그 두 세계를 넘나들면서 대니의 그림들과 그 그림이 일으키는 내면의 소용돌이로부터 벗어나려고 무던히도 노력했다. 분명한 것은 매들린과 그 얘기를 해야 한다는 사실이었다. 왜 지금 와서 그 얘기를 꺼내려 하는지, 문자 그대로 왜 그것을 지하실에서 꺼내 왔는지, 그리고 왜 그토록 이상한 인내심을 발휘하며 그가 말하기를 기다리는지. 그러나 그에게는 그 말을 꺼낼 힘이 없었다. 그래서 애써 그 생각을 밀어내고 다시 카리브디스 문제로 돌아갔다. 적어도 카리브디스는 상실감을 느끼지 않고도, 또 가슴이 두근거리지 않고도 생각할 수 있는 문제였다.

마지막으로 수련원에 갔던 날도 자주 떠올렸다. 약속한 대로 멜러리는 GD 시스템의 그레고리 더모트와 나누었던 대화 내용을 알려주려고 그날 밤 전화했다. 더모트는 거니가 적어놓은 모든 질문에 충실하게 대답해주었다. 그러나 그 정보만으로는 그다지 도움이 되지 않았다. 더모트가 그 사서함을 사용한 것은 하트포드에서 위철리로 이사한 1년 전부터다, 전에는 한 번도 이런 문제가 없었고, 잘못 온 편지나 수표도 없었고, 그 사서함을 열 수 있는 사람은 그레고리 더모트 자신뿐이다, 아리브디스, 카리브디스, 멜러리 모두 처음 듣는 이름이다, 수련원에 대해서도 들어본 적이 없다, 직원 중 누군가 혹시 그 사서함을 몰래 열어볼 가능성은 전혀 없다. 왜냐하면 그의 회사에는 그 외에 다른 사람 자체가 없으니까. GD 보안 시스템과 그레고리 더모트는 동일 인물이다, 그는 회사들을 상대로 해커들의 침입을 차단해야 하는 중요한 데이터베이스의 보안 상담을 하고 있다……. 그의 말 중 어떤 것도 잘못 온 수표와 연관이 있어 보이지 않았다.

인터넷 조사 결과도 마찬가지였다. 모든 자료가 다음과 같은 사실을 뒷받침해주고 있었다. 그레고리 더모트는 MIT출신이었고 컴퓨터 프로그램 전문가로서 탄탄한 입지를 굳혔으며 쟁쟁한 고객들을 거느리고 있었다. 그와 GD 보안 시스템은 한 번도 소송이나 재판, 담보권 문제, 구설수에 휘말린 적이 없었다. 한마디로 그는 너무도 깨끗한 회사의 너무도 깨끗한 주인이었다. 그러나 누군가 알 수 없는 이유로 그의 사서함을 이용했다. 거니는 끊임없이 스스로에게 어려운 질문을 던졌다.

반송될 것이 분명한 수표를 왜 보내라고 했을까?

계속 같은 생각을 하고 있다는 사실이, 마치 열 번째에는 아홉 번째에 발견하지 못한 무언가를 발견할 수 있다는 듯 매번 똑같이 막다른 골목에 다다르는 것이 거니를 우울하게 만들었다. 그래도 대니를 생각하는 것보단 그 편이 나았다.

처음으로 제법 많은 양의 눈이 내린 것은 11월의 첫 번째 금요일이었다. 황혼 무렵 눈송이 몇 개가 여기저기 흩날리는가 싶더니 몇 시간 만에 눈발이 굵어졌고 눈발은 서서히 잦아들다가 결국 자정이 되어서야 완전히 멎었다.

거니가 토요일 모닝커피를 마시며 졸음을 쫓을 때 창백한 태양의 원형이 동쪽으로 1.5킬로미터 정도 떨어진 언덕의 숲 위로 솟아올랐다. 밤새 바람이 없었고 지붕과 테라스, 헛간까지 온통 10센티미터 두께의 눈으로 뒤덮였다.

그는 간밤에 잠을 푹 자지 못했다. 끝없이 이어지는 걱정의 사슬에서 벗어날 수가 없었다. 그중 몇 가지는, 지금에야 분명해진 것이지만, 소냐와 관련된 것이었다. 그는 저녁 시간의 만남을 막판에 미루었다. 그곳에서 무슨 일이 일어날지 모른다는 불확실성, 그가 원하는 것이 정확히 무엇인지 모른다는 불확실성이 만남을 미루게 만들었다.

거니는 대니의 그림들이 들어 있는 흰 리본의 상자가 놓인 커피

테이블을 등지고 앉았다. 그는 커피를 한 모금 마신 뒤 눈 담요를 덮은 초원을 바라보았다.

눈을 바라보고 있으면 언제나 눈 냄새가 생각났다. 그는 충동적으로 프렌치도어를 열었다. 매서운 추위가 추억의 사슬을 당겼다. 가슴 높이까지 눈이 쌓인 길, 눈을 뭉치느라 장밋빛이 된 그의 손, 겉옷 소매에 들어간 눈, 땅으로 휘어진 나뭇가지들, 집집마다 걸려 있던 크리스마스 화환, 텅 빈 거리, 온통 환한 불빛들.

지나간 시간들은 참으로 묘한 데가 있다. 마치 존재하지 않는다는 듯 항상 어딘가에 숨어서 숨을 죽이고 기다린다. 더 이상은 존재하지 않는다고 믿고 싶어질 정도로. 그러다가 어느 순간, 마치 푸드덕 날아오르는 한 마리 꿩처럼, 그 소리와 빛깔, 동작이 한꺼번에 되살아난다. 놀라울 정도로 생생하게.

거니는 문득 눈 냄새에 파묻히고 싶었다. 그는 문 옆 옷걸이에 걸려 있던 겉옷을 걸치고 밖으로 나섰다. 신고 있는 신발이 감당하기에는 눈이 너무 깊었지만 바꿔 신고 싶진 않았다. 그는 눈을 감고 숨을 깊이 들이쉬면서 막연히 연못 쪽으로 걸었다. 100미터도 채 못 가서 부엌 뒷문이 열리는 소리가 들렸고 매들린이 그를 불렀다.

"여보! 빨리 들어와봐!"

돌아서보니 매들린이 놀란 표정으로 문밖에 나와서 그를 바라보고 있었다.

"무슨 일이야?"

"빨리! 라디오를 듣고 있었는데 마크 멜러리가 죽었대!"

"뭐?"

"마크 멜러리! 죽었다고! 방금 라디오에 나왔어! 살해당했대!"

그녀가 다시 안으로 들어갔다.

"젠장!"

거니는 가슴이 조이는 것 같은 통증을 느꼈다.

그는 집 쪽으로 달려가서 눈 범벅이 된 신발을 채 벗지도 못하고 부엌으로 달려 들어갔다.

"어떻게 된 거야?"

"나도 잘 모르겠어. 오늘 아침 일인지 어젯밤 일인지. 아직 안 나왔어."

라디오는 여전히 켜져 있었지만 아나운서는 이미 다른 뉴스로 넘어가서 어느 회사의 파산 소식을 전하고 있었다.

"어떻게 죽었대?"

"안 나왔어. 그저 명백한 살인 사건이라고만 했어."

"다른 얘긴 없었고?"

"없었어. 아니, 있었어. 수련원이라고 했어. 살해된 장소가. 뉴욕 피어니에 있는 멜러리 정신 수련원. 현장에서 경찰이 조사 중이래."

"그게 다야?"

"일단은. 끔찍하네."

거니가 천천히 고개를 끄덕였다.

그의 마음은 질주하고 있었다.

"당신 어떻게 할 거야?"

매들린이 물었다.

머릿속에 떠오른 여러 가지 선택들이 한 가지만 남겨두고 모두 사라졌다.

"담당 수사관한테 그동안 멜러리하고 있었던 일들을 알려야지.

그다음엔 그 사람들이 알아서 하겠지."

매들린은 긴 한숨을 쉬면서 애써 대범한 미소를 지어 보이려 했지만 허사였다.

기분 나쁜 게임

2

17

흥건한 피

정확히 오전 10시. 거니는 피어니 경찰서에 전화를 걸어 자신의 이름과 주소, 전화번호와 함께 희생자와의 관계를 간략히 설명했다. 그와 통화한 버콜츠 경관은 이 사건을 담당하는 주 범죄 수사국에 통화 내용을 전달하겠다고 했다.

24시간에서 48시간 정도 걸리겠거니 하는 짐작과는 달리 10분이 채 안 되어 전화가 걸려와 그는 깜짝 놀랐다. 목소리가 귀에 익었지만 누군지 곧바로 떠오르지가 않았다. 상대가 이름을 밝히지 않았기 때문에 그 상태는 조금 더 지속되었다.

"거니 씨, 이번 사건 수사를 맡고 있는 담당 수사관입니다. 저희에게 전해주실 정보가 있으시다고요."

거니는 잠시 망설였다. 신원을 밝히라고 말하고 싶었다. 그것이 순서였다. 그러나 바로 그 순간 목소리와 얼굴과 이름이 떠올랐다. 희대의 사건 현장에서 함께 일했던, 시끄럽고 음탕하고 불그스름한 얼굴의 남자, 소년 같은 상고머리에 에스키모개의 눈빛.

잭 하드윅.

쉴 새 없이 떠들어대서 30분만 함께 있으면 반나절을 함께 지낸 것 같은 기분이 드는 친구. 그래서 빨리 하루가 끝났으면 좋겠다고 생각하게 만드는 친구. 그러나 잭 하드윅 역시 영리하고 치열하고 지칠 줄 모르는 형사였고, 극단적으로 말을 가려서 할 줄 모르는 사람이었다.

"오랜만이야, 잭."

거니가 애써 놀라움을 감추며 말했다.

"이런 젠장! 어떤 개자식이 벌써 까발렸군! 어떤 새끼야?"

"자네 목소리가 워낙 특이하잖아."

"놀고 있네! 빌어먹을, 벌써 10년 전 일이야!"

"9년."

피터 포섬 피거트의 체포는 거니의 경력에서 가장 큰 성과 중 하나였고 덕분에 그는 1급 형사로 승진할 수 있었다. 거니는 그 날짜까지도 정확히 기억하고 있었다.

"어떤 새끼냐고?"

"아무도 말 안 했어."

"헛소리하고 있네!"

반드시 대답을 들어야만 직성이 풀리는 하드윅. 기어이 대답을 들을 때까지 계속되곤 했던 무의미한 실랑이를 생각하면서 거니는 잠시 침묵했다.

가나긴 3초가 흐른 뒤 하드윅은 한결 누그러진 목소리로 말을 이었다.

"장장 9년이라고, 젠장! 강바닥에서 피거트 부인의 하체 반 토막을 건져 올린 이후 가장 충격적인 사건 수사 현장에 자네가 느닷없이 나타나다니 정말 더럽게 기가 막힌 우연의 일치 아닌가?"

"상체 반 토막이었지."

잠시 침묵이 흐른 뒤 하드윅의 트레이드마크인 길고도 요란한 웃음소리가 시작되었다.

"데이비, 데이비, 데이비! 하여튼 뭐 하나 대충 넘어가는 게 없다니까!"

그 웃음에 수화기가 폭발할 것 같았다.

거니가 헛기침을 했다.

"마크 멜러리가 어떻게 살해됐나?"

하드윅은 인간관계와 경찰 법규 사이의 어정쩡한 영역에 갇힌 채 잠시 망설였다. 그 영역은 대부분의 경찰이 살고 있는 곳이고 대부분의 경찰이 위염에 걸리는 곳이었다. 사실 거니는 이번 사건에 대해 그 어떤 권리도 없었고 그 어떤 정보도 허락되지 않았지만 하드윅은 사실을 털어놓는 쪽을 택했다. 그래야 해서라기보다는 진실이 충격적이기 때문이리라.

"어떤 놈이 깨진 유리병으로 목을 그었어."

거니는 마치 가슴을 얻어맞은 듯 신음 소리를 냈다. 그러나 그러한 첫 반응은 이내 직업적 통찰로 이어졌다. 하드윅의 대답이 그의 머릿속에 있던 퍼즐 중 한 조각과 맞아떨어졌기 때문이었다.

"혹시 위스키 병인가?"

"젠장! 도대체 그걸 어떻게 알았어!"

그 짧은 질문 속에서 하드윅의 어조가 놀라움에서 비난으로 바뀌었다.

"얘기가 길어. 내가 그쪽으로 갈까?"

"그게 좋겠군."

그날 아침, 회색빛 겨울 구름 뒤에서도 차가운 디스크처럼 선명했던 태양이 이제 거칠고 무거운 구름에 완전히 가려졌다. 그림자를 만들지 않는 햇빛은 왠지 불길했다. 얼음처럼 차갑고 냉혹한 우주의 얼굴처럼.

너무도 허망한 공상을 하고 있다는 생각에 머쓱해진 거니는 그런 생각들을 접어두고 멜러리 정신 수련원 앞 눈 덮인 도로, 무질서하게 주차된 경찰차들 뒤에 차를 세웠다. 경찰차는 대부분 뉴욕주 경찰의 상징인 푸른색과 노란색이었고 주 과학수사 연구소의 밴도 한 대 있었다. 카운티 보안관 소속 차량이 두 대, 초록색 피어니 순찰차도 두 대 있었다. 문득 피어니 경찰이 게이 카바레의 쇼 제목 같다고 했던 멜러리의 농담이 당시 그가 지었던 표정과 함께 되살아났다.

돌담의 과꽃 화단은 매서운 날씨 때문에 눈송이가 매달린 이상한 갈색 줄기의 뒤범벅으로 변해 있었다. 거니는 차에서 내려 수련원 입구로 향했다. 빳빳한 유니폼을 입은 경관들이 군인 같은 살벌한 표정으로 입구를 지켰다. 자신의 아들보다 한두 살 어릴 거라고 생각하니 묘한 기분이 들었다.

"무슨 일이십니까?"

공손한 질문이었지만 표정은 그렇지 않았다.

"거니라고 합니다. 잭 하드윅을 만나러 왔어요."

젊은 남자는 각각의 이름을 말하는 순간 눈을 한 번씩 깜빡거렸다. 적어도 두 이름 중 하나가 위산 분비를 촉진시킨 모양이었다.

"잠깐만 기다리십시오. 안내해드리겠습니다."

경관이 벨트에서 무전기를 꺼내며 말했다.

3분 뒤 거니를 안내할 사람이 도착했다. 톰 크루즈처럼 보이려고 노력하는 범죄 수사국 수사관이었다. 매서운 날씨에도 청바지와 검은색 티셔츠 위에 검은색 잠바 하나만 걸쳤다. 주 경찰의 복장 규율이 얼마나 엄격한지 알고 있는 거니는 허술한 옷차림으로 보아 그가 퇴근 후에, 혹은 잠복근무 중에 갑자기 불려나온 모양이라고 추측했다.

수사관의 잠바 속으로 얼핏 보이는 9밀리미터 권총의 검은색 가죽 케이스는 업무상 필요한 만큼 연출 효과도 있는 것 같았다.

"거니 형사님이십니까?"

"전직 형사죠."

거니가 마치 주석을 달 듯 덧붙였다.

"그러세요? 좋으시겠어요."

톰 크루즈가 무심하게 덧붙였다.

거니는 그를 따라 본관 건물을 돌아 그 뒤쪽 저택으로 향했다. 10센티미터의 눈 때문에 모든 것이 얼마나 달라 보이는지. 이제 이곳은 불필요한 디테일을 없앤 단순한 캔버스와도 같았다. 흰 풍경의 절제미 속으로 걸어 들어서니 새로 생성된 행성으로 발을 내딛는 기분이었다. 주어진 상황의 혼란과는 어울리지 않는 생각이었다. 그들은 멜러리가 살았던 오래된 조지아풍 저택을 빙 돌아서 살해 장소인 눈 덮인 테라스에 멈추어섰다.

살해 장소는 너무도 명백했다. 눈 때문에 시체의 형상이 그대로 남아 있었다. 머리와 어깨가 있었던 자리에 엄청난 양의 피가 고여 있었다. 거니는 전에도 이렇게 극명한 흰색과 빨간색의 대비를 본 적이 있었다. 새내기 경찰 시절, 어느 크리스마스 아침이었다. 술주정뱅이 경찰이 아내가 문을 잠그고 열어주지 않자 눈밭에 앉아 자기 가슴에 총을 쏘았다.

거니는 애써 옛 기억을 밀어내면서 직업적 예리함으로 눈앞의 광경을 바라보았다.

흔적 채취 전문가들이 무릎을 꿇고 목 바로 옆에 난 발자국 위에 스프레이를 뿌리며 관찰하고 있었다. 상표가 보이진 않았지만 눈 위에 찍힌 자국을 모형으로 뜨기 위해 뿌리는 형태 보존용 왁스임을 짐작할 수 있었다. 눈 위에 찍힌 흔적은 망가지기 쉽지만 잘만 보존되면 많은 정보를 제공한다. 작업 과정을 처음 본 것은 아니지만 늘 흔들림 없는 전문가의 손과 놀라운 집중력에 거니는 경의를 표하지 않을 수 없었다.

저택의 뒷문을 포함하여 테라스 주위를 노란색 테이프가 다각형으로 빙 둘렀다. 테라스 앞쪽에도 똑같은 테이프로 복도들이 만들어졌다. 눈밭에 난 발자국들을 보존하기 위해서였다. 발자국은 저택 옆에 있는 커다란 헛간 쪽에서 시작되어 피가 있는 테라스 쪽으로 이어졌다가 테라스에서 다시 눈 덮인 잔디밭을 지나 숲으로 이어졌다.

저택의 뒷문은 열려 있었다. 현장조사팀 요원 한 명이 저택 뒷문 앞에 서서 테라스를 바라보고 있었다. 그 요원이 무얼 하는지 거니는 정확히 알고 있었다. 범죄 현장에 도착하면 많은 시간을 현장의 분위기를 파악하는 데 소요하게 된다. 그 과정에서 마지막 순간 희생자가 무엇을 보려고 했는지를 알아내기도 한다. 증거 수집 작업에는 누구나 알고 있는 명확한 규칙이 있다. 이를테면 피, 무기, 지문, 발자국, 머리카락, 섬유, 페인트, 현장과 동떨어진 광물이나 식물 등등이다. 그러나 그 외에도 아주 기본적인 수사의 초점 문제가 있다. 간단히 말해서 어떤 일이, 어디서, 어떻게 일어났는지에 대한 열린 마음을 가질 필요가 있는 것이다. 너무 쉽게 결론으로 비약하면 그 결론에 부합되지 않는 증거들을 놓치기 쉽다. 하지만 증거 수집의 방향을 제시해줄 가설은 있어야 한다. 너무도 분명한 범죄 시나리오에 너무 빨리, 너무 확실한 결론을 내려버리는 것도 엄청난 실수일 수 있지만 막연히 증거물을 수집하기 위해 광활한 벌판을 섬세한 빗으로 빗듯 헤집고 다니다보면 귀한 시간과 인력을 낭비할 수도 있는 것이다.

훌륭한 형사라면 연역적인 추리와 귀납적인 추리 사이를 무의식적으로 오갈 수 있어야 한다. 바로 그것이 문 앞에 서 있는 남자가 지금 하고 있는 일이라고 거니는 확신했다. 여기서 뭐가 보이는가? 그리고 내 눈에 보이는 것들이 무엇을 제시하는가? 만약 그 시나리오가 유효하다면 어떤 증거를 추가로 확보해야 하는가? 그것을 어디서부터 시작해야 하는가?

그 과정에서 중요한 것은 거니가 수많은 시행착오를 통해 확신하건대, 관찰과 직관 사이의 균형을 유지하는 것이다. 가장 큰 걸림돌은 바로 자만이다. 사건의 책임자가 범죄 현장에서 수집된 증거를 바탕으로 신속한 결단을 내리지 못하면 팀의 수사력이 방향을 잃고 흩어진다. 그러나 피비린내 나는 현장에서 무슨 일이 일어났는지 책임자가 섣불리 단정해버리면 팀원들은 그가 옳다는 사실을 뒷받침하는 데 급급해서 결국 심각한 문제가 발생한다. 시간 낭비는 그중 가장 사소한 문제이리라.

이 사건의 담당자는 어떤 방식으로 접근하고 있을까?

노란 테이프의 장막 밖, 핏자국으로부터 멀리 떨어진 곳에서 잭 하드윅이 심각한 표정의 두 사람에게 이런저런 지시를 하고 있었다. 그들 중 한 명은 거니를 현장으로 안내했던 톰 크루즈였고 다른 한 명도 그와 흡사 쌍둥이 같았다. 악명 높은 피거트 사건에서 함께 일했던 것이 9년 전이었고 그 9년 동안 하드윅은 그 두 배의 세월을 겪은 것만 같았다. 얼굴은 더 붉어졌고 몸은 더 뚱뚱해졌으며 머리카락은 더 성글어졌고 목소리는 담배와 데킬라를 지나치게 즐긴 사람처럼 거칠었다.

"스무 명의 고객들이 있어. 두 사람이 아홉씩 맡아. 기본 정보 파악해. 이름, 주소, 전화번호 등등. 사실 관계도 확인하고. 패티 케이크스하고 지압사는 나한테 맡겨. 희생자의 아내도 내가 직접 만난다. 오후 4시까지 나한테 보고하도록."

하드윅이 탑건* 쌍둥이에게 말했다.

거니가 알아듣기에는 너무 낮은 목소리로 몇 차례 이야기가 오갔고 이따금 하드윅의 거친 웃음소리가 들렸다. 거니를 안내했던 젊은 남자가 마침내 거니 방향으로 고갯짓을 했고 두 사람 모두 본관 쪽으로 향했다.

두 사람이 자리를 뜨자 하드윅이 거니를 바라보면서 미소 짓는 것과 인상 쓰는 것 중간의 어정쩡한 표정으로 반겼다. 한때 호기심으로 반짝였던 하드윅의 묘한 푸른 눈동자는 이제 지친 냉소로 가득 차 있었다.

"어이쿠, 이게 누구야! 우리 데이브 거니 교수님 아니신가!"

하드윅이 테이프를 두른 곳을 빙 돌아 거니 쪽으로 다가오며 말했다.

"강의 몇 번 한 것 가지고 뭘."

거니가 정정했다. 뉴욕 경찰을 그만둔 이후 주립 대학에서 범죄학을 가르쳤던 것 말고 또 무얼 알아냈을까 궁금해하면서.

* 톰 크루즈가 출연한 영화 제목

"괜히 겸손 떨 것 없어. 명성이 자자하던데 뭘. 자네도 알면서 그래."

두 사람은 별다른 온기 없는 악수를 나누었다. 문득 거니는 하드윅의 조롱에 가시가 있다는 생각이 들었다.

"살해 장소에 대해서는 의문의 여지가 없겠군."

거니가 피 웅덩이를 바라보고 고개를 끄덕이며 말했다. 거니는 빨리 본론으로 들어가고 싶었고, 알고 있는 것을 하드윅에게 말해주고 싶었고, 현장에서 벗어나고 싶었다.

"모든 게 의문투성이야. 죽음과 의문. 인생에서 확실한 건 그 두 가지뿐 아닌가?"

하드윅이 말했다.

거니가 대꾸하지 않자 그가 말을 이었다.

"어쨌든 다른 것들과 비교하면 살해 장소에 대해서는 비교적 의문이 덜하다고는 말할 수 있겠지. 빌어먹을 정신병원 같으니라고. 여기 사람들은 희생자가 무슨 딥딕 찹업*이라도 되는 양 수선을 떨더군."

"디팍 초프라** 말인가?"

"딥콕***인지 뭔지, 젠장. 그냥 좀 넘어갈 수 없나?"

갈수록 마음이 거북해졌지만 거니는 아직 아무런 말도 하지 않았다.

"도대체 이런 곳엔 뭐하러들 꾸역꾸역 모여드는 건지 원……. 롤스로이스를 몰고 다니는 뉴에이지 개자식이 인생에 대해 뭘 안

* Deepdick Chopup, dick은 남자의 성기를 칭하는 비어, chopup은 '썰다' 의 의미

** Deepak Chopra, 인도 출신의 대체의학 전문가이자 연설가

*** dipcock, cock은 남자의 성기를 칭하는 비어

다고…….”

하드윅이 한심하다는 듯 고개를 저으며 말했다. 그는 18세기 건축물이 이번 사건에 책임이 있다는 듯 저택 뒤쪽을 바라보며 얼굴을 찌푸렸다.

마침내 치밀어 오른 짜증이 거니의 과묵함을 밀어냈다.

“내가 아는 한 희생자는 개자식은 아니었네.”

거니가 침착하게 말했다.

“그렇다고 말하지 않았어.”

“그렇게 말한 것 같은데.”

“일반적으로 그렇다는 얘기지. 물론 자네 절친한 친구만은 예외였겠지.”

하드윅은 날카로운 쇳조각처럼 거니의 신경을 긁었다.

“절친한 친구는 아니었어.”

“피어니 경찰이 친절하게 전해준 바에 의하면 아주 오래전부터 친했다던데?”

“대학 때 알았지만 25년 동안 연락이 없었다가 2주 전 처음으로 그 친구한테서 메일을 받았어.”

“무슨 이유로?”

“그 친구가 편지를 받았거든. 그것 때문에 무척 불안해했지.”

“무슨 편지?”

“주로 시였어. 협박처럼 들리는 시.”

그 말을 듣고 하드윅이 잠시 생각에 잠겼다.

“자네한테 무얼 부탁하던가?”

“조언.”

“그래서 어떤 조언을 하셨나?”

빈정거리는 말투가 짜증스러웠지만 거니는 참았다.

"시가 한 편 더 있었어."

"무슨 뜻이지?"

"시 말이야. 시 한 편이 적힌 종이 한 장이 시체 위에 있었어. 돌멩이 한 개로 눌러놓았더군. 아주 깔끔하게."

"아주 치밀한 놈이야. 완벽주의자고."

"누구?"

"범인. 정신적으로 심각한 문제가 있을 순 있겠지만 완벽주의자가 분명해."

하드윅이 흥미롭다는 듯 거니를 바라보았다. 비록 일시적일지라도 조롱하는 듯한 태도가 사라졌다.

"더 깊이 들어가기 전에, 깨어진 술병에 대해서 어떻게 알았는지 말해보게."

"대충 넘겨짚었지."

"위스키 병이었다는 걸 대충 넘겨짚었다고?"

"상표는 포 로지스Four Roses였지?"

자신의 말에 하드윅의 눈이 휘둥그레지는 것을 보면서 거니는 만족스러운 듯 미소를 지었다.

"어떻게 알았는지 빨리 설명해보라니까!"

"전체적인 내용으로 봤을 때 그 부분이 약간 비약됐다는 느낌이 들었어. 자네도 읽어보면 알 거야."

거니는 하드윅의 얼굴에 떠오르는 질문의 대답으로 덧붙였다.

"그 시하고 편지 들을 찾아보게. 서재 책상 서랍에 있어. 멜러리를 마지막으로 만났을 때 거기 있었어. 중앙 홀 옆에 커다란 벽난로가 있는 방."

하드윅이 마치 그렇게 하면 아주 중요한 문제가 해결될 수도 있다는 듯 뚫어져라 거니를 쳐다보다가 "먼저 나하고 같이 가세. 보여줄 게 있어."라고 말했다.

하드윅은 그답지 않게 입을 다물고 주차장 쪽으로 향했다. 커다란 헛간과 도로 사이의 주차장이었다. 노란색 경찰 테이프가 시작되는 지점에서 그가 걸음을 멈추었다.

"이게 범인 것으로 보이는 발자국 중에서 가장 도로에 가까운 발자국이야. 새벽 2시에 눈이 멈춘 뒤 도로하고 자동차 진입로는 제설 작업을 했어. 범인이 제설 작업을 하기 이전에 들어왔는지 이후에 들어왔는지는 몰라. 만약 이전에 들어왔다면 도로나 진입로에 난 자국은 지워졌겠지. 그 후에 들어왔다면 아예 자국이 남지 않았을 테고. 하지만 여기 이곳부터 헛간 뒤쪽을 돌아서 테라스로, 그리고 테라스에서 다시 들판을 가로질러서 숲을 지나 톤부시 레인 옆 소나무 숲까지 난 발자국은 완벽하게 보존되어서 추적하기가 쉬워."

"지우려고 하지 않았단 건가?"

"전혀 하지 않았어. 전혀. 내가 제대로 보는 거라면."

하드윅이 그 사실이 몹시 신경에 거슬린다는 듯 말했다.

거니가 호기심 어린 표정으로 그를 바라보았다.

"그렇다면 뭐가 문젠가?"

"자네가 직접 확인해보게."

두 사람은 노란 테이프를 따라 헛간 쪽으로 걸었다. 티 한 점 없는 10센티미터 두께의 눈 위에 선명하게 새겨진 그 발자국은 10호 혹은 11호 정도의 사이즈에 너비는 D 정도 되는 등산 부츠였다. 오늘 아침 이 길을 걸었던 사람이 누구였건 그자는 자신의 발자국이 추적당하는 것에 전혀 개의치 않았다.

헛간 뒤쪽에 이르러서 거니는 좀 더 널찍한 장소에 테이프가 둘러져 있는 것을 보았다. 경찰 사진사가 고성능 카메라로 사진을 찍고 있었고 흰색 바디 수트를 입은 요원들이 증거 수집 키트를 들고 차례를 기다리고 있었다. 모든 촬영이 적어도 두 번 이상 이루어졌다. 프레임 속에 자를 넣고 혹은 넣지 않고 찍었고, 다양한 초점으로 찍었다. 풍경 속의 다른 사물들과 비교하기 위해 가로로 넓게 찍기도 했고 가까이 들이대서 찍기도 했다.

그들의 주의를 집중시키고 있는 것은 편의점에서나 팔 것 같은 싸구려 접이식 잔디용 의자였다. 발자국은 바로 그 의자로 이어졌다. 그 의자 앞에는 눈밭 위에 여섯 개비 정도의 담배꽁초가 버려져 있었다. 거니가 쪼그리고 앉아 자세히 보니 말보로였다. 발자국은 의자에서 다시 철쭉 덤불을 돌아 살해 지점인 테라스로 이어졌다.

"젠장, 여기 앉아서 담배를 피웠나 보지?"

거니가 말했다.

"목을 긋기 전에 잠깐 휴식을 취한 모양이야. 어쨌든 그렇게 보여. 자네가 눈썹을 추켜세우는 건 아마 이 잔디의자가 어디서 났는지 묻고 싶어서겠지? 나도 그게 궁금했다네."

"그런데?"

"희생자의 아내는 전에 이 의자를 한 번도 본 적이 없다더군. 너무 싸구려 물건이라 소름이 끼쳤나 보더라고."

"뭐?"

거니는 마치 채찍처럼 날카롭게 반문했다. 하드윅의 오만한 말들이 마치 칠판을 긋는 못처럼 거슬렸다.

"웃자고 해본 소리야. 자네가 너무 긴장한 것 같아서. 하지만 진지하게 말하는데 캐디 스미스 웨스터필드 멜러리 여사님께선 그런 싸구려 물건을 가까이 대면하신 게 처음인 것 같더라고."

하드윅이 어깨를 으쓱하며 말했다.

거니도 경찰들의 유머를 이해하는 사람이었고 이 일에 따르는 일상적인 공포를 견디려면 그런 유머가 필요하다는 것을 알고 있었다. 하지만 때로는 그런 것들이 신경을 긁었다.

"그러면 범인이 의자를 가져왔단 얘긴가?"

"그렇게 보여."

하드윅이 그 황당한 설정에 얼굴을 찌푸리며 말했다.

"담배를 피우고 나서, 그러니까 말보로를 여섯 개비 남짓 피우고 나서 범인은 다시 집 뒤쪽으로 가서 멜러리를 테라스로 불러낸 다음, 깨어진 유리병으로 상대의 목을 그었다……. 그게 지금까지 파악한 정황이란 거지?"

하드윅이 내키지 않는 듯 고개를 끄덕였다. 정황 증거로 세운 시나리오가 영 말이 안 된다는 듯이. 점점 더 말이 안 된다는 듯이.

"사실 목을 그었다는 건 좋게 표현한 거고. 열 두어 번은 찌른 것 같아. 부검 팀이 와서 시체를 들 때 하마터면 대갈통이 떨어질 뻔했다니까."

거니는 테라스 쪽을 바라보았다. 철쭉 덤불로 시야가 가려져 있었음에도 커다란 피 웅덩이가 마치 환한 등불 아래 드러난 듯 선명하고도 날카롭게 그의 마음에서 되살아났다.

말끄러미 거니를 바라보던 하드윅은 생각에 잠긴 듯 입술을 깨물었다.

"그런데 이건 이상한 축에도 못 들어. 진짜 이상한 대목은 이 발자국을 따라가다 보면 나올 거야."

18

사라진 발자국

하드윅은 거니를 데리고 헛간 뒤쪽에서 나와 덤불숲을 지나고 테라스의 살해 현장을 지난 다음, 저택 뒤쪽에서부터 펼쳐진 눈 덮인 초원으로 안내했다. 수백 미터 떨어진 단풍나무 숲까지 눈밭이 펼쳐져 있었다.

발자국을 따라가다가 테라스에서 얼마 못 가서 두 사람은 증거 수집팀 요원을 만났다. 밀폐된 플라스틱 점프 수트, 외과의사용 모자, 그리고 DNA를 비롯한 다른 증거물들이 오염되지 않도록 고안된 마스크까지 착용하고 있었다.

증거 수집팀 요원은 발자국에서 3미터 정도 떨어진 곳에 쪼그리고 앉아 스테인리스 집게로 눈 속에서 갈색 유리 조각 같은 것을 집어내고 있었다. 비닐봉지에 이미 그와 비슷한 세 개의 유리 조각이 들어 있었고 그중 한 개는 위스키 병의 4분의 1조각인 것을 알아볼 수 있을 정도로 큼직했다.

"가장 유력한 살인 무기야. 뛰어난 형사인 자네는 이미 짐작했겠지만. 하긴 포 로지스라는 것까지 알고 있었으니!"

하드윅이 말했다.

"그게 왜 여기 있지?"

거니가 하드윅의 가시 박힌 말을 애써 무시하며 물었다.

"난 자네가 이미 알고 있을 줄 알았는데? 위스키 이름까지 알았잖아!"

거니는 말없이 기다렸다. 마치 천천히 돌아가는 컴퓨터 프로그램을 기다리듯이. 그리고 결국 하드윅은 대답했다.

"아마 여기까지 들고 왔다가 버린 다음에 숲으로 간 모양이야. 왜 그랬느냐고? 아주 좋은 질문이네. 아마 그걸 손에 들고 있었단 걸 잊어버린 거겠지. 그러니까 놈은 당시 희생자의 목을 열두 번 찌른 상태였단 말이야. 온통 거기 신경을 쓰고 있었겠지. 그리고 눈밭을 걸어가다가 아직도 그걸 들고 있던 걸 깨닫고 그제야 버린 거야. 적어도 거기까지는 말이 되는 것 같아."

거니는 고개를 끄덕였다. 완전히 이해했다고는 할 수 없지만 달리 설명할 방법도 없었다.

"자네가 진짜 이상한 대목이라고 했던 게 바로 그건가?"

"아, 그거? 그건 아직 자네가 보지도 못했어."

하드윅이 거의 고함에 가까운 웃음을 터뜨렸다.

두 사람은 그로부터 10여 분 동안 800미터 정도를 더 걸었고 마침내 흰 관목숲에서 조금 떨어진 단풍나무 숲 속 한 지점에 도착했다. 지나가는 자동차의 소음이 도로가 가까이에 있음을 알려주었지만 낮은 소나무 가지들이 도로를 가리고 있었다.

처음에 거니는 왜 하드윅이 그를 그곳까지 데려왔는지 이해할 수가 없었다. 그러다가 마침내 거니도 보았다. 그리고 당혹스러운 표정으로 더 가까이 얼굴을 들이대고 보았다. 눈앞에 펼쳐진 광경은 도저히 말이 되지 않았다. 그들이 쫓아오던 발자국이 갑자기 끊겨버렸다. 눈 위에 난 발자국, 하나씩 하나씩 800미터 정도 이어졌던 발자국이 뚝 끊어졌다. 그 발자국을 남긴 사람이 어떻게 되었는지를 설명하는 것은 아무것도 없었다. 주위의 눈은 티 없이 깨끗했다. 사람의 발자국은 물론 그 어떤 흔적도 없었다. 발자국들은 가장 가까운 나무에서도 3미터 이상 떨어진 지점에 있었고 지나가는 자동차 소리로도 아무것도 설명할 수 없었다. 가장 가까운 도로에서도 적어도 90미터는 떨어진 지점이었다.

"지금 내가 뭘 놓치고 있는 건가?"

거니가 물었다.

"우리 모두가 뭘 놓치고 있는 셈이지."

하드윅이 자신과 자신의 팀원들이 모두 놓치고 있는 무언가를 거니 역시 놓치고 있음에 안도하는 목소리로 말했다.

거니는 마지막 발자국을 조금 더 찬찬히 살펴보았다. 깔끔한 발자국 약간 위쪽으로 작은 공간에 여러 개의 발자국이 포개어진 형상이 있었다. 그들이 추적해온 발자국과 똑같은 등산 부츠 발자국들이었다. 살인범은 이 지점까지 의도적으로 발자국을 만들며 걸어왔다가 몇 분 동안 제자리에서 맴돈 것 같았다. 아마 누군가를, 혹은 무언가를 기다리듯이. 그러고 나서 발자국은 사라졌다.

하드윅이 자신을 놀리는 건가 하는 말도 안 되는 생각이 잠깐 머리를 스쳤지만 이내 접었다. 중요한 살인 사건 현장을 조작하는 것은 하드윅 같은 괴팍한 형사에게도 너무 몰상식한 행동이었다.

그러니까 눈앞에 펼쳐진 장면은 눈에 보이는 그대로였다.

"기자들이 알면 아마 외계인 소행으로 둔갑시켜놓을걸. 쇠똥에 파리 꼬이듯 달려들겠지."

하드윅이 입 안에 쇳조각을 물고 있다는 듯 내뱉었다.

"좀 더 설득력 있는 추리는?"

"뉴욕 경찰 역사상 가장 뛰어난 강력계 형사의 면도날 같은 이성을 빌려보는 수밖에."

"헛소리 집어치워. 현장조사팀이 알아낸 건 없고?"

"이 광경을 설명할 만한 증거는 없어. 그자가 서 있었던 것처럼 보여서 눈이 다져진 지점의 눈을 채취했어. 특별한 물질이 발견된 것 같진 않지만 연구실에선 뭔가 알아낼 수 있을지도 모르지. 나무도 확인해봤고 소나무 숲 뒤쪽 도로도 확인해봤어. 내일은 이 지점에서 30미터 반경을 샅샅이 살펴볼 거야."

"어쨌든 지금까진 아무것도 발견된 게 없고?"

"그렇다네."

"그렇다면 생각할 수 있는 건…… 여기 있는 고객들이나 이웃들에게 혹시 헬리콥터가 숲 속에서 밧줄을 내려주는 장면을 봤느냐고 물어보는 것?"

"아무도 못 봤대."

"벌써 물어봤나?"

"그런 걸 묻는 내 자신이 한심했지만 벌써 물어봤다네. 그러니까 설명하자면 이래. 누군가 오늘 아침 여기 있었어. 그자가 범인인 게 거의 확실해. 그런데 놈은 여기서 없어졌어. 헬리콥터나 세상에서 제일 큰 크레인이 놈을 들어 올리지 않는 한 도대체 어디로 날랐느냔 말이야."

"그러니까 헬리콥터도 아니고 로프도 아니고 비밀 동굴도 없었다……."

"맞아."

하드윅이 거니의 말을 자른 뒤 말을 이었다.

"죽마를 타고 달아난 증거도 없지."

"그럼 어떤 가능성이 남아 있지?"

"아무것도. 제로. 한마디로 0이라고. 그 어떤 가능성도 없어. 젠장, 범인이 왔던 길을 되돌아갔다고 말할 참이라면 그만두게. 단지 우리를 미치게 만들기 위해서 조심스럽게 단 한 개의 발자국도 흐트러뜨리지 않고 완벽하게 왔던 곳으로 되돌아갔다고 말할 참이라면."

거니가 그렇게 말할 것이 분명하다고 믿는 듯 하드윅이 도전적인 표정으로 거니를 바라보았다.

"만약 그게 가능하다고 해도 그때쯤에는 현장에 나와 있는 두 사람, 희생자의 아내나 패티라는 깡패 자식하고 부딪쳤을걸."

"있을 수 없는 일이야."

거니가 가볍게 말했다.

"뭐가 있을 수 없는 일이란 건가?"

하드윅이 싸울 태세로 물었다.

"모든 게 다."

"도대체 무슨 소린가?"

"진정하게. 우린 뭔가 말이 되는 가설을 찾아야 해. 지금 일어난 것처럼 보이는 일은 실제로 일어날 수 없는 일이야. 다시 말해서 지금 일어난 것처럼 보이는 일은 일어나지 않았단 거지."

"그럼 이게 발자국이 아니라고?"

하드윅이 성난 목소리로 말했다.

"물론 내가 보기에도 발자국처럼 보여."

"그럼 뭐가 잘못됐단 거야?"

거니는 한숨을 쉬었다.

"나도 모르겠네, 잭. 어쨌든 우리가 잘못된 질문을 던지고 있단 생각이 들어."

거니의 누그러진 목소리가 하드윅의 태도를 누그러뜨렸다. 두 사람은 잠시 아무 말 없이 서로를 쳐다보았다. 그때 하드윅이 무언가 생각났다는 듯 고갯짓을 했다.

"케이크 장식을 보여주는 걸 깜빡했군."

그가 가죽 재킷 주머니에서 증거 수집용 비닐봉지를 꺼냈다. 투명한 비닐봉지 속에 담긴 흰 종이에 빨간 잉크로 깔끔하게 쓴 글씨가 보였다.

"꺼내지 말고 그냥 읽어봐."

하드윅이 말했다.

거니는 그의 말대로 했다. 그리고 다시 한번 읽었다. 세 번째로 읽으면서 그 시를 외웠다.

나는 눈 속을 뛰어다녔다.
바보들아, 두리번거려라.
어디로 갔느냐고 물어라.
이 인간쓰레기들아.
나의 탄생을 똑똑히 보아라.
복수가 다시 시작된다.
슬퍼하는 아이들을 위해,
버림받은 이들을 위해.

"그 친구 맞아. 복수가 주제이고, 8행이고, 운율이 있고 엘리트의 어휘력, 완벽한 구두점, 섬세한 필체. 다른 편지들과 똑같아. 어느 정도는."

거니가 봉투를 돌려주며 말했다.

"어느 정도는?"

"범인이 희생자 외에도 증오하는 사람이 또 있군."

하드윅이 비닐봉지 속의 글을 읽어보면서 자신이 무언가 놓쳤다는 생각에 얼굴을 찌푸렸다.

"누구?"

"자네."

거니가 오늘 들어 처음으로 웃으며 대답했다.

19
인간쓰레기

범인이 마크 멜러리와 잭 하드윅을 똑같은 수준으로 증오한다고 보는 것은 물론 지나친 비약이었다. 숲으로 난 마지막 발자국에서 돌아서서 다시 살해 현장으로 걸어가면서 거니는 살인범이 이 사건을 수사하는 경찰에 대한 적개심을 표출하고 있다고 설명했다. 하드윅은 그 말을 듣고 불편해하기는커녕 오히려 무언의 도전에 힘이 솟는 것 같았다. 그는 호전적인 눈빛으로 "이 개자식, 어디 한번 덤벼보라지!" 하고 소리쳤다.

거니는 그에게 제이슨 스트렁크 사건을 기억하냐고 물었다.

"그걸 왜 기억해야 하는데?"

하드윅이 물었다.

"그 악마의 산타 기억 안 나? 어떤 천재 기자가 놈을 식인 산타 클로스라고도 했지."

"아, 그 자식! 물론 기억하고말고. 식인종은 아니었잖아? 발가락만 좀 뜯어먹었지."

"그게 다가 아니었잖아."

하드윅이 얼굴을 찌푸리며 말을 이었다.

"내 기억으로는 사람들의 발가락을 씹어먹고 나서 시체를 띠톱으로 토막 내고 비닐봉지에 아주 깔끔하게 밀봉한 다음, 크리스마스 선물 상자에 담아 우편으로 보냈지. 그렇게 시체를 처리했어. 매장하는 수고를 하는 대신."

"혹시 그 소포를 누구한테 보냈는지 기억해?"

"20년 전 일이야. 내가 현직에 있을 때도 아니어서 신문에서 기사만 읽었어."

"관할 경찰서 강력계 형사들 집으로 부쳤어."

"집으로?"

하드윅이 놀란 표정으로 거니를 쳐다보았다. 살인, 식인, 띠톱 절단은 용서할 수 있어도 마지막 그 일만큼은 절대 용서할 수 없다는 듯이.

"경찰을 증오했어. 경찰을 열 받게 하는 걸 즐겼지."

"사람 발 하나가 우편으로 배달된다면 열 받을 만도 하지."

"집사람이 우편물을 열어본다면 더 열 받겠지."

거니의 말이 하드윅의 관심을 끌었다.

"젠장! 자네 얘기였군! 그 자식이 시체 일부를 보냈는데 집사람이 그걸 열어봤나?"

"그랬어."

"젠장! 그래서 이혼당한 건가?"

거니가 호기심 어린 표정으로 하드윅을 바라보았다.

"내가 첫 부인한테 이혼당한 걸 기억하고 있나?"

"나도 나름대로 기억하는 것들이 있다네. 글로 읽은 건 잘 기억

못 하지만 사람들이 털어놓은 사생활에 대한 건 절대 잊는 법이 없지. 이를테면 자네가 외아들이었다는 거. 자네 아버지가 아일랜드 출신이라는 거. 그리고 그 사실을 무척 싫어했다는 거. 그래서 아무한테도 말하지 않았다는 거. 자네 아버지가 술을 많이 마셨다는 거."

거니가 하드윅을 쳐다보았다.

"피거트 사건 때 자네가 말했어."

거니는 마음이 불편했다. 가족사를 시시콜콜 늘어놓았다는 사실 자체 때문인지, 그런 얘기를 한 기억이 없어서인지, 아니면 하드윅이 그 사실을 기억하고 있어서인지 알 수 없었다.

하늘이 어두워지면서 간헐적으로 불기 시작한 바람에 눈밭 가득 쌓였던 눈이 마구 흩날렸고 두 사람은 폭신한 눈을 밟으며 저택을 향해 계속 걸었다. 거니는 몸을 에워싸는 한기를 떨쳐버리려 애쓰며 다시 현재 상황에 주의를 집중했다.

"내가 말하고 싶었던 건 범인의 마지막 편지는 경찰에 대한 도전이란 거야. 상당히 심각한 문제일 수도 있어."

하지만 하드윅은 본인이 원할 때만 본론으로 돌아가는 타입이었다.

"그래서 이혼했나? 소포에 웬 남자의 거시기가 들어 있어서?"

하드윅이 상관할 바가 아니었지만 거니는 대답을 하기로 했다.

"그것 말고도 문제가 많았어. 내 불만은 목록을 적어야 할 정도였고 집사람 불만은 그보다 더 많았지. 어쨌든 그날 집사람은 형사의 아내로 산다는 게 어떤 건지 확실히 깨닫고 충격을 받았어. 왜 천천히 알아가는 여자들도 있잖아. 우리 경우엔 그 사건이 결정적이었어."

마침내 두 사람은 저택의 테라스에 이르렀다. 증거 수집 팀 남자 둘이 빨간색이라기보다는 갈색에 가까운 핏자국을 중심으로 눈을 훑어내고 그 밑에 깔린 판석을 살펴보고 있었다.

"뭐 어쨌든 말이야, 스트렁크는 연쇄살인범이었지만 이자는 그런 것 같진 않아."

하드윅이 불필요한 복잡한 이야기는 치워버리자는 듯 말했다.

거니는 조심스럽게 그의 말에 맞장구를 치듯 고개를 끄덕였다. 제이슨 스트렁크는 전형적인 연쇄살인범이었지만 마크 멜러리를 죽인 자는 그런 유형이 아니었다. 스트렁크는 자신의 희생자와 거의 안면이 없었다. 그들과 그 어떤 종류의 관계도 맺어본 적이 없다고 해도 좋을 것이다. 그자는 특정한 신체 조건을 갖춘 사람 중에서 자신이 행동하고 싶을 때 접근 가능한 사람을 선택했다. 말하자면 욕구와 기회가 만나는 순간이었다. 그러나 멜러리의 경우에는 과거의 암시로 고문을 가할 만큼 멜러리를 잘 아는 사람이었다. 심지어는 어떤 상황에서 멜러리가 어떤 숫자를 생각할지 미리 알아맞힐 수도 있을 정도로. 그자는 희생자와 친밀한 관계였음을 암시했고 그것은 전형적인 연쇄살인범의 유형이 아니었다. 게다가 더 조사해볼 필요는 있겠지만 이와 유사한 범죄가 일어난 적은 없었다.

"연쇄살인범 같진 않아. 적어도 자네 우편함에 손가락이 배달되지는 않겠지. 하지만 수석 수사관인 자네를 인간쓰레기라고 한 게 왠지 마음에 걸려."

거니가 동의하며 말했다.

두 사람은 테라스의 범죄 현장을 훼손하지 않기 위해 저택 앞쪽으로 자리를 옮겼다. 제복 입은 경관이 저택의 출입을 통제하기 위해 현관 앞에 서 있었다. 그곳은 바람이 거세었고 경관은 발을 구르면서 장갑 낀 손을 부딪치며 조금이라도 온기를 만들어보려 애썼다. 하드윅을 맞이할 때도 추위가 그의 미소를 일그러뜨렸다.

"혹시 커피 한 잔 마실 수 있을까요?"

경관이 물었다.

"글쎄. 나도 한 잔 마셨으면 좋겠는데."

하드윅이 콧물을 흘리지 않으려고 코를 훌쩍이며 말했다.

그가 거니 쪽으로 돌아섰다.

"오래 붙잡아두지 않겠네. 서재에 있다는 편지들을 좀 보여줘. 그게 아직도 거기 있는지도 확인해볼 겸."

밤나무로 마루를 깐 아름다운 저택 안은 너무도 고요했다. 그리고 그 어느 때보다도 돈 냄새가 풍겼다.

20

집안 친구

벽돌과 석재로 만든 벽난로 안에서 그림 같은 불길이 타오르고 있었고 방 안은 온통 체리나무 타는 냄새로 가득했다. 창백하지만 침착한 캐디 멜러리가 말쑥하게 차려입은 70대 초반의 노신사와 함께 소파에 앉아 있었다.

거니와 하드윅이 방 안에 들어서자 노신사는 나이에 걸맞지 않는 날렵한 동작으로 자리에서 일어섰다.

"안녕하십니까?"

노신사의 말투에는 희미하게나마 남부의 억양이 남아 있었다.

"칼 스메일이라고 합니다. 캐디의 오랜 친구이지요."

"수석 수사관 하드윅입니다. 이쪽은 데이브 거니. 여사님 남편의 친구분이지요."

"마크의 친구분이라고 캐디한테 들었습니다."

"불편을 끼쳐드려서 죄송합니다만."

하드윅이 방 안을 둘러보며 말했다. 그의 시선이 벽난로 맞은편에 놓인 셰라턴 책상에 고정되었다.

"이번 사건과 관계가 있는 서류를 좀 찾아봐야 해서요. 저 책상 서랍에 있을 것 같습니다. 멜러리 부인, 번거롭게 해드려서 죄송합니다만 제가 좀 살펴봐도 되겠습니까?"

그녀가 눈을 감았다. 하드윅의 질문을 그녀가 이해했는지 분명치가 않았다.

스메일이 자세를 고쳐 앉으면서 그녀의 팔 윗부분을 잡았다.

"캐디도 반대하지 않을 거라고 생각합니다만."

칼 스메일의 말에 하드윅이 망설이다가 "실례지만…… 멜러리 부인의 대변인이십니까?"라고 물었다.

칼 스메일의 반응은 거의 알아차리기 힘들었다. 마치 디너파티에서 무례한 말에 반응하는 예민한 여자처럼 코를 약간 찡긋할 뿐이었다.

미망인이 눈을 뜨고 서글픈 미소를 지었다.

"제가 지금 무척 힘든 상황이라는 건 여러분도 잘 아시리라 생각합니다. 지금 전 이분한테 무척 의지하고 있어요. 이분이 무슨 말씀을 하시건 제가 하는 말보다 나을 거예요."

하드윅은 물러서지 않았다.

"칼 스메일 씨가 부인의 변호사인가요?"

그녀는 신경 안정제의 영향이 아닐까 의심되는 온화한 표정으로 스메일을 바라보았다.

"이분은 제가 기쁠 때나 슬플 때나, 아플 때나 건강할 때나 지난 30여 년 동안 제 변호사이셨고 대변인이셨어요. 그러고 보니 정말 놀라운 일이죠, 칼?"

칼 스메일은 그녀와 똑같이 향수에 젖은 미소를 지은 다음, 하드윅에게 갑자기 사무적인 태도로 말했다.

"수사를 위해 필요한 거라면 얼마든지 이 방을 조사하셔도 좋습니다. 가져갈 물건이 있으시면 목록을 작성해주시면 감사하겠습니다."

스메일이 '이 방'이라고 집어서 말한 것을 거니는 놓치지 않았다. 스메일은 경찰이 수색 영장도 없이 이 집을 수색하는 것을 용납하지 않았다. 소파에 앉아 있는 작은 체구의 남자를 날카롭게 쏘아보는 것으로 보아 하드윅 역시 그 부분을 놓치지 않은 것 같았다.

"이미 증거는 충분히 확보했습니다."

하드윅의 말에는 무언의 메시지가 담겨 있었다.

'우리가 가져가고 싶은 것들의 목록을 주진 않겠다. 이미 가져간 물건들의 목록을 주겠다.'

무언의 메시지를 알아들을 능력이 있는 것이 분명한 스메일이 미소를 지었다. 그는 거니를 바라보면서 특유의 늘어지는 말투로 물었다.

"혹시 그 유명한 데이브 거니 형사님이 맞습니까?"

"저희 부모님이 낳으신 데이브 거니로는 제가 유일합니다만."

"아! 전설 속의 형사님이시군요! 만나 뵙게 돼서 반갑습니다."

거니는 이런 식의 아는 체가 불편해서 아무 말도 하지 않았다.

캐디 멜러리가 그 침묵을 깼다.

"죄송하지만 머리가 너무 아파서 좀 누워야겠어요."

"유감입니다. 하지만 몇 가지 확인해주셔야 할 것들이 있습니다."

스메일은 자신의 고객을 근심 어린 표정으로 바라보았다.

"한두 시간만 기다려주시면 안 될까요? 캐디가 지금 몹시 힘들어하고 있는데요."

"2, 3분이면 됩니다. 저 역시 쉬게 해드리고 싶지만 수사가 지연되면 문제가 발생할 수도 있거든요."

"캐디?"

"괜찮아요, 칼. 어차피 지금이나 나중이나 별 차이 없을 거예요."

그녀가 눈을 감았다.

"말씀하세요."

"다시 생각하게 해서 죄송합니다만."

하드윅이 말한 다음, "여기 좀 앉아도 되겠습니까?"라고 물으며 캐디가 앉은 소파 옆 윙 체어를 가리켰다.

"그러세요."

그녀가 여전히 눈을 감은 채 말했다.

하드윅은 의자 가장자리에 앉았다. 갑자기 미망인이 된 사람을 심문하는 것은 누구에게나 쉬운 일이 아니었다. 그러나 하드윅에게는 그 일이 그다지 힘들어 보이지 않았다.

"오늘 아침에 말씀하신 것을 다시 한번 확인해보겠습니다. 1시 이후 전화벨이 울렸다고 하셨죠? 부인과 남편이 모두 잠들어 있을 때?"

"네."

"시간을 알고 계신 이유는……."

"시계를 봤어요. 한밤중에 누가 전화를 하는지 궁금해서요."

"남편분이 전화를 받으셨고요?"

"네."

"뭐라고 하던가요?"

"'여보세요.'를 서너 번 했어요. 그리고 전화를 끊었어요."

"전화 건 사람이 뭐라고 했는지 남편분이 얘기하던가요?"

"아뇨."

"몇 분 뒤에 숲 속에서 짐승의 비명 소리를 들으셨다고요?"

"비명 소리가 아니라 쇳소리였어요."

"쇳소리요?"

"네."

"비명 소리하고 쇳소리는 어떻게 다른가요?"

"비명 소리는……."

그녀가 말을 멈추고 아랫입술을 깨물었다.

"멜러리 부인?"

"계속 이러실 겁니까?"

스메일이 물었다.

"어떤 소리를 들으셨는지 정확히 알아야 합니다."

"비명 소리는 사람의 소리에 더 가까워요. 비명은 제가 지른 소리죠. 처음 남편을……."

그녀는 눈에서 티끌을 빼내려는 듯 눈을 깜빡이고 말을 이었다.

"그런데 이건 짐승의 소리 같았어요. 숲에서 나는 소린 아니었고 집 근처에서 나는 소리였어요."

"그 비명 소리, 그러니까 쇳소리가 얼마동안 들렸죠?"

"1분이나 2분. 확실치는 않아요. 마크가 내려간 다음에 멈추었어요."

"남편이 뭐라고 말하고 나가던가요?"

"뭔지 보겠다고 했어요. 그게 다였어요. 남편은 단지……."

그녀가 말을 멈추고 천천히 심호흡을 했다.

"죄송합니다, 멜러리 부인. 수사는 오래 걸리지 않을 겁니다."

"단지 무슨 소리인지 알아보려고 나갔던 거예요. 그게 전부였어요."

"다른 소리는 들리지 않았나요?"

그녀가 손을 입에, 뺨에, 그리고 턱에 대었다. 자제력을 잃지 않으려 애쓰는 것이 분명했다. 그녀는 손톱 밑의 빨간색과 흰색 반점이 보일 정도로 손을 꽉 쥐었다.

다시 이야기를 시작했을 때 그녀의 말은 손 때문에 불분명하게 들렸다.

"전 반쯤 잠들어 있었지만 소리가 들리긴 했어요. 철썩하는 소리가, 마치 누군가 손뼉을 치는 것 같은 소리가 들렸어요. 그게 전부였어요."

그녀는 마치 오직 그렇게 해야만 마음을 다잡을 수 있다는 듯 두 손으로 얼굴을 감쌌다.

"고맙습니다. 되도록 불편을 끼쳐드리지 않고 수사하도록 하겠습니다. 일단 지금은 책상을 좀 살펴보겠습니다."

하드윅은 이렇게 말하며 윙 체어에서 일어났다.

캐디 멜러리가 고개를 들고 눈을 떴다.

그녀의 손은 무릎 위로 내려갔고 양쪽 뺨에는 손가락 자국이 남았다. 그녀가 가냘픈, 그러나 단호한 목소리로 말했다.

"형사님, 필요한 건 무엇이든 가져가셔도 좋지만 저희 사생활은 보호해주세요. 언론이 무자비하게 달려들 거예요. 남편이 남겨놓은 이 유산은 제게 아주 소중하거든요."

21

우선순위

"이 놈의 시들을 붙잡고 늘어졌다간 1년 내내 골머리 썩어도 죽도 밥도 안 되겠어."

하드윅은 '시'라는 단어가 지상에서 가장 더러운 진창이라도 되는 듯 발음했다.

살인범이 보낸 편지들이 수련원 회의실의 널찍한 테이블 위에 펼쳐졌다. 회의실은 신속한 수사를 위해 범죄 수사국이 임시로 사용하고 있었다.

X. 아리브디스로부터 처음 온 편지는 두 부분으로 나뉘어 있었다. 멜러리가 생각할 숫자가 658이라는 것을 알아맞혔고 그를 찾는 데 드는 비용이라며 289.87달러를 요구했다. 그리고 그 뒤로 점점 더 위협적으로 변해가는 세 통의 편지가 연달아 왔다. 멜러리는 세 번째 편지를 조그만 식품 보관용 비닐 백에 보관하고 있었다. 지문을 보존하기 위해서라고 했었다.

멜러리에게 되돌아온 289.87달러의 수표, 이 주소에는 X. 아리브디스라는 사람이 없다는 그레고리 더모트의 편지, 멜러리의 비서가 받아적었다는 시, 그날 저녁 멜러리와의 통화 내용을 담은 카세트테이프가 있었고 그 대화 중에 멜러리가 19라는 숫자를 말했다. 멜러리가 그 숫자를 말하리라는 것을 예측한 편지가 있었고 시체 위에 놓여 있던 마지막 시가 있었다.

증거물로는 상당한 분량이었다.

"왜 비닐봉지에 넣어두었을까?"

하드윅이 물었다.

하드윅은 시만큼이나 비닐봉지에 대해 좋지 않은 감정을 품고 있는 것 같았다.

"그때 멜러리는 무척 겁에 질려 있었어. 혹시 남아 있을지도 모르는 지문을 보존하고 싶다더군."

거니가 말했다.

하드윅이 고개를 저었다.

"텔레비전 드라마에서 떠들어대는 헛소리들이야. 비닐이 종이보다 어딘가 첨단 제품처럼 보이니까. 증거물을 비닐봉지에 보관하면 습기 때문에 지문이 사라져버리는데 말이야. 개자식들!"

피어니 경찰 배지를 모자에 단, 제복을 입지 않은 경찰이 수심 어린 표정으로 문가에 나타났다.

"뭐요!"

하드윅이 또 다른 골칫거리를 가져온 것이 분명한 방문객을 쏘아보며 물었다.

"범죄 수사국 수사관들도 출입 허가증을 발급받도록 하세요. 아시겠죠?"

하드윅이 고개를 끄덕였다. 그는 곧바로 테이블 위에 펼쳐진 협박 편지들로 주의를 돌렸다.

"필체가 단정해."

하드윅이 혐오스럽다는 듯 얼굴을 일그러뜨리며 말했다.

"자네 생각은 어떤가, 데이브? 혹시 범인은 수녀가 아닐까?"

30초쯤 후, 수사팀이 증거 수집용 비닐봉지들과 컴퓨터, 테이블 위의 모든 증거물에 바코드와 이름표를 부착하기 위한 간이 바코드 프린터를 들고 회의실에 들어왔다. 하드윅은 지문, 필체와 종이, 잉크 감식을 위해 알바니 과학 수사 연구소로 증거물을 보내기 전에 모든 편지를 복사해두라고 지시했다. 특히 시체 위에 놓여 있었던 편지에 대해서는 각별히 주의를 기울일 것을 명령했다.

하드윅이 수사팀의 책임자 역할에 충실한 동안 거니는 뒤로 물러나 있었다. 몇 개월, 혹은 몇 년 뒤 이 사건의 수사가 어떻게 전개될지는 초동 수사가 어떻게 이루어지냐에 따라 달라질 것이다. 거니가 보기에 하드윅은 썩 잘하고 있었다. 하드윅은 사진사가 찍은 사진들을 훑어보면서 범죄 현장 부근의 모든 건물들이 포함되었는지, 입구와 출구, 발자국, 잔디의자, 담배꽁초, 깨어진 유리병 조각 등 육안으로 확인되는 물리적인 증거물, 발견 당시 시체의 모습, 그 주위 피 웅덩이 등 현장 주변의 중요한 요소들이 모두 포함되었는지 확인했다. 하드윅은 사진사에게 수련원 전체의 사진과 그 주변 사진도 찍으라고 지시했다. 통상적인 절차는 아니었지만 이런 상황에서는 더구나 범인의 발자국이 느닷없이 끊겨버렸다면 이치에 맞는 지시였다.

하드윅은 젊은 수사관 둘을 불러 앞서 지시한 대로 고객들을 만나봤는지 확인했다. 또 현장조사팀의 팀장을 불러서 수집한 증거물을 목록을 살펴본 뒤 다음 날 수색견을 풀어 냄새를 추적하라고 지시했다. 사라진 발자국이 굉장히 신경 쓰인다는 의미였다. 마지막으로 그는 범죄 현장의 출입 기록을 훑어본 다음, 정문을 지키는 기동 경찰 대원에게 불필요한 방문객이 드나들지 못하도록 조처할 것을 지시했다. 하드윅이 사건에 집중하고 비판하며 우선순위를 매기고 지시하는 것을 보면서 거니는 예전에 함께 일했을 때 그랬던 것처럼 하드윅이 긴박한 상황에서 유능하게 행동하는 형사라는 결론을 내렸다. 성격이 더럽긴 했지만 능력이 있다는 사실만큼은 부정할 수 없었다.

"돈 받고 하는 일도 아닌데 고생이 많군. 그만 가서 쉬지 그래?"

4시 15분이 되자 하드윅이 말했다.

그 순간 뭔가 생각나는 게 있었는지 하드윅이 한마디 덧붙였다.

"혹시 멜러리한테 월급을 받았나? 젠장, 당연히 받았겠지? 자네처럼 유능한 형사가 무료 봉사를 했을 리도 없고."

"난 탐정 자격증이 없어. 월급을 달라고 요구할 수가 없지. 사립탐정이야말로 내가 가장 원하지 않는 일이기도 하고."

하드윅이 믿을 수 없다는 듯한 표정으로 거니를 쳐다보았다.

"자네 말대로 이제 그만 돌아가야겠네."

"내일 정오에 범죄 수사국 본부로 나와줄 수 있겠나?"

"거긴 왜?"

"두 가지야. 첫째, 진술서가 필요해. 희생자와 자네의 관계. 옛날부터 최근까지. 진술 양식은 자네도 잘 알 테고. 둘째, 회의에 참석해주었으면 좋겠네. 그동안 수집한 정보를 공유하는 회의야. 사망 원인, 증인 진술, 혈흔, 흔적, 살인 무기 등등에 대한 초동 수사 보고가 있을 거야. 초기 가설들, 우선순위들, 그리고 다음에 어떤 조처를 취할지 의논하겠지. 자네 같은 친구가 있어준다면 큰 도움이 될 거야. 수사 방향을 제대로 잡고 세금을 낭비하지 않도록. 자네 같은 거물급 천재 형사가 우리 같은 촌놈들을 도와주지 않는다면 그거야말로 범죄 아니겠나? 내일 정오. 진술서를 아예 작성해서 가져오면 더 좋겠네."

오만하기 짝이 없는 하드윅이었다. 그러나 어쩌면 그것이 오늘의 하드윅을 있게 한 것이리라. 뉴욕 경찰 범죄 수사국 강력계의 건방진 형사 하드윅. 그러나 거니는 하드윅의 헛소리 속에서도, 갈수록 이상해지는 이 사건의 수사에서 하드윅이 그의 도움을 절실히 필요로 하고 있음을 느낄 수 있었다.

집으로 돌아가는 동안 거니는 주변 풍경을 거의 의식하지 못했다. 딜워드의 아벨라드 상점을 지나 골짜기를 빠져나오면서 그제야 아침에 모여들었던 구름이 사라졌음을, 그리고 그 자리에 저물어가는 태양의 광채가 있음을, 그 놀라운 광채가 서쪽 산기슭을 비추고 있음을 깨달았다. 굽이쳐 흐르는 강을 따라 이어진 눈 덮인 옥수수 밭이 현란한 파스텔빛으로 물들었다. 그 광경에 거니의 눈이 휘둥그레졌다. 산호빛 태양은 놀라운 속도로 산기슭 저편으로 사라졌고 광채도 함께 사라졌다. 잎이 없는 나무들은 다시 검은빛으로, 눈은 깨끗한 흰색으로 돌아왔다.

도로에서 빠져나가기 위해 속도를 늦출 때 길가에 앉아 있는 까마귀 한 마리가 거니의 시선을 끌었다. 까마귀는 도로에서 조금 솟아오른 무언가에 올라앉아 있었다. 지나가면서 살펴보니 까마귀는 죽은 동물 위에 앉아 있었다. 천성이 조심스러운 까마귀치고는 이상할 정도로 차가 지나갈 때 날아갈 기미도, 동요의 기미도 없었다. 꼼짝도 하지 않는 까마귀가 마치 무언가를 기다리고 있는 듯, 꿈의 한 장면 같은 인상적인 풍경을 연출했다.

도로에서 빠져나와 천천히 꼬불꼬불한 램프를 따라 내려가는 동안, 그의 마음은 황혼을 배경으로 죽은 동물 위에 앉아 무언가를 관찰하는 듯, 기다리는 듯했던 검은 새의 이미지로 가득했다. 교차로에서 거니의 집까지는 3킬로미터, 5분 정도 거리였다. 헛간에서 집으로 난 좁은 흙길로 접어들 무렵 주위 풍경은 더 음울하고 서늘해져 있었다. 유령 같은 회오리 눈 한 줄기가 초원을 가로지른 뒤 거의 숲에 이르러서 사라져버렸다.

그는 평상시보다 더 집 가까이에 차를 세운 다음, 추위에 옷깃을 여미면서 서둘러 뒷문으로 들어갔다. 부엌으로 들어서자마자 매들린이 없음을 알리는 묘한 정적이 밀려왔다. 매들린에게는 일종의 전류 같은 낮은 음파가 있는 것 같았다. 있을 때는 모든 공간을 에너지로 채웠고 없을 때는 선명한 부재가 느껴졌다.

그것 말고도 다른 기운이 있었다. 그날 아침의 잔해. 지하실에서 가져온 작은 상자의 어두운 존재감. 어두운 방 한 귀퉁이에 놓인 커피테이블 위에 여전히 그대로인 작은 상자. 건드리지 않은 그 섬세한 흰 리본.

부엌 옆 화장실을 사용한 뒤 그는 곧바로 서재로 가서 전화 메시지를 확인했다. 딱 한 개뿐이었다. 마치 첼로와도 같은 매끄러운 목소리였다.

"안녕하세요, 데이브. 데이브의 작품에 완전히 매혹된 고객이 있어요. 이번 주에 또 한 점이 완성될 거라고 말했는데 언제쯤 볼 수 있을지 알려주고 싶어요. 매혹되었다는 표현은 결코 과장이 아니에요. 돈이 문제가 아닌 것 같았어요. 최대한 빨리 전화해줘요.

이번 일은 우리가 힘을 합쳐야 해요. 고마워요, 데이브!"

메시지를 다시 확인하려는 순간, 부엌 뒷문이 열렸다 닫히는 소리가 들렸다. 그는 소녀의 목소리가 다시 재생되는 것을 정지 버튼을 눌러 멈춘 뒤 "왔어?"라고 물었다.

대답이 없었고 그는 화가 났다.

"매들린!"

그가 아내의 이름을 불렀다. 필요 이상으로 크게.

매들린의 목소리가 들려왔지만 알아듣기에는 너무 낮았다. 그녀와 사이가 좋지 않을 때 그는 그것을 '수동적이면서도 동시에 공격적으로 낮은 목소리'라고 이름을 붙였다. 처음에는 그냥 서재에 있을까 생각했지만 결국 부엌 쪽으로 나갔다.

매들린이 오렌지색 파카를 옷걸이에 걸어놓고 그를 향해 돌아섰다. 어깨에 아직 눈이 남아 있는 것으로 보아 소나무 숲을 걷다 온 모양이었다.

"무지무지 예뻐!"

매들린이 파카 후드로 눌렸던 짙은 갈색 머리카락을 손가락으로 매만지며 말했다. 그녀는 저장실에 들어갔다 나와서 조리대 주위를 둘러보았다.

"피칸 어디 뒀어?"

"뭐?"

"내가 피칸 사오라고 부탁하지 않았어?"

"안 그랬는데."

"안 그랬다고? 당신이 못 들은 건 아니고?"

"모르겠어. 내일 사올게."

현재의 심리 상태로는 어디에도 집중할 수가 없었다.

"어디서?"

"아벨라드에서."

"일요일에?"

"참, 그래, 일요일엔 문을 닫지. 피칸이 왜 필요한데?"

"내가 디저트를 준비하기로 했거든."

"무슨 디저트?"

"엘리자베스가 샐러드하고 빵 준비하고 잰이 칠리 준비하고 난 디저트 만들기로 했어."

그녀의 눈빛이 어두워졌다.

"혹시 잊고 있었어?"

"내일 오나?"

"내일 와."

"몇 시?"

"그게 중요해?"

"내일 정오에 범죄 수사국 본부에 가서 진술서 제출해야 돼."

"일요일인데도?"

"살인 사건이잖아."

거니가 덤덤하게 말했다. 냉소적으로 들리지 않기를 바라는 마음으로.

매들린이 고개를 끄덕였다.

"그래서 내일 하루 종일 집을 비우겠다고?"

"내일 얼마간은."

"얼마나 큰 '얼마간' 이지?"

"젠장, 당신도 이런 일들이 어떤지 잘 알잖아!"

그녀의 눈빛에 담긴 엄청난 양의 슬픔과 분노가 따귀 한 대를 얻어맞은 것 이상으로 거니의 마음을 불편하게 했다.

"그러니까 당신은 내일 몇 시에 집에 돌아올지도 모르고 저녁 식사를 함께할 수 있을지 없을지도 모르겠단 거군."

"살인 사건이고 증인 자격으로 진술서를 제출해야 해. 내가 하고 싶어서 하는 일이 아니라고!"

갑자기 그의 목소리가 그 자신도 놀랄 정도로 격앙되면서 한마디를 더 내뱉고 말았다.

"살다 보면 반드시 해야 하는 일들이 있는 법이야. 이건 법적인 의무야. 내가 좋아서 선택한 일이 아니란 말이야. 그 망할 놈의 법은 내가 만든 게 아니라고!"

매들린이 그를 바라보았다. 그녀의 얼굴에 그의 분노만큼이나 갑작스럽게 지친 표정이 드리워졌다.

"당신 정말 모르나 봐."

"내가 뭘 모른단 거야?"

"당신의 두뇌는 온통 살인, 폭력, 피, 괴물, 거짓말쟁이, 사이코패스로 가득 차 있어서 다른 건 아무것도 들어설 틈이 없다는 거."

22

바로잡기

그날 밤 거니는 두 시간에 걸쳐 진술서를 썼다. 형용사, 감정, 사적인 의견을 배제하고 멜러리와의 관계를 사실 위주로 단순하게 써내려갔다. 대학 시절 친분 관계를 설명했고 최근에 다시 연락이 되었으며 멜러리가 이메일로 한번 만나고 싶다고 제안했으며 그 자신이 수차례 경찰에 신고할 것을 권했던 일까지 모두 진술했다.

진술서를 쓰는 동안 독한 커피 두 잔을 마셨고 그로 인해 잠을 설쳤다. 추웠고, 식은땀이 났고, 가려웠고, 목이 말랐고, 이유는 알 수 없지만 왼쪽 다리와 오른쪽 다리가 번갈아 아팠다. 밤새 그를 괴롭힌 이런저런 육체적 통증들이 번민의 온상이 되었다. 특히 매들린의 눈동자에서 얼핏 엿보았던 바로 그 고통에 관한 번민이었다.

매들린의 고통이 그의 우선순위 때문이라는 것을 거니는 알고 있었다. 그의 역할들이 서로 충돌할 때 언제나 형사 데이브가 남편 데이브를 밀어내는 것을 매들린은 괴로워하고 있었다. 경찰직을 은퇴하고서도 달라진 것이 없었다. 매들린이 그가 달라지기를 원했다는 것, 어쩌면 정말 달라질 거라고 믿었던 것만큼은 분명했다. 그러나 어떻게 하면 달라질 수 있을까. 아무리 그녀를 아낀다고 해도, 아무리 그녀와 함께 있고 싶다고 해도, 아무리 그녀가 행복해지기를 원한다 해도 어떻게 그 자신이 아닌 다른 사람이 될 수 있을까. 그의 이성은 특정 분야에서만 기가 막히게 잘 움직였고 그는 삶에서 가장 큰 만족감들을 그러한 지적인 능력을 활용하는 데서 얻었다. 그는 놀라울 정도로 논리적인 두뇌와 모순을 짚어내는 특출한 안테나를 지녔다. 그러한 재능 덕분에 뛰어난 형사가 될 수 있었다. 또한 그 재능은 일종의 완충 장치를 제공했고 덕분에 두려움과 일정한 거리를 유지할 수 있었다. 다른 경찰들에겐 다른 완충장치가 있었다. 알코올, 끈끈한 동료애, 마음을 차갑게 하는 냉소주의 등등. 거니의 방패는 모든 사건을 하나의 지적인 도전으로, 모든 범죄를 풀어야 할 방정식으로 보는 것이었다. 그것이 그의 본질이었다. 퇴직을 했다고 바꿀 수 있는 것이 아니었다. 적어도 동트기 한 시간 전, 마침내 잠들기 직전에 그는 그렇게 생각했다.

월넛 크로싱에서 서쪽으로 100킬로미터 정도 떨어진 곳, 피어니에서도 15킬로미터 정도를 더 들어가서 허드슨 강이 보이는 절벽 위에 자리 잡은 주 경찰 본부는 새로 지은 요새 같은 모습이었다. 거대한 회색 외관과 좁은 창문들은 폭발을 염두에 둔 설계 같았다. 거니는 그 건물의 구조가 '난공불락의 경찰서'를 짓는 것보다 더 한심한 프로젝트들을 수없이 양산했던 9.11 사태의 영향을 받은 것인지 궁금했다.

내부의 현란한 조명이 금속 탐지기들, 감시 카메라, 방탄 보안 검문소, 광택이 있는 콘크리트 바닥의 거친 느낌들을 극대화했다. 검문소 안의 경비와 대화를 나눌 수 있도록 마이크가 설치되어 있었다. 보안 카메라들을 관장하는 모니터들 때문에 검문소는 일종의 통제센터 같았다. 모든 차가운 표면 위에 황금빛 불빛을 드리우는 조명이 경비의 얼굴에는 지친 창백함을 드리웠다. 경비는 금방이라도 먹은 것을 토할 것 같은 표정이었다.

"데이브 거니라고 합니다. 잭 하드윅을 만나러 왔어요."

괜찮으냐고 묻고 싶은 마음을 억누르며 거니가 마이크에 대고 말했다.

경비는 천장에서 카운터까지 두 사람을 가로막고 있는 무시무시한 유리 밑으로 임시 통행증과, 방문자가 사인하게 되어 있는 방문 신청서를 밀어놓았다. 경비는 수화기를 들고 카운터 옆에 스카치테이프로 붙여놓은 명단을 확인한 다음, 네 자리 번호를 눌렀다. 그는 거니가 들을 수 없는 대화를 주고받고서 다시 수화기를 내려놓았다.

1분 뒤 검문소 옆의 회색 철문이 열리면서 전날 그를 안내했던 평상복 차림의 수사관이 나타났다. 수사관은 거니를 알아보는 내색 없이 아무 특징 없는 회색 복도와 또 다른 철문으로 그를 안내한 뒤 문을 열었다.

두 사람은 유리창이 없는 커다란 회의실로 들어섰다. 창문이 없는 것은 분명 테러리스트의 공격이 있을 때 유리 파편으로부터 내부인의 안전을 지키기 위한 것이리라. 거니는 경미한 밀실공포증 증세가 있었다. 그는 창문 없는 공간이 싫었고 그런 걸 좋은 아이디어라고 생각하는 건축 설계사들이 싫었다.

거니의 과묵한 안내자는 곧바로 회의실 한쪽 구석에 놓인 커피 기계 쪽으로 갔다. 직사각형 모양의 테이블의 의자 몇 개는 아직 들어오지 않은 사람들이 맡아놓았다. 열 개의 의자 중 네 개에 재킷이 걸쳐져 있었고 또 다른 세 개는 테이블 쪽으로 돌려져 있어 주인이 있음을 알렸다. 거니는 입고 있던 얇은 파카를 남아 있는 의자들 중 하나에 걸쳤다.

문이 열리면서 하드윅이 들어왔고 일중독자 같은 인상의 빨간 머리 여자가 중성적인 느낌의 수트 차림으로 그 뒤를 따랐다. 여자는 컴퓨터와 두툼한 파일을 들고 있었고 또 다른 톰 크루즈가 커피를 마시고 있는 동료 쪽으로 갔다. 여자도 빈자리를 찾아서 가져온 물건들을 테이블 위에 올려놓았다. 하드윅은 기대와 경멸이 뒤섞인 묘한 표정으로 거니에게 다가왔다.

"이렇게 와주다니 자네가 인심 한번 크게 써줬군그래."

하드윅은 거친 목소리로 속삭인 뒤 덧붙였다.

"주 역사상 최연소 지방검사가 오늘 이 자리를 빛내주신다네."

거니는 하드윅에 대한 반감이 치밀었지만 딱히 그를 겨냥하는 것이 아닌 냉소에 반응할 필요가 없다는 생각이 들었다. 반응을 보이지 않으려 애쓰면서도 거니의 입술은 굳어졌다.

"이런 사건에는 지방검사가 참석하는 게 관례 아닌가?"

"예상치 못했단 뜻이 아니라 자네가 그만큼 특별한 자리에 초대됐다는 뜻이야."

하드윅은 테이블 쪽으로 돌려놓은 세 개의 의자를 흘긋 바라보았다. 어느덧 표정 일부가 되어버린 비죽거리는 입술로 하드윅은 누구에게랄 것도 없이 "동방박사 세 사람을 위한 특석이로군!"이라고 중얼거렸다.

그 말이 끝나기 무섭게 문이 열리고 세 사람이 들어섰다. 하드윅이 그들 세 사람의 이름을 거니의 어깨 뒤에서 낮게 중얼거렸다. 입술을 움직이지 않고 말을 하는 재주가 복화술사 저리 가라였다.

"로드 로드리게스 반장, 참견하기 좋아하는 비열한 새끼."

어정쩡한 미소에 심술궂은 눈빛, 땅딸한 체구, 살롱에서 태운 피부의 남자가 들어서자 하드윅이 나지막이 말했다.

그 뒤로 호리호리한 체격의 남자가 날렵한 시선으로 1초 내로 방 안의 모든 사람을 한꺼번에 훑어보며 들어왔다. 하드윅은 "지방검사 셰리든 클라인!"이라고 설명한 뒤 "주지사 자리를 노리고 있지."라고 덧붙였다.

클라인 뒤로 들어오는 세 번째 남자는 일찌감치 머리가 벗겨지기 시작해서 마치 차가운 자우어크라우트* 같은 분위기를 발산하는 남자였다.

"클라인의 수석 비서, 스티멜!"

로드리게스가 돌려놓은 의자들 쪽으로 그들을 안내했다. 먼저 클라인에게 가운데 자리를 권했고 클라인은 자연스럽게 그 자리에 앉았다. 스티멜이 그의 왼쪽, 로드리게스가 그의 오른쪽에 앉았다. 로드리게스는 가는 테 안경 너머로 회의실의 다른 얼굴들을 훑어보았다. 이마에서부터 시작된, 조금도 흐트러짐 없이 손질된 검고 풍성한 머리는 염색한 것이 분명했다. 로드리게스는 손가락 관절로 테이블을 두드려 사람들의 주의를 집중시켰다.

* 잘게 썬 양배추에 식초를 쳐서 담그는 독일식 김치

"오늘 회의는 12시에 시작되는 걸로 알고 있는데 시계를 보니 12시 정각이군요. 자리에 앉아주시겠습니까?"

하드윅이 거니의 옆자리에 앉았다. 커피를 마시던 사람들도 테이블로 돌아왔고 1분도 안 되어 모두가 자리에 앉았다. 로드리게스가 한심하다는 듯 사람들을 둘러보았다. 일을 제대로 하는 사람들이라면 자리를 잡는 데 이렇게 시간이 걸릴 리 없다는 듯이.

거니를 본 순간 로드리게스의 입술이 미소일 수도 있고 찡그림일 수도 있는 방식으로 일그러졌다. 그의 못마땅한 표정은 빈 의자를 바라본 순간, 더욱 선명해졌다. 그가 말을 이었다.

"아주 지능적인 살인 사건이 발생했다는 사실을 굳이 여러분에게 알려드릴 필요는 없을 줄 압니다. 오늘 우리가 이 자리에 모인 것은 우리가 같은 자리에 있음을 확인하기 위해서입니다."

그가 말을 멈추었다. 선문답 같은 그의 재치를 이해하는 사람이 누가 있는지 궁금하다는 듯이. 그러나 결국 그는 우둔한 사람들을 위해 말을 풀어주기로 작정한 듯했다.

"사건 첫날, 모두가 같은 페이지에 있음을 확인하려고 이 자리에 모인 것이죠."

"사건 둘째 날이지."

하드윅이 중얼거렸다.

"지금 뭐라고 했나?"

로드리게스가 말했다.

톰 크루즈 쌍둥이가 혼란스러운 눈빛을 주고받았다.

"오늘이 둘째 날입니다. 어제가 첫째 날이었고요. 거지 같은 날이었습죠."

"말이 그렇다는 거지! 어쨌든 제 요지는, 수사를 시작하는 이 시점에서 모두가 같은 페이지에 있을 필요가 있다는 겁니다. 같은 북소리에 맞춰서 행진해야 한다 이거죠. 무슨 뜻인지 아시겠습니까?"

하드윅이 순진한 척 고개를 끄덕였다. 로드리게스는 노골적으로 그에게서 시선을 거두어 테이블에 앉은 보다 중요한 사람들을 바라보며 말을 이었다.

"지금까지 조사한 바에 의하면 이번 사건은 아주 어렵고 복잡하고 미묘하면서 선정적인 사건입니다. 희생자는 성공한 작가이자 강사이고 아내는 엄청난 재산가입니다. 멜러리 수련원의 고객들 역시 부유하고 개성이 강하고 골치 아픈 사람들이죠. 이중 한 가지 요소만으로도 언론의 서커스에 휘말리기에 충분합니다. 그런데 그 세 가지가 모두 합쳐졌으니 당연히 엄청난 도전이 되겠지요. 성공적인 수사에 필요한 네 가지 요소는 바로 조직력, 기강, 대화, 그리고 더 많은 대화가 되겠습니다. 여러분이 보는 것, 듣는 것, 그리고 여러분이 내린 결론은 적절히 기록하고 보고하지 않으면 다 무용지물입니다."

그가 방 안을 둘러보았다. 그의 눈빛이 하드윅에게 유독 오래 머물렀다. 하드윅이 기록과 보고의 원칙을 위반하는 요주의 인물임을 그다지 섬세하지 않은 방식으로 표현하고 있었다. 그 순간 하드윅은 자신의 오른쪽 손등 위 커다란 점을 바라보고 있었다.

로드리게스가 말을 이었다.

"전 편법을 쓰는 사람을 좋아하지 않아요. 편법을 쓰는 사람은 결국 규칙을 위반하는 사람보다 더 큰 문제를 일으키지요. 편법을 쓰는 사람은 항상 일을 제대로 처리하기 위해서 어쩔 수 없었다고 주장합니다. 하지만 실제로는 자기들 편의를 위해서 그러는 거예요. 정신 상태가 해이해서 그렇고 바로 그런 것들이 조직을 와해시킵니다. 여러분, 똑똑히 들으세요. 이번 사건에서 우리는 규칙을 준수할 겁니다. 모든 규칙을요. 체크 리스트를 사용할 겁니다. 리포트도 상세하게 작성할 겁니다. 그리고 제시간에 제출할 겁니다. 모든 일이 적절한 보고 체계를 통해 진행될 겁니다. 모든 법적인 문제들은 클라인 지방검사님의 사무실로 보고되어야 합니다. 모든 조처가 취해지기 전에 분명히 말씀드립니다. 모든 조처가 취해지기 전! 대화, 대화, 대화를 해야 합니다."

그는 적진을 향해 대포를 쏘듯 한 마디, 한 마디를 힘주어 발음했다. 모든 저항이 잦아들었다고 판단한 그는 설탕 같은 미소를 지으며 지방검사를 바라보았다. 지방검사는 장황한 서두에 인내심을 잃어가고 있는 듯이 보였다.

"저, 검사님, 이번 사건에 대해 얼마나 지대한 관심을 갖고 계신지 잘 알고 있습니다. 혹시 수사팀에 특별히 당부하고 싶은 말씀이라도?"

클라인은 멀리서 보면 자칫 온화한 미소로 착각할 수도 있을 환한 미소를 지었다. 그러나 가까이에서 보면 나르시시즘에 빠진 정치인의 미소였다.

"제가 하고 싶은 말은 단 한 가지뿐입니다. 저는 여러분을 돕기 위해 이 자리에 나왔어요. 제가 도울 수 있는 일이 있다면 뭐든 돕겠습니다. 여러분은 전문가들이십니다. 훈련을 받았고 경험도 있고 재능도 있는 전문가들이시지요. 이 분야를 잘 아는 분들입니다. 한마디로 이 사건은 여러분의 쇼라고 말할 수 있습니다."

하드윅의 웃음소리가 들려왔다. 그 소리에 로드리게스가 눈을 깜박였다. 로드리게스는 하드윅의 주파수에 자신의 주파수를 고정한 것일까?

"하지만 저도 로드리게스 반장님 말씀에 동의합니다. 대단한 쇼가 될 수도 있고 아주 골치 아픈 쇼가 될 수도 있어요. 텔레비전에서 다루어지겠지요. 많은 사람들이 텔레비전을 볼 것이고 선정적인 문구가 난무할 겁니다. 마음의 준비들 하세요. 뉴에이지 지도자, 처참히 살해되다. 여러분이 원하건 원하지 않건 이 사건은 타블로이드 신문의 헤드라인 후보입니다. 저는 우리가 존 베넷 사건을 말아먹은 콜로라도 머저리들이나 심슨 사건을 죽 쑨 캘리포니아 머저리들처럼 보이는 걸 원치 않아요. 이 사건 때문에 엄청난 공격을 받을 겁니다. 언론에서 포탄을 떨어뜨리기 시작하면 그때부터 걷잡을 수 없을 겁니다. 그 포탄은 바로……."

마지막 말에 대한 거니의 궁금증은 하드윅의 휴대전화 때문에 결국 해소되지 않았다. 그의 휴대전화 벨소리는 여러 사람들의 짜증을 다양한 수위로 돋우었다. 로드리게스는 하드윅이 주머니에 손을 집어넣는 것을, 그리고 그 기분 나쁜 물건을 꺼내는 것을, 그리고 반장이 했던 말을 침착하게 중얼거리는 것을 바라보았다.

"대화, 대화, 대화!"

하드윅은 통화 버튼을 누르고 바로 통화를 시작했다.

"하드윅입니다. 말해. 어디서? 발자국과 일치한다고? …… 어떻게 올라갔는지 짐작할 만한 단서는 없고? …… 왜 그랬는지도? …… 알았어. 최대한 빨리 연구실로 보내. 됐어."

하드윅이 종료 버튼을 누른 뒤 심각한 표정으로 전화기를 바라보았다.

"무슨 일인가?"

로즈리게즈가 물었다. 그의 분노는 호기심에 묻혔다.

하드윅은 기대에 찬 표정으로 자신을 바라보고 있던 중성적인 수트의 빨간 머리 여자를 바라보며 대답했다.

"현장에서 전해온 소식입니다. 살인범의 부츠를 찾았다는군요. 시신에서부터 시작된 발자국과 정확히 일치하는 부츠랍니다. 곧 연구소로 갈 겁니다."

빨간 머리 여자가 고개를 끄덕이며 자판을 두드리기 시작했다.

"발자국이 엉뚱한 곳에서 중간에 사라져버렸다고 하지 않았나?"

로드리게스가 마치 하드윅의 거짓말이 들통 나기라도 했다는 듯 물었다.

"그렇습니다."

하드윅이 그를 쳐다보지도 않고 대답했다.

"부츠가 어디서 발견됐다는 거지?"

"똑같이 엉뚱한 곳에서요. 발자국이 끝난 지점 부근의 나뭇가지에 걸려 있었다고 합니다."

"범인이 나무에 올라가서 거기다 부츠를 걸어놓았다고?"

"현재 정황으로 봐선 그렇습니다."

"도대체 왜…… 그러니까 거기서 도대체 뭘 한 거지?"

"아직 저희도 전혀 아는 바가 없습니다. 부츠를 분석해보면 뭔가 나오겠지요."

로드리게스가 거친 너털웃음을 웃었다.

"그러길 바라야겠지. 자, 이제 다시 본론으로 돌아갑시다. 검사님? 말씀 도중 방해를 받으셨지요?"

"고환*이 떨어지고 있었지."

* 포탄을 의미하는 'ball'에는 고환의 의미도 있다.

복화술사 하드윅이 중얼거렸다.

"그렇지 않습니다."

클라인이 어떤 불리한 상황이든 자신에게 유리하게 바꿀 수 있다는 듯한 미소를 지으며 말했다.

"솔직히 말씀드리면 사건에 대해 좀 더 얘기를 듣고 싶습니다. 현장에서 전해오는 소식이라면 더욱 그렇지요. 사건을 잘 이해할수록 제가 더 도움이 될 수 있을 테니까요."

"그러시죠. 하드윅, 사람들의 주의가 다 자네한테 쏠려 있는 것 같은데 기왕 이렇게 된 거 사건에 대해 최대한 간략하게 설명해주게. 검사님께서 특별히 시간을 내고 계시지만 할 일이 많은 분이시거든. 그 사실을 염두에 두고."

"좋습니다. 여러분, 다들 들으셨죠? 딱 한 번만 압축 버전으로 말씀드리겠습니다. 졸지 마시고 한심한 질문도 하지 마시고 잘 들으세요."

"젠장, 질문도 하지 말라는 건 좀 너무하지 않아?"

로드리게스가 양손을 들어 올리며 말했다.

"말하자면 그렇다는 겁니다. 지방검사님을 불필요하게 붙잡아 두고 싶지 않아서 그래요."

지방검사라는 직함을 발음하면서 과장스럽게 경의를 표하는 것이 거의 모욕의 수준이었지만 여전히 모호한 면이 있었다.

"좋아, 좋아. 시작해"

로드리게스가 짜증스럽다는 듯 손을 내저으며 말했다.

하드윅은 알고 있는 정보를 덤덤하게 읊기 시작했다.

"사건 발생 전, 3주에서 4주에 걸쳐서 희생자는 협박성을 띤 편지들과 두 차례 전화를 받았습니다. 전화 한 통은 멜러리의 비서가 받아 기록했고 또 한 통은 희생자가 녹음했습니다. 통화 내용은 따로 배부해드리겠습니다. 카산드라, 즉 캐디라는 이름으로 알려진 희생자의 아내는 사건이 일어나던 날 밤, 새벽 1시에 전화를 받아 잠에서 깼고 전화를 건 사람은 곧바로 전화를 끊었습니다."

로드리게스가 입을 벌리려던 참에 하드윅이 그의 질문에 대답했다.

"사건 당일의 유무선 전화 기록을 입수하기 위해 통신사와 접촉 중입니다. 그러나 이번 사건이 용의주도하게 사전에 계획된 범죄임을 감안할 때 추적이 가능한 흔적을 남겨놓았을 것 같지는 않습니다."

"그야 두고 보면 알 테고."

로드리게스가 말했다.

거니는 로드리게스 반장이 어떤 상황, 어떤 대화에서도 주도권을 쥐고 있다는 인상을 주는 것을 최우선으로 생각하는 사람이라는 결론을 내렸다.

"지당하신 말씀입니다."

하드윅이 지나치게 공손한 말투로 말했다. 그러나 지적하기에는 너무도 미묘했고 또 노련했다.

"어쨌든 몇 분 뒤 두 사람은 집 근처에서 나는 이상한 소리를 들었다고 했습니다. 캐디는 짐승이 내는 소리 같았다고 묘사했습니다. 제가 나중에 다시 한번 소리에 대해 물었을 때는 너구리들이 싸우는 소리 같았다고 말했습니다. 캐디는 남편이 괜찮은지 알아보려고 일어났습니다. 1분 뒤 둔탁한 철썩 소리가 들렸고 캐디는 밖으로 달려갔습니다. 뒷문 바로 앞에 남편이 쓰러져 있었습니다. 목에서 흐른 피가 주위에 흥건했고요. 캐디는 비명을 질렀습니다.

적어도 본인은 비명을 질렀다고 기억하고 있습니다. 출혈을 멈추려 했지만 그럴 수 없어서 곧바로 집으로 들어가 911을 눌렀습니다."

"출혈을 멈추려는 과정에서 시신을 움직였다고 보나?"

로드리게스가 아주 고난도의 질문이라는 듯 물었다.

"그건 기억이 나지 않는다더군요."

로드리게스는 회의적인 표정을 지었다.

"전 그 여자 말을 믿습니다."

하드윅이 말했다.

로드리게스는 다른 사람이 누굴 믿든 별로 신경 쓰지 않는다는 듯 어깨를 으쓱했다. 하드윅은 노트를 흘금 바라보면서 감정이 배제된 보고를 계속했다.

"피어니 경찰이 사건 현장에 가장 먼저 도착했고 그 뒤로 보안관, 그리고 기동 경찰 대원 캘빈 맥슨이 도착했습니다. 주 범죄 수사국에 연락이 된 것은 1시 56분이었고요. 저는 새벽 2시 20분에, 검시관은 3시 25분에 도착했습니다."

"검시관인 트래셔* 박사 말이 나왔으니 말인데 오늘 늦는다고 연락받은 사람 있나?"

로드리게스가 성난 목소리로 말했다.

거니가 테이블에 둘러앉은 사람들의 표정을 훑어보았다. 그들은 검시관의 특이한 이름에 전혀 반응을 보이지 않았다. 로드리게스의 질문에 관심을 보인 사람도 없는 것으로 보아 늘 지각을 하는 모양이었다. 로드리게스는 트래셔가 10분 전에 들어섰어야 하

* 채찍질하는 사람의 의미

는 문을 바라보면서 시간을 지키지 않은 그에 대한 분노를 억누르는 듯했다.

마치 그동안 문 뒤에 숨어 있었다는 듯, 그래서 반장의 분노가 폭발하기를 기다렸다는 듯 문을 확 열어젖히면서 호리호리한 남자가 옆구리에 서류 가방을, 손에는 커피 잔을 들고 중얼거리며 회의실로 들어왔다.

"도로보수 작업 중이라고? 쳇, 안내판엔 떡하니 그렇게 써놓고 말이야."

그가 중얼거리며 사람들에게 차례로 밝게 미소를 지어 보였다.

"그 작업이란 게 사타구니나 긁으면서 서 있는 걸 뜻하는 모양입니다. 다들 그러고 있어요. 흙을 파내고 아스팔트를 까는 사람은 없더라고요. 적어도 제 눈에 보이는 사람은 한 명도 없었어요. 굼벵이 촌놈들이 길을 떡하니 막고 있으니 원!"

그가 비뚤어진 돋보기 위로 로드리게스를 바라보았다.

"주 경찰이 조처를 좀 취해야 하는 것 아닙니까, 반장님?"

로드리게스는 바보를 상대하는 지체 높은 신사의 지친 미소로 답했다.

"어서 오십시오, 트래셔 박사님."

트래셔는 빈 의자 앞 테이블 위에 서류 가방과 커피를 내려놓았다. 그의 시선이 방 안을 휙 돌다가 지방검사에게서 멈추었다.

"안녕하십니까? 일찌감치 나오셨네요. 좀 재미있는 정보가 있습니까?"

그가 놀란 목소리로 말했다.

"있고말고요. 적어도 자그마한 재미 정도는 드릴 수 있을 것 같습니다."

이 회의에 대한 통제권을 쥐려고 애쓰던 로드리게스는 이미 진행되고 있는 일에 박차를 가하는 시늉을 했다.

"자, 여러분, 이제 우리 검시관님께서 새로운 정보를 주시겠답니다. 지금까지 우리는 시체의 발견과 관련하여 설명을 들었습니다. 제 기억으로는 검시관이 도착했다는 얘기를 마지막으로 들었던 것 같은데요, 여기도 검시관이 막 도착하셨네요. 자, 이제 검시관의 이야기를 한번 들어볼까요?"

"좋은 생각입니다."

검시관에게서 눈을 떼지 않고 클라인이 말했다.

검시관은 마치 자신이 일부러 때맞추어 등장했다는 듯 곧바로 이야기를 시작했다.

"서면 보고서는 일주일 내로 받으실 겁니다. 오늘은 먼저 해골을 구경하시죠."

그것도 농담이라고 하는 거라면 아무도 재미있어하지 않았다고 거니는 생각했다. 어쩌면 그가 자주 하는 말이라 누구도 신경을 쓰지 않은 것일 수도 있었다.

"아주 흥미로운 사건입니다."

트래셔가 커피 잔을 들며 말을 이었다.

그는 길고도 침착하게 커피를 한 모금 마신 다음, 커피 잔을 테이블 위에 올려놓았다. 거니는 미소를 지었다. 헝클어진 은빛 머리칼을 휘날리는 이 황새에게는 적절한 타이밍을 포착하는 능력과 드라마를 연출하는 능력이 있었다.

"처음 우리가 보았던 것과는 상황이 사뭇 다릅니다."

트래셔가 잠시 말을 멈추고 방 안의 짜증이 폭발하기 직전까지 뜸을 들였다.

"처음 시신이 발견되었을 당시 희생자의 사망 원인은 살해 현장에서 발견된 유리 조각으로 수차례의 자상과 열상을 가해서 일어난 경동맥 파열로 보였습니다. 그러나 부검 결과 사망의 원인은 인근에서 희생자의 목을 겨냥하고 쏜 총탄에 의한 경동맥 파열로 확인되었습니다. 유리 조각으로 인한 시신의 상처는 총상 이후에 난 것으로 희생자가 쓰러진 이후에 일어난 것입니다. 최소 14회에서 최대 20여 회의 공격이 있었고 그 결과 희생자의 목에 유리 파편이 남았으며 그중 4회는 목 근육과 기관을 관통하여 목 뒤쪽까지 이어졌습니다."

방 안에 침묵이 감돌았고 다양한 수준으로 당황하고 또 흥미로워하는 사람들의 표정이 이어졌다. 로드리게스는 손가락으로 탑 모양을 만들었다. 결국 먼저 입을 연 사람은 그였다.

"총을 맞았다……."

"그렇습니다!"

트래셔가 아무도 몰랐던 사실을 폭로한 사람의 뿌듯함을 가지고 맞장구쳤다.

로드리게스는 책망의 눈빛으로 하드윅을 쏘아보았다.

"어떻게 증인 중 한 명도 총소리를 못 들었을 수가 있지? 적어도 스무 명의 고객이 머물고 있었다면서. 더구나 부인이 어떻게 총성을 못 들었을 수가 있지?"

"부인은 들었죠."

"뭐라고? 그 사실을 언제 알았지? 왜 보고 안 했나?"

"들었지만 자기가 들었다는 걸 알지 못했어요. 둔탁한 철썩 소리 같은 걸 들었다고 했어요. 당시엔 그 소리의 심각성을 몰랐겠죠. 저도 지금까지는 몰랐고요."

하드윅이 말했다.

"둔탁한 철썩 소리라? 그럼 총구를 감싸고 총을 쐈단 말인가?"

로드리게스가 믿을 수 없다는 듯이 반문했다.

셰리든 클라인의 관심 수위가 한 단계 상승하는 것 같았다.

"이제야 이해가 가네요!"

트래셔가 소리쳤다.

"이해가 가다니?"

로드리게스와 하드윅이 동시에 물었다.

트래셔의 눈빛이 승리감에 반짝였다.

"상처 주변의 거위 털 말입니다."

"시신 주변의 혈흔에서도 발견되었어요."

빨간 머리 여자는 목소리도 입고 있는 수트 만큼이나 중성적이었다.

트래셔가 고개를 끄덕였다.

"물론 거기서도 나왔겠지요."

"이거야 원, 답답해서 살겠나. 누가 이 상황을 좀 설명해주시겠습니까?"

클라인이 말했다.

"거위 털이라지 않습니까!"

트래셔가 마치 클라인이 귀가 먹었다는 듯 소리쳤다.

클라인의 얼굴에 드리워졌던 온화한 혼란이 얼어붙었다.

하드윅은 자신이 새로 알게 된 사실을 설명했다.

"총성이 약했던 점과 현장에서 거위 털이 발견된 점으로 보아 털이 들어 있는 물건, 이를테면 스키 재킷이라든가 파카 같은 것으로 방음 효과를 냈을 수도 있다는 추정이 가능합니다."

"스키 재킷으로 감싸는 것만으로 총성의 소음을 막을 수도 있단 겁니까?"

"꼭 그렇진 않습니다. 그러니까 제 말은, 만약 총을 들고 털이 든 두툼한 천으로 그 총을, 특히 총구 부분을 꽁꽁 감싼다면 총성이 마치 둔탁한 철썩 소리로 들릴 수도 있단 겁니다. 단열재를 쓴 집 안에서 창문이 닫혀 있을 때 들었다면 더더욱 그렇지요."

그의 설명은 로드리게스를 제외한 모두를 만족시킨 것 같았다.

"실험으로 확인되면 그 말을 믿겠네."

"소음 차단기를 사용하지 않았을까요?"

클라인이 조금 실망한 듯한 목소리로 물었다.

"그럴 수도 있습니다. 그렇다면 미세한 털의 입자를 설명할 다른 방법을 찾아야겠지요."

"그러니까 범인은 희생자에게 총을 대고 쏘고서……."

"대고 쏘진 않았어요. 그랬다면 총구가 희생자의 목에 닿았다는 얘긴데 그랬다는 증거가 없습니다."

트래셔가 끼어들었다.

"그럼 얼마나 멀리서 쐈다는 겁니까?"

"말하기 어려워요. 목에 화약 가루로 인한 화상이 남아 있는 것으로 보아 대략 1.5미터 이내로 볼 수 있지만 화상 흔적이 유형을 분석할 수 있을 정도로 여러 개가 아니라서요. 어쩌면 총구가 더 가까이에 있었는지도 모릅니다. 총구를 감싸고 있던 천 때문에 화상이 최소화된 것일 수도 있으니까요."

"탄환은 수거하지 못한 걸로 아는데?"

로드리게스가 트래셔와 하드윅 사이의 어떤 지점에 대고 비난조로 말했다.

거니의 표정이 굳어졌다. 그는 로드리게스 같은 사람 밑에서 일해본 적이 있었다. 통제에 대한 자신의 집착을 리더십으로 착각하는 사람. 매사에 부정적인 태도를 강인함으로 착각하는 사람.

트래셔가 먼저 대답했다.

"탄환은 척추를 비켜갔습니다. 목 근육에는 탄환을 막을 만큼 단단한 게 별로 없어요. 들어온 구멍이 있고 나간 구멍도 있어요. 총을 맞은 다음에 난 상처들 때문에 둘 다 찾기가 쉽지 않았죠."

그것이 트래셔가 칭찬을 기대하고 던진 낚싯줄이라면 이곳은 죽음의 연못이라고 거니는 생각했다. 로드리게스의 추궁하는 눈빛은 하드윅에게 돌아갔고 하드윅의 말투는 여전히 아슬아슬하게 반항적이었다.

"탄환을 찾을 생각을 못 했죠. 총상으로 볼 만한 근거가 없었으니까요."

"이젠 있겠군."

"아주 훌륭한 지적이십니다, 반장님!"

하드윅이 조롱 섞인 말투로 말했다. 그는 휴대전화를 꺼내들어 번호를 누르고는 테이블에서 돌아섰다. 목소리를 낮추었음에도 그가 현장으로 전화를 걸어 탄환을 최우선으로 찾으라고 지시하는 소리가 들렸다. 그가 다시 테이블로 돌아왔을 때 클라인이 야외에서 총을 쏘았을 때 탄환을 수거한다는 게 가능하냐고 물었다.

"보통의 경우에는 어렵죠. 하지만 이번 사건의 경우에는 그럴 가능성도 있어요. 시체의 위치로 보았을 때 희생자는 집을 등지고 서 있었던 것 같습니다. 탄환이 크게 빗나가지만 않았다면 아마 저택 외벽에 박혀 있겠지요."

클라인이 천천히 고개를 끄덕였다.

"좋습니다. 상황을 다시 한번 정리해보죠. 범인은 가까운 거리에서 희생자를 쏘았고 그로 인해 경동맥이 파열되었고 목에서 출혈이 있었습니다. 그러고 나서 살인범은 깨어진 유리병을 들고 와서 시체 옆에 쪼그리고 앉아 열네 번을 찔렀단 거네요. 지금 얘기가 그렇게 되는 겁니까?"

클라인이 믿을 수 없다는 듯 물었다.

"적어도 열네 번입니다. 상처가 겹쳐 있어서 정확한 횟수는 파악하기 어려워요."

트래셔가 말했다.

"그렇군요. 그런데 제가 정말 궁금한 건 도대체 왜 그랬냐는 겁니다."

"범행 동기에 관해서라면……."

트래셔가 마치 범행 동기라는 개념은 꿈의 해몽과 맞먹는 황당한 분야라는 듯 머뭇거리며 말을 이었다.

"제 전문이 아니라서요. 여기 범죄 수사국에서 나오신 분들에게 물어보시죠."

클라인이 하드윅에게 돌아앉았다.

"깨어진 유리병은 아주 편리한 물건이죠. 일종의 무기이고 칼이나 총 대신 바에서 사용할 수 있는 대용품이에요. 그런데 왜 장전된 총을 갖고 있는 남자가 깨어진 유리병을 들고 있었을까요? 왜 총으로 이미 희생자를 쏘아 죽이고 나서 그 유리 조각을 사용했을까요?"

"사망을 확인하기 위해서가 아닐까요?"

로드리게스가 말했다.

"그렇다면 왜 한 번 더 쏘지 않았을까요? 왜 머리를 쏘지 않았을까요? 왜 처음부터 아예 머리를 쏘지 않았을까요? 왜 목을 쏘았을까요?"

"사격 솜씨가 형편없었겠지요."

"1.5미터 거리에서요?"

클라인이 말한 뒤 이번에는 트래셔를 돌아보며 물었다.

"순서는 정확한 겁니까? 먼저 총을 쏜 다음에 찔렀다는 거죠?"

"그렇습니다. 법정에서 말하는 식으로 하자면 제 직업적 소신을 걸고 말할 수 있습니다. 화약으로 인한 화상은 비록 제한되어 있긴 하지만 아주 선명해요. 만약 총을 쏠 당시 이미 목에 상처가 나 있었다면 화약 상처가 남아 있을 리가 없죠."

"그리고 탄환도 바로 찾았겠죠."

빨간 머리 여자가 작고 사무적인 목소리로 말했고 오직 몇 사람만이 그녀의 말을 알아들었다. 클라인도 그들 중 한 명이었고 거니도 그들 중 한 명이었다. 거니는 사람들이 그 사실을 언제쯤 깨닫게 될지 궁금해하던 차였다. 하드윅의 표정은 해독이 불가능했지만 놀란 것 같지는 않았다.

"무슨 뜻이죠?"

클라인이 물었다.

그녀는 컴퓨터 화면에서 고개를 들지 않은 채로 대답했다.

"희생자가 열네 번 칼에 찔리고 특히 그중 네 번은 목을 완전히 관통할 정도였다면 일단 서 있는 게 불가능했을 거예요. 그 상태로 위에서 총을 맞았다면 총알은 시체 밑에서 발견되었겠죠."

클라인이 다시 보는 듯한 눈빛으로 그녀를 바라보았다. 로드리게스와는 달리 클라인은 부하 직원의 명석함을 알아볼 정도로는 명석하다고 거니는 생각했다.

로드리게스가 다시 고삐를 쥐려 애썼다.

"지금 우리가 몇 구경 탄환을 찾고 있는 건가요?"

트래셔가 콧잔등 위로 반쯤 내려온 안경 너머로 로드리게스를 쳐다보았다.

"도대체 제가 어떻게 하면 여기 계신 분들에게 병리학의 단순한 사실들을 이해시킬 수 있을까요?"

"알았어요, 알았어. 사람의 근육이라는 것이 워낙 연약해서 줄어들기도 하고 팽창하기도 하고, 절대 정확히 말할 수 없다 그거 아닙니까? 하지만 적어도 22구경에 가까운지 44구경에 가까운지는 말할 수 있지 않습니까? 경험을 바탕으로 추측한다면 말입니다."

로드리게스가 짜증스럽다는 듯이 말했다.

"추측을 하라고 월급을 받는 게 아닙니다. 게다가 이 바닥에서는 제 말이 단지 추측이었다는 사실을 아무도 5분 이상 기억하지 않아요. 사람들이 기억하는 건 검시관이 22구경이라고 했는데 알고 보니 그게 아니었더라 하는 것뿐이죠."

트래셔의 눈빛이 무언가를 기억하면서 잠시 차가워졌지만 그가 한 말은 "탄환을 찾아서 전문가한테 가져다주세요. 그럼 알 수 있을 겁니다."였다.

클라인이 마치 마법사에게 질문을 던지는 어린 소년처럼 끼어들었다.

"박사님. 총을 맞고 그다음에 칼에 찔리기까지의 시간이 정확히 어느 정도인지 알 수 있을까요?"

그 질문의 어조가 트래셔를 누그러뜨린 것 같았다.

"그 두 차례의 공격 사이에 간격이 있었다면 혈액의 응고 상태가 달랐을 겁니다. 이 사건의 경우에는 두 가지 상처가 거의 순서를 가리기 힘들 정도로 가까웠다고 말씀드릴 수 있습니다. 제가 말씀드릴 수 있는 것은 간격이 비교적 짧았다는 겁니다. 10초인지 10분인지는 말씀드릴 수 없지만 말입니다. 어쨌든 아주 훌륭한 병리학적 질문이었습니다."

그가 반장의 질문과 구분하며 그렇게 결론을 내렸다.

반장의 입술이 일그러졌다.

"지금 저희에게 공개하실 정보가 그것뿐이라면 더 이상 붙잡아두지 않겠습니다. 서면 보고서는 1주일 내로 받을 수 있겠죠?"

"제가 아까 그렇게 말씀드리지 않았던가요?"

트래셔가 테이블 위에 있던 불룩한 가방을 들고 입술을 가늘게 만들어 미소를 지은 다음, 지방검사에게 고개 인사를 하고 회의실에서 나갔다.

23

흔적도 없이

"병리학적 왕 재수 같으니라고!"

로드리게스가 말하며 자신의 유머가 먹혔는지 알아보려는 듯 테이블에 둘러앉은 사람들의 표정을 살폈다. 그러나 톰 크루즈 쌍둥이가 키득거린 것이 그나마 그의 기대에 가장 근접한 반응이었다. 클라인은 하드윅에게 검시관이 오기 전에 하던 사건 설명을 계속하라고 지시함으로써 침묵을 걷어냈다.

"저도 같은 생각을 하고 있었습니다, 검사님!"

로드리게스가 맞장구를 쳤다.

"하드윅, 하던 얘기 계속하게. 요점 위주로."

그의 자상한 경고는 평상시에 하드윅이 그렇게 하지 않았음을 암시했다. 로드리게스의 태도를 통해 거니는 몇 가지를 추측할 수 있었다. 그는 하드윅에게는 적대적이고, 클라인에게는 아첨하고, 전반적으로 잘난 척하기 좋아하는 사람이었다.

하드윅이 빠르게 설명했다.

"범인이 남긴 가장 확실한 흔적은 발자국입니다. 발자국은 정문에서 들어와 주차장을 지나 헛간 뒤쪽으로 갔다가 간이 의자에서 멈춘 다음……."

"눈 위에 말입니까?"

클라인이 물었다.

"그렇습니다. 담배꽁초가 의자 앞바닥에서 발견되었습니다."

"일곱 개죠."

빨간 머리 여자가 말했다.

"일곱 개 맞습니다. 그리고 발자국은 의자에서부터……."

"잠깐만요. 멜러리는 평상시에 눈이 올 때도 의자를 밖에 놓아둔다는 겁니까?"

클라인이 물었다.

"아뇨. 범인이 의자를 들고 온 것 같습니다."

"들고 왔다고요?"

하드윅이 어깨를 으쓱했다.

클라인이 고개를 저었다.

"말 잘라서 미안해요. 계속하세요."

"미안하긴요. 뭐든 물어보세요. 지금 하는 얘기들은 제가 듣기에도 도저히 말이 안 됩니다."

하드윅의 말이 앞뒤가 안 맞는다고 비난하는 듯한 표정으로 로드리게스가 말했다.

"발자국은 의자에서부터 희생자를 만난 지점까지 이어졌어요."

"그러니까 멜러리가 죽은 장소를 말하는 겁니까?"

클라인이 물었다.

"그렇습니다. 그리고 거기서 다시 눈밭을 가로질러 숲으로 향하다가 집에서 800미터 떨어진 지점에서 뚝 끊겼어요."

"뚝 끊겼다니요?"

"멈추었다고요. 발자국이 사라졌어요. 범인이 잠시 멈추고 서 있었던 듯한, 눈이 다져진 지점이 있습니다. 그런데 발자국은 더 이상 없어요. 들어오는 것도, 나가는 것도요. 그리고 조금 전에 들으신 바와 같이 그 발자국을 남겼던 부츠가 인근의 나무에 매달려 있었습니다. 그 부츠를 신고 있던 사람의 다른 흔적은 없고요."

거니는 클라인의 표정에서 그 퍼즐에 대한 당혹스러움과 그 퍼즐을 풀지 못하는 자신의 무능력함에 대한 놀라움이 교차하는 것을 지켜보았다. 하드윅이 다시 이야기를 시작하려는 순간, 빨간 머리 여자가 특유의 침착하고 건조한, 남자와 여자의 중간 톤의 목소리로 다시 입을 열었다.

"지금으로서는 그 부츠의 발자국이 눈 위에 난 발자국과 일치하는 것으로 보입니다. 물론 연구실에서 그 발자국이 일치하는지는 확인해봐야겠지만요."

"눈밭에 난 발자국은 확실한 증거가 됩니까?"

"그럼요."

그녀가 처음으로 열정을 보이며 대답했다.

"눈밭에 난 발자국이야말로 가장 정확하죠. 압축된 눈은 육안으로 확인할 수 없는 것들까지 포착하거든요. 눈밭에서는 절대 사람을 죽이시면 안 돼요."

"그 말 명심할게요. 미안해요. 계속하세요."

"이쯤에서 현장에서 수집된 증거물 현황을 파악해보는 게 좋을 것 같은데요. 그래도 괜찮을까요, 반장님?"

이번에도 하드윅의 말투가 거니에게는 존경을 가장한 조롱처럼 들렸다.

"확실한 것들이라면."

로드리게스가 말했다.

"제가 파일을 열어볼게요."

컴퓨터 자판을 두드리며 빨간 머리 여자가 말했다.

"어떤 순서로 말씀드릴까요?"

"중요한 것 먼저 보면 어떨까?"

그녀는 반장의 호의적인 말투에 조금도 반응을 보이지 않고 컴퓨터 화면을 읽기 시작했다.

"증거물 1번, 잔디의자, 경량 알루미늄 틀에 흰색 플라스틱 띠를 엮어 만든 제품. 초기 이물질 채취 과정에서 의자와 팔걸이 사이에 작은 타이벡 천 조각이 검출되었습니다."

"방습포로 쓰는 타이벡 말입니까?"

"합판의 방습포로 주로 쓰이긴 하지만 다른 용도로도 쓰입니다. 페인트공들이 방수복으로도 사용하죠. 의자에서 발견된 이물질은 그것뿐입니다. 의자가 사용되었다는 증거 또한 그것뿐이고요."

"지문, 머리카락, 땀, 피부 조각이 하나도 없다는 건가?"

로드리게스가 그녀가 제대로 보지 못한 것일 수도 있다는 투로 물었다.

"지문, 머리카락, 땀, 피부 조각은 없었어요. 하지만 이물질이 전혀 없었다고는 말할 수 없죠."

그녀가 술 취한 사람의 주먹처럼 무심코 한 방 먹이는 말투로 말했다.

"플라스틱 띠가 반이 교체되었어요. 가로줄들만요."

"사용된 흔적이 없다고 하지 않았나?"

"사용했다는 흔적이 없지만 의자의 가로줄은 교체된 것이 확실해요."

"어떤 이유로 그랬을까?"

거니는 설명하고 싶은 충동을 느꼈지만 하드윅이 먼저 나섰다.

"띠가 모두 흰색이라고 했죠. 이런 의자는 보통 두 가지 색의 줄로 일종의 무늬를 만들면서 엮는 경우가 흔합니다. 푸른색과 흰색, 초록색과 흰색 하는 식으로요. 아마 다른 색을 넣고 싶지 않았나 보죠."

로드리게스가 단물 빠진 젤리를 씹는 것 같은 표정을 지었다.

"계속해, 위그 경사. 점심 전에 갈 길이 멀어."

"증거물 2번, 일곱 개의 말보로 담배꽁초. 역시 흔적은 남기지 않았습니다."

클라인이 몸을 앞으로 숙였다.

"침도 없다고요? 지문 일부도? 피부의 유분도요?"

"전혀요."

"이상하지 않습니까?"

"이상하고말고요. 증거물 3번, 깨어진 위스키 병. 완전한 형체가 없고 상표는 포 로지스."

"불완전하다고?"

"병의 반 정도는 남아 있어요. 그것과 남아 있는 조각들을 합쳐도 완전한 병의 3분의 2 정도밖에 되지 않아요."

"지문도 없고?"

로드리게스가 물었다.

"네. 사실 의자와 담배에서도 지문이 없었으니 놀라운 일도 아니죠. 희생자의 피를 제외하면 꼭 한 가지 물질이 더 남아 있었어요. 깨어진 병 조각에서 소량의 세정제가 검출되었습니다."

"그게 무슨 뜻이지?"

"세정제의 검출, 유리병 일부가 없는 점으로 보아 유리병을 다른 곳에서 깨뜨린 다음, 세정제로 씻어서 살인 현장에 가져온 것으로 보입니다."

"그러니까 미친 듯이 찔러댄 것 역시 총으로 쏜 것만큼이나 미리 계획했던 일이란 건가?"

"그렇게 보입니다. 계속할까요?"

"제발 좀!"

로드리게스가 퉁명스럽게 말했다.

"증거물 4번, 희생자의 옷, 속옷, 목욕 가운, 모카신은 모두 희생자 자신의 피로 물들어 있었습니다. 목욕 가운에서 희생자의 것이 아닌 머리카락 세 가닥이 검출됐는데 아마 부인의 것으로 보입니다만 확인해보아야 하고요. 증거물 5번, 시신 주변에서 검출한 혈액 샘플입니다. 검사가 진행 중입니다만 지금까지는 모든 샘플이 희생자의 것과 일치합니다. 증거물 6번, 희생자의 목 뒤에서 발견된 깨어진 유리 조각인데요, 목을 찌를 때 네 번은 목을 완전히 관통했고 유리로 찌를 당시 희생자가 바닥에 누워 있었다는 가정과 일치합니다."

클라인은 햇빛을 바라보고 운전하는 남자처럼 고통스러운 듯 눈을 찌푸렸다.

"얘기를 종합해보건대 누군가 아주 잔인한 범죄를 저질렀고, 더구나 총을 쏘고 나서도 유리 조각으로 열 번 넘게 찔렀고 그중 몇 차례는 온 힘을 실어 찔렀는데도, 무심코 남긴 흔적 하나 없이 그 모든 일을 해치웠단 거군요."

톰 크루즈 쌍둥이 중 한 명이 처음으로 거친 외모와 어울리지 않는 지나치게 높은 목소리로 말했다.

"잔디의자, 병, 발자국, 부츠 같은 흔적을 남기지 않았습니까?"

클라인의 얼굴이 짜증스럽다는 듯이 일그러졌다.

"무심코 남긴 흔적이라고 하지 않았습니까? 제가 보기에 그런 것들은 일부러 남겨놓은 것 같은데요."

그의 말이 이해하기 힘든 궤변이라는 듯 젊은 남자가 어깨를 으쓱했다.

"증거물 7번은 몇 개의 세부 항목으로 구분되는데요."

위그 경사가 말을 이었다. 거니는 그녀의 호기심 어린 눈빛과 섬세한 입 매무새를 바라보면서 어쩌면 중성적인 여자가 아닐지도 모른다고 생각했다.

"희생자가 받은 편지들과 시체 위에 놓여 있던 편지입니다."

"다 복사를 해두었습니다. 때가 되면 나누어드리지요."

로드리게스가 말했다.

"편지들에서 발견될 수 있는 것들이 뭐가 있죠?"

클라인이 위그 경사에게 물었다.

"지문, 그리고 종이에 난 요철……."

"이를테면 받침대에서 나온 것 같은?"

"그렇습니다. 자필 편지에 대한 잉크 감식과 워드프로세서로 작성한 마지막 편지의 프린터 확인도 진행 중입니다. 살인 직전에 배달된 편지를 말씀드리는 겁니다."

"필체, 어휘, 문법도 전문가에게 맡겨서 분석해야죠. 희생자가 녹음했던 대화의 음성 분석을 실시했는데 위그 경사가 이미 자료를 준비하고 있으니 오늘 보시게 될 겁니다."

하드윅이 끼어들었다.

"오늘 발견된 부츠도 연구실에 입수되는 대로 조사에 착수할 예정입니다. 일단은 여기까지예요."

위그 경사가 이야기를 마무리하고는 컴퓨터 키를 두드리며 "질문 없으세요?"라고 물었다.

"질문이 있네. 증거물을 중요도 순서에 따라 발표하라고 했는데 왜 잔디의자를 1번으로 했는지 궁금하군."

로드리게스가 말했다.

"그저 육감입니다. 이 증거물들이 어떻게 서로 연결되어 있는지 아직은 알 수 없어요. 지금 이 시점에서는 어떤 퍼즐 조각이 어디로 가야 하는지……."

"하지만 자넨 잔디의자를 1번으로 지정했어. 왜지?"

로드리게스가 물었다.

"이 사건에서 가장 눈에 뜨이는 물건인 것 같아서요."

"그게 무슨 뜻인가?"

"계획적이었다는 점에서 그렇습니다."

위그가 나지막이 말했다.

위그 경사에게는 반장의 질문을 일체의 미묘한 표정 변화와 모욕적 언사가 배제된, 마치 종이에 적힌 질문처럼 받아들이는 능력이 있다고 거니는 생각했다. 반장의 옹졸한 도발에 답하는, 감정이 절제된 덤덤한 목소리에서 호기심 어린 순수가 느껴졌다. 거니는 로드리게스를 제외한 모두가 무의식적으로 몸을 앞으로 숙이고 있음을 깨달았다.

"단지 계획적인 사건인 것뿐 아니라 그 계획 자체가 아주 놀라워요. 살인 현장에 잔디의자를 가져왔고 손가락이나 입술을 대지 않고 담배를 일곱 개비나 피웠어요. 병을 깨뜨린 다음 닦아서 죽은 남자의 목을 찌르기 위해 현장으로 가져왔어요. 말도 안 되는 발자국을 남기고 어디론가 사라져버린 것도 그렇고요. 범인은 천재적인 살인마예요. 단순한 잔디의자가 아니라 가로 줄 반을 제거하고 다시 끼워 넣은 의자예요. 왜일까요? 흰색이기를 원해서? 눈밭에서 눈에 덜 뜨여서? 흰색 타이벡 작업복을 입고 있어서 서로 색이 묻히게 하려고? 하지만 사람들 눈에 뜨이는 게 그렇게 신경이 쓰였다면 왜 굳이 잔디의자에 앉아서 담배를 피웠을까요? 그 대답을 아직은 저도 잘 모르겠지만 이 의자에 그 모든 의혹을 해소시켜줄 열쇠가 들어 있다고 해도 전 놀라지 않을 거예요."

로드리게스가 고개를 저었다.

"이 사건의 열쇠는 경찰의 기강, 절차, 그리고 대화야."

"난 의자 쪽에 걸겠어."

하드윅이 위그 경사에게 윙크하며 말했다.

하드윅의 말을 듣고 로드리게스의 낯빛이 변했다. 하지만 로드리게스가 말을 하기 전에 회의실 문이 열리면서 한 남자가 반짝거리는 컴퓨터 디스크를 들고 들어왔다.

"뭐야?"

로드리게스가 쏘아붙였다.

"감식 결과가 나오는 대로 가져오라고 하셨잖아요."

"그런데?"

"나왔어요."

그 남자가 디스크를 들어 보이며 말했다.

"보시는 게 좋을 것 같습니다. 위그 경사가 좀……."

그가 조심스럽게 디스크를 위그의 컴퓨터 쪽으로 내밀었다. 위그가 디스크를 넣고 자판 몇 개를 두드렸다.

"재미있네요."

그녀가 말했다.

"프레코브스키, 뭐가 나왔는지 말해주겠나?"

"크레포스키입니다."

"뭐?"

"제 이름이 크레포스키라고요."

"알았어. 알았다고. 흔적이 발견됐나?"

남자가 헛기침을 하면서 "그렇기도 하고 안 그렇기도 해요."라고 대답했다.

로드리게스는 한숨을 쉬었다.

"오염이 돼서 채취가 불가능했나?"

"오염보다 훨씬 많은 것들이 담겨 있었어요. 사실 흔적이라고도 말할 수 없죠."

"그럼 도대체 뭐지?"

"일종의 얼룩이라고 봐야죠. 범인이 손가락 끝으로 무언가를 썼어요. 마치 보이지 않는 잉크처럼 손끝에 남아 있는 유분을 사용했어요."

"뭘 썼는데?"

"일종의 메시지였어요. 희생자에게 보낸 세 편의 시 뒷면에 각각 한 단어씩 있어요. 제가 육안으로 볼 수 있도록 화학 처리를 해서 사진 촬영한 것을 디스크에 담아서 왔어요. 화면으로는 꽤 선명하게 보여요."

재미있다는 듯 미소를 머금은 채 위그 경사는 로드리게스가 볼 수 있도록 컴퓨터 화면을 돌렸다. 사진 속에 세 장의 종이가 나란히 놓여 있었다. 시가 적혀 있던 종이의 뒷면이 받은 순서대로 나란히 놓여 있었다. 세 장의 종이에 각각 한 단어씩 적혀 있었다.

멍청하고

사악한

경찰들

24

올해의 범죄

"이런 젠장!"

톰 크루즈 쌍둥이가 동시에 말했다.

로드리게스는 이마를 찌푸렸다.

"이거 갈수록 재미있어지는데요. 범인이 전쟁을 선포했어요."

클라인도 소리쳤다.

"미친 새끼!"

톰 크루즈 1번이 말했다.

"경찰하고 한판 붙겠다는 똑똑하고 냉혹한 미치광이로군요."

클라인은 이 모든 상황이 흥미로운 것이 분명했다.

"도대체 어쩌잔 거죠?"

톰 크루즈 2번이 말했다.

"이번 사건이 언론의 관심을 끌 수도 있다고 했죠? 그 말 취소예요. 이건 올해의 범죄, 어쩌면 10년 내 최고의 범죄일지도 몰라요. 이 사건의 모든 면이 언론의 관심을 끄는 자석과도 같습니다."

클라인의 눈빛이 가능성으로 반짝였다. 그는 갈비뼈가 테이블에 닿을 정도로 몸을 앞으로 숙이고 있었다. 그러나 그는 흥분했던 것만큼이나 빠른 속도로 다시 정신을 차린 듯 심각한 표정으로 몸을 뒤로 젖혔다. 마치 살인 사건은 끔찍한 일이니만큼 그에 걸맞게 진지하게 다루어져야 한다는 일종의 경보가 울렸다는 듯이.

"경찰에 대한 반감은 상당히 심각한 문제일 수도 있어요."

그가 정색을 하고 말했다.

"심각하고말고요."

로드리게스가 맞장구를 쳤다.

"수련원 고객들 중에 경찰에 대한 반감을 갖고 있는 사람이 있는지 궁금한데. 어떤가, 하드윅?"

하드윅은 단음절의 웃음을 웃었다.

"뭐가 그리 우스워?"

"수련원 고객들은 대부분 경찰을 국세청 직원과 민달팽이의 중간 정도로 생각하고 있던데요."

거니는 그것이 바로 반장에 대한 하드윅 자신의 생각임을 깨닫고 감탄했다.

"고객의 진술을 직접 보고 싶어."

"메일로 보내드렸지만 반장님 시간을 절약해드릴 순 있습니다. 고객들의 진술은 별로 쓸모가 없어요. 이름, 신분, 그리고 일련번호뿐이에요. 모두가 잠들어 있었고 아무것도 보지 못했어요. '패티 케이크스'로 알려진 파스칼 카체스라는 자 말고는 아무도 소리를 듣지 못했어요. 그 친구는 잠을 잘 수가 없었대요. 그래서 바람을 쐬려고 창문을 열었다가 사람이 터지는 것 같은 소리를 들었대요. 그렇게 표현하더군요."

하드윅이 서류를 뒤져서 그중 한 장을 꺼냈고 클라인은 몸을 앞으로 숙였다.

"그 친구 아주 덤덤하게, 아주 익숙한 소리라는 듯 말하더군요."

하드윅의 말에 클라인의 눈이 반짝였다.

"살인 사건 당시 조직 폭력배가 있었다는 뜻인가요?"

"조직 폭력배가 그곳에 있었던 것은 사실이지만 현장에는 없었습니다."

하드윅이 말했다.

"어떻게 알죠?"

"왜냐하면 카체스가 멜러리의 보조 강사인 저스틴 베일을 깨웠거든요. 저스틴 베일은 고객들과 같은 건물의 방을 쓰고 있었어요. 카체스가 저스틴에게 멜러리의 집 쪽에서 소리가 났다고, 어쩌면 침입자가 있는지도 모른다고 조사해보라고 했대요. 두 사람이 옷을 입고 정원을 가로질러서 멜러리의 집으로 갔을 때 이미 캐디 멜러리는 남편의 시신을 발견하고 911에 전화를 걸기 위해 안으로 들어갔을 때였어요."

"카체스는 베일에게 총소리를 들었다고 말하지 않았습니까?"

클라인은 어느덧 법정에서 하듯 말하고 있었다.

"아뇨. 우리가 다음 날 인터뷰를 할 때 그렇게 말했어요. 하지만 그때 피 묻은 유리 파편과 총상으로 볼 만한 다른 흔적이나 상처가 없었기 때문에 총소리에 관해서 집중적으로 추궁하지 않았어요. 우린 카체스가 늘 총 생각을 하고 있는 사람으로 보았죠. 저희가 너무 섣부른 결론을 내린 것일 수도 있어요."

"왜 베일에게 총소리 같았다는 말을 하지 않았을까요?"

"그 사람을 겁주고 싶지 않아서 그랬대요."

"사려 깊은 친구로군."

클라인이 경멸조로 말했다. 그는 옆자리에 무표정하게 앉아 있던 스티멜을 흘긋 보았다. 스티멜은 경멸이 담긴 클라인의 표정을 똑같이 흉내 냈다.

"그자가 그런 말을 했다면……."

"어쨌든 그자는 자네한테 말을 했어. 그 말에 주의를 기울이지 않다니 유감일세."

로드리게스가 클라인의 말을 자르며 끼어들었다.

하드윅은 하품을 참는 것 같은 표정을 지었다.

"도대체 조직 폭력배가 소위 정신 수련 같은 걸 한다는 곳에서 뭘 하고 있었답니까?"

클라인이 물었다.

하드윅이 어깨를 으쓱했다.

"그곳을 좋아한다더군요. 마음을 가라앉히기 위해 1년에 한 번씩 온대요. 천국이 따로 없다던데요? 멜러리는 성자라고 말하더라고요."

"실제로 그렇게 말했습니까?"

"실제로 그렇게 말했어요."

"정말 재미있는 사건이네요. 고객들 중에 다른 재미있는 사람들은 없고요?"

하드윅의 눈에 스친 그 묘한 섬광이 거니는 말로 표현할 수 없을 정도로 혐오스러웠다.

"오만하고 철딱서니 없고 마약에 쩐 정신병자들을 말씀하시는 겁니까? 재미있는 고객이라면 얼마든지 있지요. 돈이 어마어마하게 많은 미망인도 있고요."

너무도 선정적인 이 사건에 몰아칠 언론의 폭풍을 생각하던 클라인의 시선이 우연히 그의 대각선 위치에 앉아 있던 거니에게로 향했다. 처음에 그의 표정은 마치 빈 의자를 바라보는 것처럼 공허했다. 그러다가 이내 호기심 어린 표정으로 고개를 갸우뚱했다.

"잠깐만, 데이브 거니! 뉴욕 경찰이시죠. 로드리게스 반장을 통해 오늘 회의에 참석한다는 이야기를 들었지만 이제야 이름이 생각나네요. 몇 년 전 〈뉴욕 매거진〉에 실렸던 그분 아니신가요?"

"그 친구 맞습니다. 제목이 '위대한 형사' 였지요."

하드윅이 말했다.

"이제야 기억이 나네요! 그 연쇄살인범, 크리스마스 미치광이 토막 살해범을 잡은 분이시지요. 포키 피그인가 뭔가 하던 자 말입니다."

클라인이 감탄하며 말했다.

"피터 포섬 피거트입니다."

거니가 침착하게 말했다.

클라인은 대놓고 놀라는 표정을 지었다.

"그러니까 살해된 멜러리의 가장 친한 친구가 연쇄살인범을 체포한 뉴욕의 스타 형사라는 겁니까?"

예상되는 언론의 포화는 갈수록 강도가 높아지고 있었다.

"두 사건에 제가 관여했던 것은 사실이지만 저 말고 다른 사람들도 많이 애썼지요. 멜러리가 제 가장 친한 친구라고 말씀하신 건, 만약 그렇다면 이번 사건이 저에게 정말 괴로웠겠지만, 솔직히 지난 25년 동안 서로 만난 적도 없고 그전에도……."

거니가 클라인의 목소리에서 배어난 흥분이 완전히 배제된 덤덤한 목소리로 말했다.

"하지만 멜러리는 곤경에 처했을 때 당신을 찾았어요. 그렇죠?"

거니는 테이블에 둘러앉은 사람들의 표정을 훑어보았다. 지나치게 단순화된 클라인의 말의 흡인력에 경탄하며 제각기 다른 정도의 존경과 부러움을 표했다. '형사의 절친한 친구, 처참히 살해되다.'라는 헤드라인은 만화를 좋아하고 복잡한 것을 싫어하는 두뇌에 곧바로 어필할 것이다.

"멜러리가 아는 유일한 형사가 저였기 때문에 저를 찾아왔을 겁니다."

클라인은 아직은 자신의 생각을 접을 준비가 되지 않았지만 일단은 다른 문제로 넘어가겠다는 듯한 표정이었다.

"어떤 관계였건 희생자와의 접촉을 통해 데이브 거니 씨는 이 사건과 관련하여 다른 누구도 알지 못하는 정보를 얻으셨군요."

"바로 그런 점 때문에 제가 오늘 이 자리에 나와달라고 부탁했습니다."

다 자기가 한 일이라는 듯 로드리게스가 말했다.

하드윅이 짧게 웃으면서 거니의 귀에 대고 "클라인이 이 얘길 꺼내기 전까지는 자넬 참석시키는 거 반대했어."라고 속삭였다.

로드리게스가 말을 이었다.

"저는 거니 씨에게 이 자리에 나와서 진술해주시고 질문에 답해달라고 부탁했습니다. 질문이 꽤 있을 것 같은데요. 중간에 방해받는 일이 없도록, 화장실을 다녀올 겸 5분간 휴식을 취합시다."

"자네 이름에 오줌이나 갈기잔 거야."

의자를 뒤로 빼는 소리들 속에서 입과 분리된 목소리가 거니에게 말했다.

25

거니 청문회

거니는 화장실에서 사람들의 모습은 둘 중 하나라는 이론을 갖고 있었다. 탈의실에서처럼 행동하거나 아니면 엘리베이터에서처럼 행동하거나. 다시 말해서 친근하게 떠벌이거나 아니면 불안하게 초연하거나 둘 중 하나였다. 이 사람들은 엘리베이터에서처럼 행동하는 사람들이었다. 모두들 회의실로 돌아와서야 다시 입을 열었다.

"이렇게 겸손하신 분이 어쩌다 그렇게 유명인이 되셨습니까?"

클라인이 내면의 냉혹함을 한편으로는 감추고 한편으로 드러내는 연습된 미소를 지으며 말했다.

"전 겸손하지 않습니다. 유명하지 않은 건 말할 것도 없고요."

거니가 말했다.

"자리에 앉으시면 희생자가 받은 편지들이 앞에 놓여 있을 겁니다. 증인이 희생자와 범인의 대화에 대해 설명하는 동안 앞에 놓인 편지들을 참조하시기 바랍니다."

로드리게스가 퉁명하게 말했다.

그는 거니에게 짧은 고갯짓을 하면서 "준비되는 대로 시작하세요."라고 덧붙였다.

반장의 지나친 간섭이 더 이상 놀랍지는 않았지만 여전히 신경에 거슬렸다. 거니는 테이블을 죽 둘러보면서 살인 현장으로 그를 안내했던 사람을 제외한 모두와 눈을 맞추었다. 그의 안내자는 요란하게 앞에 놓인 자료들을 뒤적이고 있었고 지방검사의 수석 보좌관인 스티멜은 마치 생각하는 두꺼비처럼 허공을 응시하고 있었다.

"반장님도 앞서 말씀하셨듯이 조사해야 할 부분이 많습니다. 먼저 그동안 있었던 일들을 간단히 정리해서 말씀드리죠. 질문은 일단 설명을 듣고 나서 해주시는 게 좋겠습니다."

로드리게스가 이의를 제기하기 위해 고개를 들었다가 클라인이 동의하며 고개를 끄덕이는 순간 그만두었다.

거니는 간결하고도 정확하게 설명했다. 왕년에 논리학 교수가 되었어야 했다는 말을 종종 들은 것도 무리는 아니었다. 멜러리가 그에게 이메일로 도움을 청했던 일부터 멜러리가 받았던 당혹스러운 편지들, 그 편지들에 대한 멜러리의 반응, 그리고 범인으로부터 걸려온 전화와 우편함에서 발견된 편지, 그 편지에 적혀 있던 19라는 숫자에 대해 이야기했다.

클라인은 열심히 들었고 거니가 이야기를 끝냈을 때 가장 먼저 입을 열었다.

"대단한 복수극이군요! 그러니까 범인은 멜러리가 예전에 술을 마시던 시절에 저지른 끔찍한 일에 대한 복수를 하는 데 집착하고 있었단 거죠."

"하지만 왜 그렇게 오래 기다렸을까요?"

위그 경사가 물었다. 거니는 시간이 흐를수록 그녀의 발언에 흥미를 느꼈다.

클라인의 눈빛이 이런저런 가능성으로 반짝였다.

"멜러리가 자신의 저서에서 무언가를 밝혔을 수도 있죠. 전에는 그와 연결시키지 못했던 어떤 비극을 범인이 멜러리의 책을 통해 알았을 수도 있고요. 어쩌면 멜러리의 성공 자체가 범인에겐 도저히 견딜 수 없는 일이었을지도 몰라요. 첫 번째 편지에서 말한 것처럼 어느 날 길에서 우연히 멜러리를 보았을 수도 있어요. 그때 억눌렸던 분노가 되살아난 거죠. 그래서 사정권 안에 들었을 때 빵! 쏜 겁니다."

"그런 '빵' 은 개뿔 아니죠."

하드윅이 말했다.

"다른 의견 있으신가요, 수석 수사관님?"

클라인이 날카로운 미소를 머금고 물었다.

"치밀하게 작성된 편지들, 숫자에 얽힌 미스터리, 잘못된 주소로 보내게 한 수표, 시간이 흐를수록 협박성을 띤 편지들, 지문 감식을 위해 화학 처리를 해야만 읽을 수 있는, 경찰을 향해 쓴 숨겨진 메시지, 깨끗한 담배꽁초, 감추어진 총격의 흔적, 추적 불가능한 발자국들, 게다가 그 빌어먹을 잔디의자까지! 젠장, 이건 엄청 공들여서 쏜 '빵' 이라 이겁니다."

"물론 사전 계획의 가능성을 배제하려는 건 아닙니다. 하지만 지금 이 시점에서 전 사건의 정황보다는 범행 동기가 더 궁금하군요. 범인과 희생자의 관계를 밝히고 싶어요. 그 관계를 이해하는 것이 종종 결정적인 단서가 되기도 하죠."

설교하는 듯한 그의 말에 유쾌하지 않은 침묵이 이어졌다. 로드리게스가 그 침묵을 깼다.

"블랫!"

로드리게스가 거니를 안내했던 수사관에게 소리를 질렀다. 수사관은 마치 외계에서 그의 무릎 위에 떨어진 물건이라는 듯 신기한 표정으로 두 개의 복사물을 읽고 있었다.

"이해가 안 가요. 이 사이코 자식이 희생자한테 편지를 보냈는데 편지에서 숫자를 생각하라고 하고 그다음에 밀봉된 봉투를 열어보라고 했어요. 그런데 멜러리는 658을 생각했고 봉투를 열어보니 658이었단 거잖아요. 지금 이런 일이 실제로 일어났다는 겁니까?"

다른 사람이 대답하기 전에 그의 파트너가 끼어들었다.

"그리고 2주 뒤 똑같은 짓을 했어요. 이번에는 전화로. 숫자를 생각해보라고 했고 우편함을 열어보았어요. 멜러리는 19를 생각했고 그 사이코가 보낸 편지에 19라는 숫자가 적혀 있었어요. 젠장, 뭐 이런 게 다 있죠?"

"실제 통화 내용을 녹음해두었습니다. 숫자 부분을 틀어봐, 위그 경사."

로드리게스가 마치 자신이 한 일인 양 말했다.

위그는 자판을 몇 번 두드리다가 2초에서 3초 정도 멜러리와 협박범의 대화 일부를 틀어보고 위치를 조절했다. 멜러리의 3자 통화 장치를 통해 들었던 내용이었다. 괴상한 악센트의 목소리와 두려움에 휩싸인 멜러리의 목소리를 듣고 테이블에 둘러앉은 사람들의 얼굴들이 굳어졌다.

"그 숫자를 속삭여보라고."

"숫자를 속삭여보라고?"

"그래"

"19."

"좋아. 아주 좋아."

"도대체 넌 누구지?"

"아직도 모르겠나? 나한테 그런 큰 고통을 주고도 아직도 내가 누군지 모르다니. 난 이런 상황이 올 줄 알고 미리 무언가를 남겨두었다. 작은 쪽지. 아직 못 받은 게 확실한가?"

"무슨 말인지 모르겠군."

"하지만 넌 19라고 말했어."

"네가 숫자를 생각하라고 했잖아."

"똑같은 숫자였다고. 안 그래?"

"무슨 말인지 모르겠어."

잠시 후 위그 경사가 자판을 두 번 두드리면서 "여기까지예요."라고 말했다.

짧은 통화 내용을 듣는 동안 거니는 상실감을 느꼈고 화가 났으며 욕지기가 치밀었다.

블랫은 혼란스럽다는 듯 양 손을 들고 "뭐야, 이거? 남자야, 여자야?"라고 물었다.

"남자인 게 거의 확실해요."

위그가 말했다.

"그걸 어떻게 알지?"

"오늘 아침 음성 분석을 했는데 고음에서 강세가 더 나타났어요."

"그래서?"

"음역이 매 음절마다 달라지고 심지어는 단어마다도 달라져요. 그리고 진동수가 낮을 때 강세가 약해졌어요."

"그러니까 전화 거는 사람이 고음에서 좀 더 힘을 주었고 저음에서는 자연스러웠다는 건가요?"

클라인이 물었다.

"바로 그거예요. 확정적이라고 말할 순 없지만 그럴 가능성이 높아요."

위그가 중성적이지만 매력적인 목소리로 대답했다.

"배경소음은요?"

클라인이 물었다.

거니도 생각하고 있던 질문이었다. 그는 통화 중 몇 번 차량의 소음을 들었다. 번화가나 상가의 소음 같았다.

"심층 분석 후에 더 자세히 알겠지만 현재로서는 세 가지 종류의 소리가 포착되었습니다. 대화 자체, 차량 소음, 엔진 소음."

"심층 분석은 얼마나 걸리지?"

로드리게스가 물었다.

"데이터의 복잡성에 따라 달라요. 12시간에서 24시간 정도 걸릴 거라고 봅니다."

위그가 말했다.

"12시간 내로 끝내."

로드리게스 반장의 주특기인 것 같은 어색한 침묵이 흐른 뒤 클라인이 방 안에 있는 사람들 모두에게 질문을 던졌다.

"숫자를 속삭여보란 건 도대체 어떻게 된 걸까요? 멜러리가 19라고 속삭이는 것을 들으면 안 되는 사람이 누구였을까요?"

그가 거니를 바라보면서 "혹시 아십니까?"라고 덧붙였다.

"아뇨. 제 생각에는 속삭이라고 한 것은 엿듣지 못하도록 하기 위한 것은 아니었다고 생각합니다."

"왜 아니죠?"

로드리게스 반장이 도전하듯 물었다.

"속삭이라는 건 엿듣지 못하게 하기 위한 방법치고는 좀 미심쩍어요. 이 사건의 다른 이상한 요소들처럼 말입니다."

거니가 속삭이듯, 그러나 자신의 요점을 강조하기 위해 상당히 분명한 어조로 말했다.

"예를 들면?"

로드리게스가 물었다.

"예를 들면 왜 편지에서 11월 혹은 12월이라고 말했을까요? 왜 총과 깨어진 병 둘 다 사용했을까요? 발자국의 미스터리는요? 아직 아무도 말씀 안 하셨지만 왜 짐승의 흔적은 없었을까요?"

"뭐요?"

로드리게스는 당황한 듯이 보였다.

"캐디 멜러리가 남편과 함께 집 뒤쪽에서 짐승들이 싸우는 것 같은 소리가 들렸다고 했어요. 그래서 아래층으로 내려가서 뒷문을 열어봤던 거죠. 그런데 집 근처에 짐승의 흔적은 전혀 없었어요. 눈 위에 발자국이 아주 선명했을 텐데도."

"갈수록 태산이군. 도대체 라쿤*이 있었는지 없었는지가, 아니면 짐승이 있었는지 없었는지가 이 시점에서 왜 문제가 됩니까?"

"젠장!"

* 미국너구리과의 포유류

하드윅이 로드리게스 반장의 말을 무시하며 거니를 존경스러운 눈빛으로 쳐다보았다.

"자네 말이 맞아! 눈 위에는 희생자와 범인의 흔적 외에는 아무런 흔적이 없었어. 왜 그 사실을 깨닫지 못했을까?"

클라인은 스티멜을 바라보았다.

"이 사건처럼 증거가 많은데도 앞뒤가 맞는 게 없는 경우는 처음 봐. 도대체 범인은 어떻게 그런 숫자 놀음을 할 수 있었지? 그것도 두 번씩이나?"

클라인이 고개를 저으며 중얼거렸다.

"그 숫자들이 정말 멜러리한테는 아무 의미도 없는 숫자였단 말이죠?"

그가 다시 거니에게 물었다.

"90퍼센트는 확실합니다. 사실 다른 모든 것도 그 정도만 확실해요."

"다시 큰 그림으로 돌아가서, 아까 말씀하신 동기에 대해서 생각해봤는데요, 검사님."

로드리게스가 말했다. 그때 하드윅의 핸드폰이 울렸고 하드윅은 로드리게스가 미처 막을 틈도 없이 주머니에서 핸드폰을 꺼내 받았다.

"이런, 젠장! 확실해?"

하드윅이 10초 동안 상대의 말을 들은 뒤 말했다.

그가 테이블을 둘러보면서 "총알은 없답니다. 집 뒤쪽을 샅샅이 뒤져봤는데 아무것도 안 나왔대요."라고 말했다.

"집 안도 수색해보라고 해."

거니가 말했다.

"밖에서 쏜 거잖아."

"멜러리가 나갈 때 문을 닫지 않았을 수도 있어. 사람이 불안하면 문을 닫지 않게 돼 있거든. 총알의 예상 경로를 중심으로 집 안쪽도 샅샅이 조사해보라고 해."

하드윅이 팀원들에게 곧바로 거니의 지시 사항을 전달한 뒤 전화를 끊었다.

"좋은 지적이네요."

클라인이 말했다.

"정말 좋은 지적입니다."

위그도 말했다.

"그 숫자 말입니다, 최면술이나 초능력과 관련이 있겠지요?"

갑자기 블랫이 끼어들었다.

"그렇지 않을 겁니다."

거니가 말했다.

"그게 아니라면 어떻게 이런 일이 가능하죠?"

이 문제에 대해서 거니와 같은 생각을 갖고 있던 하드윅이 먼저 대답했다.

"블랫, 주 경찰에서 마지막으로 초능력 사건을 수사한 게 언젠가?"

"하지만 그자는 멜러리가 무슨 생각을 하는지 알고 있었어요!"

블랫의 말에, 이번에는 거니가 먼저 특유의 달래는 듯한 어조로 대답했다.

"얼핏 보기엔 멜러리가 무슨 생각을 하는지 누군가 정확히 알고 있었던 것처럼 보이지만 아마 우리가 뭔가 놓치고 있는 걸 겁니다. 실제로는 초능력보다 훨씬 더 간단한 문제일 거예요."

"거니 형사님께 묻겠습니다."

로드리게스가 오른손 주먹을 왼손 주먹으로 감싸 쥐고 의자 뒤로 몸을 젖힌 채 말했다.

"여러 통의 협박성 편지들과 전화 통화로 마크 멜러리가 스토커의 목표가 되고 있다는 사실이 명백했습니다. 그런데 왜 사건이 일어나기 전에 경찰에 신고를 하지 않았습니까?"

그런 질문이 나오리라고 예상했고 대답을 준비하고 있었음에도 그 질문은 여전히 따가웠다.

"형사라고 불러주신 것은 감사합니다만 저는 이미 2년 전에 이 일을 그만두었습니다. 경찰에 신고하는 문제에 대해서는 마크 멜러리의 동의 없이는 불가능한 사안이었고 멜러리는 어떤 일이 있어도 경찰에 신고하지 않겠다는 뜻을 분명히 했습니다."

"마크 멜러리의 허락이 떨어지지 않아서 경찰의 도움을 받을 수 없었다고 말하는 겁니까, 지금?"

로드리게스의 목소리가 격앙되었고 얼굴이 굳어졌다.

"마크는 절대로 경찰이 관여하는 것을 원치 않는다고 분명히 말했습니다. 경찰이 연루되면 이롭기보다는 해로울 거라고 믿었고 어떻게든 그렇게 번지는 걸 막으려고 했어요. 만약 제가 경찰에 신고했다고 해도 그 친구는 일체 협조하지 않았을 것이고 저와의 관계도 부인했을 겁니다."

"거니 씨에게 도움을 청했지만 결국 거니 씨도 별 도움이 되지 못했군요."

"유감스럽게도 반장님 말씀이 맞습니다."

일체의 저항도 담겨 있지 않은 거니의 침착한 대답 때문에 로드리게스가 오히려 잠시 할 말을 잃었다. 클라인이 그 공백을 파고

들었다.

“경찰이 관여하는 것을 반대했던 이유는요?”

“이 사건을 해결하기에는 경찰이 너무 서툴고 무능하다고 생각했어요. 경찰이 신변을 보호해줄 수도 없을 뿐 아니라 언론에까지 노출되어서 수련원에 타격을 줄 거라고 생각했지요.”

“한심한 친구로군요!”

로드리게스가 반박했다.

“도자기 가게에 황소를 들여놓는 꼴이라고 반복해서 표현했어요. 경찰에는 절대 도움을 청하지 않겠다는 생각이 확고했죠. 경찰이 수련원에 발을 들여놓는 것도, 자신의 고객들과 접촉하는 것도, 자신의 사적인 정보를 캐내는 것도 원치 않는다고 했습니다. 경찰이 조금이라도 관여하면 법적인 조처도 불사할 사람처럼 보였어요.”

“좋아요. 하지만 내가 궁금한 건…….”

로드리게스 반장이 다시 말을 이었고 이번에도 귀에 익은 하드윅의 전화벨 소리가 그의 말을 잘랐다.

“하드윅입니다. 좋아. 어디서? 잘했어! 수고!”

하드윅이 휴대전화를 주머니에 넣은 뒤 거니에게, 다른 사람들이 모두 들을 수 있을 정도로 큰 소리로 “총알 찾았대. 뒷문에서 바로 연결되는 거실 벽에서. 총이 발사될 때 문이 열려 있었던 게 분명해.”라고 말했다.

“축하해요!”

위그 경사가 거니에게 말한 뒤 하드윅에게 “몇 구경인가요?”라고 물었다.

“357 같다던데 정확한 건 기다려보면 알겠지.”

클라인은 여전히 생각에 잠겨 있었다.

"멜러리가 경찰을 기피했던 다른 이유가 있었을까요?"

클라인이 특별히 누구에게랄 것도 없이 물었다.

블랫은 어리둥절한 표정으로 한마디를 더 보탰다.

"도자기 가게의 황소? 그게 도대체 무슨 소리랍니까?"

26

공수표

캐츠킬 산맥을 가로질러 월넛 크로싱 외곽에 위치한 그의 농장에 도착할 무렵, 거니는 엄습해오는 피로를 느꼈다. 허기와 갈증, 분노, 슬픔, 회의가 뒤섞인 감정이 안개처럼 밀려들었다. 겨울로 향하는 11월은 하루의 길이를 참혹하리만치 줄여놓았다. 산으로 둘러싸인 계곡 일대는 일찌감치 황혼이 내렸다. 텃밭 옆 주차장에 매들린의 차가 보이지 않았다. 한낮에 부분적으로 녹았다가 저녁의 한기에 다시 얼기 시작한 눈이 발밑에 질척하게 느껴졌다.

집 안은 쥐죽은 듯 고요했다. 거니는 부엌 조리대 위로 늘어진 전등을 켰다. 그날 아침, 모임에 참석하기로 한 여자들이 모두 가고 싶어 하는 또 다른 모임 때문에 저녁 파티가 취소되었다는 이야기를 매들린에게 얼핏 들은 것도 같았지만 자세한 내용은 기억나지 않았다. 그러니까 피칸은 결국 쓸 일도 없었잖아.

그는 다즐링 티백을 컵에 넣고 수돗물을 받아서 전자레인지에 넣었다. 그리고 습관적으로 부엌 가장자리에 놓인 팔걸이의자로 향했다. 그는 의자에 앉아서 발을 나무 스툴 위에 올려놓았다. 2분 뒤 전자레인지의 신호음이 아련한 꿈속으로 파고들었다.

거니는 매들린의 발자국 소리에 잠에서 깨었다. 지나치게 예민한 건지 몰라도 매들린의 발자국 소리가 왠지 화난 것 같았다. 발자국 소리가 나는 방향이나 위치로 보아 의자에 앉아 있는 그의 모습을 보고 그냥 내버려두기로 한 모양이었다.

그는 눈을 뜨고 매들린이 막 부엌을 나서서 침실로 향하는 것을 확인한 다음, 기지개를 켜고 의자에서 일어났다. 그리고 찬장에서 티슈를 한 장 뽑아 코를 풀었다. 옷장 문이 평상시보다 조금 세게 닫히는 소리가 들렸고 잠시 후 그녀가 부엌으로 돌아왔다. 실크 블라우스를 허름한 티셔츠로 갈아입고 있었다.

"일어났어?"

잠들어 있었다는 사실을 나무라는 것처럼 들렸다.

그녀는 조리대 위의 전등들을 차례로 켠 다음, 냉장고 문을 열었다.

"뭐 좀 먹었어?"

비난처럼 들렸다.

"아니, 아주 피곤한 하루였어. 집에 오자마자 바로 차 한 잔…… 젠장, 차를 데워놓고 잊어버렸군."

그는 전자레인지를 열어 검고 차가운 차가 담긴 잔을 꺼내 단숨에 비우고서 티백이 든 컵을 싱크대에 내려놓았다.

매들린이 싱크대로 다가가서 보란 듯이 티백을 꺼내 쓰레기통에 버렸다.

"나도 피곤하네."

그녀가 잠시 말없이 고개를 저었다.

"멍청한 사람들 같으니라고. 도대체 이 주에서 가장 아름다운 마을 한복판에 철조망으로 둘러싸인 음산한 교도소를 짓는 게 왜 좋은 생각이란 건지 이해가 안 가."

이제야 기억이 났다. 그날 아침 그녀는 중요한 사안을 다시 토론하기 위해 마을 회의에 참석할 예정이라고 말했다. 반대자들은 교도소라고 지칭하고, 찬성자들은 치료 센터라고 부르는 시설을 이 마을에 유치하기 위해 다른 마을과 경쟁을 벌일 것인지가 회의 안건이었다.

이 새로운 시설에 부여된 모호하고도 관료적인 이름 때문에 논란이 시작되었다. 소위 '주립 교정 치료 센터' 라는 명칭의 시설로 중증 약물중독자들의 억류와 재활이라는 이중의 목적을 지니고 있었다. 기관의 행정적 명칭 자체가 난해할 뿐 아니라 그 의미에도 논란의 여지가 많았다.

이 건은 그들 부부에게도 민감한 사안으로 대두되었다. 거니가 치료 센터를 월넛 크로싱에 유치하는 것을 반대하지 않아서가 아니었다. 매들린이 원하는 만큼 거니가 반대 운동에 적극적이지 않아서였다.

"보나마나 몇 명은 탈출해서 강도짓을 할 거야. 그러면 이곳 사람들은, 그리고 계곡을 지나가는 모든 사람들은 평생 그 눈꼴사나운 광경을 참고 견디면서 살아야 하고. 도대체 무얼 위해서? 마약 밀매범의 재활 치료를 위해선가? 도대체 말이 되는 얘기냐고!"

"다른 동네에서도 유치하려고 경쟁을 한다잖아. 운 좋은 어느 마을이 이기겠지."

그녀가 허탈하게 웃었다.

"물론 그렇겠지. 우리 동네 운영 위원회보다 더 부패한 운영 위원회가 있다면."

매들린의 분노가 뿜어내는 열기가 그를 압박해왔다. 거니는 화제를 바꾸기로 결심했다.

"내가 오믈렛을 좀 만들까?"

거니는 매들린의 시장기가 분노와 씨름을 하는 것을 잠시 지켜보았다. 결국 시장기가 이겼다.

"피망은 넣지 마. 피망 넣는 거 싫더라."

"그럼 피망은 왜 사는 거야?"

"몰라. 하여간 오믈렛에 넣으려고 사는 건 아니야."

"부추는?"

"부추도 싫어."

그녀가 식탁에 앉았고 거니는 달걀을 깨뜨리고 팬을 데웠다.

"마실 건 필요 없고?"

그가 물었다.

그녀는 고개를 저었다. 매들린이 식사할 때 음료를 곁들이지 않는다는 것을 알고 있었지만 그래도 물어보게 되었다. 같은 질문을 계속하는 것도 참 이상한 습관이었다.

식사를 끝내고 빈 접시를 늘 하던 대로 식탁 가운데로 밀어놓을 때까지 두 사람 다 거의 말이 없었다.

"당신 얘기 좀 해봐."

그녀가 말했다.

"내 얘기? 최고의 강력계 수사팀하고 만난 얘기?"

"시시했어?"

"시시했긴! 지옥에서 온 반장이 이끄는 머저리 수사팀에 대해 책을 쓰고 싶으면 녹음기를 들고 가서 있는 그대로 받아적었으면 됐을걸."

"당신이 은퇴 직전에 일했던 그 팀보다도 더 형편없어?"

그는 선뜻 대답하지 못했다. 대답을 알지 못해서가 아니라 은퇴라는 말을 할 때 그녀의 묘한 어조를 감지했기 때문이다. 그는 어조가 아닌 질문 자체에 대답하기로 했다.

"물론 그 바닥엔 워낙 성질 고약한 사람들이 많지만 오늘 만난 반장이라는 작자는 그 오만과 정서 불안의 차원이 다르더군. 지방검사한테 잘 보이고 싶어 기를 쓰면서 자기 부하 직원들은 완전히 무시하고, 정작 사건 자체에는 별로 관심도 없어. 모든 질문, 모든 지적이 적대적이거나, 아니면 빗나가거나, 아니면 둘 다였어."

그녀가 거니를 유심히 바라보았다.

"난 하나도 놀랍지 않은데."

"무슨 뜻이지?"

그녀는 가볍게 어깨를 으쓱했다. 자신의 표정에 최대한 적은 의미를 담으려 애쓰는 것 같았다.

"하나도 놀랍지 않다고. 만약 당신이 집에 돌아와서 이렇게 훌륭한 수사팀은 처음 봤다고 했으면 그게 더 놀랄 일이지."

그게 다가 아니란 걸 거니는 너무도 잘 알고 있었다. 그러나 거니는 매들린이 그 자신보다 영리하다는 것, 그래서 그가 아무리 용을 써도 그녀가 하고 싶지 않은 말을 하도록 구슬릴 수는 없다는 것도 알고 있었다.

"아주 피곤하고 기운 빠지는 회의였어. 이제 그 일은 신경 끄고 다른 일이나 해야지."

깊이 생각하지 않고 내뱉은 말이었고 막상 내뱉고 나니 머릿속이 멍해졌다. 다른 일을 한다는 건 그에게 말처럼 쉬운 일이 아니었다. 매들린의 알 수 없는 태도와 함께 고단한 하루가 눈앞에서 여전히 소용돌이쳤다. 그 순간, 지난 한 주 동안 내키지 않는 그의 마음 한구석을 잡아당겼던 그것, 절망적인 심정으로 눈앞에서 밀어내면서도 마음속에서는 밀어낼 수 없었던 그것이 다시 고개를 들었다. 이번만큼은 그동안 미루어왔던 일을 해치우겠다는 단호한 결심과 함께.

"그 상자 말이야."

목이 잠겨왔고 목소리가 거칠어졌다. 두려움에 잠식당하기 전에 말을 꺼내긴 했지만 말을 어떻게 끝낼지조차 생각해보지 못한 상태였다.

매들린이 빈 접시에서 고개를 들었다. 침착하고 호기심 어린 표정으로 그에게 주의를 집중하면서 그가 말을 이어나가기를 기다렸다.

"그 그림들…… 도대체 왜……."

거니는 가슴속의 혼란과 갈등 속에서 제대로 된 질문을 만들려 애썼다. 그러나 그의 노력은 불필요했다. 그의 생각을 읽어내는 매들린의 능력은 그의 언어 구사 능력을 언제나 앞질렀다.

"이제 작별인사를 할 때가 됐어."

부드럽고도 편안한 목소리였다.

그는 식탁만 바라보았다. 마음속의 그 무엇도 말로 형상화되지 않았다.

"너무 오래된 일이야. 대니는 떠났어. 그런데 우린 아직 작별인사를 못 했어."

그가 고개를 끄덕였다. 거의 알아차리기 힘들 정도로. 시간에 대한 감각이 사라지는 것 같았고 마음이 묘하게도 공허했다.

때마침 전화벨이 울렸다. 그는 마치 잠에서 깨어난 듯, 현실 세계로 다시 돌아온 듯했다. 익숙하고, 측정이 가능하고, 말로 설명할 수 있는 문제들이 산재해 있는 현실 세계로. 매들린은 여전히 그와 함께 테이블에 앉아 있었지만 두 사람이 얼마나 오랫동안 그 자리에 앉아 있었는지 알 수 없었다.

"내가 받아?"

그녀가 물었다.

"아니. 내가 받을게."

그는 마치 데이터를 읽어오는 컴퓨터처럼 잠시 머뭇거리다가 일어서서 조금 불안정한 걸음으로 서재로 향했다.

"거니입니다."

오랜 세월에 걸쳐 강력계에서 굳어진 전화 받는 방식은 이제 깨뜨리기 힘든 습관이 되었다.

그를 반기는 목소리는 밝고 적극적이고 인위적으로 느껴질 정도로 따스했다. 세일즈맨의 오래된 원칙이 떠올랐다. 전화 통화를 할 때는 항상 미소를 머금어라. 그래야만 더 친근하게 들린다.

"마침 집에 계시네요. 셰리든 클라인입니다. 저녁 식사 중이신데 방해한 건 아닌지 모르겠네요."

"어쩐 일이십니까?"

"바로 본론으로 들어가죠. 왠지 데이브 거니 씨에게는 마음을 터놓고 얘기할 수 있을 것 같아요. 거니 씨의 명성에 대해선 익히 알고 있습니다. 오늘 오후에도 그 이유를 확인할 수 있었고요. 정말 인상적이었습니다. 제 얘기가 너무 부담스럽게 들리지 않았으면 좋겠습니다."

도대체 무슨 얘기를 하려는 걸까.

"좋게 봐주셔서 감사합니다."

"좋게 봐드리는 게 아니죠. 솔직한 심정입니다. 제가 전화를 드린 이유는 이번 사건이 거니 씨 같은 분의 능력을 필요로 하고 있어서요. 거니 씨의 재능을 이용할 방법을 찾고 싶습니다."

"제가 은퇴한 건 알고 계시죠?"

"그렇게 들었습니다. 예전에 하시던 일을 다시 하고 싶지 않으실 줄 압니다. 꼭 그런 부탁을 드리는 건 아니고요. 이번 사건이 아무래도 만만치 않을 것 같아서 저희로선 거니 씨의 조언을 듣고 싶습니다."

"정확히 저한테 무얼 부탁하시는 건지요?"

"쉽게 말해서 마크 멜러리를 누가 죽였는지 알아내주셨으면 합니다."

"그거라면 주 범죄 수사국 강력계에서 하는 일 아닙니까?"

"그렇지요. 운이 좋으면 성공할 수도 있을 겁니다. 하지만……"

"하지만?"

"하지만 만약을 대비해서 전력을 강화하고 싶어요. 이번 사건은 기존의 방식으로 수사를 진행하기엔 사안이 심각합니다. 최고의 전력으로 무장하고 싶어요."

"제가 어떤 방식으로 도울 수 있을지 모르겠군요."

"범죄 수사국 소속으로 일하는 게 내키지 않으시겠지요? 걱정 마십시오. 로드리게스 반장과 잘 맞지 않으리란 것도 짐작하고 있습니다. 저한테 개인적으로 보고하시면 됩니다. 제 사무실에서 특별 수사관이나 컨설턴트, 원하시는 방식대로 거니 씨를 고용할 수 있으니까요."

"얼마 동안 말입니까?"

"그건 거니 씨한테 달려 있어요."

거니가 대답하지 않자 그가 말을 이었다.

"마크 멜러리는 거니 씨를 숭배하고 신뢰했어요. 이 사건의 범인을 상대할 때 거니 씨의 도움을 필요로 했어요. 바로 그 범인을 잡을 수 있도록 저희를 도와주십사 부탁드리는 겁니다. 어떤 도움이든 저희로선 감사할 따름이죠."

꽤 똑똑한 친구라고 거니는 생각했다. 클라인은 진심을 전하는 방법을 정확히 알고 있었다.

"아내하고 의논해볼게요. 내일 아침에 전화드리죠. 어디로 연락을 드리면 될지 알려주세요."

"제 집 전화번호를 알려드리죠. 왠지 저처럼 일찍 일어나실 것 같은데요. 6시 이후 아무 때나 연락 주세요."

클라인의 목소리에서 커다란 웃음이 감지되었다.

다시 부엌으로 돌아오니 매들린이 여전히 식탁에 앉아 있었지만 분위기가 바뀌어 있었다. 그녀는 〈타임〉을 읽고 있었고 거니는 부엌의 장작 난로를 바라보도록 그녀의 맞은편에 앉았다. 난로를 바라보고 있긴 했지만 사실 난로를 보는 것이 아니었다. 그는 자신이 해결해야 할 문제가 일종의 근육 경련이라는 듯 이마를 어루만졌다.

"별로 복잡한 문제도 아니잖아. 안 그래?"

매들린이 신문에서 고개조차 들지 않고 말했다.

"뭐가?"

"당신이 지금 생각하고 있는 거."

"지방검사가 나보고 도와달라네."

"당연히 그렇게 나오겠지."
"이런 사건에 외부인이 끼어드는 경우는 드물어."
"하지만 당신은 보통 외부인이 아니잖아."
"멜러리와의 관계 때문에 조금 달라질 순 있겠지."
매들린이 마치 엑스레이를 찍듯 고개를 기우뚱하고 거니를 바라보았다.
"날 엄청 추켜세우더군."
거니는 그 말에 우쭐해진 것처럼 보이지 않으려 애쓰며 말했다.
"당신의 재능을 정확히 표현한 것뿐이겠지."
"로드리게스 반장하고 비교하면 누구라도 훌륭하게 보일걸."
그의 어색한 겸손에 그녀가 미소를 지었다.
"그 사람이 무얼 제안했지?"
"백지수표. 자기 사무실에서 일하래. 다른 사람 발을 밟지 않게 조심하면서. 난 내일 아침까지 결정한다고 했어."
"뭘?"
"내가 그 일을 할지 말지."
"지금 농담하는 거야?"
"그게 그렇게 끔찍한 생각인가?"
"내 말은, 아직 결정을 안 했다는 거 농담이냐고."
"여러 가지 문제가 얽혔잖아."
"당신이 생각하는 것보다 훨씬 더 여러 가지 문제가 얽혔지만 결국 당신은 할 거잖아."
매들린은 다시 잡지를 읽었다.
"내가 생각하는 것보다?"
그가 한참 뒤에 물었다.

"어떤 선택들은 때로 우리가 기대하지 못한 결과를 초래하지."

"예를 들면?"

그녀의 슬픈 표정이 그게 어리석은 질문임을 일깨워주었다.

잠시 후, 그가 말했다.

"마크한테 빚을 진 것 같아서 그래."

이제 그녀의 눈빛에 아이러니마저 깃들었다.

"그 표정은 뭐야?"

"당신이 그 사람을 성 말고 이름으로 부르는 거 처음 들어서."

27

지방검사

1935년부터 군청사라는 따분한 이름으로 불려온 건물은 본래 범블비 정신병원이었다. 영국 이주민인 조지 범블비 경이 자비를 들여 1899년에 설립했다. 그의 유산을 상속받지 못한 자손들이 당시 범블비 경이 정신 착란 상태였다고 주장했지만 소용없었다. 오랜 세월의 때가 묻은 음산한 붉은 벽돌 건물은 시내 광장을 내려다보며 높이 솟아 있었다. 주 경찰 본부에서 1.5킬로미터 정도 떨어져 있었고 월넛 크로싱에서도 차로 1시간 15분 거리였다.

실내는 정반대의 이유로 더 볼품없었다. 1960년대에 대대적으로 건물을 보수하면서 현대화 작업을 했다. 더러워진 샹들리에와 오크 재는 형광등과 흰색 석고보드로 바뀌었다. 거니는 강렬한 형광등의 불빛이 어쩌면 예전에 살았던 미친 영혼들을 저지하는 데 도움이 될지도 모른다고 생각했다. 계약 문제를 협의하러 가는 사람이 할 만한 공상이 아니었다. 거니는 오늘 아침 집을 나설 때 매들린이 했던 말을 생각해내려 애썼다.

"당신한테 그 사람이 필요한 것보다 그 사람한테 당신이 더 필요할 거야."

복잡한 로비의 보안 장치를 통과하기 위해 기다리는 동안 그는 그 말을 곰곰이 생각해보았다. 보안 장치를 통과한 뒤 그는 우아한 검은색 글씨로 지방검사라고 쓴 유리 명패가 나올 때까지 일련의 화살표들을 따라 걸었다.

그가 들어서자 안내데스크의 여자가 그와 눈을 맞추었다. 남자는 여자 비서를 고를 때 능력, 섹스, 체면을 생각한다는 것이 거니의 생각이었다. 데스크의 여자는 그 세 가지를 모두 갖춘 것 같았다. 쉰 전후로 보이는 나이에도 머리와 피부, 화장, 옷차림, 몸매가 거의 강박에 가까울 정도로 외모에 신경을 쓰는 사람임을 암시했다. 살피는 듯한 그녀의 눈빛은 육감적이면서도 서늘했다. 데스크 위에 놓인 조그만 갈색 직사각형이 그녀의 이름이 엘렌 라코프임을 알려주었다.

두 사람이 채 대화를 나누기도 전에 오른쪽 문이 열리면서 셰리든 클라인이 나왔다. 그는 푸근함 비슷한 느낌을 주는 미소를 짓고 있었다.

"9시에 칼같이 오셨군요! 그럴 줄 알았어요. 말과 행동이 정확히 일치하는 분 같더라고요."

"그편이 쉬우니까요."

"네? 아, 그렇죠. 그렇고말고요."

웃음이 더 커졌지만 온기는 덜해졌다.

"커피가 좋으세요? 차가 좋으세요?"

"커피로 하죠."

"저도요. 솔직히 차는 왜 마시는지 모르겠어요. 개를 좋아하세요? 아니면 고양이를 좋아하세요?"

"개가 좋습니다."

"개를 좋아하는 사람들이 커피도 좋아한다는 거 아세요? 차를 좋아하는 사람들은 고양이를 좋아하고요."

거니로서는 생각할 가치조차 없는 일이었다. 클라인이 그를 사무실 안으로 안내한 뒤 현대적인 가죽 소파 쪽으로 손짓한 다음, 자신은 낮은 유리 테이블 맞은편 팔걸이의자에 앉았다. 그는 자신의 웃음에 거의 코믹한 수준의 반가움을 머금었다.

"기꺼이 저희를 도와주신다니 얼마나 기쁜지 모르겠습니다."

"제가 할 일이 있을 것 같아서요."

거니의 말에 클라인이 눈을 깜박였다.

"하지만 소속 문제가 워낙 미묘한 사안이라서요."

거니가 말했다.

"그렇고말고요. 우리 탁 터놓고 얘기합시다. 시쳇말로 기모노를 확 젖혀보자고요*."

거니는 공손한 미소 뒤에 씁쓸함을 감추었다.

"뉴욕 경찰들이 거니 씨에 관한 놀라운 이야기들을 해주더군요. 굵직한 사건들을 지휘했고 사건 해결에 핵심적 역할을 하면서도 막상 축하를 받을 때면 항상 공을 다른 사람한테 돌렸다고요. 소문에 의하면 재능은 대단하고 욕심은 아주 작은 분이라던데요."

거니는 미소를 지었다. 미리 계산된 발언인 것이 분명한 칭찬 때문이 아니었다. 클라인의 표정 때문이었다. 사람들에게 자신의 공을 드러내기를 거부했다는 사실이 놀랍다는 듯한 표정이었다.

* with open an kimono, 사업의 세부 내역을 공개한다는 의미의 비속어

"일은 좋아합니다만 관심이 저한테 집중되는 건 좋아하지 않습니다."

클라인은 오묘한 음식의 맛을 표현할 단어를 찾는 것 같은 표정으로 그를 바라보다가 이내 그만두었다.

클라인이 몸을 앞으로 숙였다.

"어떻게 하면 저희가 도움을 받을 수 있는지 말씀해주세요."

곤란한 질문이었다. 거니는 월넛 크로싱에서 차를 몰고 오는 동안 이 질문에 어떻게 대답해야 할지 줄곧 생각했다.

"분석을 도와드리죠."

"무슨 뜻이죠?"

"범죄 수사국에서 자료를 수집하고 조사하고 증거를 보존하고 증인들을 취재하고 단서를 찾고 알리바이를 확인하고 범인의 신원, 이동, 동기에 관한 가설을 세우지 않습니까? 마지막 부분이 가장 결정적인데 바로 그 부분을 도와드릴 수 있을 것 같습니다."

"어떻게요?"

"제가 그나마 잘하는 게 있다면 복잡하게 얽힌 사실을 짜맞추어서 합리적인 가설을 끌어내는 거지요. 그게 제가 유일하게 잘할 수 있는 일입니다."

"그 말씀은 믿기 힘든데요."

"용의자들을 심문하고 현장에서 증거를 찾는 거라면 다른 사람들이 더 낫고요."

"아무도 발견하지 못한 탄환을 찾아냈던 건요?"

"그건 운이 좋았죠. 수사의 각 단계에서 늘 저보다 뛰어난 사람이 있었어요. 그런데 사건의 조각들을 맞추고 뭐가 들어맞는지, 또 들어맞지 않는지 밝히는 거라면 잘할 수 있습니다. 항상 옳았던 건 아니지만 상황을 반전시킬 만큼은 옳은 적도 많았거든요."

"그러니까 결국 자존심이 전혀 없으신 건 아니군요."

"그렇게 말할 수도 있겠네요. 전 제 한계를 아는 사람입니다. 당연히 제 장점도 알지요."

오랜 세월 동안 용의자들을 심문한 경험을 통해 거니는 사람들의 심리를 잘 꿰뚫고 있었다. 클라인에 대한 그의 생각은 틀리지 않았다. 클라인의 눈빛은 그가 이름 붙이고 싶어 했던 오묘한 맛을 비로소 편안하게 음미하고 있음을 보여주었다.

"보수에 대해 협의해야죠. 예전에 저희 컨설턴트에게 지급했던 것처럼 시간당 보수로 지불하되, 시간당 75달러 정도를 드릴 수 있을 것 같습니다. 필요시에는, 그러니까 정당한 사유가 있을 때는 비용도 처리해드리고요. 지금부터요."

"좋습니다."

클라인이 정치인 같은 손을 내밀었다.

"되도록 빨리 함께 일할 수 있었으면 좋겠습니다. 작성해주실 양식과 계약서, 진술서, 비밀유지 각서 같은 것들을 엘렌이 준비했어요. 사인하기 전에 읽어보시려면 시간이 좀 걸릴 겁니다. 우선 엘렌한테 당분간 쓰실 사무실로 안내해드리라고 할게요. 세부 사항들은 차차 이야기하도록 하죠. 수사국이나 제 부하 직원들로부터 보고받는 내용은 바로 알려드리죠. 어제 같은 회의에도 저와 함께 참석해주시고요. 수사국에 전달할 사항이 있으시면 제 사무실을 통해 일정을 잡아주세요. 증인이나 용의자, 혹시 그 밖에 관심이 가는 사람들이 있을 때도 마찬가지입니다. 괜찮으시죠?"

"좋습니다."

"쓸데없는 말을 하지 않으시는군요. 저도 그래요. 이제 함께 일하게 되었으니 한 가지 여쭤볼게요."

클라인이 몸을 뒤로 젖히고 손가락으로 탑을 만들면서 자신의 질문에 무게를 더했다.

"사람을 총으로 쏘고 나서 목을 열네 번이나 찌르는 이유가 뭘까요?"

"그렇게 여러 번을 찔렀다는 것은 분노의 행위일 수도 있고 분노의 이미지를 보여주기 위한 노력일 수도 있습니다. 횟수는 어쩌면 무의미할 수도 있지요."

"하지만 먼저 총으로 쏘았다는 건……."

"칼로 찌르는 행위의 목적이 살인이 아니란 뜻이죠."

"잘 이해가 안 가네요."

클라인이 호기심 많은 새처럼 고개를 갸우뚱했다.

"멜러리는 아주 가까운 거리에서 총을 맞았어요. 탄환이 경동맥을 끊었습니다. 총을 바닥에 떨어뜨렸거나 버린 흔적이 눈 위에 전혀 없었어요. 범인은 총소리를 막기 위해 둘러싼 천을 제거하고 나서 총을 다시 주머니나 케이스에 집어넣은 다음, 다시 깨어진 유리병을 들고 희생자의 목을 찔렀어요. 그때 희생자는 이미 의식이 없는 상태로 바닥에 쓰러져 있었겠지요. 이미 동맥에서는 엄청나게 피가 뿜어져 나오고 있었을 거고요. 그런데 왜 번거롭게 칼로 찔렀을까요? 죽이기 위해서는 아니었어요. 이미 죽어 있었으니까요. 범인의 의도는 아마도 총상의 흔적을 없애기 위해서이거나 아니면……."

"아니면?"

클라인이 몸을 앞으로 숙이며 물었다.

"저도 잘 모르겠습니다. 이건 어디까지나 하나의 가능성입니다만, 살해하기에 앞서 보낸 편지의 내용이나 일부러 깨어진 병을 현장에 가져온 것을 보면 칼로 찌른 행위는 하나의 의식일 수도 있습니다."

"악마의 의식 말입니까?"

클라인의 얼굴에 나타난 두려움은 언론의 관심에 대한 기대를 완전히 감추진 못했다.

"그런 것 같진 않습니다. 괴상한 편지들이긴 해도 그런 식으로 미친 것 같진 않아요. 제가 말한 의식이란 특정한 방식으로 살인을 행하는 것이 범인에게 중요했다는 의미입니다."

"복수에 대한 환상이 있었단 건가요?"

"그럴 수도 있어요. 몇 달 혹은 몇 년 동안 복수의 방법을 놓고 고민한 살인범은 그전에도 있어왔지요."

클라인은 혼란스러워 보였다.

"칼로 찌르는 것이 그토록 중요했다면 왜 총을 쏘았을까요?"

"그편이 확실하니까요. 확실하게 끝내고 싶었겠죠. 깨어진 유리병보다는 총이 처치하기 쉬워요. 이 일을 그토록 오랫동안 계획했다면 일이 틀어지는 걸 원치 않았겠죠."

클라인이 고개를 끄덕이면서 다른 퍼즐 조각으로 옮겨갔다.

"로드리게스 반장은 범인이 고객들 중 한 명이라고 생각하고 있던데요."

거니가 미소를 지었다.

"고객들 중 누구 말입니까?"

"아직은 모르지만 그쪽으로 몰고 가는 것 같습니다. 동의하지 않으십니까?"

"완전히 헛다리 짚는 거라곤 말할 수 없죠. 그 사람들 모두 사건 현장은 아니더라도 수련원 안에 머물고 있었고 현장에 용이하게 접근할 수 있었어요. 의심을 살 만도 하죠. 마약중독자, 정신질환자에다 범죄 조직과 연루된 사람도 적어도 한 명 있고요."

"하지만?"

"하지만 현실적인 문제가 있어요."

"예를 들면요?"

"일단 발자국이나 알리바이만 해도 그래요. 눈이 저녁부터 내리기 시작해서 자정 이후까지 내렸다는 데 모두가 동의했어요. 범인의 발자국은 눈이 완전히 멈춘 뒤에 대로 쪽에서 들어왔어요."

"그걸 어떻게 확신합니까?"

"발자국이 눈 위에 나 있었고 발자국 위에 새로 쌓인 눈이 없었어요. 만약 투숙객들 중 한 명이 그 발자국을 만들었다면 눈이 내리기 전에 수련원에서 나갔다는 얘기죠. 왜냐하면 건물에서 시작된 발자국은 전혀 없었으니까요."

"다시 말해서……."

"다시 말해서 누군가 저녁부터 자정까지 사라졌어야 한단 뜻인데 아무도 그러지 않았어요."

"그걸 어떻게 아십니까?"

"사실 공식적으로는 아직 모릅니다. 그저 잭 하드윅한테서 소문을 좀 들었다고 해두죠. 탐문 수사 결과, 모두가 저녁 시간에 적어도 여섯 명에게 목격되었어요. 모두가 거짓말을 하는 게 아니라면 모두가 그 시간에 있었다는 얘기죠."

클라인은 사람들이 모두가 거짓말을 하고 있을 가능성을 마지못해 밀어내는 것 같았다.

"집 안의 누군가 도왔을 수도 있죠."

클라인이 말했다.

"집 안의 누군가 저격범을 고용했다고요?"

"말하자면요."

"그랬다면 왜 굳이 그곳에 있었겠습니까?"

"무슨 말씀이신지요?"

"현재 투숙객들이 의심을 받는 이유는 살인 현장에 가까이 있었기 때문입니다. 만약 외부인을 고용해서 범행을 저질렀다면 왜 하필 그 장소에 가까이 있었을까요?"

"재미 삼아서?"

"그렇게 생각해볼 수도 있겠지만……."

거니가 전혀 동의할 수 없다는 표정으로 말했다.

"좋아요. 일단 투숙객들은 잠시 제쳐놓기로 합시다. 투숙객이 아닌 다른 사람이 살인 청부업자를 고용했을 가능성은요?"

클라인이 말했다.

"그게 로드리게스 반장의 또 다른 가설입니까?"

"그럴 가능성도 있다고 보는 것 같더군요. 그런데 거니 씨 표정을 보니 생각이 다르신 것 같네요."

"전혀 말이 안 되니까요. 설령 패티 케이크스가 그 시간에 우연히 자리를 비웠다고 해도 저라면 그런 생각은 안 했을 겁니다. 첫째, 마크 멜러리의 최근 행적으로 보아 마피아의 표적이 될 만한 일도 없었고요."

"잠깐만요. 언변 좋은 강사가 자신의 고객들 중 한 명, 이를테면 패티 케이크스로부터 어떤 고백을 들었다고 칩시다. 내면의 조화나 영적인 평화 같은, 멜러리가 사람들한테 팔았던 그 헛소리 때문에 말입니다."

"그런데요?"

"그런데 이 친구가 나중에 생각해보니 너무 많은 얘기를 털어놓았단 생각이 드는 거예요. 우주와의 조화도 좋지만 심각한 문제를 일으킬 수도 있는 정보를 너무 많이 털어놓았단 생각이 듭니다. 아마 정신지도자의 영향권에서 벗어나다 보니 좀 더 현실적으로 생각하게 된 거겠죠. 그래서 우려의 소지가 있는 위험 요인을 제거하려고 사람을 고용한 겁니다."

"재미있는 가설이네요."

"하지만?"

"하지만 이번 살인처럼 복잡한 심리 게임을 펼치는 수고를 할 청부 살인자는 없어요. 돈을 위해 사람을 죽이는 자들은 자기 부츠를 나뭇가지에 걸어놓거나 시체 위에 시를 남겨놓지 않아요."

그 말에 클라인이 반박하려는 순간, 노크 소리와 함께 문이 열렸다. 안내데스크에 있던 날씬한 여자가 칠기 쟁반을 들고 왔다. 쟁반에는 두 개의 도자기 커피 잔과 잔 받침, 우아한 주전자, 섬세한 설탕통과 크림통, 네 개의 비스킷이 담긴 웨지우드 접시가 있었다. 그녀는 쟁반을 커피테이블 위에 내려놓았다.

"로드리게스 반장이 방금 전화하셨어요."

그녀가 클라인을 바라보며 말한 뒤 그가 하려는 질문에 대답하듯 말했다.

"지금 오는 중이세요. 몇 분 내로 도착하신대요."

클라인은 거니의 표정을 살폈다.

"반장이 아침에 전화했더라고요. 이 사건에 대해 할 얘기가 많은가 봅니다. 거니 씨가 계실 때 잠깐 들르면 어떻겠냐고 했죠. 전 모두가 모든 정보를 동시에 알고 있는 걸 좋아합니다. 많이 알수록 좋은 거니까요. 숨김없이 전부 다."

"좋은 생각입니다."

거니가 대답했다. 그러나 클라인이 두 사람을 한자리에 불러모으는 것은 정보의 공유를 위해서라기보다는 갈등과 대결을 조장하기 위해서가 아닐까 하는 의심이 들었다.

클라인의 비서가 밖으로 나갔다. 비서의 얼굴에서 그의 생각이 옳음을 증명하는 모나리자 미소가 번지는 것을 거니가 확인한 뒤였다.

클라인이 두 개의 잔에 커피를 따랐다. 커피 잔은 앤티크풍이었고 고급스러웠지만 그는 오만하지도 그렇다고 조심스럽지도 않은 손놀림으로 찻잔을 다루었다. 젊은 나이에 성공한 지방검사는 상류층의 매너가 몸에 밴 사람이고 검사 신분은 보다 고귀한 신분으로 나아가는 첫걸음일 뿐이라는 추측을 확인하는 순간이었다. 하드윅이 어제 무어라고 속삭였던가? 검사가 주지사를 노리고 있다고 했던가? 냉소적이고 닳아빠진 하드윅은 이번에도 옳은 것 같았다. 아니면 남자가 커피 잔을 다루는 모습 하나로 거니가 너무 많은 것을 읽고 있는 것일까?

"그건 그렇고 그 벽에 박힌 탄환 말입니다. 357구경이라고 생각했는데 그게 아니라는군요. 벽에 난 구멍을 보고 분석해보니 38스페셜이랍니다."

클라인이 의자 뒤로 몸을 젖히며 말했다.

"이상하군요."

"흔한 총 아닙니까? 1980년까지 경찰에서 표준 무기로 사용했으니까요."

"흔한 총이지만 이상한 선택이죠."

"무슨 뜻이죠?"

"범인은 소음을 차단해서 최대한 조용하게 살인을 저지르기 위해 일부러 수고를 했어요. 소음이 그렇게 신경이 쓰였다면 38스페셜은 적절한 선택이 아니죠. A22피스톨이라면 훨씬 더 납득이 가겠어요."

"어쩌면 갖고 있던 총이 그것뿐이었나 보죠."

"어쩌면요."

"아니라고 보십니까?"

"범인은 완벽주의자예요. 그러니까 자신이 원하는 총을 선택했을 겁니다."

클라인은 반대심문을 하는 것 같은 눈빛으로 거니를 보았다.

"앞뒤가 맞지 않네요. 처음에는 총성을 최대한 안 들리게 하려고 애썼다고 하셨으면서 그러기 위해서라면 총을 잘못 골랐다고 하셨어요. 그리고 지금은 총을 잘못 고를 사람이 아니라고 하셨잖아요."

"총의 소음을 막는 게 중요하긴 했어요. 그런데 아마 그보다 더 중요한 게 있었나 봅니다."

"예를 들면?"

"만약 이번 사건에 일종의 의식 같은 것이 개입되었다면 총을 선택한 것도 그 일부일 겁니다. 자기가 원하는 방식으로 일을 치르고 소음 문제는 그 범위 안에서 최대한으로 신경을 쓴 거겠죠."

"의식이라고 말하니 꼭 사이코라는 말처럼 들리는데 도대체 어느 정도로 미친놈이라고 보십니까?"

"미쳤다는 말은 정확하지 않아요. 제프리 다머는 미치지 않았지만 희생자들을 먹었어요. 데이브 버코위츠도 미치지 않았지만 악마의 개가 시켰다면서 사람들을 죽였고요."

"이 사건의 범인도 그런 류일 거라고 보십니까?"

"꼭 그렇진 않습니다. 이 사건의 범인은 복수심이 강하고 집착이 심한 사람입니다. 거의 장애 수준으로 집착이 심하죠. 하지만 인육을 먹거나 개의 명령을 받을 정도로 머리가 돈 건 아니에요. 병적인 집착을 갖고 있는 사람이지만 편지들 속에서 사이코한테서 발견되는 정신분열적 요소들은 나타나지 않았습니다."

노크 소리가 들렸다.

클라인은 얼굴을 찌푸리고 입술에 힘을 주면서 거니의 이야기에 무게를 두는 것 같은 표정을 지었다. 어쩌면 노크 소리 따위에 쉽게 정신이 분산되는 사람이 아닌 것처럼 보이고 싶었는지도 모른다.

"들어오세요."

마침내 클라인이 큰 소리로 말했다.

문이 열리고 로드리게스가 들어왔다. 그는 거니를 보는 순간, 불쾌한 기색을 감추지 않았다.

"어서 오십시요! 앉으세요."

클라인이 말했다.

로드리게스는 대놓고 거니가 앉아 있는 소파를 피해 클라인의 맞은편 안락의자에 앉았다.

지방검사가 따스한 미소를 지었다. 두 사람의 의견 충돌에 대한 기대감 때문이리라.

"로드리게스 반장님이 이 사건에 대한 견해를 들려주시기 위해 잠깐 들렀습니다."

두 명의 투사를 서로에게 소개하는 심판 같은 목소리로 클라인이 말했다.

"기대되는군요."

거니가 침착하게 말했다.

그러나 침착한 목소리에도 로드리게스는 그 말을 일종의 가식적인 도발로 해석한 것 같았다. 그는 조금도 주저하지 않고 자신의 생각을 피력했다.

"모두가 나무만 보고 있습니다. 숲을 보지 못하고 말입니다."

클라인의 사무실보다 훨씬 더 큰 방에 적합할 정도로 큰 목소리였다.

"어떤 숲을 말씀하시는 거죠?"

클라인이 물었다.

"엄청난 가능성이 숨어 있는 숲이죠. 모두가 범인의 동기나 살인 방식과 같은 자질구레한 것들에만 집착하고 있었어요. 정작 가장 중요한 사실은 마약중독자들, 범죄자들이 희생자한테 접근하기 쉬운 거리에 있었다는 겁니다."

거니는 로드리게스의 이런 태도가 사건에 대한 자신의 통제권에 위협을 느껴서인지, 아니면 다른 이유가 있어서인지 궁금했다.

"그러니까 우리가 무얼 해야 한다는 거죠?"

클라인이 물었다.

"고객들을 모두 다시 심문하라고 지시했어요. 이번에는 좀 더 심층적인 뒷조사를 할 계획입니다. 이 마약에 절은 불량배들의 뒤를 캐볼 겁니다. 분명히 말씀드리는데 그자들 중 한 명이 범인이에요. 그걸 밝혀내는 건 이제 시간문제죠."

"거니 씨 생각은 어떤가요?"

클라인의 어투는 너무도 스스럼없었다. 논쟁을 유발하는 기쁨을 애써 감추듯.

"심문이나 뒷조사를 다시 하는 것도 도움이 될 순 있겠죠."

거니가 차분하게 말했다.

"도움은 되지만 필요하진 않다?"

"그야 조사해보면 알겠지요. 접근 기회나 희생자에 대한 접근성 문제를 좀 더 깊이 생각해봐도 좋을 겁니다. 그러니까 좀 더 개념을 확대해서, 예를 들면 수련원 내의 고객들만큼 접근하기 편리한 인근 숙박업체 같은 곳들을 조사해볼 수도 있을 겁니다."

"제가 보기엔 고객들 중 한 명입니다. 상어가 돌아다니는 곳에서 수영하던 사람이 사라지면 수상스키를 타고 지나가던 사람에게 납치된 게 아니죠."

로드리게스가 말했다.

그가 거니를 바라보며 미소를 지었다. 일종의 도전과도 같은 미소였다.

"좀 더 현실적으로 생각해야죠."

로드리게스가 덧붙였다.

"근처 숙박업체도 살펴볼 생각이신가요?"

클라인이 물었다.

"샅샅이 살펴볼 생각입니다."

"좋습니다. 거니 씨, 혹시 우선순위 목록에 다른 것도 있나요?"

"현재 진행되고 있는 것 말고는 없습니다. 혈액, 희생자 주위에서 발견된 이물질, 그것들의 상표와 구입 가능한 곳, 부츠의 특이사항, 총알의 탄도 분석, 멜러리와의 통화 당시 범인의 육성, 배경 소음, 휴대전화였다면 발신 지점, 현재 고객들의 전화번호와 휴대전화 통화기록, 잉크 감식, 동일 범행수법 조사, FBI의 협박 편지 데이터베이스 분석…… 그 정도면 될 것 같은데요. 제가 뭐 빠뜨린 게 있습니까, 반장님?"

로드리게스가 대답하기 전에, 사실 별로 대답할 생각조차 없었던 것 같았지만, 클라인의 비서가 문을 열고 들어왔다.

"죄송합니다만 검사님, 위그 경사가 반장님을 만나려고 왔다는데요."

"들어오라고 해요."

대치 상황을 즐기려는 욕구가 끝이 없는 것 같은 클라인이 말했다.

범죄 수사국 본부 회의에서 만났던 중성적인 빨간 머리 여자가 그때와 똑같은 파란색 정장에다 똑같은 컴퓨터를 들고 들어왔다.

"어쩐 일인가, 위그?"

로드리게스는 궁금하다기보다는 화가 난 듯한 목소리였다.

"새로운 사실을 확인했습니다. 중요한 사안이라 바로 알려드려야 할 것 같아서요."

"뭐지?"

"부츠에 관한 거예요."

"부츠?"

"부츠가 나무에 걸려 있었죠."

"그런데?"

"이걸 좀 테이블 위에 올려놔도 될까요?"

위그가 테이블을 가리키며 물었다.

로드리게스가 클라인을 바라보았다. 클라인은 고개를 끄덕였다. 위그가 30초간 몇 번 자판을 두드린 뒤, 세 사람은 똑같은 부츠인 것이 분명한 두 개의 부츠가 분할된 화면에 떠 있는 것을 바라보았다.

"왼쪽은 현장을 바탕으로 구성한 부츠의 이미지입니다. 오른쪽은 나무에서 회수한 부츠의 사진이고요."

"그러니까 나무 위에서 발견된 부츠가 눈 위에 찍혀 있던 발자국을 만든 부츠와 똑같다는 거잖아. 겨우 그 말을 하려고 왔나?"

"그 반대 얘기를 하려고 온 것 같은데요."

거니가 참지 못하고 끼어들었다.

"그럼 나무에 걸려 있던 부츠가 범인이 신고 있던 부츠가 아니라고요?"

클라인이 물었다.

"그건 말이 되지 않습니다."

로드리게스가 말했다.

"이 사건에서 말이 되는 게 얼마나 되죠?"

클라인이 반문한 뒤 "얘기해 봐요."라고 말했다.

"이 부츠들은 브랜드도 같고 모양도 같고 사이즈도 같습니다. 둘 다 새것이에요. 하지만 분명히 같은 부츠가 아닙니다. 눈밭은, 특히 기온이 0도 이하일 때의 눈은 아주 작은 것까지 포착하는 완벽한 매개체이죠. 지금 이 시점에서 눈여겨보아야 할 것은 바로 부츠의 이 부분에 있는 작은 결함입니다."

그녀가 뾰족한 연필로 화면 오른쪽의 부츠, 나무에서 수거한 부츠의 굽 부분에서 거의 보이지 않는 돌출 부분을 가리켰다.

"제조 과정에서 만들어졌을 이 결함은 우리가 이 부츠로 만들어 본 모든 발자국에서 나타났어요. 그런데 현장에 나타난 발자국에는 그 결함이 없었습니다. 그러니까 현장의 발자국은 다른 부츠가 만든 것이라는 설명이 가능하죠."

"꼭 그렇다고 볼 수만은 없지."

로드리게스가 말했다.

"반장님은 어떻게 보시는데요?"

위그가 물었다.

"난 단지 뭔가 간과되고 있을 수도 있을 가능성을 지적한 것뿐이네."

로드리게스의 말에 클라인이 헛기침을 했다.

"일단 위그 경사의 가설이 옳다고 칩시다. 그럼 우린 한 벌이 아닌 부츠를 갖고 있는 거예요. 하나는 범인이 신었던 거고 하나는 발자국이 끝난 지점에 있는 나무 위에 걸려 있었습니다. 도대체 이게 무슨 뜻이죠? 그게 우리에게 무얼 말하고 있는 거죠?"

로드리게스는 분개한 표정으로 컴퓨터 화면을 바라보았다.

"범인을 잡는 것하고는 개뿔 상관이 없는 부분이지요."

"거니 씨 생각은요?"

"시신 위에 남겨진 편지가 말하고 있는 것과 똑같습니다. 또 하나의 메시지예요. 잡을 테면 잡아봐라. 아마 못 잡을걸. 난 똑똑하니까."

"부츠가 또 한 벌 있다는 게 그것과 무슨 상관입니까?"

로드리게스의 목소리에서 분노가 배어났다.

거니는 거의 졸린 수준의 침착함으로 대답했다. 그것이 분노에 대한 거니의 전형적인 반응이었다.

"그 사실 하나만 놓고는 말할 수 없어요. 하지만 다른 이상한 부분들과 접목시키면 전체적으로 이 사건이 보다 치밀하게 계획된 게임이란 걸 알 수 있죠."

"만약 이게 게임이라면 게임의 목적은 우리를 혼란에 빠뜨리는 것일 테고 이미 어느 정도 목적이 달성된 셈이군요."

로드리게스가 빈정거리며 말했다.

거니가 대답하지 않자 클라인이 끼어들었다.

"거니 씨는 동의하지 않으시는군요."

"이 게임은 단지 혼란을 유발하기 위한 장치가 아닙니다. 이 사건 자체가 하나의 게임이에요."

로드리게스가 못마땅한 듯 의자에서 벌떡 일어났다.

"더 이상 할 얘기 없으시면 전 그만 가보겠습니다."

그는 클라인과 힘찬 악수를 나누었고 위그 경사가 그에게 가벼운 목례를 했다. 클라인은 로드리게스가 자리를 뜨는 것에 대한 아쉬움을 숨겼다.

"그러니까 우리가 지금 하지 않는 일 중에 해야 할 일이 뭔가요? 로드리게스 반장과는 이 사건을 다르게 보시는 것 같던데요."

클라인이 거니 쪽으로 몸을 숙이며 말을 이었다.

거니는 어깨를 으쓱했다.

"고객들을 찬찬히 살펴본다고 해로울 것은 없습니다. 어차피 한 번은 거쳐야 할 일이니까요. 다만 반장님은 고객 심문이 범인 체포로 이어질 가능성을 저보다 좀 높게 보시는 것 같더군요."

"기본적으로는 시간 낭비다, 이겁니까?"

"가능성을 제거하기 위해 필요한 절차예요. 하지만 범인은 고객들 중에 있지 않습니다. 반장님은 접근 가능성에 중점을 두는 것 같더군요. 범인이 근거리에 있었다면 훨씬 편리했을 거라는 가정이죠. 하지만 제가 보기엔 오히려 불편했을 겁니다. 건물에서 나가거나 들어오는 것이 목격될 확률도 높고, 너무 많은 것을 숨겨야 했을 테니까요. 잔디의자, 부츠, 술병, 총 같은 것들을 어디에 숨겼을까요? 범인은 그런 위험이나 복잡성을 용납하지 않았을 거예요."

클라인이 한쪽 눈썹을 추켜세웠고 거니는 말을 이었다.

"치밀함과 부주의함이라는 성격상의 좌표를 놓고 생각해볼 때 범인은 극단적으로 치밀한 쪽입니다. 세부사항에 대한 주의를 기울이는 정도가 유별난 사람이에요."

"이를테면 잔디의자의 띠를 바꾸어서 눈에 뜨이지 않게 할 정도로?"

"그렇습니다. 게다가 긴장상황에서 아주 침착할 수 있는 사람이에요. 현장에서 달아나지 않고 걸어갔어요. 현장에서 숲 쪽으로 난 발자국을 바라보면 마치 산책하는 사람처럼 전혀 서두르는 기색 없이 여유롭죠."

"하지만 깨어진 병 조각으로 정신없이 목을 찔러대는 건 별로 침착해 보이지 않는데요."

"만약 술집에서 그런 사건이 일어났다면 검사님 말씀이 옳습니다. 하지만 그 술병을 사전에 준비했고 지문까지 깨끗하게 닦았다는 점에 유의해야죠. 미치광이처럼 보이게 만든 것 역시 다른 모든 것처럼 치밀하게 계획된 걸 겁니다."

"좋아요. 냉정하고 침착하고 치밀하다. 그것들 외에 또 뭐가 있을까요?"

"의사소통을 하는 데 있어서 완벽주의자라는 점. 언어와 운율 감각이 있는 책을 많이 읽은 사람이죠. 조금 넘겨짚자면 제가 보기에 그 시들은 1세대 고학력자들에게서 볼 수 있는 지나치게 점잖은 체하는 느낌이 있습니다."

"그건 또 무슨 뜻입니까?"

"교육받지 못한 부모 밑에서 자라서 훌륭한 교육을 받은 사람, 그래서 부모 세대와 자신을 분리시키고 싶어 안달하는 사람이라는 뜻이죠. 하지만 말씀드렸다시피 이건 어디까지나 추측일 뿐입니다."

"또 다른 건요?"

"외면적으로는 점잖으면서도 내면적으로는 분노로 가득 차 있어요."

"그러니까 고객들 중 한 명은 아니란 거군요."

"네, 아닙니다. 범인의 입장에서 생각해보면 거리상의 이점은 곧 그만큼의 위험부담일 테고 오히려 불리한 조건입니다."

"아주 논리적이시군요, 거니 씨. 범인도 그만큼 논리적일까요?"

"그렇습니다. 논리적인 만큼 병적인 집착도 있어요. 두 가지 다 대단한 수준입니다."

28

다시 범죄 현장으로

클라인의 사무실을 나와 집으로 돌아가는 길에 피어니를 지나며 거니는 수련원에 들러보기로 했다.

클라인의 비서가 건네준 임시 통행증을 내밀자 정문 앞을 지키던 경관이 군말 없이 그를 들여보내 주었다. 차가운 공기를 들이마시면서 거니는 날씨가 사건 다음 날과 섬뜩할 정도로 똑같다고 생각했다. 그사이 군데군데 녹아내렸던 눈은 다시 쌓였다. 캐츠킬의 고지대에서 흔히 볼 수 있는 심야 눈보라가 주위의 풍경을 희고 깨끗하게 만들었다.

거니는 범인의 행로를 따라 다시 걸어보기로 했다. 어쩌면 놓쳤던 것을 발견할 수도 있으리라. 그는 자동차 진입로를 따라 걷다가 주차장을 지나고 잔디의자가 발견되었던 헛간 뒤를 돌았다. 그는 주위를 둘러보면서 범인이 왜 하필 이곳에 앉았는지 생각해보았다. 문이 열렸다가 쾅 닫히는 소리와 함께 익숙한 목소리가 그의 주의를 흩어놓았다.

"이런 젠장! 공습을 요청해서 눈을 싹 쓸어버리든지 해야지, 원!"

자신의 존재를 알리는 편이 낫겠다 싶어서 거니는 헛간 일대와 저택의 테라스를 구분하는 높은 덤불숲 사이로 걸어나왔다. 하드윅과 톰 크루즈를 닮은 수사관 블랫이 떨떠름한 표정으로 그를 반겼다.

"여기서 뭐하나?"

하드윅이 물었다.

"지방검사하고 임시계약을 했어. 현장을 다시 한번 보고 싶었지. 방해해서 미안하네만 내가 여기 있단 걸 알려야할 것 같아서."

"덤불숲 속에 있었나?"

"헛간 뒤에. 범인이 앉아 있던 곳."

"뭘 하려고?"

"범인이 뭘 하려고 거기 앉아 있었는지가 더 중요한 거 아닌가?"

하드윅이 어깨를 으쓱했다.

"어둠 속에 숨어 있었겠지. 빌어먹을 잔디의자에 앉아서 담배를 피우면서 적절한 때를 기다렸겠지."

"적절한 때라는 게 정확히 언제였을까?"

"그게 뭐가 중요하지?"

"글쎄, 나도 잘 모르겠네. 하지만 왜 여기서 기다렸을까? 왜 의자까지 들고 현장에 그렇게 일찌감치 나와 있었을까?"

"멜러리가 잠들기를 기다렸을 수도 있고. 불이 완전히 꺼질 때까지 기다렸을 수도 있고."

"캐디 멜러리 말에 따르면 두 사람은 일찌감치 잠자리에 들었고 불을 껐어. 그리고 그들을 깨운 전화를 생각해보면, 범인이 한 것으로 보이는 그 전화를 생각해보면 말이야, 범인은 그들이 깨어 있기를 원했어. 잠들어 있길 원한 게 아니고. 만약 불이 꺼지는 걸 확인하고 싶었다면 왜 굳이 이곳을, 위층 창문이 보이지 않는 몇 개 안 되는 지점 중 한 곳을 골랐을까? 사실 그 의자가 있던 위치에서는 집이 보이지도 않았어."

"그래서 도대체 이 모든 게 다 무슨 의미란 건가?"

하드윅이 덤덤하게 물었지만 그의 눈빛은 말투와 달리 불안정해 보였다.

"아주 영리하고 용의주도한 범인이 어리석은 짓을 했거나, 아니면 그날 있었던 일에 대한 우리 가설이 완전히 틀렸거나."

마치 테니스 게임을 구경하듯 두 사람이 주고받는 대화를 듣고 있던 블랫이 하드윅을 쳐다보았다.

하드윅은 기분 나쁜 맛이 나는 무언가를 씹은 것 같은 표정을 지었다.

"어디 가서 커피 좀 가져오지?"

하드윅의 명령에 블랫은 불만의 표시로 입술에 힘을 주었지만 결국 커피를 가지러 들어갔다.

하드윅은 천천히 담배에 불을 붙였다.

"말이 안 되는 게 또 한 가지 있네. 발자국을 분석한 자료를 봤는데 대로에서 헛간 뒤 의자가 있던 지점까지 찍힌 발자국은 시체에서 나무까지 찍힌 발자국의 보폭보다 7.5센티미터나 더 커."

"나갈 때보다 들어올 때 더 빨리 걸었다고?"

"바로 그거야."

"그러니까 살인을 하고 현장에서 빠져나갈 때보다 헛간까지 와서 의자에 앉아 기다릴 때 더 급하게 왔다고?"

"위그 경사가 분석한 바에 의하면 그래. 나도 달리 설명할 방법이 없고."

거니가 고개를 저었다.

"잭, 내가 분명히 말하고 싶은 건 지금 우리가 바라보는 렌즈가 초점이 맞지 않는단 걸세. 그나저나 신경 쓰이는 게 또 한 가지 있는데 위스키 병이 정확히 어디서 발견됐지?"

"시체에서 3미터 정도 떨어진 곳, 나가는 발자국 근처에."

"왜 거기 있었을까?"

"거기다 던진 거겠지. 그게 뭐가 문제란 건가?"

"왜 거기까지 들고 갔을까? 시체 옆에 바로 떨어뜨리지 않고?"

"미처 생각을 못 했겠지. 그 순간 흥분해서 손에 들고 있단 사실을 잊었겠지. 그걸 알아차린 순간에 버렸을 거야. 그게 문제가 되나?"

"문제가 안 될 수도 있어. 그런데 발자국은 아주 규칙적이고 안정적이고 침착해. 마치 모든 게 계획대로 진행됐다는 듯이."

"그래서 뭐가 어떻단 건가?"

하드윅은 찢어진 비닐봉지 속에 담긴 물건들을 떨어뜨리지 않으려고 애쓰는 사람처럼 짜증스러운 표정을 지었다.

"이 사건의 모든 행위가 아주 냉정하고 치밀해. 지능적이고. 내 직감으로는 이 사건의 모든 정황이 다 이유가 있을 거 같아."

"그러니까 자넨 범인이 살인 무기를 들고 3미터를 걸어가서 떨어뜨린 것도 어떤 이유가 있었을 거란 건가?"

"내가 보기엔 그래."

"도대체 거기 어떤 빌어먹을 이유가 있겠나?"

"그게 우리한테 어떤 영향을 주었을까?"

"무슨 소린가?"

"범인은 마크 멜러리한테 초점을 맞춘 것만큼 경찰한테도 초점을 맞추고 있어. 범행 현장에 널린 이상한 증거들이 우리하고 게임을 하자는 거란 생각 안 들어?"

"아니, 그런 생각 안 들어. 솔직히 자네가 좀 과민반응을 하는 거 같은데."

거니는 반박하고 싶었지만 대신 "로드리게스 반장은 아직도 고객 중에 한 명을 범인으로 보고 있다면서?"라고 물었다.

"그 정신병동에 머물고 있는 미치광이들 중 한 명이라고 표현하더군."

"자네 생각도 그런가?"

"거기 있는 사람들이 정신병자라는 거? 그건 동의해. 그들 중 한 명이 범인이냐고? 그럴 수도 있겠지."

"그렇지 않을 수도 있고?"

"잘 모르겠어. 반장한테는 말하지 말게."

"반장이 특별히 마음에 들어 하는 후보자라도 있나?"

"마약중독자이기만 하면 무조건 오케이일걸. 어젠 멜러리 수련원이 돈 많은 인간쓰레기들의 비밀 호텔이라고 떠들어대더군."

"그게 어떻게 연결이 되지?"

"뭐하고 뭐가?"

"마약중독하고 마크 멜러리 살인 사건."

하드윅은 마지막으로 담배를 깊이 한 모금 들이마신 뒤 호랑가시나무 울타리 밑 축축한 땅에 꽁초를 던졌다. 이미 정밀한 현장 조사가 끝나긴 했어도 그의 행동이 범죄 현장을 훼손하고 있다는 생각이 들었다. 예전에 함께 일할 때도 하드윅은 이런 식이었다.

그가 발끝으로 불씨가 남아 있는 담배꽁초의 불을 끄기 위해 덤불을 밟고 지나가는 것을 보고도 거니는 놀라지 않았다. 그것이 그가 다음에 무슨 말을 할지, 혹은 하지 않을지 결정할 시간을 버는 방법이었다. 담배꽁초의 불이 완전히 꺼지고 흙 속에 깊이 파묻히자 마침내 하드윅이 입을 열었다.

"범인하고는 별 관계가 없을 수도 있겠지만 로드리게스하곤 아주 밀접한 관계가 있지."

"나한테 말할 수 있는 문젠가?"

"그레이스톤에 딸이 있어."

"뉴저지에 있는 정신병원?"

"맞아. 영구적인 뇌 손상을 입었다지 아마. 클럽 드럭*, 크리스탈 메스**, 크랙*** 등등. 뇌신경이 손상되어서 제 엄마를 죽이려고 했대. 로드리게스 반장은 세상의 모든 마약중독자들이 자기 딸에게 책임이 있다고 생각해. 그 부분에 대해서는 냉정할 수가 없겠지."

"그래서 마약중독자가 멜러리를 죽였다고 생각하는 건가?"

"그게 반장이 바라는 바이고 그래서 그렇게 믿는 거지."

눈 덮인 들판에서 테라스를 가로지르며 눅눅하고 고독한 한 줄기 바람이 불었다. 거니는 몸서리를 치며 재킷 주머니에 손을 넣었다.

"난 클라인한테 잘 보이려고 그러는 건 줄 알았지."

"그런 것도 있지. 병신 같은 새끼가 꼴에 복잡하기까지 하다니

* 클럽에서 주로 사용되는 환각제

** 메타암페타민 가루로 이루어진 신종 마약

*** 정제한 환각제

까. 지배욕이 강하고 야심 덩어리에 정서적으로 불안정해. 약물중독자들을 처단하지 못해 안달이 났고. 하여튼 자네도 별로 마음에 들어 하지 않아."

"특별한 이유라도?"

"표준적인 절차에서 벗어나는 걸 좋아하지 않아. 똑똑한 사람도 좋아하지 않고. 자기보다 클라인하고 가까운 사람도 좋아하지 않고. 그것 말고 어떤 빌어먹을 이유가 있는지 누가 알겠나, 젠장!"

"수사팀을 이끌어가기에 적절한 성품은 아닌 것 같군."

"그거야 뭐, 이 바닥에서 새로울 것도 없는 일 아닌가? 하지만 한심한 개자식이라고 해서 하는 말이 항상 틀린 건 아니잖아."

거니는 하드윅 특유의 지혜를 잠시 음미한 뒤 화제를 바꾸었다.

"고객들한테 초점을 맞춘다는 건 다른 가능성을 배제한다는 뜻인가?"

"예를 들면?"

"수련원 인근에 있는 사람들, 그리고 모텔, 여관, 민박집 같은 곳들."

"지금 배제하고 있는 건 아무것도 없어. 인근의 집들은 24시간 내로 전부 조사했지만 전혀 수확이 없었어. 수련원 주변에는 집이 열 채 정도밖엔 없더라고. 무언가를 들은 사람도, 본 사람도, 기억한 사람도 없었어. 엉뚱한 시간에 낯선 이방인이나 소음, 차량을 본 사람도 없었고. 코요테 소리를 들었다는 사람이 몇 명 있었고 부엉이 울음소리를 들었다는 사람도 몇 명 있었고."

하드윅이 갑자기 방어적인 태도를 취하며 말했다.

"그게 몇 시쯤이었지?"

"뭐가?"

"부엉이 울음소리."

"나도 모르겠어. 그 사람들도 모른다고 했으니까. 그저 한밤중이었다고만 했어.

"숙박업체들은?"

"뭐?"

"인근 숙박업체들을 누가 확인해봤나?"

"마을 입구에 모텔이 하나 있어. 사냥꾼들이 묵는 낡은 모텔인데 그날 밤엔 비어 있었대. 거기 말고는 5킬로미터 반경 내에 모텔이 두 개 더 있는데 한 곳은 겨울철이라 문을 닫았고 또 한 곳은, 내 기억이 정확하다면 사건 당일에 방 하나만 예약이 됐대. 새를 관찰한다는 남자하고 그 어머니하고."

"11월에 새를 관찰한다고?"

"나도 그게 이상하더라고. 그래서 조류 관찰 웹사이트를 확인해봤지. 알고 보니 진짜 조류애호가들은 겨울을 좋아한다던데? 나뭇잎이 없어서 더 잘 보인다나? 꿩, 부엉이, 뇌조, 박새 등등."

"그 사람들하고 얘기해봤고?"

"블랫이 주인 중 한 명하고 얘기했는데 성실한 사람들이고 이름이 좀 희한한 것 말고는 별다른 특징이 없었다던데."

"이름이 희한하다고?"

"그 사람들 중 한 명이 이름이 피치 핏*인가 뭔가 그렇대."

"피치 핏?"

"뭐 그 비슷한 거였어. 아니 플럼스톤**이었나? 맞아, 그거였어. 폴 플럼스톤. 본명일까?"

* 복숭아 씨

** 자두 씨

"조류 관찰한다는 사람은 만나봤고?"

"블랫이 갔을 때 이미 떠난 모양이던데? 확실한 건 아니고."

"아무도 추적조사 안 했나?"

"젠장! 그 사람들이 뭘 알겠나? 피치 핏을 만나고 싶어? 좋을 대로 해. 수련원에서 산 아래쪽으로 2.4킬로미터 지점에 있는 로렐스라는 모텔이야. 이 사건에 투입된 인력은 아주 제한되어 있어서 피어니를 스쳐간 모든 인간을 하나하나 쫓아다닐 시간은 없다고, 젠장."

"맞아."

거니의 대답의 의미는 모호했지만 하드윅은 왠지 그 말에 마음이 누그러지는 듯이 보였다.

"그 얘기가 나와서 말인데 이제 그만 가봐야겠네. 그나저나 자네 여기서 뭘 한다고 했지?"

하드윅이 거의 따스하게 들리는 말투로 말했다.

"현장을 둘러보면 뭔가 생각이 날 것도 같아서."

"그게 뉴욕 경찰 최고의 형사가 사건을 해결하는 방식인가? 답답한 노릇이군!"

"알아, 잭. 나도 안다고. 하지만 지금 내가 할 수 있는 일이 이것뿐이잖아."

하드윅은 믿을 수 없다는 듯 과장스럽게 고개를 저으며 집으로 들어갔다.

거니는 축축한 눈 냄새를 들이켰다. 언제나 그랬듯이 눈 냄새는 잠시나마 머릿속에서 모든 논리적인 생각들을 밀어내고 말로 표현할 수 없는 강렬한 어린 시절의 감정을 불러냈다. 그는 숲 쪽으로 난 흰 눈밭을 걸었다. 눈 냄새에 얽힌 추억들이 물밀듯 되살아났다. 다섯 살인가 여섯 살 때 아버지가 그에게 읽어주던 이야기의 기억. 그의 실제 삶에서 일어났던 그 어떤 일들보다 강렬했던 그 이야기들. 개척자, 외딴 오두막, 숲 속의 오솔길, 착한 인디언, 나쁜 인디언, 부러진 나뭇가지, 숲 속에 난 모카신 발자국, 결정적으로 적의 위치를 알려주었던 덤불숲의 부러진 가지들, 숲 속 새들의 울음소리. 어떤 것은 진짜이고 어떤 것은 인디언들이 의사소통의 수단으로 흉내 낸 소리였다. 너무도 선명한 이미지였고 너무도 상세한 묘사였다. 아버지가 들려준 이야기들이 정작 아버지 자신에 대한 기억을 밀어낸 것은 얼마나 아이러니인지. 물론 이야기를 들려준 것 말고는 아버지와 함께한 기억이 거의 없었다. 아버지는 그저 일을 했을 뿐이었다. 일만 했고 늘 닫혀 있었다.

일만 했고 늘 닫혀 있었다. 한 사람의 삶을 농축한 이 문장. 문득 거니는 깨달았다. 그 말이 아버지의 삶을 정확하게 표현했듯 그 자신의 삶도 정확하게 표현하고 있다는 것을.

아버지를 닮았다는 사실을 부정하려고 그가 세웠던 벽에 최근 들어 커다란 구멍들이 뚫리는 것 같았다. 자신이 아버지를 닮아가는 것이 아니라 이미 오래전에 아버지처럼 된 것은 아닌지. 일만 하고 늘 닫혀 있는 사람. 그 말 속에 담긴 그의 삶은 얼마나 왜소하고도 싸늘한지. 지상에서의 한 인간의 삶이 그토록 짧은 문장 하나로 압축된다는 것은 얼마나 수치스러운 일인지. 그가 그토록 닫힌 사람이라면 그는 도대체 어떤 남편이었던가? 또 어떤 아버지였던가? 도대체 아버지라는 사람이 얼마나 자신의 일에 목을 매었으면 제 아들보다도……. 그만. 그 정도면 됐다.

새로 내린 눈이 범인의 발자국을 지웠지만 거니는 기억을 더듬으며 숲으로 향했다. 소나무 숲에 이르고 느닷없이 발자국이 사라진 지점에 이르자 그는 소나무 향을 들이마셨다. 그리고 침묵의 소리에 귀를 기울이며 영감이 떠오르기를 기다렸다. 그러나 영감은 떠오르지 않았다. 영감이 떠오를 거라 기대했던 자신에게 화가 난 거니는 살인이 있던 날 밤 일어났던 일들에 대해 자신이 실제로 알고 있는 것들을 스무 번도 넘게 되짚어보았다. 범인은 대로에서 걸어서 이곳으로 들어왔을까? 38스페셜과 깨어진 포 로지스 병, 잔디의자, 그리고 여벌의 부츠, 멜러리를 밖으로 끌어낼 수 있는 동물 울음소리가 녹음된 미니 테이프 플레이어를 들고서? 타이벡 작업복에 장갑을 끼고 소음을 막기 위해 두꺼운 거위털 잠바를 입고 왔을까? 그러고 나서 헛간 뒤에 담배를 피우며 앉아 있었을까? 그러고 나서 멜러리를 밖으로 유인해서 총으로 그를 죽인 다음, 칼로 적어도 열네 번 찔렀을까? 그러고 나서 침착하게 숲쪽으로 난 잔디밭을 800미터 정도 가로지른 다음, 나뭇가지에 부츠 한 벌을 걸어놓고 흔적도 없이 유유히 사라졌을까?

거니의 얼굴이 굳어졌다. 습기와 한기 때문이기도 했지만 한편으로는 그 어느 때보다도 선명하게, 그가 알고 있는 것이 전혀 말이 되지 않는다는 사실을 깨달았기 때문이었다.

29

거꾸로

11월은 거니가 가장 싫어하는 달이었다. 햇빛이 줄어드는 달이었고 가을과 겨울 사이의 어정쩡한 달이었다.

우울한 날씨가 멜러리 사건에서 거니 자신이 안개 속에서 헤매고 있다는 생각, 눈앞에 뻔히 보이는 것을 놓치고 있다는 생각을 더욱 부추겼다.

피어니에서 집으로 돌아온 거니는 그답지 않게 자신의 혼란을 매들린과 나누기로 했다. 매들린은 남은 차와 크랜베리 케이크를 놓고 소나무 테이블 앞에 앉아 있었다.

"당신 견해를 듣고 싶은 문제가 있어."

거니는 이렇게 말하고서 곧바로 자신의 어휘 선택을 후회했다. 매들린은 견해라는 말을 별로 좋아하지 않았다.

그녀가 호기심 어린 표정으로 고개를 비스듬히 했고 거니는 그것을 일종의 허락으로 받아들였다.

"멜러리 정신 수련원은 플리처스 브룩 로드하고 톤부시 레인 사이, 마을 위쪽의 언덕 12만 평 정도에 자리 잡고 있어. 수련원에는 11만 평 정도의 숲, 1만 2000평 정도의 잔디밭이 있고 화단, 주차장과 세 개의 건물이 있지. 사무실하고 객실이 있는 본관, 멜러리의 사택, 그리고 장비들을 보관하는 헛간."

매들린이 눈을 들어 부엌 벽에 달린 시계를 쳐다보았고 거니는 말을 서둘렀다.

"수사팀이 플리처스 브룩 로드에서부터 수련원 부지 안으로 들어와서 헛간 뒤에 놓인 의자까지 이어진 범인의 발자국을 발견했어. 의자에서 다시 멜러리가 살해당한 지점까지 발자국이 이어졌고 거기서 다시 숲 쪽으로 800미터 지점까지 발자국이 있었어. 그런데 거기서부터는 더 이상 발자국이 없었어. 거기까지 발자국을 만든 사람이 흔적조차 남기지 않고 어떻게 사라질 수 있었는지 아무 단서도 없고."

"장난치는 거 아니고?"

"사건 현장에 실제로 남겨진 증거들을 말하는 거야."

"당신이 말했던 그 반대편 길은?"

"톤부시 레인은 마지막 발자국이 찍힌 곳에서 90미터 이상 떨어져 있어."

"또 곰이 왔나 봐."

잠시 침묵한 뒤 매들린이 말했다.

"뭐?"

거니가 그녀의 말뜻을 알아듣지 못하고 반문했다.

"곰."

그녀가 고갯짓으로 창문을 가리키며 말했다.

창문과 동면에 접어든 서리 덮인 화단 사이에 새 모이통의 철제

지지대가 구부러져 있었고 모이통이 두 동강 나 있었다.

"나중에 내가 손볼게. 발자국 문제에 대해서 할 얘기 없어?"

거니는 대화 내용과 무관한 그녀의 말에 짜증이 났다.

매들린이 하품을 했다.

"한심한 노릇이라고 생각해. 미친 사람이 저지른 짓이잖아."

"하지만 어떻게 그게 가능했을까?"

"숫자 놀음하고 똑같아."

"무슨 뜻이지?"

"그러니까 어떻게 그런 짓을 했는지가 뭐가 중요해?"

"더 얘기해봐."

거니가 재촉했다. 짜증보다 호기심이 조금 더 컸다.

"어떻게는 중요하지 않아. 문제는 왜이고 그 대답은 빤하잖아."

"그래서 그 빤한 대답은?"

"당신들이 바보 천치라는 걸 증명하고 싶은 거지."

그녀의 대답에 거니는 두 가지 상반되는 감정을 느꼈다. 이 사건의 표적이 경찰이라는 그의 생각에 매들린이 동의했다는 것이 기뻤고, 매들린이 바보천치라는 말을 너무 강하게 발음한 것이 불쾌했다.

"거꾸로 걸었을 수도 있지 않을까?"

매들린이 어깨를 으쓱하며 말했다.

"어쩌면 발자국이 시작된 것처럼 보이는 곳이 발자국이 끝난 곳이고, 발자국이 끝난 곳처럼 보이는 곳이 발자국이 시작된 곳은 아닐까?"

그것은 이미 거니가 생각해보았다가 접어둔 가능성들 중 하나였다.

"두 가지 문제가 있어. 만약 그렇다면 우리의 질문이 '발자국이 어떻게 느닷없이 끝날 수 있었는가?'에서 발자국이 어떻게 느닷없이 시작될 수 있었는가?'로 바뀌어야 하겠지. 두 번째, 발자국의 간격은 아주 일정했어. 800미터 가까이 숲길을 걸으면서 단 한 번도 주춤거리지 않았다는 건 상상하기 힘들어."

그러나 매들린의 아주 작은 관심이라도 무척이나 반가운 일이란 생각이 들었다.

"하지만 당신 생각 꽤 그럴듯한데? 계속 생각해봐."

거니가 다정하게 덧붙였다.

다음 날 새벽 2시. 구름 뒤에 숨은 초승달의 희미한 달빛이 드리워진 직사각형의 침실 창문을 바라보면서 계속 생각하고 있는 사람은 매들린이 아닌 거니였다. 그는 발자국이 난 방향과 실제로 범인이 움직인 방향이 다를 수 있다는 매들린의 말을 생각하고 있었다. 만약 그렇다면 어떻게 이해해야 할까? 설령 누군가 그렇게 길고 고르지 않은 길을 단 한 번도 발을 헛디디지 않고 걸을 수 있다고 해도 결국 설명할 수 없는 발자국의 중단이 설명할 수 없는 발자국의 시작으로 대체되는 것뿐이었다.

하지만 과연 그럴까?

어쩌면…….

그러나 그런 일이 일어날 리 없었다. 그래도 일단 그렇게 가정해본다면…….

셜록 홈스의 말을 인용하자면 불가능한 것들을 제거하면 그다음에 남는 것이 비록 말도 안 되는 것일지라도 바로 진리다.

"매들린?"

"음?"

"깨워서 미안해. 아주 중요한 일이야."

매들린의 대답은 긴 한숨이었다.

"깼어?"

"이제 깼어."

"들어봐. 만약 범인이 대로가 아닌 뒷길로 들어왔다면? 만약 범행을 저지르기 몇 시간 전에, 그러니까 눈이 내리기 전에 들어왔다면? 그래서 뒷길에서 조그만 잔디의자를 비롯한 장비들을 들고 바로 소나무 숲으로 들어가서 거기서 타이벡 작업복을 입고 라텍스 장갑을 끼고 기다렸다면?"

"숲 속에서?"

"소나무 숲. 그러니까 우리가 발자국이 끝났다고 생각한 그 지점 말이야. 거기 앉아서 눈이 그칠 때까지 기다린 거야. 자정 조금 넘어서까지. 그러고 나서 그자는 일어서서 의자하고 위스키 병, 총, 동물 울음소리가 녹음된 미니 테이프 플레이어를 들고 집까지 800미터를 걸어온 거야. 오는 길에 멜러리한테 전화를 해서 동물 울음소리를 들을 수 있도록 깨어 있는지 확인했겠지."

"잠깐만. 숲길을 나오면서 뒤로 걸을 수는 없다면서."

"뒤로 걷지 않았어. 그럴 필요가 없었지. 발자국의 방향과 실제 범인이 움직인 방향이 다를 수도 있다는 당신 말은 옳았어. 그런데 우린 한 가지를 더 분리해야 해. 만약 신발 밑창을 신발에서 분리할 수 있다면?"

"어떻게?"

"범인이 한 일은 한 가지뿐이었어. 신발 한 켤레의 밑창을 잘라서 다른 부츠에 붙이는 거야. 거꾸로. 그러면 앞으로 걸으면서 뒤로 걸은 것처럼 깨끗한 발자국을 남길 수 있겠지."

"잔디의자는?"

"테라스로 들고 갔겠지. 거위 털 잠바로 총구를 감싸는 동안 다른 물건들을 거기 올려놓았을 거야. 의자 다리 자국은 자기 발자국으로 쉽게 지울 수 있었을 테니 나중에 아무도 보지 못했겠지. 그러고 나서 동물 울음소리가 들리도록 테이프를 틀어서 멜러리를 뒷문으로 유인했어. 이 일이 일어난 과정에는 다양한 변수가 존재하지만 사실 결론은 그자가 멜러리를 집 밖으로 유인해서 총을 대고 쏘았다는 거야. 멜러리가 쓰러진 뒤에는 깨어진 유리병으로 반복해서 찔렀어. 그러고 나서 테라스 쪽으로 오면서 만들었던 발자국 위에 유리병을 던져놓았어. 물론 우리가 보기엔 테라스에서 빠져나가는 발자국이었지."

"그걸 왜 시체 옆에 남겨두지 않았지? 아니면 왜 가져가지 않았지?"

"우리가 그걸 찾기를 원했기 때문에 가져가지 않은 거지. 위스키 병은 게임의 일부야. 이 모든 게 다 게임이라고. 범인은 떠나는 것처럼 보이는 발자국에, 그러니까 그 작은 속임수에 마치 케이크에 당의를 얹듯이 술병을 던졌을 거라는 게 나의 추측이야."

"아주 치밀하고 구체적인 가설이네."

"발자국이 끝나는 지점처럼 보이는 곳에 부츠 한 벌을 남겨놓은 것처럼 치밀하고 구체적이지. 하지만 물론 그 부츠는 출발하면서 남겨놓은 거야."

"그러니까 그 부츠가 발자국을 남긴 부츠가 아니란 거야?"

"그 사실은 이미 확인이 됐어. 범죄 수사국 연구소에서 나무에서 거둔 부츠와 눈 위에 남긴 발자국 밑창에 아주 작은 차이가 있음을 발견했거든. 처음엔 말이 되지 않았는데 이렇게 정리해보면 말이 되잖아. 그것도 완벽하게."

매들린은 한동안 말이 없었지만 새로운 시나리오의 허점을 알아내기 위해 몰입하고 분석하고 시험하고 있다는 것을 거니는 확신할 수 있었다.

"술병을 던진 다음엔 어떻게 되지?"

"범인은 테라스에서 헛간 뒤쪽으로 갔어. 그리고 거기다가 잔디 의자를 내려놓고 그 주위에 담배꽁초들을 던져놓았지. 범행을 저지르기 전에 거기 앉아 있었던 것처럼 보이려고. 그러고 나서 티벡 작업복과 라텍스 장갑을 벗고 잠바를 입고, 헛간에서 거꾸로 된 발자국을 남겨놓으면서 플리처 브룩 로드로 나간거야. 그쪽은 이미 눈을 치웠기 때문에 그때부턴 발자국이 남지 않았겠지. 그다음엔 톤 부시 레인에 세워둔 차를 타고 어디론가 갔겠지."

"피어니 경찰들이 들어오면서 아무도 못 봤대?"

"못 본 거 같아. 범인은 숲으로 달아났거나 아니면……."

그는 잠시 이런저런 가능성들을 생각하기 위해 말을 멈추었다.

"아니면?"

"가능성이 높지는 않지만 수사팀이 조사할 거라는 모텔이 하나 있어. 사람 머리가 잘려나갈 정도로 칼질을 한 뒤에 그랬다는 게 좀 이상하게 들릴 수도 있겠지만 어쩌면 우리의 살인마는 유유히 아늑한 모텔로 돌아갔을 수도 있어."

두 사람은 몇 분 동안 말없이 나란히 누워 있었고 거니의 마음은 이제 막 손수 제작한 보트를 띄운 사람처럼 미친 듯이 자신이 재구성한 범죄의 앞뒤로 내달리면서 혹시라도 물이 새는 곳이 있는지 열심히 확인했다. 큰 구멍이 없음을 확인한 뒤 그는 매들린의 생각을 물었다.

"완벽한 적수네."

매들린이 말했다.

"뭐?"

"완벽한 적수라고."

"무슨 뜻이지?"

"당신은 퍼즐을 좋아하잖아. 그 사람도 마찬가지야. 천상의 결합이야."

"지옥의 결합일 수도 있고."

"그럴 수도 있겠지. 그건 그렇고 그 편지들 말이야, 좀 이상해."

"이상하다니?"

매들린은 가끔 대화 도중 단계를 뛰어넘어서 그를 뒤처지게 만들곤 했다.

"당신이 나한테 보여준 편지들 있잖아. 범인이 멜러리한테 보낸 것들. 처음 두 개는 편지였고 그다음엔 시들이었잖아. 내용이 어땠는지 기억하려고 애썼는데."

"그런데?"

"그런데 잘 기억이 나질 않더라고. 난 기억력이 꽤 좋은 편이잖아. 근데 그 이유가 뭔지 알아냈어. 그 편지에는 구체적인 게 하나도 없어."

"그게 무슨 말이야?"

"구체적인 게 없다고. 멜러리가 무슨 짓을 했는지, 그리고 누가 상처를 입었는지. 왜 그렇게 애매모호하지? 이름도, 날짜도, 장소도, 그 어떤 구체적인 정보도 없어. 이상해. 안 그래?"

"658이라는 숫자와 19라는 숫자는 아주 구체적이었지."

"하지만 그 숫자는 멜러리한테 아무 의미도 없었어. 그 숫자를 생각해냈다는 것 말고는. 그리고 어쨌든 그것도 속임수일 거고."

"속임수라고 해도 아직 그 수법을 밝혀내지 못했어."

"당신은 알아낼 거야. 그런 거 잘하잖아."

매들린이 하품을 했다.

"아마 당신보다 더 잘하는 사람은 없을걸."

이번에는 그녀의 목소리에서 그 어떤 냉소도 감지할 수 없었다.

거니는 그녀의 칭찬이 주는 위안에 잠시나마 편안해진 마음으로 어둠 속에 누워 있었다. 그리고 그의 두뇌는 범인이 보낸 편지의 내용을 매들린의 말에 비추어 낱낱이 훑기 시작했다.

"멜러리를 겁먹게 하기엔 충분할 정도로 구체적이야."

그가 말했다.

"아니면 겁먹게 하기에 충분할 정도로 모호하든가."

매들린이 졸린 목소리로 말했다.

"무슨 뜻이야?"

"모르겠어. 어쩌면 구체적으로 말할 만한 일이 하나도 없었던 건 아닐까?"

"멜러리가 아무 짓도 안 했다면 왜 살해당했을까?"

매들린은 어깨를 으쓱하는 몸짓에 해당되는 소리를 냈다.

"모르겠어. 어쨌든 그 편지들은 뭔가 잘못됐다는 생각이 들어. 이제 그만 자."

30

에메랄드 별장

거니는 새벽에 눈을 떴다. 몇 주 만에, 어쩌면 몇 달 만에 개운한 기분이었다. 부츠의 미스터리를 푼 것이 첫 번째 도미노를 쓰러뜨린 거라고 말하면 과장일지도 몰랐다. 하지만 떠오르는 태양을 바라보면서 피어니의 플리처스 브룩 로드에 있는 모텔로 차를 몰 때 거니는 바로 그런 기분이었다.

클라인의 사무실, 혹은 범죄 수사국에 보고하지 않고 그 이상한 사람들을 만나보는 것이 규율 위반일 수 있다는 생각이 들었지만 만약 누가 문제 삼는다 해도 그로 인해 죽진 않으리라. 게다가 이번 사건이 어쩐지 거니의 느낌대로 풀리고 있다는 기분이 들었다.

일에는 흐름이란 게 있는 법이니까…….

플리처스 브룩 교차로를 1.5킬로미터 정도 남겨두었을 때 전화벨이 울렸다. 엘렌 라코프였다.

"검사님께서 알려드릴 일이 있다고 합니다. 범죄 수사국의 위그 경사가 마크 멜러리가 범인에게서 받은 전화의 음향 증강 실험을 했는데요. 그 전화에 대해선 알고 계시죠?"

"알고 있어요."

거니는 역겨운 목소리, 멜러리가 생각한 19라는 숫자, 그리고 그 숫자를 우편함에서 발견한 일을 기억해내며 말했다.

"위그 경사의 보고에 의하면 파장 분석 결과 테이프에 녹음된 차량 소음은 미리 녹음된 것이라고 합니다."

"다시 한번 말씀해주시겠습니까?"

"위그 경사의 보고에 의하면 테이프에는 두 종류의 음향이 담겨 있습니다. 전화 건 사람의 목소리와 자동차 엔진 소리가 거의 분명한 차량 소음이 1차 음향입니다. 그것은 통화가 이루어질 당시에 발생한 현장의 음향이고요. 그 외의 다른 배경소음, 주로 차가 지나가는 소리로 이루어진 소음은 2차 음향, 말하자면 통화 당시 테이프로 재생된 음향입니다. 듣고 계신가요?"

"네, 듣고 있어요. 지금 이해하려고 애쓰는 중입니다."

"다시 한번 말씀드릴까요?"

"아뇨. 분명히 알아들었습니다. 아주…… 흥미로운 얘기군요."

"클라인 검사님도 형사님이 흥미롭게 생각할 거라고 하시면서 그게 어떤 의미인지 알아내는 대로 전화를 달라고 하셨어요."

"그러죠."

거니는 플리처스 브룩 로드로 접어들었고 1.5킬로미터쯤 달린 뒤 깨끗하게 정돈된 정원과 로렐스의 사유지임을 명기하는 간판이 보였다. 우아하고 동그란 명패에 섬세한 글씨체로 쓴 간판이었다. 그 간판 뒤로 월계수 잎으로 장식된 격자 세공 아치문이 있었고 그 밑으로 좁은 자동차 진입로가 나 있었다. 꽃들은 이미 몇 달 전에 자취를 감춘 것이 분명했지만 그 문 밑을 지나가가면서 거니의 마음이 꽃향기를 불러냈고 나아가서 던칸 왕이 죽음을 당하는 날 밤에 맥베스의 영지에 대해 했던 말을 떠올렸다.

"참으로 아름다운 성이로다……."

아치문 뒤쪽으로 마치 불교 사원의 정원처럼 깔끔하게 정돈된 자갈밭 주차장이 보였다. 똑같이 정갈한 자갈밭 길이 주차장에서부터 깔끔한 삼나무 목조 단층집의 앞문까지 이어졌다. 초인종이 있어야 할 자리에 달린 고풍스러운 고리쇠에 손을 뻗는 순간에 문이 열리면서 경계하는 듯, 살피는 듯한 눈빛에 체구가 작은 남자가 나타났다. 깔끔한 폴로셔츠와 분홍빛 피부, 중년 남자의 얼굴치고는 지나치게 밝은 금발 머리카락까지 모든 것이 깔끔했다.

"아!"

주문한 피자가 20분 늦었지만 마침내 도착했음을 깨닫고 흡족해하는 듯한 감탄사였다.

"플럼스톤 씨 되십니까?

"아뇨, 전 플럼스톤이 아닙니다. 제 이름은 브루스 웰스톤입니다. 이름의 운율이 비슷한 건 순전히 우연의 일치고요."

작은 체구의 남자가 말했다.

"그러시군요."

거니가 당황하며 말했다.

"그러니까…… 경찰이신가요?"

"지방검사 사무실의 특별 수사관 거니라고 합니다. 제가 온다고 누가 알려주던가요?"

"저하고 통화한 경찰이요. 제가 사람 이름은 도무지 기억을 못합니다. 그나저나 왜 문 앞에 서 계십니까? 들어오세요."

거니는 짧은 복도를 지나 화려한 빅토리아풍 가구들로 장식된

응접실로 들어갔다. 통화를 했다는 경찰은 누구일까. 그의 눈빛에 호기심이 드리워졌다.

"죄송합니다. 저는 이런 사건의 절차에 대해 잘 알지 못해서요. 에메랄드 별장으로 바로 가시겠습니까?"

거니의 표정을 잘못 해석한 웰스톤이 말했다.

"네?"

"에메랄드 별장이요."

"에메랄드 별장이라고요?"

"범죄 현장 말입니다."

"어떤 범죄 현장이요?"

"그 사람들이 얘기 안 하던가요?"

"무슨 얘기 말입니까?"

"여기 오신 이유 말입니다."

"웰스턴 씨, 무례하게 굴고 싶지 않지만 도대체 무슨 말씀이신지 처음부터 차근차근 설명해주시겠습니까?"

"이거 정말 미칠 노릇이군! 전화로 다 얘기했는데! 전부 다 두 번이나 말했는데 어쩐지 말귀를 못 알아듣는 것 같더라니!"

"화가 나실 만도 하네요. 죄송하지만 그때 말씀하셨던 것을 다시 한번 말씀해주시겠습니까?"

"루비 구두를 도난당했어요. 그게 얼마나 비싼 건지 아십니까?"

"루비 구두요?"

"이거야 원! 그 귀한 물건에 대해 한마디도 안 했단 거군요."

웰스턴이 마치 발작이 일어나는 것을 막으려는 듯 심호흡을 하기 시작했다. 그리고 눈을 감았다. 마침내 다시 눈을 떴을 때 그는 경찰의 무능함을 받아들이기로 한 듯 마치 초등학교 교사 같은 목소리로 이야기를 시작했다.

"엄청나게 값이 나가는 제 루비 구두가 에메랄드 별장에서 사라졌습니다. 증거는 없지만 그 방에 마지막으로 묵었던 투숙객이 가져간 게 틀림없다고요."

"에메랄드 별장은 이 모텔의 일부인가요?"

"물론 그렇습니다. 이곳의 이름은 로렐스(월계수)예요. 이름을 그렇게 지은 이유는 너무도 분명하지요. 이곳에는 세 채의 건물이 있는데 우리가 있는 이곳 외에 두 채가 더 있어요. 에메랄드 별장과 허니비 별장입니다. 에메랄드 별장은 오즈의 마법사를 바탕으로 꾸며졌습니다. 그 영화야말로 불후의 명작이지요."

그의 눈빛이 거니로 하여금 반박할 수 없게 만들었다.

"그곳의 실내장식에서 가장 중요한 부분은 도로시의 마법의 구두 한 켤레라고 말할 수 있지요. 그런데 오늘 아침에야 그 구두가 사라진 것을 발견했지 뭡니까."

"그래서 어디다 신고하셨죠?"

"당신네 경찰들한테요. 그래서 오신 거 아닌가요?"

"피어니 경찰서에 전화를 하셨나요?"

"그럼 제가 시카고 경찰에 전화를 했겠습니까?"

"웰스턴 씨, 보아하니 두 가지 별 개의 사건이 있었던 것 같군요. 피어니 경찰은 절도 사건을 조사하기 위해 조만간 올 겁니다. 오늘 제가 온 이유는 절도 사건 때문이 아니에요. 저는 전혀 다른 사건을 수사하고 있고, 몇 가지 질문을 드리려 합니다. 지난번에 주 경찰이 플럼스톤 씨로부터 전해들은 바에 의하면 사흘 전에 조류 관찰자들이 이곳에 묵었다고요. 남자와 그 어머니 말입니다."

"바로 그 사람들이에요!"

"뭐가 말입니까?"

"제 루비 구두를 훔쳐간 사람들 말입니다!"

"조류 관찰자들이 루비 구두를 훔쳤다고요!"

"조류 관찰자인지 강도인지 좀도둑인지 하여간 그 일당이 맞습니다!"

"그런데 지난번에 나온 경찰한테 그 얘기를 하지 않으신 이유는……."

"그땐 몰랐거든요. 오늘 아침에야 도난 사실을 알았기 때문에 말씀드리는 겁니다."

"두 사람이 체크아웃을 할 때 이곳에 안 계셨나요?"

"체크아웃이라는 말은 적합하지 않아요. 대낮에 조용히 사라졌으니까요. 숙박비를 미리 지불했기 때문에 따로 체크아웃을 할 필요가 없었죠. 우리 모텔은 절차를 간소화해서 운영하는 것을 원칙으로 하고 있거든요. 그래서 이렇게 고객이 우리의 신뢰를 저버릴 때 더 괴롭답니다."

웰스턴은 그 얘기를 하는 것만으로도 속에서 쓴물이 넘어오는 모양이었다.

"객실 청소는 보통 그렇게……."

"한참 있다가 하냐고요? 이맘때는 흔한 일이지요. 11월은 가장 한가한 달이거든요. 에메랄드 별장의 다음 예약은 크리스마스 때 있어요."

"수사팀이 그 별장을 수색하던가요?"

"수사팀?"

"이틀 전에 나왔던 범죄 조사국 경찰 말입니다."

"아, 그 사람은 플럼스톤 씨하고 이야기했어요. 제가 아니고."

"플럼스톤이라는 사람은 정확히 누구인가요?"

"아주 좋은 질문입니다. 제가 저 자신에게 항상 묻는 질문이죠."

그가 씁쓸한 표정으로 말한 뒤 고개를 저었다.

"죄송합니다. 공적인 일에 사적인 감정을 드러내선 안 되겠지요. 폴 플럼스톤은 제 동업자입니다. 로렐스는 우리 두 사람이 공동으로 소유하고 있어요. 적어도 지금까지는."

"그러시군요. 다시 제 질문으로 돌아가서 경찰이 에메랄드 별장을 수색했나요?"

"그곳을 왜 수색하겠습니까? 그 사람은 분명히 산 위의 수련원 사건 때문에 온 것 같던데 혹시 수상한 인물이 돌아다니는지 궁금해하더라고요. 폴, 그러니까 플럼스톤 씨가 그런 사람들은 본 적이 없다고 했고 그 형사는 바로 떠났어요."

"그 투숙객들에 대한 다른 정보를 캐내려 하지 않던가요?"

"조류 관찰자들 말입니까? 아뇨, 당연히 그러지 않았어요."

"당연히 그러지 않았다고요?"

"그 어머니는 몸이 많이 불편했고 그 아들은 비록 좀도둑으로 판명이 나긴 했지만 전혀 사람을 다치게 하거나 죽일 사람으로는 보이지 않았어요."

"어떤 사람 같던가요?"

"좀 나약한 사람이랄까. 나약하고…… 수줍고요."

"혹시 동성애자 같던가요?"

웰스턴이 생각하는 듯한 표정을 지었다.

"재미있는 질문이네요. 그쪽으로는 제가 좀 보는 눈이 정확한 편입니다만 이 사람 경우엔 확실히 모르겠어요. 자기가 동성애자라는 인상을 풍기고 싶어 한다는 느낌이 들긴 했습니다. 그런데 그렇게 보이고 싶어 한다는 게 말이 안 되지 않습니까?"

투숙객의 모든 겉모습이 일종의 연기였다면 말이 된다고 거니는 생각했다.

"연약하고 수줍어하는 것 말고 또 어떤 특징이 있을까요?"

"손버릇이 나쁘지요."

"외모에 대해서 말입니다."

웰스톤이 얼굴을 찌푸렸다.

"콧수염, 색안경."

"색안경?"

"선글라스처럼 색이 짙어서 눈이 보이지가 않았어요. 난 눈을 맞추지 않고 얘기하는 걸 싫어하는 사람이에요. 좀 그렇지 않습니까? 실내에서도 쓰고 다닐 정도로 얇은 안경이었어요."

"다른 건요?"

"울 모자를 썼어요. 얼굴까지 내려쓰는 페루식 모자 있지요? 목도리에 두툼한 코트를 입었어요."

"그런데 왜 허약하다는 느낌을 받으셨지요?"

웰스톤이 흠칫 놀라는 듯한 표정으로 얼굴을 찌푸렸다.

"목소리 때문인가? 아니면 태도가 그랬나? 저도 잘 모르겠어요. 사실 제가 본 것은 커다랗고 풍성한 코트에 모자, 색안경, 그리고 콧수염뿐이었는데."

그는 갑자기 불쾌한 표정을 지었고 눈이 휘둥그레졌다.

"변장이었을까요?"

선글라스와 콧수염이라. 거니가 보기에 그것은 변장이라기보다는 변장의 패러디였다. 그러나 그런 작은 기행마저도 어쩌면 이 사건의 패턴과 일치하는 것일 수도 있었다. 아니면 그가 너무 지나치게 비약하는 것일까? 어쨌건 그 변장은 효과적이었다. 그자는 그 어떤 신체적 특징도 노출하지 않았다.

"그 사람에 대해 또 기억나는 건 없으신가요? 어떤 거라도."

"조그만 깃털 달린 친구들에게 애착이 있더군요. 거대한 망원경을 갖고 있었어요. 영화에 나오는 특공대원들이 들고 다니는 적외선 탐지장치처럼 보이던데. 어머니를 별장에 남겨두고 하루 종일 숲 속을 돌아다니면서 빨간 가슴 콩새를 찾아다녔어요."

"그렇게 말하던가요?"

"네."

"이상하군요."

"뭐가요?"

"겨울철 캐츠킬에는 빨간 가슴 콩새가 없거든요."

"하지만 그 사람이 분명히 그렇게…… 이런 거짓말쟁이 같으니라고!"

"뭐라고 하던가요?"

"떠나던 날 아침, 본관으로 와서는 그 콩새에 대해 쉴 새 없이 떠들어대더군요. 빨간 가슴 콩새를 네 마리나 보았다고 반복해서 얘기하더라고요. 제가 자기 말을 의심한다고 생각했는지……."

"그 말을 기억해주기를 원했을 수도 있죠."

거니가 혼잣말처럼 말했다.

"그런데 그 새를 보았을 리가 없다는 거지요? 여긴 그런 새가 없다면서요. 실제 보지도 못했으면서 왜 그 말을 기억해주기를 원한단 말입니까?"

"좋은 지적입니다. 제가 그 방을 한번 둘러봐도 되겠습니까?"

웰스턴은 빅토리아풍으로 꾸며진 식당을 지났다. 식당에는 섬세한 세공의 오크 의자들과 거울들이 있었다. 거실에서 다시 문을 열자 티 한 점 없이 깨끗한 크림색 길이 펼쳐졌다. 오즈의 마법사에 나오는 노란 벽돌 길을 연상시키지는 않았다. 크림색 길은 계절에 아랑곳없이 밝은 초록색 아이비 덩굴로 뒤덮인 동화 테마 별장으로 이어졌다.

웰스톤이 자물쇠를 열고 문을 연 다음, 한쪽 옆으로 비켜섰다. 거니는 안으로 들어가는 대신 문간에 서서 안을 둘러보았다. 거실이면서 또한 영화의 전당이었다. 영화 포스터, 마녀의 모자, 마법의 지팡이, 겁 많은 사자, 양철 나무꾼, 그리고 토토 같은 소품들이 전시되어 있었다.

"들어가셔서 구두가 있던 진열장을 보시겠습니까?"

"아뇨, 됐습니다."

거니가 뒤로 물러서며 말했다.

"투숙객이 떠난 뒤에 이 방에 들어온 사람이 웰스턴 씨가 유일하다면 증거 수집팀이 도착할 때까지 이대로 보존하는 게 좋겠습니다."

"하지만 여기 오신 이유가…… 잠깐만요. 여기 다른 일로 오셨다고 하지 않으셨습니까?"

"네, 그렇습니다."

"그렇다면 어떤 증거 수집을 말씀하시는 겁니까? 제 말은…… 설마 손버릇 나쁜 조류 관찰자가 살인범이라고 생각하시는 건 아니겠지요?"

"솔직히 말씀드리면 아직은 그렇게 생각할 만한 이유가 없어요. 하지만 모든 가능성을 검토해야 하니까요. 이 별장을 정밀하게 수색해보면 좀 더 분명해질 겁니다."

"무슨 말을 해야 할지 모르겠네요! 산 넘어 산이라더니…… 황당한 일이지만 수사에 협조하겠습니다. 혹시 압니까? 이 모든 게 언덕 위에 일어난 끔찍한 사건과 관련이 없다고 해도 잃어버린 제 구두는 찾을 수 있을지?"

"물론 찾을 수도 있겠지요."

거니가 공손한 미소를 지으며 말했다.

"내일쯤 조사팀이 나올 겁니다. 그동안 문을 잠가두세요. 사안이 워낙 심각해서 한 가지만 더 여쭙겠습니다. 지난 이틀 동안 웰스턴 씨 말고는 아무도 이 방에 들어온 적이 없습니까? 동업자 되시는 분도요?"

"에메랄드 별장은 제 작품이고 저 혼자 책임지고 있습니다. 플럼스톤은 허니비 별장을 책임지고 있지요. 물론 그 한심한 인테리어도 그 친구 작품이고요."

"네?"

"허니비 별장은 따분하기 짝이 없는 양봉의 역사를 삽화로 그린 방입니다. 더 듣고 싶으세요?"

"마지막으로 여쭙겠습니다. 조류 관찰자의 이름과 주소가 투숙객 명부에 기재되어 있습니까?"

"그 사람이 가르쳐준 주소와 이름은 있지요. 도난 사건 때문에 그 진실성이 의심스럽긴 하지만요."

"어쨌든 명부를 보고 적어가겠습니다."

"보실 필요도 없어요. 아주 똑똑히 기억하고 있으니까요. 미스터 앤 미시스…… 좀 이상하지 않습니까? 자신과 어머니를 그런 호칭으로 부른다는 게? 미스터 앤 미시스 스킬라. 주소는 코네티컷주 위철리 사서함이었어요. 사서함 번호도 기억하고 있습니다."

31

브롱크스에서 걸려온 전화

거니는 모텔 주차장의 자갈밭에 앉아 있었다. 최대한 빨리 현장 조사팀을 로렌스로 보내달라고 요청한 뒤 휴대전화를 주머니에 집어넣으려는 순간, 벨이 울렸다. 엘렌 라코프였다. 그는 먼저 스킬라 모자 이야기와 절도 사건을 클라인에게 전해달라고 한 뒤 그녀에게 용건을 물었다. 그녀는 그에게 전화번호를 주었다.

"브롱크스 강력계 형사가 통화하고 싶답니다."

"저하고 통화하고 싶다고요?"

"신문에서 읽었다면서 멜러리 사건에 대해 얘기하고 싶대요. 피어니 경찰에 전화를 했더니 범죄 수사국으로 연결됐고 거기서 로드리게스 반장으로, 반장이 다시 검사님한테 연결했어요. 검사님이 다시 거니 씨한테 연결한 거고요. 랜디 클램이라는 사람입니다."

"장난 전화는 아니겠죠?"

"그건 저도 잘 모르겠고요."

…

"그쪽 사건에 대해 무슨 얘기가 있던가요?"

"전혀요. 경찰들 아시잖아요. 주로 이쪽 사건에 대해 알고 싶어 하죠."

거니는 전화번호를 눌렀다. 첫 번째 신호에 상대가 받았다.

"클램입니다."

"데이브 거니라고 합니다. 연락받고 전화드립니다. 전 지방검사 사무실……."

"네, 알고 있어요. 빨리 전화 주셔서 감사합니다."

그럴 만한 근거가 전혀 없는데도 거니는 전화를 받고 있는 사람이 어떤 사람인지 추측할 수 있을 것 같았다. 머리회전이 빠르고 말도 빠른, 한꺼번에 여러 가지 일을 해치우는 사람. 인맥이 조금만 좋았다면 경찰이 아니라 웨스트포인트에 갈 수도 있었을 사람.

"멜러리 사건을 수사하고 계시다고요."

또렷하고도 젊은 목소리가 이어졌다.

"그렇습니다."

"전화드린 이유는 여기서도 비슷한 살인 사건이 발생했거든요. 혹시 어떤 연관성이 있을까 해서요."

"연관성이라면……."

"희생자의 목에 여러 개의 자상이 발견되었습니다."

"제 기억에 의하면 브롱크스에서 자상 사건은 1년에 수천 건일 텐데요. 브롱크스 내에서 유사 사건을 찾아보셨습니까?"

"찾아보고 있습니다. 하지만 지금까지 조사한 바에 의하면 신체의 같은 부위에 열두 차례 이상의 자상이 있는 사건은 이 사건이 유일합니다."

"어떻게 도와드리면 되겠습니까?"

"그야 거니 씨한테 달렸죠. 이쪽으로 한번 오셔서 범죄 현장을 보시고 미망인과 이야기를 나누어보시면 뭔가 단서가 나오지 않을까요?"

그것은 도박이었다. 오랜 세월 동안 뉴욕 경찰로 일하면서 작은 단서를 찾기 위해 했던 수많은 도박보다도 더 승산이 적은 도박이었다. 그러나 비록 아주 조그만 가능성일지라도 엄연한 하나의 가능성을 무시한다는 것은 거니에게는 불가능한 일이었다.

거니는 다음 날 아침 브롱크스에서 클램 형사를 만나기로 약속했다.

다시 원점으로

3

32

다가올 청소

젊은 남자는 나른할 정도로 폭신한 베개를 침대 머리 판에 세워 놓고 기대앉아서 컴퓨터 화면을 바라보며 편안한 미소를 지었다.

"우리 꼬마 오리가 어디 갔지?"

그의 곁에 누운 나이 든 여자가 물었다.

"잠자리에 누워서 괴물들을 어떻게 죽일지 궁리하고 있어요."

"시를 쓰고 있니?"

"네, 어머니."

"큰 소리로 읽어봐."

"아직 다 못 썼어요."

"큰 소리로 읽어봐."

자신이 이미 말했다는 사실을 잊은 듯 여자가 또다시 말했다.

"아직 덜 됐어요. 좀 더 고쳐야 돼요."

그가 컴퓨터 화면을 조정하며 말했다.

"목소리가 참 예쁘기도 하지!"

...

마치 기계의 목소리처럼, 멍한 표정으로 곱슬머리 금발 가발을 매만지며 그녀가 말했다.

그는 잠시 눈을 감았다. 그러고 나서 마치 플롯을 불 준비를 하듯 가볍게 입술을 축였다. 다시 그가 입을 열었을 때 그의 목소리는 거의 속삭임에 가까웠다.

내가 가장 좋아하는 것들은
한 개의 총알이 가져오는 놀라운 변화
한 방울도 남김 없이
바닥에 흥건히 쏟아지는 피.
눈에는 눈, 이에는 이.
모든 것의 끝, 진실의 순간.
술주정뱅이의 총으로 내가 이룬 정의,
그러나 다가올 청소와는 비교할 수 없으리.

그는 한숨을 쉬면서 컴퓨터 화면에 시선을 고정한 채 코를 찡긋거렸다.

"운율이 맞지 않아."

나이 든 여자는 그의 말을 이해하지 못한 채 고개를 끄덕이며 소녀 같은 미소를 지었다.

"우리 꼬마 오리가 무얼 하려고?"

그는 자신이 상상한 '다가올 청소'를 상세하게 묘사하고 싶은 충동을 느꼈다. 모든 괴물들의 죽음을. 너무도 장엄하고 너무도 흥미진진하고 너무도…… 만족스러웠다! 그러나 그는 자신의 현실감각과 어머니의 한계를 알고 있다는 사실에 대해 자부심을 느꼈다. 어머니의 질문이 구체적인 대답을 원하지 않는다는 것, 어머니가 무슨 말이든 하는 순간 잊어버린다는 것, 그가 하는 모든 말들은 그저 어머니가 좋아하고 편안해하는 소리일 뿐이라는 것 또한 알고 있었다. 그는 무슨 말을 해도 좋았다. 열까지 셀 수도 있었고 자장가를 부를 수도 있었다. 그가 무슨 말을 하느냐는 중요하지 않았다. 그저 느낌과 운율만 있으면 되었다. 그래서 항상 운율을 맞추려고 애썼다. 어머니를 기쁘게 하는 일이 그의 가장 큰 즐거움이었다.

33

지옥 같은 밤

이따금 거니는 가슴이 저릴 정도로 슬픈 꿈을 꾸었다. 마치 슬픔 그 자체와도 같은 꿈이었다. 꿈속에서 그는 말로 표현할 수 없을 정도로 또렷하게, 그 슬픔의 근원이 상실감이며 그중에서도 가장 큰 상실감은 바로 사랑에 대한 상실감임을 알 수 있었다.

가장 최근의 꿈은 한 편의 삽화 정도의 짧은 꿈이었다. 40여 년 전 출근 복장을 하고 있는 아버지의 모습이 보였다. 당시 아버지의 실제 모습과 아주 똑같았다. 수수한 베이지색 재킷에 회색 바지, 손등을 뒤덮은 흐릿한 주근깨와 벗겨지기 시작한 둥근 이마, 딴 세상에서 일어나는 일을 바라보는 듯한, 냉소가 담긴 그의 눈빛. 그 자신의 모습과 그 자신이 있는 곳에 대한 야릇한 불안감, 거의 말을 하지 않아도 엄청난 불만족감이 표출될 수도 있다는 그 기이한 사실. 그 모든 이미지들이 짧은 순간 스치는 꿈속의 한 장면으로 되살아났다. 거니 자신도 그 꿈속에서 어린아이로 존재했다. 멀리서 아버지를 바라보면서 제발 떠나지 말라고 애원하고 있었다. 너무도 강렬한 꿈에 거니의 뺨에 뜨거운 눈물이 흘렀다. 실제로 아버지 앞에서는 한 번도 흘린 적 없는 눈물이었다. 두 사람은 단 한 번도 그토록 강렬한 감정을 서로에게 표현하지 않았다. 그러다가 문득 잠에서 깨어나면 가슴이 찢어지는 듯이 아팠고 얼굴은 눈물범벅이 되었다.

그는 매들린을 깨우고 싶었다. 꿈 이야기를 하고 싶었고 눈물을 보여주고 싶었다. 그러나 매들린과는 상관없는 일이었다. 매들린은 거니의 아버지를 거의 알지 못했다. 그리고 꿈은 꿈일 뿐이었다. 아무런 의미도 없었다.

그는 오늘이 무슨 요일인지 생각해보았다. 목요일이었다. 그 생각과 함께 머릿속 배경이 순식간에 뒤바뀌었고 그는 불편한 밤의 잔해들을 오늘 해야 할 일들로 지워보려 애썼다. 목요일. 목요일은 그가 자란 곳에서 그다지 멀지않은 브롱크스에 다녀오는 것으로 하루의 대부분을 보내게 될 것이다.

34

음울한 하루

흉측한 풍경 속으로 세 시간 차를 몰았다. 차가운 보슬비 때문에 더더욱 흉측하다는 생각이 들었다. 와이퍼의 속도를 계속 조절하게 만드는 보슬비였다. 거니는 침울했고 신경이 날카로웠다. 날씨 탓이기도 했고 어쩌면 간밤의 꿈 때문에 모든 것에 지나치게 민감해진 탓일 수도 있었다.

그는 브롱크스가 싫었다. 브롱크스의 모든 것이 싫었다. 울퉁불퉁한 도로와 유기된 도난 차량들이 싫었다. 라스베이거스로의 3박 4일 여행을 유혹하는 요란한 광고판들이 싫었다. 금속성의 무언가에 갇힌 디젤 가스 냄새, 곰팡이 냄새, 아편 냄새, 죽은 물고기의 역한 냄새도 싫었다. 눈에 보이는 것이 다가 아니었다. 브롱크스에 올 때마다 그의 마음속으로 마치 투구게처럼 침입해 들어오는 어린 시절의 추억도 싫었다. 이스트체스터의 개펄에서 기어다니는, 창처럼 뾰족한 꼬리가 달려서 섬뜩한, 태어날 때부터 중무장을 한 투구게.

마지막 출구로 빠져나가기 위해 고속도로라는 간판 밑에서 30여 분을 허비하고 난 뒤 마침내 시내 몇 블록을 지나 약속 장소로 향했다. 홀리 세인트 성당의 주차장이었다. 주차장에는 교회 관계자들을 위한 주차장이라는 안내와 함께 철망이 둘러져 있었다. 이렇다 할 특징이 없는 시보레 승용차 한 대만이 주차되어 있었다. 그 옆에서 짧게 자른 머리를 젤로 세련되게 정돈한 젊은 남자가 휴대전화로 통화하고 있었다. 거니가 그의 차 옆에 차를 세우자 남자가 통화를 끝내고 휴대전화를 벨트에 끼웠다.

오는 길 내내 차를 적셨던 보슬비는 어느새 육안으로 거의 보이지 않을 정도로 고운 안개가 되어 있었지만 차에서 내리는 순간 이마에 닿는 차가운 손길을 느낄 수 있었다. 어딘가 불편해 보이는 표정으로 보아 젊은 남자 역시 그것을 느낀 모양이었다.

"거니 형사님?"

"데이브라고 불러요."

거니가 손을 내밀며 말했다.

"랜디 클램입니다. 먼 길 와주셔서 고맙습니다. 괜한 시간 낭비가 아니어야 할 텐데요. 모든 가능성을 타진해봐야 할 것 같아서요. 아무래도 이 미치광이가 그쪽에서 추적하는 범인과 동일인물인 것 같습니다. 물론 아닐 수도 있어요. 그 유명한 정신지도자를 죽이고 그다음엔 전직 야간 경비였던 브롱크스의 실직자를 죽였으니 말이에요. 그런데 목에 난 상처 때문에 그냥 넘어갈 수가 없었어요. 왜 그런 기분 있잖아요. 아니라고 생각했다가 만약 같은 놈인 게 밝혀지면 미칠 것 같은."

거니는 숨 가쁜 클램의 말투가 카페인 때문인지 코카인 때문인지, 업무에서 오는 압박감 때문인지, 아니면 본래 성격이 그런 건지 궁금했다.

"목을 칼로 열두 번 찔러대는 건 흔하지 않잖아요. 두 사건에서 어떤 연관성을 찾을 수 있을지도 몰라요. 보고서를 서로 주고받을 수도 있겠죠. 하지만 그보다도 현장에 직접 오셔서 미망인을 만나 보시면, 직접 오지 않았다면 알아내기 힘든 뭔가를 알아낼 수도 있고 뭔가 물어볼 수도 있을 거라고 생각했어요. 그뿐입니다. 그러니까 전 뭔가 있을 거라고 생각했어요. 제발 시간 낭비가 아니었으면 좋겠네요."

"진정해요. 분명히 말하죠. 와보는 게 좋겠다고 판단해서 온 것뿐이에요. 모든 가능성을 짚어보고 싶다고 했죠? 나도 그래요. 최악의 시나리오라고 해봐야 한 가지 가능성을 지우는 것일 테고 가능성을 지우는 건 절대 시간 낭비가 아니에요. 그러니까 내 시간에 대해서는 너무 걱정하지 마요."

"고맙습니다. 전 단지…… 그러니까 장거리 운전을 하셨잖아요. 그 점 고맙습니다."

클램의 목소리와 태도가 조금 가라앉았다. 여전히 다소 흥분하고 긴장된 표정이었지만 적어도 이상해 보일 정도는 아니었다.

"시간 얘기가 나왔으니 말인데 지금 현장으로 가는 게 좋지 않을까요?"

거니가 말했다.

"좋습니다. 차를 여기 두시고 제 차로 가시죠. 희생자의 집이 복잡한 동네라서…… 골목이 얼마나 좁은지 차간 간격이 몇 센티미터밖에 안 된다니까요."

"플라운더 비치 말하는 건가요?"

"플라운더 비치를 아세요?"

거니는 고개를 끄덕였다. 10대였을 때 그곳에 가본 적이 있었다. 어떤 여자애의 생일파티였다. 그가 한동안 사귀게 될 여자애.

"거길 어떻게 아세요?"

클램이 주차장에서 빠져나가서 대로 반대편으로 차를 몰며 물었다.

"여기서 멀지 않은 곳에서 자랐어요. 시티아일랜드."

"그러세요? 뉴욕 외곽에 사시는 줄 알았는데."

"지금은 뉴욕 외곽에 살죠."

거니가 말했다.

자신이 선택한 어휘가 임시로 거기 살고 있다는 느낌을 주었다. 매들린이 있었다면 결코 그런 식으로 말할 수 없었으리라.

"어쨌든 여전히 복닥거리는 단층집 동네예요. 조수가 높고 하늘이 맑을 땐 그런대로 바닷가 기분이 나죠. 그러다 물이 빠지면 진흙탕에서 악취가 나고 여기가 브롱크스구나 하는 생각이 들어요."

"맞아요."

거니가 말했다.

5분 뒤 그들은 교회의 주차장에서 보았던 것과 똑같은 철망이 뚫린 공간으로 차를 몰았다. 페인트칠을 한 철제 간판에 플라운더 비치 클럽이라는 상호와 함께, 주차는 허가받은 차량만으로 제한한다는 안내문이 적혀 있었다. 총알구멍 몇 개가 간판을 거의 반으로 잘랐다.

30여 년 전 파티의 기억이 되살아났다. 그때도 이 철망으로 들어왔던가? 생일의 주인공이었던 소녀의 얼굴이, 머리를 뒤로 묶고 교정기를 끼었던 소녀의 모습이 아직도 기억 속에 생생했다.

"여기다 세워야겠어요."

클램이 이렇게 말하고는 지저분한 동네의 좁아터진 길에 대해 불평했다.

"좀 걸어도 괜찮겠습니까?"

"젠장, 내가 그렇게 늙어 보여요?"

거니의 말에 클램이 어색한 웃음으로 대답을 대신한 뒤 차에서 내리며 엉뚱한 질문을 던졌다.

"이 일을 얼마나 하셨어요?"

은퇴했다가 임시로 다시 일하게 된 사정에 대해 길게 늘어놓고 싶지 않아서 그저 "25년이요."라고 대답했다.

"아주 희한한 사건이에요. 칼로 찌른 상처 때문만은 아니에요. 그 이상의 무언가 있어요."

클램이 아주 자연스럽게 이어지는 이야기라는 듯 말했다.

"칼로 찌른 상처인 건 확실한가요?"

"왜 물으시죠?"

"우리 쪽은 깨어진 유리병이었거든요. 깨어진 위스키 병. 혹시 살인 무기를 회수했나요?"

"아뇨. 부검팀에서 칼로 찌른 상처로 보인다고 했어요. 단검처럼 양쪽으로 날이 있는. 뾰족한 유리 조각으로도 그런 상처를 낼 수 있겠죠. 그건 일종의 복안으로 생각하고 있었어요. 부검 결과는 아직 나오지 않았어요. 하지만 제가 말씀드렸다시피 그 이상의 무언가 있어요. 희생자의 부인이…… 좀 이상한 여자예요."

"어떻게 이상하단 거죠?"

"여러 면에서요. 첫째, 종교에 미쳤어요. 사실 그게 여자의 알리바이예요. 그 시간에 기도모임에 있었대요."

거니가 어깨를 으쓱했다.

"그 외에는?"

"중증 약물중독자예요. 자기가 이 세상에 살아 있다는 걸 깨닫기 위해서 엄청난 양의 약을 먹어야 해요."

"그렇다면 계속 먹는 게 좋겠군요. 그것 말고 또 수상한 점이 있었나요?"

"네."

클램이 말한 뒤 그들이 걷던 좁은 골목의 중간쯤에서 멈추었다. 길이라기보다는 골목이라고 해야 옳았다.

"거짓말을 하는 것 같아요."

그가 눈이 아린 것 같은 표정을 지었다.

"뭔가 말을 안 하는 게 있어요. 아니면 그 여자가 하는 말이 다 헛소리일 수도 있겠죠. 어쩌면 둘 다일 수도 있고. 저 집이에요."

클램이 길가에서 3미터 정도 뒤로 물러난 자그마한 단층집을 가리켰다. 벗겨지기 시작한 외벽은 담즙빛의 초록색이었다. 갈색빛을 띤 빨간색 문은 거니에게 마른 피를 연상시켰다. 작고 허름한 집을 두른 노란색 범죄 현장 테이프가 임시 말뚝으로 고정되어 있었다. 집 앞에 리본 하나만 달면 지옥에서 보낸 선물 같겠다고 거니는 생각했다.

클램이 문을 두드렸다.

"아, 한 가지 더 있어요. 그 여자 엄청 비대해요."

"비대하다고?"

"보시면 알아요."

경고를 듣고도 거니는 문을 열어준 여자를 보고 놀라지 않을 수 없었다. 130킬로그램은 족히 나갈 것 같은 여자는 팔뚝이 허벅다리 같았고 작은 집에 도무지 어울리지 않았다. 더 어울리지 않는 것은 그 거대한 몸 위에 놓인 어린아이 같은 얼굴이었다. 짧고 검은 머리카락은 가르마를 타서 소년처럼 빗었다.

"뭘 도와드릴까요?"

여자가 물었다. 누군가를 돕는다는 것은 상상조차 할 수 없는 일이라는 듯한 표정으로.

"안녕하세요, 루든 부인. 클램 형사입니다. 저 기억하시죠?"

"안녕하세요."

그녀가 외국어로 된 책을 읽는 것 같은 말투로 인사했다.

"어제 여기 왔죠."

"기억해요."

"몇 가지 더 여쭤볼 게 있어서요."

"앨버트에 대해 더 알고 싶으신가요?"

"그것도 있고요. 들어가도 되겠습니까?"

그녀는 대답하지 않고 문에서 돌아서서 조그만 거실을 가로지른 후, 소파에 앉았다. 그녀의 무게에 소파가 줄어드는 것 같았다.

"앉으세요."

그녀가 말했다.

두 남자가 주위를 둘러보았다. 의자가 없었다. 거실에 있는 가구라고는 커피테이블과 빈 책장과 댄스홀에나 어울릴 것 같은 커다란 텔레비전뿐이었다. 테이블 위에 분홍색 플라스틱 꽃이 꽂힌 싸구려 꽃병이 있었다. 섬유 조각 같은 것이 여기저기 흩어져 있는 것을 제외하면 바닥엔 아무것도 없었다. 아마도 시체가 쓰러져 있었던 카펫을 과학수사를 위해 연구소로 보낸 모양이라고 거니는 생각했다.

"저희는 괜찮습니다. 오래 안 걸려요."

클램이 말했다.
“앨버트는 스포츠를 좋아했어요.”
루든 부인이 거대한 텔레비전을 보면서 미소를 머금고 말했다.
조그만 거실 왼쪽으로 아치 모양의 복도에 문이 세 개 있었다. 그중 한 방에서 비디오 게임의 효과음이 들려왔다.
“조나예요. 제 아들이죠. 거기가 조나 방이에요.”
거니는 조나가 몇 살이냐고 물었다.
“열두 살. 어떻게 보면 철이 들었고 어떻게 보면 어린아이 같고 그래요.”
여자가 그런 생각을 처음 해본다는 듯한 표정으로 말했다.
“아이하고 함께 있었나요?”
거니가 물었다.
“그게 무슨 말씀이세요? 아이하고 함께 있었냐고요?”
그녀의 묘한 어투에 거니는 왠지 소름이 끼쳤다.
“남편이 살해되던 날, 아이도 모임에 함께 갔느냐고요.”
거니가 자신의 목소리에서 최대한 감정을 배제하며 물었다.
“조나는 예수를 구세주로 받아들였어요.”
“함께 있었단 말씀이신가요?”
“네. 다른 경찰한테도 그렇게 말했어요.”
거니가 이해한다는 듯 미소를 지었다.
“가끔은 여러 번 확인해야 할 때도 있거든요.”
그는 마치 진심으로 공감한다는 듯 다시 한번 “그 아이는 예수를 구세주로 받아들였군요.”라고 말했다.
“남편 되시는 분도 예수를 구세주로 받아들였나요?”
“그랬을 거라고 믿습니다.”

"확실치는 않다는 건가요?"

그녀가 마치 눈꺼풀 뒤에서 대답을 찾으려는 듯 두 눈을 꼭 감았다.

"사탄은 아주 강력하지요. 교활하기 짝이 없고요."

"교활하고말고요, 러든 부인."

거니는 분홍색 꽃이 있는 커피테이블을 소파에서 멀어지도록 조금 뒤로 당긴 뒤 그 가장자리에 그녀를 마주보고 앉았다. 이런 여자와 대화를 하는 가장 좋은 방법은 설령 그녀가 하는 말을 알아듣지 못하더라도 그녀와 똑같은 방식으로 말하는 것이었다.

"교활하고 끔찍하지요."

거니가 그녀를 뚫어지게 바라보면서 말했다.

"주님은 나의 목자시니 나는 아무것도 원하지 않네!"

그녀가 말했다.

"아멘."

거니가 말했다.

클램은 헛기침을 하면서 다리를 바꾸었다.

"말씀해보세요. 사탄이 어떻게 앨버트에게 손을 뻗었는지."

거니가 물었다.

"사탄은 올곧은 자를 쫓는 법이지요! 사악한 자들은 이미 그들의 힘 안에 있으니까요!"

그녀가 갑자기 강경한 어조로 말했다.

"앨버트가 올곧은 사람이었나요?"

"조나!"

그녀가 목청껏 소리를 지른 뒤 소파에서 일어나 놀라운 속도로 달려가더니 복도 왼쪽 방문을 손바닥으로 두드리기 시작했다.

"문 열어! 당장 문 열란 말이야!"

"젠장, 도대체 이게 무슨……."

클램이 말했다.

"조나! 당장 열지 못해!"

자물쇠가 열리는 소리가 들렸고 문이 반쯤 열리면서 엄마만큼이나 몸집이 비대한 소년이 모습을 드러냈다. 놀라울 정도로 엄마를 닮았다. 어딘가 먼 곳을 응시하는 것 같은 눈빛까지도. 거니는 그것이 유전적인 것인지, 아니면 약물에 의한 것인지, 아니면 그 둘 다인지 궁금했다. 소년은 짧은 머리카락을 흰색으로 염색했다.

"엄마가 집에 있을 땐 문 잠그지 말라고 했잖아! 소리 줄여! 그 안에서 사람이 죽는 줄 알겠다!"

그들 두 사람 모두 이 상황에서 그 말이 얼마나 부적절한지 알고 있는지는 확실치 않았다. 적어도 두 사람 모두 드러내진 않았다. 소년은 거니와 클램을 무덤덤하게 바라보았다. 사회복지사들이 수시로 드나드는 집이라 낯선 공무원들이 집으로 찾아오는 것이 대수롭지 않은 일이리라. 소년은 다시 엄마를 바라보았다.

"아이스크림 먹어도 돼요?"

"지금은 안 된다는 거 알잖아. 소리 줄이지 않으면 한 개도 못 먹을 줄 알아."

"먹을 거예요!"

소년이 말한 뒤 문을 쾅 닫았다.

그녀는 다시 거실로 돌아와 소파에 앉았다.

"앨버트가 죽어서 충격을 받았나 봐요."

"루든 부인, 거니 형사님께서 몇 가지 여쭙고 싶은 게 있다고 합니다."

클램이 빨리 일을 진행시키지 못해 안달이 난 듯 입을 열었다.

"참 재미있는 우연도 다 있네. 우리 이모 이름이 버니거든요. 오늘 아침에 안 그래도 버니 이모 생각이 나더라니."

"버니가 아니고 거니입니다."

클램이 말했다.

"그래도 비슷하잖아요. 안 그래요?"

이름이 비슷한 것이 상당히 의미심장한 일이라는 듯 그녀의 눈빛이 반짝였다.

"러든 부인, 지난 한 달 동안 남편께서 걱정거리가 있다고 한 적이 있었나요?"

"앨버트는 걱정 안 해요."

"평상시와 다른 점은 없었습니까?"

"앨버트는 항상 똑같았어요."

거니는 그녀의 생각이 실제로 앨버트가 늘 똑같았기 때문일 수도 있지만 그녀가 항상 약물에 취한 상태이기 때문일 수도 있다고 생각했다.

"손으로 쓴 주소나 빨간 잉크로 쓴 편지 같은 걸 받은 적이 있습니까?"

"우리 집에 오는 우편물은 청구서하고 광고전단뿐이에요. 그런 건 보지도 않아요."

"앨버트가 우편물을 관리하나요?"

"청구서하고 광고전단뿐이라니까요."

"최근에 특별히 돈을 보내거나 수표를 쓴 적이 있나요?"

그녀는 측은한 표정으로 고개를 저었고 그 순간 그녀의 앳된 얼굴은 섬뜩할 정도로 어린아이 같았다.

"마지막 질문입니다. 남편의 시신을 발견한 뒤에 경찰이 도착하기 전까지 조금이라도 건드리거나 바꾼 부분이 있습니까?"

그녀는 다시 고개를 저었다. 상상일 수도 있지만 거니는 그 순간 그녀의 표정에서 뭔가 새로운 것을 감지해냈다. 그 공허한 눈빛 속에 놀라움 비슷한 것이 스쳤던가? 거니는 모험을 해보기로 했다.

"하나님이 직접 말씀을 하시나요?"

거니가 물었다.

그녀의 표정에 무언가 다른 것이 스쳤다. 놀라움이라기보다는 변명하는 듯한.

"네, 그래요."

변명과 자존심이라고 거니는 생각했다.

"앨버트를 발견했을 당시에도 하나님이 말씀을 하셨나요?"

"주님은 나의 목자시니 나는 아무것도 원하지 않네……."

그녀가 성경을 읊기 시작했다. 결국 시편 23장 전체를 읊었다.

거니는 짜증스러워서 어쩔 줄 모르는 클램의 얼굴을 곁눈질로도 볼 수 있었다.

"하나님이 구체적으로 지시를 내리셨나요?"

"목소리가 들리진 않아요."

그녀가 말했다. 다시 한번 그녀의 얼굴에 스친 불안감.

"소리는 아니었군요. 하지만 하나님이 부인을 도우려고 어떤 계시를 하셨지요?"

"우리는 하나님이 시키는 일을 하기 위해 이 땅에 살고 있는 거예요."

거니가 커피테이블 가장자리에 앉은 채 그녀에게 몸을 숙이며

"그러니까 하나님이 시키신 대로 하셨죠?"라고 물었다.

"앨버트를 발견했을 때 뭔가 바꾸어야 할 것이 있었나요? 있어서는 안 될 것이라든가, 아니면 하나님이 시키신 일 같은 거요."

거구의 여자의 눈에 눈물이 차올랐고 소녀처럼 통통한 뺨에 눈물이 흘러내렸다.

"숨겨야 했어요."

"숨겨야 했다고요?"

"경찰이 빼앗아 갈까 봐."

"빼앗아 간다고요?"

"경찰이 다 가져갔어요. 남편이 입고 있던 옷, 시계, 지갑, 읽고 있던 신문, 앉아 있던 의자, 양탄자, 안경, 마시던 술잔까지 다 가져갔단 말이에요."

"다는 아니죠, 러든 부인? 부인이 숨긴 건 안 가져갔잖아요."

"도저히 그냥 둘 수가 없었어요. 그건 선물이었으니까요. 앨버트가 저한테 준 마지막 선물이었으니까요."

"그 선물 좀 볼 수 있을까요?"

"벌써 보셨어요. 저기 뒤쪽에."

거니는 테이블 위, 분홍색 꽃 서너 송이가 꽂힌 꽃병을 바라보았다. 자세히 살펴보니 분홍색 꽃 한 송이였고 꽃송이가 너무도 크고 탐스러워서 마치 꽃다발 같은 느낌을 주었다.

"앨버트가 그 꽃을 주었나요?"

"아마 그러려고 했을 거예요."

"하지만 실제로 주지는 않았나요?"

"그럴 수가 없었죠. 어떻게 그럴 수 있었겠어요?"

"이미 죽었기 때문인가요?"

"하지만 절 주려고 했던 게 분명해요."

"이건 아주 중요합니다, 러든 부인. 정확히 어떤 상태였는지, 그리고 부인이 무슨 일을 했는지 말씀해주세요."

거니가 침착하게 말했다.

"조나와 제가 모임에서 돌아와 보니 텔레비전 소리가 나더라고요. 앨버트를 방해하고 싶지 않았어요. 앨버트는 텔레비전을 좋아했으니까요. 사람이 앞으로 지나가는 걸 싫어했어요. 그래서 조나와 전 뒷문으로 들어갔어요. 부엌 쪽으로요. 그러면 앨버트 앞을 지나가지 않아도 되거든요. 들어와서 부엌에 앉아 있었고 조나는 아이스크림을 먹었어요."

"부엌에 얼마나 오래 앉아 있었나요?"

"그건 잘 모르겠어요. 얘기를 했어요. 조나는 완전히 얘기에 푹 빠져 있었어요."

"무슨 얘기를 하던가요?"

"조나가 가장 좋아하는 주제요. 종말의 고통에 대해서요. 성서에 보면 세상의 종말에는 시련이 따를 거라고 했거든요. 조나는 항상 제게 그걸 믿느냐고, 종말이 오면 어떤 종류의 고통이 얼마만큼 강하게 올 것 같으냐고 물었어요. 우린 그런 얘기를 많이 하거든요."

"그러니까 두 분은 고통에 대해 얘기했고 조나는 아이스크림을 먹고 있었다고요?"

"항상 그랬어요."

"그러다가요?"

"조나가 잠자리에 들 시간이 됐어요."

"그런데요?"

"조나가 방으로 가려고 부엌문을 열고 나갔다가 5초도 안 되어서 거실 쪽을 가리키면서 뒷걸음을 치며 돌아왔어요. 뭔가 말을 하기를 기다렸지만 그냥 손으로 가리키기만 했어요. 그래서 직접 가봤죠. 그러니까 바로 여기로 와봤어요."

그녀가 거실을 둘러보며 말했다.

"무얼 보셨지요?"

"앨버트요."

거니는 그녀가 말을 이어가기를 기다렸다. 그녀가 말을 잇지 못하자 그가 재촉했다.

"앨버트가 죽어 있었나요?"

"피가 엄청 많았어요."

"그리고 꽃도 있었고요?"

"꽃이 앨버트 옆에 있었어요. 손에 쥐고 있더라고요. 제가 집으로 돌아오면 저에게 주려고 그랬나 봐요."

"그래서 어떻게 했죠?"

"그러고 나서요? 옆집으로 갔어요. 우린 전화가 없거든요. 그 사람들이 경찰에 신고했을 거예요. 경찰이 오기 전에 저는 꽃을 집어들었어요. 제 꽃이니까요."

그녀가 갑자기 어린아이처럼 고집스럽게 말했다.

"선물이었어요. 그래서 가장 예쁜 꽃병에 꽂았어요."

35

불빛 속으로 비틀거리다

마침내 러든의 집을 나설 무렵, 점심시간이 다 되었는데도 거니는 전혀 식욕이 없었다. 배도 고팠고 클램이 식사할 만한 곳을 제안하기도 했지만 짜증이 치밀어서 아무 말도 하고 싶지 않았다. 클램이 그를 다시 성당 주차장으로 데리고 가는 동안 두 사람은 두 사건이 관련이 있음을 의미할 수도 있는 사실들을 마지막으로 짚어보았다. 헛수고였다.

"어쨌든 적어도 두 사건이 전혀 관련이 없다는 증거는 없지 않습니까? 남편이 편지를 받았지만 부인이 못 본 것일 수도 있고요. 별로 대화가 없는 부부 같더라고요. 그래서 아내한테 아무 얘기도 안 했을 수도 있죠. 게다가 그 여자 정신 상태로 보아 남편이나 자기 자신한테 일어나는 미묘한 감정의 변화를 읽어낼 사람 같지가 않았어요. 아이하고 다시 한번 얘기해볼 필요가 있을지도 몰라요. 엄마처럼 멍하긴 하지만 뭔가 기억해낼 수도 있으니까."

긍정적으로 생각하려고 애쓰는 듯한 목소리로 클램이 말했다.

"그럴 수도 있겠지요."

거니가 전혀 확신이 없는 목소리로 말했다.

"앨버트한테 계좌가 있는지도 확인하면 좋겠지요. 카리브디스나 아리브디스, 스킬라 같은 이름으로 입금한 기록이 있는지도. 확률은 희박하겠지만 이런 상황에서 뭔들 못 할까."

집으로 차를 모는 동안 기상이 점점 더 악화되면서 거니의 기분과 섬뜩할 정도로 조화를 이루었다. 아침에 내리던 가랑비는 제법 안정적인 빗줄기로 변해 있었고 덕분에 이 출장에 대한 그의 부정적인 견해는 더욱 확고해졌다. 칼로 목을 찔렀다는 것 말고 마크 멜러리와 앨버트 러든 사건의 공통점은 거의 없었다. 피어니의 사건 현장에서 발견되었던 흔적들이 플라운더 비치에서는 전혀 발견되지 않았다. 발자국 속임수도, 잔디의자도, 깨어진 위스키 병 조각도, 시도 없었다. 게임을 하고 있다는 징후도 전혀 없었다. 두 희생자의 공통점은 전혀 없는 것 같았다. 마크 멜러리를 죽인 범인이 다음 희생자로 앨버트 러든을 선택한다는 것은 이치에 맞지 않았다.

점점 거세어지는 빗줄기 속에서 운전해야 했던 수고로움과 함께 그러한 생각들이, 비에 젖어 물을 뚝뚝 흘리며 부엌문으로 들어서는 순간 그의 표정을 더욱 굳어지게 만들었다.

"무슨 일 있었어?"

매들린이 양파를 썰다 말고 고개를 들었다.

"무슨 일 있었냐니?"

그의 반응에 매들린은 어깨를 으쓱하며 양파를 썰었다.

날이 선 대답이 허공에 여운을 남겼다. 잠시 후 그가 사과하는 투로 덧붙였다.

"피곤한 하루였어. 여섯 시간이나 빗길 운전을 했거든."

"그런데?"

"헛수고를 한 것 같아."

"그런데?"

"그걸로 충분치 않다는 거야?"

그녀가 믿을 수 없다는 듯 미소를 지었다.

"일이 꼬이느라고 행선지가 하필 브롱크스였어."

그가 침울한 목소리로 덧붙였다.

"인간이 하는 모든 일이 브롱크스에서라면 항상 조금 더 불쾌해지잖아."

그녀가 양파를 잘게 다지기 시작했다.

"전화에 음성 메시지가 두 개 있어. 하나는 이타카의 친구가 남겼고 또 하나는 당신 아들이 남겼어."

마치 도마에 대고 말하는 것 같았다.

"내용이 있는 메시지야? 아니면 그냥 전화해달란 거야?"

"그것까진 확인 못 했는데."

"이타카 친구라면 소냐 레이놀즈 말인가?"

"그 여자 말고 또 있어?"

"또 있냐고?"

"내가 모르는 친구가 이타카에 또 있냐고."

"난 이타카에 친구 없어. 소냐 레이놀즈는 일 때문에 만나는 사람이고. 그나마도 아주 가끔. 그런데 왜 전화했대?"

"말했잖아. 응답기에 있다고."

양파 위에서 머뭇거리던 매들린의 칼이 갑자기 힘을 얻은 듯 양파를 잘랐다.

"손가락 다치겠어!"

그에게서 튀어나온 말은 걱정보다는 분노에 가까웠다.

날카로운 칼날을 여전히 도마에 댄 채 그녀가 호기심 어린 눈빛으로 그를 쳐다보았다.

"그러니까 정확히 오늘 무슨 일이 있었던 거야?"

대화가 진창으로 빠지기 직전, 그녀가 대화를 다시 원점으로 돌리며 물었다.

"아주 짜증스러운 일. 나도 모르겠어."

거니는 냉장고로 가서 하이네켄 맥주 한 캔을 꺼내 프렌치도어 옆의 아침 식사 테이블에 올려놓았다. 그는 재킷을 벗어서 의자에 걸쳐놓은 다음, 자리에 앉았다.

"무슨 일이 있었냐고? 말해주지. 랜디 클램이라는 우스꽝스러운 이름의 경찰한테서 전화를 받고 어떤 실직자가 목에 칼이 찔려서 죽었다는 브롱크스의 작고 허름한 집에 세 시간이나 차를 몰고 갔어."

"왜 당신한테 전화를 했는데?"

"아, 그거 좋은 질문이군. 피어니에서 있었던 살인 사건에 대해 클램 형사라는 자가 들었던 모양이야. 범행 방식이 비슷하다고 그 친구가 피어니 경찰서로 전화했는데, 경찰서에서 다시 주 경찰 본부로 연결했고, 거기서 반장한테로 넘어갔지. 로드리게스라는 그 알랑방귀 뀌기 좋아하는 머저리 말이야. 단서 같지도 않은 단서나 찾아내는 그 꼴통."

"그래서 그자가 당신한테 넘겼어?"

"지방검사한테. 지방검사가 내게 넘기리란 걸 알고 있었겠지."

매들린은 아무 말도 하지 않았지만 눈 속에 담긴 질문은 너무도 명확했다.

"사실 좀 애매하긴 했어. 칼에 목을 찔렸다고 해서 두 사건이 연관 있을 거라고 생각하기엔 좀 무리가 있었지. 그래도 왠지 두 사건을 연결할 실마리를 찾을 수 있을 거라고 생각했어."

"그런데 아무것도 없었어?"

"없었어. 잠깐은 좀 희망적이었지. 희생자의 아내가 뭔가를 숨기고 있는 것 같았거든. 마침내 여자가 사건 현장에 손을 댔다는 사실을 자백했어. 자기 남편이 자기한테 주려고 가져온 게 분명한 꽃이 한 송이 있었대. 경찰들이 가져갈까 봐 걱정돼서 자기가 간직하려고 그랬다는군. 이해할 수 있는 일이지. 그래서 그걸 꽃병에 꽂아놓았대. 이야기 끝."

"당신은 눈 속에 난 발자국이나 흰색 잔디의자 같은 걸 숨겼다고 자백할 거라 기대했나 보지?"

"이를테면 뭐 그런 거. 그런데 결국 플라스틱 꽃 한 송이였어."

"플라스틱?"

"플라스틱. 감각적인 선물은 아니지?"

거니는 맥주를 길게 한 모금 들이켰다.

"그건 절대 선물이 아니야."

매들린이 단언하듯 말했다.

"무슨 뜻이지?"

"진짜 꽃은 선물이지. 거의 대부분의 경우에 선물이라고 말할 수 있어. 안 그래? 하지만 조화라면 얘기가 달라."

"뭐?"

"그건 집 안을 꾸밀 때나 쓰는 거야. 남자가 여자한테 주려고 플라스틱 꽃을 산다는 건 벽지 한 롤을 사는 것만큼이나 희귀한 일이지."

"그래서 당신 얘긴 뭐지?"

"모르겠어. 살해 현장에 있던 플라스틱 꽃이 자기한테 주려고 산 거라고 생각했다면 그 여자가 잘못 생각한 거야."

"그럼 그게 어디서 났을까?"

"그야 나도 모르지."

"그 여잔 자기한테 줄 선물이었다고 믿는 것 같던데."

"그렇게 생각하고 싶었겠지. 안 그래?"

"그럴 수도 있겠지. 하지만 만약 희생자가 집으로 가져오지 않았다면, 그리고 여자가 주장하는 대로 아들도 저녁 내내 밖에 있었다면 결국 범인이 가져왔단 얘긴데."

"그렇지."

매들린이 관심이 시들해진 목소리로 말했다. 특정한 상황에서 정상적인 사람의 행동을 추측하는 것과 사건 현장에서 발견된 물건의 출처에 대한 가설을 세우는 것 사이에 매들린이 명확하게 선을 긋고 있다는 것을 거니도 알고 있었다. 자신이 그 선을 넘고 있다는 것도. 그래도 일단은 밀어붙여보기로 했다.

"그러면 왜 범인이 희생자 옆에 꽃을 놓았을까?"

"어떤 꽃이었는데?"

매들린은 언제나 그의 질문을 보다 구체적인 것으로 만드는 재주가 있었다.

"어떤 꽃이었는지는 잘 모르겠어. 그런데 어떤 꽃이 아닌지는 알겠어. 장미도 아니었고 카네이션도 아니었고 달리아도 아니었어. 어떻게 보면 그 세 가지하고 모두 비슷해."

"어떤 면에서?"

"글쎄. 처음 봤을 땐 장미 같았는데 장미보다 더 크고 꽃잎이 많고 더 밀집되어 있더라고. 크기는 커다란 카네이션이나 달리아만 하지만 꽃잎 한 장, 한 장이 달리아나 카네이션보다 더 넓고…… 조금 굴곡이 진 장미 잎들 같던데. 어쨌든 탐스럽고 요란한 꽃이었어."

그가 집으로 돌아온 뒤 처음으로 매들린의 얼굴이 진정한 관심으로 환해졌다.

"뭐 생각나는 거라도?"

"어쩌면."

"뭔데? 그게 무슨 꽃인지 알겠어?"

"알 것 같아. 정말 기가 막힌 우연의 일치네."

"젠장, 얘기해줄 거야, 안 해줄 거야!"

"내 생각이 옳다면 당신이 방금 말한 그 꽃은 바로 피어니(작약)야!"

그는 들고 있던 캔을 놓쳐버렸다.

"젠장!"

매들린에게 작약에 대한 몇 가지 질문을 던진 뒤 거니는 곧장 전화를 하러 서재로 갔다.

36

꼬리에 꼬리를 물고

전화를 끊을 무렵, 거니는 두 번째 살해 현장에서 첫 번째 살해 현장의 지명이 나타난 것이 단순한 우연은 아닐 거라고 클램 형사를 설득시킬 수 있었다.

그는 즉각 몇 가지 조처를 취할 것을 제안했다. 러든의 집 전체를 수색해서 수상한 편지나 메모, 손으로 쓴 글씨, 특히 빨간 잉크로 쓴 것이 있는지 알아볼 것, 부검 팀에 전화를 해서 피어니에서처럼 희생자에게서 총상의 흔적이 발견되었는지 확인해볼 것, 집 안에 총격의 소음을 막기 위해 사용된 물건의 흔적이 있는지, 집과 울타리 사이에 깨어진 유리병들, 특히 위스키 병 조각들이 있는지 확인해볼 것 등이었다. 앨버트 러든의 프로필을 마크 멜러리의 프로필과 비교 조회해보고 갈등 관계나 적, 법적인 문제, 혹은 알코올과 관련된 문제가 있었는지도 알아보라고 했다. 자신의 제안이 다소 명령조로 들린다는 사실을 깨달은 순간, 거니는 속도를 늦추며 사과했다.

"미안해요. 내가 너무 흥분한 것 같은데 사실 러든 사건은 그쪽 소관이죠. 랜디 형사가 책임자이고 다음에 어떤 조사를 할지 결정하는 건 전적으로 랜디 형사 몫이에요. 나한테 아무 권한도 없다는 거 나도 알고 있어요. 마치 권한이 있는 것처럼 행동한 점 사과할게요."

"괜찮습니다. 그건 그렇고 여기 계신 에벌리 경감님이 데이브 거니 씨하고 경찰학교 동기라고 하시던데 혹시 그 데이브 거니 씨 맞습니까?"

거니가 웃었다. 바비 에벌리가 그쪽에 가 있다는 것을 잊고 있었다.

"그래요. 내가 그 데이브 거니예요."

"그렇다면 저한테 언제든 무슨 일이든 시켜만 주세요. 러든 부인한테 다시 묻고 싶으신 게 있으시면 말씀만 하세요. 아까 보니까 솜씨가 꽤 좋으시더라고요."

빈정거리는 것이었다면 꽤 그럴듯하게 속을 숨긴 셈이었다. 거니는 그저 칭찬으로 받아들이기로 했다.

"고마워요. 직접 만나볼 필요는 없을 것 같은데 한 가지 작은 제안을 하죠. 만약 다시 일대일로 그 여자를 만날 기회가 생기거든 하나님이 위스키 병을 어떻게 하라고 시켰느냐고 물어봐줘요."

"위스키 병이요?"

"그 여자가 현장에서 자기만 아는 사정으로 감추었을지도 모르는 위스키 병. 하나님의 뜻으로 위스키 병을 감춘 걸 알고 있는데 그걸 어디 두었는지 궁금하다는 식으로 물어보는 게 좋겠어요. 물론 위스키 병이 아예 없었을 수도 있지만요. 만약 정말 전혀 모르는 것 같으면 다른 걸로 넘어가고."

"이 사건도 피어니 사건하고 비슷한 수법으로 일어났을 거라고 보십니까? 그래서 어딘가 위스키 병이 있을 거라고 생각하세요?"

"내가 보기엔 그래요. 그런 식으로 접근하는 게 내키지 않으면 그만둬요. 본인이 결정할 문제니까."

"한번 해볼 필요는 있을 거 같은데요? 손해 볼 것 없는 일이잖아요. 결과 알려드릴게요."

"행운을 빌어요."

그다음으로 거니가 통화해야 할 사람은 셰리든 클라인이었다. 상관이 당신에게서 들어야 할 일을 다른 사람에게 듣게 해서는 안 된다는 진리는 법조계에서는 더욱 엄격하게 적용되었다. 그가 전화를 걸었을 때 클라인은 레이크 플라시드에서 열리는 지방검사 회의에 참석하러 가는 길이었다. 산길의 휴대전화 통화망이 부실한 관계로 피어니의 연관성을 설명하기가 생각보다 어려웠다. 그의 얘기를 들은 뒤 클라인이 대답하기까지 너무 시간을 끄는 바람에 거니는 연결 상태가 나쁜 지역으로 들어간 줄 알았다.

"그 꽃 얘기 말입니다. 문제없을까요?"

"만약 우연의 일치라면 놀라운 우연의 일치죠."

거니가 말했다.

"하지만 그건 확실한 게 아니잖아요. 제가 좀 까다롭게 굴자면 거니 씨의 부인이 실제로 그 꽃을, 그러니까 플라스틱 꽃을 보지 못했다는 점을 지적하고 싶군요. 거니 씨가 설명해주었을 뿐이죠. 어쩌면 피어니(작약)가 아닐 수도 있잖아요? 그럼 어떻게 되는 거죠? 설령 그게 피어니라고 해도 그게 어떤 증거가 될 순 없어요. 제가 기자회견에서 발표할 수 있는 내용이 아니란 건 너무도 분명합니다. 젠장, 왜 진짜 꽃이 아니었을까요? 그랬다면 훨씬 의심이 덜 들었을 텐데. 왜 하필 플라스틱이었을까요?"

"저도 그 점이 좀 거슬리긴 합니다."

거니가 클라인의 반응에 대한 짜증을 억누르며 말했다.

"왜 진짜 꽃이 아니었을까. 몇 분 전에 아내한테 그 점에 대해 물어봤어요. 플로리스트들은 피어니를 잘 안 쓰려고 한다는군요. 꽃봉오리가 커서 가지에 꼿꼿하게 매달려 있질 않아서 그렇대요. 온실에서 재배하는데 지금은 철이 아니래요. 그렇다면 범인이 자신의 메시지를 전달할 방법은 플라스틱 꽃뿐이었겠죠. 전 일종의 우발적인 행동으로 보고 있습니다. 가게에서 꽃을 보고 갑자기 마음이 끌렸겠죠. 장난을 쳐볼 수 있겠다는 생각에."

"장난?"

"범인은 우릴 조롱하고 시험하고 우리와 게임을 하고 있어요. 멜러리의 몸에 남겨진 글 기억하시죠? 잡을 테면 잡아봐라 그겁니다. 거꾸로 난 발자국도 그런 맥락이었어요. 이 미치광이는 우리 얼굴 앞에 자신의 메시지들을 들이대고 있고 하나같이 똑같은 말을 하고 있어요. 잡을 테면 잡아봐라, 아마 못 잡을걸!"

"무슨 말인지 알겠어요. 거니 씨 말씀이 옳을지도 모르겠네요. 하지만 플라스틱 꽃의 의미에 대한 한 사람의 해석에 의존해서 제가 이 두 사건을 공개적으로 연결시킬 순 없습니다. 뭔가 실질적인 걸 가져오세요. 최대한 빨리."

전화를 끊은 뒤 거니는 늦은 오후의 햇살을 바라보면서 서재에 앉아 있었다. 어쩌면 클라인이 지적했던 것처럼 그 꽃은 피어니가 아닐 수도 있었다. 거니는 자신이 새로 발견한 연결점이 얼마나 부실한 것인지, 이 단서에 대해 그가 어느 정도의 확신을 갖고 있는지 다시 한번 생각해보았다. 논리의 결함을 놓쳤다는 것은 분명히 지나친 감정적 집착을 의미했다. 주립대학에서 그가 학생들에게 범죄학을 가르칠 때 그 점을 얼마나 강조했던가. 그런데 이제 자신이 그 덫에 걸리고 말았다. 기운 빠지는 일이었다.

머릿속에서 해결되지 않은 질문들이 꼬리에 꼬리를 물고 맴돌며 그를 지치게 했다. 30분, 어쩌면 그보다 더 오래.

"왜 어두운 데 혼자 앉아 있어?"

매들린이었다. 그는 의자를 돌려 문간에 서 있는 매들린의 그림자를 바라보았다.

"클라인은 애매한 꽃 대신 뭔가 연관성이 더 확실한 증거를 원해. 브롱크스 친구한테 몇 가지 지시를 해놨어. 아마 뭔가 알아내겠지."

"당신 목소리가 확신이 없네."

"글쎄. 범죄 현장에 피어니가, 그러니까 우리가 피어니라고 생각하는 꽃이 있어. 그런데 러든하고 멜러리가 연관되어 있다는 증거를 찾기가 쉽지 않아. 그 둘은 전혀 다른 세계에 사는……."

"어쩌면 범인은 연쇄살인범이고 그 두 사람이 전혀 연관성이 없을 수도 있잖아?"

"연쇄살인범도 아무나 죽이진 않아. 희생자들이 어떤 식으로든 공통점을 갖고 있지. 모두 금발이라거나, 모두 아시아인이라거나, 모두 동성애자라거나. 범인한테 특별한 의미가 있는 공통적인 특징을 지니고 있어. 만약 멜러리와 러든이 서로 전혀 모르는 사이라고 해도 우린 그 두 사람의 어떤 공통점을 찾아야만 해."

"하지만 만약……."

매들린이 이야기를 시작하려는 순간, 전화벨이 울렸다.

랜디 클램이었다.

"귀찮게 해드려서 죄송합니다. 거니 씨 말씀이 옳았다는 거 알려드려야 할 것 같아서요. 그 미망인을 만나러 갔어요. 말씀하신 것처럼 사무적으로 질문을 했죠. '현장에서 찾은 위스키 병을 볼 수 있을까요?' 라고요. 하나님 얘기도 하지 않고요. 그런데 여자가 저만큼이나 담담한 목소리로 '쓰레기통에 있어요.' 라고 말하지 뭡니까? 그래서 바로 부엌으로 가서 쓰레기통을 뒤져봤더니 포로지스 병이 있더라고요. 전 완전히 할 말을 잃었죠. 물론 거니 씨 추측이 맞아서 놀랐다는 게 아니고요. 절대 오해 마세요. 그렇게 쉽게 풀렸다는 게, 또 이렇게 분명하다는 게 놀랍더라고요. 생각을 가다듬고 나서 현장에서 발견한 것들을 전부 다 내놓으라고 했죠. 그런데 갑자기 궁지에 몰린다는 생각이 들어서였는지, 아니면 제 말투가 편안하지 않아서 그랬는지 버럭 화를 내더라고요. 저는 진정하라고, 걱정하지 말라고, 위스키 병이 원래 어디 있었는지 말해달라고, 그러면 도움이 될 것 같다고 했어요. 그리고 도대체 왜 망할 놈의 술병을 치웠는지 말해줄 수 있냐고요. 물론 진짜 그렇게 말했다는 건 아니고요. 속으로는 그렇게 생각했다는 거죠. 그랬더니 여자가 저한테 뭐랬는 줄 아세요? 앨버트는 술을 잘 참았다고, 1년 넘게 술을 마시지 않았다고 했어요. 앨버트는 금주 모임에서 아주 모범적이었다고. 그런데 바닥에서 플라스틱 꽃 옆에 있는 술병을 본 순간, 남편이 술을 마시다가 바닥에 쓰러진 줄 알았대요. 쓰러지면서 유리병에 목이 찔려서 죽은 줄 알았대요. 살해당했다는 생각은 안 들었대요. 경찰이 와서 하는 얘기를 듣고 나서야 그런 생각이 들었대요. 그래서 남편이 마시던 거라고 생각하고 경찰이 오기 전에 술병을 숨긴 거라네요. 다시 술을 마시기 시작했단 걸 숨기려고."

"그래서 남편이 살해당했다는 사실을 알고 난 뒤에도 술병에 대해서는 아무한테도 알리기 싫었다고요?"

"맞아요. 아직도 남편이 들고 있던 술병이라고 생각하고 있고 남편이 술을 마셨다는 사실을 숨기고 싶어 했어요. 특히 남편이 금주 모임에서 새로 사귄 좋은 친구들한테는."

"젠장!"

"모든 게 엉망진창이 되긴 했지만 어떻게 보면 두 사건이 연관이 있다는 확실한 증거가 나온 셈이죠."

클램은 무척 흥분한 상태였다. 거니도 익히 알고 있는 온갖 복잡한 감정들로 가득 차 있으리라. 훌륭한 경찰을 너무도 힘들게 하는, 그리고 너무도 지치게 하는 감정들로.

"일을 아주 잘 처리했군요, 랜디."

"전 그저 시킨 대로만 했을 뿐인데요, 뭘."

그가 빠르고도 들뜬 목소리로 말했다.

"위스키 병을 회수한 뒤 현장조사팀에 재출동을 요청했어요. 편지, 메모 같은 것을 찾아보려고요. 러든 부인한테 수표책을 보여 달라고 했어요. 오늘 아침에 하신 말씀이 있었잖아요. 수표책을 내놓긴 했는데 아무것도 아는 게 없었어요. 마치 방사성 물질 다루듯 하더라고요. 수표책은 앨버트가 관리했대요. 수표에는 숫자가 들어 있고 숫자는 악마가 관장하는 거라면서 그래서 조심해야 된대요. 수표책을 훑어보긴 했는데 결론적으로 말씀드리면 뭔가 알아내려면 시간이 좀 걸리겠단 거예요. 앨버트가 수표를 지불했을 수도 있지만 기록을 잘하는 편이 아니더라고요. 아리브디스나 카리브디스, 스킬라 같은 이름은 없었어요. 처음에 찾아본 게 그거였거든요. 하지만 그렇다고 해서 가능성이 없는 건 아니에요.

대부분의 인출이 이름도 없이 그저 액수만 적혀 있거든요. 어떤 건 아예 액수도 없고요. 월말 고지서들도 어디 있는지 모르겠대요. 하지만 우리가 집 안을 철저히 조사할 거고 은행에서 입출금 기록 사본도 받아낼 거예요. 이제 거니 씨와 제가 삼각형의 두 꼭짓점을 잡고 있는 셈이 되었으니 말인데 멜러리 사건과 관련해서 저한테 주실 정보 없으세요?"

거니가 잠시 생각했다.

"멜러리가 살해되기 전까지 받았던 일련의 협박에는 멜러리가 술에 취해서 했던 행동들에 대한 모호한 암시들이 있었어요. 그런데 이제 러든도 알코올 중독 문제가 있었던 게 확인이 됐군요."

"그러니까 우리가 잡으려는 범인이 알코올 중독자들을 목표로 하고 있단 말씀이신가요?"

"꼭 그런 건 아니에요. 만약 범인이 그걸 원했다면 훨씬 더 쉬운 방법이 있었겠죠."

"이를테면 금주 모임에 폭탄을 던진다든가?"

"간단한 방법. 위험부담을 최소화하고 기회를 최대화할 수 있는 방법. 그런데 이자의 접근은 복잡하고 불편해요. 쉽지도 않고 분명한 것도 없어요. 무얼 보아도 질문을 유발하잖아요."

"이를테면요?"

"우선 왜 지리적으로 이렇게 멀리 떨어진 희생자를 선택했을까 하는 문제가 있어요. 지리적으로뿐 아니라 모든 면에서 두 희생자는 거리가 멀어요."

"우리가 두 사건을 연결하는 걸 방해하려고?"

"하지만 놈은 우리가 연결하기를 바라고 있어요. 피어니가 바로 그런 의미죠. 그자는 우리가 알아차려주고 인정해주길 원해요. 보통 사이코들과는 다른 거죠. 싸우고 싶어 해요. 희생자들과는 물론 우리와도."

"그 말이 나와서 말인데 상관한테 보고해야겠어요. 제가 거니 씨한테 먼저 전화했단 걸 알면 무지 불쾌해할걸요."

"지금 어디죠?"

"경찰서로 돌아가는 길이에요."

"그렇다면 트레몬 애버뉴겠군요."

"어떻게 아세요?"

"배경음악으로 들리는 브롱크스의 교통 소음. 그런 데는 거기밖에 없거든요."

"여기 안 사셔서 좋으시겠어요. 에벌리 경감님한테 전할 말씀 없으시고요?"

"나중에 하죠. 클램 형사가 보고할 내용이 훨씬 더 흥미진진할 테니까."

37
나쁜 일은 세 개가 연거푸 일어난다

거니는 피어니(작약)의 연관성을 뒷받침하는 결정적인 새로운 증거를 발견했다고 셰리든 클라인에게 알리고 싶었지만 그러기 전에 통화해야 할 사람이 있었다. 만약 두 사건이 같은 선상에 있다면 러든도 돈을 송금하라는 요구를 받았을 확률이 높고 또 코네티컷 위철리의 사서함으로 송금하라는 요구를 받았을 확률도 높았다.

거니는 책상 서랍에서 그레고리 더모트가 멜러리에게 수표를 돌려보내면서 쓴 편지의 사본을 찾았다. GD 보안 시스템의 사무적이고 보수적이고 심지어는 조금 구식으로 보이기까지 하는 편지 용지에는 위철리 사무실의 전화번호가 포함되어 있었다.

두 번째 벨이 울리자마자 편지 용지와 어울리는 목소리가 전화를 받았다.

"안녕하세요. GD 보안 시스템입니다. 무얼 도와드릴까요?"

"더모트 씨와 통화하고 싶습니다. 저는 지방검사 사무실 소속 거니라고 합니다."

"이제야 연락을 주셨군요!"

더모트의 목소리에 담긴 다급함이 놀라웠다.

"지금 뭐라고 하셨죠?"

"잘못 온 수표 때문에 전화 주신 거 아닙니까?"

"맞습니다. 그런데 어떻게……."

"제가 신고를 한 게 엿새 전이었어요, 엿새 전!"

"엿새 전에 무슨 신고를 하셨지요?"

"방금 수표 때문에 전화했다고 하지 않으셨습니까?"

"더모트 씨, 찬찬히 정리해봅시다. 제가 알고 있는 바로는 마크 멜러리가 열흘 전에 더모트 씨가 돌려보낸 수표 건으로 전화를 했지요? X. 아리브디스라는 이름으로 보낸 수표 말입니다. 더모트 씨의 사서함으로요. 맞습니까?"

"맞고말고요. 도대체 무슨 질문이 그렇습니까?"

더모트는 화가 난 것 같았다.

"그런데 엿새 전에 신고를 했다는 게 무슨 말씀이신지……."

"두 번째 수표 말입니다!"

"두 번째 수표를 받으셨다고요?"

"그래서 전화하신 거 아닙니까?"

"사실 그걸 여쭤보려고 전화했어요."

"뭘 말입니까?"

"혹시 앨버트 러든이란 사람한테서 두 번째 수표를 받았는지 말입니다."

"맞아요. 두 번째 수표는 앨버트 러든이 보낸 거였어요. 그래서 신고한 겁니다. 엿새 전에요."

"누구한테 신고하셨죠?"

폭발을 억누르려는 듯 두어 차례의 길고도 깊은 한숨 소리가 들려왔다.

"이보시오, 형사님. 지금 일이 뭔가 꼬인 거 같은데 심히 불쾌하군요. 저는 엿새 전에 이 복잡한 상황에 대해 경찰에 신고를 했어요. 제 우편함으로 수표 세 장이 날아왔는데 보낸 사람들이 다 제가 모르는 사람들이라고요. 그런데 지금 거니 씨는 제 얘기를 전혀 못 알아듣는 것 같군요. 제가 뭘 빠뜨렸습니까? 도대체 일이 어떻게 돌아가는 겁니까?"

"어느 경찰서에 신고하셨지요?"

"물론 인근 경찰서에 신고했습니다. 위철리 경찰서요. 그걸 모르셨으면 왜 저한테 전화를 하시는 겁니까?"

"사실 내용을 알고 전화를 한 게 아니에요. 전 마크 멜러리에게 반송한 첫 번째 수표와 관련해서 전화를 드린 겁니다. 또 다른 수표가 있었다는 사실을 몰랐어요. 그러니까 처음 보낸 수표 말고 두 차례 더 수표를 받았단 겁니까?"

"그렇습니다."

"하나는 알버트 러든, 또 하나는 또 다른 사람한테요?"

"네. 이제 이해하시겠습니까?"

"완전히 이해했습니다. 그런데 세 번의 잘못 온 수표의 어떤 점이 수상해서 경찰에 신고를 하셨지요?"

"처음 이 사실을 알렸을 때 우체국 보안과에서는 전혀 관심을 보이지 않더라고요. 그래서 경찰에 신고했죠. 왜 우체국 보안과에 신고했느냐고 물으신다면 형사치고는 보안 문제에 대해 너무 무지하신 거라고 말씀드리고 싶군요."

"정확히 어떤 뜻입니까?"

"전 보안 사업을 하고 있습니다, 경관님, 아니, 형사님. 어떻게 불러야 할지 모르겠네요. 컴퓨터 데이터의 보안과 관련한 사업을 하고 있다고요. 신원 유출이 얼마나 흔한 일인지 아십니까? 허술한 보안으로 인한 주소 도용 사고가 얼마나 흔한지 아십니까?"

"그렇군요. 그래서 위철리 경찰에서는 어떤 조처를 취했나요?"

"우체국 보안과보다도 더 형편없더군요. 더 형편없는 게 가능하다면 말입니다."

거니는 더모트의 전화에 시큰둥하게 반응했을 경찰들의 모습을 상상할 수 있었다. 모르는 사람 셋으로부터 수표를 받았다는 이야기는 어떻게 보면 다급히 처리해야 할 사안처럼 느껴지지 않았을 것이다.

"마크 멜러리에게 돌려보내신 것처럼 두 번째, 세 번째 수표도 보낸 사람에게 반송하셨나요?"

"그랬습니다. 받은 사람들한테 제 주소를 누가 알려주었느냐고 물었지만 둘 다 대답해주지 않더군요."

"세 번째 수표를 보낸 사람의 이름과 주소를 적어두셨습니까?"

"물론 적어두었죠."

"지금 당장 그 사람의 이름과 주소가 필요합니다."

"왜요? 혹시 제가 모르는 무언가 있는 겁니까?"

"마크 멜러리와 앨버트 러든은 둘 다 사망했습니다. 살해되었을 가능성이 높아요."

"살해되었다고요? 그게 무슨 말씀이시죠?"

더모트의 목소리에 긴장감이 감돌았다.

"두 사람 다 누군가 죽였을 가능성이 높다는 얘깁니다."

"이런 젠장, 그러니까 그 사건이 이 수표들하고 관련이 있단 말씀이신가요?"

"그 사람들한테 더모트 씨 주소를 알려준 사람이 바로 이 사건의 범인입니다."

"세상에! 왜 하필 내 주소를! 도대체 이 모든 게 저하고 무슨 상관이 있죠?"

"좋은 질문입니다, 더모트 씨."

"전 마크 멜러리, 앨버트 러든 같은 이름을 들어본 적이 전혀 없어요."

"세 번째 수표를 보낸 사람은 누구였죠?"

"세 번째 수표요? 젠장, 머릿속이 텅 빈 것 같군!"

"이름을 적어두었다고 하셨죠."

"네, 물론 적어두었어요. 잠깐만, 리처드 카치. 맞아요. 리처드 카치였어요. 주소를 찾아볼게요. 잠깐, 여기 있어요. 매사추세츠 소더턴 쿼리 로드 349번지."

"알겠습니다."

"이봐요, 형사님. 어떤 식으로든 제가 이 사건에 연루된 것 같은데 저한테도 상황을 좀 알려주세요. 하필 제 사서함을 선택한 이유가 있겠죠."

"이 사서함의 이용 권한이 본인한테만 있는 게 확실합니까?"

"확실합니다. 우체국 직원 중에 몇 명이나 접근할 수 있었는지는 아무도 모르죠. 아니면 제가 모르는 복제 열쇠를 누군가 가지고 있을지도 모르고요."

"리처드 카치라는 이름 역시 모르는 이름이고요?"

"전혀요. 그 점에 대해선 확실하게 말할 수 있어요. 그런 이름은 기억할 만한 이름이잖아요."

"알겠습니다. 저한테 연락이 닿을 수 있는 전화번호를 몇 개 알려드리죠. 혹시 그 세 사람과 관련된 일이나, 사서함 접근이 가능한 사람에 관한 정보가 있으시면 바로 연락해주세요. 마지막으로 한 가지만 여쭈어볼게요. 혹시 두 번째, 세 번째 수표의 액수를 기억하십니까?"

"그건 쉽습니다. 두 번째, 세 번째 수표도 첫 번째와 액수가 똑같았습니다. 289.87달러요."

38

까다로운 사람

매들린이 문 옆의 스위치를 눌러 서재 램프들 중 한 개를 켰다. 거니가 더모트와 이야기를 나누는 동안 황혼이 내렸고 방 안은 어두워졌다.

"좀 진척이 있어?"

"상당히. 당신 덕분에."

"미미 대고모님이 작약을 기르셨어."

"미미 대고모님이 누구였더라?"

"우리 아버지의 어머니의 여동생."

매들린이 말했다. 복잡한 사건 수사의 아주 세세한 부분까지 놓치지 않을 정도로 섬세한 사람이 대여섯 명 남짓한 가족의 이름을 기억하지 못하는 것에 대한 짜증을 별로 숨기지 않은 채.

"저녁 준비됐어."

"저녁 생각이 별로……."

"스토브 위에 올려놨어. 잊지 말라고."

"나가려고?"
"응."
"어디 가는데?"
"지난주에 두 번이나 말했는데."
"목요일이라고 말했던 걸로 기억하는데 그게 무슨 일이었는지는 잘……."
"잘 못 들었다고? 언젠 안 그랬어? 이따 봐."
"어디 가는 지 말 안 해줄……."
매들린의 발자국 소리는 이미 부엌 뒷문 쪽으로 향하고 있었다.
소더턴 쿼리 로드 349번지에 사는 리처드 카치의 전화번호는 찾을 수 없었지만 인터넷 지도에서 329번지와 369번지의 전화번호와 이름을 찾을 수 있었다.
329번지의 전화번호로 걸었을 때 전화를 받은 사람은 목소리가 굵은 남자였다. 그는 카치라는 사람도 모르고 349번지가 어느 집인지도 모르고 심지어는 자기가 그 동네에 얼마나 오래 살았는지도 모른다고 했다. 남자는 알코올이나 마약에 반쯤 취한 상태인 것 같았고 습관적으로 거짓말을 하는 것 같았고 전혀 도움이 되지 않았다.
쿼리가 369번지 여자는 그보다 수다스러웠다.
"그 은둔자 말인가요?"
생각만 해도 소름끼친다는 듯한 말투였다.
"카치 씨가 혼자 사십니까?"
"네, 쓰레기에 꼬이는 쥐들을 제외하면요. 마누라는 진작 내뺐길 다행이지. 그런데 그 사람을 찾는 사람이 있다는 게 신기하네. 경찰이신가요?"

"지방검사 사무실 소속 수사관입니다."

정확히 말하자면 어느 주인지를 밝혀야 옳다는 생각이 들었지만 자세한 얘기는 나중에 해도 될 거라고 생각했다.

"그 인간이 무슨 짓을 했나요?"

"아직은 모릅니다. 저희 수사에 도움이 될 것 같아서요. 그분과 통화하고 싶은데 혹시 어디서 일하는지, 몇 시에 퇴근하는지 알고 계십니까?"

"퇴근? 농담도 잘하시네!"

"실직자인가요?"

"고용 불능자라고 해야겠죠."

그녀의 목소리에서 원한이 배어났다.

"그분하고 일이 많으셨나 봅니다."

"엄청난 거구에, 멍청하고, 더럽고, 위험하고, 미쳤고, 악취가 진동하고, 무기를 소지하고 있고, 거의 술에 절어 사는 인간이거든요."

"대단한 이웃이네요."

"지옥에서 온 이웃이죠. 집을 살 사람들이 집 구경을 하러 왔는데 이웃집 남자가 웃통을 벗고 술에 취해서 쓰레기통에 총을 쏘아 댈 때 어떤 기분인지 아세요?"

대답이 빤한 질문이었기 때문에 그는 다음 질문으로 넘어가기로 했다.

"혹시 카치 씨에게 메시지를 좀 전해주실 수 있으신가요?"

"지금 누구 놀려요? 꼬챙이로 찔러달라는 부탁이라면 모를까."

"어느 시간에 집에 있을까요?"

"아무 때나 가시면 집에 있을 거예요. 그 미치광이가 집을 나가는 건 못 봤으니까."

"혹시 집에 번지수가 붙어 있습니까?"

"그 집은 번지수가 필요 없어요. 아내가 떠날 때까지도 다 완공이 안 된 상태였는데 여전히 그래요. 벽널이 아예 없어요. 잔디도 없고 앞문에 계단도 없어요. 미치광이한테 꼭 어울리는 집이죠. 그 집에 가시려면 총을 갖고 가시는 게 좋을걸요."

거니는 고맙다고 인사한 뒤 대화를 끝냈다.

이제 어쩐다?

여러 사람들과 신속하게 연락을 취해야 했다. 최우선적으로 셰리든 클라인, 물론 랜디 클램, 로드리게스와 잭 하드윅은 말할 것도 없었다. 문제는 누구에게 먼저 하느냐였다. 거니는 그들 모두 좀 더 기다려도 된다고 판단했다. 대신 그는 매사추세츠 소더턴 경찰서 전화번호를 알아냈다.

마침내 강아지 사료 브랜드 같은 칼칸이라는 이름의 목소리가 거친 남자와 통화가 되었다. 거니는 자신을 소개한 뒤 뉴욕 주 경찰이 사건 수사 과정에서 소더턴의 리처드 카치라는 사람이 위험에 처했을지도 모른다는 사실을 알게 되었다고, 그래서 그에게 경고해주기 위해 그와 통화를 하기를 원한다고 말했다.

"리처드 카치라면 저희도 잘 압니다."

칼칸이 말했다.

"전에도 문제가 좀 있었나 보죠?"

칼칸은 대답을 하지 않았다.

"전과가 있습니까?"

거니가 다시 물었다.

"그러니까 전화하시는 분이 누구시라고요?"

거니는 조금 더 상세하게 자신을 소개했다.

"그런데 이게 어떤 사건의 수사와 관련이 있단 거죠?"

"두 건의 살인 사건이요. 한 건은 뉴욕, 한 건은 브롱크스에서 일어났습니다. 동일한 수법이었고요. 두 사람 다 살해되기 전에 범인과 교류가 있었어요. 카치도 그런 유형의 교류가 있었다는 증거를 포착했습니다. 다시 말해서 카치가 세 번째 표적이 될 수도 있단 뜻이죠."

"그러니까 미치광이 카치하고 접촉을 원하신다고요?"

"통화를 해야 합니다. 경관 한 명이 참석해주시면 더 좋고요. 전화 통화를 하고 나서 제가 소더톤으로 가서 직접 만나볼 생각입니다. 그쪽에서 협조해주신다면요."

"최대한 빨리 그쪽으로 차를 보내죠. 연락할 전화번호 하나 남겨주세요."

거니는 그에게 핸드폰 전화번호를 알려주었다. 집 전화는 클라인과 클램을 위해 남겨둘 생각이었다.

클라인은 하루 종일 자리를 비웠고 엘렌 라코프 역시 마찬가지였다. 전화는 거니가 막 끊으려는 찰라, 여섯 번이 울리고 난 뒤에야 자동으로 스티멜에게 연결되었다.

"스티멜입니다."

거니는 범죄 수사국 회의에 클라인과 함께 왔던, 마치 묵비권을 행사하는 전쟁범죄자 같았던 그를 기억하고 있었다.

"데이브 거니입니다. 검사님께 전해드릴 말씀이 있어서요."

대답이 없었다.

"듣고 계신가요?"

"듣고 있습니다."

거니는 그것이 계속하라는, 자기가 듣고 있다는 뜻임을 깨달았다. 거니는 스티멜에게 두 살인 사건이 연관되어 있음을 뒷받침할 증거를 찾았다고, 또 더모트를 통해 세 번째 희생자도 밝혀냈다고, 그리고 세 번째 희생자와 접촉하기 위해 조처를 취했다고 말했다.

"이해하시겠죠?"

"이해했습니다."

"검사님에게 말씀드리고 나서 범죄 수사국에도 전해주시겠습니까? 아니면 제가 로드리게스 반장님께 직접 보고할까요?"

잠시 침묵이 흘렀다. 음울하고 퉁명스러운 남자가 두 가지 상황을 저울질하고 있다는 것을 짐작할 수 있었다. 통제권에 대한 경찰의 성향을 너무도 잘 아는 거니는 마침내 듣게 될 대답에 대해 거의 90퍼센트 확신하고 있었다.

"저희가 하죠."

스티멜이 말했다.

범죄 수사국에 전화를 할 필요가 없어지자 거니는 바로 랜디 클램과 연락을 취할 수 있었다. 언제나처럼 그는 처음 전화벨이 울리자마자 받았다.

"클램입니다."

언제나처럼 바쁜 것 같았고 통화를 하면서 세 가지 일을 하고 있는 것 같았다.

"마침 전화 주셨네요. 러든의 계좌에 내역이 표기되지 않은 인출이 세 건 있었어요. 액수는 있고 수취인이 없는 게 하나, 수표가 발행됐지만 지급되지 않은 게 하나, 수표 번호가 빠진 게 하나 있어요. 가장 최근순으로 말씀드린 거예요."

"그중에 혹시 액수가 289.87달러인 게 있나요?"

"네? 어떻게 아셨어요? 그게 바로 수표가 발행됐는데 지급되지 않은 거예요. 도대체 그걸 어떻게……."

"그게 범인이 항상 요구하는 액수거든요."

"항상? 그럼 두 번 이상이란 건가요?"

"세 번째 수표도 동일한 사서함으로 우송됐어요. 수표를 보낸 사람을 찾는 중이고요. 그래서 전화하는 건데 지금 똑같은 방식으로 진행되고 있는 사건이 있어요. 만약 이 세 가지 사건의 범행수법이 동일하다면 러든의 집에서 38스페셜의 탄환이 발견되어야 해요."

"세 번째는 누구죠?"

"리처드 카치. 매사추세츠 사우더톤. 전혀 다른 인물이에요."

"매사추세츠? 젠장, 이 자식 전국을 누비고 다녔군! 세 번째는 아직 살아 있나요?"

"곧 알게 돼요. 관할 경찰이 지금 출동했으니까."

"무슨 일이건, 어떤 내용이건 바로 알려주세요. 러든의 집에 현장조사팀이 빨리 오도록 독촉할게요. 저도 상황 알려드리죠. 고맙습니다."

"행운을 빌어요. 다시 통화해요."

젊은 형사에 대한 거니의 신뢰는 점점 커지고 있었다. 대화를 나눌수록 마음에 드는 친구였다. 에너지, 지성, 부지런함. 그리고 또 다른 무언가 있었다. 정직함, 그리고 순수함 같은 것. 그의 마음을 어루만지는 어떤 것.

거니는 물을 털어내는 개처럼 고개를 세게 저은 뒤 심호흡을 했다. 그날 여행이 생각했던 것보다 훨씬 더 그를 감정적으로 피로

하게 만든 모양이었다. 아니면 아버지에 관한 꿈이 여전히 마음 한편에 남아 있기 때문일까. 그는 의자 뒤로 몸을 기대어 눈을 감았다.

전화벨 소리가 그를 깨웠다. 처음에는 알람시계 소리인 줄 알았다. 그는 여전히 서재 책상에 있었고 목이 견딜 수 없을 정도로 뻣뻣했다. 시계를 보니 거의 두 시간을 잤다. 그는 전화를 받으며 헛기침을 했다.

클라인의 목소리는 출발선에 서 있는 경주마의 호흡처럼 거칠었다.

"방금 소식 들었어요. 젠장, 갈수록 태산이네요. 세 번째 희생자가 매사추세츠에 있다고요? 샘의 아들 사건* 이후 최고의 살인극이군요. 거니 씨가 담당했던 제이슨 스트링크 사건 이후로도 그렇고요. 한마디로 대형 사건이에요. 언론에 발표하기 전에 직접 듣고 싶었어요. 동일범이 두 명을 죽였다는 확고한 증거가 있단 거죠. 맞습니까?"

"그 사실을 강력하게 뒷받침하는 증거라고 말할 수 있습니다."

"뒷받침한다고요?"

"강력하게 뒷받침하는 증거요."

"좀 더 구체적으로 말해줄 수 있어요?"

"아직 지문이 없어요. DNA도 없고요. 사건이 서로 연관되어 있단 것만큼은 분명해요. 하지만 동일 인물이 그 둘의 목을 그었다는 결정적인 증거는 없습니다."

"하지만 확률이 꽤 높은 거죠?"

* 뉴욕 브롱크스에서 첫 살인 이후 연속적으로 일어난 희대의 연쇄살인 사건

"아주 높습니다."

"거니 씨의 판단이면 충분합니다."

거니는 그의 판단을 전적으로 신뢰하는 척하는 검사의 빤한 연기에 미소를 지었다. 그는 셰리든 클라인이 다른 사람의 판단보다는 자신의 판단을 더 우선하는 사람이라는 것을, 그러나 상황이 꼬일 때를 대비하여 책임을 추궁할 누군가를 만들어서 한쪽 문을 열어두는 사람이란 것을 너무도 잘 알고 있었다.

"이제 폭스 뉴스 친구들한테 발표를 할 때가 온 것 같군요. 오늘 범죄 수사국 사람들을 만나서 발표할 내용을 정리해야겠어요. 계속 상황 보고해주세요. 특히 매사추세츠 사건이 어떻게 진행되는지요. 모든 걸 다 알고 싶어요."

클라인은 인사도 없이 전화를 끊었다.

대대적으로 언론에 공표할 계획인 것이 분명했다. 그는 곡마단의 단장처럼, 미디어 서커스를 주도해갈 셈이었다. 브롱크스 지방검사에게, 나아가서 이 살인의 향연이 벌어질 다른 지역의 지방검사들에게 주도권이 넘어가기 전에 이 사건을 사적인 홍보의 기회로 이용하려 할 것이다. 기자회견을 생각하면서 거니는 씁쓸함에 입술을 깨물었다.

"괜찮아?"

가까이에서 들려오는 목소리에 놀라 고개를 들어보니 매들린이 서재 문 옆에 서 있었다.

"젠장, 당신 언제……."

"통화하느라 내가 들어오는 소릴 못 들었나 봐."

"전혀 못 들었어."

그가 손목시계를 바라보며 눈을 깜박였다.

"그나저나 어디 갔다 왔어?"

"내가 나가면서 한 말 기억해?"

"어디 가는지 말 안 한다고 했잖아."

"이미 두 번이나 말했다고 했잖아.

"알았어, 됐어. 난 할 일이 좀 있어."

마치 그와 약속이라도 한 듯 전화벨이 울렸다.

전화는 소더톤에서 온 것이었지만 리처드 카치가 아니었다. 고와키라는 이름의 형사였다.

"여기 사건이 발생했습니다. 언제쯤 오실 수 있습니까?"

39

너는 나를 만나야 한다, 미스터 658

활기 없는 목소리의 마이크 고와키와 통화를 끝낸 시각은 9시 15분이었다. 매들린은 이미 침대에 베개를 세우고 앉아 책을 읽고 있었다. 《전쟁과 평화》였다. 매들린은 그 책을 엉뚱하게도 헨리 데이비드 소로의 《월든》과 함께 앞뒤로 뒤적거리면서 3년째 읽는 중이었다.

"사건 현장에 가봐야겠어."

매들린이 고개를 들었다. 궁금하고 걱정되고 또 외로운 표정이었다.

거니가 해결할 수 있는 것은 그녀의 궁금증뿐이었다.

"또 다른 희생자가 나왔어. 칼에 목이 찔리고 눈 속에 난 발자국이 있고."

"얼마나 먼데?"

"뭐?"

"얼마나 멀리 가냐고."

"매사추세츠, 소더톤. 서너 시간 거리."

"내일 아침까지 못 돌아와?"

"아침은 먹을 수 있겠지."

매들린이 '지금 누굴 속이려고 그래?' 라고 말하는 것 같은 미소를 지었다.

그는 돌아서려다가 말고 침대 가장자리에 앉았다.

"이상한 사건이야. 갈수록 이상해져."

그의 말에서 불안감이 그대로 배어났다.

그녀가 고개를 끄덕이면서 위로하는 듯한 목소리로 "전형적인 연쇄살인범 같지가 않아?" 라고 물었다.

"전혀 달라. 전혀."

"희생자하고 너무 많은 교류를 해서?"

"희생자들도 서로 너무 달라. 인적사항도 그렇고 지리적으로도 그렇고. 전형적인 연쇄살인범들은 유명 작가, 퇴직한 경비원, 사악한 은둔자를 찾아서 캐츠킬, 브롱크스, 매사추세츠로 돌아다니진 않거든."

"뭔가 공통점이 있겠지."

"모두 술을 마신 이력이 있어. 범인이 남긴 증거에도 그 부분에 초점이 맞추어졌단 게 나타나 있고. 그런데 그것 말고도 다른 공통점이 있을 거야. 그렇지 않고서야 왜 300킬로미터도 더 떨어진 곳에서 희생자들을 찾는 수고를 하겠어?"

잠시 침묵이 흘렀다. 거니는 멍하니 두 사람 사이의 퀼트 이불의 주름을 문질렀다. 매들린은 책 위에 두 손을 올려놓고 그를 바라보았다.

"다녀올게."

그가 말했다.

"조심해."

"그럴게. 아침에 보자고."

그가 관절염 환자처럼 천천히 일어서며 말했다.

매들린은 그가 결코 말로 표현하지 못할 표정, 좋은 것인지 나쁜 것인지조차 분간할 수 없는 표정, 그러나 그가 너무도 잘 알고 있는 표정으로 그를 바라보았다. 그는 가슴에서 거의 물리적인 통증을 느꼈다.

매사추세츠 고속도로에서 빠져나온 시각은 자정이 넘어서였고 황량한 소더톤의 주도로에서 빠져나온 시각은 1시 반이었다. 10여 분 뒤 거니는 쿼리 로드의 거친 골목길, 경찰차들이 밀집해 있는 장소에 도착했다. 경찰차 중 한 대에 경광등이 켜져 있었고 거니는 그 옆에 차를 세웠다. 그가 차에서 내리는 순간, 짜증스러운 표정의 제복 경찰이 경광등 뒤에서 걸어나왔다.

"잠깐만요. 어디 가시죠?"

그는 짜증스러운 것은 물론이고 피곤해 보였다.

"데이브 거니라고 합니다. 고와키 형사를 만나러 왔어요."

"무슨 일로요?"

"지금 절 기다리고 있을 겁니다."

"무슨 일이신데요?"

거니는 그의 날카로움이 고된 하루 때문인지 아니면 습관적인 무례함인지 궁금했다. 습관적인 무례함이라면 거니는 잘 참지 못하는 편이었다.

"고와키 형사가 이리 오라고 했거든요. 신분증 보여드릴까요?"

경찰이 손전등을 거니의 얼굴에 비추었다.

"누구시라고?"

"지방검사 사무실 특별 수사관 거니입니다."

"진작 그렇게 말씀하실 것이지!"

거니는 조금의 따스함도 없는 미소를 지었다.

"제가 찾아왔다고 좀 전해주시겠습니까?"

마지막으로 한 번 더 적대적인 침묵이 흐른 뒤, 남자는 돌아서서 집 쪽으로 난 긴 언덕길을 올라갔다. 반쯤 진행된 듯이 보이는 수사팀의 작업을 위해 이동식 조명이 현장을 비추었다. 따라오란 말도 없었지만 거니는 그를 따라갔다.

집 부근에서 진입로는 왼쪽으로 꺾어지면서 차 두 대가 들어가는, 그러나 한 대만 주차되어 있는 주차장 입구로 연결되었다. 거니는 차고 문이 열려 있다고 생각했다. 그런데 알고 보니 문이 아예 없었다. 진입로에 1센티미터 정도 쌓인 눈이 차고 안에도 그대로였다. 앞서 가던 경찰은 노란 테이프가 가로막은 입구에 서서 "마이크!"라고 소리쳤다.

반응이 없었다. 경찰은 나름대로 노력했지만 어쩔 수 없다는 듯, 그걸로 끝이라는 듯이 어깨를 으쓱했다. 그때 뒷마당 쪽에서 지친 목소리가 들려왔다.

"뒤쪽에 있어!"

거니는 기다리지 않고 테이프 뒤쪽으로 빙 돌아 그 방향으로 향했다.

"테이프 안쪽으로는 들어가지 마쇼!"

경찰의 경고는 마치 사나운 개가 마지막으로 한 번 더 짖는 것처럼 들렸다.

집 뒤쪽에는 대낮처럼 환하게 불이 밝혀져 있었다. 그가 생각했던 뒤뜰이 아니었다. 뒤뜰 역시 어딘가 불완전하고 낙후되어 있었다. 건장한 체격의 남자가 큼직한 벽돌로 엉성하게 만든 뒷문 계단 위에 서 있었다. 남자의 눈동자는 옻나무 숲과 이 집을 분리해주는 600평 정도의 공터를 훑고 있었다.

지면은 울퉁불퉁했다. 처음 지반공사를 한 뒤 한 번도 땅을 다지지 않은 것 같았다. 여기저기 뒹구는 목재가 비바람에 회색빛으로 변해 있었다. 집의 외벽은 일부만 벽널이 대어져 있었고 합판을 덮은 방수 페인트는 노출로 색이 바랬다. 공사가 진행 중이라기보다는 공사를 포기한 형국이었다.

뚱뚱한 남자의 시선이 거니에게 닿았다. 그는 잠시 거니를 쳐다보다가 "캐츠킬에서 오셨습니까?"라고 물었다.

"그렇습니다."

"테이프를 따라 3미터 정도 가시다가 테이프 밑으로 들어가셔서 뒷문 쪽으로 나오세요. 집에서부터 주차장까지 난 발자국 건드리지 않게 조심하시고요."

거니는 아마 그가 고와키인 모양이라고 생각하면서도 추측에만 의존하는 것이 싫어서 물어보았다. 그가 그렇다고 고갯짓을 했다.

뒤뜰인 것이 분명한 벌판을 가로지르는 동안 그는 수련원에서 보았던 것과 비슷한 발자국들을 보았다.

"비슷한가요?"

고와키가 호기심 어린 눈빛으로 거니를 바라보며 물었다.

몸집은 우둔해도 꽤 날카롭다고 거니는 생각했다. 거니는 고개를 끄덕였다. 이제 그 자신의 날카로움을 보여줄 차례였다.

"발자국이 거슬리시죠?"

"조금요. 사실 발자국 자체라기보다는 시체와 발자국의 위치가 거슬립니다. 혹시 제가 모르는 걸 알고 계십니까?"

"발자국의 방향이 거꾸로 되어 있다면 시체의 위치가 좀 납득이 가시겠죠?"

"발자국의 방향이…… 잠깐만요, 이런 젠장! 이제야 말이 되는군요!"

그가 거니를 바라보았다.

"우리가 상대하는 놈이 도대체 어떤 놈입니까?"

"일단 범인은 세 사람을 죽였어요. 지난 한 주 동안요. 용의주도하고 완벽주의자예요. 일부러 여러 가지 증거를 남겨두지만 우리가 보아주기를 원하는 것만 남겨놓지요. 지독하게 똑똑하고, 아마 고학력자일 거고, 희생자를 증오하는 만큼 경찰도 증오해요. 그건 그렇고 시체가 아직 여기 있습니까?"

고와키는 거니가 한 말을 머릿속으로 정리하는 것 같은 표정을 짓고 있었다.

"아직 있습니다. 보셔야 할 것 같아서요. 앞의 두 사건을 알고 계시니 뭔가 연관성을 찾을 수도 있겠죠. 보시겠습니까?"

마침내 그가 말했다.

뒷문을 열자 비좁고 역시 제대로 마감되지 않은 거친 공간이 드러났다. 허술한 배관 상태로 보아 아마도 세탁실로 설계된 곳 같았다. 그러나 세탁기도 건조기도 없었다. 심지어는 마른 벽 하나 없었다. 조명이라고는 골격을 드러낸 천장 들보에 박힌 싸구려 흰색 전등뿐이었다.

거칠고도 적나라한 불빛에 드러난 시체는 문간 위에 엎드린 자세로 반은 세탁실에, 반은 부엌에 걸쳐져 있었다.

"좀 자세히 봐도 되겠습니까?"

거니가 얼굴을 찌푸리며 물었다.

"그러려고 오신 거 아닙니까?"

자세히 들여다보니 목에 난 여러 개의 상처에서 뿜어져 나온 피가 부엌 바닥 곳곳에, 심지어는 중고 할인점에서 산 것 같은 식탁 밑에까지 튀어서 응고되어 있었다. 희생자의 얼굴은 분노로 가득했지만 크고 거친 얼굴 전체를 뒤덮은 고통의 주름들은 살아온 삶의 흔적일 뿐 그가 당한 최후의 공격에 대해서는 아무것도 말해주지 않았다.

"불행해 보이는 친구로군."

거니가 말했다.

"한마디로 한심한 개자식이었죠."

"예전에도 문제가 많았나 보죠?"

"말도 마세요. 보통 골칫거리가 아니었어요."

잔인하고 끔찍한 최후도 그가 저지른 일에 비하면 충분치 않다는 듯 고와키가 시체를 바라보며 말했다.

"어느 동네나 골칫거리가 있게 마련이지요. 난동 부리는 술주정뱅이, 집 안을 돼지우리로 만들어서 이웃들을 열받게 하는 놈, 전처들이 보호신청을 해오는 성범죄자, 개들이 밤새도록 짖게 내버려두는 꼴통, 엄마들이 아이들한테 절대 가까이 가지말라고 조심시키는 정신병자……. 여기 소더톤에서는 그 모든 개자식들이 한 몸으로 태어났어요. 바로 리처드 카치죠."

"대단한 인물이었군요."

"궁금해서 그러는데 혹시 다른 두 희생자도 비슷했습니까?"

"첫 번째는 정반대였지요. 두 번째 희생자에 대한 정보는 아직 없지만 적어도 이 친구 같은 사람은 아니었을 겁니다."

거니는 바닥에 누워 천장을 바라보는 얼굴을 다시 한번 보았다. 죽어서도 추한 얼굴이었다. 살았을 때도 분명히 그랬으리라.

"어쩌면 인간쓰레기들을 청소하려는 연쇄살인범인가 생각했죠. 그건 그렇고 다시 눈 속의 발자국으로 돌아가서, 거꾸로 돌려놓으면 얘기가 된다는 걸 어떻게 아셨죠?"

"첫 번째 살인 현장에서도 그랬거든요."

고와키의 눈빛에 호기심이 서렸다.

"시체 위치로 보면 희생자가 뒷문에서 들어온 범인을 바라보고 있었던 것 같은데 눈 위의 발자국을 보면 누군가 앞문으로 들어와서 뒷문으로 나간 게 되거든요. 말이 되지 않아요."

"부엌을 좀 둘러봐도 되겠습니까?"

"얼마든지요. 사진사, 부검팀, 혈흔, 섬유 채취팀 모두 다녀갔습니다."

"부검팀에서 화약으로 인한 화상 얘긴 안 하던가요?"

"화약으로 인한 화상이요? 칼로 찌른 상처 아닙니까?"

"저 피범벅 속에 분명히 총상이 있을 겁니다."

"제가 못 본 걸 보셨군요."

"냉장고 위쪽 천장 구석 쪽에서 조그만 탄환 자국을 봤는데 현장조사 때 누가 그 얘기를 하던가요?"

고와키가 거니의 시선을 따라가 보았다.

"도대체 무슨 말씀이시죠?"

"카치는 총을 맞고 쓰러졌고 그다음에 칼에 찔렸어요."

"그리고 발자국은 사실 반대 방향이고요?"

"그래요."

"정리해봅시다. 범인이 뒷문으로 들어와서 카치의 목을 쏜 다음 카치가 쓰러지고 난 뒤에, 그러니까 스테이크를 썰듯 칼로 열두 번을 찔렀단 말입니까?"

"피어니 사건은 그랬어요."

"그럼 발자국은……."

"발자국은 밑창을 거꾸로 붙이면 가능하죠. 마치 앞으로 들어와서 뒤로 나간 것처럼. 사실은 뒤로 들어와서 앞으로 나갔는데 말입니다."

"젠장, 대체 이게 다 뭐랍니까? 무슨 장난치는 것도 아니고……."

"바로 그거예요."

"네?"

"장난치는 겁니다. 일종의 게임이죠. 지금껏 게임을 해왔고 이번이 세 번째예요. 네놈들은 틀렸다, 틀려도 한참 틀렸다. 이렇게 단서들을 주는데도 날 잡지 못하는군. 그러니까 너희 경찰은 다 쓸모없는 인간들이야. 그게 매번 범죄 현장에서 놈이 우리에게 남기는 메시지예요."

고와키가 거니의 표정을 살폈다.

"놈의 심리를 꽤 잘 읽고 계시네요."

거니가 미소를 지으며 시체를 돌아 부엌 카운터 위에 쌓여 있는 서류들 쪽으로 다가갔다.

"제가 지나치게 단정적인가요?"

"사실 전 그런 말을 할 처지가 못 됩니다. 소더턴에는 살인 사건이 많지 않아요. 있다고 해도 5년에 한 번 꼴이고 그나마 우발적 살인들이죠. 주로 술집 주차장에서 야구 방망이나 타이어 레버를 사용하는 식이에요. 장난치는 건 더더욱 아니고요."

거니가 연민의 웃음을 지었다. 그런 거친 살인이라면 거니도 평생 보아야 할 몫 이상을 보았다.

"별로 쓸 만한 게 없더라고요."

거니가 조심스럽게 살펴보는 우편물들을 바라보며 고와키가 말했다.

거니가 그의 말에 동의하려는 순간, 할인쿠폰, 전단지, 총기 잡지, 성금 모금 안내문, 군부대 잉여제품 카탈로그 틈에 윗부분이 뜯긴 작은 봉투 하나가 눈에 뜨였다. 주소가 리처드 카치 앞으로 되어 있었다. 손으로 쓴 깔끔한 필체였고 빨간 잉크였다.

"뭐가 있습니까?"

고와키가 물었다.

"이것도 증거물 보관용 주머니에 넣는 게 좋겠어요. 범인은 희생자들과 대화를 나누는 것을 좋아하죠."

거니가 편지 봉투 끝부분을 잡고 카운터의 빈 공간으로 옮겨놓으며 말했다.

"위층에 더 있어요."

거니와 고와키가 낯선 목소리에 돌아섰다. 부엌문 앞에 젊고 체격 좋은 남자가 서 있었다.

"침대 옆에 있던 포르노 잡지 더미 밑에 빨간 잉크로 쓴 편지 봉투 세 개가 있었어요."

"올라가서 한번 봐야 할 것 같네요."

고와키가 층계를 올라가는 것이 결코 만만치 않을 거구의 남자답게 잠시 내키지 않는 표정을 지으며 말했다.

"바비, 뉴욕에서 오신 거니 형사님이셔."

"밥 머핏이라고 합니다."

그 남자는 바닥에 있는 시체에서 몸을 돌린 채 신경질적으로 손을 내밀며 말했다.

2층 역시 이 집의 다른 부분들과 마찬가지로 짓다 말고 포기한 것 같은 분위기였다. 계단 위에는 네 개의 문이 있었다. 머핏이 오른쪽 방으로 거니를 안내했다. 집을 둘러보면서 대충 짐작은 했지만 그래도 그 방은 더 참혹했다. 더러운 옷가지나 빈 맥주 캔이 없는 곳에는 말라붙은 구토물이 있었다. 시큼한 땀내가 진동했다. 블라인드는 내려져 있었고 천장 한복판에 달린, 전구 세 개를 꽂게 되어 있는 전등에는 전구 한 개에만 불이 들어왔다.

고와키가 지저분한 침대 옆 테이블로 다가갔다. 포르노 잡지들 옆에 빨간 잉크로 쓴 세 개의 봉투가 있었고 그 옆에 개인 수표가 한 장 있었다. 고와키는 그 네 가지에 손을 대지 않고 대신 음란 잡지를 쟁반처럼 사용했다.

"아래층에 내려가서 살펴봅시다."

고와키가 말했다.

세 사람은 다시 계단을 내려와서 부엌으로 돌아왔고 고와키는 봉투와 수표를 테이블 위에 올려놓았다. 그는 셔츠 주머니에서 펜과 핀셋을 꺼내 봉투의 입구를 열고 편지를 꺼냈다. 세 개의 봉투에는 멜러리가 받은 것과 필체나 내용이 똑같은 시들이 들어 있었다.

거니의 눈길이 처음 닿은 곳은 '뿌린 대로 거두고, 빼앗은 것을 내놓게 되리라.' 라는 대목이었다.

그러나 가장 오래 그의 시선을 끈 것은 수표였다. 그 수표는 X. 아리브디스 앞으로 되어 있었고 'R. 카치' 라고 사인이 되어 있었다. 그레고리 더모트가 카치에게 돌려보낸 수표가 분명했다. 멜러리, 러든에게 요구한 것과 똑같은 액수인 289.87달러였다. 수표의 왼쪽 윗부분 이름과 주소란에는 '매사추세츠 10155, 소더턴, 쿼리 로드 349번지, R. 카치' 라고 적혀 있었다.

R. 카치.

그 이름의 무언가 거니를 불편하게 만들었다. 죽은 사람의 이름을 볼 때마다 느끼곤 했던 그 묘한 기분일 수도 있었다. 생명력을 잃은 이름, 그 이름에 실체를 부여했던 무언가로부터 떨어져나온, 더 작아진 이름 때문일 수도 있었다. 죽음을 대면한다는 것이 얼마나 이상한 일인지. 죽음을 목격하는 것 자체가 더 이상 그 어떤 감흥도 일으키지 않는다는 것, 죽음이 그저 업무의 일부일 뿐이라는 것은 또 얼마나 이상한 일인지. 죽음은 이렇듯 어느 순간 묘하게 다가온다. 허망하게 오그라든 죽은 자의 이름으로. 아무리 외면하려고 해도 죽음은 어떤 식으로든 우리 주의를 끈다. 마치 지하실 벽에 스며드는 물처럼 죽음은 우리 감정에 스며든다.

그래서 R. 카치라는 이름이 그토록 묘하게 느껴지는 것일 수도 있었다. 아니면 그 외에 다른 이유가 있을까?

40

무모한 도전

마크 멜러리, 앨버트 러든, 리처드 카치, 세 사람. 표적이 되고 정신적 고문을 당하고 총을 맞은 뒤 머리가 거의 잘려나갈 정도로 무자비하게 반복적으로 칼에 찔렸다. 그들은 과연 그런 잔인한 보복을 당할 만큼 제각기 다른, 혹은 모두 똑같은 죄를 저질렀을까?

과연 그것이 복수였을까? 아니면 로드리게스의 추측처럼 보다 실질적인 동기를 숨기기 위한 일종의 연막일까?

아직은 모든 가능성이 열려 있었다.

새벽녘이 되어서야 거니는 월넛 크로싱으로 출발했다. 눈 냄새를 머금은 바람이 차가웠다. 거니는 극심한 피로감과 불안한 날카로움이 싸우는 의식의 긴장 상태로 접어들었다. 그 어떤 순서나 논리도 없이 온갖 생각들과 장면들이 물밀듯 밀려왔다.

그중 한 가지는 죽은 남자의 수표, R. 카치라는 이름의 이미지였다. 그 이름 뒤에 그가 접근할 수 없는 영역으로 이어지는 비밀의 문이 도사리고 있었다. 무언가 이치에 맞지 않았다. 그 이름의 이미지는 흐릿한 별처럼, 정면으로 바라보지 않을 때만 그의 시야에 흐릿하게 나타났다.

거니는 사건의 다른 면에 초점을 맞추려 노력했지만 그의 이성은 논리적으로 전개되기를 거부했다. 대신 식탁 밑까지 튀었던 카치의 부엌 바닥의 마른 피 웅덩이가 떠올랐다. 그 이미지를 떨쳐버리려 고속도로를 똑바로 쳐다보았지만 마크 멜러리의 테라스 위에 번져 있던 비슷한 크기의 피 웅덩이가 그 자리를 채웠다. 그 다음엔 멜러리가 애디론댁 의자에 앉아 몸을 앞으로 숙이고 그에게 보호와 구조를 요청하던 모습이 떠올랐다.

멜러리는 몸을 앞으로 숙이고 그에게…….

거니는 눈물이 차오르는 것을 느꼈다.

그는 휴게소에 차를 세웠다. 좁은 휴게소 주차장에는 차가 단 한 대 더 있을 뿐이었고 그나마 주차되었다기보다는 유기된 것 같은 느낌이었다. 얼굴이 후끈거렸고 손이 차가웠다. 제대로 생각할 수 없다는 사실이 그를 두렵게 했고 또 무력하게 했다.

피로감은 삶을 실패작으로 보이게 만드는 렌즈와도 같다. 그가 쌓아온 직업적인 성취가 그의 실패를 더욱 고통스럽게 만들었다. 설령 이것이 지친 마음의 유희라고 해도 기분은 나아지지 않았다. 어쨌든 그에게는 분명한 증거가 있었다. 형사로서 그는 마크 멜러리를 실망시켰고 남편으로서 카렌을, 그리고 매들린을 실망시켰다. 아버지로서 그는 대니를 실망시켰고 이제 카일을 실망시키고 있었다.

그의 뇌는 한계에 달했다. 약 15분 동안 그 쓰린 상처를 견디다가 마침내 뇌는 정지되었다. 그리고 그는 짧은 치유의 잠에 빠져들었다.

•••

얼마나 잤을까. 한 시간이 안 된 것은 분명했다. 그러나 잠에서 깨어났을 때 격한 감정은 이미 지나간 뒤였고 그 자리에 티 없는 투명함이 깃들었다. 끔찍할 정도로 뒷목이 뻐근했지만 그 정도 대가를 치를 만했다.

마침내 빈 공간이 생겨서인지 위철리 사서함의 수수께끼가 마음속에 되살아났다. 기존의 두 가지 가설은 그다지 만족스럽지 않았다. 하나는 범인이 희생자들에게 사서함 주소를 잘못 가르쳐주었다는 것, 또 하나는 사서함 주소는 정확했지만 뭔가 잘못되어서 더모트가 수표를 받고 범인이 인출하기 전에 돌려보냈다는 것이었다.

이제 거니에게는 세 번째 설명이 떠올랐다. 사서함이 맞고 아무것도 잘못된 것이 없다면…… 돈을 송금하라고 한 것이 돈을 인출하기 위해서가 아닌 다른 목적이 있었다면…… 범인이 어떤 식으로든 사서함에 접근해서 봉투를 열어보고 수표를 확인하거나 복사한 다음, 봉투를 다시 붙여서 더모트가 보기 전에 사서함에 도로 집어넣었다면…….

새로운 시나리오는 보다 진실에 가까웠다. 범인이 더모트의 사서함을 그 나름의 목적으로 이용했다면 전혀 새로운 가능성들이 열리는 셈이었다. 어쩌면 범인과 직접 대화를 나눌 수 있을지도 모른다. 엉성한 가설이었음에도, 그리고 엄청난 혼란과 좌절감 속에서도 그런 생각이 그를 고무시켰다. 몇 분 뒤 그는 휴게소에서 빠져나와 시속 80킬로미터로 집을 향해 달렸다.

매들린은 외출 중이었다. 그는 지갑과 열쇠를 테이블 위에 던져놓고 테이블 위에 있던 쪽지를 집어들었다. 매들린의 빠르고 깔끔한 필체였다. 언제나처럼 심하다 싶을 정도로 간결했다.

'9시 요가 수업. 폭풍 전에 돌아옴. 메시지 다섯 개 있음. 그 물고기는 플라운더(넙치)였어?'

무슨 폭풍?

무슨 물고기?

그는 서재에 가서 매들린이 말한 전화 메시지를 확인하고 싶었지만 그에겐 해야 할 일이, 보다 긴급한 일이 있었다. 범인과 교류할 수 있을지도 모른다는 가능성, 더모트의 사서함을 통해 그자와 교류할 수 있을지도 모른다는 가능성이 엄청난 열정을 불러일으켰다.

불완전한 시나리오였고 추측에 근거한 추측이었지만 해볼 만한 일이었다. 무언가를 해볼 수 있다는 것이, 그들이 하는 모든 일이 범인의 계획에 포함되어 있다는 느낌에서 오는 짜증스러움에 비하면 훨씬 구미가 당겼다. 충동적이고 비논리적이었지만 범인이 숨어 있는 벽에 수류탄을 던질 수도 있다는 생각은 뿌리칠 수 없는 유혹이었다. 이제 그가 해야 할 일은 수류탄을 만드는 것뿐이었다.

먼저 전화 메시지를 확인해보아야 했다. 다급하거나 중요한 메시지가 있을 수도 있었다. 그는 서재로 향했다. 그런데 한 문장이 떠올랐다. 그가 잊고 싶지 않았던 문장이었고 운율 있는 문장이었고 범인에게 보낼 편지의 첫 줄로 완벽한 문장이었다. 그는 흥분한 상태로 매들린이 테이블에 남겨둔 펜과 종이를 들고 편지를 쓰기 시작했다. 15분 뒤 그는 펜을 내려놓고 정성들여 깔끔한 글씨체로 쓴 여덟 줄의 문장을 읽었다.

어떻게 한 짓인지 나는 훤히 알고 있다.
거꾸로 된 발자국과 소리를 죽인 총.
네가 시작한 게임은 이제 곧 끝난다.
죽은 자의 친구가 네 목을 긋는 것으로.
눈을 조심해라. 태양을 조심해라.
밤이고 낮이고 조심해라. 달아날 곳은 없다.
나 이제 슬픔으로 친구의 무덤을 돌보리라.
그리고 그를 죽인 자를 지옥으로 보내리라.

그는 흡족해하며 편지에 묻은 지문을 지웠다. 지문을 지우는 것이 왠지 꺼림칙했지만 애써 그런 기분을 떨쳐내고 봉투를 가져와서 코네티컷 주 위철리 더모트의 사서함 X. 아리브디스 앞으로 주소를 적었다.

41

다시 현실로

거니는 일주일에 두어 번 들르는 집배원이 오는 시간에 맞추어 우편함에 편지를 넣었다. 오늘은 집배원 백스터를 대신해 론다가 왔다. 풀밭을 걸어 집으로 돌아오는 동안 흥분은 잦아들고 그답지 않게 충동적으로 행동했다는 사실에 대한 가책이 밀려들었다.

그제야 그는 다섯 개의 메시지를 떠올렸다.

첫 번째 메시지는 이타카 갤러리에서 온 것이었다.

"데이브, 소냐예요. 데이브의 프로젝트에 대해 할 얘기가 있어요. 나쁜 건 없고 다 좋은 소식이에요. 되도록 빨리, 되도록 아주 빨리 얘기하고 싶어요. 오늘 저녁엔 6시까지 갤러리에 있어요. 그 이후에는 집으로 전화해줘요."

두 번째 메시지는 잔뜩 흥분한 랜디 클램의 목소리였다.

"휴대전화로 걸었더니 불통이더라고요. 러든의 집에서 재미있는 편지들을 발견했어요. 혹시 익숙한 편지들인가 해서요. 희생자는 부인한테 보여주고 싶지 않은 이상한 편지들을 받고 있었던 것 같아요. 연장통 밑바닥에 숨겨놓았더라고요. 팩스 번호 알려주시면 보내드릴게요."

세 번째는 범죄 수사국의 잭 하드윅이었다. 거들먹거리는 태도는 여전했다.

"이봐, 셜록! 우리의 범인이 두어 건 더 해치웠단 소문이 있던데 너무 바빠서 옛 친구한테 미리 귀띔해줄 시간도 없는 건가? 혹시 우리 셜록 홈스 선생께서 미천한 잭 하드윅한테 전화 한 통 해주는 게 체면이 서지 않아서 그런가 하는 생각이 들었다네. 하지만 자넨 그런 인간은 아니잖아. 안 그래? 그런 생각을 한 내가 부끄럽지! 내가 자네한테 전혀 악감정이 없다는 걸 증명하기 위해서 내일 회의에 대해 귀띔해주려고 전화했네. 멜러리 사건에 대한 진행 상황을 보고하고 브롱크스, 소더턴 사건이 수사 방향에 어떤 영향을 미칠지에 대해 얘기하게 될 거야. 물론 이 엿 같은 회의는 로드리게스 반장이 주도할 거고. 클라인 검사도 참석할 예정이니 클라인 검사가 보나마나 자넬 초대하겠지? 미리 알고 싶을 것 같아서. 어쨌거나 우린 친구 아닌가. 안 그래?"

네 번째 메시지는 예상대로 클라인으로부터 온 전화였다. 그런데 그의 전화는 그다지 초대 같지 않았다. 그의 목소리에 담긴 에너지는 짜증에 가까웠다.

"거니 씨, 핸드폰에 무슨 문제라도 있는 겁니까? 전화가 연결이 안 돼서 소더턴 경찰서로 전화해봤더니 2시간 반 전에 출발했다고 하더군요. 그쪽에서 동일범이 세 번째 살인을 저질렀다는 정보를 주던데 그건 꽤 중요한 사실 아닙니까? 저에게 전화로 알려줄 정도로 중요한 사안 아닌가요? 최대한 빠른 시간 내로 통화합시다. 의사 결정을 해야 하고 모든 정보를 모아야 합니다. 내일 정오에 범죄 수사국에서 회의가 있어요. 그 회의가 가장 시급한 일입니다. 메시지 받는 대로 전화해줘요!"

마지막 메시지는 마이크 고와키로부터 온 것이었다.

"부엌 벽에 난 구멍에서 탄환을 수거했다는 거 알려드리려고요. 말씀하신대로 38스페셜이었어요. 이곳에서 출발하신 뒤에 새로운 사실을 발견했습니다. 혹시 빨간 잉크로 쓴 편지가 있나 해서 우편함을 찾아봤더니 죽은 물고기가 있더라고요. 우편함에요. 죽은 물고기가 범행수법에 포함되어 있었단 얘긴 없으셨잖아요. 이게 어떤 의미인지 알려주십시오. 전 심리학자가 아니지만 이 친구 아주 별난 놈인 것만은 분명하네요. 지금으로선 이게 다예요. 저도 그만 집에 가서 눈 좀 붙일까 합니다."

물고기?

거니는 다시 부엌으로 가서 테이블 위에 놓여 있는 매들린의 쪽지를 보았다.

'9시 요가 수업. 폭풍 전에 돌아옴. 메시지 5개 있음. 그 물고기는 플라운더(넙치)였어?'

왜 그런 질문을 했을까? 그는 찬장 위의 낡은 괘종시계를 바라보았다. 9시 30분이었다. 왠지 새벽녘인 것 같은 느낌이었고 프렌치도어로 들어오는 햇살은 차가운 회색빛이었다. 폭풍 전에 돌아온다고? 하늘이 금방이라도 무언가를, 아마도 눈을 뿌릴 것 같긴 했다. 우박은 아니어야 할 텐데. 그러니까 매들린은 10시 30분쯤, 만약 길이 걱정되면 10시쯤 집으로 돌아올 것이다. 그러면 그때 넙치에 대해서 물어봐야지. 매들린은 걱정이 많은 편은 아니었지만 미끄러운 길만큼은 두려워했다.

그는 전화를 하려고 서재로 향했다. 바로 그 순간, 깨달았다. 첫 번째 살인이 일어난 장소는 피어니였고 범인은 두 번째 희생자 옆에 피어니(작약)를 남겨 두었다. 두 번째 살해 장소가 브롱크스의 플라운더(넙치)였고 세 번째 살해 장소에 넙치가 있었느냐는 매들린의 질문은 예리하고도 정확했다.

그는 먼저 소더턴에 전화를 걸었다. 안내데스크가 고와키의 음성사서함으로 연결해주었다. 거니는 두 가지를 요청했다. 발견한 물고기가 넙치가 맞는지 확인해달라는 것이었고 카치의 집 벽에 박힌 탄환이 멜러리의 집 벽에 박힌 탄환과 같은 것인지 확인할 수 있는 사진을 보내달라는 것이었다. 두 가지 사실에 대해 의심이 드는 것은 아니었지만 그래도 확인하는 것이 중요했다.

그러고 나서 그는 클라인에게 전화를 걸었다.

그날 아침 클라인은 법정에 있었다. 엘렌 라코프는 클라인의 불평을 다시 한번 재연하면서 그동안 연락이 두절되었고 제대로 보고를 하지 않았다며 거니를 야단쳤다. 그러고 나서 다음 날 아침 범죄 수사국에서 열리는 회의에는 반드시 참석하는 게 좋을 거라고 말했다. 그러나 일장 연설을 늘어놓는 와중에도 그녀는 관능적인 호흡을 하는 것을 잊지 않았다. 거니는 잠을 푹 못 자서 자신이 미친 게 아닌가 생각했다.

그는 랜디 클램에게 전화를 걸어 소식 전해주어서 고맙다고 말한 뒤 러든의 편지를 팩스로 보내달라고 부탁했다. 그는 지방검사의 사무실 팩스 번호와 로드리게스가 받아보도록 범죄 수사국의 팩스 번호를 가르쳐주었다. 그러고 나서 거니는 랜디에게 리처드 카치 사건에 대해 알려주었다. 넙치의 암시와 알코올 중독의 이력이 세 사건의 공통점이라는 사실도 함께.

소냐의 전화는 미루어도 괜찮을 것 같았다. 하드윅에게 전화하는 것도 급할 것이 없었다. 그의 마음은 다음 날 회의로 내달리고 있었다. 기다려져서가 아니었다. 그것과는 거리가 멀었다. 거니는 회의가 싫었다. 그의 두뇌는 혼자 있을 때 가장 잘 움직였다. 집단 토론을 하다보면 뛰쳐나가고 싶었다. 게다가 경솔했던 그의 시 폭탄도 회의에 참석하는 것을 꺼리게 만들었다. 거니는 비밀을 좋아하지 않았다.

그는 세 사건의 핵심적인 요소들을 짚어보고 가장 그럴듯한 가설을 세우고 또 그 가설을 시험해보기 위해 서재 한구석에 놓인 푹신한 가죽 소파에 앉았다. 그러나 잠이 부족한 그의 두뇌는 그를 돕지 않았다. 그는 눈을 감았고 그 순간 길게 꼬리를 물었던 생각들이 잦아들었다. 얼마나 그렇게 앉아 있었는지는 알 수 없었다. 마침내 눈을 떴을 때 무겁게 내리는 눈이 온 세상을 하얗게 칠하고 있었다. 정적 속에서 멀리 차 한 대가 들어오는 소리가 들렸다. 그는 얼른 의자에서 일어나 부엌으로 가서 창문으로 매들린의 차가 도로 끝에서 차고 뒤쪽으로 사라지는 것을 바라보았다. 아마 우편함을 확인하려는 모양이었다. 몇 분 뒤 전화벨이 울렸다. 그는 부엌 카운터에 달려 있는 전화기를 들었다.

"당신 와 있었네. 오늘 집배원이 다녀갔는지 혹시 알아?"

"매들린?"

"지금 우편함 앞이야. 보낼 편지가 하나 있는데 집배원이 벌써 다녀갔으면 내일 시내에 가서 부치려고."

"오늘 론다가 다녀갔어. 조금 전에."

"이런! 놓쳐버렸네! 알았어. 내일 부치지 뭐."

그녀의 차가 헛간을 돌아 천천히 차고 쪽으로 다가왔다.

잠시 후 눈길 운전에 긴장한 표정으로 그녀가 부엌 뒷문을 열고 들어왔다. 그리고 그 순간 매들린은 평상시와 다른 거니의 표정을 보았다.

"왜 그래?"

우편함 옆에서 그녀의 전화를 받은 순간부터 생각에 빠져들었던 거니는 그녀가 코트와 신발을 벗은 뒤에야 대답했다.

"방금 한 가지 미스터리를 풀었어."

"잘됐네!"

매들린이 머리에서 눈송이를 털어내며 미소를 지은 뒤 그의 설명을 기다렸다.

"숫자의 미스터리 말이야. 두 번째 미스터리지. 어떻게 했는지 알 것 같아."

"두 번째 미스터리라면?"

"19라는 숫자. 멜러리와의 통화에서. 내가 그 편지 보여줬지?"

"기억해."

"범인은 멜러리한테 숫자 하나를 생각한 다음에 속삭여보라고 했어."

"왜 속삭여보라고 했을까? 그나저나 시계가 맞질 않네."

매들린이 시계를 바라보며 말했다.

거니가 그녀를 바라보았다.

"미안해. 계속해."

"숫자를 속삭여보라고 한 건 그저 "숫자를 말해 봐."라고 말하는 것보다 그렇게 하면 좀 더 진실에서 멀어지게 하는 효과가 있어서일 거야."

"무슨 말인지 모르겠어."

"범인은 멜러리가 무슨 숫자를 생각할지 알지 못했어. 그 숫자를 알아내는 방법은 멜러리에게 물어보는 것뿐이었지. 말하자면 일종의 연막을 친 거였어."

"하지만 그 숫자는 이미 범인이 멜러리의 우편함에 있었다고 하지 않았어?"

"그렇기도 하고 아니기도 해. 물론 몇 분 뒤 멜러리는 그 숫자가 적힌 편지를 우편함에서 발견했지. 하지만 이미 그곳에 있었던 건 아니야. 정확히 말하면 그 숫자는 아직 인쇄되기 전이었다고 말할 수 있지."

"이해가 안 가."

"노트북에 미니 프린터가 달려 있었겠지. 멜러리가 말한 숫자만 빼고 다른 글은 다 이미 써놓았을 거야. 아마 멜러리의 우편함 옆에 차를 세워놓고 앉아 있었겠지. 그리고 휴대전화로 멜러리에게 전화를 걸었어. 당신이 조금 전에 나한테 걸었던 것처럼. 그리고 숫자를 생각한 다음, 그 숫자를 말하라고 했겠지. 멜러리가 숫자를 말한 순간, 범인은 그 숫자를 입력하고 인쇄 버튼을 눌렀을 거야. 그러고 나서 편지를 봉투에 넣은 다음, 우편함에 넣고 차를 몰고 사라졌어. 마치 사람 마음을 읽을 줄 아는 사람인 척하면서."

"아주 영리하네."

매들린이 말했다.

"범인? 아니면 나?"

"둘 다."

"이제야 앞뒤가 맞아. 차량 소음을 녹음한 것도 아마 한적한 시골길이 아닌 다른 곳에 있는 것 같은 느낌을 주려고 그랬을 거야."

"차량 소음?"

"따로 녹음된 차량 소음. 범죄 수사국의 아주 똑똑한 친구가 멜러리의 전화 내용이 녹음된 테이프의 음향분석을 했는데 두 개의 서로 다른 음향이 녹음되어 있었대. 자동차 엔진 소리하고 차량 소음. 엔진 소리는 범인이 말을 할 때 발생한 소음이지만 차량 소음은 출처가 다르단 거야. 다시 말해서 차량 소음은 따로 녹음되었다가 범인이 말을 할 때 재생이 되었다는 거지. 처음에는 이해가 안 됐어."

"이제 말이 되네. 당신이 풀었어. 훌륭해."

이 사건에 연관된 말을 할 때마다 그녀의 목소리에 자주 나타나곤 하던 냉소의 기미는 보이지 않았다. 그녀는 진심으로 존경한다는 듯 그를 바라보았다.

"진심이야. 당신 정말 대단해."

매들린이 그의 의심을 떨쳐버리려는 듯 말했다.

문득 충격과 함께 밀려드는 기억이 있었다. 결혼 초기, 매들린은 얼마나 자주 그런 눈빛으로 그를 보았던가? 그토록 똑똑한 여자로부터 애정 어린 인정을 받는다는 것은 얼마나 기분 좋은 일이었던가? 두 사람의 유대는 얼마나 소중한가? 그런데 바로 그 유대가, 어쩌면 유대의 기미가 그녀의 눈빛에서 되살아나고 있었다.

그때 그녀가 창문 쪽으로 돌아섰고 회색빛 햇살이 그녀의 표정을 밝혔다. 그녀가 헛기침을 했다.

"참, 그건 그렇고 우리가 지붕 갈퀴 새로 샀던가? 자정까지 눈이 25센티미터에서 30센티미터까지 온다던데 2층 벽장에 물 새면 안 되잖아."

"25센티미터에서 30센티미터?"

그는 헛간의 낡은 지붕 갈퀴를 생각했다. 테이프를 덕지덕지 붙이면 쓸 수 있을 것도 같았다.

매들린이 한숨을 쉬며 2층으로 향했다.

"그냥 벽장을 비우지 뭐."

그는 언뜻 할 말이 떠오르지 않았다. 때마침 울린 전화벨 소리가 그가 내뱉을지도 모르는 한심한 말을 막아주었다. 거니는 세 번째 벨이 울릴 때 전화를 받았다.

"거니입니다."

"거니 형사님, 그레고리 더모트입니다."

공손하지만 지친 목소리였다.

"네, 더모트 씨."

"사건이 있었어요. 제가 적절한 조처를 한 것인지 확실히 하고 싶어서요."

"사건이라고요?"

"이상한 편지를 받았어요. 지난번에 희생자들이 받았다고 하셨던 편지들과 관련이 있는 것 같습니다. 읽어드릴까요?"

"먼저 어떻게 받았는지부터 말씀해보세요."

"사실 편지가 전달된 방법이 편지의 내용보다 더 신경에 거슬려요. 솔직히 소름이 끼친다고 할까요? 저희 집 창문 바깥쪽에 테이프로 붙여져 있었어요. 제가 매일 아침 식사를 하는 테이블 바로 옆에 난 창문이요. 무슨 말인지 아시겠어요?"

"무슨 뜻이죠?"

"놈이 여기 왔어요. 바로 집 앞에, 제가 잠자는 곳에서 불과 15미터 거리에 있었다고요. 이 집을 만지면서요. 어떤 창문에 붙여야 할지도 알고 있었어요. 그래서 소름이 끼쳐요."

"어떤 창문에 붙여야 할지 알았다고요?"

"매일 아침 제가 앉는 창가였습니다. 결코 우연이 아니죠. 제가 매일 아침 거기서 식사를 한다는 사실을 알고 있었다는 건 계속 절 관찰했다는 뜻이잖아요."

"경찰에 신고하셨습니까?"

"지금 전화드리잖아요."

"관할 경찰 말입니다."

"무슨 말씀인지 압니다. 네, 전화했어요. 그런데 전혀 심각하게 받아들이지 않더라고요. 그래서 혹시 거니 형사님이 전화해주시면 좀 도움이 될까 해서요. 그래 주실 수 있으신가요?"

"편지에 뭐라고 쓰여 있던가요?"

"잠깐만요. 여기 있네요. 단 두 줄이에요. 빨간 잉크로 '이제 다들 모여라. 바보들은 다 죽는다.' 라고 적혀 있어요.

"경찰에도 그 내용을 읽어주었나요?"

"네. 두 건의 살인과 관계 있을지도 모른다고 했더니 내일 아침 와보겠대요. 다급한 상황이라고 생각하는 것 같진 않더라고요."

거니는 세 번째 살인 사건이 있었다고 말할까 생각하다가 그래봐야 공포심만 조장할 뿐이라는 결론을 내렸다. 더모트는 이미 두려워하고 있었다.

"더모트 씨가 보기엔 그 메시지가 어떤 의미인 것 같은가요?"

"어떤 의미냐고요? 있는 그대로죠. 누군가 죽을 거라는 얘기잖아요. '이제' 라고 말했어요. 그런데 이 편지가 저한테 왔어요. 그게 무슨 뜻이겠어요? 젠장, 도대체 경찰들은 다 뭘 하는 겁니까? 도대체 몇 사람이 죽어나가야 정신을 차릴 거냐고요!"

더모트의 목소리는 겁에 질렸다.

"진정하십시오. 신고를 받은 경관의 이름을 기억하십니까?"

42
반 전

위철리 경찰서의 존 나르도 경감과 힘겨운 통화를 마친 뒤에야 거니는 서장의 결재를 받는 대로 그레고리 더모트의 신변 보호를 위해 경찰 한 명을 파견하겠다는 확답을 들었다.

눈보라는 어느새 폭풍설로 바뀌어 있었다. 거의 30여 시간을 깨어 있었고 눈을 붙여야 한다는 생각이 들었지만 거니는 조금 더 자신을 몰아치기로 하고 커피 물을 올렸다. 그는 위층의 매들린에게 필요한 게 없냐고 물었다. 짐작이 전혀 불가능한 것은 아니었지만 매들린의 단음절의 대답을 쉽게 해독할 수가 없었다. 그는 다시 물었다. 이번에는 "아니!"라고 똑똑하고도 분명한 대답이 들려왔다. 어쩌면 필요 이상으로 똑똑하고 분명한 대답이었다.

항상 그의 마음을 편안하게 해주었던 눈도 더 이상 효력이 없었다. 사건이 너무도 순식간에 커지고 있었다. 범인과 교류하기 위해 위철리 사서함에 편지를 보낸 것도 실수로 느껴지기 시작했다. 그에게 어느 정도의 권한이 부여된 것은 사실이지만 그런 독창적인 행동들까지 용납될지는 알 수 없었다. 커피가 만들어지는 동안 소더턴 현장의 풍경, 마치 실제로 본 것처럼 생생한 넙치, 그레고리 더모트의 집 창문에 붙어 있었다는 편지가 마음속을 맴돌았다. '이제 다들 모여라. 바보들은 다 죽는다.'

감정의 혼란에서 벗어나기 위한 방법을 찾다가 결국 금 간 지붕 갈퀴를 수리하거나 아니면 19의 미스터리를 좀 더 깊이 생각해보거나 둘 중 하나라는 결론에 이르렀다. 결국 후자를 선택했다.

만약 그 속임수가 거니가 생각했던 방식으로 이루어진 것이라면 거기서 어떤 결론을 도출할 수 있을까? 범인이 영리하고, 상상력이 풍부하고, 어떤 상황에서든 침착하고, 짓궂고, 가학적이라는 것? 희생자들을 무력하게 만드는 것에 광적으로 집착하고 통제 욕구에 미친 괴물이라는 것? 그러나 이 모든 것은 이미 분명했던 사실이었다. 분명하지 않았던 것은 왜 '하필 그런 방식이었을까?' 였다. 19의 속임수에서 가장 중요한 것은 결국 그것이 속임수라는 사실이었다. 그리고 그 속임수를 쓴 이유는 희생자에게 아무것도 묻지 않고도 범인이 희생자를 너무도 잘 알고 그가 무슨 생각을 하는지 꿰뚫고 있다는 느낌을 주기 위해서일 것이다.

젠장!

멜러리에게 보낸 두 번째 시의 내용이 뭐였더라?

거니는 거의 부엌에서 서재까지 뛰다시피 하며 달려가서 파일을 뒤적였다. 여기 있군! 그날 들어 두 번째로 그는 진실과 맞닥뜨리는 순간의 스릴을 느꼈다.

> 네가 무슨 생각을 하는지,
>
> 나는 훤히 알고 있다.
>
> …

네가 언제 눈을 깜빡이는지,
네가 어디 있었으며
또 앞으로 어디 있을 건지도.

그날 밤 매들린이 침대에서 무슨 말을 했지? 그게 어젯밤이었던가? 아니면 그제 밤이었던가? 편지의 글귀들이 이상할 정도로 모호하다고 했다. 편지에는 구체적인 사실이 하나도 없다고, 이름이나 장소, 그 어떤 실질적인 정보도 없다고 했다.

거니는 짜릿함과 함께 마침내 가장 중요한 퍼즐 한 조각이 제자리를 찾았음을 깨달았다. 지금까지 가장 중요한 한 조각을 거꾸로 들고 있었다. 희생자에 대해, 그리고 그들의 과거에 대해 낱낱이 알고 있다는 것은 연기였음이 너무도 분명했다. 거니는 다시 한번 멜러리와 다른 사람들이 받은 편지와 전화 내용들을 훑어보았다. 어느 곳에서도 범인이 희생자의 이름과 주소 외에 무언가를 알고 있다는 증거는 없었다. 범인은 그들 모두가 한때 술을 많이 마셨다는 사실을 알고 있었다. 그러나 그 사실조차도 구체적인 것은 아니었다. 그 어떤 사건이나 인물, 장소, 시간도 언급되지 않았다. 그 모든 것이 단지 희생자에 대해 아무것도 아는 것이 없으면서 너무도 잘 알고 있는 척하기 위한 노력일 뿐이었다.

만약 그렇다면 새로운 질문이 제기되었다. 왜 알지도 못하는 사람들을 죽였을까? 알코올 중독의 이력이 있는 모든 사람들에 대해 극도의 혐오감을 지니고 있다면 왜 브롱크스의 랜디 클램이 말했던 것처럼 그저 금주 모임에 폭탄을 던지지 않았을까?

다시 생각들이 꼬리에 꼬리를 물고 맴돌기 시작했고 피로감이 몸과 마음에 엄습해왔다. 피로감과 함께 회의도 밀려왔다. 숫자를 이용한 속임수와 그 속임수가 범인과 희생자와의 관계에서 어떤 의미를 갖고 있는지 알아냈다는 뿌듯함은 이내 그 사실을 좀 더 일찍 깨닫지 못했다는 자괴감으로 바뀌었다. 나아가서 그것 역시 막다른 골목으로 이어질지도 모른다는 두려움이 밀려왔다.

"왜 그래?"

매들린이 서재 문간에 서서, 옷장을 정리하느라 헝클어진 머리로 검은색 쓰레기봉투를 들고 서 있었다.

"아무것도 아니야."

매들린은 '당신 말 안 믿어.' 라고 말하는 것 같은 눈빛으로 그를 바라본 뒤 쓰레기봉투를 문 옆에 내려놓았다.

"이게 벽장 속 당신 서랍에 있었던 물건들이야."

그가 쓰레기봉투를 바라보았다.

그녀는 다시 2층으로 올라갔다.

바람이 창문에 스치며 휘파람 소리를 냈다. 방풍테이프를 다시 붙여야겠군. 젠장, 진작 고쳤어야 했는데. 저 각도로 바람이 불 때마다 꼭…….

전화벨이 울렸다.

소더턴의 고와키였다. 인사할 겨를도 없이 그가 말했다.

"맞아요, 넙치. 근데 그걸 어떻게 아셨습니까?"

물고기가 넙치임을 확인하자 수면 부족으로 지쳐 있던 거니의 영혼이 되살아났다. 짜증스러운 잭 하드윅에게 전화를 걸 수도 있을 정도의 에너지를 회복했다. 줄곧 그를 괴롭혔던 문제를 말해주어야 했다. 그것은 바로 세 번째 시의 첫 번째 행이었다. 거니는 파일에서 그 시가 적힌 편지를 꺼내 들고 하드윅에게 전화를 걸었다.

내가 해온 이 일의 목적은
돈도 재미도 아니야.
빚을 갚기 위해서이고
잘못을 바로잡기 위해서이고
그림 속의 장미처럼
빨간 피를 위해서야.
그래야 모두가 알겠지.
뿌린 대로 거둔다는 걸.

언세나처럼 범죄 수사국 형사 잭 하드윅이 그의 생각에 귀를 기울이고 반응을 보이기까지 긴 시간의 거친 말들이 이어졌다. 너무도 하드윅다운 반응이었다.

"그러니까 과거시제를 사용했다는 건 놈이 자네 친구를 죽이기 전에 목을 몇 개 더 날렸단 뜻이라고?"

"아마 그런 의미일 거야. 왜냐하면 우리가 아는 세 명의 희생자는 범인이 이 편지를 쓸 때까지는 이미 살아 있었으니까."

"그래서 내가 뭘 하면 되겠나?"

"동일한 수법의 범죄를 조사해보는 게 좋겠어."

"어느 정도 상세한 범위의 '모두스 오프란디*'를 원해?"

하드윅의 과장스러운 라틴어 발음 때문에 그 말이 장난처럼 들렸다. 어떤 외국어든 우습게 만들어버리는 그의 태도는 항상 신경

* 범죄 수법을 뜻하는 라틴어

에 거슬렸다.

"그야 자네한테 달렸지. 내 생각엔 목의 상처가 가장 결정적인 요소가 될 것 같아."

"음, 그러니까 이번 수사를 펜실베이니아, 뉴욕, 코네티컷, 로드아일랜드, 매사추세츠, 어쩌면 뉴햄프셔, 버몬트까지 확대시키잔 건가?"

"글쎄. 범위는 자네가 결정하게."

"기간은?"

"5년 정도? 그것도 자네가 알아서 해."

"5년 정도면 충분해."

그가 전혀 충분치 않다는 듯한 말투로 말했다.

"로드리게스 반장을 만날 준비는 되어 있나?"

그가 물었다.

"내일? 물론 가야지."

잠시 침묵이 흘렀다.

"그러니까 자네 생각엔 이 미친놈이 한동안 이런 짓거리를 했을 거라 이거지."

"그럴 가능성도 있어 보여. 안 그래?"

또 한 번 침묵이 흘렀다.

"자넨 나름대로 가닥을 잡고 있는 건가?"

거니는 하드윅에게 새로 발견한 사실들을 정리해주었고 한 가지 제안을 했다.

"멜러리가 15년 전에 재활원에 있었던 걸로 아는데 멜러리의 전과 기록을 한번 조회해줘. 술과 관련해서 저지른 범죄가 있는지. 앨버트 러든, 리처드 카치도 마찬가지고. 강력계에서 이미 러든하고 카치의 기록은 조사하고 있을 테니까 어쩌면 뭔가 연결점을 찾을 수도 있을 거야. 그리고 기왕 조사하는 김에 그레고리 더모트를 좀 더 깊이 파고드는 것도 좋을 것 같네. 그 친구는 우연히 이 사건에 깊이 연루되었어. 범인이 위철리의 사서함을 선택한 데는 분명히 이유가 있을 거고 지금은 더모트 자신이 위협을 받고 있으니까."

"더모트 자신이?"

거니는 하드윅에게 '이제 다들 모여라. 바보들은 다 죽는다.' 라고 적힌 쪽지가 더모트의 집 창문에 붙어 있었다는 이야기와 나르도 경감과 나눈 대화를 정리해주었다.

"더모트를 파헤치면 뭐가 좀 나올 것 같아?"

"적어도 세 가지 분명한 사실을 설명할 단서를 발견할 수도 있지 않을까? 첫째, 범인은 알코올 중독 이력이 있는 희생자들을 골랐어. 둘째, 범인이 그들을 직접적으로 알았다는 증거는 어디에도 없어. 셋째, 범인은 지리적으로 멀리 떨어져 있는 사람들을 표적으로 삼았어. 다시 말해서 알코올 중독 이상의 공통점이 있었다는 거겠지. 희생자들을 연결하는, 그리고 범인과 더모트까지 연결하는 공통분모가 있을 거야. 그게 뭔지는 모르겠지만 보는 순간 알 거야."

"마지막 말도 분명한 사실인가?"

"내일 보세, 잭."

43
매들린

'내일'은 이상할 정도로 성큼 다가왔다. 하드윅과 통화한 뒤 거니는 신발을 벗고 서재 소파에 누웠다. 그리고 밤새 한 번도 방해받지 않고 곤히 잤다. 마침내 눈을 떴을 때는 이미 아침이었다.

그는 일어서서 기지개를 켠 뒤 창밖을 내다보았다. 동쪽 산마루에서 서서히 해가 떠오르는 것을 보니 아침 7시쯤 된 모양이었다. 범죄 수사국 회의는 10시 반에 출발하면 충분했다. 하늘은 완벽한 파란색이었고 세상을 덮은 눈은 마치 부서진 유리 가루를 섞은 것처럼 반짝거렸다. 그 풍경의 아름다움과 평화로움이 신선한 커피 향과 뒤섞이면서 그의 삶을 단순하고도 좋은 것처럼 느껴지게 만들었다. 충분한 휴식은 참으로 놀라운 치유력을 지녔다. 거니는 그동안 미루었던 전화를 할 생각이었다. 소냐와 카일에게. 그러나 두 사람 모두 잠들어 있을 시간이었다. 거니는 잠시 침대에 누워 있는 소냐의 모습을 상상하면서 머뭇거리다가 부엌으로 갔다. 9시가 지나면 바로 전화를 하리라.

집 안 온통 매들린이 외출했을 때의 공허함이 배어났다. 부엌 카운터 위에 놓인 메모가 매들린의 외출을 확인해주었다.

'새벽. 태양이 막 떠오르려고 함. 믿을 수 없을 정도로 아름다운 풍경. 눈길을 걸어서 칼슨 농장 절벽 쪽으로 산책. 커피는 주전자에 있음. M.'

그는 욕실로 가서 샤워를 하고 이를 닦았다. 머리를 빗으면서 매들린한테 가보면 어떨까 생각했다. 일출에 대해 언급한 것을 보면 나간 지 10분이 채 안 되었다는 의미였다. 크로스 컨트리 스키를 타고 발자국을 따라가다 보면 20분 내로 따라잡을 수 있을 것이다.

그는 바지 위에 스키바지를 입고 부츠를 신은 다음, 두툼한 울 스웨터를 입고 스키에 올라탔다. 그리고 부엌 뒷문을 열고 푹신한 눈 위에 발을 내디뎠다. 북쪽 계곡과 계곡 뒤의 언덕들이 한눈에 내려다보이는 절벽은 뒤뜰에서 시작되는 오래된 벌목 길의 완만한 경사를 따라 1.6킬로미터 거리에 있었다. 야생 딸기 덤불이 곳곳에 뒤엉켜 있는 길이라 여름철에는 접근이 불가능했지만 늦가을이나 겨울이 되면 덤불숲이 사라져서 가능했다.

차가운 바람 속에서 들리는 소리라고는 헐벗은 나무 위에서 날아올라 산마루 쪽으로 사라지는 까마귀 가족의 거친 울음소리뿐이었다. 까마귀 소리가 사라진 뒤에는 더 깊은 정적이 흘렀다.

숲에서 벗어나 칼슨 농장에 접어들면서 거니는 매들린의 모습을 보았다. 매들린은 그에게서 15미터 정도 떨어진 곳, 평평한 돌 위에 꼼짝 않고 앉아서 지평선까지 끝없이 펼쳐진 물결치는 언덕들을 바라보고 있었다. 그 풍경 속에 인간이 존재한다는 흔적은 두 개의 헛간과 꼬불꼬불하게 난 길 하나뿐이었다. 그녀의 평화로운 모습에 거니는 잠시 멈칫했다. 너무도 쓸쓸해 보였지만 한편으로는 그녀만의 세계에 완전히 몰입해 있었다. 그것은 하나의 손짓이었다. 그가 닿을 수 없는 어떤 세계로 오라는…….

아무런 예고도 없이, 미처 감정을 추스를 새도 없이 그 광경이 그의 가슴을 찢어놓았다.

젠장, 신경쇠약에라도 걸린 것일까? 이번 주 들어 세 번째로 눈에 눈물이 차올랐다. 그는 침을 삼키며 얼굴을 닦았다. 거니는 현기증을 느끼며 마음을 가라앉히기 위해 스키를 타고 그녀에게서 조금 멀어졌다.

곁눈으로 움직임을 포착한 것인지, 아니면 마른 눈을 스치는 스키 소리 때문이었는지 그녀가 뒤를 돌아보았다. 그리고 그녀를 향해 다가가는 그를 보았다. 엷은 미소를 짓긴 했지만 아무 말도 하지 않았다. 거니는 매들린이 자신의 육체는 물론 영혼까지도 꿰뚫어보는 것만 같았다. 기분이 묘했다. 영혼이라는 말은 그가 중요하게 생각하는 개념도, 그가 자주 사용하는 말도 아니었다. 그는 바위에 그녀와 나란히 앉아서 언덕들과 계곡이 펼쳐진 눈앞의 풍경을 바라보았지만 사실은 아무것도 보고 있지 않았다. 그녀가 그의 팔짱을 끼었다.

거니가 그녀의 얼굴을 바라보았다. 그가 본 것을 어떻게 말로 표현해야 할지. 마치 눈 덮인 풍경 전체가 그녀의 얼굴에 반사되고 그녀의 얼굴의 광채가 눈 덮인 풍경에 반사되는 것 같았다.

얼마나 오랜 시간이 흘렀을까. 잠시 후 그들은 집으로 향했다.

"무슨 생각 하고 있었어?"

돌아오는 길에 그가 물었다.

"아무 생각 안 했어. 생각하는 건 방해되거든."

"뭐에 방해된단 거야?"

"푸른 하늘에. 흰 눈에."

부엌으로 들어설 때까지 그는 아무 말도 하지 않았다.

"당신이 만든 커피 아직 못 마셨어."

그가 말했다.

"새로 만들게."

매들린이 냉장고에서 커피콩을 꺼내 전기 분쇄기에 넣었다.

"왜?"

그녀가 손가락을 버튼에 올려놓은 채 호기심 어린 표정으로 그를 바라보며 물었다.

"아무것도 아니야. 그냥 보는 거야."

그녀가 버튼을 눌렀다. 조그만 기계에서 나오는 날카로운 소음이 콩이 갈릴수록 부드러워졌다. 그녀의 눈이 다시 그를 향했다.

"벽장 손볼게."

뭔가 할 일을 찾아야 할 것 같아 그가 말했다.

거니는 2층으로 향했다. 벽장으로 가기 전 그는 계단 옆 창문 앞에서 멈추어섰다. 뒤뜰과 그 뒤로 펼쳐진 숲과 절벽 쪽으로 이어진 길이 한눈에 내려다보였다. 거니는 고독한 평화 속에 홀로 앉아 있던 매들린의 모습을 생각했고 이름 붙일 수 없는 강렬한 감정이 다시 그의 마음을 고통으로 채웠다. 그는 그 고통을 정의하려 몸부림쳤다.

상실감. 소외감. 고독.

그 모든 것이 진실이었고 똑같은 감정의 다른 얼굴이었다. 그가 10대 후반에 공황장애 때문에 만났던 상담사는 그의 두려움이 아버지에게 품었던 깊은 적대감 때문이며, 아버지에 대해 그 어떤 의식적인 감정도 갖고 있지 않다는 사실이야말로 아버지에 대한 감정이 얼마나 크고 부정적인 것인지 보여주는 증거라고 했다. 어느 날 그 상담사는 자신이 믿는 삶의 목적에 대해 이야기했다.

"삶의 목적은 결국 다른 사람과 최대한 가까워지는 거란다."

그는 놀라울 정도로 직설적으로 그 말을 했다. 마치 트럭이 운송수단이라는 말을 할 때처럼.

또 다른 만남에서 그는 똑같이 사무적인 말투로 이렇게 말했다.

"고립된 삶은 낭비된 삶이야."

열일곱 살 거니는 그 말이 무슨 뜻인지 이해할 수 없었다. 심오한 말 같긴 했지만 너무 모호해서 가슴에 와 닿지 않았다. 마흔일곱의 나이에도 그는 여전히 그 말의 의미를 완전히 이해할 순 없었다. 적어도 트럭의 목적처럼 선명하게 다가오진 않았다.

그는 벽장 일을 잊어버리고 다시 부엌으로 내려갔다. 어두운 복도에서 들어선 부엌은 너무도 환하게 느껴졌다. 구름 한 점 없는 하늘에 나무 위로 높게 솟아오른 태양이 남동쪽을 향한 프렌치도어로 스며들었다. 새로 내린 눈이 초원을 반짝이는 거울로 만들었고 볕이 거의 들지 않던 거실의 구석까지 환하게 비추었다.

"커피 준비됐어."

매들린이 말했다.

매들린은 신문과 불쏘시개들을 들고 있었다.

"햇살이 너무 신비로워. 꼭 음악처럼."

거니가 미소를 지으며 고개를 끄덕였다. 가끔 그는 자연의 크고 작은 아름다움에 매혹될 수 있는 그녀의 능력이 부러웠다. 도대체 왜 이런 여자가, 이토록 열정적인 여자, 탁월한 언어 감각을 지닌 탐미주의자, 지상의 모든 축복과 생생하게 교감하는 여자가 뻣뻣하고 냉정하고 생각 많은 형사와 결혼했을까? 그녀는 정말 그가 직업이라는 회색빛 누에고치에서 벗어날 수 있을 거라고 생각했을까? 그 자신도 은퇴하고 전원에서 살면 딴 사람이 될 수 있을 거라는 환상을 갖고 있었던 걸까?

두 사람은 안 어울리는 부부였지만 분명히 그의 부모만큼 안 어울리진 않았다. 종이 모형 만들기, 수채화, 종이접기 같은 실속 없는 취미를 즐겼던 어머니는 건조하기 이를 데 없는 아버지와 결혼했다. 아버지의 과묵함은 오직 냉소에 의해서만 깨어졌고, 아버지의 관심은 항상 다른 곳에 있었으며, 아버지의 열정은 누구에게도 알려지지 않았고, 아버지는 아침에 출근할 때 퇴근하고 집으로 돌아올 때보다 훨씬 더 즐거워 보였다. 그에게 아버지는 마음의 평화를 찾기 위해 항상 어디론가 떠나는 사람이었다.

"회의 몇 시야?"

매들린이 그의 머릿속을 스치는 생각들을 믿을 수 없을 정도로 놀라운 감성으로 짚어내며 물었다.

44

최종 변론

데자뷰.

들어가는 절차는 지난번과 똑같았다. 아이러니하게 혐오감을 주도록 설계된 건물은 공시소만큼이나 살벌했고 그보다 덜 조용했다. 보안 검문소에는 새로운 경비가 있었지만 조명 때문인지 지난번 경비와 똑같은 화학적인 창백함이 느껴졌다. 이번에도 밀실 공포증을 자아내는 회의실로 거니를 안내한 사람은 헤어젤로 머리를 손질한, 매력이라고는 눈곱만치도 찾아볼 수 없는 수사관 블랫이었다.

그가 거니를 회의실 안으로 안내했다. 방은 전보다 허름하게 느껴지는 것을 제외하면 거니가 기억하고 있는 것 그대로였다. 무색의 카펫에는 거니가 예전에 발견하지 못했던 얼룩이 있었다. 커다란 벽에 비해서는 너무 작은 데다 반듯하게 걸려 있지도 않은 시계가 12시 정각을 가리켰다. 언제나처럼 거니는 정확히 제시간에 도착했다. 이것은 이제 장점이라기보다는 일종의 강박이었다. 너무 일찍 오는 것도, 너무 늦게 오는 것도 마음이 편치 않았다.

블랫이 테이블 앞에 앉았다. 위그와 하드윅은 이미 첫 번째 회의 때 앉았던 자리에 앉아 있었다. 날카로운 표정의 여자가 커피 기구 앞에 서 있었다. 그녀가 기다리는 사람이 누구였건 그 사람이 거니와 함께 들어오지 않은 것이 내심 못마땅한 눈치였다. 그녀는 시고니 위버와 분위기가 비슷했다. 일부러 그렇게 보이려고 노력하는 걸까.

직사각형 테이블 앞에 놓인 의자 세 개는 지난번처럼 돌려져 있었다. 거니가 커피를 마시러 갈 때 하드윅이 상어 같은 미소를 지었다.

"일급 형사 거니! 자네한테 질문이 있네."

"반갑네, 잭."

"아니, 대답이 있다고 말해야 하나. 자네가 질문을 말해보겠나? 대답은 '성직자 직위를 박탈당한 보스턴 신부' 라네. 그랑프리를 수상하려면 그 대답에 해당되는 질문을 맞추면 돼."

거니는 대답 대신 컵을 하나 들었다. 별로 깨끗하지 않아서 다른 것을 들어보았고 이번에도 깨끗하지 않아서 또 다른 한 개를 들어보았다가 다시 처음에 집었던 컵을 들었다.

시고니 위버는 발을 구르면서 롤렉스 시계로 시간을 확인했다. 초조함을 연기하는 것이리라.

"안녕하세요, 데이브 거니입니다."

거니는 살균 가능할 정도로 뜨겁기를 바라면서 커피를 잔에 따르고 여자에게 인사를 건넸다.

"홀든필드 박사예요."

거니의 패를 완전히 압도하는 패를 내놓는 것 같은 말투였다.

"셰리든 클라인 검사님은 지금 오시는 길인가요?"

그녀의 목소리에서 배어나는 미묘함이 거니의 관심을 끌었다. 그리고 홀든필드라는 이름이 어딘가 낯설지 않았다.

"글쎄요."

그는 지방검사와 박사가 어떤 관계인지 궁금했다.

"실례가 안 된다면 어떤 전공이신지 여쭤봐도 되겠습니까?"

"범죄심리학이에요."

그녀가 문 쪽을 바라보면서 공허하게 말했다.

"거니 형사! 만약 정답이 직위를 박탈당한 보스턴의 성직자라면 질문이 뭐겠느냐고!"

하드윅이 회의실의 크기에 비해서 지나치게 큰 목소리로 소리질렀다.

거니는 눈을 감았다.

"젠장, 그냥 말하지 그래?"

거니의 말에 하드윅이 혐오스럽다는 듯 얼굴을 찌푸렸다.

"그럼 두 번 말해야 되잖아! 자네한테 한번, 그리고 회의 때 또 한 번."

하드윅이 비스듬한 의자에서 고개를 비스듬히 하며 말했다.

박사는 다시 시계를 보았다. 위그 경사는 노트북에 무언가를 타이핑하면서 화면을 바라보고 있었다. 블랫은 따분해 보였다. 그때 문이 열리고 클라인이 들어왔다. 뭔가를 생각하고 있는 듯한 표정이었다. 그 뒤로 로드리게스가 두툼한 파일을 들고 들어왔다. 그 어느 때보다도 우울해 보였다. 스티멜도 염세적인 개구리 같은 표정이었다. 모두 자리에 앉자 로드리게스가 무언가를 묻는 것 같은 표정으로 클라인을 바라보았다.

"진행하세요."

클라인이 말했다.

로드리게스는 거니에게 시선을 고정한 채 입술에 힘을 주어 가느다란 직선을 만들었다.

"비극적인 사건이 있었습니다. 거니 씨의 요청으로 그레고리 더모트의 집으로 파견된 경관이 살해되었습니다."

방 안의 모든 시선이 다양한 수준의 불쾌한 호기심을 머금고 거니에게 쏠렸다.

"어떻게요?"

거니는 밀려드는 불안감에도 애써 침착하게 물었다.

"거니 씨의 친구와 똑같은 방식으로요."

로드리게스의 목소리에는 은밀하고도 씁쓸한 무언가 담겨 있었지만 거니는 반응하지 않기로 했다.

"검사님, 도대체 상황이 어떻게 돌아가고 있는 거죠?"

테이블 가장 끝 쪽에 서 있던 여자가 〈에일리언〉의 시고니 위버처럼 호전적인 목소리로 물었다. 거니는 그것이 그녀의 의도적인 연출이라는 결론을 내렸다.

"홀든필드 박사, 미안해요. 미처 못 봤네요. 지금 일이 좀 꼬였어요. 막판에 또 한 건 터졌어요. 또 다른 살인 사건입니다."

클라인이 로드리게스를 바라보았다.

"코네티컷 경관 살해 사건에 대해 간단히 브리핑을 해주시죠."

그는 마치 귀에 물이 찼다는 듯 고개를 비스듬히 하고 흔들면서 "제가 본 사건 중에 가장 더러운 사건이네요."라고 덧붙였다.

"지당하신 말씀이십니다."

로드리게스가 서류철을 열며 말했다.

"오늘 아침 11시 25분, 위철리 코네티컷의 존 나르도 경감이 그레고리 더모트의 거주지 부근에서 살인 사건이 발생했음을 알려왔습니다. 그레고리 더모트는 마크 멜러리 사건 사서함의 소유자로 특별 수사관 데이브 거니의 권유에 의해 경찰의 임시 경호를 받고 있었습니다. 오늘 아침 8시."

클라인이 손을 들었다.

"잠깐만요. 홀든필드 박사, 데이브 거니 씨와 인사했나요?"

"네."

더 이상의 소개는 필요 없다는 듯한 차갑고 똑 부러지는 대답이었지만 클라인은 말을 이었다.

"두 분이 할 얘기가 많으실 겁니다. 이 바닥에서 가장 예리하기로 소문난 범죄심리학자와 뉴욕 경찰 역사상 가장 큰 공을 세운 강력계 형사이시니까요."

그의 칭송에 모두 심기가 불편해진 것 같았다. 반면 레베카 홀든필드는 처음으로 거니를 호기심 어린 눈빛으로 바라보았다. 범죄심리학자라면 그다지 좋게 평가하지 않는 거니였지만 그제야 그녀의 이름이 낯설지 않았던 이유를 알 것 같았다.

클라인은 두 명의 스타를 부각시키려고 작정한 듯 말을 이었다.

"홀든필드 박사는 범죄자들의 마음을 읽고 거니 씨는 범죄자들을 추적하는 거죠. 카니발 클로스, 제이슨 스트렁크, 피터 포섬 피거트……."

홀든필드 박사가 거니를 바라보았다. 그녀의 눈이 아주 조금 커졌다.

"피거트? 그게 거니 씨 사건이었나요?"

거니가 고개를 끄덕였다.

"정말 대단한 사건이었죠."

그녀가 경외의 눈빛으로 덧붙였다.

거니는 애써 흐릿하고 고통스러운 미소를 지어 보였다. 그 자신이 범인에게 보낸 편지가 경관의 죽음과 어떤 관련이 있을까 하는 의문이 그를 불안하게 했다.

"계속하세요."

클라인이 마치 갑자기 설명을 중단한 것이 반장 탓이라는 듯 말했다.

"오늘 아침 8시 경, 그레고리 더모트는 게리 시섹 경관의 보호하에 위철리 우체국에 갔었습니다. 더모트의 말에 의하면 두 사람은 8시 30분경에 돌아왔고 자신은 커피와 토스트를 먹었으며 경관은 집 주위를 순찰했다고 합니다. 9시경 더모트가 집 뒤쪽 테라스에 쓰러져 있는 경관을 발견했습니다. 즉시 911을 불렀고 처음 도착한 요원이 현장에서 뒷문에 붙은 쪽지를 발견했습니다."

"다른 희생자들처럼 여러 차례의 자상과 총상이 있었나요?"

홀든필드가 물었다.

"자상은 확인되었고 총상 여부는 아직 확인되지 않았습니다."

"쪽지의 내용은요?"

로드리게스가 파일 안의 팩스 용지를 들고 읽었다.

"내가 어디에서 와서 / 어디로 사라졌는지 / 몇 사람이 더 죽어야 하는지 / 너희는 결코 알아낼 수 없어."

"똑같이 희한한 시군. 어떻게 생각해요, 홀든필드 박사?"

"상황이 급박하게 진행되고 있는 느낌이에요."

"급박하게?"

"지금까지는 모든 것이 치밀하게 계산이 되었어요. 희생자의 선택, 현장에 남겨진 편지들 등등. 하지만 이번 사건은 달라요. 계획되었다기보다는 우발적인 사고란 느낌이 들어요."

"똑같이 칼로 찌르는 의식이었고 똑같은 편지였어요."

로드리게스가 회의적인 표정으로 말했다.

"하지만 이번 희생자는 미리 정해지지 않았어요. 본래 표적은 더모트였지만 어쩌다가 이 경관이 살해되었을 거예요."

"그래도 그 쪽지는……."

"만약 일이 제대로 풀렸다면 더모트의 시체 위에 올려놓으려고 했겠죠. 아니면 상황이 바뀌어서 그 자리에서 즉석으로 쓴 것일 수도 있고요. 4행이라는 점에 유의해야 할 것 같습니다. 다른 시들은 다 8행이었죠?"

그녀가 거니를 바라보며 확인을 요구했다.

거니는 죄책감에 정신이 반쯤은 나간 상태로 고개를 끄덕이면서 애써 현실로 돌아왔다.

"저도 홀든필드 박사님 의견에 동의합니다. 4행과 8행에 대해 별로 주의를 기울이지 않았었는데 듣고 보니 그렇군요. 제가 덧붙이고 싶은 것은 다른 사건들처럼 미리 계획된 것이 아니었다고 해도 범인이 품고 있던 경찰에 대한 증오심이 같은 방식으로 살인을 저지르는 데 영향을 미쳤을 거라는 점입니다. 반장님이 말씀하신 의식의 측면도 설명이 되지요."

"상황이 급박하게 전개되고 있다고 했죠? 이미 네 명의 희생자가 나왔어요. 앞으로도 계속 희생자가 발생할 거란 뜻인가요?"

클라인이 물었다.

"다섯입니다."

모두의 눈이 하드윅에게로 쏠렸다.

로드리게스가 손을 들고 마치 선언하는 듯한 말투로 "멜러리, 러든, 카치, 시섹 경관. 그렇게 넷이잖아."라고 말했다.

"마이클 맥그레이스 신부까지 치면 다섯입니다."

하드윅이 말했다.

"누구요?"

흥분한 클라인, 짜증스러운 반장, 당황한 블랫이 불협화음을 이루며 동시에 물었다.

"5년 전, 보스턴 교구의 어느 신부가 복사들을 성추행한 혐의로 파면된 사건이 있었죠. 그런데 주교하고 모종의 뒷거래가 있었고 결국엔 자신의 부적절한 행동이 알코올 중독 탓이었다고 주장하면서 장기 재활 치료를 시작했고 교단에서 사라졌어요. 사건은 종결됐고요."

"도대체 보스턴 교구는 뭐가 문제야? 온통 어린애들이나 건드리는 개자식들로 우글거리니……."

블랫이 경멸조로 말했다.

하드윅은 그의 말을 무시했다.

"그런데 1년 전, 맥그레이스가 자신의 아파트에서 죽은 채로 발견되었어요. 목에 여러 개의 자상이 있었죠. 복수의 편지가 시체에 붙어 있었어요. 빨간 잉크로 쓴 8행시였어요."

로드리게스의 얼굴이 붉어졌다.

"그 사실을 언제 알아냈지?"

하드윅은 시계를 보고 "30분 전에요."라고 대답했다.

"뭐?"

"어제 특별 수사관 거니 씨가 북동부 지역 전체를 대상으로 멜러리 사건과 비슷한 유형의 사건을 검색해달라고 요청했어요. 그래서 오늘 아침에 맥그레이스 신부 사건을 찾아냈고요."

"그 사건의 범인으로 체포되거나 기소된 사람은?"

클라인이 물었다.

"없습니다. 저와 통화했던 보스턴 강력계 형사가 드러내놓고 말하진 않았지만 그다지 우선순위에 있지는 않았던 것 같던데요."

"그게 무슨 뜻이지?"

반장이 신경질적으로 물었다.

하드윅은 어깨를 으쓱했다.

"전직 신부가 목에 칼이 찔려 죽었고 과거의 잘못을 언급하는 편지가 놓여 있었어요. 누군가 복수하려 했던 것처럼 보였고요. 관할 경찰서에는 그 사건 말고도 해결해야 할 사건들이 많았을 거고 그 사건만큼 숭고하지 못한 동기로 사람을 죽이는 미친놈들이 많았겠죠. 아마 그래서 그다지 신경을 쓰지 않았을 겁니다."

"하지만 직접 그렇게 말한 건 아니잖아."

로드리게스가 소화가 안 된다는 듯한 표정으로 말했다.

"물론 그렇게 말하진 않았습니다."

"자, 그러면 보스턴 경찰이 관심을 기울였건 안 기울였건 마이클 맥그레이스 신부가 다섯 번째 희생양이군요."

클라인이 최종변론을 하듯 상황을 정리했다.

"시 누메로 친퀘*!"

하드윅이 덤덤하게 말했다.

"실은 누메로 우노**예요. 왜냐하면 다른 네 사건보다 무려 1년

* 이탈리아어로 '그래, number 5야!' 라는 뜻

** 이탈리아어로 'number 1' 이라는 뜻

이나 앞서 목이 잘렸으니까요."

"그 점에 대해선 조금 의구심이 드네요."

홀든필드가 말했다.

모두의 관심이 집중되자 그녀가 말을 이었다.

"신부 살해 사건이 첫 번째 사건이었다는 증거는 없어요. 어쩌면 신부가 열 번째 희생자일 수도 있겠죠. 하지만 만약 신부가 첫 번째 희생자라면 다른 문제가 있어요. 첫 번째 살인이 1년 전인데 나머지 네 사건은 2주 만에 일어났어요. 이건 좀 드문 유형이죠. 그사이에 다른 사건이 있었어야 할 것 같은데요."

"범인의 정신병리학적인 요소 외의 다른 요소에 의해 살인의 시간과 희생자가 선택되었다면 얘기가 다를 수 있죠."

거니가 말했다.

"무슨 말씀이신지요?"

"희생자들은 알코올 중독 이외의 어떤 공통점이 있었을 겁니다. 아직 우리가 발견하지 못한 것."

홀든필드가 머리를 좌우로 흔들었다. 거니의 생각에 동의할 수는 없지만 그렇다고 해서 완전히 묵살해버리기도 힘들다는 표정이었다.

"과거에 발생한 시체들에서 연결고리를 찾을 수도 있고 못 찾을 수도 있단 뜻이군요."

클라인이 이 상황을 어떻게 받아들여야 할지 난감하다는 표정으로 말했다.

"앞으로 생길 시체들은 말할 것도 없고요."

홀든필드가 말했다.

"도대체 그게 무슨 말씀이십니까?"

어느덧 이 질문은 로드리게스가 가장 자주 하는 질문이 되어가고 있었다.

홀든필드는 도전하는 듯한 로드리게스의 말투에 전혀 반응을 보이지 않았다.

"살인의 속도가 앞서도 지적했던 것처럼 막바지로 치닫고 있다는 느낌이 들어요."

"막바지라니요?"

클라인이 그 말이 마음에 든다는 투로 물었다.

홀든필드가 말을 이었다.

"마지막 사건에서 범인은 우발적으로 일을 저질렀어요. 어쩌면 통제력을 잃고 있다는 뜻일 수도 있죠. 제 느낌으로는 오래 못 버틸 거 같아요."

"오래 못 버티다니요?"

블랫이 다른 모든 질문을 던질 때 그랬던 것처럼 특유의 적대감을 드러내며 물었다.

홀든필드는 잠시 무표정하게 블랫을 바라보다가 다시 클라인을 바라보았다.

"이 자리에서 어디까지 교육을 시켜야 하죠?"

"몇 가지 중요한 것들만 짚어줘요. 저하고 다른 의견이 있으신 분은 바로 지적하시고요."

이렇게 말하고 클라인은 누구에게도 지적당하고 싶지 않은 표정으로 테이블을 둘러보았다.

"물론 거니 씨는 예외입니다. 이 자리에 거니 씨만큼 연쇄살인범을 많이 상대해본 사람은 없을 테니까요."

로드리게스가 이의를 제기하고 싶은 듯한 표정이었지만 아무 말도 하지 않았다.

홀든필드는 억지미소를 지었다.

"홈스의 연쇄살인범 유형에 대해서는 모두 잘 알고 계시겠죠?"

테이블에 둘러앉은 사람들이 고개를 끄덕이고 중얼거리면서 대체로 수긍의 뜻을 표했다. 오직 블랫만이 질문이 있었다.

"셜록 홈스 말입니까?"

거니는 그가 멍청한 농담을 한 건지 아니면 그저 멍청한 건지 판단이 서지 않았다.

"로널드 M 홈스. 셜록 홈스보다 최근의 인물이고 또 실존 인물이죠."

홀든필드는 거니가 이해할 수 없는 수준의 과장스러운 말투로 설명하고 있었다. 이번에는 다섯 살짜리 아이에게 이야기하는 미스터 로저스*를 흉내 내고 있는 것일까?

"홈스는 연쇄살인범의 동기를 다섯 가지로 분류했어요. 상상의 목소리를 듣는 자, 이 세상에 존재해서는 안 된다고 믿는 부류를 처단하는 임무를 수행하는 자, 이를테면 흑인들이나 게이들이 대상이 되죠. 완전한 정복을 추구하는 자, 살인이 주는 엄청난 스릴을 즐기는 자, 섹스와 관련한 살인을 저지르는 자. 하지만 그 다섯 가지 분류 모두가 공통점을 갖고 있어요."

"전부 다 미친놈이라는 것?"

블랫이 거만한 미소를 머금고 말했다.

"좋은 지적입니다, 형사님."

홀든필드가 달콤한 미소를 머금고 대답했다.

* 어린이를 대상으로 한 텔레비전 프로그램 진행자

"모두 엄청난 내적 긴장을 갖고 있다는 것이죠. 사람을 죽이는 행위를 통해 일시적으로나마 긴장을 해소할 수 있어요."

"이를테면 섹스처럼 말입니까?"

"블랫 형사, 박사가 설명을 끝낼 때까지 질문은 좀 참아주시겠습니까?"

클라인이 화를 내며 말했다.

"사실 정확한 설명이에요. 오르가슴은 성적인 긴장을 해소하니까요. 하지만 정상적인 사람은 엄청난 대가를 치르면서까지 무리하게 오르가슴을 얻으려 하고 통제불능 수준의 상황으로 치닫지는 않아요. 그런 관점에서 보면 연쇄살인은 약물중독에 더 가깝다고 봐야 합니다."

"살인중독이라……."

클라인이 마치 신문의 헤드라인을 쓰듯 천천히 조심스럽게 말했다.

"인상적인 말이네요. 또 일리가 있는 말이기도 하고요. 연쇄살인범들이 보통 사람들과 다른 점이 있다면 자기들만의 환상 속에 산다는 거예요. 사회적으로는 지극히 정상적인 사람들처럼 보일수도 있어요. 하지만 자신의 삶에서 어떤 만족감도 느끼지 못하고 다른 사람들의 삶에도 관심이 없죠. 오직 자신들의 환상을 위해서만 사는 사람들이에요. 통제와 지배, 그리고 처벌에 대한 환상이죠. 그러한 환상들이 일종의 초현실 세계를 구성하는 요소들이에요. 자신이 중요한 존재이고 절대 권력을 지닌 존재이고 살아 있는 존재인 세계. 여기까지 질문 있습니까?"

"질문 하나 하죠. 지금 이 사건의 범인이 그 유형 중에 어떤 유형인지 판단이 서십니까?"

클라인이 물었다.

"물론 판단이 섭니다. 하지만 거니 씨 의견을 먼저 들어보고 싶네요."

거니는 동지를 대하는 듯한 홀든필드의 진정 어린 표정이 그녀의 미소만큼이나 가식적인 것인지 궁금했다.

"임무를 수행하는 자라고 말할 수 있죠."

"알코올 중독자들을 처단하는 임무 말입니까?"

클라인이 호기심 반, 회의 반의 말투로 물었다.

"알코올 중독은 표적이 된 희생자들의 일부만 설명할 뿐입니다. 왜 이들이 선택되었는지를 설명할 만한 무언가 더 있겠지요."

거니의 설명에 클라인이 애매하게 웃었다.

"프로필을 확대시켜본다면 단지 임무를 수행하기 위해 살인을 저지르는 것 외에 범인을 어떻게 묘사하시겠습니까?"

거니는 클라인의 질문을 되받아치기로 했다.

"저도 몇 가지 의견이 있습니다만 홀든필드 박사님 의견을 먼저 들어보고 싶네요."

홀든필드가 어깨를 으쓱한 뒤 빠르고도 사무적인 말투로 말을 이었다.

"30세 백인 남자, 지능이 높고 교우관계 없고 정상적인 성생활을 하지 않는 자, 공손하지만 차가운 성격. 불우한 어린 시절을 보냈고 그것이 희생자를 선택하는 데 영향을 미치고 있어요. 희생자들이 중년 남자들인 것으로 보아 어린 시절의 상처가 아버지와 관련된 것일 수도 있고 어머니와 오이디푸스적인 관계를 맺고 있고……."

"설마 범인이 말 그대로 어머니하고…… 그런 관계란 뜻은 아니시죠?"

블랫이 끼어들었다.

"꼭 그렇다고 말할 수는 없습니다. 어디까지나 이 모든 건 환상일 뿐이니까요. 범인은 환상 속에 살고 또 환상을 위해서 살고 있어요."

로드리게스가 급기야 참지 못하고 끼어들었다.

"그 환상이라는 말이 영 거슬립니다, 박사님. 다섯 명의 시체는 환상이 아니지 않습니까!"

"맞습니다, 반장님. 저와 반장님에겐 환상이 아니죠. 그 사람들은 살아 있는 사람들이고, 저마다의 삶을 살아가던 사람들이고, 존중되고 정의의 보호를 받아야 하는 사람들입니다. 하지만 연쇄살인범에겐 그렇지 않아요. 단지 자신의 연극에 출연하는 배우들일 뿐입니다. 반장님과 제가 생각하는 의미의 인간들이 아닌 거예요. 범인에게는 이차원적 존재일 뿐이죠. 범죄 현장에서 발견되는 의식적인 요소들이 말해주듯이 환상의 단편들일 뿐입니다."

로드리게스가 고개를 저었다.

"박사님 말씀이 정신 나간 연쇄살인범 사건을 이해하는 데 도움이 되겠지만 그래서 뭘 어쩌잔 거죠? 그러니까 제 말은 이 접근 방식 자체가 문제가 있다는 겁니다. 이 사건의 범인이 연쇄살인범이라는 증거가 어디 있습니까? 증거도 없이 너무 성급히 그런 결론에……."

로드리게스가 잠시 망설였다. 문득 자신의 목소리가 사뭇 거칠다는 사실, 주제넘게도 셰리든 클라인이 가장 좋아하는 컨설턴트를 비난하고 있다는 사실을 깨달은 모양이었다.

"그러니까 제 말은 연거푸 일어나는 살인 사건이 반드시 연쇄살인범의 소행이라고 볼 수는 없다는 거죠. 다른 방면으로도 생각해 보아야 합니다."

그는 한결 누그러진 말투로 말했다.

홀든필드는 사뭇 불쾌하다는 표정이었다.

"다른 가설이 있으신가요?"

홀든필드의 질문에 로드리게스가 한숨을 쉬었다.

"거니 씨도 범인이 희생자를 선택할 때 알코올 중독 이외에 다른 요소가 있었을 거라고 하지 않았습니까? 과거의 어떤 행적에서 공통점을 찾을 수도 있겠죠. 우연이든 아니면 의도적인 것이든 그것이 범인에게 고통을 주었고 그래서 그 고통의 원인이 되었던 사람들을 모두 찾아서 복수를 하려는 것일 수도 있죠. 의외로 간단할 수도 있지 않을까요?"

"그런 가정도 전혀 불가능하진 않아요. 하지만 치밀한 계획, 시, 섬세한 범행수법, 살인 의식 같은 것들이 단순한 복수극으로 보기에는 지나치게 병적이에요."

홀든필드가 말했다.

"병적이란 말이 나와서 말인데 그간 입수한 정보를 알려드려야 할 것 같습니다."

잭 하드윅이 후두암으로 죽어가는 것을 즐기는 사람 같은 거친 목소리로 끼어들었다.

로드리게스가 그를 쏘아보았다.

"또 깜짝 발표인가?"

하드윅은 별다른 대꾸 없이 말을 이었다.

"거니 씨의 요청으로 멜러리 살인 사건이 일어나기 전날 밤 범인이 머물렀을 것으로 추측되는 모텔에 조사팀을 파견했습니다."

"그걸 누가 승인했지?"

"제가요."

하드윅이 자신의 규칙 위반이 자랑스럽다는 듯 말했다.

"왜 서면 보고가 없어!"

"거니 씨가 시간이 촉박하다고 해서요."

하드윅이 거짓말을 했다.

그러고 나서는 갑자기 목을 위로 길게 빼고는 금방이라도 심장마비를 일으킬 것 같은 표정을 짓다가 요란하게 트림을 했다. 졸고 있던 블랙이 갑자기 숙이고 있던 몸을 뒤로 획 젖히는 바람에 하마터면 그의 의자가 뒤로 넘어갈 뻔했다.

로드리게스가 흐트러졌던 분위기를 수습하고 다시 주의를 문서보고로 돌리려는 순간, 거니는 하드윅으로부터 공을 받아 왜 로렐스를 조사해야 한다고 판단했는지 설명했다.

"멜러리에게 처음 보낸 편지에는 수신자가 X. 아리브디스로 되어 있습니다. 그리스어로 X는 ch에 해당됩니다. 카리브디스는 그리스 신화에 나오는 무시무시한 소용돌이예요. 그 소용돌이는 '스킬라'라는, 위험한 곳을 일컫는 또 다른 말과 같이 쓰입니다. 멜러리가 살해되기 전날 아침, 미스터 앤 미시스 스킬라라는 남자와 나이 든 여자가 로렐스에 머물렀어요. 우연이라면 굉장한 우연이죠."

"남자와 나이 든 여자요?"

홀든필드가 관심을 보였다.

"범인과 그 어머니일 수도 있어요. 그런데 숙박명부에는 미스터 앤 미시스 스킬라라고 되어 있더군요. 스킬라 부부인 것처럼요. 아마 박사님이 말씀하신 오이디푸스적 관계를 뒷받침할 수도 있겠죠."

"지나치다 싶을 정도로 완벽한 가설이네요."

홀든필드가 미소를 지으며 말했다.

로드리게스의 분노가 다시 한번 폭발하려는 순간, 이번에는 하드윅이 거니의 말을 받았다.

"그래서 영화 〈오즈의 마법사〉를 테마로 꾸몄다는 해괴망측한 별장에 현장조사팀이 출동해서 위아래 안팎으로 샅샅이 뒤졌습죠. 그래서 뭘 찾아냈느냐고요? 아무것도요. 정말 아무것도요. 티끌 하나 없었다고요, 젠장. 머리카락 하나, 얼룩 하나, 그 방에 인간이 있었음을 증명하는 먼지 하나도 없었어요. 조사팀 팀장은 믿을 수가 없다고 하더라고요. 당연히 지문이 있어야 할 곳에도 지문이 없었다면서요. 컴퓨터, 카운터, 문손잡이, 서랍 손잡이, 창틀, 전화, 샤워기 손잡이, 싱크대 수도, 텔레비전 리모컨, 램프 스위치, 그 외에 지문이 발견될 법한 모든 곳에서 단 한 개의 지문도 찾을 수가 없었대요. 지문의 일부조차도. 그래서 그곳에 있는 모든 것, 천장, 바닥, 천장까지 전부 다 쓸어오라고 했어요. 대화가 좀 격해지긴 했지만 전 집요하게 물고 늘어졌죠. 그랬더니 30분마다 한 번씩 전화를 걸어서는 여전히 아무것도 발견하지 못했다면서 저 때문에 시간 낭비를 하고 있다며 투덜대더라고요. 그런데 세 번째 전화에서 팀장의 목소리가 살짝 누그러졌어요. 뭔가를 찾았다면서."

로드리게스는 자신의 실망감을 감추려 애썼지만 거니는 분명히 느낄 수 있었다.

하드윅이 극적인 분위기를 조성하며 잠시 말을 멈추었다가 다시 말을 이었다.

"화장실 문 밖에서 글자를 찾았다는군요. 딱 한 글자였어요. 레드럼."

"뭐라고!"

로드리게스가 자신의 감정을 미처 숨기지 못한 채 버럭 화를 내며 물었다.

"레드럼"

하드윅이 마치 그 말이 중요한 단서라도 된다는 듯 의미심장한 표정으로 천천히 다시 한번 반복했다.

"레드럼? 영화에 나오는 그거 말입니까?"

블랫이 물었다.

"잠깐, 그러니까 지금 현장조사팀이 서너 시간을 뒤져서 발견한 게 겨우 문에 적힌 글자 하나란 건가?"

로드리게스가 분을 삭이지 못하고 눈을 깜박이며 말했다.

"육안으로 보이는 글자가 아니었습니다. 마크 멜러리에게 보낸 편지 뒷면에 남긴 글씨와 똑같은 방식으로 썼어요. '멍청하고 사악한 경찰들' 기억하세요?"

로드리게스는 말없이 하드윅을 쏘아봄으로써 기억이 난다는 대답을 대신했다.

"저도 사건 파일에서 봤어요. 피부 유분으로 편지 뒤쪽에 썼다는 글씨 말이죠? 그게 실제로 가능한가요?"

홀든필드가 말했다.

"가능하고말고요. 사실 지문도 그저 유분에 불과하죠. 그런데 그자는 자신의 유분을 자신의 목적에 맞게 사용한 거예요. 손가락으로 이마 같은 곳을 문질러서 좀 더 유분을 묻혔을 수도 있겠죠. 그때도 분명히 효과가 있었고 로렌스에서도 똑같은 짓을 한 거예요."

"영화에 나오는 그 레드럼이 맞는 거죠?"

블랫이 물었다.

"영화? 무슨 영화? 우리가 지금 왜 영화 얘기를 해야 하지?"

로드리게스가 다시 눈을 껌벅였다.

"〈샤이닝〉! 유명한 장면이에요. 꼬마가 엄마의 침실 문 밖에다가 레드럼이라고 쓰죠."

홀든필드가 흥분을 감추지 못하며 말했다.

"레드럼redrum을 거꾸로 하면 살인murder이잖아요."

블랫이 말했다.

"완벽하네요!"

홀든필드가 말했다.

"다들 흥분하는 걸 보니 앞으로 24시간 내에 범인을 체포할 수 있겠군요."

로드리게스가 자신의 빈정거림을 극대화하려 애쓰며 말했다.

"〈샤이닝〉의 레드럼을 우리한테 말하려 했단 점이 흥미롭군요."

거니가 로드리게스의 말을 무시하며 홀든필드에게 말했다.

"완벽한 영화의 완벽한 단어를 선택했어요."

그녀의 눈이 반짝였다.

마치 테니스 경기를 바라보듯 두 사람의 대화를 듣고 있던 클라인이 마침내 입을 열었다.

"자, 여러분! 이제 나도 좀 끼워주시죠. 도대체 뭐가 완벽하단 겁니까?"

홀든필드가 거니를 바라보았다.

"단어에 대해선 거니 씨가 설명하세요. 영화에 대해선 제가 설명할게요."

...

"그 단어는 거꾸로 된 단어예요. 아주 간단하죠. 이 사건이 시작될 때부터 그게 주제였어요. 눈 속에 거꾸로 난 발자국처럼. 그 말을 거꾸로 하면 당연히 살인이 되겠죠. 우리한테 이 모든 사건이 거꾸로 가야 한다는 걸 알려주고 있는 겁니다. 멍청하고 사악한 경찰들한테."

클라인이 마치 반대심문을 하는 듯한 시선을 홀든필드에게 고정했다.

"박사님도 같은 생각이십니까?"

"기본적으로는 그래요."

"그 영화 얘긴 뭐죠?"

"아, 그거요. 제가 거니 형사님처럼 간결하게 정리해볼게요."

그녀가 잠시 생각한 뒤 한 단어, 한 단어를 조심스럽게 선택하며 말했다.

"그 영화는 미친 아버지를 두려워하는 어머니와 아들의 이야기예요. 그 아버지는 알코올 중독자이고 툭하면 폭력을 휘두르죠."

로드리게스가 고개를 저었다.

"그러니까 어느 폭력적이고 알코올 중독자인 미치광이 아버지가 이 사건의 범인이란 겁니까?"

"아뇨, 절대 그렇지 않아요. 아버지가 아니에요. 아들이죠."

"아들이라고요!"

로드리게스는 이번만큼은 도저히 믿어줄 수 없다는 표정을 지었다.

이야기를 계속하는 동안 홀든필드의 목소리는 미스터 로저스와 똑같은 목소리로 변해갔다.

"범인은 우리에게 자신의 아버지가 〈샤이닝〉의 아버지와 비슷했다고 말하고 있어요. 어쩌면 자기 자신에 대해 설명하는 거라고 볼 수도 있죠."

"자신에 대해 설명한다고요?"

로드리게스는 말을 한다기보다는 말을 뱉는 것에 가까웠다.

"반장님, 사람은 누구나 자신만의 방식으로 자신을 표현하고 싶어 합니다. 이 일을 하시면서 반장님도 늘 그런 경험을 하실 거라 믿어요. 저도 그렇거든요. 사람은 자신의 행동에 대한 나름의 이유를 갖고 있어요. 남 보기에 이상하더라도 누구나 자신의 행동이 옳음을 인정받고 싶어 하죠. 심지어는 정신적으로 문제가 있는 사람들조차도 그런 생각을 갖고 있어요. 아니, 그런 사람들일수록 더."

그녀의 설명 뒤에 침묵이 이어졌고 그 침묵을 깬 사람은 블랫이었다.

"질문이 있습니다. 심리학자 맞으시죠?"

"범죄심리학자예요."

미스터 로저스는 어느새 다시 시고니 위버로 돌아가 있었다.

"어쨌든요. 박사님은 사람의 마음이 어떻게 움직이는지 아시겠죠. 제 질문은 이겁니다. 범인은 사람이 숫자를 생각하기 전에 어떤 숫자를 생각해낼지 알았어요. 그게 어떻게 가능합니까?"

"범인은 알지 못했어요."

"분명히 알았어요."

"그렇게 보인 것뿐이죠. 제가 파일에서 읽었던 658과 19라는 숫자의 미스터리를 말씀하시는 것 같은데 사실 범인은 지금 말씀하시는 것 같은 일을 실제로 한 게 아니에요. 아무런 통제가 없는 상황에서 사람이 다른 사람이 생각하는 번호를 미리 안다는 건 불가능해요. 그러니까 범인도 그럴 수 없었어요."

"그런데 범인은 그렇게 했다지 않습니까!"

블랫이 우겼다.

"설명할 방법이 한 가지 있긴 합니다."

거니는 우편함에서 매들린이 그에게 전화를 걸 때 떠오른 시나리오를 정리해주었다. 말하자면 마크 멜러리가 전화로 숫자를 말한 뒤 자동차에 간이 복사기를 갖고 있던 범인이 바로 19라는 숫자를 출력했을 거라는 가정이었다.

홀든필드는 무척 감동한 것 같았고 블랫은 풀이 죽었다. 우둔한 머리와 지나치게 운동을 한 몸 어딘가에 기이하고 불가능한 것들에 대한 동경이 있을 거라고 거니는 짐작했다. 그러나 풀이 죽은 상태도 오래 가지는 않았다.

"그럼 658은요?"

블랫이 호전적인 눈빛으로 거니와 홀든필드를 번갈아 바라보며 물었다.

"그땐 전화를 하지 않았어요. 편지뿐이었죠. 그런데 멜러리가 그 숫자를 생각하리란 걸 어떻게 알았을까요?"

"아직 그 대답은 찾지 못했지만 대답이 될 수도 있는 좀 이상한 이야기를 들려드리지요."

거니가 말했다.

로드리게스는 짜증스러운 표정이었지만 클라인은 몸을 앞으로 숙였다. 클라인의 관심이 반장이 나서는 것을 막았다.

"얼마 전에 제 아버지 꿈을 꾸었습니다."

거니가 이야기를 시작했다.

그는 잠시 망설였다. 자신의 목소리가 왠지 여느 때와 다르게 들렸다. 자신의 목소리 속에서 거니는 그 꿈이 불러일으킨 깊은 슬픔의 울림을 들었다. 홀든필드의 호기심 어린, 그러나 불쾌하지 않은 시선이 느껴졌다. 그는 마음을 다잡고 이야기를 이어갔다.

"꿈에서 깨어난 뒤 저는 아버지가 술을 몇 잔 하시고 나서 새해 인사를 하러 온 사람들에게 보여준 카드 게임을 생각했지요. 술을 마시면 아버지는 늘 에너지가 넘쳤어요. 아버지는 카드 몇 장을 부채꼴로 펼쳐서 방 안을 돌아다니면서 서너 명한테 각자 카드를 한 장씩 뽑으라고 했습니다. 그러다가 그들 중 한 사람한테 자기가 뽑은 카드를 잘 들여다본 다음, 다시 아버지가 들고 있던 카드 맨 밑에 놓으라고 했어요. 그리고 카드를 통째로 주면서 섞으라고 했죠. 그러고 나서 아버지는 상대방의 마음을 읽는 척 뭐라고 중얼거렸어요. 어쩔 땐 10분 정도 시간을 끌지요. 그리고 마침내 그 사람이 꺼냈던 카드를 알아맞혔죠. 물론 아버지는 상대가 카드를 뽑는 순간부터 그게 무언지 알고 있었어요."

"어떻게요?"

블랫이 어리둥절한 표정으로 물었다.

"처음에 카드를 준비할 때, 그러니까 카드를 고르라고 펼쳐 보이기 전에 아버지는 적어도 한 장의 카드를 확인해서 그 위치를 조절했던 겁니다."

"그런데 만약 아무도 그 카드를 뽑지 않으면요?"

홀든필드가 호기심 어린 표정으로 물었다.

"만약 아무도 그 카드를 뽑지 않으면 갑자기 사람들의 주의를 다른 데로 돌리면서 게임을 중단시킵니다. 갑자기 찻물을 올려놓았던 걸 떠올린다든가 하는 식이죠. 그러면 아무도 그 속임수 자체에 문제가 있었다고 생각하지 않아요. 그런데 사실 그럴 일이 거의 없었어요. 아버지가 카드를 펼치는 방식 때문에 첫 번째, 아니면 두 번째, 아니면 세 번째 사람이 아버지가 점찍었던 카드를 뽑았거든요. 만약 그렇지 않은 경우에는 부엌에 다녀오거나 하는 식으로 게임을 중단했다가 다시 시작하는 겁니다. 아버지에겐 카드를 잘못 뽑은 사람들을 게임에서 제외시키는 그럴듯한 방법이 있어서 아무도 상황을 알아차리지 못했어요."

로드리게스가 하품을 했다.

"도대체 그 이 얘기가 658 문제와 어떤 식으로든 관계가 있긴 한 겁니까?"

"글쎄요. 사람들은 카드를 아무렇게나 뽑았다고 생각했지만 사실 아무렇게나 뽑은 그 카드는 엄격하게 통제되고 있었던 거죠."

그의 이야기를 열심히 듣고 있던 위그 경사가 끼어들었다.

"그 카드 이야기를 들으니 90년대 후반에 유행했던 사립탐정 우편 사기극이 떠오르네요."

남자와 여자 중간 정도의 독특한 음색 때문이었는지, 아니면 그녀가 말을 하는 것 자체가 워낙 드문 일이기 때문이었는지 모두의 시선이 일시에 그녀에게 집중되었다.

"사립탐정 회사에서 사람들한테 편지를 보냅니다. 고객님의 사생활을 침해해서 죄송하다는 양해의 인사로 시작하죠. 자신들이 의뢰받은 사건을 조사하던 중 몇 주 동안 본의 아니게 고객님의 사진들을 촬영하게 되었는데 사생활 보호법에 의거하여 자신들이 촬영한 사진들을 본인에게 돌려주도록 되어 있다고 설명합니다. 그리고 사진 중에 몇 장은 조금 민감한 사안일 수도 있으니 집 주소가 아닌 사서함으로 보내주길 원하냐고 물어요. 만약 그렇다면 자료보관비를 위해 50달러를 송금하라고 해요."

"그 얘기를 믿는 사람은 50달러를 잃어도 싸지!"

로드리게스가 빈정거렸다.

"그런데 훨씬 더 큰 액수를 잃은 사람들도 있었어요. 그 일의 목적은 50달러를 뜯어내는 게 아니었어요. 그건 단지 시험에 불과했죠. 그 사기꾼은 그런 편지를 수백만 통 발송했고 편지의 목적은 자신의 행동에 대해 죄책감을 느껴서 배우자의 손에 사진이 들어가는 걸 원치 않았던 사람들의 명단을 뽑아내는 데 있었거든요. 그 사람들은 결국 사진을 돌려주는 대가로 훨씬 더 많은 금액을 요구받게 되고 결국 1만 5000달러라는 거금을 지불하게 됩니다."

위그 경사가 침착하게 말했다.

"존재하지도 않았던 사진 때문에 말입니까?"

클라인이 사기꾼의 천재성에 대해 혐오감과 존경심을 동시에 드러내며 말했다.

"인간이 얼마나 멍청할 수 있는지 참으로 놀랍지 않습니까?"

로드리게스가 말했고 그 순간 거니가 끼어들었다.

"젠장! 그겁니다. 289달러를 요구한 건 바로 그것 때문이었어요. 일종의 시험이었어요!"

로드리게스는 어리둥절한 표정이었다.

거니는 멜러리가 받았던 돈을 요구하는 편지의 기억을 되살리기 위해 눈을 감았다.

클라인이 얼굴을 찌푸리며 위그를 바라보았다.

"아까 말한 그 천재 사기꾼이 100만 통의 편지를 보냈다고요?"

"그렇게 기억하고 있습니다."

"그럼 이번 사건하고는 전혀 상황이 다르네요. 그건 일종의 우편 사기였어요. 죄책감이 있는 물고기 몇 마리를 건져내기 위해서 커다란 그물을 던진 거죠. 그런데 이 사건은 다르잖아요. 몇 사람에게 손으로 편지를 써서 보냈잖아요. 658이라는 숫자가 어떤 특별한 의미를 지닌 몇몇 사람들."

거니가 천천히 눈을 뜨고 클라인을 바라보았다.

"그렇지 않습니다. 저도 처음엔 그렇게 생각했죠. 왜냐하면 그렇지 않고서야 왜 하필 그 숫자가 떠올랐겠습니까? 그래서 마크 멜러리한테 계속 그 질문을 했어요. 그 숫자가 어떤 의미가 있는지, 왜 그 숫자를 생각했는지, 그 숫자를 전에도 생각한 적이 있는지, 그 숫자가 적혀 있는 것을 본 적이 있는지, 어떤 물건의 가격이었는지, 아니면 주소였는지 아니면 금고의 비밀번호였는지 등등. 그런데 멜러리는 그 숫자가 아무 의미도 없는 숫자이고 전에 생각해본 적도 없고 그저 그 순간에 떠오른 숫자였다고 했어요. 그저 아무렇게나 생각한 숫자라고요. 전 멜러리가 진실을 말했을 거라고 생각합니다. 그러니까 다른 설명이 필요하겠죠."

"그럼 다시 원점으로 돌아가는군요."

로드리게스가 과장스럽게 지친 표정으로 눈을 부라렸다.

"아닐 수도 있어요. 위그 경사가 말한 우편물 사기는 우리가 생각하는 것보다 훨씬 이 사건의 진실과 가까울 수도 있습니다."

"이 사건의 범인이 100만 장의 편지를 보냈단 겁니까? 그것도 손으로 써서? 그건 말도 안 돼요. 불가능한 건 말할 것도 없고요."

"100만 장의 편지를 쓴다는 게 불가능하다는 점엔 저도 동의합니다. 여러 명의 도움을 받지 않는 이상 불가능하고, 도움을 받았을 가능성도 희박하고요. 하지만 몇 통이나 보낼 수 있었을까요?"

"무슨 뜻입니까?"

"범인이 여러 명한테 손으로 쓴 편지를 보냈다고 칩시다. 그래서 각각의 수신자가 그 편지를 오직 자기한테만 보낸 거라는 느낌을 받습니다. 그렇다면 1년 동안 몇 통이나 쓸 수 있을까요?"

로드리게스가 양손을 번쩍 들었다. 그 질문의 대답은 할 수도 없고 하고 싶지도 않다는 듯이. 클라인과 하드윅은 비교적 진지해 보였다. 마치 뭔가를 계산하는 듯이. 스티멜은 언제나처럼 이중적이고도 해독이 불가능한 표정을 짓고 있었다. 레베카 홀든필드는 점점 더 매혹된 표정으로 거니를 바라보았다. 블랫은 마치 악취의 근원이 무언지를 알아내려 애쓰는 듯한 표정이었다.

마침내 입을 연 사람은 위그 경사뿐이었다.

"5000통 정도 아닐까요? 열심히 썼다면 1만 통도 가능했겠죠. 1만 5000통도 가능은 했겠지만 힘들었을 거예요."

클라인이 변호사다운 회의적인 표정으로 그녀를 바라보았다.

"위그 경사, 그 숫자는 어떤 근거로 산출된 겁니까?"

"우선 몇 가지 합리적인 가정을 바탕으로 시작했어요."

로드리게스가 고개를 저었다. 마치 다른 사람의 합리적인 가정보다 더 틀린 것은 없다는 듯이. 위그 경사는 눈치를 챘을지언정 내색은 하지 않았다.

"첫 번째 가정은 사립탐정 우편물 사기의 모델을 적용하는 겁니다. 만약 그렇다면 첫 번째 편지, 그러니까 돈을 요구하는 편지는 가장 많은 사람들에게 발송됐을 거고, 그다음에 보낸 편지는 그중에서 응답한 사람들에게만 보냈을 거예요. 이 사건의 경우에 첫 번째 편지는 두 단락의 8행시로 이어져 있어요. 전부 합해 봐야 짧은 16행이고 거기에 겉봉의 주소 세 줄이 들어간 게 전부예요. 주소를 제외하면 내용이 다 똑같았을 거고, 그래서 더 빨리 쓸 수 있었겠죠. 편지 한 장에 4분을 잡으면 1시간에 15장을 쓸 수 있다는 계산이 나옵니다. 하루에 한 시간만 투자해도 1년이면 5000장을 쓸 수 있어요. 하루에 2시간을 잡으면 1만 1000통을 쓸 수 있고요. 이론적으로 범인은 훨씬 더 많이 쓸 수도 있었을 거예요. 하지만 아무리 강박증이 있는 사람이라고 해도 하루에 쓸 수 있는 편지의 양에는 한계가 있겠죠."

"사실 1만 1000통만 해도 충분해요."

거니가 데이터의 홍수 속에서 마침내 하나의 패턴을 발견한 과학자처럼 짜릿한 흥분을 느끼며 말했다.

"뭘 하기에 충분하단 거죠?"

클라인이 물었다.

"첫째, 658속임수를 성공시키기에 충분하단 거죠. 그리고 제 생각이 옳다면 왜 범인이 각각의 희생자에게 289.87달러를 요구했는지도 설명이 됩니다."

그때 클라인이 한 손을 들었다.

"잠깐! 좀 천천히 갑시다. 너무 빨리 앞서 가시네요."

45

편히 쉬려면 지금 움직여라

거니는 다시 한번 찬찬히 생각해보았다. 모든 것이 너무도 단순했다. 혹시 지극히 빤한 문제를 놓쳐서 이 공들여 세운 가설이 한순간에 날아가버리는 것은 아닐까. 거니는 테이블에 둘러앉은 사람들의 다양한 표정들을 살폈다. 흥분, 짜증, 호기심이 뒤섞인 표정들이었고 모두 그의 말을 기다리고 있었다. 거니는 길게 심호흡을 했다.

"사건이 정확히 이렇게 전개되었다고 단정 지을 순 없습니다. 하지만 지금까지 이 숫자 미스터리를 놓고 오랫동안 씨름해온 결과 이게 유일한 시나리오입니다. 자, 우선 마크 멜러리가 저희 집으로 찾아와서 첫 번째 편지를 보여주던 날로 거슬러 올라가봅시다. 멜러리는 편지를 쓴 사람이 자신을 너무도 잘 알고 있고, 심지어는 그자가 1부터 1000까지의 숫자 중에서 어떤 숫자를 생각할지까지 알아맞혔다는 사실에 무척 당황하고 겁에 질려 있었습니다. 멜러리가 느꼈던 두려움, 그 파멸에 대한 두려움을 저도 생생하게 느낄 수 있었지요. 다른 희생자들도 마찬가지였을 겁니다. 그 두려움이야말로 이 게임의 본질입니다. 내가 어떤 숫자를 생각할지 놈이 어떻게 알았을까? 사람의 생각이라는 은밀하고 사적인 부분을 어떻게 읽을 수 있었을까? 그렇다면 그것 외에 또 무얼 알고 있을까? 그런 질문들이 마크 멜러리를 고문했습니다. 문자 그대로 사람을 미치게 만들었던 거죠."

"솔직히 말하면 그 숫자 놀음 때문에 저도 미칠 것 같았어요. 그러니까 되도록 빨리 풀어주시죠."

클라인이 짜증을 감추지 못하고 말했다.

"맞습니다. 빨리 본론으로 가자고요."

로드리게스도 재촉했다.

"개인적으로 전 좀 생각이 다릅니다만. 형사님이 자신의 방식, 자신의 속도로 설명해주셨으면 합니다."

홀든필드가 끼어들며 조심스럽게 말했다.

"사실 이건 창피할 정도로 단순한 논리예요. 정말 창피했던 게 이 문제를 생각하면 할수록 너무나 완벽해 보였거든요. 19라는 숫자를 어떻게 알아맞혔는지를 알아내고도 658이라는 숫자를 알아맞힌 이유는 전혀 감이 잡히지 않았지요. 명백한 해법이 떠오르지 않았어요. 위그 경사가 얘기하기 전까지는."

거니가 말했다.

블랫이 인상을 찌푸렸다. 거니의 이야기를 알아들으려 애쓰기 위한 것인지 아니면 배에 가스가 차서인지는 확실치 않았다.

말을 잇기 전에 거니는 위그 경사를 바라보며 고개를 끄덕였다.

"위그 경사가 말했듯이 강박증에 사로잡힌 우리의 범인이 하루에 두 시간씩 편지를 썼다고 칩시다. 1년이면 1만 1000통을 썼겠지요. 그러고서 목록에 따라 1만 1000명에게 편지를 부칩니다."

"목록이라니?"

잭 하드윅의 목소리에서 녹슨 문에서 나는 소리 같은 거친 호흡이 느껴졌다.

"좋은 질문입니다. 어쩌면 가장 중요한 질문일 수도 있고요. 그 문제는 좀 이따 얘기하죠. 일단 지금은 이렇게 가정해봅시다. 첫 번째 편지, 그러니까 똑같은 편지들이 1만 1000명에게 발송됩니다. 그들에게 모두 1부터 1000 사이의 숫자를 생각하라고 합니다. 확률적으로 열한 명 정도가 1부터 1000까지의 숫자들 중 똑같은 숫자를 생각하겠지요. 다시 말해서 통계적으로 1만 1000명 중에서 열한 명은 아무렇게나 떠올린 숫자가 658일 수도 있다는 얘기가 됩니다."

블랫의 찌푸린 표정이 점점 더 우스꽝스럽게 변해갔다.

로드리게스는 믿을 수 없다는 듯 고개를 저었다.

"지금 가설에서 환상으로 넘어가고 있는 거 아닙니까?"

로드리게스가 물었다.

"어떤 환상 말입니까?"

거니가 불쾌하다기보다는 재미있다는 듯한 목소리로 물었다.

"지금 말씀하시는 통계는 어떤 근거도 없는 거잖아요. 다 상상 속에서 일어난 일들 아닙니까?"

거니는 참을성 있게 미소를 지었다. 그러니 사실 그것이 그 순간의 솔직한 심정은 아니었다. 그는 문득 자신이 느끼는 감정과 일치하지 않는 자신의 표정을 깨닫고 주의가 분산되었다. 그는 짜증, 분노, 화, 두려움, 의심과 같은 감정들을 반사적으로 감추고 있었다. 수많은 심문에서 이런 면모는 미덕이 되었고 그래서 거니는 그것을 재능이자 직업적 기술이라고 생각했다. 그러나 근원을 알고 보면 전혀 그렇지 않았다. 그것은 삶을 대하는 그만의 방식이었고 그의 기억만큼이나 오래된 그의 일부였다.

"그러니까 아버지가 너한테 전혀 관심을 가져주지 않았구나, 데이브. 그래서 속상했니?"

"속상했느냐고요? 전혀요. 아무렇지도 않았어요. 정말이에요."

그러나 꿈속에서 그는 슬픔에 잠겨 익사할 정도였다.

젠장, 지금은 그런 생각에 빠져 있을 때가 아니었다.

거니는 다시 홀든필드가 심각한 시고니 위버로 돌아가서 하는 이야기에 귀를 기울였다.

"개인적으로 전 거니 형사님의 가설이 전혀 황당하다고 생각하지 않아요. 사실 놀라운 가설이에요. 설명을 끝낼 수 있게 기회를 주었으면 합니다."

그녀는 클라인을 바라보며 말했다.

클라인은 손바닥을 들어 보이면서 마치 여기 있는 모두가 같은 생각이라고 말하는 것 같은 표정을 지었다.

"지금 전 1만 1000명 중에서 정확히 11명이 658이라는 숫자를 골랐다고 말하려는 게 아닙니다. 단지 그 정도 확률이 있다는 걸 말씀드리는 거예요. 확률 공식을 끌어낼 만큼 통계에 대해 잘 알지도 못해요. 잘 아시는 분이 있으면 도움을 주시면 좋겠습니다."

위그 경사가 헛기침을 했다.

"막연한 숫자를 고를 때보다 일정 범위 안에 있는 숫자를 고를 때 특정 숫자를 고를 확률은 더 높아집니다. 예를 들면 1과 1000 사이의 특정한 숫자를 선택하는 사람이 정확히 1만 1000명 중에 11명이라고 말할 수는 없겠지만 만약 앞뒤로 7정도를 가감하면 그 숫자를 뽑는 사람들의 숫자는 대략…… 그러니까 이번 사건의 경우, 658이라는 숫자를 고를 확률은 적게는 네 명, 많게는 열여덟 명이에요."

블랫이 눈을 가늘게 뜨고 거니를 바라보았다.

"그럼 지금 범인이 1만 1000명한테 똑같은 번호가 적힌 봉투를 넣어서 메일을 보냈단 겁니까?"

"대충 그런 방식이라는 거죠."

홀든필드는 특별히 누구에게랄 것도 없이 놀라움으로 눈이 휘둥그레진 채 중얼거렸다.

"그게 몇 명이건 그 편지를 받는 사람 중에 658이라는 숫자를 생각했던 사람이 조그만 봉투를 연 순간, 658이라는 숫자를 생각하리란 걸 알아맞힐 정도로 누군가 자신을 잘 알고 있다는 사실을 알았을 때…… 그 충격은 정말 대단했겠네요!"

"그런 편지를 받은 사람이 더 있으리라는 생각은 들지 않았겠죠. 자신이 1만 1000명 중에 우연히 그 숫자를 고른 사람이라는 생각은 들지 않았을 거예요. 손으로 쓴 편지는 케이크의 당의와도 같은 거죠. 그 편지를 아주 사적인 것으로 보이게 만들었어요."

위그 경사가 덧붙였다.

"이런, 젠장! 그러니까 이 자식이 우편물 사기로 희생자를 선정하는 연쇄살인범이라는 거야?"

하드윅이 소리쳤다.

"이런 희한한 얘긴 난생처음 듣네요."

클라인이 못 믿겠다기보다는 기가 막힌다는 투로 말했다.

"편지 1만 1000통을 손으로 쓰는 사람이 어디 있습니까!"

로드리게스가 단호하게 말했다.

"편지 1만 통을 손으로 쓰는 사람이 어디 있겠는가, 범인은 바로 그 점에 착안했습니다. 위그 경사의 이야기가 아니었다면 저 역시 그 가능성을 생각하지 못했을 겁니다."

거니가 말했다.

"형사님이 아버지의 카드 속임수를 이야기하지 않으셨으면 저도 그 얘기를 꺼낼 생각을 못했을 거예요."

위그가 말했다.

"축하는 두 분이 따로 하시고요, 저에겐 아직 몇 가지 의문이 남아 있습니다. 예를 들면 왜 289.87달러를 입금하라고 했는지, 왜 그 돈을 누군가의 사서함으로 보내라고 했는지."

클라인이 말했다.

"그자는 위그 경사가 말한 우편 사기꾼이 돈을 요구했던 것과 같은 이유로 돈을 요구했습니다. 그들에 대한 보다 구체적인 정보를 원한 거죠. 우편 사기꾼은 목록에 오른 사람들 중에서 누가 사진이 찍혔다는 사실에 대해 진심으로 걱정하고 있는지 알아내야 했어요. 반면 우리의 범인은 목록에 오른 사람들 중에서 누가 658을 선택했는지, 그리고 생각하는 숫자까지 알아맞힐 만큼 누군가 자신을 잘 알고 있다는 사실을 두려워할 사람이 누군지 확인해야 했어요. 그 액수는 단순한 호기심과 두려움, 그러니까 멜러리가 느꼈던 것 같은 두려움을 구분 지어줄 만한 액수였다고 생각합니다."

클라인이 의자에 아슬아슬하게 걸터앉은 채로 몸을 앞으로 숙였다.

"하지만 왜 그렇게 센트까지 정확한 금액을 말했을까요?"

"저도 처음부터 그 점이 거슬렸어요. 지금도 확실치는 않습니다. 하지만 한 가지 그럴듯한 설명이 있긴 해요. 범인은 희생자가 현금이 아닌 수표로 보내길 원했던 겁니다."

"첫 번째 편지에는 그렇게 쓰여 있지 않았어요. 돈은 수표로 보내도 좋고 현금으로 보내도 좋다고 했지요."

로드리게스가 지적했다.

"좀 복잡하게 들리겠지만, 제가 보기엔 반드시 수표로 보내라고 하면 의심을 살까 봐 관심을 분산시키기 위해 일부러 그런 것 같습니다. 금액을 복잡하게 설정한 것도 현금으로 보내지 못하게 하기 위해서이고요."

로드리게스가 눈을 부라렸다.

"다들 환상이라는 말들은 별로 좋아하지 않으시는 것 같은데 저로선 그것 말고 달리 어떻게 표현해야 할지 모르겠군요."

"왜 반드시 수표로 보내야 했을까요?"

클라인이 물었다.

"돈 자체는 범인에게 중요하지 않았기 때문이죠. 수표들이 일체 지급되지 않았다는 사실 기억하시죠? 제 생각에 범인은 그레고리 더모트의 사서함에 접근이 가능했고 그자가 원한 것은 오직 그것뿐이었습니다."

"오직 그것뿐이었다니 무슨 뜻이죠?"

"수표에는 금액 외에 어떤 정보가 들어 있죠?"

클라인이 잠시 생각에 잠겼다.

"발행자의 이름과 주소?"

"맞습니다. 이름과 주소가 있죠."

거니가 말했다.

"하지만 왜?"

"희생자가 자신의 신원을 밝히도록 해야만 했죠. 어쨌든 범인은 수천 통의 편지를 보냈어요. 하지만 희생자로 선정될 사람은 편지를 받은 사람이 오직 자신뿐이고 그 편지를 쓴 사람은 자기를 아주 잘 알고 있는 사람이라고 믿어야만 했죠. 만약 돈을 현금으로 넣어서 그대로 반송했다면 어떻게 되었을까요? 그랬다면 이름과 주소를 밝힐 이유가 없었을 테고 범인은 굳이 희생자에게 이름과 주소를 밝히라고 요구할 수가 없었을 겁니다. 그렇게 되면 '나는 너의 비밀을 알고 있다.'라는 범인의 가정이 깨어지는 셈이죠. 수표를 보내도록 유도한 것은 편지를 받은 사람의 이름과 주소를 얻기 위한 절묘한 수단이었어요. 만약 우체국에서 어떤 식으로든 수표의 정보를 확인하는 작업이 이루어졌다면 그 수표를 처리하는 가장 쉬운 방법은 다시 본래대로 봉투에 넣어서 더모트의 사서함에 넣어두는 것이었겠죠."

"하지만 그러려면 범인이 봉투의 접합 부분에 수증기를 가해서 열어본 다음, 다시 붙여야 했을 텐데요."

클라인이 말했다.

거니는 어깨를 으쓱했다.

"더모트가 편지를 열어보고 나서 수표를 되돌려 보내기 전에 접근했을 가능성도 있지요. 그러려면 수증기를 가할 필요가 없었을 테니까요. 하지만 그 가정은 또 다른 문제와 질문을 제기합니다. 일단 더모트의 거주지를 조사해볼 필요가 있습니다. 그 집에 접근이 가능한 사람들도."

"그러니까 결국 다시 제 질문으로 돌아왔군요. 우리 셜록 거니 씨께서 방금 이 사건과 관련하여 아주 중요한 질문을 던져주셨습니다. 그러니까 도대체 1만 1000명의 살해 대상 후보자들은 과연 누구일까요?"

하드윅이 큰 소리로 거칠게 말했다.

거니는 교통경찰처럼 한 손을 들었다.

"그 질문에 대답하기 전에 우선 1만 1000명이라는 숫자는 단지 추측일 뿐임을 다시 한번 상기시켜 드립니다. 그것은 현실적인 관점에서 658시나리오를 설명할 수 있는 가상의 숫자일 뿐이에요. 다시 말해서 그 숫자는 제법 일리가 있는 숫자입니다만 위그 경사가 지적했듯이 실제로는 5000에서 1만 5000 사이의 어떤 숫자든 가능합니다. 최소한 이 작전이 성공할 수 있는 숫자여야 하고 적어도 몇 사람이 658이라는 숫자를 선택할 수 있을 숫자여야 하죠."

"만약 거니 씨가 완전히 헛물을 켜는 게 아니라면, 이 모든 가설이 단지 시간 낭비가 아니라면 그렇겠지요."

로드리게스가 지적했다.

클라인이 홀든필드를 바라보았다.

"박사 생각은 어떻습니까? 뭔가 얘기가 되고 있는 것 같습니까? 아니면 배가 산으로 가는 겁니까?"

"아주 흥미로운 가설이라고 생각해요. 하지만 하드윅 경사의 질문에 대한 대답을 들을 때까지 제 의견은 보류할게요."

거니가 미소를 지었다. 이번에는 진심에서 우러난 미소였다.

"잭 하드윅 경사는 거의 질문을 하지 않죠. 자기가 그 답을 알고 있는 경우가 아니면 말입니다. 말해주겠나, 잭?"

하드윅이 몇 초 동안 손으로 얼굴을 문질렀다. 존속 살해범 피거트 사건으로 함께 일하던 시절에 거니의 짜증을 돋웠던, 이해할 수 없는 안면 경련이 시작된 모양이었다.

"희생자들의 가장 큰 공통점을 생각해보면 협박 편지에서 언급한 바와 같이 알코올 중독 경력이 있는 사람 명단에 있다는 결론을 도출할 수 있을 겁니다."

그가 잠시 말을 멈춘 뒤 말했다.

"문제는 도대체 어디서 나온 명단이냐는 거죠."

"금주 모임 회원 명단?"

블랫이 말했다.

하드윅이 고개를 저었다.

"그런 건 없어요. 거기선 이미 실명 보호제인지 뭔지를 채택하고 있습니다."

"공공 기록에서 명단을 만들었을 가능성은 없을까요? 이를테면 알코올과 관련된 체포라든가 선고 같은?"

클라인이 물었다.

"그런 가능성도 배제할 순 없지만 그렇다면 희생자들 중 두 명이 그 명단에 없었을 겁니다. 멜러리는 전과가 없어요. 변태 신부가 전과가 있긴 하지만 알코올에 관련된 전과가 아니라 성적소수자 보호법 위반에 의한 거였고, 저와 통화한 보스턴 경찰에 의하면 나중에 모든 게 알코올 중독 때문이었다고 주장하면서 장기 재활 치료를 받겠다는 조건으로 경범죄로 처벌해달라고 해서 혐의를 벗었다더군요."

클라인이 눈살을 찌푸렸다.

"그렇다면 재활원에서 명단을 얻었을 수도 있을까요?"

"가능성 있는 얘기죠."

하드윅이 말했지만 그의 얼굴은 그럴 가능성을 인정하지 않는 듯 일그러졌다.

"한번 살펴보는 게 좋겠네요."

"지당하신 말씀입니다요!"

하드윅이 거의 경멸조에 가깝게 말했고 그로 인해 잠시 어색한 침묵이 흘렀다. 그 침묵을 깬 사람은 거니였다.

"희생자들을 연결할 수 있는 방법을 찾으려고 고심하다가 얼마 전에 재활원 쪽을 좀 알아봤습니다. 그런데 안타깝게도 아무것도 건져내지 못했어요. 알버트 러든은 5년 전 브롱크스 재활원에 28일 있었고 멜러리는 15년 전 퀸스 재활원에서 28일을 보냈지요. 두 곳 모두 장기 치료를 하지 않아요. 신부는 그곳이 아닌 다른 곳으로 갔단 얘기죠. 따라서 범인이 그 세 곳 중 한 곳에서 일했다고 해도 수천 명의 환자 기록을 빼낼 수는 없었을 겁니다. 어디서 빼낸 명단이든 희생자들 중 한 명만 포함되었을 테니까요."

로드리게스가 의자를 돌려서 거니를 똑바로 쳐다보았다.

"거니 씨의 가설은 대규모의 명단이 존재한다는 데 의지하고 있어요. 5000명, 어쩌면 1만 1000명, 위그 경사가 아까 1만 5000명이 될 수도 있다고 말하는 걸 들었는데 어쨌든 숫자는 계속 바뀌어서 헷갈리긴 합니다만 지금 와서 그런 명단을 빼낼 방법이 없다고 말씀하시는군요. 그러면 이제 어쩌잔 겁니까?"

"진정하십시오, 반장님. 명단을 빼낼 방법이 없다고 말씀드리는 게 아닙니다. 단지 우리가 아직 찾지 못했다는 거죠. 저는 반장님의 능력을 믿는데 반장님은 그렇지 않으신가 봅니다."

거니가 침착하게 말했다.

로드리게스의 얼굴로 피가 몰렸다.

"내 능력을 믿는다니요? 도대체 그게 무슨 소립니까!"

"희생자들은 적어도 한 번은 재활원에 들어가지 않았나요?"

위그 경사가 반장의 폭발을 무시한 채 물었다.

"카치는 아직 모르겠어요. 하지만 그러고도 남았을 거예요."

거니가 다시 본론으로 돌아간 것을 반가워하며 말했다.

하드윅이 거들었다.

"소더턴 경찰이 카치의 기록을 팩스로 보내왔어요. 말 그대로 진정한 개자식의 표상이더군요. 폭행, 학대, 공공장소 만취, 음주 폭행, 협박, 총기 협박, 음란 행위, 음주 운전, 연방교도소 2회 수감, 주 교도소 12회 수감 등등입니다. 음주와 관련한 기록은, 특히 음주 운전 때문에라도 적어도 한 번은 재활원에 입소했을 테니 소더턴에 그쪽을 좀 더 알아봐달라고 해야겠네요."

로드리게스는 다시 몸을 뒤로 젖혔다.

"만약 희생자들이 재활원에서 만났거나 아니면 시기는 다를지언정 같은 재활원을 다닌 게 아니라면 그들이 재활원에 있었다는 사실이 뭐가 중요하죠? 술주정뱅이 실업자들이나 엉터리 예술가들도 재활원에 가는 시대 아닙니까. 저소득층 의료보조제인지 뭔지 하는 그 세금 갉아먹는 제도 때문에 말입니다. 그치들이 모두 재활원에 갔다는 게 도대체 무슨 의미가 있습니까? 그랬다고 살해될 확률이 높아지나요? 그렇지 않습니다. 희생자들이 전부 술꾼이었다는 것? 그게 뭐가 어떻단 겁니까? 그 사실은 이미 알고 있는데."

거니는 로드리게스의 분노가 좀처럼 잦아들 줄 모르고 마치 산불처럼 이리 튀고 저리 튄다는 생각을 했다.

로드리게스의 장황한 연설의 표적이 된 위그는 그의 분노에 조금도 동요하지 않는 것 같았다.

"거니 씨가 앞서서 모든 희생자가 술 이외에 다른 무언가로 연결되었을 거라고 말씀하셨는데요, 저는 재활원 입소가 그 연결점이라고, 아마도 연결점의 어떤 단서가 될 수 있을 거라고 봅니다."

로드리게스가 빈정거리며 웃었다.

"아마도 이럴 거고, 아마도 저럴 거고. 아마도란 말이 계속 들려오는데 실질적인 내용은 하나도 없군요!"

클라인은 짜증이 치미는 듯 했다.

"홀든필드 박사, 박사 생각을 말해보세요. 이 가설에 얼마나 공감하시죠?"

"그건 좀 대답하기 힘든 질문이네요. 어디서 시작해야 할지 모르겠어요."

"좀 단순하게 물어볼까요? 이 사건에 대한 거니 씨의 가설이 타당하다고 봅니까? 타당하지 않다고 봅니까?"

"타당합니다. 마크 멜러리가 자신이 받은 편지 때문에 정신적으로 고문을 당했다고 하셨는데 제가 보기엔 그럴듯한 살인 의식이에요."

"그런데 완전히 믿지는 못하는 표정인데요."

"그런 건 아니에요. 단지…… 접근법이 너무 독특하단 생각이 들어요. 희생자를 고문하는 것은 연쇄살인 병리학에서 흔히 발견되는 대목이지만 이렇게 치밀한 방법으로 거리를 유지하면서 고문하는 경우는 본 적이 없어요. 연쇄살인의 고문은 주로 희생자에게 공포감을 조성하면서 범인이 갈망하는 권력과 통제의 느낌을 주는 직접적이고 육체적 고통인 경우가 많거든요. 하지만 이 경우에는 고문의 방식이 순전히 심리적인 거잖아요."

로드리게스가 몸을 앞으로 숙였다.

"그러니까 지금 이 사건이 연쇄살인의 유형에 맞지 않는다고 말씀하시는 겁니까?"

로드리게스가 상대측 증인을 심문하는 변호사처럼 물었다.

"아뇨, 분명히 연쇄살인의 유형이에요. 단지 그 방식이 아주 독특하고 냉정하면서 치밀하다는 거죠. 대부분의 연쇄살인범들은 지능이 평균보다 높아요. 테드 번디 같은 경우는 평균보다 아주 높았죠. 이 사건의 범인은 어쩌면 그 이상일지도 몰라요."

"그러니까 우리가 잡기에는 너무 영리하다 그 말씀이십니까?"

"뭐 그런 뜻은 아니었지만."

홀든필드가 순진무구한 표정으로 말한 뒤 "듣고 보니 그럴 수도 있겠네요."라고 덧붙였다.

"뭐라고요? 그러니까 정리해봅시다. 전문가로서 박사님의 견해로는 우리 범죄 수사국이 이 미치광이를 이해하기에는 역부족이다 그런 말씀이십니까?"

로드리게스의 목소리는 얼음처럼 차가웠다.

"이번에도 역시 그런 뜻으로 드린 말씀은 아니었지만 듣고 보니 반장님 말씀이 옳을 수도 있겠어요."

로드리게스의 얇은 피부가 다시 한번 분노로 벌겋게 달아올랐지만 다시 클라인이 끼어들었다.

"설마 더 이상 우리가 할 수 있는 일이 없다는 말은 아니시죠?"

그녀는 열등학생들을 떠맡게 된 선생님 같은 체념의 한숨을 쉬었다.

"지금까지 파악한 이 사건의 정황들로는 세 가지 결론을 도출할 수 있어요. 첫째, 여러분이 쫓고 있는 범인은 여러분과 게임을 하고 있고 그 게임을 아주 잘하고 있다는 것. 둘째, 범인에게는 강력한 동기가 있을 뿐 아니라 치밀하고 집중력이 강하고 철저하다는 것. 셋째, 범인은 다음 희생자가 누구인지 알고 있고 여러분은 모르고 있다는 것."

클라인은 고통스러운 표정을 지었다.

"그러니까 다시 제가 했던 질문으로 돌아가보면……."

"여러분은 터널 끝의 불빛을 찾고 있어요. 그런데 여러분에게 도움이 될 만한 한 가지 조그만 가능성이 있어요. 바로 범인은 철저한 사람인 만큼 쉽게 무너질 수 있단 사실이죠."

"어떻게요? 왜 그렇죠? 무너지다니 그게 무슨 뜻입니까?"

클라인이 질문하는 순간, 거니는 가슴이 조여드는 것 같은 통증을 느꼈다. 상상 속에서 재현된 영화처럼 적나라한 장면이 그를 극도의 불안감에 빠뜨렸다. 거니가 전날 저녁 충동적으로 써서 우편함에 넣었던 8행시를 범인이 구기는 장면이었다.

어떻게 한 짓인지 나는 훤히 알고 있다.
거꾸로 된 발자국과 소리를 죽인 총,
네가 시작한 게임은 이제 곧 끝난다.
죽은 자의 친구가 네 목을 긋는 것으로.
눈을 조심해라. 태양을 조심해라.
밤이고 낮이고 조심해라. 달아날 곳은 없다.
나 이제 슬픔으로 친구의 무덤을 돌보리라.
그리고 그를 죽인 자를 지옥으로 보내리라.

침착하게, 그러나 경멸하듯 그 손은 편지를 힘껏 구길 것이다. 그 편지가 아주 작은 크기가 되면, 다 씹은 껌처럼 작은 덩어리가 되면 천천히 손을 놓아 종이를 바닥에 떨어뜨릴 것이다. 거니는 그 이미지를 머릿속에서 떨쳐내려 애썼지만 시나리오는 이제 걷잡을 수 없는 방향으로 흐르고 있었다. 이제 범인의 손은 그 편지가 들어 있던 봉투로 향한다. 우체국 소인이 찍힌 봉투의 겉면. 월넛 크로싱의 소인이 선명하게 찍혀 있다.

월넛 크로싱……. 이런 젠장! 명치끝에서 시작된 한기가 다리까지 번져가고 있었다. 왜 미처 그 생각을 하지 못했을까? 젠장, 진정해! 침착하게 생각해봐! 그 정보로 범인이 무슨 짓을 할 수 있는지! 그의 주소를 찾고 그의 집을 찾고 매들린을 찾을까? 거니는 동공이 확대되고 핏기가 사라지는 것을 느꼈다. 어쩌자고 그렇게 시시한 반박의 시를 보내는 것에 그토록 집착했을까? 어쩌자고 우편 소인 문제를 생각하지 못했을까? 도대체 내가 매들린을 어떤 위험에 빠뜨린 것일까? 불난 집 안을 뛰어다니는 남자처럼 마음이 미친 듯 날뛰었다. 그 위험은 얼마나 현실적인 것일까? 얼마나 다급한 것일까? 매들린에게 전화해서 조심하라고 말해야 할까? 정확히 무얼 조심하라고 말해야 할까? 매들린을 두려움에 떨게 하는 것이 과연 옳을까? 또 뭐가 있었던가? 동굴 속에서 빛을 찾아보겠다는 생각에, 이 싸움에서 이겨보겠다는 생각에, 퍼즐을 풀어보겠다는 생각에 골몰하느라 누구의 안전을, 누구의 생명을, 소홀히 하고 있었던 것일까? 밀려드는 질문에 거니는 현기증을 느꼈다.

누군가의 목소리가 그의 두려움을 뚫고 들어왔다. 그는 그 목소리에 의지하며 정신을 가다듬으려 애썼다.

홀든필드가 이야기를 하고 있었다.

"……강박적이고 충동적이면서 자신의 계획을 기필코 현실로 이루고 싶어 하는 병적인 욕구를 지닌 사람이에요. 범인의 궁극적인 목적은 말할 것도 없이 다른 사람들에 대한 완벽한 통제권을 갖는 것이고요."

"모든 사람들에 대한 통제권 말입니까?"

클라인이 물었다.

"범인이 주시하는 대상의 범위는 아주 좁아요. 범인은 자신이 목표로 하는 희생자 그룹을 공포와 살인으로 완전히 장악해야 한다고 생각하고 있어요. 중년의 남성 알코올 중독 전력이 있는 사람들로 이루어진 희생자 그룹이죠. 그 외에 다른 사람들에 대해서는 무관심해요. 관심도 없고 중요하지도 않아요."

"그러면 무너진다는 얘긴 또 뭡니까?"

"결국 막강한 권력을 손에 넣기 위해 살인을 저지르는 것 자체가 치명적인 결함이 있는 작업이거든요. 통제욕구의 해결책으로서의 연쇄살인은 결코 제 기능을 할 수가 없어요. 마치 마약으로 행복을 추구하는 것과 같죠."

"점점 더 갈망하게 되기 때문에?"

"점점 더 갈망하게 되기 때문에 성취감은 점점 더 적어지죠. 감정적 주기가 점점 더 짧아지고 결국엔 통제불능의 수위에 이르러요. 일어나지 말아야 할 일들이 일어나게 되죠. 제 생각엔 오늘 아침 그런 일이 일어났고 그래서 더모트 씨 대신 경관이 참사를 당했을 거예요. 예측하지 못했던 사건이 일어나면 통제욕구에 사로잡힌 범인이 일련의 감정적 혼란을 겪게 되고 그런 식으로 주의가 분산되기 시작하면 더 많은 실수를 하게 되겠죠. 마치 구동축의 중심이 어긋난 기계처럼 일정한 속도에 이르면 그 진폭이 너무 커져서 기계 자체가 고장 나는 것과 같은 원리에요."

"그게 이 사건에는 어떻게 적용될 수 있죠?"

"범인은 더 미친 듯이 날뛸 거고 예측이 불가능해질 거란 얘기예요."

미친 듯이 날뛸 거고 예측이 불가능해진다.

다시 한번 거니의 명치끝에서 두려움이 번져갔다. 이번에는 가슴과 목까지.

"상황이 악화될 거란 말인가요?"

클라인이 물었다.

"어떤 면으로는 좋아질 거고 어떤 면으로는 나빠질 거예요. 어두운 골목에 숨어 있다가 지나가는 사람을 얼음송곳으로 찔러 죽이던 사람이 갑자기 타임스퀘어 광장에서 도끼를 휘두르게 되면 잡힐 확률이 높아지는 반면, 그자의 손에 죽는 사람은 더 많아지겠죠."

"그럼 이 사건의 범인이 도끼를 휘두를 거란 말인가요?"

클라인은 불쾌해하기보다는 흥미롭다는 표정이었다.

거니는 속이 메스꺼웠다. 법조계 사람들이 자신의 두려움을 감추기 위해 흔히 쓰는 남자다운 척하는 표정 연기는 항상 먹히지는 않았다. 지금이 바로 그런 표정이 먹히지 않는 상황이었다.

"네."

홀든필드의 덤덤하고 단순한 대답이 방 안에 침묵을 만들었다. 잠시 후 모두의 예측대로 로드리게스 반장이 강한 적대감을 드러내며 입을 열었다.

"그럼 이제 뭘 하면 되겠습니까? 구동축이 덜그럭거리는 기계와 도끼를 양손에 들고 있는 친절한 30세 남자를 지명수배라도 할까요?"

하드윅은 일그러진 미소로, 블랫은 폭소로 반응했다.

"때로는 웅장한 피날레 역시 계획의 일부이죠."

스티멜이 말했다.

여전히 웃고 있는 블랫을 제외한 모두가 그의 말에 주의를 집중했다. 블랫의 웃음소리가 잦아들자 스티멜이 말을 이었다.

"듀안 머클리 사건 기억하시죠?"

아무도 기억하지 못했다.

"베트남 참전 용사. 재향군인 관리국하고 문제가 많았지요. 권력기관에 대한 반감이 심했어요. 그자가 키우던 개 아키타가 이웃집 오리들을 잡아먹었어요. 이웃들이 경찰에 신고했지요. 듀안은 경찰을 증오했어요. 다음 달, 아키타가 이웃집 사냥개를 잡아먹었고 이웃 남자가 아키타를 쏘아죽였습니다. 갈등이 심화되면서 일이 점점 더 꼬여갔죠. 어느 날 그자는 이웃 사람을 인질로 잡고 아키타 값으로 5000달러를 내놓지 않으면 인질을 죽이겠다고 협박했어요. 경찰이 출동했고 특별기동대도 출동했어요. 일정 반경에 위치를 잡았죠. 그런데 문제는 아무도 듀안의 이력을 제대로 파악하지 못했단 겁니다. 그자가 폭파 전문가였단 사실을 아무도 몰랐죠. 듀안은 원격조정 폭발물 설치 전문가였어요."

스티멜은 사람들이 결과를 상상하도록 잠시 입을 다물었다.

"그래서 그 자식이 결국 폭탄을 터뜨려서 이웃들을 전부 다 죽였단 겁니까?"

놀란 블랫이 물었다.

"전부 다는 아니죠. 여섯 명이 죽고 여섯 명은 불구가 됐습니다."

"도대체 요점이 뭐죠?"

로드리게스가 짜증스러운 표정으로 물었다.

"요점은 그자가 이미 2년 전에 폭발물을 구입했다는 사실입니다. 웅장한 피날레를 준비하고 있었던 거죠."

"전 아직도 연관성을 모르겠군요."

로드리게스가 고개를 저었다.

거니는 알았다. 그래서 더 불안했다.

클라인이 홀든필드를 바라보았다.

"박사 생각은 어떤가요?"

"범인이 원대한 계획을 세우고 있다고 생각하느냐고요? 가능해요. 제가 분명하게 말할 수 있는 건……."

노크 소리에 그녀가 하던 말을 멈추었다. 문이 열렸고 제복 경관이 안으로 들어와 로드리게스에게 말했다.

"반장님, 말씀 중에 죄송합니다만 코네티컷 주 나르도 경감 전화입니다. 회의 중이라고 말씀드렸는데 급한 일이라면서 통화하고 싶답니다."

로드리게스는 지나치게 많은 짐을 이고 있는 자의 한숨을 내쉬었다.

"이 전화로 연결해줘."

그가 고갯짓으로 뒤쪽 벽의 낮은 파일 캐비닛 위에 놓인 전화를 가리키며 말했다.

제복 경관이 밖으로 나갔다. 잠시 후 벨이 울렸다.

"로드리게스 반장입니다."

잠시 후 그는 상대방의 이야기에 집중하면서 "이상하네요."라고 말했다.

"이상한 일입니다. 죄송하지만 우리 수사팀이 여기 모여 있으니 다시 한번 말씀해주시겠습니까? 스피커폰을 켤 테니까 저한테 얘기한 그대로 다시 한번 말씀해주세요."

잠시 후 전화기에서 긴장한 거친 목소리가 들려왔다.

"위철리 경찰의 존 나르도입니다. 제 말 들리십니까?"

로드리게스가 들린다고 대답했고 나르도가 말을 이었다.

"오늘 아침 그레고리 더모트 씨의 집에서 근무 중이던 우리 경찰이 살해되었습니다. 저희는 지금 현장에 나와 있습니다. 20분 전, 더모트 씨가 전화를 받았다고 합니다. 전화를 건 사람은 더모트 씨에게 '다음은 네 차례다. 너 다음은 거니야.' 라고 말했다는군요."

뭐라고? 거니는 자신의 귀를 의심했다.

클라인이 나르도에게 전화 메시지를 반복하라고 말했고 그가 다시 한번 말했다.

"전화를 건 사람에 대해서는 뭐 알아낸 게 있습니까?"

하드윅이 물었다.

"이 지역에서 건 휴대전화라고 합니다. 위치 정보는 없고 송신탑 위치만 확인됐어요. 발신자 정보도 전혀 없고요."

"전화는 누가 받았습니까?"

거니가 물었다.

놀랍게도 그 협박이 자신을 향한 것이라는 사실이 오히려 위안이 되었다. 구체적인 이름이 거론되는 것은 한계를 정하는 것이나 다름없었고 무한한 가능성에 비해 훨씬 더 다루기 쉬웠다. 어쩌면 두 이름 다 매들린이 아니라서 위안이 된 것일 수도 있었다.

"전화를 누가 받았느냐고요? 무슨 뜻이죠?"

나르도가 물었다.

"더모트한테 전화가 왔다고 했지, 더모트가 받았다고 하지 않았잖아요."

"아, 그거요. 전화벨이 울렸을 때 더모트는 두통 때문에 누워 있었어요. 시체를 발견한 뒤로 줄곧 몸 상태가 안 좋았거든요. 부엌에 있던 조사팀 요원이 전화를 받았어요. 친한 친구라고 하면서 더모트를 바꿔달라고 하더래요."

"이름이 뭐라고 하던가요?"

"이상한 이름이었어요. 카리비…… 캐버리…… 잠깐만요. 여기 적어놨는데. 카리브디스!"

"목소리에 이상한 점은 없었나요?"

"그걸 물어보시다니 재미있네요. 두 사람이 나름대로 목소리를 묘사하려고 애썼거든요. 더모트는 외국 억양인 것 같다고 했고 우리 요원은 그게 일종의 연기인 것 같다고 했어요. 자신의 목소리를 숨기기 위해 다른 사람의 목소리인 척 연기하는. 어쩌면 여자 목소리일 수도 있다고 했어요. 두 사람 다 그 점에 대해선 확신하지 못했어요. 여러분, 전 그만 가봐야 합니다. 소식을 알려드리고 싶었습니다. 새로운 정보가 입수되는 대로 다시 알려드리죠."

전화를 끊는 소리가 들렸고 테이블에 불안한 침묵이 감돌았다. 그때 하드윅이 요란하게 헛기침을 했고 홀든필드가 그 소리에 움찔했다.

"자네, 이번에도 모두의 이목을 집중시켰군! 그다음은 거니 차례라니. 자네가 살인범들을 끌어모으는 자석이라도 되는 모양이지? 우린 그저 자네를 줄에 매달고 놈들이 물기를 기다리기만 하면 되는 건가?"

매들린도 그 줄에 매달려 있는 걸까? 아직은 아니겠지. 아니어야 할 텐데. 어쨌든 그와 더모트가 제일 앞줄이니까. 그 미치광이가 진실을 말하는 것이라면, 만약 그렇다면 시간을 벌 수 있겠지. 운이 좋아질 시간, 내 불찰을 만회할 시간. 어쩌자고 그렇게 멍청한 짓을 했을까? 매들린의 안전을 생각했어야지! 이 바보 천치 같으니라고!

클라인은 수심 어린 표정이었다.

"도대체 어떻게 범인의 표적이 되셨습니까?"

"그러게 말입니다."

거니가 애써 가볍게 말했다.

죄책감 때문인지 클라인과 로드리게스가 그를 못마땅한 호기심으로 바라보는 것만 같았다. 시를 써서 우편으로 보내는 것이 막연하게나마 꺼림칙하긴 했다. 그러나 거니는 꺼림칙한 기분이 드는 이유를 찾아보고 따져보는 대신 그저 묻어버렸다. 다른 사람에게 닥칠 수도 있는 위험을 외면하는 자신의 무심함이 기가 막힐 따름이었다. 그때 무슨 생각을 하고 있었던가? 매들린이 위험에 처할 수도 있다는 생각을 잠시라도 했던가? 생각은 했지만 외면했던 걸까? 그가 그토록 매정한 인간이었던가? 제발! 안 돼!

미칠 듯한 불안감 속에서도 한가지만은 분명해졌다. 이곳에서 회의를 하며 앉아 있는 것은 더 이상 견디기 힘든 노릇이었다. 더모트가 다음 희생자 명단에 올라 있다면 그의 곁에 있어야만 범인을 만나 그 위험을 차단할 수 있으리라. 만약 그 자신이 더모트 다음이라면 월넛 크로싱에서 최대한 멀리 떨어진 곳에서 그 싸움을 하리라. 거니는 의자를 뒤로 밀고 자리에서 일어났다.

"죄송합니다만 급히 가봐야 할 곳이 있습니다."

처음에는 모두 멍한 표정으로 거니를 쳐다볼 뿐이었다. 그리고 클라인이 마침내 그의 말뜻을 이해했다.

"혹시 코네티컷으로 가시려고요?"

"초대받았으니 당연히 가야죠."

"미친 짓이에요. 어떤 일이 벌어질지 아무도 몰라요."

"경찰이 우글거리는 범죄 현장은 비교적 안전한 장소이긴 하지요."

로드리게스가 경멸 어린 눈초리로 거니를 바라보며 말했다.

"평상시 같으면 그렇겠지만……."

홀든필드가 말하다 말고 잠시 여운을 음미했다. 마치 다른 각도에서 자신이 하려는 말을 바라보듯이.

"그렇겠지만?"

로드리게스가 독촉했다.

"범인이 경찰이라면 얘기가 다르겠죠."

46
단순한 작전

작진은 너무 간단했다.

20초 안에 스무 명의 훈련된 경찰들을 죽이려면 보다 복잡한 작전이 필요해야 옳았다. 그렇게 엄청난 일을 실행에 옮기는 것은 그보다 훨씬 더 복잡해야 옳았다. 그런 류의 대량 학살은 유래가 없는 일이었다. 적어도 현대 미국 사회에서는.

그렇게 간단한 일을 지금껏 누구도 해낸 적이 없다는 사실이 한편으로는 그를 고무시켰고 한편으로는 그를 힘들게 했다. 그러나 마침내 그는 마음이 편안해졌다. 지능과 집중력이 부족한 사람들에게는 힘든 일이지만 명석함과 집중력을 겸비한 그에게는 그렇지 않다는 사실을 깨달았기 때문이었다. 평범한 사람들을 넘어지게 하는 장애물들을 천재들은 춤을 추면서 비켜갈 수 있으니까.

화학 약품은 우스울 정도로 구하기 쉬웠다. 값도 비싸지 않은데다 100퍼센트 합법적인 경로였다. 대량으로 구매해도 아무도 의심하지 않았다. 공업용으로 매일 엄청난 양이 팔려나가기 때문이었다. 그래도 그는 두 가게에서 약품을 나누어 구매했다. 그리고 또 다른 가게에서 50갤런들이 압력 탱크를 구매했다.

치명적인 혼합물을 만들어서 분사하기 위한 파이프의 이음새를 납땜용 인두로 마무리하면서 그는 짜릿한 상상을 했다. 이 계획으로 가능해질 최후의 순간을 상상하는 것만으로도 너무나 흥분되어서 얼굴 가득 미소가 번졌다. 그가 상상하는 일이 실제로 일어나기 힘든 일이라는 것을 그 자신도 알고 있었다. 화학약품은 너무 불안정했다. 그러나 실제로 일어날 가능성도 있었다. 적어도 상상해볼 수는 있는 일이었다.

그는 위험한 화합물 정보를 소개하는 웹사이트를 떠올렸다. 빨간색 느낌표가 빙 둘러진 텍스트박스가 경고문을 감싸고 있었다.

'염소와 암모니아 화합물은 유독가스를 생성시킬 뿐 아니라 극히 불안정한 상태이므로 작은 불똥으로도 폭발할 수 있습니다.'

그를 가장 흥분시키는 상상은 위철리 경찰 전체가 그의 덫에 걸려서 유독가스에 헐떡거리다가 불꽃이 이는 순간에 가스가 폭발해서 갈기갈기 찢기는 것이었다. 그 상상을 하면서 그는 평상시에 거의 하지 않는 일을 했다. 크게 소리 내어 웃어버린 것이다.

그의 어머니가 그 기쁨을, 그 아름다움을, 그 영광을 조금이라도 이해할 수 있다면. 그러나 기대가 너무 큰 것이리라. 경찰들이 갈기갈기 찢긴다면, 아주 작은 조각으로 갈기갈기 찢긴다면 그들의 목을 그을 수는 없으리라. 그러나 그는 그들의 목을 긋고 싶었다.

이 세상의 그 어떤 것도 완벽하지는 않았다. 항상 넘치거나 모자랐다. 언제나 주어진 상황에서 최선을 추구해야 했다. 물이 반 컵 있다면 반이나 남은 것이라 생각해야 했다.

그게 현실이었다.

...

47

웰컴 투 위철리

위철리행에 대한 반대와 우려의 목소리들을 뿌리치고 차를 세워둔 곳으로 걸으면서 거니는 위철리 경찰서에 전화해 그레고리 더모트의 집 주소를 물었다. 그때까지 그가 갖고 있던 것은 더모트의 편지지에 적힌 사서함 주소뿐이었다. 근무 중인 경관에게 자신이 누구인지 설명하는 데 한참이 걸렸고 그 뒤에도 젊은 여자 경관이 나르도 경감에게 전화를 걸어 더모트의 집 주소를 알려주어도 된다는 허락을 받을 때까지 한참을 더 기다려야 했다. 여자 경관은 조그만 위철리 경찰서에서 현장에 출동하지 않은 유일한 경관인 모양이었다. 거니는 GPS에 주소를 입력했고 곧바로 킹스턴 라인클리프 브리지로 향했다.

위철리는 코네티컷의 북중부 지역에 위치하고 있었다. 두 시간 정도 거리였다. 거니는 아내의 안전을 생각하지 못한 자신을 질책하며 그 시간의 대부분을 보냈다. 죄책감이 그를 불안하고 또 우울하게 만들었다. 그는 뭔가 다른 집중할 거리를 찾으려 애썼고 결국 범죄 수사국 회의에서 정리했던 가설을 다시 검토해보기 시작했다.

범인은 알코올 중독 전력이 있는 사람들, 알코올 중독자 시절 저지른 일에 대한 뿌리 깊은 불안과 죄책감을 지닌 사람들의 신상 정보에 접근했거나 수집했고, 단순한 숫자 속임수로 그들을 함정에 빠뜨렸고, 그들에게 협박조의 시를 보내면서 정신적으로 고문했으며, 급기야는 살인의 의식을 치렀다. 얼핏 들으면 허황된 이야기 같지만 거니에게는 너무도 그럴듯한 얘기였다. 연쇄살인범들은 대체로 어린 시절 곤충이나 작은 동물들을 괴롭히면서 쾌감을 느꼈다. 이를테면 확대경으로 햇볕을 모아 곤충을 태운다거나 하는 식으로. 그가 해결했던 가장 유명한 사건이었던 카니발 클로스의 경우에도 어렸을 때 바로 그런 식으로 고양이의 눈을 멀게 만들었다. 확대경으로 고양이의 눈을 태워버린 것이다. 그것은 누군가의 과거를 공략함으로써 고통에 몸부림칠 때까지 두려움을 극대화시키는 것과 너무도 흡사했다.

퍼즐 조각들이 한데 맞추어지고 하나의 유형이 모습을 드러내는 것은 평상시 같으면 그의 기분을 고무시키는 상황이었지만 그날 오후 차를 모는 내내 거니의 기분은 조금도 나아지지 않았다. 아마도 자신의 부족함과 실수에 대한 죄책감 때문이리라. 죄책감은 마치 위 속의 산성 물질처럼 그를 괴롭혔다.

그는 도로와 자동차 후드, 운전대를 잡고 있는 자신의 손에 정신을 집중했다. 이상한 일이었다. 손이 너무도 낯설었다. 너무도 늙은 손이었다. 아버지의 손처럼. 작은 반점들의 숫자도, 크기도 늘어가고 있었다. 1분 전에 누군가 여러 장의 손 사진을 그에게 보여주었다면 그중 어떤 것이 자신의 손인지 알지 못했으리라.

왜일까. 아마도 서서히 일어나는 변화는, 그 변화가 상당히 진행될 때까지 사람의 뇌가 알아차리지 못하기 때문일 것이다. 어쩌면 실제로는 그보다 더 멀리 간 것일 수도 있었다.

그렇다면 우리는 익숙한 것들을 어느 정도는 항상 우리가 보던 방식으로 보는 것이 아닐까? 어쩌면 우리는 향수나 미련 때문이 아니라 신경계가 데이터를 처리하는 지름길에 의존하기 때문에 과거에 얽매여 있는 것은 아닐까? 만약 우리가 보는 것이 시신경과 기억에 의한 것이라면? 우리가 어떤 상황에서 인지하는 것이 실제로는 현재의 인식과 저장된 인식의 조합이라면? 과거 속에 산다는 말은 전혀 새로운 의미로 해석될 수 있었다. 과거는 감각적 경험의 모습으로, 그러나 실제로는 고물이 된 정보로 우리의 현재를 장악하고 있는 셈이었다. 어린 시절 입었던 마음의 상처로 연쇄살인범이 된 범인과는 어떻게 연관시킬 수 있을까? 범인의 사고는 얼마나 왜곡되어 있을까?

그 생각에 그는 잠시 흥분했다. 새로운 발상을 하고 안정성을 시험해보는 것은 항상 그를 조금 더 분별 있고 조금 더 살아 있게 만들었다. 하지만 오늘만큼은 그런 기분이 오래 지속되지 않았다. GPS가 300미터 전방에서 위철리 방면으로 진출하라고 안내했다.

그는 고속도로 램프에서 나오면서 우회전했다. 농장과 트랙트하우스*, 노천 상가, 여름 휴양지의 유령들, 폐허가 된 자동차 극장, 이러쿼이**식 이름이 붙은 호수가 있는 마을이 펼쳐졌다.

호수의 이름은 인디언식 이름의 또 다른 호수를 떠올리게 했다. 어느 주말, 캐츠킬에서 집을 보러 돌아다니다가 그와 매들린은 산

* 한 지역에 비슷한 형태로 들어서 있는 많은 주택들 가운데 한 채

** 북미 인디언의 한 종족

책로가 빙 둘러진 호수를 하나 보았다. 벼랑 꼭대기에 서서 두 손을 맞잡고 미소를 지으면서 바람에 물결치는 호수를 바라보던 매들린의 환한 표정이 여전히 기억 속에 생생했다. 그 기억은 죄책감과 함께 밀려왔다.

그는 아직 매들린에게 전화하지 않았다. 그가 무엇을 하는지, 어디로 가는지도 알리지 않았고 늦어질 가능성이 높은 귀가 시간에 대해서도 말하지 않았다. 어디까지 얘기해야 할지 아직 확신이 없었다. 우체국 소인에 대해 말을 해야 할까? 그는 일단 전화를 한 뒤 상황을 보기로 했다. 하나님, 제발 헛소리하지 않게 도와주세요.

이미 엄청난 스트레스 상태인 것을 감안하면 차를 세우고 전화를 하는 것이 현명하단 생각이 들었다. 가장 먼저 눈에 뜨인 곳은 겨울철이라 문을 닫은 농장 상점 앞 자갈 깔린 주차장이었다. 그의 휴대전화에 저장된 집 전화번호의 음성 인식명은 실용적이긴 하지만 상상력이 부족한 '집' 이었다.

두 번째 벨이 울리는 순간, 언제나처럼 낙천적이고 사람을 반기는 매들린의 목소리가 들려왔다.

"나야."

그녀의 목소리에 담겨 있던 경쾌함이 아주 조금만 담겨 있는 목소리로 거니가 말했다.

"어디야?"

그녀가 한 박자 정도 쉬고 나서 물었다.

"그래서 전화하는 거야. 지금 코네티컷 위철리 근처야."

'거긴 왜?' 라고 묻는 것이 당연했지만 매들린은 빤한 질문은 하지 않았다. 매들린은 잠시 기다렸다.

"사건 수사에 좀 진전이 있었어. 어쩌면 거의 막바지에 이른 것 같아."

"그래."

느리고도 절제된 한숨 소리가 들려왔다.

"그것 말고 더 해줄 얘긴 없고?"

그녀가 물었다.

그는 차창 밖으로 방치된 채소 판매대를 바라보았다. 겨울철이라 문을 닫은 것이라기보다는 아예 문을 닫은 것 같았다.

"우리가 쫓고 있는 자가 갈수록 무모해지고 있어. 어쩌면 놈을 막을 기회를 잡을 수 있을지도 몰라."

"우리가 쫓고 있는 자라니?"

그녀의 목소리는 막 갈라지기 시작한 얼음장 같았다.

그녀의 반응에 당황한 그는 잠시 할 말을 잃었다.

그녀는 대놓고 화를 내며 말을 이었다.

"그 잔혹한 살인자, 연쇄살인범, 결코 실수하는 법이 없는 냉혈한, 사람의 목에 정확히 총을 맞추고 목을 가르는 사람? 지금 그 사람 얘기하는 거야?"

"맞아, 그 사람. 우리가 쫓고 있는 사람."

"코네티컷에 그 사건을 해결할 경찰이 없대?"

"놈이 날 노리는 것 같아."

"뭐라고?"

"이 사건에 연루된 내 신원을 파악한 모양이야. 어쩌면 어리석은 짓을 할 수도 있어. 그런데 그게 오히려 우리에게 필요한 기회를 제공할 수도 있지. 살인 사건을 하나하나 뒤쫓는 것보다는 대놓고 싸우는 쪽이 더 승산이 있으니까."

"뭐라고?"

이번에는 질문이라기보다는 고통스러운 절규에 가까웠다.

"괜찮을 거야. 놈은 지금 무너지고 있어. 스스로를 파괴하고 있다고. 우린 그자가 스스로를 파괴할 때 현장에 있기만 하면 돼."

그가 그다지 확신 없는 목소리로 말했다.

"그게 당신 일이었을 때는 그곳에 있어야 했겠지. 하지만 지금은 당신이 그곳에 있을 필요가 없어."

"매들린, 젠장, 난 형사야. 도대체 왜 그걸 이해 못 하는 거지?"

앞을 가로막고 있던 무언가 빠져나갔다는 듯 그 말이 입에서 폭발하듯 터져 나왔다.

"아니, 데이브. 당신은 형사였어. 지금은 형사가 아니야. 당신은 그곳에 갈 필요가 없어."

"난 이미 여기 와 있어."

그 뒤로 흐르는 침묵에 그의 흥분이 마치 물러가는 파도처럼 잦아들었다.

"난 괜찮아. 내가 뭘 해야 하는지도 잘 알고 있고. 나쁜 일은 절대 일어나지 않아."

"데이브, 당신 도대체 뭐가 문제지? 왜 항상 총탄을 쫓아다녀? 그중 한 개가 머리를 관통할 때까지 계속 그럴 셈이야? 그런 거야? 그게 우리 앞에 남아 있는 삶을 위해 당신이 준비한 계획이야? 나는 그저 당신이 죽을 때까지 기다리고 기다리고 또 기다리면 되는 거야?"

그녀의 목소리에 너무도 격한 감정이 실렸고 '죽을 때까지'라는 말에 거니는 할 말을 잃었다.

다시 입을 연 것도 결국 매들린이었다. 너무도 작은 목소리라

겨우 알아들을 수 있었다.

"대체 당신이 이러는 진짜 이유가 뭐야? 진짜 이유가 뭐냐고!"

그 질문은 엉뚱한 각도에서 그를 내리쳤고 그는 균형을 잃었다.

"무슨 말을 하는 건지 모르겠군."

그녀의 무거운 침묵이 수백 킬로미터 떨어져 있는 그를 에워싸고 짓누르는 것만 같았다.

"도대체 무슨 소리야?"

거니는 심장 박동이 빨라지는 것을 느꼈다.

그녀가 침을 삼키는 소리를 들은 것도 같았다. 그는 매들린이 무언가 결단을 내리려 한다는 것을 느꼈다. 아니, 알았다. 그녀는 또 다른 질문으로 대답을 대신했다. 이번에도 그가 겨우 알아들을 수 있을 정도로 작은 목소리였다.

"대니 때문인가?"

그는 자신의 목과 머리와 심지어는 손에서까지 심장 박동을 느꼈다.

"뭐? 도대체 이게 대니하고 무슨 상관이 있단 거야?"

거니는 매들린의 대답을 듣고 싶지 않았다. 적어도 지금은. 너무도 할 일이 많은 지금은.

"데이브"

가장 어려운 이야기를 꺼내기로 결심하는 순간에 슬픈 표정을 지으며 고개를 젓는 매들린을 상상할 수 있었다. 매들린은 한번 문을 열면 반드시 그 문으로 들어가고야 말았다.

그녀가 가냘픈 숨을 들이쉰 뒤 말을 이었다.

"대니가 죽기 전, 일은 당신 삶의 가장 큰 부분이었어. 하지만 대니가 죽은 후로 일은 당신 삶의 전부가 되었어. 지난 15년 동안 당신은 일에만 매달렸어. 난 당신이 뭔가를 보상하려고, 뭔가를 잊으려고, 아니면 뭔가를 해결하려고 애쓴다는 생각이 들어."

거니는 눈앞에 펼쳐진 사실에 매달려 중심을 잡으려 애썼다.

"나는 지금 마크 멜러리를 죽인 자의 체포를 도우려고 위철리에 가는 중이야."

자신의 목소리가 다른 사람의 목소리처럼 들렸다. 나이 들고 겁에 질린 답답한 사람. 이성적인 것처럼 보이려 애쓰는 사람.

매들린은 그의 말을 무시하고 자신의 생각의 전개를 따랐다.

"난 우리가 그 상자를 열고 작은 그림들을 보고 나서…… 함께 그 애한테 작별인사를 할 수 있을 거라 생각했어. 하지만 당신은 그러질 못해. 당신은 그 어떤 것과도 작별인사를 할 줄 몰라."

"도대체 무슨 말을 하는지 모르겠군."

거니가 말했다. 그러나 그 말은 사실이 아니었다. 도시에서 월넛 크로싱으로 이사할 때 매들린은 몇 시간 동안 작별인사를 했다. 이웃들뿐 아니라 그들이 살았던 집과 그들이 남겨두고 가는 것들, 심지어는 화초들에게까지. 그 모든 것이 거니의 신경에 거슬렸다. 거니는 지나치게 감상적이라고 매들린을 비난하면서 생명이 없는 것들에게 말을 하는 것은 시간 낭비이고, 무의미한 일이며, 그래 봐야 떠나기가 더 힘들어질 뿐이라고 했다. 그러나 사실은 그 이상이었다. 매들린의 행동은 그의 마음속에 건드려지고 싶지 않은 어떤 것을 건드렸다. 그런데 매들린이 다시 그것을 건드리고 있었다. 그 무엇과도 이별하려 하지 않는, 이별을 감당하지 못하는 그의 마음을.

"당신의 시야에서 사라지는 것들은 사실 사라진 것이 아니야. 당신은 절대 그것들을 놓아주지 않으니까. 떠나보내려면 그것들을 보아야 하잖아. 대니를 떠나보내려면 대니의 삶을 보아야 하잖아. 하지만 당신은 그걸 원치 않아. 당신이 원하는 건…… 도대체 뭐야? 죽는 건가?"

긴 침묵이 흘렀다.

"당신은 죽고 싶은 거야. 그런 거 아니야?"

그녀가 말했다.

그는 태풍의 눈 속에 존재할 것 같은 공허감을 느꼈다. 감정의 소강상태였다.

"나한텐 해야 할 일이 있어."

너무도 진부한 말이었다. 아니, 한심한 말이었다. 왜 그런 말을 하는 걸까.

긴 침묵이 흘렀다.

"아니."

그녀가 나지막이 말하고 다시 침을 삼켰다.

"당신은 계속 이런 일을 할 필요가 없어."

그러고 나서 그녀는 너무도 절망적인 목소리로 덧붙였다.

"아니, 어쩌면 당신한텐 이 일이 필요한지도 몰라. 다 내 헛된 바람인지도 모르지."

그는 할 말을 잃었다. 아무 생각도 나지 않았다.

거니는 한동안 차에 앉아서 입을 조금 벌린 채로 거칠고도 얕은 숨을 몰아쉬었다. 정확히 언제 끊어졌는지 확실히 알 수 없지만 전화가 끊어졌다. 그는 일종의 공황상태에서 마음이 가라앉기를, 어떻게 해야 할지 떠오르기를 기다렸다.

그런데 머릿속에 떠오른 것은 자신의 어리석음으로 인한 고통뿐이었다. 그와 매들린이 감정적으로 격해져서 괴로워하고 두려워하는 그 순간에도, 두 사람은 말 그대로 수백 킬로미터 떨어져 있었고, 그는 벌판에 홀로 있었고, 휴대전화로 통화하고 있었다.

또 한 가지 머릿속에 떠오른 생각은 그가 미처 하지 못했던 말, 미처 그녀에게 알려주지 못했던 사실이었다. 그는 우체국 소인을 노출시킨 자신의 어리석음에 대해, 범인이 그들이 어디 살고 있는지 알아낼 수도 있다는 사실에 대해, 수사에만 집착한 나머지 미처 생각하지 못했던 부분에 대해 한마디도 하지 못했다. 그 생각과 함께 메스꺼운 메아리처럼 밀려든 깨달음은 15년 전 지금과 비슷한 그의 집착이 대니의 죽음의 한 원인이 되었다는, 아주 결정적인 원인이 되었다는 사실이었다. 매들린이 대니의 죽음을 현재의 그의 집착과 연결시켰다는 것이 그저 놀라울 따름이었다. 놀라울 뿐 아니라 기가 막히게 정확하다는 것을 그 자신도 인정하지 않을 수 없었다.

매들린에게 전화를 걸어서 자신의 실수를, 자신이 만든 위험을 인정하고 그녀에게 경고해주어야 했다. 거니는 다시 번호를 눌렀고 매들린의 목소리를 기다렸다. 벨이 울리고 울리고 또 울렸다. 마침내 들려오는 것은 그 자신의 녹음된 목소리였다. 뻣뻣하고 거의 근엄한 느낌마저 주는, 전혀 사람을 반기지 않는 목소리. 그리고 신호음이 울렸다.

"매들린? 매들린, 지금 듣고 있어? 거기 있으면 제발 전화 좀 받아!"

맥이 풀렸다. 주어진 1분 동안 무슨 말을 해야 할까. 말을 해봐야 도움이 되기보다는 오히려 혼란을 일으킬 것 같았다. 두려움과 혼란만 일으킬 것 같았다. 거니는 결국 "사랑해. 조심해. 사랑해."라고 말했다. 다시 신호음이 들렸고 전화가 끊겼다.

그는 차 안에 앉아서 아프고 혼란스러운 상태로 유기된 채소 판매대를 바라보았다. 한 달 동안, 아니 영원히 잠을 잘 수도 있을 것 같았다. 영원히 자는 편이 더 나을 것이다. 바로 이런 생각 때문에 지친 북극 탐험가들은 눈밭에 드러눕겠지. 정신을 똑바로 차려야 했다. 계속 움직여야 했다. 앞으로 나아가야 했다. 조금씩 조금씩. 그를 기다리고 있는, 아직 해결되지 않은 일들을 중심으로 생각들이 정리되기 시작했다. 위철리에서 해야 할 일이 있었다. 잡아야 할 미치광이가 있었다. 구해야 할 생명들이 있었다. 그레고리 더모트, 그 자신, 어쩌면 매들린까지도. 그는 시동을 걸고 차를 몰았다.

GPS가 마침내 그를 안내한 주소는 거의 차가 다니지 않는 한적한 도로 안쪽 널찍한 주차장 위에 세워신 허름한 건물이었다. 키가 크고 촘촘한 덤불 울타리가 주차장의 양쪽과 뒤쪽을 빙 두르며 사생활의 침해를 막았다. 가슴 높이의 울타리는 앞쪽에도 있었지만 자동차 진입로가 뚫려 있었다. 곳곳에 경찰차가 보였다. 대략 열두어 대쯤 되는 것 같았다. 경찰차들은 울타리 주변을 빈틈없이 둘렀고 입구까지 막았다. 대부분 위철리 경찰 마크를 달고 있었다. 그중 세 대는 마크가 없었고 대신 운전석 앞쪽에 휴대용 경광등이 있었다. 코네티컷 주 경찰차는 한 대도 보이지 않았다. 놀랄 일도 아니었다. 현명한 조처도 효율적인 접근 방식도 아니겠지만 희생자가 경찰일 때 관할 경찰이 해결하려 드는 것은 당연했다. 아스팔트 가장자리의 잔디밭 조그만 공간에 차를 들이미는 순간, 제복을 입은 거구의 경찰이 경찰차들을 가리키면서 차를 빼라고 손짓했다. 거구의 경찰이 잔뜩 긴장한 표정으로 입술에 힘을 주고 다가오자 거니는 차에서 내려 신분증을 내밀었다. 한 사이즈 반 정도 작아 보이는 칼라 밖으로 나오려고 안간힘을 쓰느라 불룩해진 목 근육이 그 경찰의 뺨까지 연결된 것 같았다.

그는 거니의 지갑에 끼워진 신분증을 바라보면서 점점 더 이해하기 힘들다는 표정을 짓더니 마침내 "뉴욕이라고 되어 있군요."라고 말했다.

"나르도 경감님을 만나러 왔습니다."

거니가 말했다.

그는 셔츠를 찢을 것 같은 가슴 근육만큼이나 억센 눈빛으로 거니를 바라본 뒤 어깨를 으쓱하며 "들어가세요."라고 말했다.

진입로 끝에 우편함과 같은 높이로, 베이지색 바탕에 검은색 글씨로 쓴 GD 보안 시스템 간판이 있었다. 거니는 건물 전체를 두르고 있는 것 같은 노란 테이프 밑으로 몸을 숙이고 들어갔다. 이상하게도 목에 닿는 차가운 테이프 덕분에 머릿속을 맴도는 온갖 생각들로부터 벗어나 날씨로 주의를 돌릴 수 있었다. 차갑고 음울하고 바람 없는 날이었다. 녹았다가 다시 언 것 같은 눈이 회양목 밑에 군데군데 남아 있었다. 진입로의 움푹한 곳도 검은 얼음들로 채워져 있었다.

정문 중앙에는 보다 번듯한 GD 보안 시스템의 간판이 있었다. 그 옆에 액슨 무인 경보 시스템이 작동 중임을 알리는 작은 스티커가 보였다.

기둥이 있는 앞 베란다로 올라가는 벽돌 계단에 이르렀을 때 현관문이 열리면서 누군가 밖으로 나왔다. 환영하는 분위기는 아니었다. 그 사람은 밖으로 나온 뒤 문을 다시 닫아버렸다. 그는 거니를 흘긋 보고 지나가면서 휴대전화를 들고 짜증스러운 목소리로 이야기하고 있었다. 자그마한 체구에 운동으로 다져진 몸의 40대

후반 남자로 날카롭고 성난 눈동자의 거친 인상이었다. 그는 등판에 노란 글씨로 경찰이라고 쓴 검은색 잠바를 입고 있었다.

"이제 내 말 들리나? 들린다고? 다행이군. 현장조사팀을 한 팀 더 보내라고! 최대한 빨리! 아니, 안 돼. 내 말은 지금 당장 보내란 말이야. 어두워지기 전에. 지금 당장! 왜 말귀를 못 알아들어! 알았어. 고마워. 아주 고맙다고!"

그가 베란다에서 서리 내린 시든 잔디 위로 내려서며 말했다.

"멍청한 새끼!"

그는 휴대전화의 종료 버튼을 누르고 고개를 설레설레 저으며 중얼거렸다.

그가 거니를 보았다.

"당신 뭐야!"

그의 공격적인 말투에 거니는 반응하지 않았다. 그런 말투가 어디서 오는 것인지 잘 알고 있었다. 경찰이 살해된 현장에서는 감정이 격해지기 마련이다. 동료의 죽음에 대한 충격을 가까스로 억누르고 있을 것이다. 게다가 거니는 그의 목소리를 알아보았다. 그가 바로 더모트의 집에 경관을 파견했던 존 나르도였다.

"데이브 거니라고 합니다."

그 순간 나르도의 머릿속에 여러 가지 생각이 스치는 듯했고 그 중 대부분은 부정적인 것이 분명했다. 결국 그가 내뱉은 말은 "도대체 여긴 왜 오셨습니까?"였다.

아주 단순한 질문이었다. 그러나 거니는 자신이 그 대답을 알고 있는지 확신이 없었다. 거니는 최대한 간결하게 대답하기로 결심했다.

"범인이 저와 더모트 씨를 죽이고 싶다고 했다면서요. 더모트 씨는 여기 있고 저도 여기 있어요. 범인이 원하는 미끼는 다 있는 셈이죠. 범인이 움직일 때 우리가 이 사건을 매듭지을 수 있을 겁니다."

"정말 그렇게 생각하십니까?"

그의 목소리는 대상이 정확하지 않은 적개심으로 가득했다.

"원하시면 이 사건과 관련해서 제가 알아낸 사실들을 알려드리죠. 그러고서 경감님이 여기서 알아내신 것들을 말씀해주세요."

"여기서 알아낸 것들을 말해달라고요? 거니 씨의 요청으로 제가 파견한 경찰이 죽었다는 것? 게리 시섹, 두 달 뒤에 퇴직할 예정이었죠. 위스키 병 조각으로 거의 목이 떨어져 나갈 정도로 그어댔더군요. 피 묻은 부츠 한 벌이 울타리 뒤쪽 잔디의자 옆에 놓여 있었고요."

그가 집 뒤쪽을 거친 동작으로 가리키며 말했다.

"더모트는 그 의자를 전에 본 적이 없다는군요. 그 물건들이 어디서 났을까요? 그 미치광이가 잔디의자를 들고 왔을까요?"

거니가 고개를 끄덕였다.

"아마 그럴 겁니다. 그것 역시 범인의 독특한 수법이지요. 위스키 병처럼 말입니다. 포 로지스였습니까?"

나르도가 멍한 표정으로 거니를 쳐다보았다. 마치 늘어진 비디오테이프처럼 잠시 동작이 정지된 것 같았다.

"젠장, 안으로 들어갑시다."

현관문을 열자 널찍하고 텅 빈 거실로 이어졌다. 가구도 없고 양탄자도 없고 벽에 걸린 그림도 없고 단지 소화기 한 대와 연기 경보기만이 있었다. 거실 끝에는 뒷문이 있었고 아마도 그 문의 뒤 베란다에 그레고리 더모트가 그날 아침 발견한 경찰의 시신이 있는 것 같았다. 현장조사팀의 웅성거리는 목소리로 보아 아직 조사 작업이 한창 진행 중인 모양이었다.

"더모트 씨는 어디 계신가요?"

거니가 물었다.

나르도는 엄지손가락으로 천장 쪽을 가리켰다.

"화장실에 있어요. 편두통 약을 먹었다는데 그 약을 먹으면 속이 메스껍대요. 별로 기분이 좋지 않은 상태입니다. 가뜩이나 안 좋은 상태에서 전화까지 받았으니……. 자기가 다음 차례고 그다음은…… 젠장!"

거니는 묻고 싶은 질문들이 많았지만 나르도의 페이스를 따르는 것이 좋을 것 같았다. 거니는 집을 둘러보았다. 오른쪽의 널찍한 방은 흰색 벽에 맨 마룻바닥이었다. 방 한가운데 놓인 긴 테이블 위에 대여섯 대의 컴퓨터가 나란히 놓여 있었다. 전화, 팩스, 프린터, 스캐너, 외장 하드, 그 외의 다른 주변장치들이 맞은편 벽에 기대어놓은 또 하나의 긴 테이블 위에 놓여 있었다. 그 방의 벽에도 소화기가 달려 있었다. 연기 탐지기 대신 자동 스프링클러 시스템이 있었다. 창문은 두 개뿐이었고 공간에 비해 너무 작았다. 하나는 앞쪽에 있었고 또 하나는 뒤쪽에 있어서 흰 페인트를 칠했는데도 터널 같은 느낌을 주었다.

"더모트 씨는 여기서 컴퓨터 관련 사업을 하고 위층에서 산답니다. 우린 다른 방을 쓰고 있고요."

나르도가 말하며 맞은편 방을 가리켰다. 똑같이 썰렁하고 단순한 방이었지만 크기가 맞은편 방의 반 정도였고 그나마 창문이 하나밖에 없어서 터널이라기보다는 동굴에 가까웠다. 나르도가 스위치를 켜고 안으로 들어서자 천장에 달린 네 개의 전등에 불이 들어왔다. 한쪽 벽에 파일 캐비닛과 두 개의 컴퓨터가 있는 테이블이, 또 다른 벽에는 커피 메이커와 전자레인지가 있는 테이블이 있었다. 방 한복판에 사각 테이블과 의자 두 개가 놓여 있었다. 이 방에도 스프링클러와 연기 탐지기가 있었다. 이 방은 거니가 마지막으로 일했던 음산한 사무실을 조금 깨끗하게 정돈해놓은 것 같았다. 나르도가 의자에 앉으면서 거니에게 반대편 의자에 앉으라고 권했다. 그는 머리 안에 가득 찬 긴장감을 빼내려는 듯 한참 동안 관자놀이를 문질렀다. 그러나 눈빛으로 보아 마사지는 효과가 없는 것 같았다.

"미끼니 뭐니 하는 말은 믿지 않습니다."

나르도가 미끼라는 말에서 더러운 냄새가 난다는 듯 코를 찡긋하며 말했다.

"부분적으로는 사실인걸요."

거니가 미소를 지으며 말했다.

"나머지는 뭡니까?"

"저도 잘 모르겠어요."

"영웅이 되고 싶어서 이 먼 길을 오셨나요?"

"그건 아닙니다. 단지 제가 여기 있는 게 도움이 될 거라고 판단했습니다."

"그래요? 만약 제가 동의하지 않는다면요?"

"이 사건은 경감님 소관입니다. 제게 돌아가라고 하시면 돌아가야죠."

나르도는 그를 한동안 냉랭한 눈빛으로 쳐다보았다. 그러나 결국에는 생각을 고쳤다. 비록 잠시뿐이라도.

"포 로지스가 범인의 수법에 포함되어 있다고요?"

거니가 고개를 끄덕였다.

나르도가 심호흡을 했다. 온몸이 욱신거리는 것 같은 표정이었다. 아니면 온 세상이 욱신거리거나.

"좋습니다. 저한테 아직 안 하신 얘기들을 전부 다 해보시죠."

48

사연이 있는 집

거니는 뒤뜰 눈밭에 난 발자국들, 시들, 부자연스러운 전화 목소리, 두 가지 이상한 숫자 속임수, 희생자들의 알코올 중독 전력, 그들이 당한 정신적 고문, 경찰에 대한 범인의 적개심, 모텔 벽의 레드럼이라는 낙서, 로렐스의 숙박명부에 적힌 미스터 앤 미시스 스킬라 사인, 범인의 높은 지능과 오만함에 대해 설명했다. 그는 자신이 알고 있는 세 건의 살인 사건의 전말에 대해 상세하게 설명했고 나르도의 집중력은 거의 정점에 달했다. 그리고 거니는 마침내 가장 중요한 문제에 대해 얘기했다.

“범인은 두 가지를 증명하고 싶어 합니다. 첫째, 자신이 통제력을 지니고 있고 알코올 중독자들을 처벌할 수 있다는 것. 둘째, 경찰이 무능하다는 것. 범인은 의도적으로 이 사건을 치밀한 게임처럼 설계했어요. 일종의 두뇌 게임이죠. 똑똑하고 집착이 강하고 신중한 성격이에요. 지금까지 범인은 일체의 지문, 머리카락, 타액, 섬유, 부주의한 발자국 하나 남기지 않았습니다. 우린 범인의

...

실수를 단 한 가지도 발견하지 못했어요. 사실 우리는 범인과 살해도구, 동기에 대해 그가 우리에게 보여준 것 외에는 거의 아는 게 없습니다. 단 한 번의 예외가 있었을 뿐이죠."

나르도가 지친, 그러나 호기심이 어린 표정으로 눈썹을 추켜세웠다.

"연쇄살인범에 대한 연구논문을 집필한 홀든필드 박사의 말씀에 의하면 지금 범인이 막바지로 치닫고 있다고 하더군요."

나르도의 턱 근육에 파문이 일었다. 그는 극도의 자제력을 발휘하며 말을 이었다.

"그럼 뒤쪽 베란다에서 제 동료를 살해한 것은 일종의 준비운동이었단 말입니까?"

대답할 수도 없는, 대답해서도 안 되는 질문이었다. 두 사람은 한동안 침묵 속에 앉아 있었다. 문 쪽에서 들려오는 작은 소음, 불규칙한 숨소리가 그들의 주의를 끌 때까지. 조심스러운 등장에 걸맞지 않게 문간에 서 있는 사람은 진입로를 지키고 있었던, 농구선수를 연상시키는 거구의 경관이었다. 조금 전에 충치 치료를 받은 것 같은 표정을 짓고 있었다.

나르도는 그가 무슨 말을 할지 아는 것 같은 눈치였다.

"무슨 일인가, 토미?"

"게리 경관의 부인 소재를 파악했답니다."

"젠장, 알았어. 지금 어디 있지?"

"정비소에서 집으로 오는 길이랍니다. 스쿨버스 운전을 하시거든요."

"맞아, 그랬지. 이런, 젠장. 내가 직접 가봐야 하는데 여길 비울 수가 없어. 서장님은 뭐 하셔? 아직 못 찾았나?"

"칸쿤*에 계십니다."

"칸쿤에 계시는 건 아는데 왜 메시지를 확인 안 하시냐고!"

나르도는 심호흡을 한 뒤 눈을 감았다.

"해커하고 피카르도가 아마 그 집을 가장 잘 알거야. 피카르도가 게리 부인 사촌 아니었던가? 해커하고 피카르도를 보내. 해커한테 가기 전에 나한테 들르라고 해."

거구의 젊은 경관은 들어왔던 것처럼 조용히 사라졌다.

나르도는 다시 심호흡을 했다. 그는 머리를 한 대 걷어차였다는 듯이, 그리고 말을 하면 머리가 맑아질 거라는 듯이 천천히 말을 이었다.

"그러니까 희생자들이 모두 알코올 중독자였다고요? 게리 시섹은 알코올 중독자가 아니었는데 어떻게 된 겁니까?"

"경찰이었잖아요. 아마 그걸로 충분했겠죠. 더모트를 공격하려다가 방해가 되어서 그랬을 수도 있습니다. 아니면 다른 이유가 있거나."

"다른 이유요?"

"저도 모르겠습니다."

다시 문이 열렸고 날카로운 발자국 소리가 들린 뒤 평상복 차림의 호리호리한 남자가 나타났다.

"부르셨어요?"

"이런 일을 맡겨서 미안한데 자네하고 피카르도가……."

"알고 있습니다."

"좋아. 되도록 간단하게 말해. 최대한 간단하게. 시민을 보호하

* 멕시코의 유명 휴양지

려다가 급소에 칼을 맞았다고. 영웅적인 죽음이었다 뭐 그런 식으로. 젠장! 그러니까 내말은 끔찍한 세부사항들, 피 웅덩이 같은 얘긴 하지 말란 거야. 무슨 말인지 알겠나? 자세한 얘긴 나중에 해도 돼. 일단 지금은……."

"알겠습니다, 경감님."

"미안하네. 내가 직접 해야 하는데 지금 도저히 자릴 비울 수가 없어. 부인한테 오늘 밤에 집으로 들른다고 해."

"알겠습니다, 경감님."

남자는 더 이상 지시 사항이 없는 것이 분명해질 때까지 문 앞에 서 있다가 돌아서서 문을 조용히 닫고 나갔다. 이번에는 훨씬 더 조용하게.

나르도는 다시 한번 거니와의 대화에 주의를 집중하려 애썼다.

"제가 뭘 놓치고 있는 겁니까? 이 사건에 대한 거니 씨의 분석은 너무 이론적인 것 아닙니까? 제 말이 틀렸으면 지적해주세요. 그러니까 용의자 목록에 대한 언급이 전혀 없으셨던 것 같은데요. 사실 명확한 단서라고 말할 만한 것도 없어요. 맞습니까?"

"그런 셈이죠."

"지금까지 수집된 모든 증거들, 편지 봉투, 편지지, 빨간 잉크, 부츠, 깨어진 유리병, 발자국, 녹음된 전화 내용, 휴대전화 기지국 송수신 기록, 반송된 수표, 심지어는 이 미치광이의 손끝으로 쓴 글씨까지도 아무 단서도 되지 못했단 거 아닙니까?"

"그렇게 볼 수 있습니다."

나르도가 고개를 설레설레 저었다. 어느덧 그의 습관이 되어가는 듯했다.

"결론적으로 거니 씨는 범인이 누군지도 모르고 그자를 어떻게 잡아야 하는지도 모른단 거군요."

거니가 미소를 지었다.

"아마 그래서 제가 여기 오지 않았나 싶습니다."

"무슨 뜻이죠?"

"달리 어디를 가야 할지 몰라서요."

거니는 단순한 사실을 단순하게 인정했다.

범행수법을 상세하게 파악한 것에 대한 지적인 만족감도 나르도가 지적한 핵심적인 문제의 해결에 전혀 진전이 없다는 사실을 상쇄할 수는 없었다. 이 사건에 얽힌 미스터리를 풀었음에도 마크 멜러리가 편지를 들고 찾아와 도움을 청하던 그날보다 나아진 게 조금도 없다는 사실을 거니는 인정할 수밖에 없었다.

나르도의 표정에 미묘한 변화가 있었다. 날카로움이 잦아든 느낌이었다.

"위철리에는 살인 사건이 없었어요. 그러니까 정식 살인 사건이라고 부를 만한 사건은 없었죠. 우발적 살인 두어 건, 차량에 의한 사망 사고 몇 건, 사냥과 관련된 의문사가 한 건 있었죠. 술 취한 개자식이 연루되지 않은 살인 사건은 한 건도 없었어요. 적어도 지난 24년 동안은."

"이 일을 하신 지 24년 되셨습니까?"

"여기서 저보다 더 오래 일한 사람은 게리……뿐이었죠. 25년이 거의 다 됐어요. 20년을 하고 나서 부인이 그만두길 원했지만 게리는 5년만 더 채우면…… 젠장!"

나르도가 눈물을 훔쳤다.

"여기선 근무 중에 목숨을 잃는 경우는 흔치 않거든요."

그가 자신의 눈물에 합리적인 설명이 필요하다는 듯 말했다.

거니는 동료를 잃는다는 게 어떤 기분인지 잘 안다고 말하고 싶은 충동을 느꼈다. 그러나 그저 연민을 담아 고개만 끄덕였다.

잠시 후 나르도가 헛기침을 했다.

"더모트 씨를 만나보시겠습니까?"

"그러고 싶습니다만 혹시 수사에 방해가 될까 해서요."

"괜찮습니다."

나르도가 말했다. 자신의 나약한 모습을 만회하고 싶을 거라고 거니는 생각했다. 나르도는 한결 평상시에 가까운 목소리로 "이 친구하고 통화는 하셨죠?"라고 물었다.

"그렇습니다."

"그럼 더모트 씨도 거니 씨를 알겠네요."

"네."

"그럼 제가 같이 갈 필요가 없을 것 같군요. 얘기 끝나면 결과를 알려주세요."

"그러겠습니다, 경감님."

"계단을 올라가서 오른쪽 방입니다. 행운을 빌어요."

허름한 오크 계단을 오르면서 거니는 컴퓨터 장비들 때문에 사람의 온기가 전혀 느껴지지 않았던 1층과 달리 2층은 이 집에 사는 사람의 취향이 드러나 있을까 궁금했다. 계단이 끝나는 층계참에도 1층에서 보았던 것과 똑같은 안전장치들이 있었다. 벽에는 소화기가 장착되어 있었고 천장에는 연기 탐지기와 스프링클러가 있었다. 거니는 그레고리 더모트가 벨트와 멜빵을 둘 다 하는 타입의 남자일 거라고 생각했다. 그는 나르도가 말한 방의 문을 두드렸다.

"네?"

고통스럽고 거칠고 긴장한 목소리였다.

"특별 수사관 거니입니다. 더모트 씨, 잠깐 얘기 좀 할 수 있을까요?"

잠시 침묵이 흘렀다.

"거니 씨라고요?"

"데이브 거니입니다. 전에 통화했죠."

"들어오세요."

거니는 문을 열고 블라인드가 반쯤 내려져서 어둠침침한 방 안으로 들어섰다. 침대 하나와 나이트 스탠드 한 개, 옷장 한 개, 팔걸이의자 한 개, 벽에 붙여놓은 책상과 접이식 의자 한 개가 눈에 들어왔다. 모든 가구가 검은색 목재였다. 현대적이면서도 천박한 느낌의 상류층 취향이었다. 침대보와 카펫은 거의 무색에 가까운 회색과 갈색이었다. 방의 주인은 문 쪽을 바라보며 팔걸이의자에 앉아 있었다. 자신의 불안감을 조금이라도 완화시킬 자세라는 듯 한쪽으로 몸을 기울이고 있었다. 지금까지 드러난 것만으로 판단하건대 거니는 그가 전형적인 컴퓨터 프로그래머 타입이라고 생각했다. 흐릿한 불빛 속에서 그의 나이는 가늠하기 어려웠다. 아마 30대 정도로 보는 것이 정확하리라.

자신이 하려는 질문의 대답을 찾으려는 듯 거니의 표정을 살피면서 그가 낮은 목소리로 물었다.

"얘기 들으셨습니까?"

"무슨 얘기요?"

"전화요. 그 미치광이 살인자한테서 온."

"들었습니다. 전화는 누가 받았지요?"

"누가 받았느냐고요? 아마 경관 중 한 명이 받았을 겁니다. 저한테 전화를 받으라고 했던 사람이요."

"전화를 건 사람이 더모트 씨의 이름을 댔습니까?"

"그랬을 거예요. 저도 모르겠어요. 아마 그랬을 겁니다. 그 경관이 저를 찾았다고 했어요."

"전화를 건 사람의 목소리에 특이한 점은 없었습니까?"

"좀 이상했어요."

"무슨 뜻이죠?"

"너무 이상했어요. 여자 목소리처럼 기복이 심했어요. 높았다가 낮았다가. 억양도 희한했어요. 장난을 치는 것 같기도 하고 그러면서도 심각했어요."

그가 손가락으로 관자놀이를 누르며 말했다.

"제가 다음 차례라고 했어요. 그리고 그다음은 거니 씨고요."

그는 두려워한다기보다는 화가 난 것 같은 표정이었다.

"배경소음은 없던가요?"

"네?"

"전화를 건 사람의 목소리 외에 다른 건 없었느냐고요. 음악이라든가 차량 소음이라든가 다른 목소리 같은 거요."

"아뇨, 없었어요."

거니가 고개를 끄덕인 뒤 방 안을 둘러보았다.

"좀 앉아도 되겠습니까?"

"네? 그럼요. 그러세요."

더모트가 방 안이 온통 앉을 곳 천지라는 듯 손으로 방 안을 휘두르며 말했다.

거니는 침대 가장자리에 앉았다. 그는 그레고리 더모트가 이 사건의 열쇠를 쥐고 있다고 믿었다. 무얼 물어보아야 할지 알았으면 좋으련만. 어떤 얘기를 꺼내야 할지 알았으면 좋으련만. 그러나 때로는 상황에 적합한 말이라는 것은 아무것도 아니었다. 그저 침묵을 만들고 빈 공간을 만들고 상대방이 그것을 어떻게 채우는지 지켜보는 것이었다. 그는 카펫을 바라보면서 한동안 그렇게 앉아 있었다. 인내심이 필요한 접근 방식이었다. 더 이상의 침묵은 시간 낭비라는 판단을 언제 내릴지도 중요했다. 바로 그런 판단을 내리려는 순간, 더모트가 입을 열었다.

"왜 하필 저일까요?"

날카롭고 성난 목소리였다. 질문이라기보다는 불평이었다. 거니는 대답하지 않기로 했다.

잠시 후 더모트가 말을 이었다.

"아무래도 이 집하고 무슨 관련이 있는 것 같아요."

그가 잠시 멈추었다가 다시 말을 이었다.

"한 가지 여쭤봅시다, 형사님. 위철리 경찰서에 개인적으로 아는 분이 있으신가요?"

"없습니다."

왜 그걸 묻느냐고 묻고 싶었지만 곧 알 수 있을 것 같아 참기로 했다.

"한 명도 없습니까? 과거에도 현재에도?"

"없습니다."

더모트의 눈빛이 확답을 원하는 것 같아서 덧붙였다.

"마크 멜러리한테 수표를 요구하는 편지를 보기 전까지 위철리라는 곳이 존재하는지조차 몰랐어요."

"이 집에서 일어난 사건에 대해서 아무도 얘기 안 하던가요?"

"이 집에서 일어난 사건요?"

"이 집에서 오래전에요."

"아뇨."

거니가 호기심을 느끼며 말했다.

더모트의 고통은 단순히 두통에서 연유한 것 같지가 않았다.

"무슨 일이 있었죠?"

"저도 주워들은 얘기예요. 제가 이 집을 산 직후에 이웃사람한테서 들었는데 20 몇 년 전에 여기서 끔찍한 싸움이 있었대요. 부부싸움이었는데 여자가 칼에 찔렸대요."

"이 사건과 어떤 관련이 있다고 보십니까?"

"우연의 일치인지는 모르지만……."

"모르지만?"

"저도 잊어버리고 있었어요. 오늘에야 생각이 나더군요. 오늘 아침 제가……."

그의 입술이 구역질을 할 때처럼 크게 벌어졌다.

"천천히 말씀하세요."

거니가 말했다.

더모트는 양손을 관자놀이에 가져갔다.

"총을 갖고 계신가요?"

"하나 있습니다."

"지금요?"

"지금은 없습니다. 뉴욕 경찰을 떠난 뒤로는 총을 소지하고 다니지 않아요. 안전 문제를 걱정하신다면 이 집 100미터 반경에 무장 경관들이 열 명 넘게 대기하고 있습니다."

거니가 말했다.

그러나 그는 조금도 안심이 되지 않는 듯했다.

"생각나는 일이 있다고 하셨죠."

더모트가 고개를 끄덕였다.

"다 잊고 있었는데 오늘 아침 피를 보고 기억이 되살아났어요."

"어떤 기억 말입니까?"

"이 집에서 여자가 찔렸어요. 목을요."

49

다 죽어라

더모트가 지금은 세상을 떠난 이웃으로부터 그 사건이 20년 넘게 지난 일이라고 들었다는 것으로 보아, 사건이 일어난 지는 25년이 넘지 않았을 것이고 그렇다면 존 나르도와 게리 시섹이 사건 현장에 있었을 확률이 높았다. 엉성하기 짝이 없는 이야기이긴 했지만 거니는 퍼즐의 또 한 조각이 제자리를 찾았다는 느낌이 들었다. 더모트에게 물어볼 것이 아직 많았지만 경감으로부터 확답을 듣고 나서 물어도 늦지 않을 것이다.

거니는 반쯤 내려진 블라인드 앞 의자에 불편하게 앉아 긴장과 불안에 떠는 더모트를 남겨두고 방을 나왔다. 계단을 내려오면서 현장조사팀 작업복을 입고 라텍스 장갑을 낀 여자 경관이 나르도에게 집 주위에 흔적들을 조사했는데 다음엔 무얼 해야 할지 묻는 것을 보았다.

"테이프 두르고 계속 접근 금지시켜. 다시 해야 할 수도 있으니까. 의자, 유리병, 그 외에 우리가 수집한 모든 물건들을 연구실로 보내고 파일 보관실 뒤쪽에 임시 조문소를 설치해."
"파일 보관실 테이블 위에 있는 잡동사니들은요?"
"일단 콜버트 책상 위로 옮겨놔."
"별로 안 좋아할 텐데요."
"그러거나 말거나. 어쨌든 자네가 알아서 처리해!"
"네, 알겠습니다."
"떠가기 전에 빅 토미한테 집 앞을 지키라고 하고 팻은 전화 옆에 있으라고 해. 나머지는 전부 이웃주민들을 만나보라고 해. 지난 이틀 동안 평상시하고 다른 걸 보거나 들은 사람이 있는지 알아보라고. 특히 어젯밤 늦은 시각이나 오늘 아침 일찍. 수상한 사람을 봤다거나 평상시 보이지 않는 차가 있었다거나 집 주위를 배회하던 사람, 다급히 어디론가 뛰어가는 사람 등등 뭐든 본 사람이 있는지 알아봐."
"조사 범위는 어느 정도로 할까요?"
나르도가 시계를 보았다.
"앞으로 여섯 시간 동안 할 수 있는 만큼. 그러고 나서 다시 얘기하자고. 뭔가 수상한 점이 발견되면 즉시 보고하도록."
여자 경관은 돌아서서 임무를 수행하러 갔고 나르도는 계단 끝에 서 있던 거니에게로 돌아섰다.
"뭣 좀 알아내셨습니까?"
"글쎄요."
거니가 낮은 목소리로 말하며 조금 전에 나르도와 이야기를 나누던 방으로 들어오라고 손짓했다.
"경감님이 설명을 좀 해주셔야겠습니다."
거니는 문 쪽을 바라보고 있는 의자에 앉았고 나르도는 테이블 맞은편에 놓인 의자 앞에 서 있었다. 그의 표정에 호기심과 거니가 해독할 수 없는 무언가 뒤섞여 있었다.

"이 집에서 목을 찔린 사람이 있었다는 거 알고 계십니까?"

"그게 도대체 무슨 소립니까?"

"더모트 씨가 이 집을 매입하고 나서 이 집에서 남편한테 목을 찔린 여자 이야기를 들었다던데요."

"언제요?"

나르도의 눈빛에 뭔가 알고 있다는 의미의 섬광이 스쳤다고 거니는 확신했다.

"20년, 25년. 그쯤인 것 같던데요."

거니의 대답이 나르도가 기대했던 대답인 모양이었다. 그는 한숨을 쉬며 고개를 저었다.

"그 일은 잊고 있었는데……. 폭행 사건이 있었어요. 24년 전이죠. 제가 이곳에 부임하고 나서 얼마 안 되었을 때 일어난 사건이죠. 그런데 왜 그 사건을 궁금해하시죠?"

"혹시 그 사건을 자세히 기억하십니까?"

"옛날 일을 들춰내기 전에 이 사건과 무슨 관계가 있는지 말씀해주시겠습니까?"

"여자가 목을 찔렸다더군요."

"그게 무슨 의미가 있단 겁니까?"

나르도의 입술이 일그러졌다.

"이 집에서 두 사람이 공격을 당했어요. 수많은 방법 중 두 사람 모두 하필 목을 찔렸다는 게 우연이라고 보기엔 좀 석연치가 않아서요."

"두 사건을 동일한 사건인 것처럼 말씀하시는데 사실 전혀 공통점이 없어요. 오늘 근무 중 살해당한 경관이 24년 전 부부싸움하고 무슨 관계가 있단 겁니까?"

거니가 어깨를 으쓱했다.

"그 부부싸움에 대해 좀 더 설명해주시면 제가 그 관계에 대해 설명해드릴 수 있을지도 모르죠."

"좋아요, 말씀드리죠. 제가 알고 있는 대로만 말씀드리겠습니다. 저도 자세히는 몰라요."

나르도가 잠시 말을 멈추고 테이블을 바라보았다. 어쩌면 과거를 바라보는 것일까?

"그날 밤 전 비번이었습니다."

너무도 분명한 책임회피라고 거니는 생각했다. 이 이야기에 왜 그런 설명이 필요할까?

"그래서 제 얘기는 주로 전해들은 얘기라고 말할 수 있죠. 부부싸움이 대체로 그렇듯이 남편은 술에 취했고 제정신이 아니었어요. 아내하고 말다툼을 하다가 술병을 집어들고 여자를 공격했어요. 술병이 깨어져서 여자가 유리 조각에 찔렸다, 그 정도예요."

그 정도가 아니라는 것을 거니는 너무도 잘 알고 있었다. 궁금한 것은 그 나머지 얘기가 어떻게 전개되느냐였다. 경찰의 불문율 중 하나가 최대한 말을 아끼라는 것이었고 나르도는 조심스럽게 그 불문율을 따르고 있었다. 조심스럽게 접근할 상황이 아니라는 판단에 거니는 정면돌파를 결심했다.

"경감님, 헛소리는 집어치우시죠."

거니가 혐오감에 고개를 돌리며 말했다.

"헛소리라고요."

나르도의 목소리는 속삭임보다 조금 더 낮고 위협적이었다.

"저한테 하신 말씀은 물론 사실일 겁니다. 문제는 뭔가 빠졌다는 거죠."

"제가 빠뜨린 게 있다면 그건 아마 거니 씨가 상관할 바가 아니라서 그랬겠죠."

나르도가 거칠게 말했지만 거친 말투 속에서도 자신감이 줄어들고 있다는 느낌이 들었다.

"이봐요. 저는 남의 관할 구역 사건을 할 일 없이 킁킁거리려고 돌아다니는 한심한 놈이 아닙니다. 오늘 아침 그레고리 더모트 씨가 제 목숨을 위협하는 전화를 받았어요. 제 목숨이라고요. 만약 지금 여기서 일어나는 일이 당신이 말하는 그 집안싸움하고 조금이라도 관계가 있다면 그 일에 대해 저도 알 권리가 있다고 생각합니다."

거니가 말했다.

나르도가 헛기침을 하며 천장을 바라보았다. 마치 천장에 적절한 단어가, 아니면 빠져나갈 구멍이 갑자기 나타나기라도 할 거란 듯이.

"사건에 연루된 사람들이 누구였는지부터 말씀해주시죠."

거니가 한결 누그러진 목소리로 말했다.

나르도가 고개를 끄덕인 뒤 의자를 끌어내 앉았다.

"지미와 펠리시티 스핑크스 부부."

불편한 진실을 밝히는 것이 못내 꺼려진다는 듯한 목소리였다.

"잘 아는 사람들이었나요?"

"그렇습니다. 지미는……."

집 안 어딘가에서 전화벨이 울렸다. 나르도는 듣지 못하는 것 같았다.

"지미는 본래 술을 좀 마셨어요. 사실 조금 마시는 것 이상이었죠. 어느 날 술에 진탕 취해 들어와서 아내하고 싸웠어요. 앞서 말씀드린 것처럼 결국 깨어진 술병으로 아내의 목을 그었죠. 출혈이 심했어요. 전 직접 보진 못했어요. 그날 밤 비번이었거든요. 현장에 있었던 동료들이 엄청난 피의 양에 대해 일주일을 떠들어대더군요."

나르도가 다시 테이블을 바라보았다.

"여자는 살아났나요?"

"네? 네, 다행히 살아났어요. 간신히 목숨은 건졌지만 뇌가 손상됐어요."

"결국 어떻게 됐습니까?"

"어떻게 됐냐고요? 아마 요양원에 갔겠죠."

"그 남편은요?"

나르도가 머뭇거렸다. 기억이 잘 나지 않아서인지 아니면 말을 하고 싶지 않아서인지 확실치 않았다.

"처음엔 정당방위를 주장했어요. 결국엔 유죄청원*으로 감형을 받았고, 직장에선 해고됐고, 마을을 떠났어요. 복지 단체에서 아이를 데려갔고요. 그게 답니다."

혐오스러운 기색이 역력했다.

수천 번의 심문을 통해 다듬어진 거니의 안테나는 여전히 무언가 빠졌다는 느낌을 지울 수 없었다. 그는 나르도의 불편한 표정을 관찰하며 기다렸다. 밖에서 간헐적으로 사람의 목소리가 들렸다. 누군가 전화를 받는 것 같았지만 내용은 알아들을 수 없었다.

* 피고가 유죄를 시인하는 대가로 검찰이 형량을 감해서 구형해주는 협상

"이해가 안 가네요. 그런 얘기라면 왜 처음부터 그렇게 꺼렸습니까?"

나르도가 거니를 똑바로 쳐다보았다.

"지미 스핑크스가 경찰이었거든요."

거니의 몸을 관통한 전율이 대여섯 개의 다급한 질문들을 떠오르게 만들었지만 그가 미처 질문을 하기도 전에 짧은 머리에 턱이 각진 여자가 들어왔다. 청바지에 어두운 색 폴로 셔츠 차림이었다. 왼쪽 팔 밑 가죽케이스에 권총을 차고 있었다.

"전화가 왔어요."

말은 하지 않았지만 그녀의 눈빛이 긴급상황이라고 말하고 있었다.

불편한 상황에서 벗어나 안도한 듯 나르도가 그녀를 바라보며 말해보라고 했다. 그러나 여자는 대답 대신 거니 쪽을 보았다.

"이분은 괜찮아."

나르도가 못마땅한 표정으로 말한 뒤 "어서 얘기해."라고 덧붙였다.

그녀는 거니를 다시 한번 바라보았다. 처음보다 조금도 호의적인 눈빛이 아니었다. 그녀는 테이블 쪽으로 다가와서 나르도 앞에 조그만 녹음기를 내려놓았다. 아이팟 사이즈였다.

"여기 녹음했어요."

나르도는 잠시 망설이며 녹음기를 쏘아보다가 버튼을 눌렀다. 곧바로 재생되었고 음질은 훌륭했다. 처음 들려오는 목소리가 앞에 서 있는 여자 경관의 목소리임을 곧바로 알 수 있었다.

"GD 보안 시스템입니다."

직원인 것처럼 더모트의 전화를 받으라는 지시를 받은 모양이었다. 그 뒤로 들려오는 목소리는 이상했지만 거니에게는 너무도 친근했다. 마크 멜러리의 요청에 따라 그가 받았던 전화였다. 너무 오래전 일 같았다. 그 전화와 이 전화 사이에 네 명의 희생자가 있었다. 그들의 죽음이 그의 시간 감각을 뒤흔들어놓았다. 피어니의 마크, 브롱크스의 앨버트 러든, 소서던의 리처드 카치(그의 이름을 떠올릴 때마다 드는 이 묘한 불안감, 뭔가 잘못된 것 같은 이 기분은 무얼까?), 그리고 위철리의 게리 시섹 경관.

이상하게 바뀌는 어조와 억양이 틀림없었다.

"만약 내가 신의 목소리를 들을 수 있다면 신은 무슨 말을 할까?"

공포 영화의 악당처럼 위협적인 목소리였다.

"네? 뭐라고요?"

여자 경관은 실제 직원이라도 그렇게 했을 것 같은 놀란 목소리로 되물었다.

"만약 내가 신의 목소리를 들을 수 있다면 신은 무슨 말을 할까?"

그 목소리는 다시 한번, 이번에는 더 또박또박 말했다.

"저, 죄송합니다만 한 번만 더 말씀해주시겠어요? 연결 상태가 좋지 않은 것 같은데 혹시 휴대전화이신가요?"

여자 경관은 나르도에게 "말씀하신 대로 통화를 지연시키려고 애썼어요. 최대한 길게 잡아두려고요."라고 얼른 덧붙였다.

나르도는 고개를 끄덕였다. 녹음기의 목소리는 계속 이어졌다.

"만약 내가 신의 목소리를 들을 수 있다면 신은 무슨 말을 할까?"

"무슨 말씀이신지 이해가 잘 안 가는데요. 설명을 좀 해주시겠습니까?"

"신은 말할 것이다. 다 죽여버리라고!"

갑자기 커진 목소리로 그가 말했다.

"네? 대체 무슨 말씀이시죠? 받아적어서 누구한테 전할까요?"

셀로판 종이를 구기는 것 같은 날카로운 웃음소리가 이어졌다.

"심판의 날이 왔다. 더 이상 말은 필요 없다. 정신 차려라, 더모트. 민첩해라, 거니. 이제 청소부가 온다. 재깍재깍."

50

재수사

처음 입을 연 사람은 나르도였다.

"전화 내용은 이게 다였나?"

"네, 경감님."

나르도는 의자 위에 앉아 몸을 앞으로 숙인 채 관자놀이를 문질렀다.

"메이서스 서장님한테서는 아직 연락 없고?"

"호텔 데스크에 메시지를 남겨놓았고 핸드폰에도 남겨놓았는데 아직 연락이 없으십니다."

"범인의 전화번호는 추적 불가능하겠지?"

"네, 경감님."

"다 죽여버리라고?"

"네, 그렇게 말했습니다. 한 번 더 들으시겠습니까?"

나르도는 고개를 저었다.

"다 죽여버리라는 게 누굴 두고 하는 말이지?"

"네?"

"다 죽여버리라는 거 말이야."

여자 경관은 할 말을 잃은 것 같았다. 나르도는 거니를 바라보았다.

"제 생각입니다만 자기 목록에 남아 있는 사람들 아니면 이 집에 있는 사람들인 것 같군요."

"청소부가 온다는 건 뭐죠? 왜 청소부란 말을 썼을까요?"

거니가 어깨를 으쓱했다.

"저도 모르겠습니다. 그저 그 말을 좋아했을 수도 있겠지요. 자기가 하려는 일에 대한 병적인 집착에 적합한 말일 수도 있고요."

나르도의 얼굴이 저도 모르게 혐오감으로 일그러졌다. 그는 여자 경관을 바라보면서 처음으로 그녀의 이름을 불렀다.

"팻, 빅 토미하고 같이 집 밖에 서 있어. 두 사람이 대각선 방향으로 반대쪽을 지켜. 그래야 문과 창문을 모두 감시할 수 있을 테니까. 그리고 지시 사항을 전달해. 총성이나 수상한 움직임이 포착되면 1분 내로 집결할 있도록 비상근무 태세 유지하라고. 질문 있나?"

"무장 공격을 예상하십니까?"

여자 경관의 목소리에서 기대감이 배어났다.

"예상한다고 말하긴 그렇지만 가능성은 있어."

"이 미치광이가 부근에 있을 거라고 보십니까?"

그녀의 눈 속에서 강렬한 불길이 타올랐다.

"그럴 가능성이 있어. 빅 토미한테도 방금 온 전화에 대해 알려 줘. 초비상근무 태세야."

그녀가 고개를 끄덕이며 돌아섰다.

나르도가 냉혹한 표정으로 거니를 돌아보았다.

"어떻게 생각하십니까? 위기 상황으로 보고 주 경찰 병력을 요청해야 할까요? 아니면 이 전화를 그저 헛소리로 봐야 할까요?"

"지금까지 죽어나간 시체들로 봐서 헛소리로 단정하긴 어려울 것 같군요."

"난 아무것도 단정하지 않았어요."

나르도가 입술에 힘을 주고 말했다.

두 사람 사이에 감도는 긴장은 침묵으로 이어졌다.

위층에서 들려오는 거친 목소리에 그 침묵이 끊겼다.

"나르도 경감님! 거니 씨!"

나르도가 마치 위에서 신물이 넘어온다는 듯 인상을 찌푸렸다.

"더모트 씨가 뭐가 또 생각났나 보네요."

나르도 경감이 말하며 의자에 몸을 축 늘어뜨렸다.

"제가 가보죠."

거니가 말했다.

거니가 방에서 나와보니 더모트는 위층 자기 방문 앞에 서 있었다. 몹시 초조하고 화가 나고 피로해 보였다.

"죄송하지만 얘기 좀 할 수 있을까요?"

'죄송하지만' 이라는 말이 전혀 죄송하지 않게 들렸다. 계단을 내려오기에는 더모트의 상태가 너무 불안정한 것 같아서 거니가 올라갔다. 계단을 올라가면서 거니는 이 집이 주택이라기보다는 숙소가 딸린 사무실이라는 생각이 들었다. 그가 자란 도시에서는 흔한 설계였다. 가게 주인들이 대체로 가게 위에서 살았다. 새 고객이 생길 때마다 삶에 대한 증오도 커지는 것 같았던 식료품 가게 주인이 그랬고 뚱뚱한 아내와 뚱뚱한 네 자식을 거느린, 조직 폭력배와 연계된 장의사도 그랬다. 그들을 생각하면서 거니는 왠지 불안해졌다.

방문 앞에 서서 거니는 애써 그런 감정들을 밀어내고 불안해하는 더모트의 표정을 해독하려 애썼다.

더모트는 거니 주위를 두리번거린 뒤 계단 아래쪽을 보았다.

"나르도 경감님은 가셨습니까?"

"아래층에 계십니다. 왜 그러시죠?"

"차들이 빠져나가는 소리가 들려서요."

더모트가 비난하는 듯한 목소리로 말했다.

"멀리 가진 않을 겁니다."

더모트는 불만스러운 표정으로 고개를 끄덕였다. 착잡해 보였지만 무엇 때문인지 서둘러 털어놓고 싶은 기색은 아니었다. 거니는 그 기회를 이용하여 몇 가지 질문을 던지기로 했다.

"더모트 씨, 어떤 일을 하십니까?"

"뭐라고요?"

당황한 것도 같았고 화가 난 것도 같았다.

"정확히 어떤 일을 하시냐고요."

"제 일이요? 보안에 관련된 일입니다. 전에 말씀드렸던 것 같은데요."

"네, 대충은 말씀해주셨죠. 좀 더 자세히 말씀해주실 수 있으신가요?"

더모트가 과장스럽게 한숨을 쉬면서 그 질문이 짜증스러운 시간 낭비라는 암시를 주었다.

"우선 좀 앉아야겠어요."

그가 다시 팔걸이의자로 돌아가서 조심스럽게 앉았다.

"뭘 자세히 말하란 겁니까?"

"회사 이름이 GD 보안 시스템인데 이 회사에서는 어떤 종류의 보안을 제공합니까?"

더모트는 다시 한번 크게 한숨을 내쉰 뒤 "회사의 기밀정보를 보호하는 것을 돕고 있습니다."라고 말했다.

"어떤 방식으로 기밀정보를 보호하죠?"

"데이터 보호 프로그램, 방화벽, 접근 제한 장치, 신원 확인 시스템 같은 것들이 주로 우리가 다루는 분야죠."

"우리라고요?"

"네?"

"방금 우리라고 하셨잖아요."

"말이 그렇단 거죠. 우리 회사를 말하는 겁니다."

더모트가 별것 아니라는 투로 말했다.

"GD 보안 시스템이 실제보다 규모가 더 커 보이게 하기 위해선가요?"

"그런 의도는 없었습니다. 우리 고객들은 제가 혼자 일한다는 걸 오히려 좋아하니까요."

거니는 인상적이라는 듯 고개를 끄덕였다.

"듣고 보니 그렇겠군요. 고객들은 주로 어떤 사람들입니까?"

"보안 문제가 예민한 일을 하는 사람들 아니겠습니까."

더모트의 가시 돋친 대답에 거니는 순진한 미소를 지어보였다.

"기밀사항을 말해달라는 게 아닙니다. 더모트의 고객들이 정확히 어떤 분야에 종사하는 사람들인지 궁금해서요."

"고객의 데이터베이스에 민감한 사안이 포함되어 있는 분야입니다."

"말하자면요?"

"개인의 사생활 문제 같은 거요."

"어떤 종류의 사생활 말입니까?"

더모트는 더 이상 깊이 들어갔을 때 발생할 수 있을지 모르는 계약 위반의 가능성을 따져보는 것 같았다.

"보험 회사, 재무 상담 회사, 건강관리 업체 같은 곳들의 보안 상담을 합니다."

"의료 기록도 있겠죠?

"그럼요, 상당히 많죠."

"치료 기록도 있을 거고요?"

"어느 수준까지는 의료코드 같은 것들로 기록됩니다. 왜 그런 걸 물으시죠?"

"만약 더모트 씨가 아주 큰 데이터베이스에 접속하려는 해커라면…… 어떻게 시작하시겠습니까?"

"그건 대답하기 곤란한 질문이군요."

"왜죠?"

그가 눈을 감으며 짜증이 치밀어오르고 있음을 보여주었다.

"변수가 너무 많아요."

"예를 들면요?"

"예를 들면이라고요?"

더모트가 마치 그런 한심한 질문은 처음 들어본다는 듯 거니의 질문을 되풀이했다.

잠시 후 더모트는 여전히 눈을 감은 채 말을 이었다.

"해커의 목적이 뭔지, 어느 정도 솜씨가 좋은지, 접근하고자 하는 데이터의 형식, 데이터베이스의 구조, 접근 프로토콜에 얼마나 익숙한지, 방화벽 시스템이 얼마나 튼튼한지 등등 그 외에도 여러 가지 요소가 있습니다만 워낙 전문적인 얘기라 잘 이해하실지 모르겠습니다."

"옳은 말씀이십니다. 한 가지 예를 들어보죠. 아주 노련한 해커가 특정한 치료를 받은 사람들의 목록을 입수하고 싶다면……."

더모트가 화가 난 듯 두 팔을 들어 올렸지만 거니는 조금도 물러설 기세가 아니었다.

"그게 얼마나 힘든 일일까요?"

"그 질문 역시 대답할 수 없습니다. 어떤 데이터베이스는 보안이 너무도 취약해서 인터넷에 바로 올려놓을 수 있을 정도지요. 반면 가장 강력한 암호해독기로도 뚫리지 않는 데이터베이스도 있고요. 모든 건 시스템을 설계한 사람의 재능에 달렸습니다."

마지막 말을 하는 순간에 더모트의 표정에서 자부심 같은 것을 엿본 거니는 그것을 붙잡기로 했다.

"이 분야에서 더모트 씨보다 더 뛰어난 사람이 없다는 데 제 연금을 걸죠."

거니의 말에 더모트가 미소를 지었다.

"가장 뛰어난 해커들마저도 건드리지 못하는 데이터베이스 설계로 저의 커리어를 쌓아왔습니다. 제가 만든 데이터 보호 장치는 지금까지 한 번도 해킹당한 적이 없어요."

우쭐해하는 더모트의 모습이 하나의 가능성을 제기했다. 범인이 특정 데이터베이스에 접근하는 것을 더모트가 막았고 그 과정에서 범인이 더모트의 사서함을 이용하게 된 것은 아닐까? 대답보다는 질문이 더 많은 가정이었지만 생각해볼 만한 가정이었다.

"경찰들도 그런 말을 할 수 있었으면 좋겠네요."

더모트의 말에 거니가 다시 생각에서 깨어났다.

"무슨 뜻이죠?"

더모트는 한참 동안 생각하다가 어렵게 입을 열었다.

"살인범이 절 스토킹하고 있어요. 그런데 경찰이 절 보호해줄 거라는 확신이 없습니다. 미치광이가 동네에서 날뛰고 있는데, 절 죽이고 당신을 죽이겠다고 협박하는데 당신은 여기서 가상의 데이터베이스에 접근하는 가상의 해커에 대한 가상의 질문들이나 하고 있잖아요. 도대체 당신이 무슨 생각을 하는 건지 모르겠지만 제 신경을 분산시켜서 절 진정시키려고 하시는 거라면 전혀 도움이 되지 않고 있다는 점을 말씀드리죠. 현실적인 위험에 좀 집중하실 순 없습니까? 이건 학술적인 소프트웨어 문제가 아니잖아요. 손에 피 묻은 칼을 들고 돌아다니는 미치광이 문제잖아요. 오늘 아침에 일어난 비극이야말로 경찰이 전혀 도움이 되지 않는다는 증거 아닙니까!"

그의 성난 목소리는 거의 통제불능의 수준이었다. 그 소리를 듣고 나르도 경감이 계단을 뛰어올라와 방으로 들어왔다. 그는 처음에는 더모트를, 그다음에는 거니를, 그러고 나서 다시 더모트를 바라보았다.

"무슨 일입니까?"

더모트 씨가 고개를 돌리고 벽을 바라보았다.

"더모트 씨가 제대로 보호를 못 받는 것 같다고 하시는군요."

거니가 말했다.

"제대로 보호를 못 받는 것 같다니요!"

나르도가 성난 목소리로 소리를 지르고는 한결 누그러진 말투로 설명했다.

"더모트 씨, 이 집에 외부인이 들어올 확률은, 그러니까 제가 제대로 들었는지 모르겠지만 칼을 든 미치광이는 고사하고 평범한 사람이 들어올 확률은 제로에 가깝습니다."

더모트는 여전히 벽만 바라보고 있었다.

"자, 다시 한번 말씀드리죠. 만약 놈이 이 집에 들어올 배짱이 있다면 그 자식은 죽은 목숨이에요. 이 집에 들어오는 순간, 저녁 식사로 놈을 먹어치우겠습니다."

나르도가 말했다.

"이 집에 혼자 있고 싶지 않습니다. 단 1분도."

"제 말을 이해 못 하시는군요. 더모트 씨는 혼자 있지 않아요. 경찰이 동네에 쫙 깔렸다고요. 집 주위에 진을 치고 있습니다. 여긴 아무도 못 들어옵니다."

더모트가 돌아서서 나르도를 똑바로 쳐다보며 말했다.

"이미 들어왔다면요?"

"그게 도대체 무슨 소립니까?"

"만약 벌써 이 집 안에 들어와 있다면요? 오늘 아침에 제가 시셱 경관을 찾으러 나갔을 때…… 그러니까 제가 밖에 있을 때 열린 문으로 들어왔을 수도 있잖아요. 안 그래요?"

나르도가 말도 안 되는 소리라는 듯한 표정으로 더모트를 쳐다보았다.

"그럼 지금 어디 있죠?"

"그걸 제가 어떻게 압니까!"

"범인이 침대 밑에라도 숨어 있단 겁니까?"

"좋은 질문입니다, 경감님. 하지만 사실 그 대답을 모르시죠? 왜냐하면 집 안을 샅샅이 수색해보지도 않았으니까요. 실제로 제

침대 밑에 있을 수도 있잖아요. 그렇지 않습니까?"

"젠장! 이제 그만 좀 하시죠!"

나르도가 소리쳤다.

나르도는 침대 끝으로 성큼성큼 걸어가서 씩씩거리며 침대 한 쪽 끝을 어깨까지 들었다.

"자, 이제 됐습니까? 아무도 없죠?"

그가 쿵하는 소리와 함께 침대를 내려놓았다.

더모트가 나르도를 쏘아보았다.

"경감님, 제가 원하는 건 실력입니다. 유치한 드라마가 아니에요. 집 안을 샅샅이 수색해달라는 게 지나친 요구입니까?"

나르도가 더모트를 차갑게 쏘아보았다.

"한번 말씀해보시죠. 이 집 안 어디에 뭐가 숨어 있단 겁니까?"

"어디냐고요? 그야 저도 모르죠. 지하실? 다락방? 창고? 제가 어떻게 알겠습니까?"

"잘 모르시는 것 같아서 말씀드리는데 현장에 처음 도착했던 경관들이 집 안을 샅샅이 수색했습니다. 만약 범인이 있었다면 찾았겠지요."

"집 안을 샅샅이 수색했다고요?"

"그렇습니다. 더모트 씨가 부엌에서 진술하고 있을 때요."

"다락방하고 지하실까지도?"

"그래요!"

"지하 창고까지도?"

"지하 창고까지도!"

"지하 창고를 어떻게 수색합니까! 자물쇠로 잠겨 있는데! 제가 열쇠를 갖고 있고 아무도 그 열쇠를 요구하지 않았는데!"

더모트가 거세게 항의했다.

"그 얘기는 곧 자물쇠가 채워져 있었으니 누가 들어갔을 리도 없었단 뜻이네요. 결국 그 안을 들여다보는 건 시간 낭비죠."

"그 얘기는 곧 집 안 전체를 샅샅이 수색했다고 말한 당신이 거짓말쟁이란 뜻이죠!"

폭발하지 않으려는 듯 팔짱을 끼는 나르도를 보고 거니는 놀랐다. 그러나 더 놀라운 것은 나르도가 "열쇠 주시죠. 지금 당장 확인해보겠습니다."라고 말한 것이었다.

"그러니까 집 안을 샅샅이 수색하지 않았다는 것을 인정하시는 겁니까?"

더모트의 집요함이 두통약 때문인지 아니면 본래 성격이 그런 것인지, 아니면 두려움이 갑자기 공격성으로 바뀐 것인지 확실히 알 수 없었다.

나르도는 이상할 정도로 침착해 보였다.

"열쇠 주시죠."

더모트가 중얼거렸다. 표정으로 보아 상당한 불쾌감을 표출한 말인 것 같았다. 그리고 의자에서 몸을 일으켰다. 그는 서랍장에서 열쇠고리를 하나 꺼낸 다음, 다른 열쇠들보다 작은 열쇠를 하나 꺼내 침대 위에 던졌다. 나르도는 덤덤한 표정으로 열쇠를 들고 말없이 방을 나갔다. 천천히 계단을 내려가는 발자국 소리가 들렸다. 더모트는 나머지 열쇠들을 서랍 안에 넣고 닫으려다가 멈칫했다.

"젠장!"

그가 소리쳤다.

그는 다시 열쇠 꾸러미를 집어들고 열쇠 하나를 고리에서 빼내려 애썼다. 열쇠를 빼자마자 그는 문 쪽으로 달려나갔다. 그런데 몇 발자국을 내딛고 나서 카펫 끝자락에 걸려 비틀거리다가 문설주에 머리를 부딪쳤다. 그는 이를 악물고 분노와 고통의 비명을 질렀다.

"괜찮으십니까?"

거니가 다가가며 물었다.

"괜찮고말고요! 아주 좋습니다!"

성난 목소리였다.

"뭘 하시려고요?"

더모트는 마음을 가라앉히려 애쓰고 있었다.

"여기요. 이 열쇠를 가져다주세요. 자물쇠가 두 개거든요. 나르노 경감 때문에 정신이 없어서……."

거니가 열쇠를 받아들었다.

"괜찮으세요?"

더모트는 짜증스럽다는 듯 손을 내저었다.

"처음부터 나한테 와서 열쇠를 달라고 했으면……."

그가 말을 채 끝내지 못했다.

거니는 완전히 탈진한 것 같은 몰골의 남자를 마지막으로 한 번 쳐다본 뒤 다시 계단을 내려갔다.

교외의 주택 대부분이 그렇듯이 지하실로 내려가는 계단은 2층으로 이어진 계단의 아래쪽에 있었다. 계단 아래에 문이 있었고 그 문은 열려 있었다. 안에서 불빛이 새어나왔다.

"경감님?"

"여기요!"

목소리는 나무 계단 끝 쪽에서 들려왔고 거니는 열쇠를 들고 계단을 따라 내려갔다. 콘크리트와 쇠파이프, 나무, 먼지가 뒤섞인 악취가 어린 시절 그가 살던 집 아파트 지하실의 기억을 생생하게 되살려주었다. 그곳에는 이중 자물쇠가 채워져 있었고 쓰지 않는 자전거나 유모차, 잡동사니들이 담긴 상자들이 있었다. 몇 개의 전구에서 흐릿한 불빛이 새어나왔고 그곳의 어둠은 언제나 그의 머리카락을 쭈뼛 서게 만들었다.

나르도는 마감을 하지 않아서 대들보가 그대로 드러난 콘크리트 지하실의 맞은편 벽 회색 철문 앞에 서 있었다. 습기로 얼룩진 벽들, 온수기, 두 개의 오일탱크, 난방기, 두 개의 화재경보기, 두 개의 소화기, 그리고 스프링클러 시스템이 있었다.

"열쇠가 맹꽁이자물쇠 하나에만 맞아요. 자물쇠가 하나 더 있어요. 왜 이렇게 자물쇠가 많은지……. 열쇠 하난 또 어디 있죠?"

거니가 그에게 열쇠를 내밀었다.

"잊어버렸다더군요. 경감님 때문에 정신이 없어서 그랬대요."

나르도는 기가 막힌다는 듯 투덜거리다가 다시 열쇠를 자물쇠에 꽂았다.

"재수 없는 자식! 여기까지 내려와서 이게 다 뭐하는 짓인지 원! 젠장! 도대체 이건……."

그가 문을 열면서 말을 이었다.

거니도 나르도를 따라 조심스럽게 안으로 들어갔다. 그곳은 창고치고는 너무 넓었다.

그들의 눈앞에 펼쳐진 광경은 도저히 말이 되지 않았다.

51

발표회

거니의 머릿속에 처음 떠오른 생각은 방을 잘못 들어왔나는 것이었다. 그러나 그 역시 말이 되지 않았다. 층계 위의 문을 제외하면 그들이 들어선 문이 지하실 안의 유일한 문이었다.

그곳은 단순한 창고가 아니었다.

그들은 가구가 있고 두툼한 카펫이 깔린, 은은한 조명의 널찍한 방 앞에 서 있었다. 꽃무늬 퀼트 이불에 주름 잡힌 침대보가 늘어진 퀸 사이즈 침대도 보였다. 침대보와 똑같은 주름 장식에 속을 가득 채워넣은 쿠션들이 침대 머리 판에 기대어져 있었다. 침대 발치에는 삼나무 서랍장이 있었고 그 위에 패치워크와 퀼트로 만든 커다란 새 한 마리가 앉아 있었다. 왼쪽 벽에 걸린 이상한 그림이 거니의 시선을 끌었다. 처음에는 들판이 내다보이는 창문 같았지만 다시 보니 포스터 사이즈의 투명 필름이었다. 지하 공간의 답답함을 조금이라도 완화시켜보려는 의도인 것 같았다. 공기 청정기의 소음 같은 낮은 기계음이 들려왔다.

"이해가 안 가네요."

나르도가 말했다.

그의 말에 동의하려는 순간, 저만치 놓인 작은 테이블 뒤의 가짜 창문이 눈에 들어왔다. 테이블 위에는 조명도가 낮은 램프가 있었고 그 램프가 만든 황갈색 동그라미 속에 상장처럼 보이는 세 개의 액자가 있었다. 그는 조금 더 자세히 보려고 앞으로 다가갔다. 액자마다 개인 수표의 복사본이 들어 있었다. 수표는 모두 X. 아리브디스 앞으로 되어 있었고 액수는 289.87달러였다. 왼쪽에서부터 차례로, 마크 멜러리, 앨버트 러든, R. 카치였다. 그레고리 더모트가 받았다는 수표의 사본들이었다. 원본들은 보낸 사람들에게 되돌려보냈을 것이다. 그런데 왜 수표를 반송하기 전에 복사해두었을까? 더 신경에 거슬리는 것은 도대체 왜 그 사본으로 액자까지 만들었을까였다. 거니는 한 번에 하나씩 들어보았다. 마치 자세히 들여다보면 대답이 나올 거라는 듯이.

그러다가 세 번째 수표에 적힌 이름 R. 카치를 확인한 순간, 그 이름을 들을 때마다 느꼈던 불편한 기분이 되살아났다. 이번에는 단지 기분만 그런 것이 아니었다. 왜 그런 기분이 드는지도 알 수 있었다.

"젠장!"

거니가 너무도 분명한 단서를 좀 더 일찌감치 발견하지 못한 자신을 책망하며 소리쳤다.

그와 거의 동시에 나르도에게서 작은 소리가 새어나왔다. 거니가 그를 바라보았고 곧바로 그의 시선을 따라 침대 반대편 구석을 보았다. 램프의 불빛이 닿지 않는 어둠 속에 가냘픈 여자가 고개를 숙이고 앉아 있었다. 안락의자의 팔걸이가 여자를 반쯤 가리고 있었고 안락의자 덮개의 빛깔과 똑같은 장밋빛 나이트가운에 파묻혀 있었다.

나르도는 벨트에서 플래시를 꺼내서 여자의 얼굴을 비추었다. 거니는 여자의 나이를 50에서 70 사이로 가늠했다. 피부색은 죽은 사람처럼 창백했다. 곱슬곱슬한 금발 머리카락은 가발 같았다. 그녀가 거의 움직임이 느껴지지 않을 정도로 천천히 고개를 들었다. 호기심 어린 표정으로, 마치 불빛에 이끌린 듯 우아한 동작이었다.

나르도는 거니를 바라보다가 다시 의자의 여자를 바라보았다.

"오줌 마려워."

여자가 말했다.

여자의 목소리는 높고 거칠었으며 절박했다. 그녀가 턱을 드는 순간 목에 난 끔찍한 상처가 드러났다.

"도대체 누구죠?"

나르도가 물었다. 거니는 당연히 알고 있을 거라는 듯이.

사실 거니는 그녀가 누구인지 정확히 알고 있었다. 나르도에게 열쇠를 가져다주러 지하실로 내려온 것이 엄청난 실수라는 것도.

거니는 얼른 문 쪽으로 돌아섰다. 그러나 그레고리 더모트가 이미 문간에 서 있었다. 한 손에는 포 로지스 술병을, 그리고 다른 한손에는 38구경 스페셜 리볼버를 들고서. 화가 난 사람, 두통약 때문에 신경이 예민해진 사람의 모습은 찾아볼 수 없었다. 그의 눈빛은 더 이상 고통과 비난을 담고 있지 않았다. 날카롭고 단호하고 납덩이처럼 어둡고도 냉혹한 눈빛이었다. 거니는 그것이 평상시 더모트의 모습일 거라고 생각했다.

나르도도 돌아보았다.

"도대체 이게……."

그가 물으려 했지만 그 질문은 목에 걸린 채 나오지 않았다. 그는 더모트의 얼굴과 총을 바라보며 꼼짝 않고 서 있었다.

더모트는 큰 걸음으로 방 안으로 들어와서 솜씨 좋게 한쪽 다리로 문을 닫은 다음, 문 아래쪽에 달린 자물쇠를 내렸다. 묵직한 쇳소리와 함께 자물쇠가 찰칵하고 제자리로 들어갔다. 작지만 불안한 미소가 더모트의 입가에 번졌다.

"마침내 우리끼리만 있게 됐군!"

유쾌한 대화를 앞둔 사람 같은 표정이었지만 말투에는 조롱이 섞여 있었다.

"할 일은 많은데 시간이 촉박해서 말이지."

그가 덧붙였다.

그는 분명히 이 상황을 즐기고 있었다. 마치 길이가 늘어나는 벌레처럼 그의 냉혹한 미소가 커졌다가 다시 줄어들었다.

"이 조그만 프로젝트에 동참해주셔서 얼마나 감사한지! 두 사람이 잘 협조해주기만 하면 작업이 한결 순조롭게 진행될 거야. 먼저 사소한 부탁 하나 하지. 경감, 바닥에 좀 엎드려주겠나?"

거니는 나르도의 눈빛을 보아 그가 무언가를 빠르게 계산하고 있다는 느낌이 들었지만 정확히 무슨 계산을 하는지는 알 수 없었다. 지금 상황이 어떻게 돌아가는지를 제대로 알고 있는지조차도 분명치 않았다.

더모트의 눈빛에서도 아무것도 읽어낼 수 없었다. 달아날 구멍이 없는 생쥐를 바라보는 고양이의 인내심을 발휘하고 있다는 것 외에는.

"그 총은 좀 내려놔주면 고맙겠는데."

나르도가 진심으로 걱정스럽다는 표정으로 말했다.

더모트가 고개를 저었다.

"그건 네가 생각하는 것처럼 고마운 일이 아닐걸."

"일단 내려놓지."

"그럴 수도 있겠지. 그런데 좀 복잡한 문제가 있어. 세상일이라는 게 그렇게 간단치가 않아서 말이야. 안 그래?"

"간단치가 않다고?"

나르도가 더모트에게 되물었다. 마치 그가 약 때문에 잠깐 이성을 잃었을지언정 평상시에는 아주 선량한 시민이라는 듯이.

"총은 널 쏜 다음에 내려놓을 생각이었거든. 지금 바로 내려놓으려면 지금 바로 널 쏴야 하는데 그러고 싶진 않아. 너도 그걸 원하진 않겠지? 이제 이해하겠나?"

더모트는 말을 하면서 나르도의 목에 총구를 겨누었다. 흔들림 없는 손 때문인지 아니면 목소리에 담긴 태연한 조롱 때문인지는 알 수 없지만 더모트의 태도가 나르도로 하여금 다른 전략을 구사해야 한다는 확신을 주었다.

"총을 쏘면 그다음엔 어떻게 될까?"

나르도가 물었다.

더모트는 어깨를 으쓱했다. 그의 얇은 입술이 다시 벌어졌다.

"네가 죽겠지."

나르도가 고개를 끄덕이며 조심스럽게 동의했다. 마치 학생이 너무도 뻔한, 그러나 정확하지는 않은 대답을 했다는 듯이.

"그다음엔?"

"그게 무슨 상관이지?"

더모트는 어깨를 으쓱하며 나르도의 목에 총을 겨누었다.

나르도는 자신의 분노를, 혹은 두려움을 억누르려 무진 애를 쓰는 것 같았다.

"나한텐 별 차이가 없겠지만 너한텐 큰 차이가 있을걸. 방아쇠를 당기면 1분 내로 경찰 열 명이 순식간에 몰려들 테니까. 그들이 널 갈기갈기 찢어놓겠지."

더모트는 재미있다는 표정을 지었다.

"까마귀에 대해 얼마나 알고 있나?"

느닷없는 질문에 나르도가 눈살을 찌푸렸다.

"까마귀는 믿을 수 없을 정도로 멍청해. 한 놈을 쏘면 또 한 놈이 오거든. 이놈을 쏘면 저놈이 오고. 저놈을 또 쏘면 또 다른 놈이 오고. 계속 쏴도 계속 오는 게 그놈들이야."

거니도 언젠가 들은 적이 있는 이야기였다. 까마귀는 절대로 동족을 혼자 죽게 내버려두지 않는다고 했다. 만약 한 놈이 죽어가면 또 한 마리가 와서 그 옆을 지킨다고, 그래서 절대 혼자 죽지 않는다고. 할머니한테서 처음 그 얘기를 들었을 때 거니는 열 살, 혹은 열한 살이었다. 그 이야기를 들었을 때 거니는 금방이라도 울음이 터질 것 같아서 자리에서 일어나 화장실로 갔다. 그때 그의 마음은 찢어질 듯 아팠다.

"네브라스카 농장에서 까마귀를 쏘아죽이는 사진을 봤어."

더모트가 놀랍고도 경멸스럽다는 표정으로 말했다.

"농부가 자기 어깨 높이로 쌓인 까마귀 무덤 옆에 서 있더군."

그가 잠시 말을 멈추었다. 마치 나르도가 까마귀의 자살 행렬을 지금 그들이 처한 상황과 연결시킬 때까지 기다려주겠다는 듯이.

나르도는 고개를 저었다.

"정말 여기 가만히 앉아서 경찰을 하나씩 죽일 수 있다고 생각해? 경찰이 저 문으로 한 명씩 들어와서 네 머리통을 날려버리지 않고 순순히 죽을 것 같아? 그런 일은 절대 일어나지 않아."

"물론 그렇게야 되지 않겠지. 상상력이 없는 마음은 편협한 마음이란 얘기 들어봤나? 난 까마귀 얘기를 좋아해. 하지만 한 마리씩 총으로 쏘는 것보다 훨씬 더 효율적으로 기생충들을 박멸하는 방법이 있지. 이를테면 가스 독살이라든가. 가스 독살은 아주 효율적인 방법이야. 제대로 된 시스템만 갖추어 있으면 말이야. 이 집의 모든 방에 스프링클러가 있다는 거 알고 있지? 이 방을 제외한 모든 방에."

그가 다시 말을 멈추었다. 자신의 작전을 자축하는 듯 그의 눈이 생기로 빛났다.

"네 놈을 쏘고 그 소리에 모든 까마귀들이 날아들면 나는 두 개의 조그만 관에 달려 있는 두 개의 조그만 밸브를 열 거야. 그러면 20초 뒤에……."

그가 어린아이 같은 미소를 지었다.

"농축된 염소 가스가 인간의 폐에 어떤 영향을 미치는지 알고 있나? 얼마나 빨리 퍼지는지도?"

거니는 나르도가 놀라우리만치 침착한 더모트와 그의 협박이 초래할 결과를 가늠해보는 것을 지켜보았다. 거니는 나르도가 경찰 특유의 자존심과 분노를 폭발시키며 돌출행동을 할 수도 있다고 생각했다. 그러나 그 순간 나르도는 침착하게 심호흡을 하면서 스프링의 긴장을 제거하고 대신 정직하고도 불안한 목소리로 말을 이었다.

"염소 화합물은 좀 위험하지. 테러 진압반에서 일할 때 경험했던 적이 있어. 동료가 실험을 하다가 부산물로 삼염화질소를 만들어낸 적이 있거든. 미처 깨닫지 못했지. 결국 엄지손가락이 날아갔어. 그런데 스프링클러 시스템으로 화합물을 분사한다는 게 말처럼 쉬울까? 그게 가능할지 모르겠군."

"날 속이려 애쓰면서 시간 낭비하지 마, 경감. 경찰 매뉴얼에 나오는 지연작전을 구사하는 모양인데 '범인의 계획에 회의적인 태도를 보이고 범인의 능력에 의문을 제기해서 더 자세한 정보를 이끌어내도록 유도하라.' 이렇게 되어 있나? 더 알고 싶으면 속임수를 쓰지 말고 그냥 나한테 물어봐. 난 숨길 게 없으니까. 나한텐 50갤런들이 고압 탱크가 두 개가 있어. 염소하고 암모니아로 가득 차 있지. 공업용 압축기로 압축된 상태고 이 집 전체에 연결된 스프링클러 시스템에 장착되어 있어. 이 집에는 100갤론의 농축 화합물로 대량의 가스를 분사할 수 있는 두 개의 밸브가 숨겨져 있어. 부산물인 삼염화질소로 인해 폭발이 일어날 수도 있지만 내 입장에서는 그저 기분 좋은 덤일 뿐이지. 일단은 위철리 경찰들을 모조리 질식사시키는 것만으로도 난 만족해. 너희들을 갈기갈기 찢어놓는 것도 즐겁겠지만 사람이 적당한 선에서 만족할 줄을 알아야지. 최선을 쫓다가 일을 망칠 순 없으니까."

"도대체 왜 이러는 거지?"

더모트가 나르도의 질문을 진지하게 생각한다는 듯 이마를 찌푸렸다.

"오늘 아침에 편지를 한 통 받았어. 눈을 조심해라. 태양을 조심해라. 밤이고 낮이고 조심해라. 달아날 곳은 없다."

더모트는 연극 대사처럼 빈정거리며 거니의 시를 읊은 뒤 호기심 어린 눈빛으로 거니를 쳐다보았다.

"공허한 협박이지만 누가 보냈는지 고맙다고 해야겠어. 덕분에 인생이 얼마나 짧은지를 새삼 깨닫게 됐고 오늘 할 일을 내일로 미루면 안 된다는 걸 알았거든."

"도대체 무슨 소릴 하는지 모르겠군."

나르도가 말했다. 여전히 진정 어린 말투였다.

"내가 시키는 대로만 해. 다 이해하게 될 테니까."

"알았네. 그러지. 난 단지 불필요한 희생을 원치 않을 뿐이야."

"물론 불필요한 희생은 없을 거야."

벌레처럼 길게 늘어지는 미소가 나타났다가 사라졌다.

"아무도 그걸 원하진 않으니까. 사실 불필요한 희생을 피하기 위해서 지금 당장 바닥에 엎드리는 게 좋겠어."

결국 두 사람은 원점으로 돌아왔다. 문제는 이제 앞으로 어떻게 될 것인가였다. 거니는 나르도의 표정을 살폈다. 나르도는 어느 정도까지 상황을 파악하고 있는 것일까? 의자에 앉아 있는 여자가 누군지 알고 있을까? 아니면 위스키 병과 총을 들고 웃고 있는 저 사이코패스가 누구인지 알고 있을까?

다른 것은 몰라도 더모트가 시섹 경관을 죽인 장본인이라는 사실만은 깨달은 것이 분명했다. 더모트의 눈빛에 나타난 숨길 수 없는 증오심이 그 사실을 설명할 것이다. 나르도는 극도의 흥분 상태인 것 같았고 이성보다 훨씬 더 강력한 원초적인 본능에 이끌린 것 같았다. 결과야 어떻게 되든 상관없다는 표정이었다. 더모트 역시 나르도의 표정을 읽은 것 같았지만 주눅이 들기는커녕 오히려 들뜨고 힘이 솟는 듯했다. 권총을 잡고 있던 손에 조금 힘을 주었고 처음으로 미소를 지으며 자신의 치아를 드러냈다. 38구경 총탄이 나르도의 목숨을 끊어놓기 1초 전, 그리고 그 총탄이 자신의 목숨을 끊어놓기 2초 전, 거니는 거칠고 성난 목소리로 소리를 질렀다.

"시키는 대로 해! 바닥에 엎드려! 지금 당장!"

그 효과는 놀라웠다. 두 사람 다 그 자리에 얼어붙었다. 불길한 위력을 지닌 더모트의 집중력은 거니의 거친 목소리에 의해 흩어졌다.

아직 아무도 죽지 않았다는 사실이 그가 방향을 제대로 잡았음을 확인해주었지만 사실 거니 자신도 그 방향이 어느 쪽인지는 알 수 없었다. 나르도는 배신당한 자의 표정이었다. 겉으로 드러내지는 않았지만 더모트 역시 조금은 당황한 모습이었다. 그 와중에도 더모트는 자신의 통제력이 약화된 것을 들키지 않으려 애쓰는 것 같았다.

"친구가 아주 현명한 충고를 해주었군. 내가 너라면 이 친구 말을 듣겠어. 사실 데이브 거니는 아주 똑똑한 친구거든. 재미있는 사람이고 유명한 사람이지. 인터넷에서 사람에 대해 얼마나 많은 걸 알아낼 수 있는지, 이름하고 우편번호만 가지고도 얼마나 많은 걸 알아낼 수 있는지 정말 놀랍더군. 더 이상 사생활이란 없어."

더모트의 교활한 목소리가 거니의 가슴속에 메스꺼운 파장을 일으켰다. 실제로 알고 있는 것보다 더 많이 아는 척하는 것이 더모트의 특기였다. 그러나 우체국 소인 문제를 미처 생각하지 못해서 하마터면 매들린을 위험에 빠뜨릴 뻔했다는 생각은 떨쳐버릴 수가 없었고 견디기 힘들었다.

나르도가 마지못해 몸을 굽혔고 결국 팔굽혀펴기를 하는 것 같은 자세를 취했다. 더모트는 그에게 머리 뒤로 팔짱을 끼라고 하면서 "너무 무리한 부탁이 아니라면."이라는 말을 덧붙였다. 짧고 끔찍한 순간, 거니는 더모트가 곧바로 나르도를 죽이려는 게 아닌가 생각했다. 그러나 더모트는 엎드려 있는 경감을 흡족한 표정으로 바라보면서 들고 있던 위스키 병을 침대 발치의 낮은 서랍장 위 커다란 새 옆에 놓았다. 그 순간 거니는 그것이 거위라는 사실을 깨달았다. 연구실 보고서에서 보았던 거위 털이라는 단어가 전율과 함께 기억났다. 더모트는 나르도의 오른쪽 발목 케이스에서 조그만 자동권총을 꺼내 주머니에 넣었다. 다시 한번 냉혹한 미소가 나타났다가 사라졌다.

"무기의 소재를 파악하는 것이야말로 비극을 막는 열쇠라고 할 수 있지."

더모트가 이번에도 소름끼칠 정도로 진지하게 말했다.

"총이 너무 많아. 잡지 말아야 할 사람들이 잡은 총이. 물론 총이 사람을 죽이는 게 아니라 사람이 사람을 죽이는 거란 주장도 있지. 물론 그 말도 일리는 있어. 사람이 사람을 죽이지. 하긴 당신네 경찰들만큼 그 사실을 잘 아는 사람들이 또 있을까?"

거니는 자신이 붙잡은 포로들을 대상으로 한 더모트의 장난기 어린 연설, 즉 반듯한 말투, 위협적인 고상함, 희생자들에 대한 그의 편지에서도 엿볼 수 있었던 그 모든 것들이 오직 하나의 절대적인 목적을 위한 것임을 더모트에 대한 기존의 정보에 보태었다. 그 모든 것이 절대 권력이라는 자신의 환상을 충족시키기 위한 수단이었다.

거니의 생각이 옳음을 증명이라도 하듯 더모트가 그에게로 돌아서서 마치 비굴한 안내원처럼 "미안하지만 저쪽 벽에 좀 기대어 앉아주실까?"라고 말했다.

더모트가 침대 왼쪽, 액자들과 램프가 놓인 테이블 옆 등받이 의자를 가리켰다. 거니는 조금도 주저하지 않고 의자에 가서 앉았다.

더모트는 다시 나르도를 바라보았다. 격려하는 듯한 그의 말투와 전혀 어울리지 않는 냉혹한 눈빛이었다.

"이제 금방 시작할 거야. 참가자가 한 명 더 있거든. 잠깐만 기다려."

거니 쪽으로 향한 나르도의 옆얼굴의 턱 근육이 긴장하면서 목에서 뺨까지 붉은 기운이 번졌다.

더모트는 빠른 걸음으로 방을 가로질러서 의자에 앉아 있는 여자에게 몸을 숙이며 무어라고 속삭였다.

"오줌 마려워."

그녀가 고개를 들며 말했다.

더모트가 거니와 나르도를 돌아보았다.

"사실은 오줌을 눌 필요가 없어. 도뇨관 때문에 그런 기분이 드는 것뿐이야. 오랜 세월 동안 도뇨관을 꽂고 사셨거든. 한 편으로는 무지하게 불편하고 한편으로는 무지하게 편리한 셈이지. 하나를 얻으면 하나를 잃는 법이니까. 동전의 양면이라고나 할까. 둘 다 가질 순 없는 거야. 왜 그런 노래도 있지 않았나?"

더모트는 마치 무언가를 기억해내고 있는 듯 익숙한 멜로디를 흥얼거린 뒤 여전히 오른손에 총을 들고 왼손으로 여자를 의자에서 일으켰다.

"자, 이제 잠자리에 들 시간이에요."

그가 노파를 작고 불완전한 걸음으로 침대로 이끌었고 머리 판에 세워진 베개에 반쯤 누운 자세로 앉도록 도우며 어린아이 같은 목소리로 흥얼거렸다.

"자장, 자장, 자장, 자장!"

바닥에 누워 있는 나르도와 거니의 중간 어딘가를 권총으로 겨낭한 채 그는 서두르는 기색이 없이 방 안을 둘러보았지만 특별히 무언가를 보는 것 같진 않았다. 그들이 그곳에 있는 것을 알고 있는지, 아니면 그들이 다른 시간, 다른 장소에 있다고 생각하는지 알 수 없었다. 그는 침대에 앉은 여자에게 피터 팬처럼 자신이 넘치는 목소리로 말했다.

"이제 다 잘될 거예요. 모든 게 다 제자리를 찾을 거예요."

그는 '뽕나무 숲을 돌아라' 라는 동요의 멜로디를 흥얼거렸다.

동요가 담고 있는 비논리성이 듣기 거북해서였는지, 아니면 뽕나무를 도는 아이들의 모습을 생각만 해도 어지러워서인지, 아니면 이 상황에 너무도 어울리지 않는 노래여서인지 그가 동요를 흥얼거리는 동안 거니는 토하고 싶었다.

그때 더모트가 가사를 넣어 부르기 시작했다. 본래 가사가 아니었다. 어린아이처럼 "침대 속으로 들어가자, 침대 속으로 들어가자, 침대 속으로 들어가자, 아침 될 때까지."라고 노래를 불렀다.

"오줌 마려워."

여자가 말했다. 더모트는 마치 자장가인 양 자기가 만든 이상한 동요를 불렀다. 거니는 그의 정신이 얼마나 분산된 상태일지 생각해보았다. 침대를 가로질러 그를 공격한다면? 좋은 생각이 아니었다. 좀 더 기다리면 기회가 올까? 만약 더모트가 말한 염소 화합물 이야기가 현실이 된다면, 그것이 그저 끔찍한 환상이 아니라면 그들에게 시간이 얼마나 남아 있을까? 많지 않을 것이다.

위층은 죽은 듯 고요했다. 위철리 경찰들이 경감이 사라졌다는 사실을 알아챘다는 낌새는 전혀 없었다. 만약 알아차렸다고 해도 상황의 심각성을 알까? 고성도 없었고 분주하게 움직이는 발자국 소리도 없었다. 바깥쪽에서도 전혀 움직임이 없었다. 결국 나르도와 그 자신의 목숨은 앞으로 5분 내지는 10분 동안, 베개를 반듯하게 매만지는 사이코패스의 계획을 저지하기 위해 그가 어떤 작전을 구사하느냐에 달려 있다는 뜻이었다.

더모트가 노래를 멈추었다. 그러고 나서 침대 가장자리를 따라 돌면서 나르도와 거니 중 어느 쪽이든 쉽게 쏠 수 있는 위치를 찾았다. 마치 지팡이를 휘두르듯 리듬에 맞추어 한 사람을 겨누었다가 또 다른 사람을 겨누었다. 그때 거니에게 한 가지 생각이 떠올랐다. 더모트의 입술 움직임으로 보아 그는 〈이니 미니 마니모 호랑이 발가락을 잡아라*〉를 부르고 있는 것 같았다. 조만간 더모트가 둘 중의 한 사람의 머리에 총알을 박으면서 웅얼거림이 끝날 가능성은 너무도 높았다. 거니로 하여금 무모한 말장난을 하게 할 정도로.

자신이 낼 수 있는 가장 낮고 가장 자연스러운 목소리로 거니가 물었다.

"루비 구두는 신겼나?"

더모트의 입술이 움직임을 멈추었고 그의 얼굴에 깊고도 위험한 허탈감이 드리워졌다. 그의 총은 리듬을 잃었다. 총구가 마치 잘못된 번호에 멈추어서는 룰렛의 바퀴처럼 천천히 거니에게로 움직였다.

총부리를 마주한 것이 처음은 아니었지만 47년 인생에서 지금 이 순간만큼 죽음을 가까이 느껴본 적은 없었다. 피부 밑에서 혈액이 빠져나가는 것 같았다. 마치 보다 안전한 곳을 찾겠다는 듯이. 그런데 거니는 이상할 정도로 차분했다. 얼음장 같은 바다 위

* 술래를 정할 때 부르는 영미권의 오래된 동요

에서 표류했던 사람이 쓴 글이 떠올랐다. 의식을 잃기 전에 환각 상태의 고요함을 느꼈다고 했다. 그는 더모트를 똑바로 쳐다보았다. 감정적 불균형 상태인 더모트의 두 눈을 보았다. 한쪽 눈은 이미 오래전에 전쟁터에서 죽은 자의 눈이었고 한쪽 눈은 증오심으로 번득이는 눈이었다. 그 순간, 살아 있는 눈이 무언가를 계산하는 듯했다. 로렐스에서 사라진 구두를 언급한 것이 효력을 발휘한 모양이었다. 거니는 대답이 필요한 질문들을 던졌다. 아마도 더모트는 거니가 얼마나 알고 있는지, 거니가 알고 있는 것을 이 피날레에 어떻게 반영할지 생각하는 것 같았다.

만약 그것이 사실이라면 더모트는 실망스러울 정도로 빠르게 결론을 내렸다. 그가 미소를 지으면서 두 번째로 자신의 치아를 드러냈다.

"내가 남긴 메시지를 받았나?"

그가 장난스럽게 물었다.

거니를 감쌌던 평화가 잦아들었다. 잘못 대답했다간 끝장이라는 것을 거니는 알고 있었다. 대답을 하지 않아도 결과는 마찬가지였다. 그는 더모트가 말하는 메시지라는 것이 로렐에서 발견한 두 가지 뿐이기를 바랐다.

"〈샤이닝〉을 인용한 것?"

"그게 첫 번째고."

더모트가 말했다.

"미스터 앤 미시스 스킬라라고 사인한 것?"

거니가 따분하다는 듯한 말투로 말했다.

"그게 두 번째고. 하지만 세 번째 메시지가 가장 훌륭했어. 안 그래?"

"세 번째 건 좀 미련했지."

거니는 절망적인 심정으로 그 괴상한 여관의 공동 소유자 브루스 웰스턴과의 대화를 되살려보았다.

거니의 말에 더모트의 얼굴에 분노가 스쳤다가 이내 의심이 서렸다.

"내가 무슨 얘기를 하는지 정말 알고 있긴 한 건가, 형사?"

거니는 반박하려다가 그만두었다. 가장 강력한 허세는 침묵일 수 있다는 사실을 알고 있었다. 말을 하지 않는 편이 생각하기도 쉬웠다.

웰스턴과 나누었던 대화에서 수상한 점은 새에 관한 것들뿐이었다. 시기적으로 뭔가 맞지 않는 것이 있었다. 도대체 어떤 새였지? 게다가 숫자는? 새들의 숫자는?

더모트가 인내심을 잃어가고 있었다. 또 한 번 모험을 할 차례였다.

"그 새."

거니가 거만하게 말했다. 몰라서 그러는 것이 아니라 건방을 떠는 것처럼 들리기를 바라면서. 거니의 눈빛으로 보아 그가 날린 무모한 일격에 어떤 연결점이 있음을 알 수 있었다. 하지만 이제 어떻게 한다? 새의 무엇이 중요했을까? 그 메시지가 뭐였지? 뭐가 시기적으로 안 맞았지? 빨간 가슴 콩새? 그거였는데! 그게 뭐가 어쨌다고? 빨간 가슴 콩새가 무슨 상관이 있을까?

그는 일단 허세를 부린 다음 상황을 지켜보기로 했다.

"빨간 가슴 콩새."

그가 수수께끼 같은 윙크를 하며 말했다.

더모트는 거만한 미소 속에 놀라움을 감추려 애썼다. 거니는 자신이 무슨 말을 하고 있는 것인지, 무엇을 알고 있는 척하는 것인지 기억나기를 바랐다. 웰스턴이 말했던 숫자가 뭐였지? 그다음엔 무슨 말을 해야 할까? 만약 구체적인 질문을 던지면 무어라고 대답해야 할까?

"역시 내 판단이 옳았어. 처음 네 전화를 받았을 때부터 다른 멍청한 경찰 놈들보단 똑똑하다고 생각했지."

그가 말을 멈추고 흐뭇한 표정으로 고개를 끄덕였다.

"좋았어, 똑똑한 친구. 앞으로 보게 될 장면이 아주 마음에 들 거야. 사실 네 충고를 따를까 해. 어쨌든 오늘은 아주 특별한 밤이니까. 마법의 구두가 어울리는 밤!"

말을 하면서 그는 맞은편 벽의 서랍장 쪽으로 뒷걸음질을 쳤다. 그는 거니에게서 눈을 떼지 않은 채 서랍장을 열고 아주 조심스럽게 구두 한 켤레를 꺼냈다. 앞이 뚫린 중간 정도 힐의 드레스 구두를 보는 순간 거니는 어머니가 교회에 갈 때 신던 구두가 떠올랐다. 다만 이 구두는 루비색 유리로 만들어져 있었고 어두운 조명 속에서 핏빛으로 반짝였다.

더모트는 팔꿈치로 서랍을 닫은 다음, 거니에게 총구를 겨눈 채 구두를 들고 침대로 돌아갔다.

"알려줘서 고마워, 형사. 네가 말해주지 않았더라면 미처 생각하지 못했을 거야. 사실 경찰들은 대체로 쓸모가 없는데 말이야."

노골적인 조롱은 자신이 이 상황을 통제하고 있음을 분명히 하려는 것이라고 거니는 생각했다. 더모트는 침대로 몸을 숙여 여자가 신고 있던 코듀로이 침실 슬리퍼를 벗기고 반짝이는 빨간 구두를 신겼다. 여자의 발은 너무도 작았고 구두는 쉽게 신겨졌다.

"우리 꼬마 오리도 곧 잠자리에 들 건가?"

여자가 마치 가장 좋아하는 동화의 가장 좋아하는 부분을 읊는 어린아이처럼 더모트에게 물었다.

"꼬마 오리는 뱀을 죽여 / 머릴 자를 거라네. / 그러고 나서 꼬마 오리는 / 잠자리에 들겠지!"

그가 노래를 부르듯 대답했다.

"우리 꼬마 오리가 / 어딜 갔었지?"

"암탉을 구하기 위해 / 수탉을 죽였지."

"우리 꼬마 오리가 왜 그런 짓을 했을까?"

"그림 속의 장미처럼 / 빨간 피를 위해서야. / 그래야 모두가 알겠지. / 뿌린 대로 거둔다는 걸."

더모트가 기대에 들뜬 표정으로 노파를 바라보았다. 마치 그들의 의식이 아직 끝나지 않았다는 듯이. 그가 몸을 숙이고 노파에게 "오늘 밤 꼬마 오리는 / 무엇을 하나?"라고 속삭였다.

"오늘 밤 꼬마 오리는 무엇을 하나?"

여자가 속삭이듯 그의 말을 따라했다.

"까마귀들이 다 죽을 때까지 / 까마귀를 부르겠지. / 그러고 나서 꼬마 오리도 / 잠자리에 들겠지."

그녀가 손끝으로 골디락* 같은 가발을 꿈꾸듯 어루만졌다. 천사의 머리를 매만진다고 상상하는 것 같은 표정이었다. 그녀의 표정은 거니에게 마약중독자의 황홀경을 연상시켰다.

더모트도 그녀를 바라보고 있었다. 그의 눈빛은 구역질 날 정도로 불경스러웠고 그의 혀끝은 입술 사이에서 마치 조그맣고 번들거리는 기생충처럼 움직였다. 그때 그가 눈을 깜빡이며 방 안을

* 〈골디락과 곰 세마리〉라는 동화에 등장하는 소녀

둘러보았다.

"자, 이제 시작해볼까?"

더모트가 경쾌하게 말했다.

그가 침대 위로 올라가더니 노파의 다리를 가로질러 반대편으로 건너갔다. 침대를 가로지를 때 그는 침대 발치의 낮은 서랍장 위에 있던 거위를 집어들었다. 그리고 노파 옆 베개에 기대고 앉아 거위를 무릎 위에 올려놓았다.

"거의 다 됐어."

생일케이크에 양초를 꽂는 사람에게나 어울릴 법한 경쾌한 목소리였다. 그러나 그는 손가락을 방아쇠에 얹은 채 총을 봉제 거위에 난 구멍 속에 집어넣었다.

젠장, 저런 식으로 마크 멜러리를 쏘았던가? 그래서 희생자의 목 상처와 바닥에 고인 피에서 거위 털이 발견되었던 건가? 죽는 순간 멜러리는 바로 저 거위를 보고 있었던가? 생각만 해도 너무 희한한 장면이라 거니는 웃음이 터져 나올 것만 같았다. 아니, 웃음이라기보다는 두려움의 경련이라고 해야 할까? 그 감정이 무엇이건 너무도 갑작스럽고 강렬했다. 정신병자들이라면 거니도 볼 만큼 보았다. 가학적인 성도착자, 다양한 부류의 성범죄자, 얼음 송곳을 휘두르는 반사회 성향의 범죄자, 인육을 먹는 인간까지도. 그러나 손가락만 까딱하면 머리에 총알이 박히는 악몽 같은 상황에서 해법을 찾아야 했던 적은 없었다.

"나르도 경감, 일어서. 네가 입장할 차례야."

더모트의 어조는 불길했고 연극적이었으며 아이러니했다.

너무도 작은 속삭임이 들려왔다. 거니는 그 속삭임이 실제로 들리는 건지 아니면 그가 상상하는 건지 선뜻 판단할 수가 없었다.

알고 보니 노파가 웅얼거리기 시작한 것이었다.

"우리 아기 자장자장, 우리 아기 자장자장, 우리 아기 자장자장……."

사람의 목소리라기보다는 시계 초침 소리 같았다.

거니는 나르도가 깍지를 풀고 손가락을 폈다가 오므리는 것을 바라보았다. 그는 힘 좋은 남자답게 탄력 있게 바닥에서 일어났다. 그의 강렬한 눈빛은 침대 위의 이상한 커플과 거니 사이를 오갔다. 눈앞의 광경에 놀랐을지언정 내색은 하지 않았다. 그가 봉제 거위와 더모트의 팔을 바라보는 눈빛으로 보아 나르도 역시 총의 위치를 알고 있는 것이 분명했다.

마치 대답이라도 하듯 더모트는 나머지 한 손으로 거위의 등을 어루만졌다.

"시작하기 전에 마지막으로 네 생각을 한 가지만 묻겠다. 내가 시키는 대로 하겠나?"

"물론."

"그 말을 믿어주지. 지금부터 몇 가지 지시를 하겠다. 시키는 대로 정확히 해. 알겠나?"

"알았다."

"내가 의심이 많은 사람이었다면 네 대답이 진심인지 물었을 거야. 네가 상황의 심각성을 이해하고 있기를 바란다. 혹시 오해의 소지가 있을까 봐 테이블 위에 내 카드를 펼쳐놓겠다. 난 널 죽일 거야. 그 점에 대해선 더 이상 토론할 여지가 없다. 문제는 내가 널 언제 죽이느냐 그거야. 그런데 그건 너한테 달렸다. 여기까지 이해하겠지?"

"네가 날 죽일 거고 언제 죽을지는 내가 결정하고."

나르도는 귀찮고 경멸스럽다는 듯이 말하고 있었다. 거니는 그의 태도가 흥미로웠다.

"바로 그거야, 경감. 언제 죽을지는 네가 결정해. 물론 어느 정도까지만 너에게 달려 있다. 왜냐하면 결과적으로는 모든 게 언젠가는 끝나야 하니까. 그때까지는 내가 시키는 대로만 말하고 행동해야 살 수 있는 거야. 무슨 말인지 알겠지?"

"알겠다."

"내 지시를 따르지 않으면 언제고 바로 죽을 수 있다는 사실을 명심해. 반면 나에게 협조하면 네 삶에 소중한 순간이 그만큼 보태질 거다. 반항하면 그 시간이 빠질 거고. 아주 간단하지 않아?"

나르도가 눈 하나 깜빡이지 않고 그를 바라보았다.

거니는 발을 의자 다리 뒤쪽으로 끌어당기면서 두 사람이 격돌하는 순간 언제라도 튀어나갈 준비를 했다.

그때 더모트가 거위를 쓰다듬던 손을 멈추었다.

"발 다시 앞으로 빼."

나르도에게 눈을 떼지 않은 채 더모트가 말했다. 거니는 그가 시키는 대로 했다. 곁눈질로 상황을 파악하는 더모트의 능력이 놀라웠다.

"한 번만 더 움직이면 두 사람 다 죽여버린다. 자, 경감. 지금부터 내 지시 사항을 잘 들어라. 너는 연극에 출연하는 배우야. 네 이름은 짐이고. 이 연극은 짐과 그의 아내와 아들에 관한 연극이다. 아주 짧고 간단하지만 끝이 아주 장엄하지."

"오줌 마려워."

여자가 괴상한 목소리로 말했다. 그녀는 다시 금발 머리카락을 매만졌다.

“괜찮아요. 다 잘될 거예요. 모든 게 제자리를 찾을 거예요.”

더모트가 여자를 쳐다보지 않고 말했다.

그가 무릎 위에서 거위의 위치를 잡았다. 나르도를 조준하는 거라고 거니는 생각했다.

“준비됐나?”

만약 나르도의 눈빛에 독이 들어 있었다면 더모트는 이미 세 번은 죽었으리라. 대신 더모트의 입가에 경련이 일었다. 미소를 지은 것일 수도 있고 일그러진 것일 수도 있고 흥분한 것일 수도 있었다.

“이번에는 침묵을 긍정의 의미로 받아들여주지. 하지만 이건 일종의 친절한 경고야. 앞으로 대답이 시원치 않으면 바로 연극도 끝나고 네 목숨도 끝난다. 내 말 알겠나?”

“알겠다.”

“좋아. 자, 커튼이 올라가고 연극이 시작된다. 계절은 어느 해 가을 이맘때, 시간은 늦은 저녁이다. 이미 어둠이 내렸다. 날씨는 쌀쌀하고 밖에는 눈도 있고 얼음도 있어. 사실 오늘 밤과 아주 비슷해. 오늘 넌 쉬는 날이야. 동네 술집에서 하루 종일 친구들하고 술을 진탕 퍼마셨지. 쉬는 날이면 늘 그렇게 하루를 보내니까. 네가 집으로 돌아오는 순간부터 연극은 시작된다. 너는 아내의 방으로 비틀거리며 들어간다. 네 얼굴은 벌겋게 달아올라 있고 너는 몹시 화가 나 있다. 네 눈빛은 흐릿하고 멍해. 한 손에는 위스키 병을 들고 있고.”

더모트가 서랍장 위에 놓인 포 로지스를 가리키며 말했다.

“그 병을 사용하면 돼. 지금 그걸 들어.”

나르도가 앞으로 나아가서 병을 집어들었다. 더모트가 고개를 끄덕였다.

"본능적으로 그걸 잠재적인 무기로 생각하는군. 아주 좋아. 아주 적절한 발상이고. 하긴 넌 네 역할에 대해 자연스러운 동질감을 느끼겠지. 자, 이제 그 병을 들고 침대에 누워 있는 아내를 바라보면서 이리저리 비틀거리는 거야. 넌 마치 미친개처럼 이를 드러내고 씩씩거려."

더모트가 잠시 멈추고 나르도의 표정을 살폈다.

"자, 네 이를 드러내봐."

나르도가 입술에 힘을 주었다가 벌렸다. 거니는 분노에 찬 그의 표정에 전혀 가식이 없음을 알 수 있었다.

"바로 그거야!"

더모트가 신이 난 듯이 소리쳤다.

"완벽해! 소질이 있어! 자, 이제 벌겋게 충혈된 눈에 침을 질질 흘리면서 아내한테 소리를 지르는 거야. '도대체 이 새낀 여기서 뭘 하는 거야?' 나를 가리키면서. 어머니는 '진정해, 애가 지금 나하고 꼬마 오리한테 책을 보여주고 있어.' 라고 말해. 그러면 넌 이렇게 말해. '젠장, 책 같은 게 어디 있다고 그래!' 어머니가 말하지. '여보, 거기 침대 옆 테이블에 있잖아.' 하지만 넌 더러운 생각을 하고 있어. 그게 얼굴에도 나타나지. 네가 품은 더러운 생각은 악취를 풍기는 네 피부 위로 번들거리는 땀처럼 배어나고 있어. 어머니는 너에게 너무 술에 취했으니 다른 방에 가서 자라고 해. 하지만 넌 옷을 벗기 시작해. 내가 너에게 그만 나가라고 소리를 질러. 하지만 넌 기어이 옷을 다 벗고 음흉하게 우릴 노려보지. 너 때문에 난 구역질이 나. 어머니는 널 보고 소리를 질러. 제발 구역질 나는 짓 좀 그만하라고. 그러면 넌 말하지. '더러운 년, 누굴 보고 구역질 난다고 지랄이야!' 그러고 나서 너는 침대 발판에 술병을 깨뜨리고 마치 원숭이처럼 침대에 펄쩍 뛰어올라. 역한 위스키 냄새가 방 안에 진동을 해. 네 몸에서도 썩은 내가 나고. 너는 내 어머니에게 더러운 년이라고 욕을 해. 넌……."

"어머니 이름이 뭐지?"

나르도가 끼어들었다.

더모트가 눈을 두 번 깜박였다.

"그건 네가 알 것 없어."

"아니. 알아야겠어."

"알 것 없다고 했잖아."

"왜 알면 안 된단 거지?"

나르도의 질문에 더모트는 조금이나마 놀란 것 같았다.

"어머니 이름은 알 것 없어. 왜냐하면 네가 그 이름을 부를 일이 없을 테니까. 넌 내 어머니를 상스러운 욕으로 불러. 결코 이름을 부르지 않아. 한 번도 어머니를 제대로 대우해준 적이 없어. 이름을 부른 적이 없어서 아마 이름이 뭔지 기억도 못 할걸."

"하지만 넌 어머니의 이름을 알잖아. 안 그래?"

"물론 알지. 내 어머니야. 내 어머니 이름은 당연히 알지."

"그러니까 그 이름이 뭐지?"

"너한텐 중요하지 않다니까. 넌 상관할 필요가 없어."

"그래도 그 이름을 알고 싶어."

"네 더러운 머리에 내 어머니 이름을 집어넣고 싶지 않아."

"남편 역할을 하려면 마누라 이름을 알아야 해."

"넌 내가 알려주는 것만 알면 돼."

"이름을 모르고서는 이 연기를 할 수 없어. 네가 무슨 말을 하건 상관없다. 내가 볼 땐 자기 마누라 이름을 모른다는 건 도저히 말이 안 되니까."

나르도가 어쩔 셈인지 거니는 확실히 알 수가 없었다.

지금 그들이 24년 전 이 집에서 일어난 지미 스핑크스와 펠리시티 스핑크스의 폭행 사건을 재연해야 하는 상황이라는 것을 마침내 그도 깨달은 것일까? 1년 전에 이 집을 구입한 그레고리 더모트가 아마도 지미와 펠리시티의 아이, 그 사건 이후 사회복지 단체에서 데려간 그 아이라는 사실을 깨달은 것일까?

이 연극의 의미를 폭로함으로써 이 작은 살인극의 흐름을 깨어 상황을 반전시켜보려는 것일까? 심리적으로 더모트의 주의를 분산시켜서 이 상황에서 벗어날 방법을 찾으려는 것일까? 아니면 그저 어둠 속에서 더듬거리는 식으로, 더모트의 계획과 상관없이 조금이라도 시간을 끌어보려 애쓰는 것일까?

물론 다른 가능성도 있었다. 나르도의 행동과 그에 대한 더모트의 반응에는 그 어떤 논리도 없을 수도 있었다. 모래사장에서 플라스틱 삽을 들고 싸우는 어린아이들이나 술집에서 치고받고 싸우다가 상대를 죽음에 이르게 하는 성난 남자들처럼 아무 의미가 없는 것일 수도 있었다. 마지막 추측이 다른 것들만큼이나 가능성이 높다는 것을 인정하지 않을 수 없었다.

"네 생각 따윈 중요하지 않아."

더모트가 거위 속에서 총의 각도를 조절하며 말했다. 그의 시선이 나르도의 목에 고정되었다.

"네가 무슨 생각을 하건 하나도 중요하지 않다고. 자, 이제 옷 벗을 시간이다."

"이름을 알려줘."

"옷을 벗고 병을 깨뜨리고 벌거벗은 원숭이처럼 침대로 뛰어올라. 멍청하고 침을 질질 흘리는 흉측한 괴물처럼."

"이름이 뭐지?"

"시간이 됐어."

거니는 더모트의 팔 근육이 움직이는 것을 보았다. 방아쇠를 당기려 한다는 의미였다.

"이름을 말해."

눈앞에 펼쳐진 상황에 대한 거니의 의심은 이제 완전히 사라졌다. 나르도는 모래 위에 줄을 긋고 있었다. 그는 자신의 모든 배짱을, 그리고 자신의 목숨을, 더모트가 자신의 질문에 대답하게 만드는 데 걸었다. 더모트 역시, 완전한 통제권을 장악하는 것에 자신의 전부를 걸었다. 나르도는 더모트에게 통제권 문제가 얼마나 중요한지 인식하고 있을까? 레베카 홀든필드의 말에 따르면, 아니 연쇄살인범에 관해 조금이라도 알고 있는 사람이라면 더모트에게는 통제권이야말로 어떤 대가를 치러서라도, 어떤 위험을 무릅쓰고라도 지켜야 할 것이었다. 절대 권력. 그 권력에 수반되는 전지전능함이야말로 최상의 행복을 의미했다. 총 한 자루 없이 그 행복이라는 목표를 위협하는 것은 자살 행위였다.

그 사실에 대한 무지함이 나르도를 죽음에 한 걸음 더 다가서게 했고 이번만큼은 거니도 당장 시키는 대로 하라고 고함을 질러서 나르도의 목숨을 구할 수 없었다. 그런 작전은 두 번째에는 먹히지 않을 것이다.

살인은 이제 폭풍을 부르는 먹구름처럼 더모트의 눈빛에 몰려들었다. 거니는 이토록 무력감을 느껴본 적이 없었다. 방아쇠 위의 손가락을 멈출 방법이 도무지 생각이 나지 않았다.

그 순간 그는 목소리를 들었다. 은처럼 정결하고 서늘한 목소리였다. 그것은 매들린의 목소리였다. 절망적인 사건으로 좌절할 때마다 매들린이 해주던 말이 있었다.

"막다른 골목에서 빠져나오는 방법은 오직 한 가지뿐이야."

옳은 말이라고 거니는 생각했다. 그 얼마나 절대적으로 옳은 말인가.

"돌아서서 반대 방향으로 걸어가는 거지."

완전한 통제권을 쥐고 싶어 하는 간절한 욕구에 휩싸인 남자를 막으려면, 그 목표를 이루기 위해 누군가를 죽이고 싶다는 간절한 욕구에 휩싸인 사람을 막으려면 본능이 말하는 것과 정확히 반대로 해야 했다. 마음속에 샘물처럼 맑게 솟아오르는 매들린의 목소리를 듣는 순간, 그는 자신이 해야 할 일을 똑똑히 보았다. 만약 그 작전이 먹히지 않으면 당혹스러울 것이고 그 자신이 무책임한 사람이 될 것이고 법적으로도 변호의 여지가 없을 것이다. 그러나 그는 그 작전이 먹히리라는 것을 알고 있었다.

"지금이야, 그레고리! 어서 쏴!"

그가 소리쳤다.

두 사람 모두 방금 들은 말을 이해하려 애썼다. 마치 구름 한 점 없는 하늘에 벼락이 치는 것을 이해하려고 애쓰듯이. 나르도를 향한 더모트의 집중력은 흔들렸고 나르도를 겨냥하고 있던 총은 의자에 앉아 있는 거니 쪽으로 조금 움직였다.

더모트의 입이 미소를 지으려는 듯 섬뜩하게 일그러졌다.

"지금 뭐라고 했지?"

더모트는 애써 태연한 척했지만 거니는 그의 불안감을 읽었다.

"말했잖아. 어서 쏘라고 했다."

거니가 말했다.

"네가…… 나한테……명령을 했어?"

거니는 짜증스럽다는 듯 한숨을 쉬었다.

"넌 지금 내 시간을 낭비하고 있어."

"낭비? 그게 무슨 뜻이지?"

거위 속의 총이 거니 쪽으로 조금 더 움직였다. 이제 태연함은 사라졌다.

나르도의 눈이 휘둥그레졌다. 놀라움 뒤에 감추어진 복잡한 감정 상태를 거니로서는 읽기 힘들었다. 나르도가 상황이 어떻게 돌아가는지 말해달라고 했다는 듯, 거니는 나르도를 바라보면서 최대한 아무렇지도 않게 "저 친구, 자기 아버지를 연상시키는 사람들을 다 죽이고 싶어 하거든."이라고 말했다. 더모트가 그르렁거리는 소리를 냈다. 마치 어떤 단어나 울음이 목에 걸려 있다는 듯이. 거니는 여전히 나르도를 쳐다보면서 덤덤한 목소리로 말을 이었다.

"그런데 문제는 옆에서 누가 자극을 줘야 한다는 거야. 일 처리가 좀 늘어지는 경향이 있어. 게다가 실수도 좀 많은 편이지. 자기가 생각하는 것만큼 똑똑한 친구는 아니야. 아하, 그러고 보니!"

거니가 잠시 말을 멈추고 미소를 지으며 더모트를 바라보았다. 더모트의 턱 근육이 씰룩거리는 것이 선명하게 보였다.

"썩 훌륭한 시가 될 것 같은데? 꼬마 친구 그레고리 스핑크스, 생각만큼 똑똑하진 않다네! 어때, 그레고리? 시 한 편 새로 써보는 게?"

거니는 더모트에게 윙크를 할까 생각했지만 너무 과하다 싶어서 그만두었다.

더모트는 증오와 혼란과 그 밖의 다른 것들이 뒤섞인 감정으로 거니를 쳐다보았다. 거니가 바라는 것은 그가 던질 질문의 대답을 알고 있는 유일한 사람을 죽이기 전에 더모트가 그 질문의 답을 추궁하는 것이었다. 더모트의 그다음 말이, 어조의 기복이 없이 내뱉은 그다음 말이 거니에게 희망을 주었다.

"실수라니?"

거니는 안타깝다는 듯 고개를 끄덕였다.

"꽤 여럿 있었지. 안타깝게도."

"거짓말하지 마, 형사. 난 실수를 안 해."

"실수를 안 한다고? 실수가 아니면 그걸 뭐라고 부르지? 꼬마 오리가 죽 쒔다고?"

그 말을 하면서도 거니는 자신이 치명적인 한 발을 내디딘 것인지 의문이 들었다. 만약 그렇다면 총알이 어디를 뚫고 들어오는지에 따라 영원히 모를 수도 있었다. 어떻게 되건 더 이상 안전한 길은 남아 있지 않았다. 작은 전율이 더모트의 입가를 흔들어놓았다. 그는 상황에 어울리지 않게 침대 뒤로 몸을 기대었다. 마치 지옥에 앉아 거니를 바라보고 있는 것 같았다.

사실 거니는 더모트가 저지른 실수 중 꼭 한 가지만을 알고 있었다. 카치의 수표와 관련한 실수였다. 불과 15분 전, 램프 테이블 위에 놓인 수표 액자를 본 순간 깨달았다. 그러나 처음부터 알고 있었던 척할 생각이었다. 자신이 완전한 통제권을 쥐고 있다고 너무도 간절하게 믿고 싶어 하는 남자에게 그의 도박은 어떤 영향을 미칠 것인가?

매들린의 좌우명이 또 한 번 떠올랐다. 이번에는 상반되는 말이었다. 물러설 곳이 없을 땐 전속력으로 돌진하라. 거니는 나르도를 바라보았다. 마치 방 안에 있는 연쇄살인범은 무시해도 좋다는 듯이.

"더모트의 가장 멍청한 바보짓은 나한테 수표를 보낸 사람의 이름을 말할 때였지. 그중 한 명 이름이 리처드 카치였는데 카치는 겉 주소를 쓰지 않은 봉투에 수표를 넣었어. 리처드 카치라는 이름은 수표에만 있었지. 수표에 적힌 이름은 R. 카치였어. R은 로버트, 랠프, 랜돌프, 루퍼트 그 외의 수많은 이름이 될 수 있지. 그런데 그레고리는 그 이름이 리처드인 걸 알더라고. 그때만 해도 자기가 전혀 모르는 이름이고 수표를 보낸 사람도 모른다고 했으면서. 소더톤에 있는 카치의 집에서 카치가 보낸 수표를 봤지. 그 순간 더모트가 거짓말을 하고 있다는 걸 알았어. 그 이유야 뭐 뻔하고."

나르도로서는 감당하기 힘든 일이었다.

"처음부터 알았다고? 그럼 왜 놈을 체포하라고 진작 말하지 않았지?"

"왜냐하면 난 놈이 무슨 꿍꿍이인지, 왜 그런 짓을 하는지 다 알고 있었고 놈을 막을 생각이 없었거든."

나르도는 마치 파리들이 사람을 공격하는 전혀 다른 세상으로 들어선 것 같은 표정이었다.

딸그락거리는 소리가 거니의 주의를 침대 쪽으로 끌었다. 도로시가 오즈를 떠나 캔자스의 집으로 돌아갈 때처럼 노파가 빨간 구두를 딸그락거렸다. 더모트의 무릎 위에 놓인 거위 속의 총은 이제 거니를 겨누고 있었다. 카치와 관련된 실수를 폭로했음에도 더모트는 동요하지 않으려고 애쓰는 것 같았다. 거니는 더모트가 조금이라도 애를 쓰고 있는 것이기를 바랐다. 더모트는 교묘하게도 정확한 단어를 선택해서 말하며 거니를 비난했다.

"무슨 수작인지 모르겠지만 어쨌든 이 상황을 종결시킬 사람은 오직 나뿐이야."

거니는 그 순간 자신이 끌어낼 수 있는 연기력을 최대한 동원해 기관총을 적군의 가슴에 겨눈 군인처럼 거만하게 말하려 애썼다.

"무턱대고 으름장만 놓지 말고 일단 상황을 좀 제대로 파악하는 게 어때?"

"상황이라니? 내가 총을 쏘면 네가 죽고, 또 한 번 쏘면 저 친구도 죽어. 저 문으로 들어오는 원숭이들도 다 죽을 거고. 그게 바로 우리가 처한 상황이야."

거니는 눈을 감고 벽에 머리를 기댄 채 큰 한숨을 쉬었다.

"너무 모르는 거 아니야?"

거니는 피로한 듯 고개를 저은 뒤 "하긴, 알 리가 없지. 네가 어떻게 알겠어?"라고 말했다.

"내가 뭘 모른단 건가? 형사?"

더모트가 형사라는 칭호까지 붙여 과장스럽게 그를 조롱했다.

거니가 웃었다. 단지 더모트의 마음속에 새로운 의문이 떠오르게 하기 위한 억지웃음이었지만 가슴속에 밀려드는 감정적 혼란으로 더욱 격렬해졌다.

"내가 사람을 몇이나 죽였는지 알아?"

그가 더모트를 쏘아보며 말했다. 위철리 경찰들이 나르도가 사라진 것을 알아채고 이곳으로 들이닥치기를 기도하면서 무슨 말이든 해서 시간을 끌어보려는 그의 작전을 더모트가 눈치채지 못하길 바랐다. 왜 아직도 알아차리지 못한 것일까? 어쩌면 알아차렸을까? 루비 구두가 계속 반짝거렸다.

"멍청한 경찰은 늘 사람을 죽이지. 그러거나 말거나."

더모트가 말했다.

"평범한 인간들을 말하는 게 아니야. 지미 스핑크스 같은 놈들을 말하는 거지. 내가 그런 놈들을 얼마나 많이 죽였는지 아냐고."

더모트가 눈을 깜박였다.

"도대체 무슨 소릴 하는 거야?"

"술 취한 골통들을 죽이는 거 말이야. 알코올 중독 짐승들을 쓸어내는 것. 인간쓰레기들을 퇴치하는 것."

더모트의 입가에 다시 한번 거의 알아차리기 힘든 전율이 스쳤다. 어쨌든 거니가 그의 관심을 끈 것만큼은 분명했다. 이제 어쩐다? 흐름을 타는 것 말고는 방법이 없었다. 다른 길은 보이지 않았다. 그는 말을 하면서 이야기를 만들었다.

"내가 신참 경찰이었을 때 항만 관리청 버스 터미널 후문에서 부랑자를 체포하라는 명령을 받았지. 가라고 해도 꿈쩍을 안 한다는 거야. 3미터 밖에서도 위스키 냄새가 진동을 하더군. 내가 가서 건물 밖으로 꺼지라고 했더니 밖으로 나가기는커녕 나한테 다가오더라고. 그런데 놈이 주머니에서 칼을 하나 꺼내 들었어. 오렌지를 자를 때 쓰는 톱니 모양의 조그만 칼이었어. 칼을 버리라는 내 명령을 무시하고는 계속 날 위협했지. 에스컬레이터에서 나를 바라보고 있던 증인 두 명이 내가 정당방위로 놈을 쏘았다고 증언해주었어."

거니는 하던 말을 멈추고 미소를 지었다.

"하지만 그건 사실이 아니었어. 몸싸움을 안 하고도 쉽게 제압할 수 있는 상대였거든. 대신 난 놈의 머리를 쏴서 뇌가 쏟아져나오게 만들었지. 왜 그랬는지 아나, 그레고리?"

"자장, 자장, 자장, 자장……."

여자가 달그락거리는 구두 소리보다 조금 더 빠른 박자로 말했다. 더모트의 입이 조금 벌어졌지만 아무 말도 하지 않았다.

"내 아버지 같아서 죽였어."

거니가 분노에 찬 목소리로 말했다.

"찻주전자를 내 어머니 머리에 던지던 날 밤의 내 아버지 같아서. 빌어먹을 광대 얼굴이 그려진 빌어먹을 찻주전자였지."

"네 아버지도 제대로 된 아버지가 아니었군. 하지만 형사, 그건 너도 마찬가지 아닌가?"

더모트가 차갑게 말했다.

더모트의 심술궂은 말이 그가 실제로 아는 것은 별로 없을 거라는 거니의 의심을 불식시켰다. 그 순간 거니는 총을 맞는 한이 있어도 더모트의 목을 졸라버리고 싶었다.

거니의 눈빛이 더욱 날카로워졌다. 더모트 역시 거니의 불편한 심기를 감지한 것 같았다.

"훌륭한 아버지라면 네 살 난 아들을 지켰어야지. 차에 치이게 해서도 안 되고 운전자가 뺑소니를 치게 해서도 안 되지."

"입 닥쳐."

거니가 중얼거렸다.

더모트가 재미있어 죽겠다는 듯 키득거렸다.

"저런, 저런. 그런 상스러운 말을 쓰다니. 난 자넬 동료 시인 정도로 생각하고 있었는데 말이야. 서로 시를 주고받게 되기를 바랐어. 다음번에 자네한테 보낼 편지도 준비해두었거든. 한번 들어볼래? 감쪽같이 사라져버린 뺑소니 차 / 우리의 스타 형사 꼴이 말이 아니네 / 꼬마의 엄마는 뭐라고 했을까 / 그날 밤 형사가 혼자 돌아왔을 때."

거니의 가슴속에서 괴상한 짐승 소리 같은 소리가 새어나왔다. 폭발 직전의 분노를 억누르는 소리였다. 더모트는 꼼짝도 하지 않았다.

나르도는 기회를 노리고 있었던 것이 분명했다. 그 순간 그는 억센 오른팔을 들고 타원을 그리면서 있는 힘을 다해 위스키 병을 더모트의 머리를 향해 던졌다. 더모트가 그의 움직임을 포착하고 거위 속의 총으로 나르도를 겨냥하는 순간, 거니는 침대로 몸을 날려 거위를 덮쳤다. 술이 가득 든 위스키 병의 묵직한 아랫부분이 더모트의 관자놀이를 찍었다. 거니의 가슴 밑에서 총이 발사되면서 방안에 온통 거위털이 흩날렸다. 총알은 거니가 앉아 있던 의자 쪽으로 날아가서 그나마 실내를 밝혀주고 있던 테이블 램프를 산산조각을 내버렸다. 어둠 속에서 거니는 나르도가 이를 악물고 거친 숨을 몰아쉬는 소리를 들었다. 노파가 칭얼대는 것 같은 소리도 들렸다. 불안정한 소리였고 잘 기억나지 않는 자장가를 부르는 소리였다. 그리고 엄청난 굉음과 함께 육중한 철문이 활짝 열어젖혀지면서 벽에 부딪혔다. 그리고 거구의 남자와 그보다 조금 작은 체구의 누군가 문 앞에 나타났다.

"꼼짝 마!"

거구의 남자가 소리쳤다.

52

새벽녘의 죽음

마침내 지원 병력이 도착했다. 조금 늦은 감이 있긴 했지만 그나마 다행이었다. 더모트의 정확한 사격 솜씨와 그가 경찰들을 불러모으고 싶어 했던 점을 감안하면 지원군은 물론 나르도와 거니도 목에 총알이 박힌 채 끝날 가능성도 있었다. 게다가 만약 총소리를 듣고 경찰들이 모두 집으로 들어왔을 때 더모트가 가스 밸브를 열어서 압축 염소와 암모니아가 스프링클러 시스템으로 분사되었다면…….

램프와 문틀이 부서진 것을 제외하면 중상을 입은 사람은 더모트 자신뿐이었다. 나르도가 사력을 다해 던진 위스키 병에 정통으로 맞은 더모트는 혼수상태에 빠졌다. 병이 깨어지면서 날아온 유리 조각이 이마에 박히면서 거니도 비교적 가벼운 상처를 입었다.

"총성을 들었어요. 어떻게 된 겁니까?"

거구의 남자가 어둑어둑한 방 안을 들여다보며 소리쳤다.

"토미, 상황 종료됐다."

나르도가 자신은 아직 끝나지 않았음을 암시하는 거친 목소리로 말했다. 지하실 반대편에서 새어 들어오는 흐릿한 불빛 속에서 거니는 빅 토미의 뒤에 따라온 작은 경관이 강렬한 푸른 눈동자의 팻임을 알 수 있었다. 묵직한 9밀리미터 권총을 든 팻은 침대 위의 흉측한 광경을 주시하며 방의 가장자리 쪽으로 돌아서 노파가 앉았던 안락의자 옆 램프의 스위치를 켰다.

"좀 일어나도 되겠습니까?"

더모트의 무릎에 놓인 거위 위에 엎드려 있던 거니가 말했다.

빅 토미가 나르도를 바라보았다.

"일어나세요."

나르도가 여전히 이를 악물고 말했다.

"일으켜드려."

나르도가 지시했다.

천천히 침대에서 몸을 일으키는 순간 거니의 얼굴에서 피가 줄줄 흘렀다. 방금 전 연쇄살인범에게 어서 쏘라고 부추겼던 거니를 나르도가 곧바로 공격하지 않았던 것은 그 피 때문이었으리라.

"젠장!"

빅 토미가 피를 바라보며 말했다.

아드레날린 과잉분비로 인해 거니는 그 상처를 의식조차 하지 못하고 있었다. 얼굴을 만져본 순간, 축축한 액체가 느껴졌고 확인해보니 놀랍게도 피였다.

강렬한 눈빛의 팻이 덤덤한 표정으로 거니를 바라보았다.

"구급차 부를까요?"

그녀가 나르도에게 물었다.

"그래야지. 연락해."

나르도가 확신 없는 목소리로 말했다.

"저 사람들도요?"

침대 위의 이상한 두 사람을 바라보며 물었다. 빨간 유리구두가 시선을 끌었다. 마치 눈이 부시다는 듯 팻이 눈을 찌푸렸다.

긴 침묵이 흐른 뒤에야 그는 역겹다는 듯 "그래."라고 말했다.

"순찰차는 모두 철수할까요?"

그녀가 거북할 정도로 진짜 같은 루비 구두를 보고 눈살을 찌푸리며 물었다.

"뭐?"

나르도는 깨어진 램프와 그 뒤쪽 벽에 박힌 총알구멍을 바라보고 있었다.

"집집마다 탐문 수사 중인데 그만 철수하라고 할까요?"

어려운 결정이 아닌데도 그에게는 쉽지 않아 보였다.

"그래. 불러들여."

마침내 그가 말했다.

"알겠습니다."

빅 토미는 더모트의 관자놀이에 난 상처를 바라보며 역겨움을 감추지 못했다. 위스키 병은 더모트와 노파 사이의 베개 위에 거꾸로 박혀 있었다. 노파의 곱슬곱슬한 금빛 가발이 조금 기울어지는 바람에 마치 머리가 반의 반 바퀴 정도 옆으로 돌아간 것 같은 느낌을 주었다.

위스키 병에 붙은 상표를 바라보면서 지금까지 알지 못했던 사실이 거니에게 떠올랐다. 그것은 브루스 웰스턴이 했던 말 속에 있었던 단서였다. 그는 더모트, 그러니까 일명 스킬라가 자기가 네 마리의 빨간 가슴 콩새를 보았다고, 특히 네 마리라는 점을 강조했다고 말했다. 네 마리의 빨간 가슴 콩새. 포 로지스와의 연관성이 그제야 거니의 머릿속에 떠올랐다. 그것 역시 '미스터 앤 미시스 스킬라' 라는 숙박명부의 사인처럼 자신의 영리함을 강조하는 작은 댄스 스텝이었던 것이다. 멍청하고 사악한 경찰을 얼마나 잘 가지고 놀았는지를 보여주는 단서.

잡을 테면 잡아보라지.

잠시 후 팻이 돌아왔다. 냉혹할 정도로 일처리가 효율적이었다.

"구급차는 오는 중이고 차량은 철수했고 탐문 수사는 중단시켰습니다."

그녀는 차가운 표정으로 침대를 바라보았다. 노파는 울음과 노래의 중간 정도 소리를 내고 있었다. 더모트는 섬뜩할 정도로 음울하고 창백했다.

"아직 살아 있나요?"

팻이 별로 걱정하는 기색 없이 물었다.

"나도 몰라. 가서 확인해봐."

나르도가 말했다.

그녀가 다가가서 더모트의 목을 짚어 보았다.

"살아 있어요. 여자는 뭐가 문제죠?"

"지미 스핑크스의 부인이야. 지미 스핑크스 얘기 들었나?"

그녀가 고개를 저었다.

"지미 스핑크스가 누구죠?"

나르도가 잠시 생각해보다가 "됐어. 잊어버려."라고 말했다.

그녀는 잊어버리는 것도 직업의 일부라는 듯 어깨를 으쓱했다.

나르도는 천천히 심호흡을 했다.

"자네하고 빅 토미하고 위층에서 이 집을 보안해. 이 친구가 살인범이라는 게 밝혀진 이상 과학수사팀이 다시 나와서 이 집을 샅샅이 수색해야 하니까."

그녀와 빅 토미는 불안한 눈빛을 주고받았지만 군말 없이 밖으로 나갔다. 토미는 거니 곁을 지나가면서 마치 비듬 이야기를 하듯 "머리에 유리 조각이 박혔어요."라고 말해주었다.

나르도는 그들의 발자국 소리가 잦아들 때까지, 그리고 지하실 문이 닫히는 소리가 들릴 때까지 기다렸다.

"침대에서 떨어지시죠."

나르도의 목소리는 불안정했다.

거니는 그것이 무기들로부터 떨어지라는 명령임을 깨달았다. 배가 터진 거위 밑에 더모트의 권총이 있었고, 나르도의 권총이 더모트의 주머니에 있었고, 위스키 병이 베개 위에 있었다. 거니는 이의를 제기하지 않고 나르도의 말에 순종했다.

"좋아요. 설명할 기회를 드리죠."

나르도가 이성을 잃지 않으려 애쓰는 듯한 표정으로 말했다.

"좀 앉아도 될까요?"

"앉든 말든 내가 상관할 바 아니고 어서 말해. 지금 당장!"

거니는 부서진 램프 옆의 의자에 앉았다.

"놈이 당신을 쏠 참이었어요. 2초 후면 총알이 목에, 아니면 머리에, 아니면 심장에 박힐 찰나였다고요. 그걸 멈출 수 있는 방법은 한 가지밖에 없었어요."

"멈추라고 말하지 않았잖아! 쏘라고 했지!"

나르도가 주먹을 꽉 움켜쥐었다. 손가락 관절에 하얀 점이 보일 정도였다.

"하지만 쏘지 않았잖아요. 안 그래요?"

"하지만 당신이 쏘라고 했잖아."

"그게 유일한 방법이었으니까."

"유일한 방법이었다……. 당신 제정신이야?"

나르도가 줄에서 풀려나고 싶어 안달이 난 도사견처럼 그를 노려보았다.

"중요한 건 당신이 살아 있단 사실이죠."

"그러니까 지금 내가 살아 있는 게 당신이 죽이라고 했기 때문이라고? 그게 무슨 정신병자 같은 소리야!"

"연쇄살인범한테 가장 중요한 건 통제력이죠. 완전한 통제력. 미치광이 그레고리에게 통제력이라는 건 현재이고 미래이기도 하지만 동시에 과거이기도 해요. 당신한테 시킨 연극은 이 집에서 24년 전에 실제로 일어났던 일이에요. 한 가지 사실만 다르죠. 그때 그레고리는 어머니의 목을 긋는 아버지를 막을 수 없었던 어린 꼬마였어요. 어머니는 끝내 회복되지 못했고요. 어떻게 보면 그레고리 역시 마찬가지죠. 어른이 된 그레고리는 테이프를 되돌려서 그 모든 것을 바꾸고 싶어 했어요. 더모트는 아버지가 술병을 던지려는 순간까지 당신이 똑같이 재연하기를 원했어요. 그 순간 당신을 죽일 생각이었죠. 어머니를 구하기 위해, 술 취한 아버지를 처단하려고 했어요. 다른 살인들도 결국 그거였어요. 다른 술꾼들을 처단함으로써 지미 스핑크스를 통제하고 죽이려 한 거죠."

"게리 시섹은 술꾼이 아니었어."

"아니죠. 하지만 게리 시섹은 지미 스핑크스가 근무하던 시절의 동료였고 그레고리는 그 사람이 아버지 친구였다는 걸 알아봤을 거예요. 어쩌면 게리 역시 술을 마셨을 수도 있고요. 경감님이 당시 현직에 있었다는 사실 때문에 그레고리는 당신이 이 연극에 적격이라는 생각이 들었을 거예요. 과거로 돌아가서 역사를 바꿀 완벽한 방법이었지요."

"하지만 놈한테 쏘라고 했잖습니까?"

나르도는 여전히 화가 난 목소리였지만 다행히도 그 이면의 자신감은 줄어들고 있었다.

"완전한 지배를 꿈꾸는 살인범을 멈추는 유일한 방법은 그자가 과연 통제를 하고 있는 것인지 의심하게 만드는 것뿐입니다. 통제에 대한 환상 중에는 모든 결정을 자기 자신이 한다는 게 포함되어 있어요. 그 자신이 모든 권력을 쥐고 있고 그 누구도 그자를 지배할 수 없어야 해요. 그런 사람에게 우리가 구사할 수 있는 전략은 그자가 정확히 우리 예측대로 행동한다는 느낌을 주는 겁니다. 정면으로 대항했다면 곧바로 죽였겠죠. 목숨을 구걸해도 아마 죽였을 거예요. 그런데 그자가 하려는 행동이 정확히 내가 예상했던 행동이라고 말하면 그건 좀 혼란스럽겠죠."

나르도는 그의 이야기에서 결점을 찾아내려 애쓰는 것 같았다.

"그런데 당신 목소리는 아주…… 진실하게 느껴졌어요. 목소리에서 증오가 배어났어요. 정말 내가 죽기를 바라는 것처럼."

"제가 확신을 주지 못했으면 우린 지금 이런 대화를 나눌 수도 없었을 겁니다."

나르도가 화제를 돌렸다.

"항만 관리청에서 총을 쐈다는 얘긴 또 뭡니까?"

"왜요?"

"술 취한 아버지를 연상시켜서 부랑자를 쐈다면서요."

거니가 미소를 지었다.

"왜 웃어요?"

"두 가지 사실을 말씀드리죠. 첫째, 항만 관리청 근처에서도 일한 적이 없다는 것. 둘째, 25년간 현직에 있으면서 한 번도 총을 쏜 적이 없다는 것. 단 한 번도요."

"그럼 다 헛소리였단 겁니까?"

"아버지가 술을 많이 마셨어요. 힘든 일이었죠. 집에 있어도 있는 게 아니었어요. 하지만 아무나 쏘아 죽인다고 달라질 수 있는 일은 아니죠."

"그럼 그런 헛소리를 한 이유가 뭡니까?"

"이유? 그 뒤로 일어난 일이 그 이유지요."

"무슨 뜻입니까?"

"더모트의 주의를 분산시켜서 경감님이 손에 들고 있던 술병으로 뭔가 할 수 있는 빌미를 주려는 것이었어요."

나르도가 멍한 표정으로 그를 바라보았다. 마치 지금 듣고 있는 얘기가 자신의 두뇌로는 이해하기 벅차다는 듯이.

"아이가 차에 치었단 얘긴……그것도 헛소리였습니까?"

"아뇨. 그건 사실입니다. 아이 이름은 대니예요."

거니의 목소리가 거칠어졌다.

"범인을 못 잡았나요?"

거니가 고개를 저었다.

"단서가 없었나보죠?"

"목격자가 한 명 있었는데, 제 아이를 친 차가 빨간색 BMW였고 그날 오후 내내 술집 앞에 서 있었다고 했어요. 술집에서 나와 그 차를 탄 사람은 분명히 술에 취해 있었고요."

나르도가 잠시 생각하는 듯했다.

"술집에 있던 사람 누구도 그자를 알지 못했고요?"

"전에 한 번도 본 적이 없는 사람이래요."

"얼마나 됐죠?"

"14년 8개월."

잠시 침묵이 흐른 뒤 거니는 마침내 낮은 목소리로 머뭇거리며 말을 이었다.

"제가 놀이공원에 데려가던 길이었어요. 길가에 비둘기 한 마리가 있었는데 대니는 그 비둘기를 따라 걷고 있었어요. 저는 정신이 반쯤 나가 있었죠. 살인 사건을 수사 중이었거든요. 비둘기가 큰길 쪽으로 걸어가니까 대니도 따라갔어요. 제가 돌아봤을 땐 이미 늦었죠. 다 끝났더라고요."

"아이가 또 있나요?"

거니는 망설였다.

"대니 엄마와의 사이에서는, 없어요."

거니는 잠시 눈을 감았다. 두 사람 다 한동안 말이 없었다. 결국 침묵을 깬 사람은 나르도였다.

"더모트가 당신 친구를 죽인 것은 확실합니까?"

"확실합니다."

두 사람 모두의 목소리에서 피로한 기색이 역력했다.

"다른 사람들도요?"

"그런 것 같습니다."

"왜 이제 와서 그런 짓을 했을까요?"

"기회, 영감, 우연 같은 요인들이 작용했겠죠. 제 추측으로는 큰 의료 보험회사의 보험 관련 데이터베이스의 보안 시스템을 설계했을 거예요. 알코올 중독 치료를 받은 사람들의 기록을 빼내야겠다는 생각이 들었겠죠. 아마 시작은 그런 식이었을 거예요. 그래서 이런저런 가능성들을 따져보다가 결국에는 아주 창의적인 방법으로 자신에게 수표를 보낼 만큼 겁에 질려 있고 나약한 사람들을 걸러냈겠죠. 그 과정에서 사고 이후 회복되지 못한 어머니를 요양원에서 데리고 나왔을 거고요."

"이곳에 이사 오기 전엔 어디 있었을까요?"

"어렸을 땐 아동보호소나 고아원 같은 곳을 전전했겠죠. 물론 힘들었을 거고요. 그러다가 컴퓨터 프로그램을 접하게 됐을 거고 아마 게임을 하면서 실력을 쌓았겠죠. 결국 MIT에 들어간 걸 보면 실력이 좋았을 겁니다."

"그러다가 어느 순간 이름을 바꾸었겠지요?"

"아마 열여덟 살 무렵에 그랬을 겁니다. 아버지 성을 갖고 있을 수가 없었을 거예요. 이제 생각해보니 더모트가 어머니의 처녀 시절 성이라고 해도 놀랍지 않을 것 같네요."

나르도가 입술을 깨물었다.

"처음부터 더모트란 성을 개명자 데이터베이스에서 확인해보았더라면 일이 쉬웠을 텐데."

"사실 그럴 만한 이유가 없었어요. 조사를 했다고 해도 더모트의 어린 시절 성이 스핑크스였다는 사실은 멜러리 사건에는 아무 의미가 없었어요."

나르도는 좀 더 머리가 맑아진 뒤에 생각해보려고 이 모든 복잡한 일들을 한곳에 밀어두려는 것 같았다.

"그 미친놈이 왜 위철리로 돌아왔을까요?"

"여기가 24년 전 어머니가 공격을 당한 곳이라서? 과거를 다시 쓰겠다는 희한한 망상에 사로잡혀서? 자기가 살던 집이 매물로 나왔다는 소식을 듣고 유혹을 뿌리칠 수 없어서? 아니면 술주정뱅이들뿐 아니라 위철리 경찰한테도 복수를 할 기회다 생각해서? 본인이 실토하지 않으면 결코 알 수 없는 일이죠. 부인에게선 큰 도움을 못 받을 것 같고요."

"그렇겠죠."

나르도는 뭔가 다른 할 얘기가 있는 것 같았다. 그는 고민하는 것 같았다.

"뭡니까?"

거니가 물었다.

"네? 아무것도 아니에요. 정말 아무것도 아닙니다. 그저…… 누군가 알코올 중독자를 처단했다는 사실에 대해 거니 씨가 어떤 생각을 갖고 있는지 궁금해서요."

거니는 무슨 말을 해야 할지 알 수 없었다. 그 질문의 답은 아마도 희생자들의 존재 가치는 그가 판단할 문제가 아니라는 것과 관계가 있을 것이다. 보다 냉소적으로 대답하자면 그는 도덕적 처벌보다는 게임의 도전 자체를 더 중요하게 생각하는 사람이고, 사람보다는 게임에 더 관심이 있는 사람이라고 말할 수 있을 것이다. 어느 쪽이건 그는 나르도와 그런 문제를 토론할 기분이 아니었다. 그러나 무슨 말이든 해야 할 것 같았다.

"아들을 죽인 음주 운전자에 대한 복수를 즐기느냐고 묻는 거라면 대답은 그렇지 않다는 겁니다."

"확실합니까?"

"확실합니다."

나르도가 회의적인 눈빛으로 그를 보다가 어깨를 으쓱했다.

거니의 대답을 믿지 못하는 눈치였지만 나르도 역시 그 문제를 토론하고 싶지는 않은 것 같았다.

경감의 불같은 분노는 일단은 누그러들었다. 그날 저녁 경감은 대형 살인 사건을 종결하기 위해 긴급히 해야 할 일들과 세부 절차들을 선별하는 작업을 하며 시간을 보냈다.

거니는 펠리시티 스핑크스, 그레고리 더모트와 함께 위철리 종합병원으로 호송되었다. 더모트의 어머니가 루비 유리 구두를 신은 채 의사의 검진을 받는 동안 의식이 없는 더모트는 엑스레이 촬영실로 들어갔다.

거니의 머리에 난 상처는 소독되고 봉합되었다. 지나치게 친절한 간호사가 붕대를 감아주었다. 그녀의 목소리는 너무나 가식적이었고, 상처를 치료하는 내내 필요 이상으로 가까이 서 있는 것처럼 느껴졌다. 그녀의 태도가 상황에 어울리지 않게 그를 흥분시켰다. 그러나 그가 상상하는 것은 한마디로 미친 짓이고 한심한 짓인 것은 말할 것도 없거니와 말도 되지 않는 일이었다. 거니는 그녀의 다정함을 다른 곳에 이용하기로 했다. 거니는 그녀에게 자신의 전화번호를 주면서 더모트의 상태에 변화가 생기면 전화해 달라고 부탁했다. 그는 끝까지 사건을 마무리 짓고 싶었지만 나르도가 계속 그에게 상황을 알려줄 것 같지 않았다. 그녀는 알았다면서 미소를 지었다. 거니는 말수가 적은 위철리 여자 경관의 차를 타고 다시 더모트의 집으로 돌아왔다.

차에서 그는 셰리든 클라인의 비상 연락망으로 전화를 걸어서 녹음을 남겼다. 사건의 요점을 중심으로 간결한 메시지를 남겼다. 그리고 나서 집으로 전화를 걸어서 매들린에게 말하는 메시지를 응답기에 남겼다. 똑같은 내용이었지만 총, 술병, 피, 봉합 이야기는 뺐다. 매들린이 외출했는지, 아니면 집에 있으면서도 그와 얘기하기가 싫어서 메시지를 듣고 있는지 알 수 없었다. 매들린처럼 놀라운 직관을 지니지 않은 그로서는 감조차 잡히지 않았다.

더모트의 집으로 돌아왔을 때는 한 시간쯤이 지난 뒤였고 거리는 온통 위철리 경찰, 주경찰, 연방 경찰 차량들로 북적거렸다. 빅 토미와 사각턱 팻은 현관에서 보초를 서고 있었다. 거니는 나르도와 처음 대화를 나눈 조그만 방으로 안내되었다. 나르도가 테이블 앞에 앉아 있었다. 흰색 작업복에 부츠를 신고 라텍스 장갑을 낀 두 명의 현장조사팀 요원들이 막 지하실로 내려가려던 참이었다.

나르도는 노란 종이 철과 싸구려 펜을 거니 쪽으로 밀어놓았다. 그에게 아직도 거니에 대한 감정이 남아 있는지는 모르겠지만 그 감정은 장황한 사무적 설명 뒤에 잘 감추어졌다.

"앉으세요. 진술서가 필요합니다. 오늘 오후 여기 도착한 시간부터 쓰세요. 이곳에 온 이유도 같이요. 사건과 관련하여 거니 씨가 취한 모든 행동들이나 직접적으로 관찰한 것들을 전부 기록하세요. 시간 기록도 포함시키시고요. 어느 시점에서 구체적인 정보를 얻었는지, 어느 시점에서 추측을 했는지도 쓰세요. 병원으로 호송되었던 시점까지 쓰시면 되겠습니다. 병원에서 추가적으로 알아낸 사실이 없으시다면요. 질문 있습니까?"

그로부터 45분 동안 거니는 나르도가 지시한 대로 진술서를 썼다. 나르도는 거의 자리를 비웠다. 거니는 작고도 정확한 글씨로 네 페이지를 채웠다. 벽 쪽 테이블 위에 복사기가 있었다. 거니는 사인을 하고 날짜를 쓴 다음, 두 부를 복사하고 원본을 나르도에게 주었다.

나르도가 건넨 말은 "또 봅시다."뿐이었다. 그의 목소리는 형사다웠고 자연스러웠다. 악수는 청하지 않았다.

...

53
끝 그리고 시작

타판지 다리를 건너 17번 고속도로로 접어들었을 때 눈발이 굵어지기 시작했고 눈에 보이는 세상이 순식간에 줄어들었다. 거니는 몇 분에 한 번씩 차창을 열고 차가운 공기를 들이마시면서 그 순간에 머물기 위해 애썼다.

고센에서 몇 킬로미터쯤 달렸을 때 그는 하마터면 도로에서 벗어날 뻔했다. 다행히 갓길에서 타이어가 밀리면서 요란한 소리를 내는 바람에 제방을 들이받는 것은 모면할 수 있었다.

그는 오직 차, 운전대, 도로 외에는 아무것도 생각하지 않으려고 애썼지만 잘되지 않았다. 온갖 종류의 매체에서 들이닥치고 클라인이 기자회견을 하고 자신이 고용한 수사관이 사악한 범죄자의 유혈 행진을 종식시킴으로써 미국을 보다 안전한 국가로 만드는 데 공헌했다고 떠벌이는 상상을 했다. 언론은 대체로 거니의 신경을 긁었다. 그들이 범죄 사건을 다루는 우둔한 방식은 그 자체가 하나의 범죄였다. 그들은 범죄를 두고 게임을 했다. 물론 거니 자신도 그만의 방식으로 게임을 하는 것이 사실이었다. 그는 살인 사건을 풀어야 할 퍼즐로 인식했고 살인범을 훌륭한 책략으로 이겨야 하는 적수로 보았다. 그는 사실을 분석하고 다양한 관점에서 그 사실을 이해하고 덫을 놓고 자신이 사냥한 짐승을 정의의 심판대에 던졌다. 그다음에는 명석한 두뇌를 필요로 하는 또 다른 자연스럽지 못한 죽음으로 옮겨갔다. 그러나 가끔은 그 모든 것이 조금 다르게 보였다. 추격의 피로감에 압도당할 때면, 어둠 속에서 모든 퍼즐 조각들이 엇비슷하게 보일 때면, 지친 두뇌가 기하학적인 회로에서 벗어나 보다 원초적인 회로에 접어들 때면 그는 자신이 몸담고 있는 이 세계의 섬뜩한 공포를 엿보게 되곤 했다.

어떻게 보면 법의 논리가 있고 범죄의 과학이 있고 심판의 과정이 있는 세계였다. 그러나 또 어떻게 보면 제이슨 스트렁크, 피터 포섬 피거트, 그레고리 더모트, 고통, 살인적 광기, 죽음의 세계였다. 그 두 세계 사이에 날카롭고도 거북한 질문이 하나 있었다. 그 두 세계는 서로 어떻게 연결되어 있는가?

그는 다시 창문을 열고 얼굴이 얼얼해지도록 눈보라를 맞았다. 심오하고도 헛된 질문들, 그를 정처 없이 헤매게 하는 내면의 대화들. 그에게는 레드 삭스 팀이 우승할 확률을 점치는 것만큼이나 익숙한 마음의 풍경이었다. 그것은 나쁜 습관이었고 전혀 도움이 되지 않는 습관이었다. 이따금 그가 그런 생각들을 매들린에게 드러낼 때면 매들린은 따분해하거나 짜증스러워했다.

"진짜 당신이 생각하고 있는 게 뭔데?"

가끔 매들린은 뜨개질을 내려놓고 그의 눈을 똑바로 쳐다보며 물었다.

...

"무슨 소리야?"

거니는 그녀의 말이 무슨 뜻인지 정확히 알면서도 비겁하게 대답 대신 질문을 했다.

"그런 일에 괜히 신경을 쓸 리가 없잖아. 진짜 당신을 힘들게 하는 게 뭔지 생각해봐."

진짜 나를 힘들게 하는 게 뭔지 생각해보라니.

말은 쉬웠다.

무엇이 그를 힘들게 하는 것일까? 냉혹한 인간의 광기 앞에서 이성은 너무도 무력하다는 것? 정의가 악당을 막는 것은 바람개비가 바람을 막는 것과도 같다는 것? 그가 알고 있는 것은 오직 무언가 그의 마음속 깊은 곳에 있고 그의 다른 생각이나 감정을 한 마리 쥐처럼 갉아먹고 있다는 사실뿐이었다.

오늘 하루의 혼란 속에서 가장 그를 괴롭혔던 것이 무엇인지 생각해보니 두 개의 이미지가 떠올랐다.

그는 머릿속을 비우려고 애썼다. 마음을 편안하게 하고 아무것도 생각하지 않으려고 애썼다. 그러나 두 개의 이미지는 좀처럼 사라지지 않았다.

하나는 대니의 죽음에 관한 섬뜩한 노래를 부를 때 더모트의 눈 속에서 반짝였던 냉혹한 희열이었다. 또 하나는 지어낸 이야기 속에서 아버지를 어머니에게 공격을 가한 사람으로 묘사한 자신에 대한 분노였다. 그것은 단순한 연기가 아니었다. 그 연기의 저 밑바닥에서 그의 마음을 적시며 배어나는 것은 바로 아버지에 대한 끔찍한 분노였다. 그의 연기가 진실해 보였던 것은 어쩌면 그가 실제로 아버지를 증오했기 때문일까? 그 흉측한 이야기를 하면서 폭발했던 분노는 그동안 억눌러왔던 분노, 자신이 버려졌다는 사실에 대한 분노였을까? 일하고 자고 술 마시는 것밖에 몰랐던 아버지, 결코 가까워질 수 없었던, 영원히 닿을 수 없었던 아버지에 대한 어린 소년의 증오심이었을까? 거니는 자신이 더모트와 얼마나 똑같은지, 또 얼마나 다른지 생각하며 소스라치게 놀랐다.

아니면 그 반대였을까? 어느덧 늙어버린 그 차갑고 무덤덤한 노인을 버렸다는 죄책감, 되도록 아버지와 얽히지 않으려 애쓰며 살았다는 죄책감을 감추기 위한 연막이었을까?

아니면 아버지로서의 두 번의 실패에서 온 자기 증오가 표출된 것일까? 한 아이에게는 치명적인 무심함으로, 또 다른 아이에게는 적극적인 회피로 일관했던 아버지로서의?

매들린은 아마도 그 대답은 그중 한가지일 수도 있고 그 모두일 수도 있고 그 모두가 아닐 수도 있다고 말할 것이다. 하지만 대답이 무엇인지는 중요하지 않았다. 중요한 것은 자신이 가슴 깊이 옳다고 믿는 일을 하는 것이었다. 지금 이 순간, 바로 이곳에서.

아마도 매들린은 어떻게 시작해야 할지 모르겠으면 카일의 전화에 답하는 것으로 시작하라고 말할 것이다. 매들린이 카일을 좋아하는 것은 아니었다. 사실 매들린은 카일을 좋아하는 것 같지 않았다. 카일의 포르쉐가 한심하다고 생각하는 것 같았고 카일의 아내가 가식적이라고 생각하는 것 같았다. 그러나 매들린에게 개인의 취향은 항상 옳은 일을 하는 것 다음이었다. 매들린처럼 꾸밈없이 자연스러운 사람이 그토록 소신 있는 삶을 살 수 있다는 것이 거니에게는 그저 놀라울 따름이었다. 그런 존재가 바로 매들린이었다. 그래서 매들린은 거니의 음산한 삶에 빛이 될 수 있었다.

옳은 일. 지금 당장 하자.

그 생각에 고무된 거니는 낡은 농장의 널찍한 주차장에 차를 세우고 지갑을 꺼내 카일의 전화번호를 찾았다. 카일의 번호는 음성인식으로 저장한 적이 없었다. 그는 양심의 가책을 느꼈다.

새벽 3시. 시애틀의 자정이었다. 그 시간에 전화를 한다는 것이 미친 짓 같았지만 그 대안은 더 나빴다. 미루고 미루고 또 미루다가 아예 전화를 하지 않을 구실을 찾을 것이다.

"아버지?"

"내가 깨웠니?"

"아뇨. 깨어 있었어요. 괜찮으세요?"

"괜찮고말고. 그저 너하고 통화하고 싶었단다. 네가 전화를 했잖니. 네가 그동안 나한테 꽤 여러 번 전화를 했는데 내가 바로 전화를 해주지 못했구나."

"아버지, 정말 괜찮으신 거예요?"

"이 시간에 전화해서 좀 놀랐지? 하지만 걱정 마라. 난 괜찮으니까."

"다행이네요."

"오늘 좀 힘든 하루였단다. 결국엔 다 잘 풀렸지만. 네 전화에 바로 답을 못했던 건…… 그동안 복잡한 일이 있었거든. 하지만 그건 핑계가 될 수 없겠지. 혹시 뭐 필요한 거라도 있니?"

"복잡한 일이라니요?"

"응? 아, 그거. 늘 똑같지 뭐. 살인 사건."

"은퇴하신 줄 알았는데."

"은퇴했었지. 아니, 은퇴했지. 하지만 희생자들 중 한 명이 내가 아는 사람이라 어쩌다 보니 얽히게 됐단다. 얘기하자면 길어. 다음번에 만나면 다 얘기해주마."

"와! 또 해내셨군요!"

"뭘?"

"연쇄살인범을 또 잡으신 거 아니에요?"

"그걸 어떻게 아니?"

"희생자들. 아버지가 희생자들이라고 말씀하셨잖아요. 몇 명이에요?"

"우리가 아는 사람만 다섯 명. 스무 명이 더 죽을 뻔했다."

"그런데 아버지가 잡으셨군요. 이야! 연쇄살인범들도 아버지 앞에선 별 수 없네요. 아버지는 꼭 배트맨 같아요."

거니가 웃었다. 최근에는 거의 웃을 일이 없었다. 카일과 이야기를 하면서 마지막으로 그렇게 웃어본 것이 언제였는지 기억조차 나지 않았다. 생각해보니 두 사람의 대화가 평상시와 달랐다. 두 사람의 대화가 2분 이상 지속되었고 카일은 무얼 샀다거나 무얼 살 거라는 말을 하지 않았다.

"이번 사건에서 배트맨은 아주 도움을 많이 받았단다. 하지만 그래서 전화를 한 건 아니고 네가 전화를 해서 무슨 일이 있나 궁금했지. 별일 없니?"

"뭐, 별로요."

카일이 심드렁하게 대답한 뒤 말을 이었다.

"회사에서 잘렸어요. 케이트하고는 갈라섰고요. 새로운 일을 시작해볼까 해요. 로스쿨에 가면 어떨까 싶은데 아버지 생각은 어떠세요?"

충격의 침묵이 흐른 뒤 거니는 더 큰 소리로 웃었다.

"이런 젠장! 너 도대체 어떻게 된 거냐?"

"금융시장이 붕괴됐잖아요. 들으셨는지 모르겠지만요. 제 직장과 결혼과 집 두 채와 차 세 대도 같이 무너졌어요. 그런데 참 우습죠. 이 끔찍한 재앙에 얼마나 쉽게 적응이 되는지……. 어쨌든 로스쿨에 진학하면 어떨까 심각하게 고민하고 있어요. 그래서 아버지한테 여쭤보고 싶었어요. 그쪽 일이 저한테 맞는다고 생각하세요?"

거니는 카일에게 주말에 내려와서 얘기를 자세히 들어보자고 했다. 카일은 그러겠다고 했다. 심지어는 거니의 제안이 반가운 눈치였다. 전화를 끊고 나서 거니는 놀란 상태로 족히 10분은 차에 앉아 있었다.

그에게는 해야 할 전화들이 있었다. 아침에는 마크 멜러리의 미망인에게 전화를 해서 마침내 사건이 종결되었음을 알려줄 것이다. 그레고리 더모트는 붙잡혔고 그의 죄는 명백하고 확고하며 압도적인 것이라고 말할 것이다. 어쩌면 이미 셰리든 클라인이나 로드리게스 반장으로부터 이미 전화를 받았을 수도 있겠지만 마크와의 관계를 생각해서 직접 전화를 할 생각이었다.

그리고 소냐 레이놀즈가 있었다. 두 사람이 합의한 바에 의하면 그는 머그샷 초상화를 한 점 더 주어야했다. 지금은 왠지 그 일이 너무도 하찮아 보였고 시간 낭비 같았다. 그러나 그래도 그녀에게 전화를 할 것이고 그녀와 이야기를 나눌 것이고 약속한 일을 해줄 것이다. 그러나 그 외에는 아무 일도 없을 것이다. 소냐의 관심은 유쾌하고 우쭐해할 만한 일이었고 어쩌면 스릴이 있을 수도 있겠지만, 너무 큰 대가를 요구하는 일이었고 그에게 소중한 것들을 위협하는 일이었다.

위철리에서 월넛 크로싱까지 250킬로미터의 운전길은 눈 때문에 세 시간이 아닌 다섯 시간이 되었다. 고속도로에서 빠져나와 집으로 이어진 산길을 달리는 동안 그는 일종의 무감각한 자동운전 상태에 접어들었다. 마지막 한 시간 동안 조금 열어두었던 창문으로 그의 얼굴에 필요한 한기와 그의 폐에 필요한 산소가 공급되었기 때문에 운전이 가능했다. 커다란 헛간과 집을 구분 짓는 초원에 이르렀을 무렵, 도로에서 수평으로 몰아치던 눈발이 어느덧 수직으로 곧게 내리고 있었다. 그는 풀밭을 천천히 가로지른 뒤 집 앞에 차를 세우지 않고 동쪽으로 몰았다. 폭풍이 지나간 뒤에 햇빛의 온기를 받아서 자동차 앞 유리가 얼지 않도록 하기 위해서였다. 그는 몸을 뒤로 젖혔다. 꼼짝도 할 수가 없었다.

극도의 피로감을 느끼고 있을 때 휴대전화 벨이 울렸다. 그 소리를 듣기까지 몇 초가 걸렸다.

"여보세요?"

그의 목소리를 거친 숨소리로 착각할 수도 있으리라.

"데이브 거니 씨 되시나요?"

어딘가 친근한 여자의 목소리였다.

"그런데요."

"아, 목소리가 좀…… 다르게 들리네요. 로라예요. 여긴 병원이고 변화가 생기면 알려달라고 하셨죠."

그녀가 잠시 말을 멈추고 머뭇거렸다. 전화해달라는 부탁이 실제로 그가 말한 이유보다 더 의미심장한 것이기를 바라고 있음을 암시하기에 충분한 침묵이었다.

"그랬죠. 기억해주셔서 고마워요."

"별말씀을요."

"무슨 일이 있나요?"

"더모트 씨가 세상을 떠났어요."

"네? 다시 한번 말씀해주시겠습니까?"

"그레고리 더모트. 선생님께서 궁금해 하셨던 분이요. 10분 전에 사망했어요."

"사인은요?"

"아직 밝혀지지 않았어요. MRI 검사 결과에 의하면 두개골 파손에 의한 과다 출혈이 있었어요."

"그랬죠. 그 정도로 손상되었다면 놀랄 일도 아니죠."

그는 무언가를 느끼고 있었지만 그 감정은 너무도 아득한 것이어서 이름을 붙일 수조차 없었다.

"네, 그런 정도 손상이라면 있을 수 있는 일이에요."

희미했지만 불편한 감정이었다. 거센 바람 속의 작은 울음소리처럼.

"어쨌든 고마워요. 로라. 전화 줘서 고마워요."

"별말씀을요. 제가 또 도와드릴 일 있을까요?"

"없는 것 같군요."

"푹 쉬셔야 할 것 같아요."

"맞아요. 안녕히 주무세요. 고마워요."

거니는 휴대전화를 끈 다음 자동차 헤드라이트를 끄고 몸을 뒤로 젖혔다. 너무 피로해서 움직일 수가 없었다. 헤드라이트의 불빛이 사라지자 주위의 모든 것이 칠흑 같은 암흑이었다.

천천히 그의 눈이 적응하면서 하늘과 숲의 칠흑 같은 어둠은 짙은 회색빛으로 변해갔고 눈 덮인 초원은 엷은 회색으로 변했다. 저 멀리 동쪽 산등성이가 보이는 것도 같았다. 한 시간 내로 태양이 떠오를 그곳에 엷은 아우라가 있었다. 어느덧 눈은 그쳐 있었다. 차 옆에 서 있는 집은 크고 차갑고 고요했다.

거니는 가장 단순한 단어로 그간 일어난 일을 정리해보았다. 외로운 어머니와 함께 있던 어린아이. 술에 취한 아버지. 비명과 피와 무력감. 그날 이후 평생에 걸쳐 치유되지 않았던 육체적 정신적 상처. 복수와 구원에 대한 살인적 망상. 그래서 어린 소년은 다섯 명을 살해하고 스무 명을 살해할 계획을 가진 미치광이 더모트가 되었다. 그레고리 스핑크스의 아버지는 어머니의 목을 찔렀다. 그레고리 더모트는 그 모든 일이 시작되었던 바로 그 집에서 두개골이 부서졌다.

거니는 멀리 가까스로 윤곽을 드러낸 능선을 바라보았다. 그에게는 생각해보아야 할 또 하나의 이야기가, 좀 더 깊이 이해해야 할 또 하나의 이야기가 있었다. 그 자신의 삶의 이야기였고 그를 외면했던 아버지의 이야기였다. 나이 든 아버지를 외면했던 성장한 아들, 그에게 온갖 명성을 안겨다준, 그러나 평화를 빼앗은 일에 대한 집착의 이야기였다. 그가 방심했을 때 죽은 어린 소년의 이야기였고 그 모든 것을 이해하는 매들린의 이야기였다.

매들린. 하마터면 그가 잃을 뻔했던 그의 빛. 그가 위험에 빠뜨렸던 빛.

손가락 하나 움직일 수 없을 정도로 피곤했고 아무것도 느낄 수 없을 정도로 잠이 쏟아졌고 그의 마음에 편안한 공허감이 깃들었다. 얼마나 시간이 흘렀을까. 한동안 그는 존재하지 않는 것 같은 상태, 마음속의 모든 것이 형체가 없는 의식의 점으로 줄어든 것 같은 상태, 날카로운 의식 외에는 아무것도 없는 것 같은 상태가 되었다.

산등성이의 헐벗은 나무들 사이로 불타는 태양의 가장자리가 보일 무렵, 그는 갑자기 눈을 떴다. 그는 찬란한 빛의 손톱이 서서히 희고 둥근 반원으로 부풀어 오르는 것을 보았다. 그리고 또 한 사람의 존재를 느꼈다.

밝은 오렌지색 파카를 입은 매들린이 차창 밖에서 그를 바라보고 있었다. 절벽으로 그녀를 따라갔던 날 입었던 그 오렌지색 파카였다. 얼마나 오랫동안 그 자리에 서 있었던 걸까. 그녀의 모자 가장자리에 달린 양털 끝에서 조그만 얼음 크리스털들이 반짝였다. 그는 창문을 내렸다.

매들린은 아무 말도 하지 않았다. 그러나 그녀의 얼굴에서 그는 보았다. 보았고 깨달았고 또 느꼈다. 매들린의 감정이 어떤 경로로 그에게 닿았는지 그 자신도 알 수 없었다. 그것은 포용과 사랑의 혼합물이었다. 포용, 사랑, 그리고 다시 한번 그가 살아서 돌아왔다는 사실에 대한 깊은 안도감이었다.

태연하면서도 그의 가슴을 울리는 목소리로 매들린이 아침식사를 하겠느냐고 물었다.

타오르는 불꽃의 생명력으로, 매들린의 오렌지색 파카가 떠오르는 태양의 불길을 잡았다. 거니는 차에서 내려 매들린을 끌어안았다. 마치 매들린이 그의 목숨이라는 듯이.

《658, 우연히》에 쏟아진 더 많은 찬사들!

설득력 있고, 가슴 시리고, 매 순간 서스펜스로 가득한, 그러면서도 기가 막힐 정도로 지적인 이야기. 내 평생 읽은 최고의 소설.

존 레스크로트 (작가)

우리의 가장 깊고 원초적인 두려움을 농락한다. 마치 올가미처럼 당신을 꼼짝 못하게 만들 것이다.

조지프 파인더 (작가)

가슴 졸이는 서스펜스, 책을 덮은 후에도 오랫동안 잊히지 않는 인물들, 우아하고 능숙한 문체!

페이 켈러맨 (작가)

현란하고 매혹적이다! 존 버든의 필체는 너무도 아름답게 다듬어져 있고 질투가 날 정도로 섬세하다.

테스 게리트슨 (작가)

퍼즐과 미스터리와 경찰과 조심스러운 사랑, 그리고 상실의 이야기. 히치콕이 직접 쓴 것 같은, 으스스할 정도로 완벽한 결말과 함께. 스릴의 규칙을 새로 쓸 작품!

윌 라벤더 (작가)

미묘하고도 지적이고 고급스럽다. 독자들을 휘어잡는 서두, 잘 만들어진 인물들, 걷잡을 수 없이 치닫는 서스펜스. 절대 놓치지 마시라.

리사 엉거 (작가)

존 버든의 논리 전개는 영리하고, 수사는 설득력 있다. 이 책의 진짜 즐거움은 매력적인 인물들이다. 아무리 작은 역할이라도 모두가 독특하고도 아름답게 관찰되었다. 당신을 휘어잡고 끝까지 놓지 않을 소설!

S. J. 로잔 (작가)

연쇄살인범 스릴러는 이제 끝났다고 생각했나? 존 버든, 그가 나타나 모든 것을 기사회생시켰다. 침착함, 스타일, 지성의 작품. 원숙한 인물들, 매혹적인 퍼즐들, 엄청난 긴장이 담겨 있다. 내가 생각하고 있는 숫자는 바로 1!

레지날드 힐 (골든 대거상 수상작가)

음울하고 사람의 마음을 흔들어놓는, 독자들을 압도하는 소설. 도저히 풀 수 없을 것 같은 위협적인 퍼즐, 머리카락을 쭈뼛 서게 만드는 악당, 그리고 멋진 주인공 데이브 거니가 있다. 책장이 저절로 넘어간다!

스펜서 퀸 (작가)

658, 우연히